环球卓越
www.geedu.com

同等学力人员申请硕士学位
英语水平全国统一考试辅导丛书

附赠MP3光盘

词汇实战
一本通 第7版

主编：初　萌　　庞靖宇

参编：徐国萍　　刘启升　　颜　炜　　梁莉娟　　张秀峰
　　　谭松柏　　任　雁　　包丽歌　　杜喜义　　李立杰
　　　吴碧宇　　史湘琳　　于春艳　　侯小龙　　张　薇
　　　杜　峰　　李妙华　　郭　丹　　孟宪华　　罗　星

U0105710

机械工业出版社
CHINA MACHINE PRESS

本书是按照最新版《同等学力人员申请硕士学位英语水平全国统一考试大纲（非英语专业）》要求编写的，根据所需掌握词汇的难易程度，将大纲词汇分为基础词汇、高频词汇、低频词汇和预测词汇，便于广大考生按阶段进行复习。本书在正文首先列出了词汇自测题和复习建议。书中针对高频重点词汇给出了真题例句；针对重要知识点和考点给出了名师导学；同时也灵活地运用了各种词汇记忆方法，帮助读者巧记词汇。

　　本书适用于参加同等学力人员申请硕士学位英语考试的考生。

图书在版编目（CIP）数据

2012 同等学力考试词汇实战一本通/初萌，庞靖宇主编.
—7 版. —北京：机械工业出版社，2011.11
（同等学力人员申请硕士学位英语水平全国统一考试辅导丛书）
ISBN 978-7-111-36303-3

Ⅰ．①2… Ⅱ．①初… ②庞… Ⅲ．①英语—词汇—硕士—水平考试—自学参考资料 Ⅳ．①H313

中国版本图书馆 CIP 数据核字（2011）第 223431 号

机械工业出版社（北京市百万庄大街 22 号　邮政编码 100037）
策划编辑：孟玉琴　　　　责任编辑：孟玉琴　杨晓昱
责任印制：杨　曦
保定市中画美凯印刷有限公司印刷
2012 年 1 月第 7 版第 1 次印刷
101mm×184mm·10.5 印张·600 千字
0 001—6 000 册
标准书号：ISBN　978-7-111-36303-3
　　　　　ISRC　CN-M 10-06-0019-0（光盘）
定价：32.00 元（含 1 MP3 光盘）

丛 书 序

这是一套由专业培训机构环球卓越策划并联手同等学力资深辅导专家，为同等学力申请硕士学位人员量身定做的应试辅导用书。

本套丛书完全依据最新《考试大纲》（第5版）（2008年11月份修订）编写，并紧密结合最近几年同等学力英语水平统一考试命题情况和考试要求进行全面修订，修订后的内容更加严谨，更加具有针对性，更加适合在职考生复习备考。

结合同等学力申请硕士学位人员对英语的实际掌握程度和成人学习英语的特点，我们组织编写了《同等学力人员申请硕士学位英语水平全国统一考试辅导丛书》。本套丛书包括《词汇实战一本通》、《综合应试教程》、《历年试题精解+全真模拟试卷》3个分册，从基础到综合再到实战演练，让在职人员在有限的时间里，快速准确地把握住每一个进度，为考试作好全面细致的准备。

本套丛书的特点如下：

一、名师执笔，实用性强

策划编写本套丛书的老师均为中国人民大学、北京师范大学、清华大学、北京大学的常年在环球卓越北京总校、上海分校、天津分校、南京分校、沈阳分校、郑州分校等各地授课的著名同等学力申请硕士学位英语辅导专家。本套丛书是他们多年辅导经验的提炼和结晶，实用性非常强，是备受众多同等学力考生欢迎的辅导用书。

二、紧扣新大纲，直击2012年考试真题

本套丛书紧扣第5版最新大纲，体例设置与大纲保持一致；同时各部分考点紧密结合2011年最新试题及历年真题，对命题思路分析透彻，重点突出，讲解精确；各部分内容严格控制在大纲规定的范围之内，让考生准确把握考试的重点、难点及命题趋势。

三、结合在职人员特点，量身定做

本套丛书充分考虑到在职人员学习时间紧张的特点，避免了采用传统的各个专项分册的丛书构架方式（将系列丛书分为7～8册乃至更多）；而是采用《词汇实战一本通》、《综合应试教程》和《历年试题精解+全真模拟试卷》简单精练的三册制，有效控制复习用书的量，让考生在有限的时间内能够全面复习，重点把握，强化训练，应对考试。三册制的简单有效组合，在 2005～2011 年深受考生欢迎，位居同类图书销量排行榜榜首。

四、超值服务，更助考生一臂之力

本套丛书配有超值赠送服务，由北京环球卓越在线 www.geedu.com 提供专业的服务和强大的技术支持。具体为：

1.《词汇实战一本通》附赠光盘内容为：环球卓越"2012 同等学力申请硕士学位英语辅导词汇速记班课程"（36 学时，价值 380 元）的全部录音（MP3）及电子版讲义，同时可刮开封面上的账号和密码，登录 www.geedu.com，按照"图书赠送课程学习流程"学习该部分网络视频课程。

2.《综合应试教程》附赠内容为：环球卓越"2012 同等学力申请硕士学位英语辅导写作专项班"（8 学时，价值 180 元）的网络视频课程，2011 年 11 月 30 日后，刮开封面上的账号和密码，登录 www.geedu.com，按照"图书赠送课程学习流程"进行学习。

3.《历年试题精解+全真模拟试卷》附赠内容为：环球卓越"2012 同等学力申请硕士学位英语辅导模考串讲班"（8 学时，价值 280 元）的网络视频课程，2012 年 5 月 1 日后，刮开封面上的账号和密码，登录 www.geedu.com，按照"图书赠送课程学习流程"进行学习。

环球卓越技术支持及服务热线：010-51658769。

环球卓越同等学力试题与学习资料请登录 www.geedu.com，应有尽有！

本套丛书脉络清晰，内容丰富，针对性强，通俗易懂。相信广大考生在使用本套丛书时，会有如临辅导班现场的切身感受；同时也真诚希望本套丛书能大大提高众考生的应试能力和实际水平，助您在考场上轻松驰骋，快乐过关！

最后，感谢北京环球卓越为本套丛书提供的专业服务和技术支持，愿他们精益求精，为社会提供更多、更好、更专的服务！

编　者

2011 年 9 月于北京 中国人民大学

第 7 版前言

本书依据第 5 版最新考试大纲、结合 2011 年最新考试真题再次全面修订！修订后的内容更加贴近考试，词条的重要性和层次性更加清晰，词汇辨析也更加精确。

本书是目前市面上第一本专门针对同等学力申硕人员量身打造的、切实从考试出发的、进行科学统计词频的专业词汇辅导书。本书把大纲词汇按考查频率和难易程度分为基础词汇、高频词汇、低频词汇和预测词汇，同时考虑到在职人士学习时间紧、时间不好安排的现实情况，为考生设置了四周突破词汇的复习计划。考生可根据自身的英语水平选择合适有效的复习策略。本书打破了现在很多词汇书主次不清、难易不分、平均分配时间和精力的编排方式，从而给考生以更明确的指导，更具应试性、科学性、实用性。

本书想考生所想，在以下方面进行了精心构思：

1. 科学分类，合理统计单词词频

根据在考试中出现的频率对大纲词汇进行分类，并在单词后以数字表示该频率。各部分词汇以周为单位，对不同程度的考生给予不同的复习建议和策略。在基础词汇前设置入门测试，考生可根据测试情况制定出自己的复习计划。

2. 等级分明，有效把握复习重点

正文划分为四个等级，对各部分重点词汇，给出了经典例题和经典例句。本书的一个重要特点就是高度重视历年真题，基本所有例句、例题都摘自过去十多年的考试题。另外，英语中有许多特殊用法、习惯搭配和重要语法等考点，本书在相关词条下设有［名师导学］栏目，虽寥寥数语，却能一针见血地解开许多考生百思不解的疑惑。

3. 记忆有方，快速攻克词汇堡垒

本书词汇充分发挥［联想记忆］的功效，运用前后缀、联想记忆等方法，采用以词带词的编排方式，让考生开阔视野，举一反三，成串记忆，横向扩充词汇量。另外，本书还给出很多［联想记忆］方法，通俗易懂，生动形象，能够有效地帮助考生快速记忆词汇。

本书为考生提供了较好的同等学力人员申硕英语统考词汇解决方案。

因编者水平有限，错误之处在所难免，敬请同行和广大读者批评指正！

编　者

2011 年 9 月于北京　中国人民大学

目 录

注：正文中单词后的数字表示该词在考试中出现的频率。

导　读

　　《同等学力人员申请硕士学位英语水平全国统一考试大纲（非英语专业）》规定的词汇为 6220 个，其中多数为考生所熟知的初中和高中词汇，也是英语学习中最基础最常用的词汇，因而词汇复习对广大考生而言并不是"白手起家"，而是有一定基础的。本书通过如下的【词汇自测】、【基础词汇】、【高频词汇】、【低频词汇】和【预测词汇】五个专题，帮助考生尽快分层次、有重点地掌握单词。

　　【基础词汇】包含约 2000 个单词，都是诸如 be（是，在）、desk（桌子）、do（做）、park（公园；停，泊）、take（拿）、wash（洗）等比较简单的词汇，对于这部分词汇的复习，建议考生采取"筛选法"。如果看到一个单词并能很快反应出其汉语意思，则表明该词是已经掌握的词汇，就可以将其排除在复习重点之外，经过这样的筛选后，所剩的单词即是未掌握而需要花时间去记忆的。经过筛选后再重点攻克，有助于提高复习的针对性和效率。鉴于【基础词汇】所含词汇都比较简单，为广大考生所熟悉，所以这部分词汇的复习未列入本书的周计划复习之中。

　　【高频词汇】共计 1061 个单词，【低频词汇】共计 1564 个单词，这两部分所含词汇建议考生采取"筛选法"和其他词汇记忆方法（如词根词缀法、同/反义联想记忆法等）相结合来进行记忆和复习。【预测词汇】共计 1740 个单词，这部分的单词可以不记，因为多为某些高频词汇的派生，出现频率很低，万一出现时可以通过已有的词汇基础予以解决。

词汇自测

ability	aboard	above
abroad	abstract	according
action	active	actress
address	advise	afraid
agreement	airport	along
alone	angel	angry
answer	apartment	appear
area	arrive	article
artist	ask	asleep
author	band	bank
bare	basic	bathe
beautiful	beauty	beg

begin	belong	besides
bet	bill	birthday
bit	bloodboil	bomb
bone	born	borrow
bottom	brain	brave
breath	bridge	building
busy	campus	cancer
candy	card	careful
cast	century	certain
cheap	cheerful	cheque
childhood	church	cinema
citizen	class	clear
clean	clever	climate
cloth	club	college
computer	corn	corner
cough	country	crazy
crop	crowd	cry
culture	danger	dare
dark	date	dead
death	debt	delicious
dial	dialogue	dictionary
diet	dirty	dish
dozen	drink	drive
dry	dull	during
earth	earthquake	eat
empty	enemy	enjoy
enter	event	evil
exam	excite	exercise
expert	eyesight	face
factor	false	famous
family	farm	fast
feed	feel	female
festival	fever	field
fight	final	finish
fire	fix	flash
flight	fool	food
foreign	forever	forget
friendly	friendship	front

fuel	fund	game
gas	gift	glad
golden	great	guess
habit	handsome	hate
head	hear	heat
helpful	highway	hit
homeland	honesty	hospital
hotel	huge	human
humor	hunger	hurry
idea	illness	incident
income	indoor	input
instead	international	job
join	joint	joy
juice	jump	key
kill	kind	knock
know	knowledge	lab
land	language	laugh
law	lead	league
learn	lecture	legal
lend	lesson	library
lie	life	lift
lighten	likely	line
listen	lonely	loose
loud	lovely	luck
luggage	machine	mad
mail	main	mainland
male	mankind	march
market	marry	mass
match	material	math
means	meal	meanwhile
meat	medicine	meet
memory	menu	mere
merry	message	metal
meter	middle	million
minute	mistake	mix
model	modern	moment
monitor	monthly	motor
movement	movie	mountain

murder	narrow	near
neat	necessary	neighbor
noise	note	notice
number	nurse	obey
obvious	ocean	office
official	open	opinion
order	outdoors	over
own	owner	pack
paint	pale	paper
party	path	peace
people	percent	period
person	phone	pick
picture	pipe	pity
plain	plan	plant
plastic	pleasure	plenty
pollute	poor	possible
post	pour	powder
power	praise	prepare
pretty	price	primary
problem	professor	proof
proud	prove	pull
push	quarrel	quarter
question	quite	race
railway	rainy	rapid
raw	reach	ready
real	reason	record
reform	region	relax
religion	rely	remain
remember	repair	repeat
reply	report	request
require	rest	result
return	rich	right
rise	risk	role
root	rope	round
rule	rush	safe
safety	sale	same
save	school	science
screen	search	secret

secure	seldom	select
seem	separate	series
serious	service	settle
shade	shape	share
shine	shoot	shortage
show	sick	silent
single	site	sleepy
slow	smart	smell
soft	somehow	sorrow
sorry	sour	space
spare	speak	speech
speed	spell	spend
spirit	spite	sport
spring	stage	stair
stare	state	steal
step	stone	straight
strange	strict	stupid
success	surprise	sweet
swift	suggestion	super
surprise	sweet	table
tax	teach	team
tear	temper	temperature
terrible	terror	thank
theory	thief	thirsty
though	thus	tidy
tight	title	together
toilet	tongue	total
tour	town	training
travel	treasure	treat
trip	trouble	true
trust	try	type
ugly	unable	underground
understanding	unit	unlike
university	usage	useful
useless	usual	valuable
victory	video	view
vision	visit	voice
wage	wait	wake

walk	warm	warn
watch	wave	weaken
wealth	wear	welcome
wide	willing	winner
wireless	wish	within
without	world	worse
worth	write	wrong
yearly	young	youth
yet	zero	zone

表中共有 520 个单词，都是基础（初高中）词汇。

您不确定的单词有_____个，占总数的_____%。

如果您不确定的词汇超过 10%，建议您要从【基础词汇】部分开始认真学起；如果您不确定的词汇低于 10%，您可以对【基础词汇】做简要的筛选式复习，重点复习【高频词汇】和【低频词汇】。

第一周 基础词汇

常用词汇

Monday

a/an [ei]/[æn, ən] *art.* 一（个）；每一（个）；（同类事物中的）任何一个

ability [ə'biləti] *n.* 能力，智能；才能，才干

联　想　able — unable 不能的；
　　　　ability — inability 无能；
　　　　enable — disable 使无能，使残废

able ['eibl] *a.* 有能力的；能干的

考　点　be able to do sth. 能做，会做
联　想　have the ability to do sth. 有做……的能力

aboard [ə'bɔ:d] *ad. / prep.* 在船（车、飞行器）上，上船（车、飞行器）

about [ə'baut] *prep.* 关于，对于；在……周围，在……附近　*ad.* 在周围，附近；大约，差不多

考　点　be about to（do）即将（不跟表示将来的时间状语）

above [ə'bʌv] *prep.* 在……上面，超过　*a.* 上面的，上述的　*ad.* 在上面，以上

考　点　above all 首先，尤其

abroad [ə'brɔ:d] *ad.* 国外，海外；传开

考　点　at home and abroad 国内外

abstract ['æbstrækt] *n.* 摘要，梗概；抽象派艺术作品　*v.* 做……的摘要；提取，抽取　*a.* 抽象的，抽象派的

according to（表示依据）根据，按照

across [ə'krɔs] *ad. / prep.* 横越，横断　*prep.* 在……对面

act [ækt] *n.* 行为，动作；（一）幕；法令，条例　*v.* 行动，举动；起作用；表演

考　点　act on / upon 按……行动；对……起作用；
　　　　act as 担任，充当

action ['ækʃən] *n.* 行动；作用

考　点　out of action 失去作用；有故障；
　　　　take action 采取行动

active ['æktiv] *a.* 活动的，活跃的；积极的，主动的

第一周 基础词汇

activity [æk'tiviti] *n.* 活动；活力；行动

actor ['æktə] *n.* 演员，男演员；行动者

actress ['æktris] *n.* 女演员

add [æd] *vt.* 加，加上；增加，增进；进一步说/写 *vi.* 增添

考点　add to 增加，添加，补充；
　　　add (up) to = total (up) to 总计，等于；意指

address [ə'dres] *n.* 地址，住址；讲话，演说；向……讲话；写姓名地址

admit [əd'mit] *vt.* 承认，接纳，招收

advice [əd'vais] *n.* 忠告，意见

advise [əd'vaiz] *v.* 忠告，意见

联想　advice *n.* 忠告；意见

afraid [ə'freid] *a.* 怕的，害怕的；唯恐的，担心的

考点　be afraid of 害怕某东西；
　　　be afraid to do 不敢做某事

after ['ɑ:ftə] *prep. / conj.* 在……之后 *ad.* 以后，后来

考点　after all 毕竟，虽然这样；
　　　after a while 过了一会儿；
　　　be after 探求，寻找

afternoon ['ɑ:ftə'nu:n] *n.* 下午，午后

afterward(s) ['ɑ:ftəwədz] *ad.* 以后，后来

again [ə'gein] *ad.* 再，再次；又，重新

考点　again and again 再，反复地
　　　now and again 不时地，常常地

against [ə'genst, ə'geinst] *prep.* 对(着)，逆；反对，违反；靠，靠近；和……对比

age [eidʒ] *n.* 年龄；时代 *vi.* 变老

考点　at the age of 在……岁的时候；
　　　for ages 长期

ago [ə'gəu] *ad.* 以前；……前

agree [ə'gri:] *vi.* 同意，赞同；(to) 一致，适合；商定，约定

考点　agree on / upon 同意（用于双方协商同意的事）；
　　　agree with 与……意见一致

agreement [ə'gri:mənt] *n.* 同意，一致；协议，协定，契约

考点　in agreement with = in accordance with 同意，与……一致

ahead [ə'hed] *ad.* 前头，在前，向前

| 考 点 | ahead of 在……前，先于； |

ahead of schedule / time = in advance 提前

air [ɛə] *n.* 空气，大气；天空 *v.* 晾干；使通气

aircraft ['ɛəkrɑːft] *n.* 飞机，飞艇，航空器

airfield ['ɛəfiːld] *n.* 飞机场

airline ['ɛəlain] *n.* （飞机的）航线，航空公司

airmail ['ɛəmeil] *n.* 航空邮件，航空邮政

airport ['ɛəpɔːt] *n.* 飞机场

all [ɔːl] *a.* 全部的，所有的；非常的，极度的 *pron.* 全部，一切 *ad.* 完全地，很

| 考 点 | above all 首先，尤其是； |

all but 几乎，差不多；除……外全部；

all out 全力以赴；

all over 到处，遍及；

at all 完全，根本；

in all 总计，共计

almost ['ɔːlməust] *ad.* 几乎，差不多

alone [ə'ləun] *a.* 独自的，单独的 *ad.* 仅仅，只

| 考 点 | leave alone 顺其自然，不要去管； |

let alone 更不用说

along [ə'lɔŋ] *prep.* 沿着 *ad.* 向前

| 考 点 | all along 始终，一直； |

along with 与……在一起；

get along with 与……相处

aloud [ə'laud] *ad.* 大声地，响亮地

already [ɔːl'redi] *ad.* 已，已经

also ['ɔːlsəu] *ad.* 也，同样；而且，还

| 考 点 | not only...but also 不但……而且 |

although [ɔːl'ðəu] *conj.* 尽管，虽然

altogether [,ɔːltə'geðə] *ad.* 完全；总之，全部

| 联 想 | in brief / in a word / in short 总之；简言之 |

always ['ɔːlwəz, 'ɔːlweiz] *ad.* 总是；永远

among(st) [ə'mʌŋst] *prep.* 在……之中；在……之间

and [ænd] *conj.* 和，与，及；那么，则

| 考 点 | both...and 既……又； |

and so forth 等等；

and so on 等等

angel ['eindʒəl] *n.* 天使，守护神

angle ['æŋgl] *n.* 角，角度；观点

angry [ˈæŋgri] *a.* 愤怒的，生气的

考 点　be angry with / at sb. 对某人发怒；
　　　be angry about / at sth. 对某事发怒

联 想　anger *n.* 气愤，愤怒　*vt.* 使发怒，激怒

animal [ˈæniməl] *n. / a.* 动物（的），兽类（的）

another [əˈnʌðə] *a.* 另一，再一；别的　*prep.* 另一个

考 点　one after another 一个接一个；
　　　one another / each other 互相

answer [ˈɑːnsə] *n.* 回答，答复；答案　*v.* 回答，答复

ant [næt] *n.* 蚁

any [ˈeni] *a.* 任何的，任一的　*pron.* 无论哪个，无论哪些，任一

anybody [ˈeniˌbɔdi] *pron.* 某人，随便哪一个人，无论谁，任何人

anyhow [ˈenihau] *ad.* 不管怎样，无论如何，不管以什么方法，总之

anyone [ˈeniwʌn] *pron.* 某人，随便哪一个人，无论谁，任何人

anything [ˈeniθiŋ] *pron.* 任何事，任何东西（否定、疑问、条件句中），无论什么东西（事情）

anyway [ˈeniwei] *ad.* 不管怎样，无论如何，不管以什么方法，总之

anywhere [ˈeniwɛə] *ad.* 无论哪里；（否定、疑问、条件句中）任何地方

apartment [əˈpɑːtmənt] *n.* 公寓住宅，套间

apologize [əˈpɔlədʒaiz] *vi.* 道歉，认错；辩护，辩解

appear [əˈpiə] *vi.* 出现，出场，问世；好像是

appearance [əˈpiərəns] *n.* 出现，出场，外貌

apple [ˈæpl] *n.* 苹果

area [ˈɛəriə] *n.* 地区，面积，范围，领域

arm [ɑːm] *n.* 手臂，前肢，支架，扶手，[*pl.*] 武器　*vt.* 武装，装备

army [ˈɑːmi] *n.* 军队，一大批，一大群

around [əˈraund] *ad.* 周围，在附近；到处；大约　*prep.* 在⋯⋯周围，四处

arrive [əˈraiv] *vi.* 到来，到达；（at）达成，得出

联 想　arrival *n.* 到来，到达；到达物

考 点　arrive at 到达较小的地方；
　　　arrive at conclusion 得出结论

art [ɑːt] *n.* 艺术，美术，[*pl.*] 人文学科

article ['ɑ:tikl] *n.* 文章；物件

artist ['ɑ:tist] *n.* 艺术家，美术家，能手，大师

as [æs] *conj.* 在/当……的时候；如……一样；由于，因为 *prep.* 作为，当做

> 考 点 as...as 与……一样；
> as for / to 至于，就……而言；
> as if / though 好像，仿佛；
> as long as = so long as 只要，如果，既然；
> as a matter of fact 事实上；
> as a result 结果；
> as far as...be concerned 就……而言；
> as follows 如下；
> as usual 照常

aside [ə'said] *ad.* 在旁边，到/向一边

> 考 点 aside from = apart from 除……以外（尚有），且别说（相当于 besides, in addition to）

ask [ɑ:sk] *vt.* 问，询问；要求，请求，邀请，约请

> 考 点 ask for 请求，要求
> ask after 问候

asleep [ə'sli:p] *a.* 睡着的

at [æt, ət] *prep.* 在……时，在……中，在……方面，向，朝，（表示速度、价格等）以

author ['ɔ:θə] *n.* 作者，著者

away [ə'wei] *ad.* 离开，远离

baby ['beibi] *n.* 婴儿，幼畜，雏鸟

back [bæk] *ad.* 向后，后退；回复 *n.* 背，背面，后面 *a.* 后面的，背后的 *vt.* 使后退；支持

> 考 点 back and forth 来回，往返；
> back up 支持，援助

backward ['bækwəd] *a.* 向后的；相反的；落后的 *ad.* 向后地，倒，逆

bad [bæd] *a.* 坏的，恶的；有害的，不利的；低劣的，拙劣的；腐烂的，臭的；不舒服的

bag [bæg] *n.* 袋，口袋，手提包，钱包

bake [beik] *vt.* 烘烤，烧硬，焙干

ball [bɔ:l] *n.* 球，球状物，（正规的）大型舞会

banana [bə'nɑ:nə] *n.* 香蕉

band [bænd] *n.* 带子，队，乐队 *v.* 联合，结合

bank [bæŋk] *n.* 银行；堤；岸；储藏所（库） *vt.* 存（款）

于银行，储蓄；（车或飞机）倾斜转弯

bare [bɛə] *a.* 赤裸的，极少的　*v.* 使赤裸，露出

baseball ['beisɔ:l] *n.* 棒球（运动）

basic ['beisik] *a.* 基本的，基础的，根本的，主要的，首要的　*n.* 基础，基本

basket [bɑ:skit] *n.* 筐，篮，篓

basketball ['bɑ:skitbɔ:l] *n.* 篮球（运动）

bat [bæt] *n.* 球棒，球拍，蝙蝠

bath [bɑ:θ] *n.* 洗澡，沐浴；浴缸，浴盆，浴池

联　想　**bathe**

bathe [beið] *vt.* 洗澡，把……浸到液体中　*vi.* 洗澡，沐浴，游泳

be [bi:, bi] *vi.* 是，就是，等于；在，存在

beach [bi:tʃ] *n.* （海、河、湖）滩，海滨

beat [bi:t] *vt.* 打敲，打败，做得更好　*vi.* 打，敲，（心脏等）跳动

beautiful ['bju:təful, -tiful] *a.* 美的，美丽的

beauty ['bju:ti] *n.* 美丽，美女，美好的事物

because [bi'kɔz, bə'kɔz, bi'kəz] *conj.* 因为

考　点　**because of** 由于，因为；

　　　　due to = owing to 由于，因为；

　　　　thanks to 由于，幸亏

become [bi'kʌm] *v.* 变得，变成

bed [bed] *n.* 床，花坛，河床，矿床

bedroom ['bedrum] *n.* 卧室

bee [bi:] *n.* 蜂，蜜蜂

beef [bi:f] *n.* 牛肉

beer [biə] *n.* 啤酒

before [bi'fɔ:] *conj.* 在……之前　*prep.* 在……前面　*ad.* 从前，早些时候

考　点　**before long** 不久以后；

　　　　long before 在……很早以前

beg [beg] *v.* 乞求；请求，恳求

考　点　**beg sb. for sth.** 向某人要某物；

　　　　beg off 请求宽免（责任、责罚等）；请假

begin [bi'gin] *v.* 开始，着手

考　点　**begin with / begin by doing sth.** 从……开始；

　　　　to begin with 首先，第一

beginner [bi'ginə] *n.* 初学者，无经验者

beginning [bi'giniŋ] *n.* 开始，开端；起因

考 点　　at the beginning of 在……之初；

　　　　from beginning to end 从头至尾

behind [bi'haind] *prep.* 在……后面，落后于 *ad.* 在后，落后

考 点　　fall behind＝lag behind 落后；

　　　　leave behind 留下；

　　　　behind the times 落后于时代

being ['bi:iŋ] *n.* 存在，生存，存在物；生物，生命；人

bell [bel] *n.* 铃，门铃，钟声

belong [bi'lɔŋ] *vi.* （to）属，附属；归类于

below [bi'ləu] *prep.* 在……下面，在……以下 *ad.* 在下面，以下，向下

belt [belt] *n.* 腰带，带状物，地带，区域

beside [bi'said] *prep.* 在……旁边，和……相比

besides [bi'saidz] *ad.* 而且，还有 *prep.* 除……之外

best [best] *a.* 最好的 *ad.* 最好地 *n.* 最好的人（东西等）

bet [bet] *n.* 打赌，赌注；被打赌的事物 *v.* 打赌；敢断定，确信

better ['betə] *a.* 较好的，更好的，（健康状况）好转的 *ad.* 更好些，更多地

考 点　　for the better 好转，向好的方向发展；

　　　　had better 最好，还是，应该；

　　　　for better or worse 不论好坏，不管怎么样

between [bi'twi:n] *prep.* 在……中间，在……之间 *ad.* 当中，中间

bicycle ['baisikl] *n.* 自行车

big [big] *a.* 大的，重要的

bike [baik] *n.* 自行车

bill [bil] *n.* 账单；票据；纸币；提案

bind [baind] *v.* 绑，约束，装订

bird [bə:d] *n.* 鸟，禽

birth [bə:θ] *n.* 出生，诞生，出身，血统，起源，开始，出现

birthday ['bə:θdei] *n.* 生日，（成立）纪念日

bit [bit] *n.* 一片，一点，一些

考 点　　a bit of＝a little of 一点儿的；

　　　　bit by bit＝little by little 一点点地，渐渐地

bitter ['bitə] *a.* 苦的，痛苦的

blood [blʌd] *n.* 血，血液，血统，出身

联　想　**bloody**

bloody [ˈblʌdi] *a.* 流着血的，有血的；血腥的，残忍的

blue [bluː] *a.* 蓝色的；脸色发灰的；忧郁的，沮丧的　*n.* 蓝色

boat [bəut] *n.* 小船，艇，船形物　*vi.* 划船

body [ˈbɔdi] *n.* 身体，躯体；车身，船身；正文，主要部分

boil [bɔil] *vi.* 沸腾　*vt.* 煮沸

bomb [bɔm] *n.* 炸弹，高压喷雾器　*vt.* 投弹，轰炸

bone [bəun] *n.* 骨头，骨状物

book [buk] *n.* 书，书籍　*vt.* 定，预订

born [bɔːn] *a.* 出生的；天生的，生来的

考　点　　be born in 出生于（时间、地点）；

　　　　　be born of 出身于（家庭）

borrow [ˈbɔrəu] *vt.* 借，借用

考　点　　borrow...from 从……处借入；

　　　　　lend...to＝lend sb. sth. 把……借给某人

boss [bɔs] *n.* 工头，上司，老板

both [bəuθ] *pron.* 两者，双方　*a.* 两，双

考　点　　both...and 既……又，……和……（两者）都

bottle [ˈbɔtl] *n.* 瓶子，（流体）容器

bottom [ˈbɔtəm] *vi.* 底，底部

box [bɔks] *n.* 盒子，箱子，（戏院的）包厢

boy [bɔi] *n.* 男孩，侍者，服务员

brain [brein] *n.* 大脑，心智，智力

brave [breiv] *a.* 勇敢的，英勇的

bread [bred] *n.* 面包，食物，生计

breadth [bredθ] *n.* 宽度，广度

breakfast [ˈbrekfəst] *n.* 早饭

breath [breθ] *n.* 呼吸，气息

联　想　　breathe *v.* 吸入，呼吸

考　点　　out of breath 喘不过气来，上气不接下气；

　　　　　catch one's breath 喘过气来，松口气；

　　　　　hold one's breath 屏息

bridge [bridʒ] *n.* 桥，桥梁；桥牌

bright [brait] *a.* 明亮的，光明的；聪明的，伶俐的；快活的，美好的；（颜色）鲜艳的

building [ˈbildiŋ] *n.* 房屋，建筑物

burn [bəːn] *vi.* 燃烧，烧毁　*n.* 灼伤，烧伤

| 考 点 | **burn out** 烧掉； |
| | **burn up** 烧尽 |

bus [bʌs] *n.* 公共汽车

busy ['bizi] *a.* 忙的，忙碌的；热闹的，繁忙的；（电话）占线的

| 考 点 | **be busy (in) doing sth.** 忙于（做）某事； |
| | **be busy with** 忙于某事 |

but [bət, bʌt] *conj.* 但是，可是，然而 *prep.* 除……之外 *ad.* 只，仅仅

| 考 点 | **but for** 要不是，如果没有； |
| | **nothing but** 那不过是，只是 |

button ['bʌtn] *n.* 纽扣；按钮，电钮 *vt.* 扣上扣子，扣紧

buy [bai] *vt.* 买，购买

by [bai] *prep.* 在……旁，靠近；被，由；在……前，到……为止；经，沿，通过；[表示方法，手段]靠，用，通过；按照，根据 *ad.* 在旁，近旁，经过

考 点	**by hand** 用手；
	by heart 牢记，凭记忆；
	by oneself 单独地，独自地

Tuesday

cake [keik] *n.* 饼，蛋糕，块

campus ['kæmpəs] *n.* （大学）校园

can [kæn, kən] *aux. v.* 能，会；可能；可以 *n.* 罐头，铁罐，易拉罐

| 考 点 | **cannot help doing** 禁不住； |
| | **cannot help but (do)** 不能不，不得不 |

candy ['kændi] *n.* 糖果

cap [kæp] *n.* 帽子

car [kɑ:] *n.* 汽车，车辆，车

card [kɑ:d] *n.* 卡片，名片，请帖，入场券，纸牌

careful ['kɛəful] *a.* 细心的，仔细的

careless ['kɛəlis] *a.* 粗心的，草率的

carpet ['kɑ:pit] *n.* 地毯

cast [kɑ:st] *vt.* 投，扔，撒（网）铸造 *n.* 一投，一扔，撒网，抛钓鱼钩，铸件

cat [kæt] *n.* 猫，猫科动物

cave [keiv] *n.* 山洞，洞穴

cent [sent] *n.* 分币,(作单位的)百

century ['sentʃuri, -tʃəri] *n.* 世纪,百年

certain ['sə:tən] *a.* 确实的,可靠的;某一,某些;一定的,必然的

联　想	certainly
考　点	for certain 肯定地,确凿地;
	make certain＝make sure 把……弄确实,弄清楚

certainly ['sə:tənli] *ad.* 一定,必定,当然,可以

chair [tʃɛə] *n.* 椅子,(会议的)主席 *vt.* 当……的主席,主持

chairman ['tʃɛəmən] *n.* 主席,(委员会,部门等的)领导人

cheap [tʃi:p] *a.* 便宜的,贱的;低劣的,劣质的

cheer [tʃiə] *v. / n.* 喝彩,欢呼 *vt.* 使高兴,使振作

考　点	cheer up (使)高兴起来,(使)振奋起来

cheerful ['tʃiəful] *a.* 高兴的,使人愉快(振奋)的

chemistry ['kemistri] *n.* 化学

cheque [tʃek] *n.* 支票,账单;检查,核对

chicken ['tʃikin] *n.* 小鸡,鸡肉

child [tʃaild] *n.* 孩子,孩童

childhood ['tʃaildhud] *n.* 童年,幼年

chop [tʃɔp] *vt.* 愿意,决定

church [tʃə:tʃ] *n.* 教堂,教会

cigarette [,sigə'ret] *n.* 香烟,纸烟

cinema ['sinimə] *n.* 电影院,影片,电影

citizen ['sitizn] *n.* 公民,市民,居民

city ['siti] *n.* 都市,城市

class [klɑ:s] *n.* 班级,阶级,等级;(一堂)课;门类,种类

classmate ['klɑ:smeit] *n.* 同班同学

classroom ['klɑ:srum] *n.* 教室

claw [klɔ:] *n.* 爪

clean [kli:n] *a.* 清洁的,干净的 *vt.* 弄清洁,擦干净

考　点	clean up 收拾干净,清除;做完,完成

clear [kliə] *a.* 明亮的,清澈的;晴朗的 *ad.* 清楚地,清晰地 *vt.* 清除;澄清;晴朗起来

考　点	clear up 解释,澄清;(天气)变晴;
	clear away 清理

clever ['klevə] *a.* 聪明的,伶俐的;机敏的,灵巧的

考　点	be clever at 擅长

climate ['klaimit] *n.* 气候

cloth [klɔ(:)θ] *n.* 布，织物，衣料

clothe [kləuð] *vt.* 给……穿衣服

clothes [kləuðz] *n.* 衣服

clothing ['kləuðiŋ] *n.* 衣服（总称）

cloud [klaud] *n.* 云；一缕，一群；阴影

cloudy ['klaudi] *a.* 多云的，阴天的，似云的；模糊不清的

club [klʌb] *n.* 俱乐部，夜总会；棍棒，球棒

coat [kəut] *n.* 上衣，外套，表皮，（油漆等）涂层 *v.* 给……上涂（盖、包）

coffee ['kɔfi] *n.* 咖啡，咖啡色

coin [kɔin] *n.* 硬币

cold [kəuld] *a.* 冷的，寒冷的；冷淡的 *n.* 寒冷；感冒

考　点　have / catch a cold 感冒

college ['kɔlidʒ] *n.* 大学，学院

color ['kʌlə] *n.* 颜色，颜料，脸色，肤色 *vt.* 给……着色，染色

computer [kəm'pju:tə] *n.* 计算机，电脑

concert ['kɔnsət] *n.* 音乐会

conference ['kɔnfərəns] *n.* 会议，会谈

cook [kuk] *vt.* 煮，烧（食物）*vi.* 做饭 *n.* 厨师

cool [ku:l] *a.* 凉的，凉爽的；沉着的，不动感情的 *n.* （使）冷却，（使）冷静

core [kɔ:] *n.* 果心，核心；要点

corn [kɔ:n] *n.* 谷物；（美）玉米；（英）小麦

corner ['kɔ:nə] *n.* 角落，街角；困境

cough [kɔ:f] *n.* 咳，咳嗽；咳嗽声 *vi.* 咳嗽

could [kud] *aux. v.* （can 的过去式）

country ['kʌntri] *n.* 国家，农村，乡间

couple ['kʌpl] *n.* 对，双；夫妇

courage ['kʌridʒ] *n.* 勇气，胆量 *vi.* 息票，赠券

cover ['kʌvə] *v.* 盖，覆；包括，涉及 *n.* 覆盖物；套，封面

crawl [krɔ:l] *vi. / n.* 爬行

crazy ['kreizi] *a.* 疯狂的；狂热爱好的，着迷的

考　点　be crazy to do sth. 干……是荒唐的；
　　　　be crazy about / on (doing) sth. 对（做）……着迷

crop [krɔp] *n.* 庄稼，农作物，收成；一批，一群 *vt.* 收割，播种 *vi.* 收成，耕种

cross [krɔs] *v.* 越过，穿过；使交叉，使相交 *n.* 十字形，十字架 *a.* 交叉的，横穿的

考点 **cross out** 删去，取消

crowd [kraud] *n.* 人群，群众 *v.* 挤满，拥挤

crowded [ˈkraudid] *a.* 拥挤的

cry [krai] *v. / n.* 叫，喊，哭泣

culture [ˈkʌltʃə] *n.* 文化，文明；教养

cup [kʌp] *n.* 杯子 *v.* 一杯的量；奖杯；（使）成杯形

curtain [ˈkəːtən] *n.*（窗、门）帘，（舞台的）幕

cut [kʌt] *v. / n.* 切，剪，割，削；删，缩减 *n.* 伤口

考点 **cut back** 削减，减少；

cut down 削减，减少，降低；

cut in 插嘴，打断；

cut off 切掉，剪去，删去；

cut out 切去；删除；

cut short 突然停止；简化

daily [ˈdeili] *a.* 每日的；日常的 *ad.* 每日，天天

dance [dɑːns] *vi.* 跳舞 *n.* 舞蹈，舞会

danger [ˈdeindʒə] *n.* 危险，威胁

考点 **in danger** 在危险中；垂危；

out of danger 脱离危险

dangerous [ˈdeindʒərəs] *a.* 危险的，不安全的

dare [dɛə] *vt.* 敢，竟敢；向……挑战 *aux. v.* 敢，胆敢（情态动词的否定式为 daren't，后接动词原形，用于疑问句、否定句和条件句；做及物动词时后接名词或动词不定式）

dark [dɑːk] *a.* 暗的，黑暗的；深色的，黑色的 *n.* 黑暗，暗处

考点 **in the dark** 在暗处，秘密地，完全不知道；

keep / leave sb. in the dark 不让某人知道

darling [ˈdɑːliŋ] *n.* 爱人，宠儿

data [ˈdeitə] *n.*（datum 的复数）资料，材料

date [deit] *n.* 日期，年代；约会 *v.* 注明……的日期；约会

考点 **out of date** 过时的，陈旧的；

up to date 时兴的

day [dei] *n.* 一日，白天

dead [ded] *a.* 死的，无感觉的

dear [diə] *a.* 亲爱的，贵重的，昂贵的，宝贵的 *n.* 亲爱的人 *int.* 哎呀！天哪！

death [deθ] *n.* 死亡

debt [det] *n.* 债务

delicious [diˈliʃəs] *a.* 美味的，芬芳的

department [di'pɑ:tmənt] *n.* 部，部门，系

departure [di'pɑ:tʃə] *n.* 起程；背离；发射，飞出

desk [desk] *n.* 书桌，办公桌

dial ['daiəl] *n.* （钟表等的）针盘，（电话的）拨号盘，刻度盘 *v.* 拨（电话号码），打（电话）

dialogue ['daiəlɔg] *n.* 问答，对话

diary ['daiəri] *n.* 日记簿；日记

dictionary ['dikʃənəri] *n.* 词典，字典

die [dai] *vi.* 死，死亡

> 考 点　**die down** 渐渐消失，平息；
>
> **die out** 消失，灭绝；
>
> **die off**（植物）相继枯死；（声音）渐渐消失；
>
> **die of** 死于（疾病、饥饿等）；
>
> **die from** 死于（受伤等）

diet ['daiət] *n.* 饮食，食物，规定的食物 *v.* 吃规定的食物，节食

dig [dig] *v.* 掘，挖；探究

> 考 点　**dig into** 探究

dinner ['dinə] *n.* 正餐，宴会

dirt [də:t] *n.* 污物，污垢；泥土

dirty ['də:ti] *a.* 脏的；卑鄙的

disc [disk] *n.* 唱片，磁盘

dish [diʃ] *n.* 碟盘；菜肴，一道菜

do [dəu] *vt.* 做，干，办；完成，做完；产生 *vi.* 做，行动，进行；行，合适

> 考 点　**do away with** 消失，丢掉；
>
> **do one's best** 尽力而为；
>
> **have nothing / something to do with** 与……无关/有关

doctor ['dɔktə] *n.* 医生，博士

dog [dɔg] *n.* 狗

doll [dɔl] *n.* 玩具娃娃

dollar ['dɔlə] *n.* 美元，元

door [dɔ:, dɔə] *n.* 门，入口

doorway ['dɔ:wei] *n.* 出入口

down [daun] *ad.* 下，向下；由多到少；往南；处于低落状态 *prep.* 下，顺……而下

downstairs [daun'stɛəz] *ad.* 在楼下 *a.* 楼下的

downward ['daunwəd] *a. / ad.* 向下地（地），下行的

（地）

dozen [ˈdʌzn] *n.* （一）打，十二个

drawing [ˈdrɔːiŋ] *n.* 图画，素描（画）

drink [driŋk] *v.* 饮，喝 *n.* 饮料，酒

drive [draiv] *vt.* 驾驶，开动；驱，赶；驱使，迫使 *vi.* 驾驶，开车

> **考 点** drive sb. mad 使某人发疯；
> drive sb. out of 把某人赶出；
> drunk *a.* （酒）醉的

driver [ˈdraivə] *n.* 驾驶员，司机

dry [drai] *a.* 干的，干旱的；口干的，口渴的；干巴巴的，枯燥的 *vt.* 使干燥，晒干

dull [dʌl] *a.* 钝的；愚笨的，迟钝的；阴暗的，沉闷的，单调的；暗淡的，阴郁的

during [ˈdjuəriŋ] *prep.* 在……期间，在……时候

dust [dʌst] *n.* 尘土 *v.* 去掉灰尘

e.g. *n.* 例如

each [iːtʃ] *a. / pron.* 每个，各，各自

> **考 点** each other 互相

early [ˈəːli] *a.* 早的，早日的，及早的 *ad.* 早，初

> **考 点** early on 在早期

earth [əːθ] *n.* 地球，土地，陆地，土泥

earthquake [ˈəːθkweik] *n.* 地震

eat [iːt] *v.* 吃 *a.* 可以食用的

> **考 点** eat up 吃光

egg [eg] *n.* 蛋，卵，鸡蛋

eight [eit] *num.* 八（个）

eighteen [ˈeiˈtiːn] *num.* 十八

eighty [ˈeiti] *num.* 八十

either [ˈaiðə(r)] *pron.* （两者中）任何一个 *ad.* 也（不），而且 *conj.* 或……或……，不是……就是……

elder [ˈeldə(r)] *a.* 年长的，资格老的 *n.* 长者，长辈

eleven [iˈlevn] *num.* 十一

else [els] *ad. / a.* 其他（的），另外（的）

elsewhere [ˈelsˈhwɛə] *ad.* 在别处，到别处

empty [ˈempti] *a.* 空的；空洞的 *vt.* 倒空，搬空

enemy [ˈenimi] *n.* 敌人，敌军；仇人；危害物

enjoy [inˈdʒɔi] *vt.* 欣赏，喜爱；享受，享有

> **考 点** enjoy oneself 过得快乐

enjoyable [in'dʒɔi(ə)l(ə)bl] *a.* 可爱的，令人愉快的，有趣的

enough [i'nʌf] *a.* 足够的，充足的 *ad.* 足够地

enter ['entə] *v.* 走进，进入；参加，加入；写入，登录

entrance ['entrəns] *n.* 入口，门口；入场，入会，入学

> 考点 allow free entrance to 允许自由进入

especially [is'peʃəli] *ad.* 特别，尤其，格外

even ['i:vən] *ad.* 甚至，连……都 *a.* 平的，平坦的；均匀的；平等的，均等的；偶数的

> 考点 even if / even though 即使，纵然

evening ['i:vniŋ] *n.* 傍晚，晚上

event [i'vent] *n.* 事件，大事

ever ['evə] *ad.* 曾经，在任何时候

> 考点 for ever 永远
>
> ever since 从那时起一直到现在

every ['evri] *a.* 每，每个；每隔……的

> 考点 every other 每隔一个的；
>
> every now and then 不时的

everybody ['evribɔdi, 'evribədi] *pron.* 每人，人人，各人

everyday ['evridei] *a.* 每天的，日常的

everyone ['evriwʌn] *pron.* 每人，人人，各人

everything ['evriθiŋ] *pron.* 一切，每件事，凡事

everywhere ['evrihwɛə] *ad.* 到处，处处

evil ['i:vl] *a.* 邪恶的，坏的 *n.* 邪恶，罪恶；祸害

exam [ig'zæm, eg-] *n.* 考试，检查

excite [ik'sait] *vt.* 激动，使兴奋；激发，刺激，唤起

> 联想 excited *a.* 激动的；
>
> excitement *n.* 刺激，兴奋（状态）；
>
> exciting *a.* 令人兴奋的，使人激动的

exercise ['eksəsaiz] *n.* 练习，习题 *vt.* 运用，行使，实行 *v.* / *n.* 锻炼，训练

exhibition [ˌeksi'biʃən] *n.* 展览，展览会（品）

expert ['ekspə:t] *n.* 专家，能手 *a.* 专家的，内行的

eye [ai] *n.* 眼睛；眼力；鉴赏力

eyesight ['aisait] *n.* 视力

face [feis] *n.* 脸，面；表面 *vt.* 面临，面向

> 考点 face to face 面对面地；
>
> in the face of 面对，在……前面；不顾

fact [fækt] *n.* 事实，真相，事情

factor ['fæktə] *n.* 因素，要素；因子，商

factory [ˈfæktəri] n. 工厂

fall [fɔ:l] vi. 落下，跌落，降落；跌倒，坠落，陷落 n. 秋天（过去式为 fell；过去分词为 fallen）

考点　fall behind 落后；
　　　fall back 后退，退却；
　　　fall out 争吵，闹翻；
　　　fall back on 求助于

false [fɔ:ls] a. 假的；假造的，人造的；虚伪的

family [ˈfæmili] n. 家，家庭，家族，氏族，（尤指动植物的）系，族，科

famous [ˈfeiməs] a. 著名的

考点　be famous for / as 以……而著名

fan [fæn] n. 扇子，风扇；狂热爱好者，……迷

far [fɑ:] a. 远，遥远，久远 ad. 到……程度，……得多

考点　as far as / so far as 只要；就……而言；
　　　far from 决不，决非；
　　　by far（修饰比较级、最高级）……得多，最；
　　　so far 迄今为止

farm [fɑ:m] n. 农场，饲养场 v. 耕作

farmer [ˈfɑ:mə] n. 农夫，农场主

farming [ˈfɑ:miŋ] n. / a. 农业（的）

fast [fɑ:st] a. / ad. 快，迅速；紧，牢

考点　hold fast to 坚持（思想、原则等）

fat [fæt] n. 脂肪，肥肉 a. 肥胖的，多脂肪的

fee [fi:] n. 费，酬金

feed [fi:d] vt. 喂养，饲养 vi.（牛、马）吃东西 n. 饲料（过去式和过去分词为 fed）

考点　feed on 以……为食；以……为能源；
　　　be fed up with 厌烦

feel [fi:l] vt. 触，摸；认为，以为 vi. 感觉，感到；摸起来，给人以……感觉；摸索，寻找 n. 感觉，觉得，触摸

考点　feel like (doing) 想要

feeling [ˈfi:liŋ] n. 感觉，知觉；情感；心情，情绪

fellow [ˈfeləu] n. 人，家伙；小伙子 a. 同伴的，同类的

female [ˈfi:meil] n. 女子，雌性动物 a. 女性的，雌性的

festival [ˈfestəvəl] n. / a. 节日（的）

fever [ˈfi:və] n. 发热，发烧；热病；狂热，兴奋

考点　have / run a high / slight fever 发高/低烧

few [fju:] n. / a. 不多，少数，很少，几乎没有几个

考　点 a few 少许，一些；

　　　　 quite a few 还不少，有相当数目

field [fi:ld] *n.* 原野，田野；活动范围，领域，界；(电/磁)场

fifteen ['fif'ti:n] *num.* 十五

fifty ['fifti] *num.* 五十

fight [fait] *v. / n.* 打架，战斗，斗争

考　点 fight for / against 为/向……战斗

file [fail] *n.* 文件夹，卷宗；(计算机)文件　*vt.* 把……归档

fill [fil] *v.* 装满，充满，填充；占据，担任，补缺

考　点 fill in 填充，填写；

　　　　 fill out 填好，填写；

　　　　 fill up 装满，填满

film [film] *n.* 影片；胶卷，薄层，薄膜　*vt.* 把……拍成电影

final ['fainəl] *a.* 最后的，决定性的

finally ['fainəli] *ad.* 最终

find [faind] *v.* 找，找到；发现，发觉，感到

考　点 find out 发现，查明，找出

fine [fain] *a.* 美好的，优良的，优秀的；晴朗的，明朗的；纤细的；精细的，精致的　*n. / vt.* 罚款

finish ['finiʃ] *n. / vt.* 完毕，结束，完成

fire ['faiə] *n.* 火，炉火　*n. / vi.* 开火，射击　*vt.* 解雇

考　点 catch fire 着火，烧着；

　　　　 on fire 烧着；

　　　　 set fire to 使燃烧，点燃；

　　　　 play with fire 玩火，做危险的事

fireman ['faiəmən] *n.* 消防队员

first [fə:st] *num.* 第一　*a.* 最初的，第一流的　*n.* 最初，头等，[*pl.*] 一级品　*ad.* 首先

fish [fiʃ] *n.* 鱼　*v.* 钓鱼，捕鱼

five [faiv] *num.* 五（个）

fix [fiks] *vt.* 固定，安装，装配；整理，安排；修理；确定，决定

考　点 fix on 确定；决定；

　　　　 fix one's eyes on 盯住

flash [flæʃ] *n.* 闪光，一闪，闪光灯　*vi.* 发闪光；闪现，闪过；飞驰，掠过

flat [flæt] *a.* 平的，平坦，扁平的，(轮胎)瘪的　*n.* 平面（图），公寓套房

flesh [fleʃ] *n.* 肉，肌肉

flight [flait] *n.* 航班，飞行，航程

floor [flɔ:, fləʊ] *n.* 地板，楼层

fly [flai] *v.* 飞，飞行；（放）风筝 *n.* 苍蝇

food [fu:d] *n.* 食物

fool [fu:l] *n.* 笨蛋，傻瓜 *vt.* 玩弄，愚弄 *a.* 傻的

考点 　make a fool of 愚弄，欺骗；
　　　fool sb. into doing sth. 哄骗某人做某事

foot [fut] *n.* 足，底部；英尺

football ['futbɔ:l] *n.* 足球（比赛）

for [fɔ:, fə] *prep.* 就……而言，对于；代，替，代表；（表示对象、愿望、爱好、活动等）为，为了，对于，给；（表示时间、数量、距离）达，计；（表示目的、方向）向，对；（表示等值关系）换；（表示身份）当做，作为；（表示赞成、支持）拥护

考点 　for all 尽管，虽然

forehead ['fɔrid, 'fɔːhed] *n.* 前额

foreign ['fɔrin] *a.* 外国的，对外的；外国产的，外国来的，外来的，异质的

foreigner ['fɔrinə] *n.* 外国人，外人

forest ['fɔrist] *n.* 森林

forever [fə'revə] *ad.* 永远

forget [fə'get] *v.* 忘记，遗忘

forth [fɔ:θ] *ad.* 向外

考点 　and so forth 等等

forty ['fɔ:ti] *num.* 四十

forward ['fɔ:wəd] *a.* 前部的，向前的；进步的 *ad.* 向前，前进；向将来 *vt.* 转交，转递

考点 　move forward 向前移；
　　　look forward to 期望，盼望

fountain ['fauntin] *n.* 喷泉

four [fɔ:] *num.* 四（个）

fourteen ['fɔ:'ti:n] *num.* 十四（个）

frank [fræŋk] *a.* 直率的

fresh [freʃ] *a.* 新的，新到的；新鲜的，（水等）淡的，（空气、气候）清新的

friend [frend] *n.* 朋友，友人，支持者，同情者

friendly ['frendli] *a.* 友好的，友谊的

考点 　be friendly with / to sb. 对某人友好；
　　　be friendly to sth. 支持某事

friendship [ˈfrendʃip] *n.* 友谊，友情，友好

from [frɔm, frəm, frm] *prep.* 从……起，从……来，出自，由于，因为，出于离，从，由

front [frʌnt] *n. / a.* 前面（的），前部（的） *n.* 前线，战线，阵线 *v.* 面向，面对

考 点   in front of 在……（外面）的前面，当……面；
in the front of 在……（里面）的前部

fruit [fruːt] *n.* 水果，果实；成果，产物

fry [frai] *v.* 油煎，油炸

fuel [fjuəl] *n.* 燃料 *vt.* 加燃料，供给燃料

full [ful] *a.* 满的，充满的；完全，充分

考 点   in full 全部地，不省略地；
to the full 完全地，充分地，彻底地；
be full of 充满

fun [fʌn] *n.* 玩笑，乐趣；有趣的人/事

考 点   for / in fun 开玩笑，不是认真地；
make fun of 取笑

fund [fʌnd] *n.* 资金，基金，专款，[pl.] 存款，现款，（物质资源的）储备

funny [ˈfʌni] *a.* 滑稽的，可笑的，有趣的；稀奇的，古怪的

game [geim] *n.* 游戏，娱乐，比赛（项目）；[pl.] 运动会；打猎

garden [ˈgɑːdn] *n.* 花园，庭园 *v.* 从事园艺活动

gas [gæs] *n.* 煤气，可燃气；气体；汽油

gate [geit] *n.* 大门，阀门，闸门

get [get] *vt.* 获得，使得，把……弄得，感染（疾病）*vi.* 达到

gift [gift] *n.* 赠品，礼物；天赋，才能

girl [gəːl] *n.* 女孩，姑娘

glad [glæd] *a.* 高兴的，愉快的；乐意的

glass [glɑːs] *n.* 玻璃，玻璃杯；镜子，[pl.] 眼镜

go [gəu] *vi.* 走，离开，变成，处……状态，运行，运转；被放置，流通

god [gɔd] *n.* 神，上帝

goddess [ˈgɔdis] *n.* 女神

gold [gəuld] *n.* 金，金币；财富；金黄色 *a.* 金（制）的，含金的

golden [ˈgəuldən] *a.* 金色的；黄金的；金制的；贵重的，极好的

good [gud] *a.* 好的，美好的；好心的，善良的；有本事的，

擅长的；乖的，恭顺的　*n.* 善，好事；好处，利益

| 考　　点 | **for good** 永久地，一劳永逸地 |

　　　　　do good to 有益于

　　　　　be good at 擅长于

goodbye [ˌgud'bai] *int.* 再见

goods [gudz] *n.* 货物，商品；财产

great [greit] *a.* 大的，极大的；重大的；伟大的；美妙的

greet [gri:t] *vt.* 致敬，敬意；迎接

greeting ['gri:tiŋ] *n.* 问候，招呼

guess [ges] *v.* 猜测，推测　*n.* 以为，相信

guest [gest] *n.* 客人　*v.* 款待

habit ['hæbit] *n.* 习惯，习性，脾性

| 考　　点 | **be in the habit of** 有……习惯； |

　　　　　get / fall into the habit of 养成……习惯

half [hɑ:f] *a.* 一半的　*n. / ad.* 一半

hall [hɔ:l] *n.* 门厅，过道；礼堂，会堂；办公大楼

handsome ['hænsəm] *a.*（男子）漂亮的，英俊的；（女子）端庄，健美的，好看的；可观的；慷慨大方的

happy ['hæpi] *a.* 幸福的，快乐的；乐意的

hat [hæt] *n.* 帽子

hate [heit] *n.* 恨，憎恨　*vt.* 不喜欢，不愿

have [hæv] *v.* 有，存在；进行，经历，遭受；使，让

head [hed] *n.* 头，头部，前部，顶端　*vt.* 领导，首脑　*vt.* 领导，主管，居……之首　*vi.* 朝……方向前进

headache ['hedeik] *n.* 头痛

headmaster [hed'mɑ:stə(r)] *n.*（中小学的）校长

hear [hiə] *vt.* 听见；听说，得知；倾听，听取；审讯，听证

| 考　　点 | **hear about / of** 听说； |

　　　　　hear from（通过电话、信件等）得以联络

hearing ['hiəriŋ] *n.* 听力，听觉，听力所及的范围

heart [hɑ:t] *n.* 心，心脏，内心，要点

heat [hi:t] *vt.*（使）变热，加热　*n.* 热，热量，体温，热度，热烈，激动

heaven ['hevən] *n.* 天堂，天国，[*pl.*] 天，天空

heavy ['hevi] *a.* 重的，沉重的，繁重的；大量的；猛烈的

height [hait] *n.* 高，高度，身高；高处，高地，顶点

hello ['heləu, he'ləu] *int.* 喂！你好！

help [help] *v. / n.* 帮助；援助

| 考　　点 | **can not help doing** 禁不住；忍不住； |

help oneself 自取所需（食物等）

helpful ['helpful] *a.* 有帮助的；有益的

helpless ['helplis] *a.* 无助的，无依靠的

here [hiə] *ad.* 这里，到这儿，在这一点上；这时

考　点　**here and there** 到处，处处

hero ['hiərəu] *n.* 英雄，男主人公

hi [hai] *int.* 喂，嘿

hide [haid] *vt.* 隐藏，躲藏；隐瞒 *vi.* （躲）藏

high [hai] *a.* 高的；高度的；高级的，高尚的 *ad.* 高地

考　点　**It is high time that...** 该是做……的时候了。[谓语动词用一般过去时形式]

highly ['haili] *ad.* 高度地，很，非常

highway ['haiwei] *n.* 公路

hill [hil] *n.* 小山，丘陵

hit [hit] *v.* 打击（中），碰撞 *n.* 一击，击打，击中，风行一时的作品

hole [həul] *n.* 洞，孔眼

home [həum] *n.* 家，家乡，发源地 *a.* 家庭的，家乡的，本国的 *ad.* 在家，回家，到家

homeland ['həumlænd] *n.* 祖国

hometown ['həumtaun] *n.* 家乡

homework ['həumwə:k] *n.* 家庭作业

honest ['ɔnist] *a.* 诚实的，老实的，正直的

考　点　**be honest with sb.** 对某人诚实、忠实

honesty ['ɔnisti] *n.* 诚实，忠实

honey ['hʌni] *n.* 蜜，蜂蜜；爱人，宝贝

hospital ['hɔspitl] *n.* 医院

host [həust] *n.* 主人，旅店老板；节目主持人

联　想　**hostess** *n.* 女主人；女服务员；空中小姐

hot [hɔt] *a.* 热的；辣的；热烈的，激烈的

hotel [həu'tel] *n.* 旅馆，饭店，酒店

hour ['auə] *n.* 小时，钟点，时刻

house [haus] *n.* 房屋，住宅；机构，公司，商号；议院 *vt.* 给……提供住处

housewife ['hauswaif] *n.* 家庭主妇

how [hau] *ad.* 如何，怎样，多少，多么

however [hau'evə] *conj.* 然而，可是，不过 *ad.* 不管怎样

huge [hju:dʒ] *a.* 巨大的，庞大的

human ['hju:mən] *a.* 人的，人类的，有人性的，通人情

的 *n.* 人

humor ['hju:mə] *n.* 幽默（感），诙谐

hundred ['hʌndrəd, '-drid] *num.* 百，一百

hunger ['hʌŋgə] *n.* 饥饿，缺粮，饥荒，渴望 *vi.* 渴望，渴求

联 想 **hungry** *a.* 饥饿的；渴望的

hurry ['hʌri] *v.* 使加快，催促 *n.* 仓促，匆忙

husband ['hʌzbənd] *n.* 丈夫

hut [hʌt] *n.* 小屋，棚屋

Wednesday

i.e. 即，就是（i.e.＝that is）

ice [ais] *n.* 冰，冷饮

idea [ai'diə] *n.* 想法，念头；概念，观念；意见，主意

考 点 **have no idea of** (+ *n.*) 不知道

if [if] *conj.* 如果，假如，是否

ill [il] *a.* 有病的；坏的，恶意的 *ad.* 坏地，不利地

illness ['ilnis] *n.* 病，疾病

impossible [im'pɔsəbl] *a.* 不可能的，不会发生的；难以忍受的

in [in] *prep.* （表示地点、场所、位置）在……里，在……中；（表示时间）在……期间，在……以后；（表示工具、方式）以……方式；（表示状态、情况）在……中，处于；（表示范围、领域、方向）在……之内，在……方面 *ad.* 向里，向内；在家里，在屋里

考 点 **be in for** 一定会遇到（麻烦等）；参加（竞争等）
in that 因为，原因在于

incident ['insidənt] *n.* 事件；政治事件，事变

income ['inkəm] *n.* 收入，收益，所得

incorrect [,inkə'rekt] *a.* 不正确的，错误的

indeed [in'di:d] *ad.* 的确，确实

indirect [,indi'rekt, ,indai'rekt] *a.* 间接的，迂回的

indoor ['indɔ:] *a.* 户内的，室内的

indoors ['in'dɔ:z] *a. / ad.* 室内（的），户内（的）

ink [iŋk] *n.* 墨水，油墨

inner ['inə] *a.* 内部的，里面的，内在的；秘密的，核心的

input ['input] *n. / vt.* 输入

inside [in'said] *prep.* 在……里，在……内 *a.* 内部的，里面的，内幕的 *ad.* 在内部，在里面 *n.* 内部，里面，内侧

instead [in'sted] *ad.* 代替，顶替

international [ˌintə(ː)'næʃənəl] *a.* 国际的，世界的

into ['intu, 'intə] *prep.* 进入，到……里；成为，转为

item ['aitem, 'aitəm] *n.* 条（款），项目，细目；一则（新闻）；（戏剧）节目

jacket ['dʒækit] *n.* 夹克，短上衣；罩，套

jar [dʒɑ:] *n.* 罐子，广口瓶

jeep [dʒi:p] *n.* 吉普车，小型越野汽车

jewel ['dʒu:əl] *n.* 宝石，宝石饰品

job [dʒɔb] *n.* 职业，工作；一件工作，活儿

join [dʒɔin] *v.* 结合，接合，连接；参加，加入

> 考　点　join in 参加；
>
> 　　　　join...to 把……与……连在一起

joint [dʒɔint] *n.* 关节，骨节；接合处，接缝 *a.* 联合的，共同的，连接的

> 考　点　out of joint 脱臼；出了问题，处于混乱中；
>
> 　　　　joint venture 合资，联营

joke [dʒəuk] *n.* 笑话，玩笑 *vi.* 说笑话，开玩笑

> 考　点　play a joke on sb. 拿某人开玩笑，戏弄某人

journal ['dʒə:nl] *n.* 日报，期刊；日志，日记

joy [dʒɔi] *n.* 欢乐，喜悦；乐事，乐趣

juice [dʒu:s] *n.* （蔬菜、水果等的）汁，液，浆

jump [dʒʌmp] *v. / n.* 跳跃，跳动 *n.* 猛增

just [dʒʌst] *a.* 正义的，公正的，公平的，正直的 *ad.* 恰恰，正好，刚刚，只是，仅仅

keep [ki:p] *vi.* 保持，坚持 *vt.* 使继续，使保持，保存；饲养；经营，管理；履行，遵循

key [ki:] *n.* 钥匙；题解，答案；键

kick [kik] *n. / v.* 踢

kid [kid] *n.* 小孩，小伙子

kill [kil] *vt.* 杀死，消灭，破坏，毁灭；消磨（时间）

kilogram ['kiləɡræm] *n.* 千克，公斤

kilometre / kilometer ['kiləmi:tə] *n.* 千米，公里

kind [kaind] *n.* 种类 *a.* 仁慈的，和善的，亲切的

> 考　点　kind of 有点儿，有几分；
>
> 　　　　of a kind 同类的；徒有其名的

king [kiŋ] *n.* 国王，君主

kingdom ['kiŋdəm] *n.* 王国，领域，界

kiss [kis] *v. / n.* 吻

kite [kait] *n.* 风筝

knife [naif] *n.* 刀，小刀

knock [nɔk] *v.* 敲，打，碰撞　*n.* 敲击（声）

know [nəu] *vt.* 知道，了解，懂得；认识，熟悉；识别，认出　*vi.* 了解，知道

考点　be known as 被称为，被认为是；

be known for 因……而出名

knowledge [ˈnɔlidʒ] *n.* 知识，学识；知道，了解

考点　to one's knowledge 据……所知；

acquire / obtain / get knowledge 获得知识

lab [læb] *n.* 实验室

ladder [ˈlædə] *n.* 梯子，阶梯

lady [ˈleidi] *n.* 夫人，女士 [*pl.*] 女盥洗室

lake [leik] *n.* 湖，湖泊

land [lænd] *n.* 陆地；土地；国土，国家　*v.* 使靠岸，使登陆，使着陆

考点　by land 由陆路

language [ˈlæŋgwidʒ] *n.* 语言

large [lɑ:dʒ] *a.* 大的；大（只用于短语）

largely [ˈlɑ:dʒli] *ad.* 大部分，主要地

last [lɑ:st] *a.* 最后的，最近的　*ad.* 最后，上一次，最近一次　*vi.* 持续，维持

late [leit] *a.* 迟的，晚的，晚期的，末期的；最近的；已故的　*ad.* 迟，晚

lately [ˈleitli] *ad.* 最近，近来；不久前

later [ˈleitə] *ad.* 后来；过一会儿

latter [ˈlætə] *a.* 后面的，末了的，后一半的；接近终了的　*n.* 后者

laugh [lɑ:f] *n.* / *vi.* 笑

考点　laugh at 讥笑，嘲笑；

laugh off 用笑摆脱，对……一笑了之

law [lɔ:] *n.* 法律，法规；规律，法则，定律

考点　be at law 在诉讼中

lawyer [ˈlɔ:jə] *n.* 律师

lead [li:d] *v.* 领导，引导，为……带路，指引；导致，通向　*n.* 领导，领先

leader [ˈli:də] *n.* 领袖，领导者

leadership [ˈli:dəʃip] *n.* 领导

leaf [li:f] *n.* 叶（子）；张，页；薄金属片

league [li:g] *n.* 同盟，联盟；协会，社团

learn [lə:n] *n.* 学习，学会；得知，获悉；记住

least [li:st] *a.* 最小的，最少的

考　点　**at least** 最低限度；至少

　　　　least of all 最不，尤其

lecture ['lektʃə] *n. / v.* 演讲，讲课

left [left] *a. / n.* 左；左的，左面的，左边的；往左的，向左的

考　点　**on / at the left** 在……的左边

legal ['li:gəl] *a.* 合法的，正当的；法律的

lend [lend] *vt.* 出借，借给

考　点　**lend itself to** 适合于；

　　　　lend sb. a hand 帮……一把

less [les] *a. / ad.* 更小的（地），更少的（地），较次（劣）的（地），不太重要的（地）

考　点　**no less than** 不少于，多达

lesson ['lesn] *n.* 一节课；功课；课程；教训

let [let] *vt.* 允许，让；使；出租

考　点　**let alone** 更不用说；

　　　　let down 放下，降低；使失望；

　　　　let go (of) 放开，松手；

　　　　let in 让……进入，放……进来；

　　　　let out 放出，发出；放大（衣服）

letter ['letə] *n.* 字母，文字；信，函件

level ['lev(ə)l] *n.* 水平面，水平线，等级 *a.* 平的，水平的

library ['laibrəri] *n.* 图书馆；丛书，文库

联　想　**librarian** *n.* 图书馆馆长（或馆员）

lie [lai] *vi.* 躺，平放；位于；处于，在于 *n.* 谎言 *v.* 说谎

考　点　**take lying down** 甘受（挫败等）；

　　　　lie in 在于

life [laif] *n.* 生命；寿命，一生；生活，生计；生物

考　点　**bring to life** 使复活，给……以活力；

　　　　come to life 苏醒过来，开始有生气；

　　　　for life 一生，终生

lifetime ['laiftaim] *n.* 终生，一生

lift [lift] *v.* 提起，举起；消散，（云雾）升起 *n.* 举；升；电梯，升降机；搭便车

light [lait] *n.* 光，光线，灯，光源 *v.* 点燃，照亮 *a.* 轻的，浅色的；不费力的，轻松的

lighten ['laitn] *vt.* 减轻（负担），缓和，使轻松愉快

like [laik] *a.* 相像的,相同的 *prep.* 像,和……一样 *v.* 喜欢,希望,想要

likely ['laikli] *a.* 很可能的,有希望的 *ad.* 可能地

line [lain] *n.* 线,(文章)行;电线,线路;路线,航线 *vt.* (使)排成行

link [liŋk] *n.* 环,节,联系 *vi.* 连接,联系

list [list] *n.* 目录,名单,表 *v.* 列举,排列

listen ['lisn] *vi.* 听,听从

考点　　listen in 收听,监听,偷听;
　　　　listen to 听,听从

little ['litl] *a.* 小的,幼小的,矮小的;不多的,少到几乎没有的 *ad.* 差不多,几乎没有

考点　　a little 一些,少许;稍许;
　　　　little by little 逐渐地;
　　　　quite a little 相当多,不少

live [liv,laiv] *v.* 住,居住,生存,(过)生活 *a.* 有生命的,活的;现场直播的 *ad.* 实况地

lively ['laivli] *a.* 活泼的,思想活跃的,有生气的,逼真的,栩栩如生的,生动的

living ['liviŋ] *a.* 活着的,现存的 *n.* 生计,生活

lone [ləun] *a.* 孤独的

lonely ['ləunli] *a.* 孤独的,寂寞的;荒凉的,人迹稀少的

long [lɔŋ] *a.* 长的;长远的,长期的 *ad.* 长久地,长期地 *vi.* 渴望,极想

考点　　no longer 不再,已不;
　　　　as / so long as 只要,如果;既然;
　　　　before long 不久以后;
　　　　long for 渴望

loose [lu:s] *a.* 松的,宽的,松散的

lot [lɔt] *n.* 许多;签,抽签

考点　　a lot (of) / lots of 大量,少许;非常,相当

loud [laud] *a.* 响亮的,大声的;吵闹的,喧嚣的 *ad.* 响亮地,大声地

love [lʌv] *n. / vt.* 爱,热爱,爱戴;喜欢,爱好

考点　　fall in love (with) 相爱,爱上;
　　　　for the love of 为了……起见;看在……的面子上

lovely ['lʌvli] *a.* 美丽的,可爱的,有趣的,令人愉快的

lover ['lʌvə] *n.* 爱好者,情人

low [ləu] *a.* 低的,矮的,低下的,低等的

lower ['ləuə] *a.* 较低的，下等的，下游的 *vt.* 放下，降低

luck [lʌk] *n.* 运气；好运，侥幸

考　点　　in luck 运气好；

　　　　　out of luck 运气不好

lucky ['lʌki] *a.* 幸运的，吉祥的，侥幸的

luggage ['lʌgidʒ] *n.* 行李

lunch [lʌntʃ] *n.* 午餐，便饭

lung [lʌŋ] *n.* 肺

machine [mə'ʃi:n] *n.* 机器，机械

mad [mæd] *a.* 疯的，神经错乱的；恼火的，狂怒的，狂热的；着迷的

考　点　　be mad at sb. / sth. 对某人/某事恼火；

　　　　　be mad with sth. 因某事而发狂

madam ['mædəm] *n.* （对妇女的尊称）女士，夫人

magazine [,mægə'zi:n] *n.* 杂志，期刊；弹药库

maid [meid] *n.* 女仆，未婚少女

mail [meil] *n.* 邮件 *vt.* 邮寄

main [mein] *a.* 主要的，最重要的

考　点　　in the main 大体上，基本上

mainland ['meinlənd,-lænd] *n.* 大陆

mainly ['meinli] *ad.* 主要地

make [meik] *v.* 做，制造；使，致使，迫使；获得，挣；等于，总计

male [meil] *a.* 男的，雄性的 *n.* 男子

man [mæn] *n.* 男人，人类

mankind [mæn'kaind] *n.* 人类

many ['meni] *a.* 许多的 *n.* 许多（人）

考　点　　a great many / a good many 许多，大量；

　　　　　many a 许多的

map [mæp] *n.* 图，地图

march [mɑ:tʃ] *vi.* 行进，行军；游行示威 *n.* 进行曲

market ['mɑ:kit] *n.* 市场，集市；销路，需求 *vt.* 销售

marriage ['mæridʒ] *n.* 结婚，婚姻，婚礼

marry ['mæri] *vt.* 同……结婚

mass [mæs] *n.* （大的）团，群，大量，众多；[pl.] 群众，集团

master ['mɑ:stə] *n.* 主人，雇主；能手，名家，大师；（M-）硕士 *vt.* 掌握，精通

考　点　　be master of 掌握；控制；精通

match [mætʃ] *n.* 火柴；比赛

material [məˈtiəriəl] *n.* 物质，材料，原料；素材，资料，题材 *a.* 物质的

math [mʌθ] *n.* 数学

mathematics [ˌmæθiˈmætiks] *n.* 数学

may [mei, me] *aux.v.* 可能，或许；可以，不妨；祝愿

maybe [ˈmeibi] *ad.* 大概，或许

meal [miːl] *n.* 一餐，膳食

mean [miːn, min] *v.* 表……的意思，意指，意为，意欲，意味着……

meaning [ˈmiːniŋ] *n.* 意义，意思，重要性，目的

meantime [ˈmiːntaim] *n.* 其时，在此期间 *ad.* 同时，当时

meanwhile [ˈmiːnwail, (*US*) ˈminhwail] *n.* 其时，其间 *ad.* 同时，当时

> **考　点**　in the meanwhile＝in the meantime 在此期间；另一方面

measurement [ˈmeʒəmənt] *n.* 测量，衡量；尺寸，大小

meat [miː t] *n.* 肉

medical [ˈmedikəl] *a.* 医学的，医疗的；医药的；内科的

medicine [ˈmedsin, -disin] *n.* 药；医学，医术

meet [miː t] *v.* 遇见，碰上；会见，迎接；会合，开会；遭到；经历；满足，符合 *n.* 聚会，运动会

> **考　点**　meet (up) with 会晤；偶然遇到；经历；遭遇

meeting [ˈmiːtiŋ] *n.* 会议，聚会

member [ˈmembə] *n.* 成员，会员

memory [ˈmeməri] *n.* 记忆，记忆力；回忆，怀念；存储（器）

men [men] *n.* man 的复数

menu [ˈmenju:] *n.* 菜单

mere [miə] *a.* 仅仅，只不过

merely [ˈmiəli] *ad.* 仅仅，只不过

merry [ˈmeri] *a.* 欢乐的，兴高采烈的

message [ˈmesidʒ] *n.* 消息，音信，文电，口信，便条；启示，要旨

metal [ˈmetl] *n.* 金属；金属制品

> **联　想**　iron *n.* 铁；
>
> silver *n.* 银；
>
> copper *n.* 铜；
>
> mercury *n.* 汞；
>
> lead *n.* 铅；
>
> gold *n.* 金

metre [ˈmiːtə] *n.* 米；公尺；仪表；计量器

meter ['mi:tə] *n.* 米；公尺；仪表；计量器

midday ['midei] *n.* 正午，中午

middle ['midl] *n.* 中间，当中 *a.* 中间的，中部的

考　点　in the middle of 正忙于；在中间

might [mait] *aux. v.* (may 的过去式)可能，可以 *n.* 力量，威力

mile [mail] *n.* 英里

milk [milk] *n.* 牛奶，乳 *v.* 挤奶

million ['miljən] *num.* 百万，百万个 *n.* [pl.] 无数

millionaire [,miljə'nɛə] *n.* 百万富翁

minute ['minit] *n.* 分，分钟，一会儿，片刻；[pl.] 会议记录

mirror ['mirə] *n.* 镜子

miss [mis] *n.* 小姐

mistake [mis'teik] *n.* 错误，误解 *v.* 弄错

mistress ['mistris] *n.* 女主人，主妇，情妇

misunderstand [,misʌndə'stænd] *vt.* 误解，误会，曲解

mix [miks] *vt.* 混合，掺和；混淆，混乱

考　点　mix up 混合，混淆；搞糊涂

mixture ['mikstʃə] *n.* 混合，混合物

model ['mɔdl] *n.* 模型，原型；模特，模范，榜样，样式

modern ['mɔdən] *a.* 现代的，近代的；新式的，时新的

modernize ['mɔdə(:)naiz] *v.* 使……现代化

moment ['məumənt] *n.* 片刻，瞬间，某一个特定时刻

money ['mʌni] *n.* 货币，财富，金钱

monitor ['mɔnitə] *n.* 班长；显示器，监控仪 *v.* 监听，监控

month [mʌnθ] *n.* 月，月份

monthly ['mʌnθli] *a. / ad.* 每月的(地)，按月的(地) *n.* 月刊

联　想　daily *n.* 日报；

　　　　weekly *n.* 周刊；

　　　　quarterly *n.* 季刊；

　　　　yearly / annual *n.* 年刊

moon [mu:n] *n.* 月亮，月球；卫星

more [mɔ:(r)] *a.* 更多的，较高程度的 *n.* 更多数量，较多数量 *ad.* 更多，另外，再

moreover [mɔ:'rəuvə] *ad.* 此外，而且

morning ['mɔ:niŋ] *n.* 早晨，上午

most [məust] *a.* 最多的，最大程度，大部分的 *pron.* 最大量，大多数，大部分 *ad.* 最，十分

mostly ['məustli] *ad.* 主要地；多半；通常

motherland ['mʌðəlænd] *n.* 祖国

motor ['məutə] *n.* 电动机，马达，发动机；机动车，汽车

mountain ['mauntin] *n.* 山，高山；[*pl.*] 山脉；大量

mouse [maus] *n.* 鼠，老鼠；胆小怕事的人；鼠标

move [mu:v] *vt.* 移动；感动；提议 *vi.* 前进；运行；进展；搬家；迁居 *n.*（下棋）一着；步骤

movement ['mu:vmənt] *n.* 运动，活动，举动，动作；迁移，（群众性）运动

movie ['mu:vi] *n.* 电影；电影院

Mr. 先生

Mrs. 夫人

Ms. （对婚姻状况不明的女子的称呼）女士

much [mʌtʃ] *a.* 许多的 *pron.* 许多，大量 *ad.* 很，非常，……得很多，更……，几乎；大概

murder ['mə:də] *n.* / *vt.* 谋杀，凶杀

museum [mju(:)'ziəm] *n.* 博物馆

music ['mju:zik] *n.* 音乐；乐曲

must [mʌst, məst] *aux. v.* 必须，应当；必定

narrow ['nærəu] *a.* 狭窄的；狭隘的

near [niə] *ad.* 接近，靠近；大约，差不多 *a.* 近的，接近的 *prep.* 在……近旁，接近 *v.* 接近

考点 be near to 离……近的

nearby ['niəbai] *a.* 附近的 *ad.* 在附近

nearly ['niəli] *ad.* 几乎，差不多

neat [ni:t] *a.* 整洁的，简洁的；优美的，精致的；利索的

necessarily ['nesisərili, ˌnesi'serili] *ad.* 必定，必然

necessary ['nesisəri] *a.* 必要的；必然的

考点 if necessary 如有必要

need [ni:d] *v.* / *n.* 必须，必要；缺少 *aux. v.* 需要，必须

考点 in need of 需要

neighbour ['neibə] *n.* 邻居 *v.* 邻近，邻接

neighbourhood ['neibəhud] *n.* 近邻，街坊，附近地区

neither ['naiðə, 'ni:ðə] *a.*（两者）都不的 *pron.* 两者都不 *ad.*（否定的陈述同样适用其他人或物）也不；（否定的陈述适用于两方面）既不……也不 *conj.* 不

network ['netwə:k] *n.* 网状织物，网状系统；广播（电视）网

never ['nevə] *ad.* 永不，从不；决不

new [nju:] *a.* 新的，新近的；新来的；不熟悉的，没经验的

newly ['nju:li] *ad.* 新近，最近；重新，再度，以新的方式

news [nju:z] *n.* 新闻，消息

newspaper ['nju:speipə] *n.* 报纸

next [nekst] *a.* 紧接的，其次的；贴近的　*ad.* 其次，然后，下次；居后

<u>考　　点</u>　next to 仅次于，紧靠；几乎

nice [nais] *a.* 好的，美的，令人愉快的

night [nait] *n.* 夜晚，黑暗，黑夜

nine [nain] *num.* 九

nineteen [.nain'ti:n] *num.* 十九

ninety ['nainti] *num.* 九十

no [nəu] *ad.* 不，（用在形容词和副词比较级前）并不　*a.* 毫无，不许　*n.* 不，否定

noble ['nəubl] *a.* 高尚的，贵族的，高贵的　*n.* 贵族

nobody ['nəubədi] *pron.* 没有人，无一人　*n.* 无足轻重的人

nod [nɔd] *v. / n.* 点头，表示同意，打瞌睡

noise [nɔiz] *n.* 吵嚷声，杂音，噪声

<u>考　　点</u>　make a noise in the world 成名；
　　　　　　make a noise 发出噪声

noisy ['nɔizi] *a.* 吵闹的

none [nʌn] *pron.* 没有一个，无一　*ad.* 一点也不

noon [nu:n] *n.* 中午，正午

nor [nɔ:] *conj.* 也不

not [nɔt] *ad.* 不，不是

note [nəut] *n.* 笔记，记录；注释，按语；便条；纸币；名望　*vt.* 记下，摘录；注意到

notebook ['nəutbuk] *n.* 笔记本

nothing ['nʌθiŋ] *pron.* 什么也没有　*n.* 微不足道的人或事

notice ['nəutis] *n.* 通知，布告，注意　*v.* 注意到

now [nau] *ad.* 现在，目前，立刻　*n.* 现在，此刻　*conj.* 既然

nowadays ['nauədeiz] *ad.* 现在，现今

nowhere ['nəuhwɛə] *ad.* 哪儿也不，什么地方都没有

<u>考　　点</u>　get nowhere 使无进展，使不能成功；
　　　　　　nowhere near 远远不，远不及

number ['nʌmbə] *n.* 数，数字；号码

numeral ['nju:mərəl] *n.* 数字，数词

numerous ['nju:mərəs] *a.* 为数众多的，许多的

nurse [nə:s] *n.* 护士；保姆，保育员　*v.* 看护，照顾，喂奶

Thursday

o'clock [ə'klɔk] *ad.* ……点钟

obey [ə'bei] *vt.* 顺从，服从

obvious ['ɔbviəs, -vjəs] *a.* 明显的，显而易见的

ocean ['nəuʃən] *n.* 海洋

of [ɔv, əv] *prep.*（表示从属关系）……的；由……制成（或
组成）的；含有……的，装有……的；（表示性质、状况）；
（表示位置、距离）；关于；（表示同位关系）；（表示数量、
种类）；（表示部分或全部）；由于，因为；（表示分离、除
去、剥夺）；（表示行为主体或对象）

off [ɔ:f, ɔf] *ad.* 离，距，离开；切断，停止；中止；完，光；
剪掉，扣掉，消除 *prep.* 从……离开，离，偏离

考　　点　　**be well off** 富有的；

　　　　　　off and on 断断续续地，间歇地，有时

office ['ɔfis] *n.* 办公室，办事处；部，处，局；职务，公职

考　　点　　**come into office** 就职；

　　　　　　in office 执政

officer ['ɔfisə] *n.* 官员，办事员，军官

official [ə'fiʃəl] *a.* 官方的，正式的，公务的 *n.* 官员，行
政人员

often ['ɔ(:)fn, 'ɔ:ftən] *ad.* 常常，屡次

oh [əu] *int.*（表示惊讶，恐惧，痛苦等）哦，哎呀

oil [ɔil] *n.* 油，石油 *vt.* 给……加油

okey ['əu'kei, əu'kei, 'əukei] *a. / ad.* 对，好，可以；同意，
许可（okey=okay）

old [əuld] *a.* 老的，年老的；以前的，陈旧的，古老的；……
岁的，……久的

on [ɔn] *prep.* 在……上；靠近，在……旁；关于，有关；
在……时候，在……后立即；朝，向，针对；凭，根据；
向前，（继续）下去；在从事……中，处于……情况；在……
供职，（是）……成员 *ad.*（放/穿/连接）上；向前，（继
续）下去

考　　点　　**and so on** 等等；

　　　　　　off and on 断断续续地，不时地；

　　　　　　on and on 不断地

once [wʌns] *ad.* 一次，一度，曾经 *n.* 一次 *conj.* 一
旦……就

考　　点　　**all at once** 突然；同时，一起；

at once 立刻，马上；

once for all 一劳永逸地，永远地

one [wʌn] *num.* 一，一个　*pron.* 一个人，任何人　*a.* 一个的，某一……的，同一的

only ['əunli] *ad.* 只，仅仅　*a.* 唯一的

考　点　not only ... but (also) ... 不但……而且……；

only if ... 只有……才；

only too 极，非常

onto ['ɔntu] *prep.* 到……上

onward(s) ['ɔnwə:dz] *ad.* / *a.* 向前（的）

open ['əupən] *a.* 开着的；开放的；营业的；开阔的，空旷的　*vt.* 打开；开始，开张，开放　*vi.* 开，打开；开始，开放

考　点　be open to 易接受……的，暴露于……的；

in the open air 在露天；

in the open 公开地；

open up 开辟，开发

opening ['əupniŋ] *n.* 洞，孔，通道，最初，开始，空地，（职位的）空缺

opinion [ə'pinjən] *n.* 意见，看法，主张

考　点　in one's opinion 根据某人的意见

or [ɔ:,ə] *conj.* 或，或者；即；否则，要不然

考　点　or else 否则；

or so 大约；

or rather 或者更确切地说

order ['ɔ:də] *n.* / *v.* 命令　*v.* 定制，订购　*n.* 顺序，次序；等级，秩序，治安；整齐，有条理；订货，订货单

考　点　in order that 以便；

in order to 以便，为了；

in order 整齐，秩序井然；

out of order 发生故障，失调

other ['ʌðə] *a.* 其他的，别的　*pron.* 其他的人或事

otherwise ['ʌðəwaiz] *conj.* 否则，要不然　*ad.* 另外，别样

ought [ɔ:t] *aux.v.* (~to) 应当，应该

out [aut] *ad.* 出去，向外；离家，外出；突出来　*a.* 外面的，往外去的

out [aut] *ad.* 在外，向外，出外，不在家；熄灭，完结；出现

考　点　out of 在……外，离开，从……里；出于，由于；缺乏，没有；

be out for 企求、力图获得某事物；

　　　　　be out to do 力求，旨在或希望做某事；

　　　　　out and away 远远地

outcome [ˈautkʌm] *n.* 结果，后果，成果

outdoor [ˈautdɔ:] *a.* 户外的，野外的

outdoors [autˈdɔ:z] *ad.* 在户外，在野外

outer [ˈautə] *a.* 外部的，外层的

outside [ˈautˈsaid] *n. / a.* 外面（的），外表（的），外界（的）
　　　ad. 在外面，向外面　*prep.* 在……外

outward [ˈautwəd] *a.* 外面的，外表的，公开的，可见的，
　　向外的，外出的　*ad.* 向外　*n.* 外形

over [ˈəuvə] *prep.* 在……上方；高于，超过；在（做）……
　　时候；越过，横跨；关于，在……方面；到处，遍及　*ad.* 翻
　　过来；以上，超过；越过；在/向那边　*a.* 完了的，结束的；
　　太，过度

考　　点　**all over again** 再一次，重新；

　　　　　over and over (again) 一再地，再三地；

　　　　　over and above 另外，此外

overcoat [ˈəuvəkəut] *n.* 外衣，大衣

own [əun] *a.* 自己的　*pron.* 特有的　*vt.* 拥有

owner [ˈəunə] *n.* 所有人，物主

p.m. 下午，午后

pack [pæk] *n.* 包，捆，包裹，一群，一组，一批　*v.* 包装，
　　捆扎，塞满，挤满

package [ˈpækidʒ] *n.* 包裹，行李，包装用品　*vt.* 打包，
　　包装

page [peidʒ] *n.* 页，张

pain [pein] *n.* 疼，痛苦，[pl.] 努力，劳苦　*v.* 使疼痛，使
　　痛苦

painful [ˈpeinful] *a.* 疼的，痛苦的；费力的，费心的

paint [peint] *v.* 涂，漆；画；绘，描述　*n.* 油漆，颜料

painting [ˈpeintiŋ] *n.* 绘画，油画

pair [pɛə] *n.* （一）对，（一）双，（一）副；一对男女/夫妇
　　等　*v.* 成对，配对

考　　点　**in pairs / in a pair** 成双地，成对地；

　　　　　make a pair 配成一对（夫妻）

pale [peil] *a.* 苍白的；浅的，淡的

考　　点　**be pale before** 在……前相形见绌；

　　　　　make pale by comparison 使相形见绌

paper [ˈpeipə] *n.* 纸；报纸；[pl.] 文件；论文，文章；试卷

考　　点　**on paper** 在纸上，以书面形式；在理论上；

hand / send in one's paper 辞职

paragraph ['pærəgrɑ:f] *n.* 段，节，（报刊的）短讯

pardon ['pɑ:dn] *n. / vt.* 原谅，饶恕，赦免

parent ['pɛərənt] *n.* 父亲，母亲，动（植）物的母体；起源，根本

park [pɑ:k] *n.* 公园，停车场　*v.* 停放（汽车等）

part [pɑ:t] *n.* 部分，局部；……的一方；作用；零件　*vt.* 分，使分开，断绝　*vi.* 分开，断绝关系

party ['pɑ:ti] *n.* 党，政党；聚会；一方，当事人

> **考点** a party of 一伙，一群

pass [pɑ:s] *vt.* 经过，走过；穿过；传，传递；度过；通过（考试等）*n.* 通行证，护照；关隘；考试及格

> **考点** pass away 去世，逝世；
> pass by 经过，走过；
> pass off 中止，停止；
> pass over 省略，忽略；
> pass out 失去知觉，昏倒；
> pass through 穿过，经历

passage ['pæsidʒ] *n.* 通过，经过；通路，走廊；段，节

passenger ['pæsindʒə] *n.* 乘客，旅客

past [pɑ:st] *a.* 过去的　*n.* 过去，昔日，往事　*prep.* 过，经过

path [pɑ:θ] *n.* 小路，小径，路线；轨道；路程

peace [pi:s] *n.* 和平；平静

peaceful ['pi:sful] *a.* 平静的；爱好和平的

pen [pen] *n.* 钢笔

pencil ['pensl] *n.* 铅笔

penny ['peni] *n.* 便士

people ['pi:pl] *n.* 人，人们，人民，民族

percent [pə'sent] *n.* 百分之……

percentage [pə'sentidʒ] *n.* 百分比

perhaps [pə'hæps] *ad.* 也许，恐怕，大概

period ['piəriəd] *n.* 期间，一段时间；时期，时代

person ['pə:sn] *n.* 人

> **考点** in person 亲自

pet [pet] *n.* 宠物，宠儿

phone [fəun] *n.* 电话，电话机　*v.* 打电话

photograph ['fəutəgrɑ:f, -græf] *n.* 照片

phrase [freiz] *n.* 短语，习惯用语

pianist ['piənist, 'pjænist] *n.* 钢琴家，钢琴演奏者

piano [pi'ɑ:nəu] *n.* 钢琴

pick [pik] *n.* 镐 *v.* 拾，采，摘；挑选

考点　pick out 选出，挑选；
　　　pick on 找岔子，唠叨；指责
　　　pick up 拣起，拾起；（车船等）中途搭（人）/带（货）；增加；获得，学会

picture ['piktʃə] *n.* 画，图片；照片；电影 *vt.* 想象，描述

piece [pi:s] *n.* 一件，一片，一篇；碎片，片段 *vt.* 拼合，修补

考点　go to pieces（在身体、精神、道德方面）崩溃，垮掉

pile [pail] *n.* 堆 *v.* 堆叠，累积

pipe [paip] *n.* 管子，烟斗；管乐器

pity ['piti] *n. / v.* 怜悯，惋惜 *n.* 可惜的事，憾事

考点　feel pity for sb. = take pity on sb. 同情某人

place [pleis] *n.* 地方，地点；名次，地位，职位；寓所 *vt.* 放置，安置；订（货）；把……寄托在……

plain [plein] *n.* 平原 *a.* 平易的，易懂的；简单的，朴素的

plan [plæn] *n.* 计划，策略，平面图，设计图 *v.* 计划

plane [plein] *n.* 飞机；水准，水平；平面

planet ['plænit] *n.* 行星

plant [plɑ:nt] *n.* 植物；工厂 *vt.* 种，植，播

plastic ['plæstik, 'plɑ:stik] *a.* 塑料的，塑性的；可塑的 *n.* [*pl.*] 塑料

plate [pleit] *n.* 盘，碟，金属板，片 *vt.* 镀，电镀

play [plei] *vi.* 玩，游玩；演奏，表演；比赛 *n.* 游戏，娱乐；剧本，戏剧；比赛，运动

考点　bring into play 使活动，使运转，启动；
　　　come into play 开始活动，开始运转，投入使用；
　　　play at 玩，做（游戏）等；假扮……玩；
　　　play down 降低……的重要性，贬低；
　　　play on 利用；
　　　play up 强调，鼓吹，渲染；
　　　play with 以……为消遣

player ['pleiə] *n.* 选手，队员；演员，演奏者；唱机

playground ['pleigraund] *n.* 运动场，游戏场

pleasant ['plezənt] *a.* 令人愉快的，舒适的

please [pli:z] *int.* 请 *vt.* 使高兴，使满意 *vi.* 满意，喜欢，想要

pleasure ['pleʒə] *n.* 愉快，欢乐；乐事，乐趣
考 点　take pleasure in 以……为乐；
　　　　with pleasure 乐意地，愿意地

plenty ['plenti] *n.* 丰富，富裕
考 点　plenty of 丰富的，大量的

plus [plʌs] *prep.* 加 *a.* 正的，加的 *n.* 加号，正号

pocket ['pɔkit] *n.* 小袋，钱袋，衣袋 *a.* 袖珍的，小型的
vt. 把……装入袋内

police [pə'li:s] *n.* 警察，警方

policeman [pə'li:smən] *n.* 警察

pollute [pə'lu:t, -'lju:t] *vt.* 弄脏，污染；使……堕落

pollution [pə'lu:ʃən, -'lju:-] *n.* 污染

poor [puə] *a.* 穷的；可怜的；低劣的，不好的
考 点　be poor at 做……很差（笨）

pop [pɔp] *a.* 流行的，通俗的 *n.* 流行音乐

popular ['pɔpjulə] *a.* 大众喜爱的，喜闻乐见的；大众化
的，普及的

port [pɔ:t] *n.* 港口

possibility [,pɔsi'biləti] *n.* 可能（性）
考 点　by any possibility 万一，也许

possible ['pɔsəbl] *a.* 可能的，做得到的
联 想　possibly *ad.* 可能地；也许
考 点　if possible 可能的话

post [pəust] *n.*（支）柱；邮政；哨所；岗位，职位 *vt.* 贴
出，宣布，公告；邮寄，投寄

pound [paund] *n.* 磅；英镑 *v.* 猛击，击碎

pour [pɔ:, pɔə] *v.* 灌，倒，注；泻，流出
考 点　pour out 倾诉

powder ['paudə] *n.* 粉末，火药，炸药

praise [preiz] *n.* 称赞，赞美 *v.* 称赞，表扬
考 点　in praise of 极力赞美，称赞；
　　　　praise sb. for 因……而赞扬某人

pray [prei] *v.* 祈祷，祈求；请求，恳求
考 点　pray for 为……祈祷；
　　　　pray sb. to do sth. 恳求某人做某事

preparation [,prepə'reiʃən] *n.* 准备，预备；制备品，制剂
考 点　make preparations for 为……做准备；
　　　　in preparation 在准备中；
　　　　in preparation for 作为……的准备

prepare [pri'pɛə] *v.* 准备，预备；制作，制备

考　　点	**prepare for** 准备;
	be prepared for / to do 准备做;
	prepare sb. for sth. 使某人为某事做好准备;
	prepare sb. to do sth. 使某人准备做某事

president　['prezidənt] n. 总统,总裁;校长,院长;会长,社长,(会议)主席

pretty　['priti] a. 漂亮的,俊俏的 ad. 相当地

price　[prais] n. 价格,价钱;代价 vt. 标价

| 考　　点 | **at any price** 不惜任何代价,无论如何; |
| | **above / beyond / without price** 极其珍贵的 |

pride　[praid] n. 骄傲,自豪,引以自豪的东西 vt. 以……自豪

primarily　['praimərili] ad. 主要地,首先

primary　['praiməri] a. 首要的,主要的,基本的;最初的,初级的

print　[print] v. 印刷;出版;用印刷体写 n. 印刷品,字体

prison　['prizn] n. 监狱

prisoner　['priznə] n. 囚徒,俘虏

probability　[,prɔbə'biləti] n. 可能性,可能发生之事

probable　['prɔbəbl] a. 有希望的,可能的;也许,大概

probably　['prɔbəb(ə)li] ad. 或许,大概,很可能

problem　['prɔbləm] n. 问题,难题

professor　[prə'fesə] n. 教授

proof　[pru:f] n. 证据,证明

proud　[praud] a. 骄傲的,自豪的;引以自豪的

| 考　　点 | **be proud of …** 为……感到自豪; |
| | **be proud to do sth. / that** 因(做)……而自豪 |

prove　[pru:v] v. 证明,证实;检验,鉴定;结果是,表明是

pull　[pul] v. / n. 拉,拖,牵

考　　点	**pull down** 拉倒,拆毁;
	pull out 拔出,抽出,取出;
	pull up 使停下;
	pull through 渡过难关,摆脱危难

punish　['pʌniʃ] vt. 惩罚,处罚

| 考　　点 | **punish sb. for / by / with sth.** (通过……方式,因……)惩罚某人 |

pupil　['pju:pl, 'pju:pil] n. 学生,小学生;(眼睛的)瞳孔

pure　[pjuə] a. 纯粹的,纯净的,纯洁的,无邪的,贞洁的,完全的,彻底的

push　[puʃ] vt. / n. 推;推进,促进;催促

put　[pʌt] vt. 放,置;记下,写下;表达;使……进入(状态)

考 点	**put across** 解释清楚,说明;
	put aside 储存,保留;
	put away 把……收起来,放好;
	put down 记下,写下;
	put forward 提出;
	put off 推迟,拖延;
	put on 穿上,戴上;上演;增加(体重);
	put out 熄灭,消灭,灭(灯);生产,出版;发布;
	put up with 容忍,忍受;
	put up 举起,升起,提(价);为……提供食宿; 建造,搭起,支起;

quarrel [ˈkwɔrəl] *v. / n.* 争吵,吵架

考 点	**quarrel with sb. about sth.** 与某人为某事争吵

quarter [ˈkwɔːtə] *n.* 四分之一,一刻钟,地区,区域;
[*pl.*] 住处;(美元)两角五分

question [ˈkwestʃən] *n.* 问;问题;难题;议题 *vt.* 怀疑,
问,审问

考 点	**in question** 在考虑中,在议论中;
	out of the question 不可能的,办不到的;
	out of question 没问题,毫无疑问

quick [kwik] *a.* 快的,迅速的;敏捷的,伶俐的;性急的,
敏锐的

quiet [ˈkwaiət] *a. / n.* 安静(的),平静(的),安定(的)
vt. 使安静,平定

quit [kwit] *vt.* 离开,退出;停止,放弃,辞职

考 点	**quit doing sth.** 停止做某事;
	quit to do 停下来做(另一件事)

quite [kwait] *ad.* 完全,十分;相当;颇

Friday

race [reis] *n.* 种族,人种,竞赛,赛跑 *vt.* 使全速行进,
和……竞赛 *vi.* 疾走,参加竞赛

radio [ˈreidiəu] *n.* 收音机,无线电

railroad [ˈreilrəud] *n.* 铁路

railway [ˈreilwei] *n.* 铁路

rain [rein] *n.* 雨,雨天,雨季 *vi.* 下雨,雨点般地落下
vt. 使……如雨而下

raincoat [ˈreinkəut] *n.* 雨衣

rainy [ˈreini] *a.* 下雨的,多雨的

rapid [ˈræpid] *a.* 快的，急速的

rather [ˈrɑːðə] *ad.* 有些，相当；宁可，宁愿

考　点　rather than 而不是；
　　　　would rather 宁愿，宁可

raw [rɔː] *a.* 生的，未煮熟的；未加工过的

reach [riːtʃ] *vt.* 到达，伸手；把……递来，与……取得联系 *vi.* 达到，伸延 *n.* 伸出，伸延，区域

read [riːd] *vt.* 朗读，阅读；辨认，观察 *vi.* 读；读到，获悉；读起来

reader [ˈriːdə] *n.* 读者，读本，读物

reading [ˈriːdiŋ] *n.* 阅读，读书，读物，选读；读数

ready [ˈredi] *a.* 准备好的，现成的；乐意的，情愿的；迅速的，立即的

考　点　be / get ready for / to do sth. 准备好……

real [ˈriːəl] *a.* 真实的，现实的

reality [ri(ː)ˈæliti] *n.* 现实，实际，真实，逼真

really [ˈriəli] *ad.* 真实地

reason [ˈriːzn] *n.* 原因，理性，判断力，理智 *vt.* 论证，与……评理，劝说 *vi.* 推理，思考，评理

receive [riˈsiːv] *vt.* 收到，接到；接待，接见；受到，蒙受

recent [ˈriːsnt] *a.* 最近的，近来的

recently [ˈriːsəntli] *ad.* 最近，新近

record [ˈrekɔːd] *n.* 唱片；记录，记载；纪录 *vt.* 记录，记载；将（声音等）录下

考　点　make / establish a record 创纪录；
　　　　keep a record of 把……记下来；
　　　　beat / break a record 打破纪录；
　　　　hold the record 保持纪录

recorder [riˈkɔːdə] *n.* 录音机，记录器，记录者

recording [riˈkɔːdiŋ] *n.* 录音，记录

reform [riˈfɔːm] *vt.* 改革，改良；改造；重新组成 *n.* 改革，改良；改过，自新

考　点　advocate a reform 倡导改革；
　　　　carry out a reform 实施改革

region [ˈriːdʒən] *n.* 地区，区域，领域，范围

regional [ˈriːdʒən(ə)l] *a.* 地区的，局部的

regret [riˈgret] *v. / n.* 遗憾，懊悔，抱歉

relax [riˈlæks] *vt.* 使放松，使休息；缓和，放宽 *vi.* 放松，休息；松弛

reliable [riˈlaiəbl] *a.* 可靠的，确实的

联　想　rely (on) *v.* 依赖

—46—

religion [riˈlidʒən] *n.* 宗教；信仰

联想 **religious** *a.* 宗教的；信教的；虔诚的

rely [riˈlai] *vt.* 信任，信赖

remain [riˈmein] *vi.* 停留，留下；保持，依然

remains [riˈmeins] *n.* 剩余物，残留物；遗体，遗迹

remember [riˈmembə] *vt.* 记住，记得；转达问候 *vi.* 记得，记住

考点 **remember sb. to ...** 代某人向……问好

rent [rent] *n.* 租金 *vt.* 租，租赁 *vi.* 出租

repair [riˈpɛə] *vt.* 修理，修复；补救，纠正 *n.* 修理，修补

考点 **beyond repair** 无法修理的

repeat [riˈpiːt] *vt.* 重复，重说，重做；背，背诵 *n.* 重复

reply [riˈplai] *vi. / n.* 回答，答复

report [riˈpɔːt] *vt.* 报告，报道 *n.* 报道，报告；传说，传闻 *vi.* 报告，写报道，报到

考点 **make / give / present a report on / of** 作关于……的报道

reporter [riˈpɔːtə] *n.* 记者，新闻广播员

request [riˈkwest] *n. / vt.* 请求，要求

考点 **request sth. of sb.** 向某人要求某事或某物

require [riˈkwaiə] *vt.* 需要；要求，规定

考点 **require sth. of sb.** 要求某人做某事

rest [rest] *n. / v.* 休息，静止；信赖，依赖，依据；剩余部分 *n.* (the) 其余的人/物

考点 **rest on** 依靠

restless [ˈrestlis] *a.* 不安宁的，焦虑的

result [riˈzʌlt] *n.* 结果，效果，成果，计算结果，答案

retell [ˈriːˈtel] *vt.* 复述，再讲

return [riˈtəːn] *vi. / n.* 归，回；归还 *vt.* 归还，送回；回报，报答 *a.* 回程的，回报的

考点 **in return (for)** 作为回报

rewrite [riːˈrait] *vt. / n.* 重写，改写

rice [rais] *n.* 稻米，米饭

rich [ritʃ] *a.* 富的，富饶的，丰富的；富丽的，浓艳的

考点 **be rich in** 盛产，富余

rid [rid] *vt.* 使摆脱，使去掉

考点 **get rid of** 摆脱，除去

ride [raid] *n. / vi.* 骑，乘

right [rait] *a.* 正确的；合适的，恰当的；右边的；直角的 *n.* 权利；右面 *ad.* 正确地，笔直地；完全，正好；直接，马上

—47—

第一周 基础词汇

考 点	**all right** 好，行；令人满意的，不错的；（健康）良好的；
	right away 立刻，马上

ring [riŋ] *n.* 戒指；圆圈，环；铃声，钟声；打电话 *vi.* 敲钟，打铃

考 点	**ring up** 打电话；
	ring off 挂断（电话）

rise [raiz] *vi.* 上升，上涨；升起；起床，起立 *n.* 增加，升高；起源，发生；高地

考 点	**give rise to** 引起，造成；
	make a rise in life 飞黄腾达

risk [risk] *n. / vt.*（冒）风险

risky ['riski] *a.* 危险的，冒险的

river ['rivə] *n.* 江，河

road [rəud] *n.* 道路，途径

rob [rɔb] *vt.* 抢劫，盗取

考 点	**rob sb. of sth.** 抢劫

role [rəul] *n.* 角色，作用，任务

考 点	**play a role / part in** 在……中起……作用

roll [rəul] *v.* 滚动，转动；卷，绕 *n.* 卷，卷状物，面包卷；名册，名单

考 点	**roll up** 卷起；
	call the roll 点名

room [ru:m, rum] *n.* 房间，卧室，余地，空间

root [ru:t] *n.* 根，根源 *vi.* 生根

rope [rəup] *n.* 绳索

rose [rəuz] *n.* 玫瑰，蔷薇，玫瑰色，粉红色

round [raund] *a.* 圆的，球形的；往返的 *prep.* 围绕 *ad.* 在周围 *v.* 绕行，使成圆形 *n.* 一圈，一周；巡回

考 点	**all round** 周围，处处；
	get round to do sth. = get round doing sth.（处理完其他事情后）终于能做某事

route [ru:t] *n.* 路线，航线

row [rau] *n.*（一）行；（一）排 *v.* 划船

rubbish ['rʌbiʃ] *n.* 垃圾，废物；废话

ruin ['ruin, 'ru:in] *vt.* 毁坏，破坏 *n.* 毁灭；崩溃；[*pl.*] 废墟，遗址

考 点	**in ruins** 严重受损，破烂不堪

rule [ru:l] *v.* 统治，支配；裁决，裁定 *n.* 规则，规章，规律；惯例，常规

考 点 as a rule 通常

ruler ['ru:lə] *n.* 统治者，尺子

run [rʌn] *vi.* 跑，奔；逃跑；流，淌，蔓延，伸展；经营，管理；运转，开动 *vt.* 使滑动，使移动；经营，管理；开动，操纵；运载，运送

考 点 run across 偶然遇到；

run down 撞倒，撞沉；

run for 竞选；

run into 偶然遇到，撞见，碰撞；

run out (of) 用光，耗尽；

run over 浏览，匆匆复习

rush [rʌʃ] *vi.* 冲，突进；匆忙行动 *vt.* 使急行；匆忙地做，催促 *n.* 冲，奔，急速流动

考 点 in a rush 急忙

sad [sæd] *a.* 悲伤的，忧愁的

sadness ['sædnis] *n.* 悲伤，忧愁

safe [seif] *a.* 安全的 *n.* 保险箱

safety ['seifti] *n.* 安全

sail [seil] *n.* 帆；航行 *v.* 航行，开航

考 点 set sail 起航

sailor ['seilə] *n.* 水手，海员

salary ['sæləri] *n.* 工资，薪水

sale [seil] *n.* 卖，出售；贱卖，大减价；销售额

考 点 on sale 上市，出售；减价，贱卖；

for sale 待售

salt [sɔ:lt] *n.* 盐，氯化钠 *vt.* 腌，盐渍

salty ['sɔ:lti] *a.* 盐的，咸的

same [seim] *a.* 相同的，一样的 *pron.* 同样的人或事

sand [sænd] *n.* 沙子；[*pl.*] 沙滩，沙地

save [seiv] *v.* 拯救，储蓄，节省

savings ['seiviŋz] *n.* 储蓄，存款

say [sei] *vt.* 说，讲，说明，比如说，假定 *vi.* 说，发表意见 *n.* 发言权，决定权，意见

school [sku:l] *n.* 学校，学院；学派，流派；上学，学业；（鱼等的）群

science ['saiəns] *n.* 科学，学科

联 想 scientific

scientific [,saiən'tifik] *a.* 科学的

scientist ['saiəntist] *n.* 科学家

screen [skri:n] *n.* 屏风，屏（银）幕 *vt.* 掩蔽，遮护；选拔，淘汰

第一周 基础词汇

sea [si:] *n.* 海，洋；大量

seaman ['si:mən] *n.* 海员，水手

seaport ['si:pɔ:t] *n.* 海港

search [sə:tʃ] *vt.* 搜寻，找寻；细看，细查 *vi. / n.* 搜寻，搜查；探究，调查

seaside ['si:said] *n.* 海边

seat [si:t] *n.* 座位，坐席 *vt.* 使入座，使就座

考　点　be seated 就座；
　　　　seat belt 安全带

second ['sekənd] *num.* 第二 *a.* 第二的，第二个的，再一个的，别的 *n.* 第二人/物

secondly ['sekəndli] *ad.* 第二，其次

secret ['si:krit] *a.* 秘密的 *n.* 秘密，秘诀

secure [si'kjuə] *a.* 安心的，可靠的 *vt.* 得到，获得；防护，保卫

考　点　secure sth. from / against 保护（免于……的危险）

see [si:] *vt.* 看见；会面，探望；知道，获悉；送行，陪；经历

seek [si:k] *n.* 寻求，寻找，请求，要求，试图

seem [si:m] *vi.* 好像，似乎

seldom ['seldəm] *ad.* 很少

select [si'lekt] *vt.* 选择，挑选 *a.* 选择的，精选的

selection [si'lekʃən] *n.* 选择，精选的人或物

self [self] *n.* 自己，本身，私心

selfish ['selfiʃ] *a.* 自私的，利己的

sell [sel] *vt.* 卖，出售，出卖；背叛 *vi.* 卖，销售

send [send] *vt.* 送，寄；派遣，打发；促使，使变为 *vi.* 寄信，派人

sentence ['sentəns] *n.* 句子，宣判，判决 *vt.* 宣判，判决

separate ['sepəreit] *a.* 分离的，分开的 *vt.* 分离，分开

考　点　separate...from 分开，隔开

series ['siəri:z] *n.* 一系列，一连串；序列；丛书

考　点　a series of 一系列，一连串

serious ['siəriəs] *a.* 严重的，认真的，严肃的

serve [sə:v] *v.* 服务，伺候，招待；适用；适合服役

service ['sə:vis] *n.* 服务，公共事业，服役 *vt.* 维护，保养

set [set] *vt.* 放，安置；调整，校正；树立，规定；使处于特定状态；使开始 *vi.*（日月等）落山，下沉 *n.* 一套，一副 *a.* 固定的，规定的

考　点　set about 开始，着手；
　　　　set aside 宣布无效；驳回，废止；

set back 推迟，延缓，阻碍；

set off 动身，出发；使爆炸，使爆发；引起；

set out 动身，出发，开始；制定，打算；

set up 建立，设立，树立；资助，使自立，扶持

settle ['setl] *vt.* 安定，安顿；停息，定居；解决，调停；结算，支付 *vi.* 定居；下沉；稳定

考 点 settle down 安居，过安定的生活

seven ['sevən] *num.* 七

seventeen ['sevən'tiːn] *num.* 十七

seventy ['seventi] *num.* 七十

several ['sevərəl] *a.* 几个，若干

sex [seks] *n.* 性别，性

shade [ʃeid] *n.* 荫凉，阴影；（色彩）浓淡；遮光物，罩 *vt.* 遮蔽，遮光

shall [ʃæl, ʃəl, ʃl] *aux.v.* 将，会，必须

shape [ʃeip] *n.* 形状，外表，情况，状况 *vt.* 使成形，塑造，把……具体化，实现

share [ʃɛə] *vt.* 分享，分给，分担 *n.* 部分，一份；股份，股；分担，均摊

shine [ʃain] *vt.* （使）照耀，发光，擦亮 *n.* 光，光泽

shiny ['ʃaini] *a.* 闪烁的，发亮的，晴朗的

ship [ʃip] *n.* 船，舰，太空船 *vt.* 用船运，运送

shirt [ʃəːt] *n.* 衬衫

shoe [ʃuː] *n.* 鞋

shoot [ʃuːt] *vi.* 射击；射（门），投篮；发芽，长高；疾驰而过 *vt.* 射中；发射；拍摄

考 点 shoot at 向……射击

shop [ʃɔp] *n.* 商店，工场，车间 *vi.* 去买东西

shore [ʃɔː, ʃɔə] *n.* 岸，岸边，陆

short [ʃɔːt] *a.* 短的，短暂的；矮的，低的；缺乏的，不足的

shortage ['ʃɔːtidʒ] *n.* 短缺，不足

shortcoming ['ʃɔːtkʌmiŋ] *n.* 短处，缺点

should [ʃud, ʃəd, ʃd] *aux. v.* 应该，将会，万一，竟然会

shoulder ['ʃəuldə] *n.* 肩 *vt.* 承担，肩负

shout [ʃaut] *n. / v.* 呼喊，喊叫

show [ʃəu] *n.* 表演，显示，展示；表面，外观 *vt.* 出示，带领；说明，示范，证明 *vi.* 露面

考 点 shout at 冲……大喊

shower ['ʃauə] *n. / vi.* （下）阵雨；（冲）淋浴；似阵雨般降落 *vt.* 倾注

考　点　**take / have a shower** 淋浴

shut [ʃʌt] vt. 关，关闭；停止营业；紧闭　vi. 关上
考　点　**shut down** 关闭；
　　　　shut out 排除；
　　　　shut up 住口；关上全部门窗

shy [ʃai] a. 害羞的，腼腆的；易受惊的；胆怯的
考　点　**be shy of doing sth.** 不好意思做某事

sick [sik] a. 有病的，患病的；恶心的，想吐的
考　点　**be sick of** 厌烦

side [said] n. （旁）边，（侧）面，方面，性质，（敌或友）一方，一边　vi. 站在……的一边，偏袒

sidewalk ['saidwɔ:k] n. 人行道

silence ['sailəns] n. 寂静，沉默　vt. 使寂静，使沉默

silent ['sailənt] a. 沉默的，寂静的

silly ['sili] a. 傻的，笨的，糊涂的

since [sins] prep. 自从，从……以来　conj. 自从，从……以来，因为，既然　ad. 从那以后

sing [siŋ] v. 唱，歌唱；鸣叫
考　点　**sing sb.'s praise** 称赞

singer ['sindʒə] n. 歌手，歌唱家

single ['siŋgl] a. 单人的；单身的；单一的，单个的
考　点　**single out** 选出

sink [siŋk] n. 水槽，水池　v. 下落，下沉
考　点　**sink into despair / thought** 陷入绝望/沉思

sir [sə:, sə] n. 先生，……爵士

sister ['sistə] n. 姐，妹

sit [sit] vi. 坐，坐下；位于；栖息；孵卵　vt. 使就座
考　点　**sit up** 迟睡，熬夜

site [sait] n. 地点，位置

situated ['sitjueitid] a. 位于……，坐落于……

six [siks] num. 六

sixteen ['siks'ti:n] num. 十六

sixty ['siksti] num. 六十

size [saiz] n. 大小，尺寸，尺码，量，额

skate [skeit, skit] vi. 滑冰　n. 滑冰，冰鞋

skill [skil] n. 技能，技巧

skin [skin] n. 皮，皮肤；毛皮，兽皮；外皮，外壳　vt. 去……的皮

skirt [skə:t] n. 裙子[pl.]边缘，周围，郊外

sky [skai] n. 天，天空

sleep [sli:p] *n.* / *v.* 睡（眠）

考　点　**go to sleep** 睡觉；

　　　　fall into a sound sleep 酣睡

sleepy ['sli:pi] *a.* 欲睡

slow [sləu] *a.* 慢的；缓慢的；迟钝的 *v.* 放慢，减速

考　点　**slow down** 放慢速度

small [smɔ:l] *a.* 小的，少的

smart [smɑ:t] *a.* 漂亮的，时髦的；聪明的，机智的；敏捷的

smell [smel] *n.* 气味，嗅觉；臭味 *vi.* 散发气味 *vt.* 嗅，闻；觉察

考　点　**give off / out a nice smell** 散发出香味

smoke [sməuk] *n.* 烟，烟尘 *v.* / *n.* 吸烟，抽烟 *v.* 冒烟，冒气

snow [snəu] *n.* 雪，下 *vi.* 下雪，雪一般地落下

snowy ['snəui] *a.* 下雪的，雪一般的

so [səu, sə] *ad.* 那么，如此地，非常，很，也同样 *conj.* 因而，所以，结果是，为的是，以便

soft [sɔft] *a.* 软的；柔软的，温柔的；柔和的；细嫩的，光滑的；不含酒精的

soil [sɔil] *n.* 泥土，土壤 *vt.* 弄脏 *vi.* 变脏

soldier ['səuldʒə] *n.* 士兵

some [sʌm, səm] *a.* 一些，少许，有些，某，某一个，大约 *pron.* 几个，有些人 *ad.* 大约，稍微

somebody ['sʌmbədi] *pron.* 有人，某人

somehow ['sʌmhau] *ad.* 设法；不知怎么的

考　点　**somehow or other** 设法，想办法，不知道为什么

someone ['sʌmwʌn] *pron.* 某人，有人

something ['sʌmθiŋ] *pron.* 某事，某物，一些，几度

sometime ['sʌmtaim] *ad.* 某时，近期内，曾经，一度

sometimes ['sʌmtaimz] *ad.* 有时，间或

somewhat ['sʌm(h)tcw] *ad.* 有点儿，稍微

somewhere ['sʌm(h)wɛə] *ad.* 某处，某地

son [sʌn] *n.* 儿子

song [sɔŋ] *n.* 歌曲

soon [su:n] *ad.* 不久，很快

sorrow ['sɔrəu] *n.* 悲伤，忧愁

sorry ['sɔri] *a.* 对不起，抱歉的；难过的，悔恨的；使人伤心的

考　点　**be / feel sorry for sb.** 对某人表示同情

soul [səul] *n.* 心灵，灵魂；人；精华；中心人物

sound [saund] *n.* 声音 *vi.* 发声，听起来

soup [su:p] *n.* 汤，羹

sour ['sauə] *a.* 酸的，酸腐的；脾气坏的，刻薄的

space [speis] *n.* 空地，场地；太空，宇宙；空间，距离；篇幅

> 考点　　make space for 为……留出空间

spare [spɛə] *a.* 多余的，备用的 *v.* 让给，抽出（时间）；饶恕

> 考点　　enough to spare 足够，绰绰有余；
> spare time 空余时间

speak [spi:k] *vi.* 说话，讲；发言，演说

> 考点　　speak of 谈到；
> speak out 大声说；
> generally speaking 一般而言；
> frankly speaking 坦率地说；
> not to speak of 更不用说，更不待言

speaker ['spi:kə] *n.* 说话者，发言者，某种语言者；扬声器

speech [spi:tʃ] *n.* 言语，讲话，演讲

speed [spi:d] *n.* 速度，速率，快速，迅速 *vi.* 飞驰，急行，加速 *vt.* 快速传送，促进，使加速

spell [spel] *vt.* 拼写

> 考点　　spell out 讲清楚，清楚地说明

spelling ['speliŋ] *n.* 拼写

spend [spend] *vt.* 花费（钱、时间，心血等）；消磨，度过 *vi.* 花费，浪费，耗尽

spirit ['spirit] *n.* 精神，心灵；精灵，妖精；[pl.] 情绪，心情；酒精，烈酒

> 考点　　be in good / high spirits 兴致勃勃，精神高昂；
> be in low spirits 没精打采，垂头丧气

spite [spait] *n.* 恶意，怨恨

> 考点　　in spite of 尽管，不顾

spoil [spoil] *vt.* 搞糟，损坏；宠坏，溺爱 *vi.* 食物变坏

spoken ['spəukən] *a.* 口头的，口语的

sport [spɔ:t] *n.* 运动；[pl.] 运动会

spring [spriŋ] *vi. / n.* 跳，跃 *n.* 春季，春天；弹簧，弹性，发条；泉，源泉

> 考点　　spring up 突然浮现

square [skwɛə] *n.* 正方形；广场；平方；直角尺 *a.* 正方形的，四方的，直角的；正直的，公平的；结清的；平方的；

彻底的 *ad.* 成直角地；正直地，公平地；坚定地 *v.* 使成方形；弄平，使直；与……一致，符合；自乘；结算

考 点 fair and square 光明正大地，诚实地

stage [steidʒ] *n.* 阶段，时期；舞台，戏剧

考 点 go on the stage 上舞台

stair [stɛə] *n.* [常 *pl.*]楼梯，阶梯

stamp [stæmp] *n.* 邮票；图章 *vt. / n.* 跺脚，践踏 *vt.* 盖章，盖印

stand [stænd] *vi.* 站立，起立，放置，位于 *vt.* 使站立，经受 *n.* 货摊，观众席，立场，态度

star [sta:] *n.* 星，明星，星状物 *vt.* 由……主演，用星状物装饰，用星号标出 *vi.* 主演

stare [stɛə(r)] *vi. / n.* 瞪眼，盯，凝视

考 点 stare at 凝视

start [sta:t] *vt.* 开始，开动，引起，创办 *vi.* 开始，启动，出发 *n.* 开端，起点，动身，吃惊

starvation [sta:ˈveiʃən] *n.* 饥饿，饿死

starve [sta:v] *v.* 使饿死，使挨饿

station [ˈsteiʃən] *n.* 车站，所，局，台；岗位，位置

stay [stei] *vi. / n.* 逗留，停留

steal [sti:l] *v.* 偷，窃取

联 想 thief *n.* 小偷；
theft *n.* 偷窃行为；
pickpocket *n.* 扒手

step [step] *n.* 步，脚步；梯级，台阶；步骤，措施 *vi.* 走行走；踩

still [stil] *ad.* 仍然，还，然而，依旧；更，愈；别外，又 *a.* 寂静的，平静的

stock [stɔk] *n.* 库存；股票，股份 *a.* 股票的；普通的；存货的 *vt.* 进货，储备；放牧

考 点 check a stock 清点存货
in / out of stock 备有现货/没有现货

stone [stəun] *n.* 石，石头，岩石，矿石，（水果的）核、籽

stop [stɔp] *n.* 停车站 *vt. / n.* 停止，中止，阻止；阻塞，逗留，歇宿

考 点 stop by / in 顺便拜访；
stop ... from ... 阻止……

store [stɔ:] *n.* 商店，店铺，储备品 *vt.* 贮藏，贮备

storm [stɔ:m] *n.* 风暴，暴风雨（雪），情感的激烈爆发

联 想 stormy

第一周 基础词汇

stormy ['stɔ:mi] *a.* 暴风雪的；激烈的

story ['stɔ:ri] *n.* 故事，小说；传说，事迹；新闻报道

考　点　cut / make a long story short 长话短说；
　　　　cook up / invent / make up a story 捏造故事

straight [streit] *a.* 直的，笔直的，正直的，坦率的 *ad.* 笔直地，直接地，立即地

strange [streindʒ] *a.* 奇怪的，不可思议的，陌生的

stranger ['streindʒə] *n.* 陌生人，外地人，异乡人

street [stri:t] *n.* 街道，马路

strong [strɔŋ] *a.* 强有力的，强壮的；坚强的；强硬的，强烈的；浓的

structure ['strʌktʃə] *n.* 结构，构造；建筑物

student ['stju:dənt] *n.* 学生，学员

study ['stʌdi] *vt.* 学习，读书；研究，探讨；细看 *vi.* 读书，用功，求学 *n.* 学习，研究；书房

stupid ['stju:pid] *a.* 愚蠢的；迟钝的

style [stail] *n.* 风格，文体；时尚，时髦；种类，类型

考　点　in style 流行的；
　　　　out of style 不再流行的

subway ['sʌbwei] *n.* 地铁，地下人行道

such [sʌtʃ, sətʃ] *a.* 如此的，这样的 *pron.* 这样的人（或物）

sudden ['sʌdn] *a.* 突然的，出乎意料的

suddenly ['sʌdənli] *ad.* 突然地

suffer ['sʌfə] *vt.* 忍受，承受，遭受 *vi.* 忍受痛苦，受损失

suggest [sə'dʒest] *vt.* 建议，提议；表时，暗示

suggestion [sə'dʒestʃən] *n.* 建议，提议；表示，暗示

sun [sʌn] *n.* 太阳，日

sunlight ['sʌnlait] *n.* 阳光，日光

sunny ['sʌni] *a.* 阳光充足的

sunrise ['sʌnraiz] *n.* 日出

sunset ['sʌnset] *n.* 日落

sunshine ['sʌnʃain] *n.* 日光，日照

super ['sju:pə] *a.* 超级的，极好的

supermarket ['sju:pə,mɑːkit] *n.* 超级市场

supper ['sʌpə] *n.* 晚餐

sure [ʃuə] *a.* 肯定的，确信的，一定会……的，有信心的，有把握的

surprise [sə'praiz] *n.* 惊讶，惊奇 *vt.* 使诧异，使惊奇，奇袭

联　想　surprising *a.* 令人惊讶的

sweet [swi:t] *a.* 甜的，香的；悦人的；可爱的；亲切的；温柔的；舒服的 *n. [pl.]* 糖果，甜食

考 点 **be sweet to sb.** 对某人和蔼可亲

swim [swim] *vi. / n.* 游泳，浸，泡

swing [swiŋ] *vi.* 摇摆，摇荡；回转，转向 *n.* 秋千

Saturday

table ['teibl] *n.* 桌子；表格，目录

考 点 **at table** 进餐

take [teik] *vt.* 拿，取；携带，带走；花费；需要，接受；认为，当做；抓住

tale [teil] *n.* 故事，传说，谎言

talent ['tælənt] *n.* 天赋，才能；人才

talk [tɔ:k] *n.* 谈话，演讲，讲话 *vt.* 谈论，讨论 *vi.* 讲话，交谈，谈话

tall [tɔ:l] *a.* 高的，身材高的

tap [tæp] *n.* 旋塞，龙头，塞子 *v.* 轻叩，轻拍；开发，利用

考 点 **on tap** 随时可以取用地

tape [teip, tep] *n.* 带子，录音（录像）磁带 *vt.* 把……录于录音（或录像）磁带

taste [teist] *n.* 滋味，味道，味觉；鉴赏力 *vt.* 尝，品尝；体验，领略 *vi.* 尝起来有某种味道

task [tɑ:sk] *n.* 任务，作业，工作

tax [tæks] *n.* 税（款） *vt.* 对……征税

taxi ['tæksi] *n.* 出租汽车

tea [ti:] *n.* 茶（叶），午后茶点

teach [ti:tʃ] *v.* 教，教书；教训

考 点 **teach oneself** 自学

teacher ['ti:tʃə] *n.* 教师，教员

team [ti:m] *n.* 队，组

tear [tiə] *n. [pl.]* 眼泪 *vt.* 撕，撕下

考 点 **in tears** 流着泪，含泪，哭

telephone ['telifəun] *n.* 电话 *vt.* 打电话

telescope ['teliskəup] *n.* 望远镜

television ['teliviʒən] *n.* （缩）TV，电视（机）

tell [tel] *vt.* 讲，告诉，告诫，劝告，命令，指示；辨别，分辨

temper ['tempə] *n.* 脾气，脾气急躁 *vt.* 使缓和

temperature ['tempritʃə(r)] *n.* 温度

第一周 基础词汇

ten [ten] *num.* 十

terrible ['terəbl] *a.* 可怕的；令人生畏的；极度的；厉害的；坏透的，很糟的

terrific [tə'rifik] *a.* 极好的，了不起的，极大的，极度的

terror ['terə] *n.* 恐怖，恐怖的人/事

考点 quiver in terror 怕得发抖

test [test] *n. / vt.* 试验，测试，检验

testing ['testiŋ] *n.* 试验，测试

text [tekst] *n.* 正文，文本，原文；教科书

textbook ['tekstbuk] *n.* 教科书，课本

than [ðæn, ðən, ðn] *conj.* 比

thank [θæŋk] *vt.* 感谢 *n. [pl.]* 感谢

考点 thanks to 由于，多亏

that [ðæt] *pron.* 那，那个；（引出定语从句）*conj.*（引出名词从句）*ad.* 那样，那么

the [ði:, ði, ðə, ð] *art.* 这，那

theatre / theater ['θiətə(r)] *n.* 戏院，剧院

then [ðen] *ad.* 在那时，当时；然后，于是；那么，因而

考点 now and then 时常

theory ['θiəri] *n.* 理论，原理，法则

there [ðɛə, ðə] *ad.* 在那里，往那里；在那一点上，在那方面；（与 be 连用）有

考点 here and there 到处，处处

these [ði:z] *pron.*（this 的复数）这些

thereafter [ðɛər'ɑ:ftə] *ad.* 因此，所以

thick [θik] *a.* 厚的，粗的，稠的，浓的 *ad.* 厚，浓，密，时常地；过度

考点 through thick and thin 不顾艰难险阻；在任何情况下；同甘共苦

thickness ['θiknis] *n.* 厚（度），浓（度）

thief [θi:f] *n.* 贼，小偷

thin [θin] *a.* 细的，薄的，稀的，瘦的 *v.* 变细，变薄

thing [θiŋ] *n.* 物，东西；事，事情；问题；（破裂）所有物，用品；*[pl.]* 情况，事态

考点 for one thing...（for another）一则，（再则……）

think [θiŋk] *vt.* 认为，以为，想要，打算 *vi.* 思考，认为

thirst [θə:st] *n.*（口）渴，渴感；长期的干渴，渴望；渴求

联想 thirsty *a.* 口渴；渴望

long for / be eager for / be hungry for / be anxious for 渴望

| 考 点 | **be thirsty for / after** 渴望 |

thirsty ['θə:sti] *a.* 口渴的，渴望的，渴求的

thirteen ['θə:'ti:n] *num.* 十三

thirty ['θə:ti] *num.* 三十

this [ðis] *pron.* 这，这个

those [ðəuz] *pron.* （that 的复数）那些

though [ðəu, ðə] *ad.* 可是，然而，不过 *conj.* 尽管，虽然

thought [θɔ:t] *n.* 思想，思维，思考；想法，观念

| 考 点 | **at the thought of** 一想到； |
| | **on second thought** 经仔细考虑后 |

thousand ['θauzənd] *num. / n.* 一千；[*pl.*] 许许多多，成千上上万

three [θri:] *num.* 三

through [θru:] *prep.* 通过，穿过；因为，由于；自始至终 *ad.* 通过，穿过；自始至终；彻底地，完全地；（打电话）接通

| 考 点 | **be through with** 已结束 |

throughout [θru(:)'aut] *prep.* 遍及，贯穿 *ad.* 到处，自始至终

throw [θrəu] *vt.* 投，掷，抛，扔；摔落，摔倒

| 考 点 | **throw away** 扔掉，抛弃 |
| | **throw up** 呕吐 |

thus [ðʌs] *ad.* 如此，这样；因而，从而

ticket ['tikit] *n.* 票，入场券，车标，（交通违章）罚款传票

tidy ['taidi] *vt.* 整理，收拾 *a.* 整洁的；整齐的

| 考 点 | **tidy up** 使整洁 |

tie [tai] *vt.* 拴，扎，捆，把……打结，系上 *n.* 领带，领结；纽；联系

tight [tait] *a.* 紧的，紧身的，紧贴的；（时间）紧的 *ad.* 紧紧地，牢牢地

till [til] *prep. / conj.* 直到……为止，直到

| 考 点 | **it is not till... that...** 直到……才…… |

time [taim] *n.* 时间，时刻，次，回；时期；倍，乘；[*pl.*] 时代

timetable ['taimteib(ə)l] *n.* 时刻表，时间表，课程表

tip [tip] *n.* 尖，尖端；小费 *v.* 倾斜，倾倒；给小费

| 考 点 | **be on the tip of one's tongue** 话到嘴边却说不出来 |

title ['taitl] *n.* 标题，头衔，称号

to [tu:, tə, tu] *prep.* 向，往，至，对于，比，对，（程度、范围）到，过，（时间）在……之前，直到……为止

today [tə'dei] *ad. / n.* 今天，现在，目前

together [tə'geðə] *ad.* 共同地，在一起；相互，彼此；一致地

考点 **together with** 与……在一起

toilet ['tɔilit] *n.* 厕所，洗手间

tomato [tə'mɑ:təu, tə'meitəu] *n.* 西红柿

tomorrow [tə'mɔrəu, tu'mɔrəu] *n.* 明天 *ad.* 在时天，在明日

tongue [tʌŋ] *n.* 舌头；语言，口语

tonight [tə'nait] *ad. / n.* 今晚，今夜

too [tu:] *ad.* 也，又；太，过于

tool [tu:l] *n.* 工具，用具

tooth [tu:θ] *n.* 牙齿，齿

toothache ['tu:θeik] *n.* 牙痛

toothbrush ['tu:θbrʌʃ] *n.* 牙刷

toothpaste ['tu:θpeist] *n.* 牙膏

top [tɔp] *n.* 顶，上端，上面，盖子 *a.* 最高的，最优秀的 *vt.* 位……之首，居……之上，超过

topic ['tɔpik] *n.* 话题，主题

total ['təutl] *a.* 总的，全部的 *n.* 总数，总计 *vt.* 计算……的总和 *vi.* 总计，合计

totally ['təut(ə)li] *ad.* 全部地，完全地

touch [tʌtʃ] *vi.* 触摸，接触 *vt.* 碰到，触动，感动 *n.* 触觉，触，接触，联系，少许，一点

tour [tuə] *v. / n.* 旅行

联想 **tourism** *n.* 旅游，观光，旅游；
tourist *n.* 旅游者，观光者

toward(s) [tə'wɔ:d] *prep.*（表示运动方向）朝，向；（表示关系）对于；（表示时间）将近；（表示目的）为了

town [taun] *n.* 镇，市镇；闹区，商业区

toy [tɔi] *n.* 玩具

train [trein] *n.* 火车，列车；一连串，一系列 *vt.* 训练，培训

training ['treiniŋ] *n.* 培训，训练，培养

travel ['trævl] *vi.* 旅行，行进；走，运行，运行；传达 *n.* 旅行

traveller ['trævlə] *n.* 旅行者，旅客

treasure ['treʒə] *n.* 财富，金银财宝；珍品 *vt.* 珍视，珍爱

treat [tri:t] *v.* 对待，看待；治疗，招待 *n.* 款待，请客

treatment ['tri:tmənt] *n.* 处理，对待，款待；治疗

tree [tri:] *n.* 树

trip [trip] *n.* 短程旅行

trick　[trik] n. 花招，诡计，恶作剧；窍门　vt. 欺诈，哄骗

trouble　['trʌbl] n. 麻烦；苦恼；困难，故障　vt. 使烦恼，使苦恼；麻烦　vi. 费神，费力

trousers　['trauzəz] n. 裤子

true　[tru:] a. 真实的，诚实的；真的，不假的；正确无误的，准确的

trust　[trʌst] n. 信任，信赖，可信任的人（或物）；委托，保管　vt. 信赖，委托，依靠，依赖

truth　[tru:θ] n. 事实，实情；真实性，真理

try　[trai] vt. 试图，努力；尝试，试验，试用；审讯，审理　vi. / n. 尝试，努力

考　点　try on 试穿；
　　　　　try out 试验

turn　[tə:n] n. 旋转，机会，变化，转折点　vt. 转动，翻转，改变方向　vi. (使)变为，(使)变得

turning　['tə:niŋ] n. 转弯处，转向，旋转

tutor　['tju:tə] n. 家庭教师，指导教师　v. 指导

twelve　[twelv] num. 十二

twenty　['twenti] num. 二十

twice　[twais] ad. 两次，两倍

two　[tu:] num. 二

type　[taip] n. 形式，类型；印刷字体；活字，铅字　v. 打字

ugly　['ʌgli] a. 丑陋的，讨厌的，邪恶的

unable　['ʌn'eibl] a. 不能够的，没有办法的

under　['ʌndə] prep. 在……下面；少于，低于；在……指导下；在……情况下；在……中

考　点　under way 进行中

underground　['ʌndəgraund] a. 地下的，秘密的　n. 地下铁路，地下组织，秘密团体

understanding　[.ʌndə'stændiŋ] n. 洞察力，理解力，理解，领会　a. 能体谅人的，宽容的

undoubtedly　[ʌn'dautidli] ad. 毋庸置疑地，肯定地

unfortunate　[ʌn'fɔ:tʃənit] a. 难忘的，不会忘记的

unfortunately　[ʌn'fɔ:tjunətli] ad. 遗憾地，不幸地

unit　['ju:nit] n. 单位，部队；单元，部件；(作为计量标准的)单位

unhappily　[.ʌn'hæpili] ad. 不幸地，可惜的是

unhealthy　[ʌn'helθi] a. 不高兴的，愁苦的

unknown　['ʌn'nəun] a. 未知的，无名的，陌生的

unless　[ən'les, ʌn'les] conj. 如果不，除非

unlike [ˈʌnˈlaik] *prep.* 不像……，和……不同 *a.* 不同的，不相似的

unlikely [ʌnˈlaikli] *a.* 未必的，多半不可能的，不大可能发生的

unpleasant [ʌnˈpleznt] *a.* 使人不愉快的，讨厌的

until [ənˈtil, ʌnˈtil] *conj.* 直到……为止，在……以前，直到……

unusual [ʌnˈjuːʒuəl] *ad.* 异常的，不寻常的，独特的，与众不同的

unwilling [ˈʌnˈwiliŋ] *a.* 不愿意的，不喜欢的

university [ˌjuːniˈvəːsiti] *n.* （综合性）大学

up [ʌp] *ad.* 向上；往北；起床，起来；高昂起来，激动起来；（指从活动到结束）……完，……光 *prep.* 向上，向/在高处；沿着，在……那边 *a.* 向上的

upon [əˈpɔn] *prep.* 在……上，朝向，向着 *ad.* 向前，继续

unpleasant [ʌnˈpleznt] *a.* 使人不愉快的，讨厌的

upon [əˈpɔn] *prep.* 在……上

upward(s) [ˈʌpwəd] *ad.* 向上，上升，……以上

up-to-date [ˈʌptəˈdeit] *a.* 最新的，现代的

usage [ˈjuːzidʒ] *n.* 用法，使有用，惯用法；习语

use [juːs] *n.* 使用，应用；用途，效用；益处，用处 *vt.* 用，使用，运用；耗费，消费

used [juːst] *a.* 用过的，旧的；习惯于……的 *v.* 惯于

useful [ˈjuːsful] *a.* 有用的，不实用的

useless [ˈjuːslis] *a.* 无用的，不实用的

user [ˈjuːzə] *n.* 用户；使用权

usual [ˈjuːʒuəl] *a.* 通常的，惯常的

　考　点　 as usual 像往常一样，照例

usually [ˈjuːʒuəli] *ad.* 通常，大抵

valuable [ˈvæljuəbl] *a.* 有价值的，贵重的，有用的 *n.* [pl.] 贵重物品（尤指首饰）

value [ˈvælju:, -ju] *n.* 重要性；用途，用处，价值；评价 *vt.* 给……估价，看重，珍视

very [ˈveri] *ad.* 很，非常；真正地，完全 *a.*（加强名词的语气）正是的，恰好的；真正的，真实的

victory [ˈviktəri] *n.* 胜利，获胜

video [ˈvidiəu] *n.* 录像（机）*a.* 录像的，视频的

view [vjuː] *n.* 风景，景色；看法，见解；视野，眼界；把……看成是，认为，观察，检查

village [ˈvilidʒ] *n.* 乡村，村庄

vision ['viʒən] *n.* 视觉，视力；幻想，幻影；眼力，想象力；远见

visit ['vizit] *v. / n.* 访问，参观；观察，巡回

考　点　**pay / make a visit to** 参观，访问

visitor ['vizitə] *n.* 访问者，来宾，参观者

vocabulary [vəˈkæbjuləri] *n.* 词汇，词（汇）表

voice [vɔis] *n.* 声音，嗓音；发言权

wage [weidʒ] *n.* 工资，报酬

wait [weit] *v.* 等候；伺候　*n.* 等待，等待的时间

考　点　**wait for** 等候；
　　　　wait on 伺候

waiter ['weitə] *n.* （男）侍者，（男）服务员

waitress ['weitris] *n.* （女）侍者，（女）服务员

wake [weik] *vt.* 醒来，唤醒；使觉悟；激发，引起　*vi.* 醒来

考　点　**in the wake of** 紧紧跟随；随着……而来，作为……结果；
　　　　wake (up) to 认识到，意识到

wall [wɔːl] *n.* 墙，围墙

wallet ['wɔlit] *n.* 钱包

walk [wɔːk] *vi.* 步行，散步　*n.* 人行道，散步场所

考　点　**walk away / off**（在比赛中）轻易获胜，轻易赢得；顺手带走，偷走；
　　　　with walk out（为表示抗议而）突然离去；罢工

want [wɔnt] *vt.* 想要；需要；缺乏，缺少；通缉　*n.* 必需品；需要；缺乏

考　点　**want doing** 需要被作；
　　　　in want of 需要；
　　　　for want of 因缺少……

war [wɔː] *n.* 战争，战斗

warm [wɔːm] *a.* 暖，温暖；热忱，热心　*v.* 使暖和

考　点　**warm to** 对……产生好感，对……变得有兴趣；
　　　　warm up 变热

warmth [wɔːmθ] *n.* 暖和，温暖；热忱，热烈；保暖

warn [wɔːn] *v.* 警告，告诫

warning ['wɔːniŋ] *n.* 警告

wash [wɔʃ] *v. / n.* 洗，冲洗　*v.*（浪涛）冲刷，拍打　*n.* 洗涤物，衣服

考　点　**wash up** 洗（盘、碗、手、脸）；
　　　　do the washing 洗衣服

waste [weist] *n.* 浪费，废料，弃物　*a.* 废的，无用的，丢

弃的，荒芜的

water [ˈwɔ:tə] *n.* 水 *vt.* 浇，灌

watch [wɔtʃ] *vt.* 观看，注视 窥伺，等待 *vt./n.* 看管，监视 *n.* 手表

> **考　点** **watch out (for)** 戒备，提防；
>
> **watch over** 看守，保护，照看

wave [weiv] *n.* 波，波涛，飘扬，起伏 *v.* 挥舞，波动

> **考　点** **wave aside** 对……置之不理

way [wei] *n.* 道，路，径；方法，手段，方式；方向，距离；点，方面

weak [wi:k] *a.* 虚弱的，无力的，（能力等）差的，弱的，微弱的，淡薄的

weaken [ˈwi:kən] *v.*（使）变弱，（使）虚弱

weakness [ˈwi:knis] *n.* 虚弱，衰弱，软弱，缺点，弱点

wealth [welθ] *n.* 财产，财富，大量，丰富

wealthy [ˈwelθi] *a.* 富裕的，丰富的

weapon [ˈwepən] *n.* 武器，兵器

wear [wɛə] *vt.* 穿着，戴着，佩着 *vi.* 磨损，耗损

weather [ˈweðə] *n.* 天气，气候

wedding [ˈwediŋ] *n.* 婚礼

weed [wi:d] *n.* 杂草，野草 *v.* 除草

week [wi:k] *n.* 星期，周

weekday [ˈwi:kdei] *n.* 平常日，工作日

weekend [wi:kˈend, ˈwi:kend] *n.* 周末

weekly [ˈwi:kli] *a.* 每周的，每周一次的 *ad.* 一周一次地 *n.* 周报，周刊

weight [weit] *n.* 重量，重力；砝码，秤砣；重压，负担；重要性，价值

welcome [ˈwelkəm] *n.* 欢迎 *vt.* 欢迎 *int.* 欢迎 *a.* 受欢迎的

well [wel] *n.* 井，水井 *ad.* 好地，令人满意地；有理由地，恰当地；完全地，充分地 *a.* 健康的，良好的 *int.* 好啦，那么

> **考　点** **as well as** 既……又，除……之外；
>
> **as well** 同样，也，不妨；
>
> **just as well**（+动词原形）没关系，无妨，不妨；
>
> **may / might as well**（+动词原形）还不如，不妨

wet [wet] *a.* 湿的；下雨的，多雨的 *vt.* 沾湿，弄湿

what [(h)wɔt] *pron.* 什么，什么东西 *a.* 多么，什么，怎样的，所……的，尽量多的

whatever [wɔtˈevə, hw-] *pron.* 无论什么，任何……的事

物 *a.* 不管怎么样的，无论什么样的

when [(h)wen] *ad.* 什么时候，在……的时候 *conj.* 当……时，然后，可是，然而 *pron.* 什么时候

whenever [(h)wen'evə] *conj.* 无论何时，随时，每当

where [(h)wɛə] *ad.* 在哪里，在那里，在……地方 *conj.* 什么地方 *pron.* 什么地方

wherever [(h)wɛər'evə] *conj.* 无论在（到）哪里 *ad.* 无论（去）什么地方，究竟在（到）哪里

whether ['(h)weðə] *conj.* 是否，会不会，不管，无论

which [(h)witʃ] *pron.* 哪一个，哪一些，……的那些，那个，那些 *a.* 哪一个，哪一些

whichever [(h)witʃ'evə] *pron. / a.* 无论哪个，无论哪些

while [(h)wail] *conj.* 当……的时候，和……同时；然而，虽然，尽管 *a.* 一会儿，（一段）时间

who [hu:] *pron.* 谁，什么人，……的人，他，她，他们

whoever [hu:'evə(r)] *pron.* 不管是谁，究竟是谁，无论是谁

whole [həul] *n.* 全部，整体 *a.* 全体的，全部的；完整的，无缺的

whom [hu:m, hum] *pron.* 谁

whose [hu:z] *pron.* 谁的，哪个（人）的，哪些（人）的

why [(h)wai] *ad. / conj.* 为什么，……的理由 *int.* 哎呀，咳

wide [waid] *a.* 宽阔的，广泛的 *ad.* 全部地，充分地

wife [waif] *n.* 妻子，夫人，太太

wild [waild] *a.* 野生的，未开化的，野蛮的；凶猛的，狂暴的，狂热的，疯狂的

will [wil, wəl, əl, l] *aux. v.* 将，会；愿，要 *n.* 决心，意志；愿望，意愿；遗嘱

考点 **at will** 任意，随意

willing ['wiliŋ] *a.* 自愿的，心甘情愿的

win [win] *vt.* 赢得，获得，在……中获胜 *vi.* 赢，获胜 *n.* 胜利，成功

winner ['winə] *n.* 获胜者，成功者，优胜者

wind [waind] *n.* 风

window ['windəu] *n.* 窗户，窗口

windy ['windi] *a.* 有风的，多风的

winner ['winə] *n.* 获胜者，成功者，优胜者

wire [waiə] *n.* 电线，金属丝；电报，电信 *vt.* 给……发电报，给……安装电线 *vi.* 发电报

wireless ['waiəlis] *n.* 无线电

wisdom ['wizdəm] *n.* 智慧，古训，至理名言

wise [waiz] *a.* 聪明的，明智的

wish [wiʃ] *vt. / n.* 祝，祝愿 *v.* 希望，想要 *n.* 希望，愿望

考点 **wish sb. + a. / n.** 祝某人……

with [wið] *prep.* 和……一起；用；具有，带有；关于，就……而言；因，由于；随着；虽然，尽管

within [wið'in] *prep.* 在……里面，在……以内

without [wið'aut] *prep.* 毫无，没有 *ad.* 在外面

考点 **do without** 没有……也行，不需要

woman ['wumən] *n.* 妇女，成年女子

wonder ['wʌndə] *n.* 惊异，惊奇，奇事，奇迹 *v.* 想知道，对……感到疑惑，（对……）感到惊讶

wonderful ['wʌndəful] *a.* 极好的，极棒的；惊人的，奇妙的

wood [wud] *n.* 木材，木头，木料 [pl.] 森林，林地

word [wə:d] *n.* 词，词语；言语，话，谈语；消息，信息

work [wə:k] *n.* 工作，事，职业；[pl.] 著作 *vi.* 工作，起作用 *vt.* 使工作，使运转，操作

worker ['wə:kə] *n.* 劳动者，工作者，工人

workshop ['wə:kʃɔp] *n.* 车间，工场，修理厂；研讨会，讲习班

world [wə:ld] *n.* 世界，宇宙；界，领域；世人，众人

worldwide ['wə:ldwaid, -'waid] *a.* 遍及地球的，世界范围的

worry ['wʌri] *n.* 担心，忧虑，烦恼；令人烦恼的事或人 *v.* （使）担心，（使）发愁

worried ['wʌrid] *a.* 担心的，焦虑的

worse [wə:s] *a.* 更坏的，更差的，（病情）更重的 *ad.* 更坏地，更糟糕地

worst [wə:st] *a.* 最坏的，最差的，最恶劣的 *ad.* 最坏地，最差地

worth [wə:θ] *prep.* 值，值得……的 *n.* 价值

would [wud, wəd, əd, d] *aux. v.* 将；可能，大概，将会；总是，总会；宁愿

write [rait] *v.* 书写，写；写作，写信（给）

考点 **write down** 记下；
write off 取消，注销，勾销

writer ['raitə] *n.* 作者，作家

writing ['raitiŋ] *a.* 笔迹，字迹；文章，作品；写作，创作

wrong [rɔŋ] *a.* 错误的，有毛病的；不正常的，不好的；不合适的；不道德的，不正当的 *ad.* 不对地，错误地，不正确地

考点 **go wrong** 出错，犯错误；发生故障，出毛病

in the wrong 有错，负有责任；

be wrong with ... 有毛病（或故障）

year [jə:, jiə] *n.* 年，年度，学年 *a.* 每年的，一年一度的 *ad.* 每年，一年一度地

考 点 year after year 年年；

year in year out 年复一年

yearly ['jə:li] *a.* 每年的，一年一度的

yes [jes] *ad.* 是，是的

yesterday ['jestədi] *ad. / n.* 昨天

yet [jet] *conj.* 然而，不过 *ad.* 到目前为止，现在还；更，还，仍然

young [jʌŋ] *a.* 年轻的

youth [ju:θ] *n.* 青春，青（少）年时期，（男）年轻人，（总称）青年们

zero ['ziərəu] *num.* 零 *n.* 零点，零度

zone [zəun] *n.* 地区，地带，区域

zoo [zu:] *n.* 动物园

Sunday

专有名词

● 常见洲名及国家名称

Africa ['æfrikə] *n.* 非洲

African ['æfrikən] *a.* 非洲（人）的 *n.* 非洲人

America [ə'merikə] *n.* 美洲；美国

American [ə'merikən] *a.* 美洲（人）的；美国（人）的 *n.* 美洲人；美国人

Asia ['eiʃə] *n.* 亚洲

Asian ['eiʃən] *a.* 亚洲（人）的 *n.* 亚洲人

Britain ['britən] *n.* 不列颠（英格兰、威尔士和苏格兰的总称），英国

British ['britiʃ] *a.* 英国（人）的 *n.* 英国人

Canada ['kænədə] *n.* 加拿大

Canadian [kə'neidjən] *a.* 加拿大（人）的 *n.* 加拿大人

China ['tʃainə] *n.* 中国

Chinese ['tʃai'ni:z] *a.* 中国（人）的 *n.* 中国人

Egypt ['i:dʒipt] *n.* 埃及

Europe ['juərəp] *n.* 欧洲

European [ˌjuərə'pi(:)ən] *a.* 欧洲（人）的 *n.* 欧洲人

France [frɑːns] *n.* 法国

French [frentʃ] *a.* 法国的，法国人的，法语的 *n.* 法语，法国人

German ['dʒəːmən] 德国人，德语；德国（人）的，德语的

Germany ['dʒəːməni] *n.* 德国

Greece [griːs] *n.* 希腊

Greek [griːk] *a.* 希腊（人）的 *n.* 希腊人，希腊语

India ['indjə] *n.* 印度

Indian ['indjən] *n. / a.* 印度（的），印度人（的）；印第安人（的）

Italian [i'tæljən] *a.* 意大利的，意大利人的，意大利语的 *n.* 意大利人，意大利语

Italy ['itəli] *n.* 意大利

Japan [dʒə'pæn] *n.* 日本

Japanese [,dʒæpə'niːz] *n. / a.* 日本（的），日本人（的），日语（的）

Mexican ['meksikən] *n.* 墨西哥人 *a.* 墨西哥（人）的

Mexico ['meksikəu] *n.* 墨西哥

New Zealand [njuː'ziːlənd] 新西兰

Russia ['rʌʃə] *n.* 俄罗斯，俄国

Russian ['rʌʃən] *a.* 俄罗斯的，俄国的，俄语的

Spain [spein] *n.* 西班牙

Spanish ['spæniʃ] *a.* 西班牙（人）的 *n.* 西班牙语，西班牙人

● 时间

spring 春天	**summer** 夏天	**autumn** 秋天
winter 冬天	**January** 一月	**February** 二月
March 三月	**April** 四月	**May** 五月
June 六月	**July** 七月	**August** 八月
September 九月	**October** 十月	**November** 十一月
December 十二月	**Monday** 星期一	**Tuesday** 星期二
Wednesday 星期三	**Thursday** 星期四	**Friday** 星期五
Saturday 星期六	**Sunday** 星期天	**century** 世纪
year 年	**hour** 小时	**minute** 分钟
afternoon 下午	**morning** 上午	

● 颜色

yellow ['jeləu] *a.* 黄的，黄色的 *n.* 黄色

red [red] *a.* 红的，红色的 *n.* 红色

green [griːn] *a.* 绿的，绿色的 *n.* 绿色

black [blæk] *a.* 黑的，黑色的 *n.* 黑色

white [(h)wait] *a.* 白的，白色的 *n.* 白色

grey [grei] *a.* 灰的，灰色的 *n.* 灰色

brown [braun] *a.* 棕的，棕色的 *n.* 棕色

● 人体部位

body ['bɔdi] *n.* 身体，躯体

bone [bəun] *n.* 骨头，骨状物

breast [brest] *n.* 胸，乳房

cheek [tʃiːk] *n.* 面颊，脸蛋

ear [iə] *n.* 耳朵

finger ['fiŋɡə] *n.* 手指

forehead ['fɔrid, 'fɔːhed] *n.* 前额

hair [hɛə] *n.* 头发，毛发

联　想　**hairdresser** *n.* 理发师；美容师

knee [niː] *n.* 膝，膝盖

leg [leg] *n.* 腿（部）

lip [lip] *n.* 嘴唇

neck [nek] *n.* 脖子，颈

nose [nəuz] *n.* 鼻子 *vt.* 闻出，探出 *vi.* 嗅，闻

stomach ['stʌmək] *n.* 胃，腹部

联　想　**stomachache** 胃疼

tooth [tuːθ] *n.* 牙齿，齿

联　想　**toothache** *n.* 牙痛；

　　　　toothbrush *n.* 牙刷；

　　　　toothpaste *n.* 牙膏

throat [θrəut] *n.* 喉咙，咽喉

● 动物名称

cattle ['kætl] *n.* 牲口（总称，尤指牛）

cock [kɔk] *n.* 公鸡

cow [kau] *n.* 母牛

deer [diə] *n.* 鹿

donkey ['dɔŋki] *n.* 驴

dragon ['dræɡən] *n.* 龙

duck [dʌk] *n.* 鸭，鸭肉

eagle ['iːɡl] *n.* 鹰

egg [eg] *n.* 蛋，卵，鸡蛋

elephant ['elifənt] *n.* 大象

frog [frɔg] *n.* 蛙

goat [gəut] *n.* 山羊

goose [gu:s] *n.* 鹅

horse [hɔ:s] *n.* 马

mammal ['mæməl] *n.* 哺乳动物

monkey ['mʌŋki] *n.* 猴子

panda ['pændə] *n.* 熊猫

pet [pet] *n.* 宠物

pig [pig] *n.* 猪

pigeon ['pidʒin] *n.* 鸽子

rabbit ['ræbit] *n.* 兔子

rat [ræt] *n.* 老鼠

sheep [ʃi:p] *n.* 羊，绵羊

snake [sneik] *n.* 蛇

tiger ['taigə] *n.* 虎

tortoise ['tɔ:təs] *n.* 乌龟

wolf [wulf] *n.* 狼

● 方向

east [i:st] *n.* 东（方），东部 *ad.* 向东方，在东方 *a.* 东方的，东部的，来自东方的

eastern ['i:stən] *a.* 东方的，东部的

eastward ['i:stwəd] *a.* 东方的，东部的

north [nɔ:θ] *n.* 北，北方 *a.* 北的，北方的 *ad.* 向北方

northeast ['nɔ:θ'i:st] *n.* 东北 *a.* 东北的，在东北的 *ad.* 向东北

northern ['nɔ:ðən] *a.* 北部的，北方的，向北的

northward ['nɔ:θwəd] *a.* / *ad.* 向北；北方的地区

northwest ['nɔ:θ'west] *n.* 西北 *a.* 西北的，在西北的 *ad.* 向西北

south [sauθ] *n.* 南，南方 *a.* 南部的，南方的 *ad.* 向南方

southeast ['sauθ'i:st] *n.* 东南 *a.* 东南的，在东南的 *ad.* 向东南

southern ['sʌðən] *a.* 南部的，南方的，向南的

southward ['sauθwəd] *a.* 南部的，南方的

southwest ['sauθ'west] *n.* 西南 *a.* 西南的，在西南的 *ad.* 向西南

west [west] *n.* 西（方），西部 *ad.* 向西方，在西方 *a.* 西方的，西部的，来自西方的

western ['westən] *a.* 西方的，西部的

westward ['westwəd] *a.* 西方的，西部的

● 家庭成员

darling [ˈdɑ:liŋ] *n.* 爱人

couple [ˈkʌpl] *n.* 一对，夫妻，情侣

cousin [ˈkʌzn] *n.* 堂（表）兄弟或姐妹

dad [dæd] *n.* （口）爸爸，爹爹

daughter [ˈdɔ:tə] *n.* 女儿

father / dad [ˈfɑ:ðə / dæd] *n.* 父亲；创始人；神父

mother / mum [ˈmʌðə / mʌm] *n.* 妈妈，母亲

grandchild [ˈgrændtʃaild] *n.* 孙子（女），外孙（女）

granddaughter [ˈgrændɔ:tə(r)] *n.* 孙女，外孙女

grandfather [ˈgrænd,fɑ:ðə] *n.* （外）祖父

grandmother [ˈgrænd,mʌðə] *n.* （外）祖母

grandparent [ˈgrændpɛərənt] *n.* （外）祖父（母）

grandson [ˈgrændsʌn] *n.* 孙子，外孙

niece [ni:s] *n.* 侄女，外甥女

parent [ˈpɛərənt] *n.* 父亲，母亲，动（植）物的母体

sister [ˈsistə] *n.* 姐，妹

son [sʌn] *n.* 儿子

wife [waif] *n.* 妻子，夫人，太太

● 人称代词

	你	我	他	她	它	你们	我们	他们
主格	you	I	he	she	it	you	we	they
宾格	you	me	him	her	it	you	us	them
形容性物主代词	your	my	his	her	its	your	our	their
名词性物主代词	yours	mine	his	hers	its	yours	ours	theirs
反身代词	yourself	myself	himself	herself	itself	yourselves	ourselves	themselves

第二周　高频词汇

Monday

point [pɔint] *n.* 尖端，头；点，小数点；论点，观点，要点；分数，得分 *v.* 指　　　　　　　　　　　　　　　**【220】** *

固定搭配　beside the point 离题的，不相关的
　　　　　make a point of 特别注意做某事，重视
　　　　　on the point of 正要……之际，就要……之时
　　　　　there is no point (in) doing sth. 做……毫无意义
　　　　　point out 指出，指明
　　　　　to the point 切中要害，对准

经典例句　Failing to get that job was my low point.（2003 年）
译　文　没有得到那份工作是我人生的低谷。

mark [mɑːk] *n.* 记号，标记，痕迹；分数 *vt.* 记分，打分；作标记，标志　　　　　　　　　　　　　　**【185】**

固定搭配　mark down 记下；降低……的价格；降低……的分数
　　　　　mark off 划出，划线分开
　　　　　mark up 提高……的价格，提高……的分数；把……标出

联想记忆　take down / write down / take notes 记录　mark out 划线分出　mark time 原地踏步，停滞不前　leave a mark on 留下不可磨灭的痕迹　make one's mark 做出成绩

经典例句　Choose the best answer for each blank and mark the corresponding letter on your answer sheet with a single line through the center.（2011 年）
译　文　选择适合空白处的最佳选项并且在你的答题纸上将相应的字母从中间划一条线。

follow ['fɔləu] *vt.* 跟随，追随，追求；顺……走；听从，遵循；理解，听清楚　　　　　　　　　　　　　**【180】**

固定搭配　as follows 如下
　　　　　it follows that 由此得出结论，因而断定

经典例句　He follow his son all the way to school.（2009 年）
译　文　他一直跟着他的儿子到学校。

state [steit] *n.* 国家；州；情况，状态 *vt.* 声明，陈述　　　　　　　　　　　　　　　　　　　　　**【146】**

固定搭配　in a state of 处于……状态

---

* 单词后的数字表示该词在考试中出现的频率。

经典例句　My oldest son had just finished an extended holiday stay prior to moving to a new state, a new job, and the next chapter in his life.（2010 年）

译　文　我的大儿子在移居到另一个州，换一份新工作并开始人生的新篇章之前，刚刚休完一段长假。

rate [reit] *n.* 速率，比率；等级；价格，费 *vt.* 评级，评价　【137】

固定搭配　at any rate 无论如何，至少

联想记忆　in any circumstances, under any condition, at any cost, in any case, by all means 无论如何

名师导学　rate, ratio 另见 pace：rate "速率，速度"，为一般用词，既可指速度又可指比率，如 survival rate（成活率）；ratio "比率，比例"，指两个同类数互相比较，其中一个数是另一个数的几倍或几分之几，如 4:3。

经典例句　Yet, today's best computer language translators have just a 60 percent accuracy rate.（2005 年）

译　文　然而，如今最好的计算机翻译软件也仅仅只有60%的正确率。

direction [di'rekʃən,dai'rekʃən] *n.* 方向，方位；指导，指令；（*pl.*）用法说明　【136】

固定搭配　in the direction of 朝着……方向

经典例句　We didn't understand directions.（1999 年）

译　文　我们不理解这些指令。

sheet [ʃi:t] *n.* 被单；（一）张；（一）片　【131】

固定搭配　as white as a sheet 脸色苍白

经典例句　Write your composition on the answer sheet.（2011 年）

译　文　把你的作文写作答题纸上。

following ['fɔləuiŋ] *a.* 下列的，其次的，接着的　【129】

经典例句　Which of the following statements is correct?（2003 年）

译　文　下面的陈述哪个是正确的？

section ['sekʃən] *n.* 章节；部分；地区；截面，剖视图　【123】

经典例句　In this section, there are fifteen incomplete sentences.（2002 年）

译　文　这个部分有 15 个不完整的句子。

choice [tʃɔis] *n.* 选择；选择机会　【119】

固定搭配　have no choice but to do 别无他法，只好做……

经典例句　They had no choice but to give up the plan.（2006 年）

译　文　他们别无选择，只有放弃计划。

change [tʃeindʒ] *v. / n.* 改变，变化 *vt.* 换，兑换 *n.* 找头，零头 【103】

固定搭配 **change one's mind** 改变主意

change A for B 用 A 去换 B

名师导学 change 意为"零钱"时是不可数名词，作"变化"讲时是可数名词。

经典例句 Remember that these changes will not happen overnight. （2008 年）

译文 记住这些改变不会在一夜之间发生。

respond [ris'pɔnd] *vi.* 作答，答复；响应，起反应 【97】

固定搭配 **respond to** 回答，响应；（药物）有效

经典例句 He merely responded to human signals.（2011 年）

译文 他只不过是响应人类的信号。

choose [tʃu:z] *vt.* 选择，挑拣 【87】

固定搭配 **choose to do** 愿意做

can't choose but=can't help but 不得不 [后接动词原形]

名师导学 choose, elect, pick, select：choose 强调聪明地挑选，可指两者取一，也可指从多个中挑选，有时指基于某种理由或个人好恶而作出的决定；elect 指从有限的几个中选出一个，也可表示通过选票选举；pick 通常指按个人喜好或希望未经过鉴别就进行选择；select 表示从几个东西中挑选，强调仔细分辨和权衡之后进行选择。

经典例句 Choose the best answer.（2011 年）

译文 选择最佳答案。

corresponding [ˌkɔris'pɔndiŋ] *a.* 相当的，对应的，适合的，一致的；通信的 【87】

经典例句 Mark the corresponding letter on your answer sheet. （2010 年）

译文 把相应的答案写在答案纸上。

give [giv] *v.* 给，提供，授予；举行，举办；交给，托付；传授；进行；赠送 【78】

固定搭配 **give in** 投降，让步，认输；上交

give up 放弃

give back 送还，恢复

give away=get out 泄露，暴露，出卖

give off 发出，放出

give out=hand out 分发，分派

give way (to) 让位于，被……替代

give rise to 引起，造成

第二周 高频词汇

| 联想记忆 | give in, turn in, hand in, send in 上交 |

经典例句 If you don't give up smoking, you will never get better.

译　文 如果你不戒烟，你的病永远都好不了。

complete [kəm'pli:t] *a.* 全的，完全的；已完成的；彻底的 *vt.* 完成，结束 【69】

经典例句 Computers will flourish because they enable us to accomplish tasks that could never before have been undertaken.（1997 年）

　　A. implement　　　　　　B. render
　　C. assign　　　　　　　　D. complete [D]

译　文 计算机之所以如此盛行，是因为它使我们完成了许多在它没被发明之前所不能完成的任务。

energy ['enədʒi] *n.* 活力，精力，气力；能，能量 【67】

经典例句 Your body can burn fat to provide more energy.（2007 年）

译　文 你的身体能够燃烧脂肪以提供更多的能量。

important [im'pɔ:tənt] *a.* 重要的，重大的；有地位的，显要的 【63】

固定搭配 **It is important that** 主语从句表主观判断，从句谓语用（should）+动词原形表虚拟。

经典例句 It is important that the hotel receptionist make sure that guests are registered correctly.（2006 年）

译　文 旅馆的接待员要确保旅客登记的信息准确，这一点很重要。

education [.edju(:)'keiʃən] *n.* 教育，培养 【62】

经典例句 A quality education is the ultimate liberator.（2002 年）

译　文 素质教育是最终的解放者。

health [helθ] *n.* 健康，卫生 【60】

经典例句 It will affect their health.（2005 年）

译　文 它将影响他们的健康。

translation [træns'leiʃən] *n.* 翻译 【60】

经典例句 Write your translation on the answer sheet.（2011 年）

译　文 将你的翻译写在答题纸上。

increase [in'kri:s] *v. / n.* 增加，增长，增进 【59】

固定搭配 **on the increase** 正在增加，不断增长

increase by 增加了

increase to 增加到

be on the increase 在增长（反）

be on the decline 在下降，在衰退

名师导学 an increase / decrease in sth. 中的 in 不能用 of 代

替，指某事物的增长/减少。

经典例句 The tremendous growth of the Internet has further increased the demand for language skills.（2009 年）

译　文　因特网的迅猛发展进一步增加了掌握语言技能的需要。

sign [sain] *n.* 符号，标记，招牌；征兆，迹象　*v.* 签（名），签署 【59】

固定搭配 **sign for** 签收

名师导学 sign, signal, symbol, token：sign "标记，招牌"，指用来代替或代表或指明其他事物的牌子；signal "信号，暗号"，可以是警告的标记，也可以是提醒某物的标记；"象征，符号，记号"，指具有象征意义的符号；token "标志，象征"，指常用来代替或证实某种思想或感情的东西。

经典例句 The first sign of my parents' change is the delight they take in visiting toy and children's clothing stores.（2004 年）

译　文　我父母变化的第一个迹象就是他们在逛玩具与儿童服饰商店时所表现出来的喜悦。

social [ˈsəuʃəl] *a.* 社会的；社交的，交际的 【59】

经典例句 It could cause them to focus more on policies that foster relationships, social bonds and cultures of achievement.（2009 年）

译　文　它会使他们更多地关注那些能巩固关系、加强社会关系以及创造文化成就的政策。

tend [tend] *vt.* 照料，护理　*vi.* 趋向，趋于 【59】

经典例句 Romantic novels, as opposed to realistic ones, tend to present idealized versions of life, often with a happy ending.（2010 年）

译　文　浪漫主义小说不同于现实主义小说，它总是描述理想生活并以皆大欢喜结尾。

found [faund] *vt.* 成立，建立，创办 【58】

经典例句 I've just found a great location to open a new shop.（2010 年）

译　文　我刚刚找到了一个可以开新商店的好地方。

business [ˈbiznis] *n.* 生意，业务；事务，职责；行业 【56】

固定搭配 **on business** 因公，因事

be on business 因公出差

do business (with) （与……）做生意

经典例句 Something that is "state of the art" is the newest possible design or product of a business or industry.（2000 年）

译　文　某事物被形容为"最新技术"就说明它是一个企业或行业的最新设计或产品。

environment [inˈvaiərənmənt] *n.* 环境，四周，外界 【55】

第二周　高频词汇

经典例句　Man has changed his physical environment in order to improve his way of life. （1997 年）

译　文　为了提高生活质量，人类已经改变了自然环境。

technology [tek'nɔlədʒi] *n.* 工业技术，应用科学　【55】

经典例句　Although they have not yet built a fuel factory, or even a small prototype, the scientists say it is all based on existing technology. （2008 年）

译　文　尽管科学家们目前还没有建成燃料工厂，甚至连一个小小的模型也没有，但他们说这个构想完全可以基于现有的技术建立起来。

research [ri'sə:tʃ] *n. / vi.* 调查，探究　【54】

经典例句　At last John Smith chose to step down as the company's chief executive and return to his roots in software research. （2007 年）

译　文　最后约翰·史密斯选择辞去公司的首席执行官并且回到了他擅长的软件研究领域。

comprehension [,kɔmpri'henʃən] *n.* 理解（力），领悟；理解力测验　【53】

经典例句　Reading comprehension. （2011 年）

译　文　阅读理解

hard [ha:d] *a.* 硬的，坚硬的；困难的，艰苦的；冷酷无情的　*ad.* 努力地，猛烈地；严厉地　【52】

固定搭配　be hard on / upon sb. 对某人严厉，对某人要求苛刻，对某人硬心肠

联想记忆　be severe on / upon / with, be strict with 对某人厉害，对某人严厉

经典例句　It is really hard to maintain contact when people move around so much. （2009 年）

译　文　在人们如此频繁地四处奔走的情况下，保持联系太困难了。

own [əun] *a.* 自己的；特有的　*vt.* 拥有　【52】

固定搭配　come to one's own 显示自身的特点（或价值）
　　　　　on one's own 独自，靠自己
　　　　　own up 坦白地承认，供认

经典例句　Bill Gates was lucky to go to a great private school with its own computer at the dawn of the information revolution. （2009 年）

译　文　比尔·盖茨在信息化革命到来之时就读于一所拥有自己的计算机的优秀私立学校，那是他的幸运。

result [ri'zʌlt] *n.* 成果，成绩；产生于，来自；导致，结果　【52】

固定搭配	**result from** 起因于
	result in 导致
	as a result 由于，因此

译　文	然而，一个充满爱情的婚姻并不必需要太多的兴趣和责任的分享。

经典例句	The author believes that creativity is the result of human development.（2005 年）

译　文	作者相信创造力是人类发展的结果。

bar [bɑ:(r)] *n.* 棍，横木，闩；酒吧 　　　　【51】

经典例句	Mark the corresponding letter with a single bar across the square brackets.（2008 年）

译　文	用一个单线连接两端的方括号标记相应的字母。

information [ˌɪnfəˈmeɪʃən] *n.* 消息，资料，情报 　【51】

名师导学	information, intelligence: information 强调提供给别人的情报；intelligence 则尤指军事情报，不一定要传给别人。

名师导学	information 是不可数名词。

经典例句	Digital texkbooks can offer the latest information.（2009 年）

译　文	电子课本能够提供最新的信息。

program(me) [ˈprəʊɡræm] *n.* 计划，规划，大纲；节目，节目单；程序 *v.* 编制程序 　　　　　　　　【51】

经典例句	California has a new program called the Digital Textbook Initiative.（2010 年）

译　文	加州有一个新的方案称为"数码教科书倡议项目"。

effect [ɪˈfekt] *n. / vt.* 效果，作用，影响 　　　　【50】

固定搭配	**take effect** 生效，见效
	in effect 正在实行
	bring / carry / put into effect 实行，实施，使生效，实现
	have an effect on / upon 对……有影响，对……起作用，产生效果

经典例句	What lies in pieces around them represents, in effect, a unique private exhibition open to a lucky few.（2008 年）

译　文	实际上，在他们周围所展现的这些零碎的东西展示出的是一个只对少数幸运的人开放的、独特的私人展览。

look [luk] *vi. / n.* 看，注视 *v.* 好像，显得 *n.* 脸色，外表 　　　　　　　　　　　　　　　　　　【50】

固定搭配	**look after** 照顾，关心，照料
	look at 看，注视

look back 回顾，回头看
look down upon 看不起
look for 寻找，寻求
look forward to 盼望，期待
look in 顺便看望，顺便访问
look into 窥视，调查，过问
look on 旁观
look out 注意，警惕
look over 检查，查看，调查
look through 浏览，温习
look up 查找，查阅，寻找，查出
look up to 尊敬，敬仰

联想记忆 seek for / after, be in pursuit of, be / go / run after, hunt for 寻求，追求

经典例句 It looks like it'll take us about 5 hours to drive from here to Chicago.（2010 年）

译 文 看起来从这儿开车到芝加哥得花 5 个小时。

hand [hænd] *n.* 手；人手，职工，雇员；指针 *v.* 交出，传递 【49】

固定搭配 at hand 在手边，在附近
hand down 传下来，传给，往下递
hand in 交上，递交
hand in hand 手拉手；联合，连在一起
hand on 传下来，依次传递
hand out 分发，发给
hand over 交出，移交，让给
on hand 在手边，临近
on the one hand... on the other hand 一方面……，另一方面
by hand 用手

经典例句 The bed has been handed down in the family. It was my great-grandmother's originally.（2004 年）

译 文 这个床是家族传下来的，它最早是我曾祖母的。

learning ['lə:niŋ] *n.* 知识，学问 【48】

经典例句 Can you remember learning to walk?（1999 年）

译 文 你还记得开始学习走路的时候吗？

statement ['steitmənt] *n.* 陈述，声明 【47】

固定搭配 confirm a statement 证实某一说法

经典例句 According to Paragraph 3, which of the following statements is true?（2011 年）

译 文 根据第三段内容，下面哪一个说法是正确的？

experience [iks'piəriəns] *n.* 经验，感受，体验；经历，体验 【46】

经典例句　The average person is said to experience feelings of loneliness about 48 days a year. （2010 年）

译　文　据说，普通人一年之内会有 48 天感到孤独。

correct [kə'rekt] *a.* 正确的；恰当的，合适的 *vt.* 改正，修改，矫正 【45】

经典例句　Experts have several theories, and all are probably partially correct. （2011 年）

译　文　专家有几种说法，都可能是部分正确的。

means [mi:nz] *n.* 方法，手段，工具 【45】

固定搭配　by all means 当然
by any means 无论如何
by no means 决不
by means of 用，凭借

联想记忆　in any case, at any cost, one way or the other 无论如何　under no circumstances, in no respect, in no sense, in no way, on no account, at no time 绝不

经典例句　Gestures are an important means to convey messages. （2001 年）

译　文　手势是传递信息的一种重要的方式。

personal ['pə:sənl] *a.* 私人的；本人的，亲自的 【45】

经典例句　Sometimes, early on, will ask you questions that you may feel are very personal. （2001 年）

译　文　有时，在早期，会问一些你可能会觉得是很私人的问题。

blank [blæŋk] *n.* 空白；空白表格 *a.* 空白的，空着的；茫然的，无表情的 【44】

经典例句　There is a passage with 15 blanks. （2011 年）

译　文　这有一篇带 15 个填空的文章。

bracket ['brækit] *n.* 括号；托架 *v.* 把……置于括号内 【44】

经典例句　Mark the corresponding letter with a single bar across the square brackets on your machine-scoring answer sheet. （2011 年）

译　文　请把相应的字母填入您的机读卡上的方括号内。

example [ig'za:mpl, ig'zæm-] *n.* 例，实例；范例，榜样 【44】

固定搭配　for example = for instance 例如

经典例句　For example, loneliness can affect relationships between next-door neighbors. （2010 年）

译　文　例如，孤独能够影响邻居彼此之间的关系。

refer [ri'fə:] *vi.* 参考，查阅，查询；提到，引用，指 *vt.* 叫（人）去……（以便得到消息、援助等）；把……归因于 【44】

固定搭配 refer to 查阅，提到，谈到

经典例句 One, aimed at satisfying curiosity, is referred to as pure science.（1998 年）

译 文 首先，纯科学被称为旨在满足好奇心。

individual [ˌindi'vidjuəl] *a.* 个别的，单独的；独特的 *n.* 个人，个体 【43】

名师导学 individual, personal, private（另见 particular）：individual 独立于他人的，各个的，个别的，与 general（普遍的）和 collective（集体的）相对；personal 意思是个人的，亲自的；private 私人的，秘密的，与 public（公共的，共有的）相对。

经典例句 Control of attention is the ultimate individual power.（2009 年）

译 文 控制注意力是最根本的个人力量。

tire ['taiə] *vt.* 使感到疲劳；漏气 【43】

联想记忆 be sick of, be fed up with, be bored with 对……厌烦

经典例句 It only had a flat tire.（2006 年）

译 文 它只有一个轮胎漏气了。

marriage ['mæridʒ] *n.* 结婚，婚姻；结婚仪式 【42】

联想记忆 single 单身 divorced 离婚的 married 已婚的 date 两性间的约会 appointment 约会 engagement 订婚 separation 分居

经典例句 However, Britain will soon have its first marriage from a speed date.（2010 年）

译 文 然而，英国将很快就会有一桩由快速约会促成的婚礼。

teach [ti:tʃ] *v.* 教，教书；教训 【42】

固定搭配 teach oneself 自学

经典例句 Besides, science is an excellent medium for teaching far more than content.（2004 年）

译 文 而且，科学还是一种很棒的教学媒介，而不仅仅只包含教学内容本身。

tradition [trə'diʃən] *n.* 传统，惯例 【42】

经典例句 It is important for families to observe their traditions even as their children get older.（2010 年）

译 文 当孩子们逐渐长大，遵循家庭传统也是很重要的。

come [kʌm] *vi.* 来，来到；出现，产出 【41】

固定搭配 come about=take place 发生，产生
come across 偶遇，碰到；发生效果
come off 成功，奏效

come on 请，来吧，快点

come out 出版，刊出；传出，显出，长出；结果是，结局是

come round / around=call on / upon 来访；前来

come to= come round / around 苏醒，复原

come through=pull through 经历，脱险

come true 实现，达到

come up with 提出

come down with 病倒

come into effect=take effect 生效

come by 偶然得到

come to terms with 接受

come up 出现

经典例句 Very few experts could completely come up with new solutions to the world's economic problems.（2004 年）

译　文 很少有专家能够提出完全解决世界经济问题的新办法。

different ['difrənt] *a.* 差异的，不同的　　　　【41】

固定搭配 be different from 不同于

名师导学 different, diverse, various：different "不同的"，指事物间的不同或本质上的不同；diverse "不同的，多变的"，指事物之间在性质、种类方面完全不同，并有显著的区别；various "各种各样的，不同的"，强调种类的不同或种数的繁多，不强调本质的差别。

经典例句 Growing up in the 1970s was indeed a different time.（2009 年）

译　文 对于成长在 20 世纪 70 年代的人来说，那确实是一个不同的时期。

base [beis] *n.* 基（础），底（座）；基地 *vt.* 作……的基础　　　　【40】

固定搭配 be based on / upon 以……为基础

名师导学 base, basis, foundation：base 指具体的基础、底部或进行推理过程所需的事实、观察及前提；basis 指抽象的基础、根据；foundation 通常指建立房屋的地基或支撑物体的底座。

经典例句 It is based on existing technology.（2008 年）

译　文 它基于现有的技术。

build [bild] *vt.* 修建，建造，建设　　　　【40】

固定搭配 build up 增长；积累；增强

build sth. (of / out of)（用……）构筑，建造（以建造物做直接宾语）

build sth. into 用（某物）建造成……（以材料作为直接宾语）

名师导学 build, establish：build 指建造，通过组合材料或部分而形成，多指建造房屋、道路、桥梁等；establish 指建立国家、政府、学校、组织、公司等，或确定信仰，树立名声、威望等。

经典例句 Wireless sensor networks help to build a smarter world.（2011 年）

译　文 无线感应网络帮助建立更智能化的世界。

given [ə'gɪvn] *a.* 规定的，特定的；假设的，已知的；有癖好的，有倾向的　*prep.* 考虑到　　　　　　【40】

经典例句 You should write according to the outline given below.（2011 年）

译　文 你应该根据下面所给出的大纲写作。

medical ['medikəl] *a.* 医学的，医疗的；医药的；内科的【40】

经典例句 …not according to England's chief medical officer, Sir Liam Donaldson.（2010 年）

译　文 英国政府首席医疗官利亚姆·唐纳森先生并不这么认为。

government ['gʌvənmənt] *n.* 政府，内阁；管理，支配；政治，政体　　　　　　　　　　　　　　　【39】

经典例句 The government is now threatening to cut funding for environmental protection programs.（2009 年）

译　文 政府现正威胁要削减为环保项目提供的资金。

resent [ri'zent] *vt.* 愤恨，憎恶，怨恨　　　　　【39】

名师导学 熟记该词常用句型：resent doing sth. 表示愤恨做某事，并注意 resent 的名词形式是在其末尾加-ment。

success [sək'ses] *n.* 成功，成就　　　　　　　【39】

固定搭配 achieve / attain / earn / enjoy / gain / get / win (a) success 获得成功

经典例句 The ability to predict outcomes with a high probability of success generates and maintaining trust.（2007 年）

译　文 若同时具备预测结果的能力和很高的成功率的话，就可以取得并保持信任。

composition [kɔmpə'ziʃən] *n.* 写作，作文，习作；成分，合成物　　　　　　　　　　　　　　　【38】

经典例句 You are allowed 30 minutes to write a composition of no less than 150 words.（2011 年）

译　文 你需要在30分钟内写一篇不少于150个单词的作文。

special ['speʃəl] *a.* 特殊的；专门的；特别好的　【38】

经典例句　The State Department has issued a regulation abolishing the special privileges for government officials. （2008 年）

译　　文　国务院颁布了一条废除政府官员特权的法令。

allow [ə'lau] *vt.* 允许，准许；给了　*vi.* 考虑到　【37】

固定搭配　allow for 考虑到，顾及
　　　　　allow of 容许

名师导学　接动名词，不接不定式做宾语：allow doing。接不定式做宾补：allow sb. to do。

经典例句　This would allow the world to reconstruct agriculture on this planet. （2008 年）

译　　文　这将使世界重建这个星球上的农业。

disease [di'ziːz] *n.* 疾病　【37】

经典例句　They are unable to carry the disease. （2006 年）

译　　文　他们不会去传播疾病。

public ['pʌblik] *a.* 公众的；公共的，公用的；公开的，公然的　*n.* 公众，大众　【37】

固定搭配　in public 公开地

经典例句　It allows companies to sell their stocks publicly. （2000 年）

译　　文　它允许公司公开销售他们的股票。

relation [ri'leiʃən] *n.* 亲属，亲戚；关系，联系　【37】

固定搭配　in / with relation to 有关，关于
　　　　　build up / create relations with 建立与……的关系
　　　　　further / promote relations with 促进与……的关系
　　　　　intensify / strengthen relations with 加强与……的关系

经典例句　There are two stereotypes that often effect male-female relationships involving U.S. and foreign students. （2007 年）

译　　文　有两种思维定式经常影响美国学生与外国学生之间的男女关系。

cause [kɔːz] *n.* 原因，理由，缘故；事业，奋斗目标　*vt.* 引起　【36】

名师导学　reason, excuse, cause：reason 道理，理由，侧重强调提供逻辑判断力的基本事实或原因；excuse 借口；cause 起因，根源，指导致某种行为或结果的人、事或条件。

common ['kɔmən] *a.* 普通的，平常的；公共的，共同的　【36】

固定搭配　in common 共用，共有

经典例句　The most common reason people cited for being willing to go out of their way to help others was their upbringing. （2008 年）

第一周　高频词汇

译　文　人们愿意以自己的方式去帮助别人最常见的原因是为了他们自身的成长。

communication [kə,mjuːniˈkeiʃn] *n.* 通讯；通信；交际，交流；传达，传送　　【36】

经典例句　Television and telephone communications are linking people to a global village.（1999 年）

译　文　电视和电话通讯将人们连接为一个地球村的人。

control [kənˈtrəul] *vt. / n.* 控制，操纵；抑制　　【36】

固定搭配　out of control 失去控制
under control 被控制住
have / get / help control over / of 能控制

经典例句　The pressure of steam in the engine is controlled by this button.（2005 年）

译　文　这台发动机的蒸汽气压是由这个按钮控制的。

goal [gəul] *n.* 终点，球门；目标，目的；进球得分　【36】

经典例句　What is the goal of your life?（2004 年）

译　文　你的生活目标是什么？

population [,pɔpjuˈleiʃən] *n.* 人口　　【36】

名师导学　population 是"人口"的总称，不可数，做主语时谓语用单数；表示人口"多"或"少"时要用 large 或 small 修饰；具体表示有多少人口时，要用 have / has a population of 的结构。

经典例句　So why is this huge increase in population taking place?（2009 年）

译　文　那么，人口增长为什么会这么快呢？

believe [biˈliːv] *vt.* 相信，认为　*vi.* 相信，信任，信奉　　【35】

固定搭配　believe in 信仰，信奉，对……有信心
make believe = pretend / affect 假装

名师导学　make believe 后接带 to 的不定式或 that 从句。

名师导学　believe, believe in：believe sb. 相信某人的话；believe in sb. 信赖某人。

经典例句　We believe it is a reasonable real-world.（2008 年）

译　文　我们认为它是一个合理的现实世界。

call [kɔːl] *vt.* 叫做，称为；叫，招呼；打电话　　【35】
vi. 拜访，访问；叫，招呼；打电话
n. 叫，招呼；号召；拜访，访问；打电话

固定搭配　call for 要求，需求
call forth 激发，使出
call off 取消
call on / upon 访问，拜访；号召，呼吁

call up 召集，动员；打电话

call out 召唤（尤指应付紧急事件）；指示（工人）罢工

名师导学 call on, call at: call on sb. 拜访某人；call at a place 访问某地。

经典例句 We all know that in a situation like this a cool head is ＿＿＿＿＿。（2005 年）

A. called for　　　　　　　B. called off

C. called on　　　　　　　D. called up　[A]

译文 我们都知道，在此种情况下需要保持一个清醒的头脑。

company [ˈkʌmpəni] *n.* 公司，商号；陪伴，同伴　【34】

固定搭配 be in company with 与……一同，一起

keep company with sb. / keep sb. company 陪伴某人

名师导学 a company of 一伙：做主语时，谓语可以是单数也可以是复数。

经典例句 It is the first company to install wireless sensor network.（2011 年）

译文 这是第一个安装无线感应网络的公司。

consumer [kənˈsju:mə] *n.* 用户，消费者　【34】

经典例句 Consumers are reluctant to buy things on the Internet.（2000 年）

译文 消费者不愿在互联网上买东西。

limit [ˈlimit] *n.* 界限，限度；（*pl.*）范围　*vt.* 限制，限定　【34】

固定搭配 within the limit of 在……范围内

名师导学 limit, confine, restrict: limit 为一般用词，指数量、程度或范围上的限制；confine 为限制某人的活动范围；restrict 多指权威或官方的限制。

经典例句 The limited amount of land and land resources will soon be unable to support the huge population if it continues to grow at its present rate.（2009 年）

译文 如果人口以目前的速度持续增长下去的话，有限的土地和土地资源很快就会无法供养如此庞大的人口。

physical [ˈfizikəl] *a.* 物质的，有形的；身体的；自然科学的，物理的　【34】

固定搭配 physical education 体育教育

physical strength 体力

physical constitution 体格

经典例句 He says that physical activity is the key for reducing the risks of obesity, cancer and heart disease.（2010 年）

译文 他说，体育活动是减少患肥胖症、癌症和心脏病风险的关键。

provide [prə'vaid] *vt.* 提供，供给　　　　　　【34】

固定搭配 provide sth. for sb. =provide sb. with sth. 为某人提供某物

联想记忆 supply sth. for sb., supply sb. with sth., give sb. sth., give sth. to sb. 为某人提供某物

经典例句 He used in the exam the techniques provided by his father.（1999 年）

译文 他在考试过程中使用到的技术是由他父亲提供的。

translate [træns'leit] *v.* 翻译　　　　　　　【34】

经典例句 Translate the following passage into English.（2011 年）

译文 将下面这个片段翻译成英文。

understand [,ʌndə'stænd] *v.* 理解，领会；获悉，听说

【34】

固定搭配 make oneself understood 让人明白自己的意思

名师导学 understand, appreciate, comprehend: understand "理解，熟悉"，指对某种事实或意义不仅知道得很清楚而且还很精通；appreciate "理解，体会"，指对某种事实或意义大体上明白一些；comprehend "了解，领会"，指对较复杂的事物完全而充分的理解。

经典例句 He could understand human language.（2011 年）

译文 他不懂人类的语言。

effort ['efət] *n.* 努力，尽力　　　　　　　　【33】

固定搭配 make an effort = make efforts 做出努力

spare no efforts 不遗余力

名师导学 effort 后面常用 to do 结构，不用 of doing 结构做定语，如 make an effort to escape 试图逃走。

经典例句 It is worth the effort.（2001 年）

译文 努力是值得的。

patient ['peiʃənt] *a.* 能忍耐的，有耐心的 *n.* 病人，患者

【33】

固定搭配 be patient with sb. 对某人有耐心，能容忍的

be patient of sth. 对某事有耐心，能容忍的

经典例句 The Framingham Heart Study starting from 1948, involved 5,000 patients of depression.（2010 年）

译文 自 1948 年开始的福雷明罕心脏研究，涉及了 5000 名抑郁症患者。

species ['spi:ʃiz] *n.* （物）种，种类　　　　　【33】

经典例句 Many species are already endangered. （2004 年）

译　文　许多物种已经濒临危险了。

suggest [sə'dʒest] *vt.* 建议，提出；使想起，暗示　【33】

名师导学 suggest doing 接动名词做宾语；suggest that 从句中用动词原形表示虚拟。

经典例句 They suggest taking the stairs rather than the lift, walking up escalators, playing active games with your children, dancing or gardening. （2010 年）

译　文　他们建议以爬楼梯取代乘电梯；沿着扶梯向上走；和孩子们玩一些竞技类游戏；跳跳舞或者种种花。

underline [ˌʌndə'lain] *vt.* 在……之下划线；强调，着重　　　　　　　　　　　　　　　　　　　　　　【33】

经典例句 Each sentence has 4 underlined words or phrases marked A, B, C and D. （2011 年）

译　文　每个句子下面有 4 个带下划线的词或短语标志着 A，B，C 和 D。

bring [briŋ] *vt.* 拿来，带来；产生，引起；使处于某种状态　　　　　　　　　　　　　　　　　　　　　　　【32】

固定搭配 **bring about** 使发生，致使

bring forward 将……提前；提议

bring out 使出现，使显露

bring up 抚养，教育；提出问题

bring forth 提出；产生

联想记忆 lead to, give birth to, call forth, give rise to, result in 导致，使发生　put forward, set forth, bring forth, come up with 提出　bring down, cut down 降低；打倒

经典例句 Consider the information that television brings into your home every day. （2011 年）

译　文　考虑下电视每天为你的家庭所带来的信息。

except [ik'sept] *vt.* 除，把……除外，反对，不计　*vi.* 反对　*prep.* 除了……之外，若不是，除非　*conj.* 只是，要不是　　　　　　　　　　　　　　　　　　　　　【32】

固定搭配 **except for** 除……以外

经典例句 This digital camera is up-to-date except for a few shortcomings here and there. （2006 年）

译　文　这个数码相机除了有这样或那样的一些小毛病之外，还是跟得上潮流的。

Internet ['intənet] *n.* 因特网　　　　　　　　　　　【32】

经典例句 Internet retailing is a profitable business. （2000 年）

译　文　互联网零售是一门有利可图的生意。

power ['pauə] *n.* 能力，力，精力；权力，势力，政权；功

率，动力，电力；乘方 【32】

固定搭配 **beyond one's power** 某人力所不及的，某人不能胜任的

come into / to power 掌握政权，得势

名师导学 force, power, strength: force "力量，武力"，指完成或实现某事实际付出的力量或能力; power "权力"，泛指身体的、心理的或道德上的能力，还可指自然力量、政治力量或法律力量; strength "力量，力气"，通常指固有的力量，即一个人或某一事物所具有的内在的力。

经典例句 Having goals written down gives you incredible power while helping you to focus on this area. （2008 年）

译 文 把目标写下来会帮你将精力集中到这一目标区域，同时给你惊人的力量。

sleep [sli:p] *n. / v.* 睡（眠） 【32】

固定搭配 **go to sleep** 睡觉

fall into a sound sleep 酣睡

经典例句 Most women and men need between eight and eight and a half hours of sleep a night to function properly throughout their lives. （1998 年）

译 文 大部分女人和男人每晚需要八到八个半小时的睡眠来保证他们生活的正常功能。

avoid [ə'vɔid] *vt.* 避免，逃避 【31】

名师导学 后面接动名词，不接不定式，如：avoid doing sth. 避免做某事

译 文 许多当地居民离开自己的家以躲避洪水的危害。

difficult ['difikəlt] *a.* 困难的，艰难的；难应付的，难满足的 【31】

经典例句 They can translate more difficult phrases. （2005 年）

译 文 他们能够翻译更有难度的句子。

group [gru:p] *n.* 群，小组 *vt.* 分组聚集 【31】

经典例句 Other medical technology groups are working on applying telemedicine to rural care. （2001 年）

译 文 其他的医疗科技集团正将远程医疗应用到农村服务。

nuclear ['nju:kliə] *a.* 原子核的；核的，核心的 【31】

经典例句 Nuclear energy is an efficient and convenient substitute for conventional forms of energy. （2009 年）

译 文 核能是一种可代替传统能量的高效便捷的能量。

project ['prɔdʒekt] *n.* 计划，方案；工程，项目 *vt.* 设计，规划；投射；放映；使突出 【31】

经典例句 Lanzaro and his colleagues are planning a multi-year

project to produce malaria-resistant mosquitoes. （2006 年）

译　文　兰萨罗和他的同事正计划一个为期多年的项目，培育携带疟疾抗体的蚊子。

stem [stem] *n.* 茎，干　*vt.* 堵住，挡住　*vi.* 起源于，由……造成　【31】

固定搭配　**stem from** 起源于

联想记忆　**leaf** 叶　**root** 根　**branch** 枝　**shoot** 苗　spring from, come from, originate, derive from, result from 起源于，由……造成

expect [iks'pekt] *vt.* 期待，盼望；料想，预期　【30】

经典例句　You are expected to look at them. （2008 年）

译　文　他们期望你看看他们。

express [iks'pres] *vt.* 表示，表达　*a.* 特快的，快速的　*n.* 快车，快运　【30】

经典例句　I'd like to take this opportunity to extend my heart-felt gratitude to the host. （2002 年）

 A. increase   B. prolong
 C. intensify   D. express [D]

译　文　我想借此机会向主办方表达我衷心的感谢。

invest [in'vest] *v.* 投资，投入　【30】

固定搭配　**invest in** 对……投资，买进

经典例句　You should invest the money yourself. （2009 年）

译　文　这些钱，你应该自己去投资。

penalty ['penlti] *n.* 处罚，罚款；受苦；报应　【30】

固定搭配　**on / upon penalty of** （违者）受……处罚

经典例句　The bill reestablishing the death penalty is vetoed. （1999 年）

译　文　重新建立死刑的提案被否决。

popular ['pɔpjulə] *a.* 广受欢迎的，有名的；通俗的，流行的，大众的　【30】

固定搭配　**be popular with / among** 受……欢迎
    popular opinion 舆论

经典例句　Such techniques are increasingly popular because of a deepening understanding about how shoppers make choices. （2009 年）

译　文　由于对消费者选择行为的了解逐渐加深，这种技术也越来越被广泛地使用了。

unite [ju(:)'nait] *v.* 统一，结合，合并；联合，团结【30】

固定搭配　**be united as one** 团结一致
    unite…with 跟……联合

第二周　高频词汇

经典例句 Because the United States is not surrounded by many other nations, some Americans tend to ignore the rest of the world.（2001 年）

译 文 因为与美国接壤的国家不多，因此一些美国人很容易忽视世界上的其他国家。

decide [di'said] *v.* 决定，裁决 【29】

经典例句 Harvard or the State University, have you decided yet?（2011 年）

译 文 哈佛大学，还是斯坦福大学，你决定了吗？

固定搭配 decide on / upon doing sth. 决定干某事

decide against doing sth. = decide not to do sth. 决定不干某事

harm [hɑːm] *n. / vt.* 损害，伤害，危害 【29】

固定搭配 come to no harm 未受到伤害

do harm to 损害，对……有害

经典例句 Breathing in other people's cigarette smoke can do real harm to your lungs.（2009 年）

译 文 吸入二手烟会对你的肺有损害。

reduce [ri'djuːs] *vt.* 缩小，减小，减低；使成为；简化；还原 【29】

固定搭配 reduce...to sth. 使变成

reduce costs / expenses 降低成本/费用

经典例句 In the efforts to reduce humanity's emissions of carbon dioxide, three solutions have been offered; hydrogen-powered cars, electric cars and biofuels.（2008 年）

译 文 在努力减少人类排放的二氧化碳的过程中，有三种解决方案可供选择：氢动力燃料汽车、电动汽车和生物燃料。

affect [ə'fekt] *vt.* 影响，作用；感动；（疾病）侵袭 【28】

名师导学 affect, effect, influence: affect 指产生的影响之大足以引起反应，着重"影响"的动作，有时含有"对……产生不利影响"的意思；effect 指实现、达成，着重"造成"一种特殊的效果；influence 指间接地、以一种无形的力量去潜移默化地"影响、同化"人的行为或观点等。

经典例句 It will affect their health.（2005 年）

译 文 它将影响他们的健康。

improve [im'pruːv] *vt.* 改善，改进 *vi.* 好转，进步【28】

固定搭配 improve on / upon 改进，胜过

经典例句 It is the concept of humans as toolmakers and improvers that differentiates them from other animals.（2005 年）

译 文 正是制造和改进工具的观念和想法使人类区别于

其他动物。

miss [mis] *n.* 小姐；（M-）小姐[加于姓或姓名前] *vt.* 未击中，没达到；未看到，未注意到；没赶上；遗漏，省去；惦念 【28】

固定搭配 miss out 不包括；错过机会

名师导学 miss 后只接动名词，不接不定式。

经典例句 On the other hand, if you consistently miss the goals, reevaluate, and consider setting them a little lower as you will only get discouraged and probably give up.（2008 年）

译　文 另一方面，如果你总是无法实现目标，就要重新对其进行评估，并且考虑将目标降低一点，否则你就会变得气馁，并且有可能放弃。

object [ˈɔbdʒikt] *n.* 物体；目的；对象 *v.* 反对 【28】

固定搭配 object to sth. 反对某事

名师导学 object, oppose, resist: object 指某人对某事很反感，或持相反的意见，特别是指突然反对做某事；oppose 语气较 object 强，指某人不仅对某种行为坚决不同意，而且还对其积极抵制；resist 指某人积极地用行动去反对某种攻击或暴力。

经典例句 It compares similar qualities of two dissimilar objects.（2010 年）

译　文 它用于比较两个不同对象的相似特点。

support [səˈpɔːt] *vt.* 支撑，支持；鼓励；拥护；供养，资助 *n.* 支撑，支持；支撑物；支援，拥护；生活费 【28】

固定搭配 give / offer / provide support to sb. 支持某人

经典例句 The limited amount of land and land resources will soon be unable to support the huge population if it continues to grow at its present rate.（2009 年）

译　文 如果人口以目前的速度持续增长下去的话，有限的土地和土地资源很快就会无法供养如此庞大的人口。

system [ˈsistəm] *n.* 系统，体系；制度，体制 【28】

经典例句 Many have been criticized for their poor security, ageing refrigeration systems and vulnerable electricity supplies.（2008 年）

译　文 人们指责很多种子库的安全性差，冷藏系统老化，电力供应易受攻击。

detection [diˈtekʃən] *n.* 察觉，发觉；侦察；探测 【27】

经典例句 Any "detections" made by the teams thus had to be false.（2011 年）

译　文 因此，团队做的任何检测都是假的。

第二周 高频词汇

general ['dʒenərəl] *a.* 普通的，通用的；总的，大体的
n. 将军　　　　　　　　　　　　　　　【27】

固定搭配　in general 通常，大体上，一般而言

经典例句　Most are not visible to the general public（2011 年）

译　　文　大多数对于广大市民是不可见的。

involve [in'vɔlv] *vt.* 卷入，陷入，连累；包含，含有　【27】

固定搭配　be involved in 陷入，使专心于

involve with 和……混在一起，和……有密切
联系

名师导学　① involve 后接动名词做宾语。② involved 做定
语前置和后置含义不同，the people involved 所涉及的人；
an involved sentence 复杂的难句。

联想记忆　a responsible person 一位可信赖的人，一位可靠的
人　a person responsible 一个负责人，一个主管人　the
opposite direction 相反方向　the woman opposite 对面的妇人
the present government 现今政府　the government leaders
present 在场的政府领导　concerned look 关切的神情　the
authorities concerned 有关当局　the best book known 所知的
最好的书　the best known book 最有名的课本

经典例句　The new findings involved more than 5,000 people
in the second generation of the Framingham Heart Study.
（2010 年）

译　　文　这项新发现调查涉及 5000 多人，这些人都是弗雷
明汉镇心脏病研究受众的子女。

move [muːv] *vt.* 移动，搬动，迁移；感动　*vi.* 动，走动；
搬家，迁移　*n.* 动，动作，行动　　　　　　　【27】

经典例句　More people have moved to malaria-infected areas.
（2006 年）

译　　文　越来越多的人已经搬到疟疾肆虐的地区。

murder ['məːdə] *n. / vt.* 谋杀，凶杀　　　　　　　【27】

经典例句　Thus, murder, like all other crimes, is a matter of
relative degree.（1999 年）

译　　文　因此，谋杀，和其他犯罪一样，是一个相关程度
的问题。

particular [pə'tikjulə] 特殊的，特别的；特定的，个别的；
（过分）讲究的，挑剔的　*n.* (*pl*) 细节，详情　【27】

固定搭配　be particular about 对……挑剔

in particular 特别，尤其；详细地

名师导学　individual, particular, special, specific：individual 意为
"特有的，个人的"，指人或事物独特的，即单属某个具体的

第二周　高频词汇

人或事物的；particular 意为"特殊的，特别的"，与 special 意义近似，但语气较强，指从众多事例中选出一个个别的；special 意为"特别的，特殊的，专用的"，指某物与众不同，是为某种需要而专门设计的；specific 意为"具体的，特定的"，指某类物品具有与众不同的、独特的固有特性。

经典例句　A particular area in which assumptions and values differ between cultures is that of friendship.（2007 年）

译　　文　不同文化之间的假设观和价值观在一个特殊领域存在着明显差异，那就是友谊。

manage ['mænidʒ] *vt.* 管理；设法；对付 【26】

名师导学　manage to do, try to do: manage to do 指克服困难，成功地完成了某事，强调成功了；try to do 指企图或努力做某事，不强调成功的结果。

经典例句　Digitizing medical data has been promoted as one way to help the already burdened system manage the surge in patients.（2010 年）

译　　文　医疗资料数字化已成为一种解决方案，以帮助严重负荷的系统来管理快速增加的病人。

natural ['nætʃərəl] *a.* 自然界的；天生的，天赋的，固有的 【26】

名师导学　在 It is natural that 从句中，谓语动词须用（should）+动词原形。

经典例句　The importance of zoos will increase as natural habitats are diminishing.（2011 年）

译　　文　随着自然栖息地的减少，动物园的重要性将会增加。

present [pri'zent] *a.* 出席的，在场的；目前的，现在的　*n.* 目前，现在；礼物，礼品　*v.* 赠送给予；提出，呈递，出示；介绍，引见 【26】

固定搭配　at present 目前，现在
　　　　　for the present 目前，暂时
　　　　　present sb. with sth. 赠送某人某物

联想记忆　for a while, for the moment, at this stage, for the time being 暂时　commit…to, submit…to, refer…to 呈交

名师导学　present 作"出席的"时，常放在被修饰词之后；作"目前的"时，常放在被修饰词之前。

经典例句　At all ages and at all stages of life, fear presents a problem to almost everyone.（2006 年）

译　　文　在人生的各个年龄和每个阶段，恐惧几乎是人人都要面临的问题。

require [ri'kwaiə] *vt.* 需要；要求，规定 【26】

固定搭配　**require sth. of sb.** 要求某人做某事

译　文　这项技术需要一些新的软件和与个人电脑相连的光纤，但除此之外，无须改动基础设施。

scientific [saiən'tifik] *a.* 科学的　　　　　　　　　【26】

经典例句　There's new scientific evidence that too much exercise may actually be bad for you.（2010 年）

译　文　有新的科学证据表明，过多的运动其实是有害的。

society [sə'saiəti] *n.* 社会；协会，会；社交界，上流社会
　　　　　　　　　　　　　　　　　　　　　　　　　　【26】

经典例句　This makes it more and more difficult for them to make friends—and more likely that society will reject them.（2010 年）

译　文　这让他们交朋友（make friends）变得越来越难——而这个社会也更有可能与他们格格不入。

achieve [ə'tʃiːv] *vt.* 完成，达到；获得　　　　　　【25】

译　文　这本新书聚焦于这样一个概念，即要想实现身体完全健康并保持下去，人们需要保持生理、社会及情感健康。

attention [ə'tenʃən] *n.* 注意，留心；注意力　　　【25】

固定搭配　**pay attention to** 注意
　　　　　stand at attention 立正

经典例句　These people also have an extraordinary ability to consciously focus their attention.（2009 年）

译　文　这些人也有非凡的能力能够自觉地集中注意力。

describe [dis'kraib] *vt.* 描述，形容　　　　　　　【25】

固定搭配　**describe...as** 把……描述成

经典例句　He described lateral thinking.（1999 年）

译　文　他描述了横向思维。

development [di'veləpmənt] *n.* 发展，进展；开发，研制；新发展　　　　　　　　　　　　　　　　　　　　【25】

经典例句　Creativity is the result of human development.（2005 年）

译　文　创新是人类发展的结果。

disable [dis'eibl] *v.* 使残废，使失去能力　　　　　【25】

经典例句　Italy's disabled people should get out of their houses.（2004 年）

译　文　意大利的残疾人应该走出他们的房间。

effective [i'fektiv] *a.* 有效的，生效的　　　　　　【25】

名师导学　effective, efficient, valid: effective 表示有效的，具有预期或可预见效果的，既强调产生满意的效果，又注重不浪费时间、精力等因素，因此往往带有"有效率的"意味；

efficient 意为"有能力的；高效率的"；valid 表示（法律上）有效的，正当的，或在一段时间、某种情况下有效的。

经典例句 A proven method for effective textbook reading is the SQ3R method.（1996 年）

译 文 一种经过证明的有效的阅读课本的方法是 SQ3R 方法。

error ['erə] *n.* 错误，过失 【25】

经典例句 Experts say the fatal error is an attitude that fires are not really anyone's fault.（1998 年）

译 文 专家说，致命的错误是这样一种态度，那就是火灾真的不是任何人的过错。

free [fri:] *a.* 自由的，无约束的；（～of）免费的，免除的；自由开放的，畅通的；空闲的，空余的 *vt.* 使自由，解放 【25】

固定搭配 for free 免费地，无偿地
set free 释放；解放
free from 无……的，不受……影响的
free of 脱离，无……的，免费的，免除的
free on board (FOB) 船上交货价，离岸价

经典例句 There's no free lunch.（2011 年）

译 文 天下没有免费得午餐。

history ['histəri] *n.* 历史；来历，经历，履历；病历，病史 【25】

经典例句 He is a famous professor of history at West Point.（2002 年）

译 文 他是西点军校著名的历史教授。

income ['inkəm] *n.* 收入，所得，进款 【25】

经典例句 Richer people's happiness may not be directly related to their high income.（2007 年）

译 文 富人们的幸福可能跟他们的高收入没有直接关系。

lack [læk] *n.* / *v.* 缺乏，没有，缺少 【25】

固定搭配 for lack of 因缺少
be lacking in 缺乏（某种品质、特点等）

名师导学 lack, shortage：lack 指东西不足或完全没有，既可指具体事物，也可指抽象事物；shortage 指东西完全缺乏，主要就其量而言。

经典例句 How come past generations lacked gym facilities but were leaner and fitter than people today?（2010 年）

译 文 上一代人在缺少健身器材的情况下是怎样保持更苗条的身材的？

第二周 高频词汇

position [pəˈziʃən] *n.* 位置；职务，职位；姿势，姿态，见解，立场 【25】

固定搭配　**in position** 在适当的位置
　　　　　out of position 不在适当的位置

经典例句　The aim is to keep growing, and moving into a more satisfactory position for your particular circumstances.（2008 年）

译　文　对于你个人独特的境况来说，你的目标是保持持续发展，不断达到一个更满意的层次。

protect [prəˈtekt] *vt.* 保护，保卫 【25】

固定搭配　**protect...from / against** 保护，使……免受

联想记忆　defend from / against, guard against, shelter from 保护；使免受

经典例句　He can't protect himself from road hazards.（2009 年）

译　文　他无法使自己避免开车的危险。

retire [riˈtaiə] *vi.* 退下，离开；退休，引退；隐退 【25】

经典例句　To absorb a younger work force, many companies offered retirement plans as incentives for older workers to retire and make way for the younger ones who earned lower salaries.（2005 年）

译　文　为了吸引年轻的工人，许多公司通过为老工人提供退休计划来激励他们退休和为薪水低的年轻人让路。

routine [ruːˈtiːn] *a.* 常规的，例行的　*n.* 常规，例行公事 【25】

固定搭配　**break the routine** 打破常规
　　　　　follow the routine 墨守成规

经典例句　Each motor is fully factory tested prior to shipment to guarantee operation within NEMA standards on routine tests.（2002 年）

译　文　在出厂之前，每台电机在制造中心都经过全面的检测，以确保在常规测试中，能够符合 NEMA 标准。

situation [ˌsitjuˈeiʃən] *n.* 形势，局面；环境；状况；位置；地点 【25】

经典例句　We all know that in a situation like this a cool head is called for.（2005 年）

译　文　众所周知，在这种情况下需要保持头脑冷静。

spread [spred] *vt.* 伸展，展开；散布，传播，蔓延；涂，撒　*n.* 展开，伸展；传开，蔓延 【25】

固定搭配　**spread education** 普及教育

经典例句　The most difficult part scientifically, Lanzaro says,

is figuring out how to get the lab-engineered mosquitoes to spread their genes into natural populations.（2006 年）

译　文　兰萨罗说，科技上最困难的部分是想办法使抗疟疾基因从在实验室内接受了疟疾基因改造工程的蚊子传播到蚊子的自然种群中去。

local ['ləukəl] a. 地方的，当地的；局部的　【24】

经典例句　The local people could hardly think of any good way to shake off poverty they had endured.（2004 年）

译　文　当地人几乎想不出任何好办法来摆脱他们所忍受的贫困。

risk [risk] n. 风险　vt. 冒风险　【24】

固定搭配　at the risk of 冒……风险

face / take / run the risk of 冒……风险

经典例句　Genes influence your intelligence and willingness to take risks.（2009 年）

译　文　基因会影响你的智商、倾向冒险的程度。

source [sɔːs] n. 源，源泉；来源，根源　【24】

经典例句　Batteries are not an ideal energy source for sensor networks.（2011 年）

译　文　电池不是网络传感器的理想电源。

standard ['stændəd] n. 标准，规格　【24】

固定搭配　reach a standard 达到标准

名师导学　standard, criterion：standard 指被公认为质量、价值、数量、道德水准或智能程度等的比较基础的准则或典范；criterion 指据此判断已经存在的某物的价值、优点或其他品质的准则、测试标准。

经典例句　It has reached the expected standard.（2007 年）

译　文　它已经达到了预期的标准。

suit [sjuːt] vt. 适合，合适；满足，中……的意　n. 一套衣服/西服；诉讼　【24】

固定搭配　bring a suit against sb. 控告某人

经典例句　Several years ago during the dot-com passion, Manhattan lawyer John Kennedy sometimes wore a dark blue suit to meet potential Internet clients.（2005 年）

译　文　几年前，网络公司风靡一时，曼哈顿的律师约翰·肯尼迪先生常身穿深蓝色套装去接见潜在互联网客户。

amount [ə'maunt] n. 数据，数额，总数　vt.（to）合计，相当于，等同　【23】

固定搭配　a large amount of（+不可数名词）大量的

名师导学　number, total, amount: number=total 均为及物动

词；amount 是不及物动词，须加 to 再跟宾语。

经典例句　Many youngsters have heard their parents say "You'll never amount to anything if you keep daydreaming that way!"（2006 年）

译　文　一些年轻人已经听他们的父母说过"如果你老是像那样做白日梦，你将一事无成"。

finding ['faindiŋ] *n.* 发现；(*pl.*) 调查结果 【23】

经典例句　He came to be well-known for his findings.（2002 年）

译　文　他以他的发现而出名。

hold [həuld] *vt.* 拿住，握住，持有；掌握（权利），担任（职务）；举行；召开（会议）；认为，相信；吸引；占据，守住，托住，支撑；包含，容纳　*vi.* 持续，保持；有效，适用　*n.* 船舱；握住；控制，掌握 【23】

固定搭配　get hold of 抓住，掌握

hold back 阻挡，踌躇，退缩不前

hold on 握住不放

hold on to 紧紧抓住

hold out 坚持，不屈服

hold to (使) 坚持，信守，忠于

hold up 举起，支撑，承载；阻挡，使停止

经典例句　There was a big hole in the road which held up the traffic.（2006 年）

译　文　路上有个大洞，阻碍了交通。

incomplete [ˌinkəm'pliːt] *a.* 不完全的，未完成的 【23】

经典例句　There are 10 incomplete sentences.（2011 年）

译　文　这里有 10 个不完整的句子。

leave [liːv] *vi.* 离开，出发　*vt.* 离开，动身；留下，剩下，使处于；忘带；让，听任；交给，托付　*n.* 许可，同意；告假，休息 【23】

固定搭配　leave behind 落后；把……留下；忘带

leave off 停止，中断

leave out 省略，遗漏

take (one's) leave of 向……告辞

经典例句　Does he want to leave a message?（2007 年）

译　文　他是否想留个口信呢？

Tuesday

mosquito [məs'kiːtəu] *n.* 蚊子 【23】

联想记忆　insect *n.* 昆虫　bug *n.* 臭虫　spider *n.* 蜘蛛　fly

n. 苍蝇　butterfly *n.* 蝴蝶

经典例句　Mosquitoes have become resistant to pesticides.（2006 年）

译　文　蚊子已经对杀虫剂产生了抗药性。

relationship　[riˈleiʃənʃip] *n.* 关系，联系　　　　　【23】

sense　[sens] *vt.* 感觉到，意识到　*n.* 感官，官能；辨别力，感觉；意义，意思　　　　　　　　　　　　　　　　　【23】

固定搭配　make sense 讲得通，言之有理

in a sense 从某种意义上说

经典例句　Scientists are still unable to program the computer with human-like common sense reasoning power.（2005 年）

译　文　科学家至今仍不能编制出像人类一样具有常识推理能力的电脑程序。

strict　[strikt] *a.* 严格的；严谨的，精确的　　　　【23】

固定搭配　be strict with 对某人严格

in the strict sense 严格说来

经典例句　The Galapagos Islands, where visitor numbers are strictly controlled, is a good model.（2005 年）

译　文　加拉帕戈斯群岛就是一个很好的例子，那里的游客数量受到严格控制。

thinking　[ˈθiŋkiŋ] *n.* 思想，思考，意见，想法　*a.* 思想的，有理性的　　　　　　　　　　　　　　　　　　　　【23】

经典例句　If you examine people's thinking, it is quite unusual to find faults of logic.（1999 年）

译　文　如果你研究人们的思想，发现逻辑错误相当不寻常的。

average　[ˈævəridʒ] *n.* 平均，平均数　*a.* 平均的；平常的，普通的　　　　　　　　　　　　　　　　　　　　　【22】

固定搭配　on the average 平均，一般说来

名师导学　average, common, ordinary, usual：average 意为"普通的，一般的"，所指的普通，有着接近平均水平、中等水平的含义；common 强调许多事物具有某种共同点而不足为奇，含有经常发生或经常见到的事情，有普遍的含义；ordinary 指与一般事物的性质标准相同，强调"平常，平庸"而无特别之处；usual 意为"通常的，惯常的，一般的"，强调习惯性，符合规章制度的或一贯的。

经典例句　The average age of men was about 27.（2005 年）

译　文　男人的平均年龄在大约 27 岁。

benefit　[ˈbenifit] *n.* 利益，恩惠　*vt.* 有利于，受益于　*vi.* 得益于　　　　　　　　　　　　　　　　　　　　　　【22】

第二周　高频词汇

固定搭配 **benefit from** 受益于

经典例句 Most temps are not eligible for workplace health benefits. (2006 年)

译　文 大多数临时工都没有资格获得工作场所的卫生福利。

course [kɔːs] *n.* 进程，过程；课程；（一）道（菜）【22】

固定搭配 **of course** 自然，当然，无疑

in the course of 在……的过程中，在……期间

in course of 及时地；在适当时候

经典例句 Susan never took any cookery courses. (2011 年)

译　文 苏珊从没有上过烹饪的课程。

decade ['dekeid] *n.* 十年 【22】

经典例句 In the last decade, the number of cars on the road has increased. (2011 年)

译　文 最近十来年，路上汽车的数量一直在增长。

difference ['difərəns] *n.* 差别，差异；分歧，争论 【22】

固定搭配 **make a difference** 有影响，很重要

make no difference 没有关系；没有影响

经典例句 A number of reasons have been proposed to account for the differences. (2011 年)

译　文 许多原因被用来解释差异。

disabled [dis'eib(ə)ld] *a.* 残疾的，残废的 【22】

经典例句 He's not an average disabled person. (2004 年)

译　文 他不是一个普通的残疾人。

future ['fjuːtʃə] *n. / a.* 将来，未来 *n.* 前途，远景【22】

固定搭配 **in future** 今后，往后

in the future 将来，未来

经典例句 The future can be better than the present. (2009 年)

译　文 将来肯定比现在好。

genetic [dʒi'netik] *a.* 遗传的，起源的 【22】

经典例句 The human population contains a great variety of genetic variation, but drugs are tested on just a few thousand people. (2002 年)

译　文 全人类具有各种各样的遗传变异，可是药品的试验只能在数千人中进行。

produce [prə'djuːs] *n.* 生产，制造，产生；显示，出示；上演，演出 *n.* 农产品 【22】

名师导学 produce, product：produce 农产品；product（工业）产品。

经典例句 Mussels can be used to produce super glue.

（2004 年）

| 译　文 | 蚌类可以被用来生产超级胶水。 |

profit ['prɔfit] *n.* 收益，利润，益处　*v.* 得利，获益　【22】

| 固定搭配 | **make profits** 获利 |
| | **profit by / from** 从……中获利 |

| 经典例句 | Wireless sensor networks promise to bring businesses high profits. （2011 年） |

| 译　文 | 无线传感器网络承诺给企业带来高额利润。 |

purpose ['pə:pəs] *n.* 目的；意图；企图，打算　【22】

固定搭配	**on purpose** 故意，有意
	for / with the purpose of 为了
	to no purpose 无效，毫无结果

| 联想记忆 | for the sake of, in order to 为了 |

| 经典例句 | What is the author's main purpose in writing this passage? （2009 年） |

| 译　文 | 作者写这篇文章的主要目的是什么？ |

review [ri'vju:] *vt. / n.* 复习；复查，审核；回顾；评论　【22】

| 经典例句 | This passage is probably a book review. （2009 年） |

| 译　文 | 这篇文章很可能是一篇书评。 |

sight [sait] *n.* 视力，视觉；望见，瞥见；情景，奇观；(*pl.*) 风景，名胜　【22】

固定搭配	**in sight** 被见到，在望
	out of sight 看不见
	catch sight of 看见

| 经典例句 | They've lost sight of the point at which the influence of social forces ends and the influence of the self-initiating individual begins. （2009 年） |

| 译　文 | 他们已经看不见在社会影响力和个人主动影响力之间的"临界点"。 |

similar ['similə] *a.* 相似的，类似的　【22】

| 固定搭配 | **be similar to** 与……相似 |

| 经典例句 | The proposal does not violate any laws of physics, and other scientists have independently suggested similar ideas. （2008 年） |

| 译　文 | 这项提议并不违反任何物理规律，其他科学家也各自提出了类似的想法。 |

available [ə'veiləbl] *a.* 可利用的；可得到的　【21】

| 名师导学 | 常做表语，做定语要放在所修饰词后面，如：These data are readily available. 这些资料易于得到。 |

| 经典例句 | Humanity uses a little less than half the water |

available worldwide.（2003 年）

| 译 文 | 人类使用了全球可利用水资源的一小半。 |

conversation [ˌkɔnvəˈseiʃən] *n.* 会话，谈话 【21】

| 经典例句 | You will read 5 short conversations.（2001 年） |
| 译 文 | 你要阅读 5 个短的会话。 |

crime [kraim] *n.* 罪，罪行，犯罪 【21】

| 经典例句 | There are more car crimes than any other type of offences.（2003 年） |
| 译 文 | 与其他的犯罪类型比较起来，汽车犯罪还是比较多的。 |

economic [ˌi:kəˈnɔmik] *a.* 经济的，经济学的 【21】

| 联想记忆 | financial *a.* 财政的，金融的 commercial *a.* 商业的 |

fail [feil] *vi.* 失败，不及格；衰退，减弱 *vt.* 未能；使失望；没通过 【21】

固定搭配	fail in (doing) sth. 在……失败
	fail to do sth. 没有（没能）做
经典例句	He never fails to write to his mother every week.（2004 年）
译 文	他从不忘记每周给他母亲写信。

happen [ˈhæpən] *vi.* 发生；[后接不定式] 碰巧 【21】

固定搭配	happen to do 碰巧，恰好
名师导学	happen, occur, take place：happen 可以指出乎意料地偶然发生；occur 表示具体或抽象事物的发生，所指时间和地点都比较确定；take place 强调所发生的事情事先已有安排。
经典例句	What happens after the kids have had all the sweets?（2004 年）
译 文	孩子们吃完所有的甜点之后会发生什么？

matter [ˈmætə] *n.* 物质，物体；事情，情况，事态；毛病，麻烦事 *vi.* 要紧，有关系 【21】

固定搭配	for that matter 就此而言
	in the matter of 关于
	no matter 无论，不管
联想记忆	in fact, in reality, in effect, in practice, in truth 事实上
经典例句	How much that matters in the real world is unclear.（2011 年）
译 文	与现实世界有多大关系还不清楚。

measure [ˈmeʒə] *vt.* 量，测量；有……长（宽/高等）*n.* 度量，测量；（*pl.*）措施，办法 【21】

| 固定搭配 | beyond measure 无可估量，极度，过分 |
| | for good measure 另外，额外地 |

measure up 合格，符合标准

take measures 采取措施

经典例句 The senator agreed that his support of the measure would jeopardize his chances for reelection.（2007 年）

译 文 参议院认为如果他支持这一措施，就会危及他再次当选的几率。

mental ['mentl] a. 思想的，精神的；智力的，脑力的 【21】

经典例句 In the early 20th centry, a horse named Clever Hans was believed capable of counting and other impressive mental task.（2011 年）

译 文 在 20 世纪早期，有一匹叫"聪明汉斯"的马，它善于算数和其他一些令人惊叹的智力行为。

occur [ə'kə:] vi. 发生，出现；想起，想到 【21】

固定搭配 occur to sb. 想到，意识到

经典例句 When you become frightened, many physical changes occur within your body.（2006 年）

译 文 当你害怕的时候，你体内会发生许多物理变化。

actually ['æktʃuəli] ad. 事实上 【20】

经典例句 Actually, I've been on a diet.（2009 年）

译 文 实际上，我正在节食。

contact ['kɔntækt] n. / vt. 接触，联系，交往 【20】

固定搭配 be in / out of contact with 与……接触着/与……失去联系

联想记忆 keep in touch with sb. 与某人保持接触

经典例句 She lost contact with this world.（2007 年）

译 文 她与这个世界失去了联系。

contest [kən'test, 'kɔntest] v. / n. 竞争，比赛；争夺，争辩 【20】

固定搭配 contest with / against 与……对抗

经典例句 To most people, beauty contests seem as out-dated as bowing.（2007 年）

译 文 对大多数人来说，选美似乎和鞠躬一样过时。

deep [di:p] a. 深的，深刻的；深奥的；深切的 ad. 深深地，深入地，深刻地 【20】

经典例句 They tend to avoid deep involvement with other people.（2007 年）

译 文 他们趋向于尽量避免与其他的人有牵涉。

employee [,emplɔi'i:, im'plɔi] n. 雇员 【20】

经典例句 When employees are not using a meeting room, there is no need to regulate temperature.（2011 年）

译　文	当员工不使用会议室的时候，没有必要调节温度。
examine	[ig'zæmin] *vt.* 检查，审查，调查；考试 【20】
经典例句	The researchers examined friendship histories and reports of loneliness. （2010 年）
译　文	研究人员调查了他们的友谊史以及孤独感的记录。
explain	[ik'splein] *vt.* 解释，说明 【20】
固定搭配	explain to sb. that / explain sth. to sb. 向某人解释某事
名师导学	explain, interpret, translate：explain 作"解释，说明"讲时，指解释不明之事；interpret 意为"解释，说明"，侧重于用特殊的知识、信念、判断、了解或想象去阐明特别难懂的事物；interpret 仅指"口头翻译"；translate 指笔头和口头的"翻译"。
经典例句	He doesn't know how to explain. （2008 年）
译　文	他不知道怎样解释。
fear	[fiə] *n. / v.* 恐惧，害怕；担心 【20】
固定搭配	for fear of (doing) / that 以免，生怕，为了防止
focus	['fəukəs] *n.* 中心，焦点，焦距 *vi.* 聚焦，集中 【20】
固定搭配	focus on 集中于
名师导学	复数为 foci 或 focuses。
经典例句	He should focus on his own thinking. （2006 年）
译　文	他应该集中于他自己的思考。
function	['fʌŋkʃən] *n.* 机能，职能，功能；职务，职责；函数；活动，运行，起作用 【20】
经典例句	The functions of human bodies have much to do with nature. （1998 年）
译　文	人的身体功能跟自然有很大的关系。
limited	['limitid] *a.* 被限定的，有限的 【20】
经典例句	The lessons are aimed at too limited an audience. （1998 年）
译　文	这些教训对于一个观众来说，太有限了。
name	[neim] *n.* 名字，名称；名声，名望；名义 *vt.* 给……取名；列举；任命，提名 【20】
固定搭配	in the name of 以……的名义
	name after 根据……命名
经典例句	It is given a patriotic name. （2008 年）
译　文	这是一个爱国的名字。
performance	[pə'fɔ:məns] *n.* 表演，演出；执行，完成；工作情况，表现情况 【20】
经典例句	After years of great performance, psychologists

discovered that though Hans was certainly clever, he was not clever in the way everyone expected.（2011 年）

译文　这样的表现持续了几年后，心理学家发现虽然汉斯真的很聪明，但并不像人们预测得那样聪明。

damage ['dæmidʒ] *vt.* 损害，毁坏　*n.* 损害，（*pl.*）毁坏、损害赔偿费　【19】

固定搭配　**do damage to** 对……有害

　　　　costs and damages 诉讼费和损害费

名师导学　damage, destroy, ruin：damage 表示对有用或有价值的人或财产的破坏，强调事物部分受损，含有可以修复之意；destroy 表示完全破坏、摧毁、拆毁；ruin 表示毁灭、灭亡，指肉体上、道德上、社会上或经济上的完全毁坏或粉碎。

经典例句　The damage to the house caused by the storm took several days to repair.（2007 年）

译文　修缮暴风雪导致的受损房屋花了好几天时间。

demand [di'mɑːnd] *v.* 要求；需要　*n.* 要求；需要　【19】

联想记忆　demander *n.* 要求者，请求者　demanding *a.* 过分要求的，苛求的

固定搭配　**demand sth. of sb.** 向某人要求某物

　　　　demand to do / that + (should) do 要求做

经典例句　It cannot be demanded or purchased.（2007 年）

译文　它不能被要求或购买。

digital ['didʒitl] *a.* 数字的　【19】

经典例句　It produced 16 digital textbooks.（2010 年）

译文　它生产了 16 本数字教科书。

drop [drɔp] *n.* 下降；滴，水滴　*vt.* 投下，落下；降低　*vi.* 落下，下降　【19】

固定搭配　**drop by / in** 顺便来访

　　　　drop out 退出，退学，脱离，不参与

　　　　drop off 逐渐减少；睡着

经典例句　Don't forget to drop me a line when you settle down.（2008 年）

译文　等你安定下来后，不要忘了给我写信。

easy ['iːzi] *a.* 容易的；舒适的，安心的　【19】

固定搭配　**take it easy** 别紧张，慢慢来

经典例句　It's easy to discuss it.（2007 年）

译文　这很容易讨论的。

establish [i'stæbliʃ] *n.* 建立，设立，创办；确立，使确认　【19】

经典例句 The results established a pattern that spread as people reported fewer close friends.（2010 年）

译文 研究结果建立了一种模式，即在那些没有几个亲密朋友的人中传播。

form [fɔːm] *n.* 形式，形状，方式；类型，结构；表格，格式 *vt.* 形成，构成，组成 【19】

经典例句 Advertising is a form of selling.（2006 年）

译文 广告是销售的一种形式。

importance [im'pɔːtəns] *n.* 重要；重要性 【19】

固定搭配 be of (great) importance = be (very) important （非常）重要

be of no importance = be not important 不重要

经典例句 The importance of zoos will increase as natural habitats are diminishing.（2011 年）

译文 随着自然栖息地的减少，动物园的重要性将增加。

maintain [mein'tein] *vt.* 维持；赡养；维修 【19】

联想记忆 obtain *v.* 获得 retain *v.* 保持，保留 contain *v.* 包括 attain *v.* 达到 entertain *v.* 使感兴趣；招待

经典例句 The leaders of the two countries are planning their summit meeting with a pledge to maintain and develop good ties.（2006 年）

译文 两国领导人在首脑会晤中表示要维持和发展两国关系。

mind [maind] *n.* 头脑，精神；理智，智能；想法，意见；心情，情绪 *v.* 留心，当心，注意；介意，在乎；照料 【19】

固定搭配 keep... in mind 记住

have in mind 想到，考虑到

make up one's mind 决定，下决心

never mind 不要紧，没关系

to my mind 依我看，我认为

名师导学 mind 作"介意"讲时，常用于疑问句、否定句或条件句中；其后跟 if 条件句或动名词，但不能接动词不定式，如 Do / Would you mind if...? 或 Do / Would you mind (one's) doing...?

名师导学 mind, soul, spirit：mind 意为"精神，思想"，指与头脑相关的；soul 意为"灵魂"，与肉体相对；spirit 指"精神"，强调人的情绪。

经典例句 I don't mind some extra hours at all.（2005 年）

译文 我一点都不在乎多几个小时。

professional [prəˈfeʃnl] *a.* 职业的，专门的 *n.* 专业人员 【19】

经典例句 The foundation paid teachers and other education professionals to write and edit them.（2010 年）

译　文 基金会聘请老师以及教育专家来编写它们。

related [riˈleitid] *a.* 叙述的，讲述的；有关系的 【19】

经典例句 Some researches have suggested that men may die earlier because their health is more strongly related to their emotions.（2011 年）

译　文 一些研究者提出，男人的过早死亡与他们的情绪问题有关。

seed [si:d] *n.* 种子 *v.* 播种 【19】

经典例句 The room is a vault（地下库）designed to hold around 2 million seeds.（2008 年）

译　文 房间被设计成容纳约两百万枚种子的保管库。

shopping [ˈʃɔpiŋ] *n.* 买东西，购物 【19】

固定搭配 go shopping, do one's shopping 买东西

经典例句 More and more consumers prefer Internet shopping.（2000 年）

译　文 越来越多的消费者更喜欢网上购物。

threat [θret] *n.* 威胁，危险现象 【19】

经典例句 However, this success is the very cause of the greatest threat to mankind.（2009 年）

译　文 然而，这种成功正是对人类最大的威胁。

visual [ˈviʒuəl] *a.* 视觉的 【19】

经典例句 A visually impaired person must rely on memory for key landmarks and other clues.（1999 年）

译　文 视障者必须依靠对关键的地标和其他线索的记忆。

volunteer [ˌvɔlənˈtiə(r)] *n.* 志愿者，志愿兵 【19】

经典例句 When the organization was founded in 1959, the average volunteer was in his early 20s.（2001 年）

译　文 1959 年该组织刚成立时，志愿者的平均年龄是二十刚出头。

attitude [ˈætitjuːd] *n.* 态度，看法 【18】

经典例句 We have to totally change our attitude toward napping.（2007 年）

译　文 我们应该完全地改变我们对小睡的看法。

attract [əˈtrækt] *vt.* 吸引，招引，诱惑 【18】

经典例句 The only time the contests attract attraction now is because of the protesters.（2007 年）

译　文　现在比赛受关注的唯一时刻是因为它的抗议者。

career [kə'riə] n. 生涯，经历；专业，职业　【18】

经典例句 He had lost interest in his publishing career.
（2007 年）

译　文　他对出版事业已经失去了兴趣。

collect [kə'lekt] vt. 收集，收（税等）　vi. 聚集，堆积

【18】

经典例句 When snow collects on top of a building during the
winter, the weight sometimes weakens the construction and
occasionally the roof to collapse.（2000 年）

译　文　冬天，当雪堆积在建筑物顶部时，雪的重量有时
会损害建筑物，偶尔会导致屋顶坍塌。

electronic [ˌilek'trɔnik] a. 电子的　【18】

经典例句 Patients are starting to make use of their electronic
medical records.（2010 年）

译　文　病人们开始利用他们的电子病历。

engineer [ˌendʒi'niə] n. 工程师　【18】

经典例句 Engineers are developing a new type of Internet
connection.（2008 年）

译　文　工程师们正在研究一种新型的互联网连接。

include [in'klu:d] vt. 包括，包含，计入　【18】

经典例句 This could include listening to a CD, or reading a
book on motivation.（2008 年）

译　文　这包括听 CD 或阅读一本励志书。

national ['næʃənəl] a. 民族的；国家的；国立的　【18】

固定搭配 national anthem 国歌

national flag 国旗

经典例句 Two scientists at Los Alamos National Laboratory
are correct.（2008 年）

译　文　两位在美国洛斯阿拉莫斯国家实验室的科学家是
正确的。

organization [ˌɔ:gənai'zeiʃən] n. 组织，体制；团体，机
构　【18】

经典例句 The organization was founded in l959.（2000 年）

译　文　这个组织成立于 1959 年。

process [prə'ses] n. 过程，历程；工序，工艺　vt. 加工，
处理　【18】

固定搭配 in the process of 在……过程中

经典例句 They are familiar with the process and spirit of
science.（2004 年）

译文	他们对科学的精神和过程非常熟悉。

quality ['kwɔliti] *n.* 质，质量；品质，特性 【18】

固定搭配　be of good quality 质量好

经典例句　A quality education is the ultimate liberator.
（2002 年）

译文　素质教育是教育制度的终极解放。

replace [ri'pleis] *vt.* 放回；替换，取代 【18】

固定搭配　replace...with 替换

名师导学　replace, substitute：replace 指取代，替换陈旧的、用坏的或遗失的东西，用法是 replace A with B；substitute 指用一件东西替换另一件东西，用法是 substitute B for A。

经典例句　Operators plan to replace the air inside the vault each winter, when temperatures in Spitsbergen are around -18℃.
（2008 年）

译文　当斯匹茨卑尔根岛的温度在零下 18 摄氏度左右时，研究人员们计划在每年冬天都更换地下库里的空气。

resist [ri'zist] *vt.* 抵抗，反抗；忍住，抵制 【18】

经典例句　It takes the most cool-headed and good-tempered of drivers to resist the temptation to revenge when subjected to uncivilized behaviors.（2000 年）

译文　当遭遇不文明的行为时，就连头脑最冷静、脾气最好的司机都需要抵制住报复的引诱。

response [ri'spɔns] *n.* 回音，回答；反应，响应 【18】

固定搭配　in response to 回答，响应

经典例句　Dogs may act in response to their handlers' bodily signals.（2011 年）

译文　狗或许会回应它们主人的身体信号。

therefore ['ðɛəfɔ:] *ad.* 因此，所以 【18】

经典例句　Therefore, the poet's job is to enable us to experience it, to feel it the same way as the poet does.（2010 年）

译文　因此，诗人要做的就是让我们体会他所经历过的，了解他所感受到的。

tired ['taiəd] *a.* 疲劳的；厌倦的 【18】

固定搭配　be tired of 对……厌倦的

名师导学　tired, weary, exhausted：tired 意为"疲劳的"，是常用词；weary 指因疲惫而无法或不想继续做某事；exhausted 指精疲力竭而需要休息调整。

经典例句　He is very tired when it's over.（2006 年）

译文　当它结束的时候，他非常疲惫。

accident ['æksidənt] *n.* 事故，意外，偶然的事 【17】

固定搭配　**by accident = by chance** 偶然，碰巧

经典例句　It's disturbing to note how many of crimes we do know about were detected by accident, not by systematic inspections or other security procedures.（2006 年）

译　文　令人困扰的是，我们记录下来到底有多少犯罪行为，不是通过系统的检查或者通过其他安全程序，而仅是通过偶然发现。

alter ['ɔ:ltə] *vt.* 改变，变更　　　　　　【17】

名师导学　alter, change, convert, modify, shift, transform, vary: alter 指局部、表面的改变，不影响事物的本质或总体结构，如修改衣服的大小等；change 指全部、完全地改变；convert 指由一种形式或用途变为另一种形式或用途；modify 指做小的修改，只能用于改变方法、计划、制度、组织、意思、条款等；shift 指位置或方向的移动、改变；transform 指外貌、性格或性质的彻底改变；vary 多指形式、外表、本质上的繁多而断续的变化或改变，使其多样化。

此词在近年考试中出现的频率很高，在词汇部分以原形和分词的形式出现居多，题型以词义辨析为主，在阅读部分则以它加前缀和后缀而变化的扩展词出现。

经典例句　With the tools of technology he has altered many physical features of the earth.（2004 年）

译　文　通过一些技术手段，他已经改变了泥土的许多物理特征。

belief [bi'li:f] *n.* 相信；信仰，信条，信念　　【17】

名师导学　disbelief, unbelief: disbelief 指对某事的不信和怀疑；unbelief 指宗教上的怀疑和无信仰。

经典例句　Most successful people begin with two beliefs: the future can be better than the present, and I have the power to make it so.（2009 年）

译　文　大多数成功的人士是以两个信条开始的：一个是将来会比现在好，另一个是我有能力做到。

carbon ['ka:bən] *n.* 碳　　　　　　　　　【17】

经典例句　Plants absorb carbon dioxide as they grow.（2008 年）

译　文　植物生长的时候需要吸收二氧化碳。

carry ['kæri] *vt.* 搬运，运送，携带；传送，传播　【17】

固定搭配　**carry on** 继续，坚持下去；从事，经营

carry out 执行，贯彻

carry through 完成

carry away 运走；冲昏头脑

carry forward 推进，发扬

carry off 夺去生命；获得（奖），意外成功

| 联想记忆 | keep on, keep up, hold on 继续，坚持下去 |

经典例句 She failed to carry out her ski plan. （2007 年）

译文 她执行滑冰的计划失败了。

conservation [ˌkɔnsəˈveiʃən] *n.* 保存，（对自然资源的）保护，避免浪费；守恒，不灭 【17】

经典例句 The conservation of soil and water is very important to the survival of human beings. （2005 年）

译文 水土的保持对人类的生存来说是非常重要的。

determine [diˈtə:min] *v.* 决定；决心 【17】

固定搭配 **be determined to do** 决心做

determine on / upon 决定

经典例句 Miss Joan was determined to keep her good mood. （2005 年）

译文 琼小姐决定保持她的好心情。

dress [dres] *n.* 服装，女装，童装 *v.* 给……穿衣，打扮 【17】

固定搭配 **dress up** 穿上盛装，打扮得漂漂亮亮

名师导学 dress, put on, have on, wear: dress 指穿着较正式的服装，如参加舞会或晚会的服装等；put on 指"穿"，强调穿的动作；have on 指"穿"，强调穿的状态；wear 指"穿着"，表示状态。

经典例句 Julie's dress looks funny. That style went out last year. （2011 年）

译文 茱莉的衣服看起来真滑稽，那种风格去年就已经过时了。

enable [iˈneibl] *vt.* 使能够，使可能 【17】

固定搭配 **enable sb. to do** 使某人能做

经典例句 The poet's job is to enable us to experience it, to feel it the same way as the poet does. （2010 年）

译文 诗人的工作是让你去经历和感受他所经历和感受的事物。

identify [aiˈdentifai] *vt.* 认出，鉴定；等同，打成一片 【17】

固定搭配 **identify oneself with** 参加到……中去，和……打成一片

identify … with 认为……等同于

名师导学 identify, recognize: identify 指通过某些内在的东西辨认出某人某物；recognize 指认出曾经见过或原来认识的人或物，强调通过外表认出。

经典例句 Verification of the product can be carried out in the

第二周 高频词汇

process in order to identify variation.（2006 年）

| 译　　文 | 产品的验证可在运行过程中进行，以便识别偏差。 |

influence ['influəns] *n.* 势力，权势　*vt.* / *n.* 影响，感化【17】

固定搭配	**have influence on / upon** 影响
联想记忆	have / make an impact on, have an effect on 影响
经典例句	It also has some negative influence.（2009 年）
译　　文	这也有些负面影响。

nature ['neitʃə] *n.* 自然，自然界；本性，性质，天性【17】

固定搭配	**by nature** 本性上，生性
	in nature 性质上，实质上
经典例句	John's mindless exterior concealed a warm and kind-hearted nature.（2000 年）
译　　文	约翰愚钝的外表掩藏了他温和善良的本质。

origin ['ɔridʒin] *n.* 起源，由来；出身，血统　　　【17】

名师导学	origin, root, source：origin 指事物的起源或者开端，着重于其发生的最早的时间或最初的地点，常表示某种历史文化现象、风俗习惯的"起源"，也可指人的门第或血统；root 常译为"根源，起因"，强调导致某事物最终出现的最根本的、最重要的原因，由此所产生的现象或事物常成为一种外观的产物；source 指河流或泉水的发源地，也是非物质的或无形的东西的出处或起源，常指情况或信息的来源、出处。
经典例句	Tens and hundreds of businesses world wide are expanding and growing their businesses by promoting them in countries other than their countries of origin.（2009 年）
译　　文	现今，数以百计的各类世界范围的贸易都在通过促进在他国而不是在本国的发展来向外扩展，并壮大其业务。

pay [pei] *v.* 付款，缴纳；付清；给予，致以（问候），进行（访问）　*n.* 工资，薪饷；报酬　　　　　　　【17】

固定搭配	**pay back** 偿还，回报
	pay off 还清（债务）；付清；解雇（某人）；向……行贿；得到好结果，取得成功
	pay up 全部付清
名师导学	pay, salary, wages：pay 为 salary 和 wages 两种薪金和工资的普通用语的统称；salary 是按年或月付给白领阶层的年薪或月薪；wages 指按周、日或小时给劳动者的工资。
经典例句	Drivers will suffer a great loss if they pay no respect to others.（2000 年）
译　　文	如果不尊重他人的话，司机们将会遭受巨大的损失。

practical ['præktikəl] *a.* 实际的，实用的 【17】

经典例句 Various practical or impractical suggestions have emerged during the long-standing debate on this issue.（2004 年）

译　文 在关于这个问题的长期辩论中，各种实际或不实际的建议出现了。

predict [pri'dikt] *v.* 预言，预测 【17】

经典例句 For our bodies to function properly, we should be able to predict the rhythms of our biological clocks.（1999 年）

译　文 为了使身体功能正常运作，我们应该能够预测我们的生物钟节律。

production [prə'dʌkʃən] *n.* 生产，产量；产品，作品 【17】

经典例句 There might be a safety problem in hydrogen production.（2008 年）

译　文 在生产氢的过程中可能存在安全问题。

regard [ri'gɑ:d] *vt.* 看做，对待；考虑，认为；尊重；(pl.) 敬重，敬意，问候 【17】

固定搭配 as regards 关于，至于

　　　　in / with regard to 关于

　　　　give one's regard to 代某人向……问好

经典例句 Ruth Ellis was shot by his lover, which was regarded as a crime of passion.（1997 年）

译　文 鲁丝·艾利斯被他的情人开枪射死了，这被认为是激情犯罪。

save [seiv] *vt.* 救，拯救；储存，贮存；节省，节约 【17】

固定搭配 save for 为……而储蓄

　　　　save up 储蓄金钱

经典例句 They save paper and trees, and make learning more fun and interactive.（2010 年）

译　文 它们节省纸张，节省了木材的耗费，使学习变得更加的有趣且更具互动性。

simple ['simpl] *a.* 简单的，朴素的；单纯的，直率的；迟钝的，头脑简单的 【17】

经典例句 The idea is simple.（2008 年）

译　文 这种构想很简单。

subject ['sʌbdʒikt] *n.* 主题，题目；学科，科目；试验对象　*a.* 易遭……的，受……支配的（～to） 【17】

固定搭配 be subject to 易遭……的；易患……（疾病）的

联想记忆 be subordinated to, be submitted to 服从于

经典例句 Prices are subject to change without notice.（2005 年）

译　文 价格如有变动，恕不通知。

successful [sək'sesful] *a.* 成功的 【17】

经典例句 Exceptionally successful people are not lone pioneers who created their own success, he argues. (2009 年)

译 文 他认为异常成功的人们并不是创造出自己成功的孤独先锋。

transmit [trænz'mit] *vt.* 传送，传输，传达，传导，发射 *vi.* 发射，信号，发报 【17】

固定搭配 transmit a match live 实况转播比赛

经典例句 Scientists are hoping to eliminate malaria（疟疾）by developing a genetically modified mosquito that cannot transmit the disease. (2006 年)

译 文 科学家们希望通过培育出不传播病毒的转基因蚊子来根除疟疾。

aggressive [ə'gresiv] *a.* 侵略的，侵犯的；爱挑衅的，放肆的；有进取心的，敢作敢为的 【16】

经典例句 Two thirds of drivers were killed by aggressive driving. (2011 年)

译 文 三分之二的司机死于侵略性驾驶。

aim [eim] *vt.* 瞄准，把……对准 *vi.* 志在，旨在；瞄准，针对 *n.* 目标，目的 【16】

固定搭配 aim at 瞄准，针对；在，旨在

联想记忆 fire at, intend doing / to do, intend for 旨在

经典例句 The aim is to keep growing. (2008 年)

译 文 这个目标是保持成长。

behavio(u)r [bi'heivjə] *n.* 行为，举止 【16】

经典例句 He is interested in human behavior. (1997 年)

译 文 他对人类的行为举止很感兴趣。

casual ['kæʒjuəl] *a.* 随便的；偶然的；临时的 【16】

经典例句 Friendships among Americans tend to be casual. (2001 年)

译 文 美国人倾向于泛泛之交。

concept ['kɔnsept] *n.* 概念，观念 【16】

经典例句 The concept is proving popular with the Dutch. (2003 年)

译 文 这个观念在荷兰人中很流行。

continue [kən'tinju:] *v.* 继续，连续 【16】

经典例句 Zoos will continue to play a critical role in wildlife preservation throughout the world. (2011 年)

译 文 动物园将继续在世界各地的野生动物保护中发挥关键作用。

current [ˈkʌrənt] *n.* 水流，气流，电流；潮流，趋势 *a.* 通用的，流行的，当前的 【16】

经典例句 Mexicans are able to adapt themselves to the current emergency.（2006 年）

译 文 墨西哥人能够调整自己以适应当前的紧急情况。

evidence [ˈevidəns] *n.* 证据，证物 【16】

固定搭配 in evidence 明显的，显而易见的

联想记忆 evidence *n.* 实物证据 proof *n.* 理论证明

名师导学 evidence, proof, witness: evidence 一般指"物证"；proof 则强调构成事实的结论性的东西；witness 通常指"人证"。

经典例句 There is overwhelming evidence that money buys happiness.（2007 年）

译 文 多数证据都能证明金钱可以买到幸福。

exist [igˈzist] *vi.* 在，存在 【16】

经典例句 The scientists say it is all based on existing technology.（2008 年）

译 文 科学家说它是以现有的科技为基础的。

force [fɔːs] *n.* 力，力量，力气；暴力，武力；（*pl.*）军队，部队 *vt.* 强迫，迫使 【16】

固定搭配 in force 大批地；生效；在施行中

put...into force 施行，实施

force sb. to do sth. = force sb. into doing sth. 强迫某人做某事

come / go into force 开始有效；开始实行

经典例句 All day long, you are affected by large forces.（2009年）

译 文 一整天你都受到大部队的影响。

infer [inˈfəː] *vt.* 推论，推断 【16】

固定搭配 infer from sth. 从……推论，由……推知

名师导学 此词在阅读理解中经常在题干中出现，历年均有体现。

经典例句 What can be inferred from Beth's story?（2006 年）

译 文 我们从贝丝的故事中能推断出什么？

major [ˈmeidʒə] *a.* 较大的 *n.* 专业 【16】

联想记忆 specialize in 专攻，主修 be an expert at / in 精通

经典例句 There are things you can do to avoid any major confrontation.（2011 年）

译 文 你能做一些事情去避免任何强烈对抗。

method [ˈmeθəd] *n.* 方法，办法 【16】

经典例句 A simple method to start with could be one goal in

the main areas of life to be achieved in one month, six months, twelve months or five years.（2008 年）

译　文　一个简单的开始目标的方法是在人生的主要领域设立一个目标，并用 1 个月、6 个月、12 个月或者 5 年来实现它。

potential [pə'tenʃ(ə)l] *a.* 潜在的，可能的　*n.* 潜力，潜能　【16】

经典例句　The existing seed banks have potential problems.（2008 年）

译　文　现有的种子银行存在潜在的问题。

pressure ['preʃ ə(r)] *n.* 压力，紧张；强制；压强　【16】

固定搭配　under the pressure of 在……强迫下，在……压力下

名师导学　pressure, stress: pressure 指液体产生的压力，在这种压力下，各方面的受力是同样的，也指某事物所产生的压力、影响力；stress 指一定的困难或精神上、肉体上的痛苦所带来的压力，也指作用在物体上的力。

经典例句　Most blood pressure drugs provide 18 to 20 hours of relief.（1998 年）

译　文　大部分血压药物提供 18～20 小时的缓解效果。

publish ['pʌbliʃ] *vt.* 公布，发表；出版　【16】

经典例句　When Frank Dale took over as publisher of *Los Angeles Herrald-Examiner*, the organization had just ended a ten-year strike.（2007 年）

译　文　当弗兰克·戴尔作为出版者来接管《洛杉矶先驱考察家报》时，报社刚刚结束了一场长达 10 年的大罢工。

respect [ri'spekt] *n. / vt.* 尊敬，尊重　*n.* (*pl.*) 敬意【16】

固定搭配　in some respect 在某些方面

in respect to / of 关于，就……而言

in no respect 决不

with respect to 关于

经典例句　People in these countries immediately respect you and think you care about their culture as much as they do because in any culture language is the key identity.（2009 年）

译　文　这些国家的人们很快会对你肃然起敬，他们会认为你和他们一样喜欢他们的文化，因为语言是任何一种文化的主要标志。

simply ['simpli] *ad.* 简单地；完全，简直；仅仅，只不过【16】

经典例句　Some people are simply more vulnerable to fear

than others.（2006 年）

译　文　有些人只是比其他人更容易恐惧。

solution [sə'lu:ʃən] *n.* 解答，解决办法；溶解，溶液　【16】

固定搭配　**arrive at / come to / reach a solution of / for / to a problem** 找到解决……问题的办法

经典例句　Air would be blown over a liquid solution which would absorb the carbon dioxide.（2008 年）

译　文　当在一种溶液上方有空气吹过时，这种溶液就会吸收空气中的二氧化碳。

stress [stres] *n.* 压力；紧迫；强调，着重 *vt.* 强调【16】

固定搭配　**put / lay / place stress on** 强调

经典例句　Stress creates anxiety, which leads to short tempers.（2011 年）

译　文　压力导致紧张感，人更容易脾气暴躁。

tempt [tempt] *vt.* 引诱，勾引；吸引，引起……的兴趣

【16】

经典例句　Shoppers already know that everyday items, like milk, are invariably placed towards the back of a store to provide more opportunities to tempt customers.（2009 年）

译　文　消费者知道日常必需品，比如牛奶，总是放在超市的最里面，这是为了给消费者提供更多的消费机会，刺激消费。

trend [trend] *n.* 倾向，趋势　　　　　　　　　【16】

经典例句　The most noticeable trend among today's media companies is vertical integration—an attempt to control several related aspects of the media business at once, each part helping the other.（2000 年）

译　文　如今的传媒公司中最明显的趋势就是纵向整合——企图同时操纵媒体的多个相关业务，使业务之间互相协助。

access ['ækses] *n.* 通路；访问 *vt.* 访问；存取　【15】

固定搭配　**get / gain / have (no) access to**（没）有机会或权力得到（接近、进入、使用）

联想记忆　**approach / entrance / admittance to** 有（机会、手段、权利）得到/接近/进入

经典例句　Finding out about these universities has become easy for anyone with Internet access.（2003 年）

译　文　对于能上网的人来说，了解这些大学的情况很容易。

account [ə'kaunt] *n.* 账，账户；说明，叙述 *vi.* 解释　【15】

固定搭配　**account for** 解释

on account of 因为，由于

第二周　高频词汇

on no account 决不

on all accounts 无论如何

take into account 考虑，重视

联想记忆 on account of 因为，由于 because of, due to, owing to, in consequence of, on the ground of, in view of, thanks to 基于，由于 on no account, not on any account 决不 in no way / respect / sense, in no case, under / in no circumstances, not ever, not at all, by no means 决不 on all accounts 无论如何 on any / every account, at all events =in any event, at any rate, in any case / way 无论如何 take into account 考虑，重视 take into consideration 考虑，重视

经典例句 The fruit accounts for more than half the country's annual exports, according to a recent report. （2006 年）

译 文 根据最近的一个报告，水果的出口量占据了每年国家出口商品总量的一半以上。

adult [ə'dʌlt, 'ædʌlt] *n.* 成人 *a.* 成年的，成熟的 【15】

经典例句 Given that we can not turn the clock back, adults can still do plenty to help the next generation cope. （2002 年）

译 文 虽然我们不能令时光倒流，但当我们成年后仍能够帮助下一代处理很多事情。

advance [əd'vɑːns] *vt.* 推进，促进；提升，提高 *vi.* 前进，进展 *n.* 前进，进展；预付 【15】

固定搭配 **in advance** 提前，预先

经典例句 Creativity helps the advance of culture. （2005 年）

译 文 创新能够促进文化的发展。

consider [kən'sidə] *vt.* 考虑，细想；认为，以为；关心，顾及 【15】

固定搭配 **consider…as / to be** 把……当做

经典例句 The survey does not consider the fact that some students are attending part-time. （2008 年）

译 文 这份调查没有考虑到一些学生在做兼职的情况。

consumption [kən'sʌmpʃən] *n.* 消费（量）；结核病【15】

经典例句 Developed countries have decided to reduce their energy consumption. （1999 年）

译 文 发达国家已经决定减少它们的能源消费。

create [kri'eit] *vt.* 创造，创作；产生；制造，建立 【15】

经典例句 The Norwegian（挪威的）government is planning to create the seed bank next year. （2008 年）

译 文 挪威政府计划在下一年创建种子银行。

emotion [i'məuʃən] *n.* 情感，情绪 【15】

名师导学 emotion, feeling, passion: emotion 一般指比较强烈、深刻且能感动人的感情或情绪，多含精神上的反应，如爱、惧、哀、乐等；feeling 泛指人体的一切感觉、情绪和心情；passion "激情"，指往往由于正确的判断受其影响而表现出强烈的或激烈的情绪，有时不能自持，甚或失去理智。

经典例句 On the positive side, emotional appeals may respond to a consumer's real concerns. Consider fire insurance. Fire insurance may be sold by appealing to fear of loss.（1998 年）

译　文 从积极的一面来看，感性感染力能对消费者真正关心的东西做出反应。就火险来说，火险销售可能是通过唤起对损失的恐惧而实现的。

extra ['ekstrə] *a.* 额外的，附加的　*n.* 附加物，额外的东西　*ad.* 特别地 【15】

名师导学 extra, spare, additional: extra 表示 "额外的，多于或超过通常的、正常的、意料的或必要的"；spare 表示 "备用的，空闲的"；additional 表示 "附加的，另外的，补充的"。extra 做名词时常用复数形式。

经典例句 The work is interesting. I don't mind some extra hours at all.（2005 年）

译　文 这份工作很有趣，我一点也不介意加班。

gap [gæp] *n.* 缺口，间隔；隔阂，差距 【15】

固定搭配 **bridge the gap between** 弥合（……之间的）差别；消除隔阂

bridge / fill / stop / close a gap 弥补不足；填补空白

经典例句 Researchers have found the cause of the age gap.（2011 年）

译　文 研究者已经发现了年龄代沟的差异。

glue [glu:] *n.* 胶水　*vt.*（用胶水）粘贴 【15】

经典例句 Trust is the emotional glue that binds followers and leaders together.（2007 年）

译　文 信任是一种情感黏合剂，可以把员工和领导者联系到一起。

growth [grəuθ] *n.* 生长，增长，发展；增长量 【15】

经典例句 The tremendous growth of the Internet has further increased the demand for language skills.（2009 年）

译　文 因特网的迅猛发展进一步增加了掌握语言技能的需要。

image ['imidʒ] *n.* 像；肖像，形象；影像，图像 【15】

经典例句 He is the image of being plump and happy.（2010 年）

译　文	他拥有丰满和幸福的形象。

impair [imˈpɛə] v. 损害，损伤，削弱　　【15】

经典例句　Visually impaired children go to school for survival.（1998 年）

译　文　弱视儿童为了生存而且上学。

impression [imˈpreʃən] n. 印象，感想；印记　【15】

固定搭配　have the impression of / that 有……印象

leave a good / deep impression on sb. 给……留下很好/深的印象

经典例句　If you look at the floor or the ceiling, you will give the impression that you are not interested in your audience.（2008 年）

译　文　如果你盯着地板或天花板，你给人的印象就是对观众不感兴趣。

lump [lʌmp] n. 团，块　v.（使）成团，（使）成块 【15】

经典例句　The lump was beginning to flatten out.（2008 年）

译　文　肿块开始趋于平缓。

mention [ˈmenʃən] vt. / n. 提及，说起，讲述　　【15】

固定搭配　as mentioned above 如上所述

not to mention = without mentioning 更不必说，除……外……还

联想记忆　refer to, speak to, when it comes to 谈及　menu n. 菜单　merchandise n. 商品；货物　merchant n. 商人，零售商　mercury n. 水银，汞　Mercury n. 水星　mercy n. 仁慈，怜悯，宽恕

经典例句　Which is not mentioned as an advantage of temping?（2006 年）

译　文　下面哪一个没有被提到打零工的优势？

proper [ˈprɔpə] a. 适当的；特有的，固有的　　【15】

固定搭配　be proper to 特有的，固有的

联想记忆　be specific / peculiar to 特有的，固有的

经典例句　Eddie hadn't done a proper job.（2008 年）

译　文　艾迪还没做过一份正式的工作。

revolution [ˌrevəˈluːʃən] n. 革命；旋转，转数　　【15】

经典例句　The conclusion of his book is that sibling competition for parental attention can affect society as a whole in times of revolution.（2007 年）

译　文　他在书中做出了这样的结论，在社会变革时期，这种兄弟姐妹之间争夺父母关注的竞争会影响到整个社会。

transport [trænsˈpɔ:t] *vt. / n.* 运输，运送　【15】

经典例句　My new home was a long way from the centre of London but it was becoming essential to find a job, so finally I spent a whole morning getting to town and putting my name down to be considered by London Transport for a job on the tube. （2003 年）

译　文　我的新家远离伦敦市中心，然而，这一点却逐渐成为我求职过程中至关重要的事情，所以，我最终花了整个上午的时间进城，在伦敦运输部门登记，以便他们能考虑为我提供一份地铁部门的工作。

accept [əkˈsept] *vt.* 同意，认可；接受，领受　【14】

名师导学　accept, receive：accept 指主观上"接受"；receive 仅有"收到"的意思，指客观上收到某物，不一定"接受"。

经典例句　I received his gift yesterday, but I don't think I will accept it. （2006 年）

译　文　昨天我收到了他的礼物，可是我想我不会接受它。

argue [ˈɑ:gju:] *vi.* 辩论，争论　*vt.* 辩论，论证；说服　【14】

名师导学　argue, dispute, debate, quarrel：argue 指提出理由或事实表示赞成或反对某事，以说服或影响对方；dispute 指持续、激烈地争吵，双方相持不下；debate 指正式地讨论或争辩，双方通过讨论对立的观点而进行辩论；quarr 指怒气冲冲地争辩，口角。

经典例句　Many argue that it is an effective deterrent to murder. （1999 年）

译　文　许多人认为它对谋杀是一种有效的威慑。

close [kləuz] *v.* 关，关闭，结束，停止；使靠近，靠拢，会合；包围　*n.* 结束　*a.* 近的，紧密的，精密的，封闭的，亲密的，闷气的　*ad.* 接近地，紧密地　【14】

固定搭配　**close down** （广播电台、电视台）停止播音，停播；（工厂等）关闭，歇业

close up 关闭；停歇

come to a close 结束

bring…to a close 使……结束

名师导学　be close to, be closed to：be close to 离……近；be closed to 不向……开放。

经典例句　The results established a pattern that spread as people reported fewer close friends. （2010 年）

译　文　研究结果建立了一种模式，即在那些没有几个亲密朋友的人中传播。

condition [kən'diʃən] *n.* 状况，状态；(*pl.*) 环境，情形；条件 【14】

固定搭配 living / working conditions 生活/工作条件
under... conditions 在……情况下

经典例句 Most doctors learn that people with chronic conditions should take their medicine at steady rates. (1999 年)

译　文 许多医生了解到慢性病患者应该稳定用药。

contribute [kən'tribjuːt] *v.* 捐助，捐献（与 to 连用，后接某种公益事业；与 for 连用，后接目的）；投稿 【14】

固定搭配 contribute to 为……出力/贡献

译　文 有许多因素导致了促销活动，特别是其在消费市场方面的迅速增多。

convention [kən'venʃən] *n.* 习俗，惯例；大会，会议；公约 【14】

固定搭配 break established conventions 打破成规
sign a convention of peace with a neighbouring country 与邻国签订一项和平协定

经典例句 The State Council will lay down new rules that aim to make management compatible with internationally accepted conventions. (2002 年)

译　文 国务院将立新法，该法的目的在于使管理与国际公认的惯例相一致。

cost [kɔst] *n.* 成本，费用，代价 *v.* 值，花费 【14】

固定搭配 at all cost 无论如何，不惜任何代价
at the cost of 以……为代价

名师导学 cost（花费）的过去式/过去分词均为 cost。不能用人做主语。如：I bought a bottle of perfume in Paris which cost me $15. 我在巴黎买了一瓶香水，花了 15 美元。

经典例句 She doesn't know the cost of the train trip.(2010 年)

译　文 她不知道火车旅行的成本。

design [di'zain] *vt.* 计划，设计，制图 *n.* 图纸；图案，花样；设计 【14】

固定搭配 by design 故意地
design doing / to do sth. 计划做某事

经典例句 Many projects are poorly designed and unregulated. (2005 年)

译　文 许多项目设计不当而且还没有管制。

develop [di'veləp] *vt.* 发展，发达，发扬，进步，逐步展开（情节、音乐主题、方程式等）；洗印，显影 *vi.* 发展，生长，发育，逐步显示出来 【14】

经典例句 You are more likely to develop new friendship （2010 年）

译　文 你更有可能发展新的友谊。

dioxide [daiˈɔksaid] *n.* 二氧化物　　　　　【14】

经典例句 Carbon dioxide will not contribute to global warming. （2008 年）

译　文 二氧化碳将不会导致全球变暖。

emission [iˈmiʃən] *n.* 散发，发射；发出物，发射物【14】

经典例句 Other countries do not control their emissions.（1999 年）

译　文 其他的国家没有控制他们的排放物。

figure [ˈfigə] *n.* 外形，轮廓，体形；图形，图表；数字，数值；形象，人物　　　　　　　　　　　　【14】

固定搭配 **figure out** 算出，估计，推测

名师导学 figure, form, shape：figure 指某物的外廓、外形，或指人的身材；form 指物体的样子和构造，或指形式，某物存在、运作、显现的方式；shape 指某一事物的特征、表面形状、轮廓或周线。

经典例句 The map was very complicated. I could not figure it out.（2003 年）

译　文 那张地图太复杂，我看不懂。

handle [ˈhændl] *n.* 柄，把手，拉手　*vt.* 触，摸，抚弄；操纵；处理，应付　　　　　　　　　　　【14】

经典例句 That might help solve the problem of how to handle the enormous growth in Internet traffic.（2008 年）

译　文 这可能有助于解决关于快速增长的因特网传输需求的问题。

hope [həup] *n. / v.* 希望　　　　　　　　　　【14】

固定搭配 **hope against hope** 抱一线希望

名师导学 可以说 expect sb. to do sth.，但不能说 hope sb. to do sth.，而只能说 hope for sth. / hope to do sth. / hope that 从句。

经典例句 I hope it's nothing serious.（2010 年）

译　文 我希望它不严重。

lie [lai] *vi.* 躺，平放；位于；处于，在于　*n.* 谎言　*v.* 说谎　　　　　　　　　　　　　　　【14】

固定搭配 **take lying down** 甘受（挫败等）
　　　　　lie in 在于

经典例句 Perhaps the answers lie deeper in our biological heritage.（2011 年）

译　文 或许答案就深藏在我们的生物遗传里。

Wednesday

mobile　['məubail] *a.* 运动的，活动的；流动的　【14】
经典例句　They live in a very mobile society.（2007 年）
译　文　他们生活在一个移动的社会。

obtain　[əb'tein] *vt.* 获得，得到　【14】
经典例句　As you obtain the levels that you have set for yourself, always include a small reward at each point.（2008 年）
译　文　每当你达到自己设立的目标时，你就给自己一个小小的奖赏。

practice / -tise　['præktis] *n.* 实践，实施；练习，实习；业务，开业 *v.* 实践，实行；练习，实习；开业，从事　【14】
固定搭配　in practice 实际上，在实践中
　　　　out of practice 久不练习，荒疏
　　　　put into practice 实施，施行
经典例句　It is really due to the spread of the knowledge and practice of what is becoming known as "Death Control".（2009 年）
译　文　这都是由于众所周知的"死亡控制"的知识和做法的广泛传播。

solve　[sɔlv] *vt.* 解答，解决　【14】
固定搭配　solve a problem / puzzle / riddle 解决问题/解谜/解答谜语
经典例句　Using his father as a model, Bill came to welcome adventure and to trust his own ability to solve problem.（2006 年）
译　文　比尔将父亲当做榜样，逐渐变得敢于冒险，并相信自己解决问题的能力。

survey　[sə'vei] *n.* 俯瞰，眺望；测量，勘察；全面审查，调查　【14】
固定搭配　conduct / do / make a survey of 对……进行调查
经典例句　The survey does not allow for the fact that some students are attending part-time.（2008 年）
译　文　这项调查并没有考虑到有些学生参加兼职的情况。

unique　[ju:'ni:k] *a.* 唯一的，独一无二的　【14】
固定搭配　be unique to... 对……独一无二的

wildlife　['waildlaif] *n.* 野生动物　【14】
固定搭配　win back 赢回
　　　　win out / through 获胜，成功
　　　　win over 说服，把……争取过来
　　　　win one's way 胜利前进，刻苦向前

经典例句　Wildlife management involves care of the soil to produce good vegetation.（2006 年）

译　文　野生动物管理涉及为了生产良好的植被而保护土壤。

advantage [əd'vɑːntidʒ] *n.* 优点，有利条件；利益，好处　【13】

固定搭配　**take advantage of** 乘……之机，利用
　　　　　be of advantage to 利于

名师导学　advantage, benefit, interest, profit: advantage 多指优越条件或有利地位，优势；benefit 是常用词，指任何"利益，好处"，在指"利润"时只能用 profit 而不能用 benefit；interest 做可数名词与 benefit 同义，做不可数名词指"利息"；profit 指金钱上获得的好处，有时也指在精神上获得的有价值的东西。

经典例句　The growth of part-time and flexible working pattern allows more women to take advantage of job opportunities.（2009 年）

译　文　兼职和灵活多样的工作方式的日益流行，使得女性能够有更多的工作机会。

annual ['ænjuəl] *a.* 每年的，年度的　*n.* 年刊，年鉴　【13】

联想记忆　daily *n.* 日刊　weekly *n.* 周刊　monthly *n.* 月刊　quarterly *n.* 季刊　yearly, annual *n.* 年刊

经典例句　The fruit account for more than half the country's annual exports, according to a recent report.（2006 年）

译　文　根据最新的报告，水果出口量占这个国家年度出口总量的一半以上。

attack [ə'tæk] *vt. / n.* 攻击，进攻；抨击；（病）发作　【13】

经典例句　Will Americans go for AT&T's plan of pushing the wireless services in the U.S.?（2008 年）

A. support　　B. adopt　　C. hinder　　D. attack　[D]

译　文　美国人是否会抨击 AT&T 在美国推行无线服务的计划呢？

audience ['ɔːdjəns] *n.* 听众，观众　【13】

经典例句　The audience applauded the actors excellent performance.（2000 年）

译　文　观众们为了演员们精彩的表演而鼓掌。

aware [ə'wɛə] *a.* 知道的，意识到的　【13】

固定搭配　**be aware of** 意识到

经典例句　Many are aware of the tremendous waste of energy in our environment.（2011 年）

译　文　很多人都知道在我们的环境中我们对能源的极大浪费。

case [keis] *n.* 事实，情况；案件；病例；箱子，盒子 【13】

固定搭配　in any case 总之，无论如何

in case 假如，以防

in case of 假如，万一

in no case 无论如何都不，决不

in case of 万一发生

in the case of 就……而言

名师导学　见 affair。

经典例句　How was the case of rape settled?（2002 年）

译　文　这个强奸案是如何解决的？

contain [kən'tein] *vt.* 容纳，含有，装有；克制，抑制 【13】

名师导学　contain, comprise, include, involve: contain 指"包含，容纳"，指所容纳的东西是其组成的一部分，有时指一个大物体容纳着许多小物体，其宾语往往是主语的组成部分或内容；comprise 指包含的人或事是构成整体的全部，其后通常要列出其包括在内的全部项目；include 含有"作为一部分而被包括进去"之意；involve 意为"包括，使……牵涉进去"，指由于某种必然关系而包括，强调必须牵涉到的情况或结果，后接名词或动名词。

经典例句　It contained only one item——a small hand axe, with a razor-sharp blade.（2003 年）

译　文　它里面只有一样东西，一把小手斧，而且是一把有着剃刀一般锋利刀口的斧子。

coverage ['kʌvəridʒ] *n.* 范围，总额；保险额，保证金；新闻报道（范围） 【13】

经典例句　This coverage was distributed worldwide.（2000 年）

译　文　这个覆盖范围已经分布在世界各地。

drought [draut] *n.* 旱灾 【13】

经典例句　The soil is fertile, productive and drought-enduring. （1995 年）

译　文　这是一片肥沃的土地，多产且耐旱。

emergency [i'məːdʒənsi] *n.* 紧急情况，突然事件 【13】

经典例句　Mexicans are able to adapt themselves to the current emergency.（2000 年）

译　文　墨西哥人能够很好地适应目前的紧急情况。

endanger [in'deindʒə] *vt.* 危及，危害 【13】

经典例句　it is too late to rescue the endangered pandas.（1998 年）

译　文　去营救濒临灭绝的熊猫有点太晚了。

equal ['iːkwəl] *a.* 同等的，相等的；平等的；胜任的 *n.* （地位等）相同的人，匹敌者 *v.* 等于，比得上 【13】

固定搭配　be equal to = amount to 等于

第二周 高频词汇

be equal to (doing) sth. 能胜任（做）某事

名师导学　equal, same, identical：equal 数量上相等的；same 相同的；identical 两个事物在各方面都相同。

经典例句　If everyone on the planet had an equal share of land, we would each have about 50,000 square meters.（2009 年）

译　文　如果地球上的每一个人有着同等的土地，我们每个人将会有大约 50,000 平方米。

graduate ['grædjueit, -dʒueit] n. 毕业生；研究生　vi. 毕业　a. 毕了业的，研究生的　【13】

联想记忆　undergraduate n. 大学本科生　postgraduate n. 研究生　bachelor n. 学士　master n. 硕士　doctor = Ph. D n. 博士

经典例句　You have to sit in it in order to graduate.（2011 年）

译　文　为了毕业，你不得不坐在那里。

harmful ['hɑ:mful] a. 有害的；伤害的　【13】

经典例句　They should replace all the harmful substances.（1999 年）

译　文　他们应该替换所有的有害物质。

impact ['impækt] n. 影响，作用；冲击，碰撞　【13】

固定搭配　**have an impact on sth.** 对……的影响

经典例句　The media can impact current events.（1999 年）

译　文　媒体能够影响时事。

objective [əb'dʒektiv] a. 客观的　n. 目标，目的　【13】

固定搭配　**be objective about** 对……很客观

per [pə:, pə] prep. 每

经典例句　But on average, Americans sleep only about seven and a half hour per night.（1999 年）

译　文　但是平均情况下，美国人每晚大概只睡七个半小时。

prefer [pri'fə:] vt. 更喜欢，宁愿　【13】

固定搭配　**prefer sth. to sth.** 喜爱……而不喜爱
　　　　　prefer doing sth....to doing sth. 喜欢……而不喜欢
　　　　　prefer to do sth....rather than do sth. 宁愿做……而不愿做

经典例句　More and more consumers prefer Internet shopping.（2000 年）

译　文　越来越多的顾客更喜欢网上购物。

prevent [pri'vent] vt. 预防，防止　【13】

固定搭配　**prevent sb. from doing sth.** 阻止某人做某事

联想记忆　stop...from, keep...from, guard...against, keep... in check 防止

经典例句　A person may have an idea about himself that will

第二周 高频词汇

prevent him from doing good work.（1995 年）

译　文　一个人可能有他自己的想法，那可能会阻碍他做好工作。

progress ['prəugres] *n.* / *v.* 前进，进步，进展　【13】

固定搭配　**in progress** 在进展中
　　　　　make progress 进步

经典例句　And, he says, scientists are quickly making progress on genes that block transmission of the disease to humans as well.（2006 年）

译　文　同时他还说，科学家们很快地在研究基因方面取得了进展，以杜绝将疟疾也传播给人类。

qualify ['kwɔlifai] *vt.* 取得资格，使合格，使胜任　【13】

固定搭配　**qualify as** 有条件成为
经典例句　Eighteen-year-olds qualify to vote.
译　文　年满十八岁者有选举权。

realize / -ise ['riəlaiz] *vt.* 认识到，体会到；实现　【13】

固定搭配　**realize one's dream / goal** 实现梦想/目标
经典例句　She realized she could have been killed.（2003 年）
译　文　她意识到她可能会被杀掉。

reflect [ri'flekt] *vt.* 反射；反映，表现　*vi.* 反射，映出；思考，仔细考虑　【13】

固定搭配　**reflect on / upon** 仔细考虑
经典例句　The shift from "education" to "learning" reflects more than a change of language.（2000 年）
译　文　从"教育"到"学习"的转变反应的不仅仅是语言的改变。

represent [,ri:pri'zent] *vt.* 表示，阐明，说明；描写，表现，象征；代理，代表　【13】

固定搭配　**represent...as** 把……描述成
经典例句　As is meant by the author, thousands of a rose represent objects of one's affection.（2010 年）
译　文　作者的意思是，一千朵玫瑰代表一个人对喜欢的对象的爱慕之情。

revenge [ri'vendʒ] *vt.* / *n.* 报复，复仇　【13】

经典例句　Out of sheer revenge, he did his best to blacken her character and ruin her reputation.（2002 年）
译　文　纯粹出于报复，他竭尽所能诋毁她的人品，败坏她的名誉。

stereotype ['stiəriəutaip] *n.* 陈规，老套，固定模式（或形象）　*vt.* 对……形成固定看法　【13】

agency ['eidʒənsi] *n.* 代理（处），代办（处）　【12】

经典例句 The agency developed a campaign that focused on travel experiences such as freedom, escape, relaxation and enjoyment of the great western outdoors. (2006 年)

译　文 这个代理商开展了一个活动，这个活动主要是关于旅行经验的，如在广阔的西部户外旅行的自由、逃离现实的生活、放松和乐趣。

attempt [ə'tempt] vt. / n. 试图，努力　　　　【12】

固定搭配 **make an attempt to do (at doing), try to do, make an effort to do** 努力做

经典例句 There's a lot we can learn from what they are attempting to do. (2001 年)

译　文 他们现在正在努力做的事情还有许多我们可以借鉴的地方。

basis ['beisis] n. 基础，基底；基准；根据；主要成分（或要素）；（认识论中的）基本原则或原理　　　　【12】

固定搭配 **on the basis of** 根据，由于，以……为基础

名师导学 复数为 bases，参见 analysis。

经典例句 The only people who should push their bodies to that level of exercise on a regular basis are trained athletes. (2010 年)

译　文 只有经过长期训练的运动员，才可以让他们的身体经受得了那种水平的运动。

cancer ['kænsə] n. 癌　　　　【12】

经典例句 Cancer is mainly caused by radiation. (1999 年)

译　文 癌症主要是由辐射引起的。

center ['sentə] n. 中心，中央　v. 集中　　　　【12】

经典例句 There is a shopping center across the street. (2009 年)

译　文 街对面有一个购物中心。

challenge ['tʃælindʒ] n. 挑战，挑战书；艰巨任务，难题 vt. 向……挑战　　　　【12】

固定搭配 **challenge sb. to do sth.** 向某人挑战做某事
challenge sb. to sth. 向某人挑战某事

经典例句 The challenge becomes even more difficult. (2002 年)

译　文 这个挑战变得更困难了。

chance [tʃɑ:ns] n. 机会，机遇；可能性，偶然性，运气【12】

固定搭配 **by chance** 偶然，碰巧
take a chance 冒险，一试

名师导学 chance, fortune, luck, opportunity: chance 指偶然性的机缘、运气，含有未知和不可预测的成分；fortune 指运气，好事或坏事的偶然发生；luck 指幸运，运气，强调碰巧发生；opportunity 指良机，即合适或有利的机会或时间。

经典例句 She has no chance to win.（2008 年）
译　文 她没有机会赢。

clean [kli:n] *a.* 清洁的，干净的 *vt.* 弄清洁，擦干净 【12】
固定搭配 **clean up** 收拾干净，清除；做完，完成
经典例句 Since we moved I just cook and clean.（2007 年）
译　文 自从我们搬了家我就做饭和打扫卫生。

cope [kəup] *vi.* 对付，应付 【12】
固定搭配 **cope with** 应付，对付，克服
经典例句 Her husband's left her and the kids are running wild, so it's not surprising that she can't cope.（2002 年）
译　文 她丈夫离开了她，孩子们又不听管教，难怪她束手无策。

disaster [di'zɑ:stə] *n.* 灾害，灾难，灾祸 【12】
经典例句 This gave the viewer the impression of total disaster.（1999 年）
译　文 这完全给了观众一种灾难性的印象。

drug [drʌg] *n.* 药品；(*pl.*) 麻醉药，毒药 【12】
名师导学 drug, medicine: drug 指药，即用于诊断、治疗或预防疾病而作为一种药物治疗成分的物质；还指毒品，如麻醉剂或迷幻剂，能影响中枢神经系统，导致行为的改变并易吸食成瘾；medicine 指药，药物，用来治疗疾病或受伤的试剂（如一种药剂），还可引申为一切对健康有益的东西或方法。
经典例句 When taken in large quantities some drugs can cause permanent brain damage.（2002 年）
译　文 大量服用某些药物可导致永久性脑损伤。

electric [i'lektrik] *a.* 电的，带电的，电动的 【12】
名师导学 electric, electrical, electronic: electric 导电的，电动的；electrical 关于电的；electronic 电子的。
经典例句 The first electric lamp had two carbon rods from which vapor served to conduct the current across the gap.（2000 年）
译　文 第一个电灯有两根可以穿过中间的缝隙联通电路的碳棒。

entire [in'taiə] *a.* 完全的，全部的，完整的 【12】
经典例句 Entire families work in the streets and practically live there.（2000 年）
译　文 整个家庭都工作在街头，几乎算是住在那里了。

estimate ['estimeit] *vt. / n.* 估计，估价，评价 【12】
经典例句 Other studies, rather than asking for a summary estimate of happiness.（2007 年）
译　文 另一项研究，它并不是让人们对自己的幸福感做

一个简要的评估。

expand [iks'pænd] *vt.* 使膨胀，详述，扩张　*vi.* 张开，发展　　【12】

经典例句　Zoos have expanded and improved public education programs.（2011 年）

译　文　动物园已经发展和提高了公众教育项目。

expression [iks'preʃən] *n.* 表示，表现，表达；措词，词句；表情，脸色　　【12】

经典例句　We regard the kiss as an expression of love and tenderness.（1996 年）

译　文　我们把亲吻看做是爱和温柔的表达。

extinct [iks'tiŋkt] *a.* 濒临灭绝的　　【12】

经典例句　If we continue to destroy the countryside many more animals will become extinct.（2006 年）

译　文　我们若继续破坏自然环境，将会有更多的动物绝种。

freedom ['fri:dəm] *n.* 自由；自主　　【12】

经典例句　I want so much to give my children the freedom.（2009 年）

译　文　我非常想给我的孩子自由。

investment [in'vestmənt] *n.* 投资，投资额　　【12】

经典例句　According to this passage, the New Labour's government is reluctant to make large investments in education.（2000 年）

译　文　根据这篇文章，新工党政府不愿意在教育上投资。

issue ['isju:] *n.* 问题，论点，争端；发行，发行物　*vt.* 发行，发布

固定搭配　**at issue** 在争论中，不和；待裁决的

经典例句　State your reasons for or against the issue.（2005 年）

译　文　请陈述你支持或反对这个问题的原因。

management ['mænidʒmənt] *n.* 管理；经营，处理【12】

经典例句　The management is not obligated to return it back.（2001 年）

译　文　管理层没有义务将其返回。

occasion [ə'keiʒən] *n.* 场合；大事，节日；时机，机会【12】

固定搭配　**on occasion** 有时，偶尔

　　　　　on the occasion of 在……的时候

联想记忆　between times / once in a while / now and then / every once in a while / every so often 有时

organism ['ɔ:gənizəm] *n.* 生物，有机体　　【12】

经典例句　These nutrients can contribute to the breeding of the

第二周　高频词汇

organisms.（2003 年）

译　文　这些营养物质可以促进生物体的繁殖。

perception [pə'sepʃən] *n.* 感知能力，觉察能力；认识，观念，看法　　　　　　　　　　　　　　　　　　【12】

固定搭配　**perceive sb. do / doing sth.** 觉察到某人做某事

经典例句　This is the poet's perception of love.（2010 年）

译　文　这就是诗人对爱的认识。

reserve [ri'zə:v] *vt.* 储备；保留；预定　*n.* 储备品，储备金，储备；保留地；节制，谨慎　　　　　　　　【12】

固定搭配　**without reserve** 毫无保留地

sequence ['si:kwəns] *n.* 连续，继续；序列，数列；先后，次序，顺序　　　　　　　　　　　　　　　　　【12】

固定搭配　**in sequence** 依次，逐一

联想记忆　sequent *a.* 接连而来的

名师导学　sequence, series, succession：sequence 指先后衔接次序，字母顺序，强调事情发生的先后逻辑顺序；series 指一连串相同的东西彼此间有共同的关系，有独立的个性，但又构成一个整体；succession 指时间上或次序上相连续的事物，强调一个接一个没有间断。

经典例句　I have watched committees attempting to decode sequences of names.（2004 年）

译　文　我曾注意到大学委员会尝试解释名字的先后顺序。

target ['ta:git] *n.* 靶子，目标　　　　　　　　　　【12】

固定搭配　**hit / miss the target** 射中/未射中靶子

经典例句　As administritors look to trim, busing is an inviting target, since it doesn't affect classsroom instruction or test scores.（2011 年）

译　文　校车成为了管理者进行开支削减的最大目标，因为这不会影响教学（或者说是考试成绩）。

temporary ['tempərəri] *a.* 暂时的，临时的　　　【12】

经典例句　In spite of a problem with the <u>faulty</u> equipment, some very useful work was accomplished.（2004 年）

A.imperfect　B.temporary　C.emergency　D.reinstalled [A]

译　文　尽管这台有毛病的设备出了故障，但一些很有用的工作已经做完了。

traffic ['træfik] *n.* 交通，交通量　　　　　　　　【12】

固定搭配　**block / obstruct traffic** 阻塞交通

经典例句　Modern parents have been unwilling to let kids walk to school for fear of traffic, crime or simple bullying, but with organized adult supervision, those concerns have diminished.（2011 年）

译 文　现在的家长不愿他们的孩子走路上学是因为对交通、犯罪或者恐吓的担忧，但是组织成年人来监督就消除了这些担心。

typical ['tipikəl] *a.* 典型的，有代表性的；独有的，独特的　【12】

固定搭配　be typical of 代表性的，典型的

经典例句　Along the way, the reporters encountered all types: men and women of different races, ages, professions, and income levels.（2008 年）

译 文　一路上记者们遇到各种类型的人：不同种族、年龄、职业和收入水平的男士和女士。

upper ['ʌpə] *a.* 上，上部的；较高的　【12】

经典例句　The upper class is powerful and influential.（1995 年）

译 文　上层阶级拥有权势和影响力。

achievement [ə'tʃi:vmənt] *n.* 完成，达到；成就，成绩　【11】

经典例句　People can know their achievements at each stage.（2008 年）

译 文　人们能够知道他们在每一个阶段的成就。

alert [ə'lə:t] *a.* 警觉的　*n.* 警惕　*vt.* 使警觉；使意识到　【11】

经典例句　All the others raised one alert or more.（2011 年）

译 文　所有的人都提出至少一个警告。

argument ['ɑ:gjumənt] *n.* 争论，辩论；论点，依据　【11】

经典例句　you should clearly state your opinion and give reasons to support your argument.（2001 年）

译 文　你应清晰阐述你的观点并且列出原因支持你的论点。

barrier ['bæriə] *n.* 栅栏；障碍，屏障　【11】

经典例句　He must not allow this unusual barrier to stop him from fighting against the enemy.（2001 年）

译 文　他绝对不会让这不寻常的障碍阻止他与敌人做斗争。

community [kə'mju:niti] *n.* 社区　【11】

经典例句　A hero has a story of adventure to tell and community who will listen.（2004 年）

译 文　英雄总有冒险的故事可讲，而公众又愿意去听。

concern [kən'sə:n] *vt.* 涉及，关系到　*n. / v.* 关心，挂念　【11】

固定搭配　as far as…be concerned 就……而言

be concerned with 与……有关

concern oneself about, be concerned about 关心，挂念

show concern for sb. 关心某人

联想记忆	have sth. to do with, relate to, be in connection with
与……有关	have no concern with=have nothing to do with
同……没关	

经典例句 We should raise our concern in real life.（2011 年）

译 文 我们应该在现实生活中增加我们的关怀心。

custom ['kʌstəm] *n.* 习惯，风俗，惯例；（*pl.*）海关 【11】

经典例句 It is an accepted custom for guests to take their gifts to the wedding reception.（2005 年）

译 文 客人带着礼物去参加婚礼是一个人人都接受的风俗习惯。

deal [di:l] *v.* 处理，应付；给予 *n.* 交易，买卖；契约 【11】

固定搭配 **a great deal / a good deal** 许多

deal with 处理，对付；讨论

联想记忆 plenty of, a large amount / quantity of, many, a lot of= lots of = lots and lots of, dozens of, scores of 许多

经典例句 The meeting will deal with these problems.（1999 年）

译 文 本次会议将就这些问题作出处理。

decline [di'klain] *vi.* 减少，下降；衰落；婉言拒绝 *n.* 降低，消减 【11】

名师导学 decline, refuse, reject：decline 表示"（委婉）拒绝，谢绝"；refuse 是表示"拒绝"这一概念的最普通用词，含有非常坚决地、不客气地拒绝的意味；reject 指"拒不接受，不采纳"，语气比 refuse 强，有"抵制"的意思。

经典例句 Does brain power _____ as we get older? Scientists now have some surprising answers.（1994 年）

A. decline B. descend C. deduce D. collapse [A]

译 文 智力会随着年龄的增长而下降吗？现在科学家给出了惊人的答案。

detail ['di:teil, di'teil] *n. / vt.* 细节；说情；枝节，琐事；详述，详谈 【11】

经典例句 The details had not been published.（2008 年）

译 文 这个细节没有出版。

固定搭配 **in detail** 详细地

distinguish [dis'tiŋgwiʃ] *v.* 区别，辨别，辨认出 【11】

固定搭配 **distinguish ... from** 区分，辨别

distinguish oneself 使自己出名

经典例句 The microscope enables scientists to distinguish an incredible number and variety of bacteria.（2004 年）

译 文 科学家通过显微镜能够区分出大量的不同种类的细菌。

dream [dri:m] *n.* 梦；梦想，幻想 *v.* 做梦，幻想 【11】

固定搭配 dream of / about 梦想到

联想记忆 nightmare *n.* 噩梦 daydream *n.* 白日梦

经典例句 As a child, he dreamt of becoming a professional baseball player, and now serves as the local Little League commissioner.（2002 年）

译　文 孩童时，他就梦想成为一个职业棒球员，现在他担任当地的棒球小联盟主席。

executive [ig'zekjutiv] *a.* 执行的，实施的 *n.* 执行者，行政官；高级官员 【11】

经典例句 No wonder that *Fortune* 500 executives are dusting off their silk ties and pants.（2005 年）

译　文 怪不得《财富》500 强的高管开始重新穿上真丝的领带和裤子。

experiment [iks'perimənt] *n.* (on / with) 试验，实验 【11】

经典例句 Is it useful performing such an experiment?（2008 年）

译　文 做这样一个试验有用吗？

float [fləut] *v.* 浮动，漂浮 *n.* 漂浮物，浮子，浮标 【11】

经典例句 The authorities believe that floating communities may well be the future.（2003 年）

译　文 官方认为那种流动的社区会有很好的未来。

fundamental [ˌfʌndə'mentl] *a.* 基础的，根本的，重要的 *n.* (*pl.*) 基本原则，基本原理 【11】

固定搭配 **be fundamental to** 对……必不可少

联想记忆 be essential to, be vital to 对……至关重要的

经典例句 These experts say that we must understand the fundamental relation between ourselves and wild animals.（1998 年）

译　文 这些专家说，我们必须明白我们自己和野生动物之间的重要关系。

further ['fə:ðə] *ad.* [far 的比较级] 更远地，更大程度上，而且，此外；进一步地 *a.* 另外的，更多的；更远的 *vt.* 促进，增进 【11】

名师导学 far-farther-farthest 指（距离）远；far-further-furthest 指（程度）进一步。

经典例句 I'll offer you £50 but I can't go any further.（2002 年）

译　文 我愿出价 50 英镑，但不能再多了。

generation [ˌdʒenə'reiʃən] *n.* 产生，发生；代，世代 【11】

经典例句 How come past generations lacked gym facilities but were leaner and fitter than people today?（2010 年）

译　文 为何过去的人们缺乏健身设施，却比现在的人们

苗条，比现在的人们健康呢？

grow [grəu] *vi.* 生长，发育；增长，发展，渐渐变得，成为；种植，栽培　*vt.* 种植，栽种　【11】

固定搭配　**grow up** 长大，成人；崛起

grow out of 长得太大而穿不上衣服，起因于，来自于 [由于成长]，抛弃（早年的习惯）

经典例句　It continues to grow at its present rate.（2009 年）

译　文　他继续以现在的速率增长。

hardly ['hɑ:dli] *ad.* 几乎不，简直不，仅仅　【11】

名师导学　hardly 与 scarcely 和 barely 一样，当放在句首时后面的主谓须部分倒装。hardly...when 一……就，如：Hardly had we got home when he knocked the door.

联想记忆　barely...when / before, scarcely...when / before, no sooner ...than 一……就

经典例句　I can hardly go on. The work is so tough.（2005 年）

译　文　我不能继续做了，这个工作太难了。

immediate [i'mi:djət] *a.* 立即的，即时的；直接的，最接近的　【11】

经典例句　Advertising brings people immediate news about products that have just come on the market.（2006 年）

译　文　广告给人们带来有关刚刚上市产品的即时新闻。

industrial [in'dʌstriəl] *a.* 工业的；产业的　【11】

名师导学　industrial, industrious：industrial 意为"工业的""产业的"；industrious 意为"勤劳的""勤奋的"。

经典例句　Industrial wastes have already made many rivers lifeless.（1996 年）

译　文　工业废料，已使许多河流死气沉沉。

institution [,insti'tju:ʃən] *n.* 协会，公共机关，学校；制度，习俗　【11】

经典例句　Many students today display a disturbing willingness to choose institutions and careers on the basis of earning potential.（2010 年）

译　文　如今，许多学生在选择学校和职业时，会有一种意愿干扰他们的选择，那就是：能否有好的收入潜质。

interact [,intər'ækt] *vi.* 相互作用/影响　【11】

固定搭配　**interact with** 与……相互作用，相互影响

经典例句　Such renovation may reduce stress on animals and allow them to interact with one another more naturally.（2011 年）

译　文　那样的改革会减轻动物身上的压力，使它们之间

的相互影响更加自然。

interest ['intrist] *n.* 兴趣，关心，注意；利息，利率；（*pl.*）利益 【11】

固定搭配 be interested in 对……感兴趣

in the interest(s) of 为了……的利益

名师导学 interesting, uninterested, disinterested：interesting 有趣，引人入胜的；uninterested 没兴趣的，不关心的；disinterested 公平的，没有私心的。

经典例句 He had lost interest in his publishing career.（2007 年）

译　文 他对他的出版事业失去了兴趣。

loss [lɔs] *n.* 丧失，丢失；亏损，损失；失败 【11】

固定搭配 at a loss 困惑，不知所措

经典例句 In sales terms this area is bit of a loss, so it tends to be used more for promotion.（2009 年）

译　文 从销售理念上来说，这个区域是一种牺牲，所以常常被用来作促销场地。

organize ['ɔːgənaiz] *vt.* 组织，组编 【11】

经典例句 His trip was organized by a government institution.（2001 年）

译　文 他的行程是由一个政府部门安排的。

outline ['əutlain] *n.* 轮廓，外形；大纲，概要，图略 *vt.* 概述，列提纲 【11】

固定搭配 in outline 扼要地

经典例句 The clue given below are for your reference only, not the outline you should follow.（2011 年）

译　文 下面给出的提示仅供参考，不是你必须要遵循的提纲。

pattern ['pætən] *n.* 模式，样式；图案，花样 【11】

固定搭配 pattern sth. on / after 根据……做某事，仿造

经典例句 Sleep experts say that most people would benefit from a good look at their sleep patterns.（1999 年）

译　文 睡眠专家说，好好看看自己的睡眠模式，大多数人会受益的。

previous ['priːvjəs] *a.* 先，前，以前的 【11】

固定搭配 be previous to 在……之前

名师导学 preceding, previous, prior：preceding 指 "此前的"，多用于指文章中某一处之前；previous 多指时间发生在前的；prior 比 previous 多一层 "优先" 的意思。

经典例句 At least some of the children are form the wife's previous marriage.（1996 年）

第二周　高频词汇

译 文 至少一些孩子是来自于妻子以前的婚姻。

proportion [prə'pɔːʃən] *n.* 部分，份额；比例，比重；均衡，相称 【11】

固定搭配 in proportion to 与……成比例
out of proportion to 与……不成比例

经典例句 A large proportion of the sunlight never reaches the earth while infra-red heat given off by the earth is allowed to escape freely.（2009 年）

译 文 一大部分阳光从未到达地球，但是地球放射出的红外线却可以自由地穿过大气层。

propose [prə'pəuz] *vt.* 提议，建议；求婚 【11】

固定搭配 propose doing 建议做某事
propose to do 打算做某事
propose to sb. 向某人求婚

名师导学 propose 的宾语从句中谓语用虚拟语气。

经典例句 A number of reasons have been proposed to account for the differences.（2011 年）

译 文 很多原因被提出来以解释这种差异。

recommend [rekə'mend] *vt.* 劝告，建议；介绍，推荐【11】

固定搭配 recommend sb. to do sth. 推荐某人（做）某事

经典例句 I would recommend this inn highly on account of its wonderful location.（2004 年）

译 文 我之所以给这所旅馆如此高的评价是因为它所处的环境太优美了。

regular ['regjulə] *a.* 有规的，规矩的；定时的，定期的；正规的，正式的；匀称的，整律的，规则的 【11】

经典例句 Though most are no longer widely planted, the varieties contain vital genetic properties still regularly used in plant breeding.（2008 年）

译 文 尽管其中的多数已经不再广泛种植，但不同种类的植物里包含着至关重要的基因特性，在植物栽培方面仍被普遍使用。

resistant [ri'zistənt] *a.* 抵抗的，反抗的 【11】

固定搭配 be resistant to 对……有抵抗力的

经典例句 The researchers are already working with food companies keen to see if their products can be made resistant to bacterial attack through alterations to the food's structure.（2006 年）

译 文 研究人员已经和食品公司联合起来希望他们的产品能通过改变食品的结构来抵抗细菌的侵袭。

resource [ri'sɔːs] *n.* 资源，财力；谋略，应付办法 【11】

经典例句 We are also doing the same with other vital resources not usually thought of as being nonrenewable such as fertile soils, groundwater and the millions of other species that share the earth with us.（2009 年）

译　文　对于其他重要资源，比如肥沃的土壤、地下水，还有几百万和我们共享地球的其他物种，我们也是同样对待，总是不把它们看做是不可再生的资源。

restrict [ris'trikt] *vt.* 限制，约束　　　　　　【11】

固定搭配 **restrict...to** 把……限制在……范围之内

经典例句 At that time work was <u>restricted</u> to slaves and to those few poor citizens who couldn't suppot themselves.（2002 年）
A.attributed　B.limited　C.connected　D.devoted　[B]

译　文　那时候，劳动只限于奴隶和那些少数不能养活自己的贫穷的国民。

saying ['seiiŋ] *n.* 话；谚语　　　　　　　　　【11】

固定搭配 **It goes without saying that...** 不言而喻

shift [ʃift] *v. / n.* 转移，移动，转变　　　　　【11】

固定搭配 **be on the night / day shift** 上夜班/白班

shift sth. from...to 把……从……转移到

经典例句 Top women executives never went as casual as men, so the shift doesn't affect them as dramatically.（2005 年）

译　文　高级女性管理人员从来没有像男士那样穿衣很随便过，所以，这个改变并没有对她们造成多大的影响。

strength [streŋθ] *n.* 力，力量；实力，长处　【11】

固定搭配 **acquire / gain strength** 获得力量

on the strength of 依据，基于

联想记忆 long—length 长　broad—breadth 宽　strong—strength 强　wide—width 宽　high—height 高　deep—depth 深

经典例句 As regards walking to school, modern parents seem much concerned with the kids' physical strength.（2011 年）

译　文　至于走路去上学，现代的父母似乎太关心孩子们的体力。

supply [sə'plai] *vt. / n.* 供给，供应　　　　　【11】

固定搭配 **in short supply** 供应不足

supply sb. with sth., supply sth. to sb. 给某人提供某物

联想记忆 provide sth. for sb., provide sb. with sth., offer sb. sth., give sth. to sb., give sb. sth. 给某人提供某物

经典例句 So collection enough mussels to supply the world's demand for super glue would wipe out the mussel population, many species of which are already endangered.（2004 年）

译　文　因此，收集足够的贻贝来供应全球对强力胶水的需求将会导致贻贝的灭绝，现在许多贻贝物种已经面临灭绝的危险。

tide [taid] *n.* 潮，潮汐　　　　　　　　　　　　　　【11】

经典例句　It is the tide of the times, an inevitability of history.（2003 年）

译　文　这是时代的潮流，历史的必然。

trade [treid] *n.* 贸易，商业；行业，职业　*vt.* 做买卖，交换　　　　　　　　　　　　　　　　　　　　　　【11】

固定搭配　**trade on / upon**（为达到利己目的而）利用
　　　　　　conduct trade 从事贸易

经典例句　Economically speaking, it entails transnational investment and international trade, thereby integrating all countries into a single giant world market.（2005 年）

译　文　从经济角度来看，全球化促使了跨国界投资和商业往来的兴起，从而把全世界所有的国家整合成一个巨大的国际市场。

unusual [ʌn'ju:ʒuəl] *a.* 不平常的，稀有的；例外的，独特的，与众不同的　　　　　　　　　　　　　　　　【11】

经典例句　They found two unusual things.（1998 年）

译　文　他们找到了两个不寻常的东西。

various ['vɛəriəs] *a.* 各种各样的，不同的；多方面的，多种的　　　　　　　　　　　　　　　　　　　　　【11】

名师导学　variable, various: variable 可变的，易变的；various 各种各样的，不同的。

经典例句　All that one needs to possess these days is a drive to learn a foreign language and there are all kinds of institutes and courses that teach various foreign languages like French, German, Spanish, and Japanese.（2009 年）

译　文　如今，一个人所要拥有的就是学习一门外语的驱动力，因为有很多院校教授各种各样的外语课程，如法语、德语、西班牙语和日语。

vast [va:st] *a.* 巨大的，阔的；大量的，巨大的；非常的　　　　　　　　　　　　　　　　　　　　　　　　【11】

经典例句　The vast majority agreed that second-hand smoke is dangerous.（2009 年）

译　文　大多数人认为二手烟是很危险的。

adapt [ə'dæpt] *vt.* 使适应；改编　　　　　　　　　　【10】

固定搭配　**adapt oneself to** 使自己适应或习惯于某事

adapt … to, adjust … to 使……适应

联想记忆 adopt 采纳

经典例句 He argues that we adapt our personalities as part of our strategy to seek favor from Mom and Dad.（2007 年）

译　文 他认为我们会用调整自己性格的策略来讨得父母的欢心。

advanced [ədˈvɑːnst] *a.* 先进的，高级的　　【10】

联想记忆 elementary / primary 初级的　intermediate 中级的

经典例句 The more advanced a society, the greater the age gap.（2011 年）

译　文 社会越先进，年龄代沟越大。

alive [əˈlaiv] *a.* 活着的；活跃的，活泼的　　【10】

名师导学 alive, living, live, lively: alive 只做表语或补语；living 多做定语；live 表示"活着的；现场；现场直播的"；lively 表示"充满生机和活力的；欢快的"。

经典例句 More scientists are now alive, spending more money on research that ever.（2001 年）

译　文 与以前相比，活在当今的科学家把更多的钱放在研究上。

applicant [ˈæplikənt] *n.* 申请者　　【10】

经典例句 The applicant seeks to persuade the employer to employ him or her.（1995 年）

译　文 申请者尽力去劝说雇主去雇佣他们。

applied [əˈplaid] *a.* 应用的；实用的　　【10】

经典例句 An approach is referred to as applied science.（1999 年）

译　文 一种方法被认为是应用科学。

balance [ˈbæləns] *vt.* 使平衡　*n.* 平衡；差额，结余；天平，秤　　【10】

固定搭配 off balance 不平衡

经典例句 They throw out all ideas about a balanced diet for the grandkids.（2004 年）

译　文 他们将保持孙子们的平衡饮食思想完全抛于脑后。

conclusion [kənˈkluːʒən] *n.* 结束，终结，结论；推论　　【10】

固定搭配 come to / arrive at / reach / draw a conclusion 得出结论

in conclusion 最后，总之

经典例句 What conclusion can we draw from the woman's statement?（2009 年）

译　文 从这个女士的陈述中，我们能得出什么结论？

construction [kən'strʌkʃən] *n.* 建设；结构，构造 【10】

经典例句　His father was a construction worker.（2002 年）

译　文　他的父亲是一个建筑工人。

conventional [kən'venʃənl] *a.* 普通的，常见的；习惯的，常规的 【10】

经典例句　In the end, both attacks and defenses of the free market and conventional economics have immense philosophical implications.（2005 年）

译　文　最后，对自由市场和传统经济学的抨击与辩护都具有极大的哲学含义。

deliver [di'livə] *vt.* 交付，递送；释放，解救 【10】

固定搭配　deliver sb. from 从……解救某人

　　　　deliver a message 带信；传话

经典例句　Some new books have been delivered to the school.（2002 年）

译　文　一些新书已被送到了学校。

draw [drɔ:] *v.* 拉，曳，牵，画，绘制，拖曳 *vt.* 汲取，领取，提取，引起，吸引 *vi.* 向……移动，挨近 *n.* 平局，和局，拖曳 【10】

固定搭配　draw up 写出，画出，草拟

　　　　draw in（天）黑了，（日）渐短，（车船等）驶进，到站

　　　　draw on 凭借，吸收，利用；接近，靠近

economy [i(:)'kɔnəmi] *n.* 经济，经济制度；节约，节省 【10】

经典例句　It would cause a collapse of the world economy.（1999 年）

译　文　它将引起世界经济的崩溃。

emerge [i'mə:dʒ] *vi.* 出现；浮现，显露 【10】

exact [ig'zækt] *a.* 确切的，精确的 【10】

经典例句　He found the exact cause of learning disabilities.（1999 年）

译　文　他发现了学习障碍的确切原因。

exception [ik'sepʃən] *n.* 例外 【10】

固定搭配　with the exception of 除……之外

经典例句　It is easy to find exceptions.（2007 年）

译　文　很容易发现例外。

extreme [iks'tri:m] *a.* 极度的，极端的；尽头的，末端的 *n.* 极端 【10】

固定搭配　in the extreme 极，非常

go to extremes 走极端

经典例句 He did extremely well.（1999 年）

译　文 他做的非常好。

gain [gein] *v.* 获得，赢得；增加，增进；（钟表）走快

n. 赢利；收益，利润；增加，增进，获利 【10】

固定搭配 gain in 增加，更加

gain on 逼近，赶上

No pains, no gains. 不劳则无获。

gain by / from (doing) sth. 从（做）某事中获益，得到好处

经典例句 You have nothing to gain by refusing to listen to our advice.（2003 年）

译　文 不听我们的建议，你不会有什么好处的。

imagine [i'mædʒin] *vt.* 想象，设想；料想 【10】

名师导学 imagine 接动名词做宾语，如：I can't imagine marrying a girl of that sort.

imaginary, imaginable, imaginative：imaginary 意为"想象的，虚构的，假想的"；imaginable 意为"可想象的"，往往放在所修饰词后面；imaginative 意为"想象力丰富的"。

经典例句 What the poet imagines love to be may or may not be our perception of love.（2010 年）

译　文 诗人所理解的爱情与我们认知的可能相同，也可能不相同。

interesting ['intristiŋ] *a.* 有趣的，令人关注的 【10】

经典例句 It is an interesting place.（2009 年）

译　文 这是一个有趣的地方。

location [ləu'keiʃən] *n.* 位置，地点；定位，测量 【10】

经典例句 I've just found a great location to open a new shop.（2010 年）

译　文 我刚刚发现了一个开新商店的好位置。

majority [mə'dʒɔriti] *n.* 多数，大多数 【10】

固定搭配 be in the majority 占多数

gain the majority 获得多数票

经典例句 Of the 1,500 smokers and nonsmokers surveyed, the vast majority agreed that second-hand smoke is dangerous.（2009 年）

译　文 在参与调查的 1500 名受访者（烟民及非烟民）中，大部分都知道"二手烟"对健康的危害。

manager ['mænidʒə] *n.* 经理，管理人 【10】

经典例句 Managers can give them a chance to correct mistakes.（2006 年）

译 文 经理能给他们一个机会去纠正错误。

married ['mærid] *a.* 已婚的，夫妇的 【10】

固定搭配 **get married to sb.** 与某人结婚

经典例句 I don't mind being married to my career.（2011 年）

译 文 我不介意与我的事业结婚。

normal ['nɔ:məl] *a.* 正常的，标准的；正规的；精神健全的 【10】

经典例句 Other times it is seen as a normal way to retain personal happiness in a mobile, ever-changing society.（2007 年）

译 文 但有时，这样的做法也被视为在千变万化的社会中保持快乐的一种普遍方式。

observe [əb'zə:v] *vt.* 观察，注意到，看到；遵守，奉行；说，评论 【10】

固定搭配 **observe on / upon** 评论

经典例句 At least many observers from abroad have this impression.（2007 年）

译 文 至少很多国外来的观察者们有这种印象。

partly ['pɑ:tli] *ad.* 部分地，不完全地，在一定程度上 【10】

名师导学 partly, partially：partly 强调数量上的部分；partially 强调程度上的有限。

经典例句 Nuclear radiation has a certain mystery about it, partly because it cannot be detected by human senses.（1998 年）

译 文 核辐射有一定的神秘性，部分原因是因为它不能被人类的感知。

political [pə'litikəl] *a.* 政治的 【10】

经典例句 Sulloway studied political activists and found that later-born activists were more radical than their first-born peers.（2007 年）

译 文 苏洛威研究了政治领域的激进分子，发现那些激进分子中出生较晚的比出生较早的更激进（radical）。

positive ['pɒzətiv] *a.* 确定的，肯定的；正面的，积极的；正的，阳性的 【10】

固定搭配 **be positive about / of / that** 确信；对……有自信

经典例句 Yet the viewers' judgment on MTV is undoubtedly positive.（2003 年）

译 文 然而观众对 MTV 的判断无疑是积极的。

range [reindʒ] *n.* 范围，距离，领域；排列，连续，（山）脉 【10】

固定搭配 **range from...to** 从……到……不等

名师导学 此词在选择题的选项和题干中出现较多，阅读中也经常出现。

经典例句 But *colere* also has a wider range of meanings. （2005 年）

译　文 但 "colere" 这个词也有一个广泛的意义。

regulation [ˌregjuˈleiʃən] *n.* 管理，控制；规章，规则【10】

固定搭配 **adopt new regulations** 采取新规定

break / violate a regulation 违反规定

obey / observe regulations 遵守规定

经典例句 In the writer's opinion, strict traffic regulations are badly needed. （2000 年）

译　文 在作者看来，严格的交通规则是急需施行的。

relative [ˈrelətiv] *a.* 相对的，比较的　*n.* 亲属，亲戚【10】

经典例句 It is relatively easy to acquire. （2007 年）

译　文 它相对比较容易获得。

responsible [risˈpɔnsəbl] *a.* 应负责任的，有责任的；可靠的，认真的，尽责的；责任重大的，重要的　　　【10】

固定搭配 **be responsible for** 为……负责

经典例句 "Everybody asks why didn't we do this kind of thing before," said Gijsbert Van der Woerdt, director of the firm responsible for promoting the concept. （2003 年）

译　文 "很多人都问我们以前为什么没这么做，"葛吉斯博特·万德沃尔特说，他是一家公司的老总，该公司负责推广兴建水上住房的观念。

security [siˈkjuəriti] *n.* 安全（*pl.*）治安防卫；证券，债券【10】

经典例句 Patients are worded about the security of their health information. （2010 年）

译　文 患者对他们的健康信息的安全性感到担心。

significant [sigˈnifikənt] *a.* 重大的；重要的；意味深长的【10】

经典例句 They also need significant increases in external financing and technical support. （2002 年）

译　文 这些国家也需要更多的外部资金和技术支持。

surface [ˈsəːfis] *n.* 面，表面；外表，外观【10】

固定搭配 **on the surface** 表面上，外表上

经典例句 When it choose a place to set up home, it pokes its tongue-shaped foot out of its shell and presses it against a solid surface. （2004 年）

译　文 当它选择在一个地方安家时，它就会将舌状脚伸出壳外，紧贴在坚固的物体表面。

transfer [trænsˈfəː] *vt.* 迁移，调动；换车；转让，过户

第二周　高频词汇

n. 迁移，调动；换车；转让，过户　　　　　　　　　　【10】

固定搭配　**transfer sth. from…to** 转移，调任，换乘

名师导学　transfer, transmit, transport: transfer "转移"，指从一处到另一处；transmit "传送"，指通过媒介或设备传导、输送；transport "运输"，指用火车、轮船等交通工具运送人或货物。

经典例句　Dr. Duane Kraemer, a professor in Texas A&M's College of Veterinary Medicine and a pioneer in embryo（胚胎）transfer work and related procedures, said he salutes the Chinese effort.（2001 年）

译　文　Duane Kraemer 博士是得克萨斯 A&M 大学兽医学院的一名教授，也是胚胎移植工作以及相关程序的领军人，他说，他向中国科学家的努力表示敬意。

acquire [ə'kwaiə] *vt.* 取得，获得；学到　　　　　　【9】

名师导学　acquire, attain, obtain: acquire 指通过不断地学习或逐步获得精神上的东西，如知识、才能等；attain 指通过艰苦努力才使人达到完美境地；obtain 指通过努力，尤其是相当的努力、恳请或要求才得到。

经典例句　Most adult find it extremely difficult to acquire even a basic knowledge, particularly in a short time.（2007 年）

译　文　多数成人发现，即使学会一种语言的基本知识也是非常困难的，尤其是在很短的时间内。

apply [ə'plai] *vi.* 申请　*vt.* 运用，应用　　　　　　【9】

固定搭配　**apply for** 申请

　　　　　apply … to 将……应用于；涂，抹

　　　　　apply oneself to (doing) sth. 致力于

联想记忆　devote oneself to, be dedicated to 致力于

经典例句　The floating roads apply the same technology.（2003 年）

译　文　浮动的道路应用同样的技术。

approve [ə'pru:v] *v.* 赞成，赞许，同意；批准，审议，通过　　　　　　　　　　　　　　　　　　　　　　【9】

固定搭配　**approve sth.** 批准某事

　　　　　approve of sth. 赞许、同意某事

　　　　　approve of sb. doing sth. 同意某人做某事

名师导学　前缀 ap-（ab-的变体）表示运动的方向：朝，向，变化

经典例句　California approves traditional textbooks in six-year cycles.（2011 年）

译　文　加州批准传统教科书六年一换。

association [ə,səusi'eiʃən] *n.* 协会，团体；交往；联合，

合伙 【9】

固定搭配 **have association with** 与……交往

经典例句 The Automobile Association (AA) engineers surveyed one town centre car park last year.（2003 年）

译　文 汽车协会的工程师去年调查了镇中心的一个停车场。

breed [bri:d] *vt.* 生殖，繁殖；生产，饲养　*n.* 品种，种类

名师导学 breed, class, kind, sort, species, type: breed 意为"种类，品种"，指一组有共同祖先的动物，而且这些动物在某一方面都很相像；class 也可作"种类"讲，指事物按照相同性质所归的类；kind 意为"种类"，指任何一组由于具有相同的兴趣或特征而综合在一起的事物；sort 意为"种类"，指具有相同的一般特征的一群人或事，可与 kind 换用，但有时有轻蔑意味；species 意为"种，属"，指一组在各方面都很相像的动物或植物；type 指"类型"，指一定数量的人或事物，具有把他们与一个集体或种类区分开的共同特征或特点。

名师导学 过去式和过去分词均为 bred。

经典例句 These nutrients can contribute to the breeding of the organisms.（2003 年）

译　文 这些营养物质能够促进生物体的繁殖。

check [tʃek] *vt. / n.* 检查，核对；制止，控制　*n.* 支票，账单 【9】

固定搭配 **check in** 办理登记手续

check out 结账后离开；检验，核查

check up / (up) on 校对，检验，检查

经典例句 Let me check my schedule.（2010 年）

译　文 让我检查一下我的计划表。

civilization / -sation [ˌsivilaiˈzeiʃən] *n.* 文明，文化 【9】

经典例句 Both civilization and culture are fairly modern words, having come into use during the 19th century by anthropologists.（2005 年）

译　文 文明和文化都是相当时髦的词汇，是人类学家在 19 世纪开始使用的词汇。

clinic [ˈklinik] *n.* 诊所 【9】

经典例句 There are now 15 other clinics.（2002 年）

译　文 现在这里有另外 15 家诊所。

colleague [ˈkɔli:g] *n.* 同事，同僚 【9】

名师导学 colleague, partner: colleague 指同事、同行、职员或学院教工的同僚之一；partner 指伙伴、同伙，或在一项活动或一个涉及共同利益的领域内与另一人或其他人联合

或有联系的人，尤指企业合作人、配偶、舞伴、搭档等。

经典例句　His admission shocked colleagues.（2002 年）

译　文　他的录取令同事感到震惊。

complain [kəmˈplein] *vi.* 抱怨，诉苦，申诉 【9】

固定搭配　**complain to sb. of / about sth.** 向某人抱怨某事
　　　　　complain of doing sth. 抱怨做某事

名师导学　后面只接 that 从句做宾语，不直接跟 sb. 或 sth. 做宾语。

经典例句　Don't complain.（2010 年）

译　文　别抱怨。

concerning [kənˈsɜːniŋ] *prep.* 关于，涉及，就……说 【9】

经典例句　After gathering information concerning the company, the applicant is ready for the interview.（1996 年）

译　文　收集了关于这个公司的信息之后，这个申请人就准备去面试。

conduct [ˈkɔndʌkt, kənˈdʌkt] *n.* 行为，品行　*vt.* 引导，指挥；传电，传热 【9】

经典例句　Several major zoos conduct captive propagation programs.（2011 年）

译　文　几个主要的动物园进行圈养繁殖计划。

contract [ˈkɔntrækt, kənˈtrækt] *n.* 契约,合同,包工　*v.* 收缩；感染；订约 【9】

固定搭配　**enter into / make a contract (with sb. / for sth.)**（与某人/为某事）订立合约
　　　　　sign a contract 签订合同
　　　　　contract with 与……订合同

经典例句　It is anticipated that this contract will substantially increase sales over the next three years.（2003 年）

译　文　据估计，在接下来的三年这个合同将会显著地促进销售额的增长。

creature [ˈkriːtʃə] *n.* 人，生物，动物 【9】

经典例句　The female sea horses lay the eggs, but unlike other creatures, it's the males that give birth to the young.（2006 年）

译　文　雌海马产蛋，但和其他的生物不一样的是，是雄海马生育小海马。

discovery [disˈkʌvəri] *n.* 发现 【9】

经典例句　The focus of scientific discovery is already narrowing.（2001 年）

译　文　科学探索的重点已经缩小。

eliminate [iˈlimineit] *vt.* 消灭，除去，排出 【9】

经典例句 She has been eliminated from the swimming race because she did not win any of the practice races.（2006 年）

译文 她已被取消了游泳比赛的资格，因为她在训练中没有得到名次。

Thursday

emotional [i'məuʃənl] a. 情绪的，情感的 【9】

经典例句 Women are less emotionally affected by difficulties in life.（2011 年）

译文 妇女在遭受到生活困难时情绪波动会小一些。

employ [im'plɔi] vt. 雇用，使用 【9】

固定搭配 **employ oneself in = be employed in** 使忙于，从事于

名师导学 employ, hire：employ 意为"雇用"，常用来指政府、公司等雇用工作人员。这些受雇用者的工作和工资都相当稳定，且有一定尊严；hire 日常用语，意为"雇用"，该词侧重受雇者为工资而工作，而不看重工作地位和工作性质等因素，常用于表达受雇的人的工作是临时或短期的。

经典例句 How do you employ your spare time?（2010 年）

译文 你怎样使用你的业余时间？

engineering [ˌendʒi'niəriŋ] n. 工程，工程学 【9】

经典例句 Applied science and engineering can go on for ever.（2001 年）

译文 应用科学和工程学能够永远发展下去。

essential [i'senʃəl] a. 必不可少的，必要的；本质的，实质的；基本的 【9】

固定搭配 **be essential to** 对……是必要的，基本的
It's essential that 从句要用（should）+动词原形的虚拟语气

名师导学 essential, necessary, indispensable：essential 指本质的，基本的或绝对必要的，强调基本性、本质性；necessary 指必不可少的，为达到某种目的而必须具备的，强调必需性；indispensable 强调不可或缺的。

经典例句 Good relationship is essential to the success of any speech.（2008 年）

译文 好的关系是任何演讲成功的基础。

examination [igˌzæmi'neiʃən] n. 考试，测验；检验，检查，审查 【9】

经典例句 She was asked to take another examination.（2010 年）

| 译 文 | 她被要求参加另一个考试。 |

fashion ['fæʃən] *n.* 样子，方式；流行，风尚，时髦 【9】

| 固定搭配 | in / out of (the) fashion 合时尚/不合时尚 |

| 经典例句 | Education is going rapidly out of fashion.（2000 年） |

| 译 文 | 教育正在快速地变得不合时尚起来。 |

gasoline ['gæsəli:n] *n.* 汽油 【9】

| 经典例句 | Gasoline is an almost ideal fuel.（2008 年） |

| 译 文 | 汽油是一种理想的燃料。 |

generally ['dʒenərəli] *ad.* 一般，通常 【9】

| 经典例句 | They generally live longer.（2011 年） |

| 译 文 | 他们通常活得更长。 |

identical [ai'dentikəl] *a.* 相同的；同一的 【9】

| 固定搭配 | be identical with / to 和……完全相同 |
| | be identical in 在……方面相同 |

| 名师导学 | be similar to, be the same as, be identical with / to: be similar to 和……相似；be the same as 和……相同；be identical with / to 和……完全相同。 |

| 经典例句 | They are identical.（2005 年） |

| 译 文 | 他们是相同的。 |

intelligence [in'telidʒəns] *n.* 智力；理解力；情报，消息，报道 【9】

| 经典例句 | Genes influence your intelligence and willingness to take risks.（2009 年） |

| 译 文 | 基因会影响你的智商以及倾向冒险的程度。 |

intend [in'tend] *vt.* 想要，打算，企图 【9】

| 固定搭配 | intend to do sth. 打算做某事 |
| | be intended as / for 原意要，意指…… |

| 名师导学 | intend to have done 表示打算做而实际未做，有虚拟含义，此类的表达还有 plan to have done, mean to have done。 |

| 经典例句 | The last paragraph is intended to tell people how to cope with Road Rage.（2011 年） |

| 译 文 | 最后一段的目的是要告诉人们如何处理"路怒症"。 |

introduce [,intrə'dju:s] *vt.* 介绍；引进，传入；提出 【9】

| 固定搭配 | introduce...to 把……介绍给（人或物） |
| | introduce...into 把……传入，引入（地方等） |

| 经典例句 | He found it hard to introduce himself to everyone.（2007） |

| 译 文 | 他发现给大家做自我介绍很困难。 |

judge [dʒʌdʒ] *n.* 法官，裁判员；评判员，裁判 *vt.* 评价，

鉴定；认为，断定，判断；审判，裁判，裁决 【9】

联想记忆 lawyer, attorney n. 律师 prosecutor n. 公诉人 witness n. 证人 sentence v. / n. 宣判 verdict n. 判/裁决 criminal n. 罪犯 defendant n. 被告 accuser n. 原告 suit v. 起诉

固定搭配 judging from / by 由……观察之，由……判断之

经典例句 Miss World organizers claim that contestants are judged on qualities other than just their physical appearance. （2007 年）

译 文 "世界小姐"组织者称会根据参赛者其他的一些特质来评判她们，而不仅仅是外表。

lay [lei] vt. 放，搁；下（蛋）；铺设，敷设；设置，布置【9】

固定搭配 lay down 放下；拟订；铺设

lay off （临时）解雇；休息

lay out 安排，布置，设计；摆开，陈列，展示

名师导学 lay, lie：lay-laid–laid-laying 放下，铺设；lie-lay-lain-lying 躺下；lie-lied-lied-lying 说谎。

经典例句 "10 projects in the pipeline" in the last paragraph means "10 companies to lay the pipelines"（2003 年）

译 文 最后一段中"管道中有十个项目"意味着"十个公司铺设管道。"

obstacle [ˈɔbstəkl] n. 障碍 【9】

经典例句 Patriotism towards one's own language was a major obstacle to learning foreign languages.（2009 年）

译 文 对本国语言的爱国主义成为人们学习外语的主要障碍。

oversea(s) [ˈəuvəˈsiːz] ad. 在海外 a. 海外的 【9】

经典例句 The exhibition is designed to facilitate further cooperation between Chinese TV industry and overseas TV industries. （1998 年）

译 文 这次展览是为了促进中国电视产业和海外电视产业进一步的合作。

perfect [ˈpəːfikt] a. 完善的，完美的；完全的，十足的

vt. 使完美，改进 【9】

经典例句 The "one perfect job" does not exist.（2000 年）

译 文 真正完美的工作是不存在的。

polite [pəˈlait] a. 有礼貌的，客气的；斯文的，有教养的

【9】

经典例句 Chinese are polite and good at mathematics, for example, or Italians are emotional.（2007 年）

第二周 高频词汇

| 译 文 | 例如，中国人有礼貌和擅长数学，而意大利人则感情用事。 |

protection [prə'tekʃən] n. 保护 【9】

固定搭配 protection for sb. / against sth. 保护，护卫

经典例句 It also involves care of plants, not only as a source of food, but also as protection.（2006 年）

译 文 它还专注于保护植物，植物不仅能作为食物来源，还能作为保护者。

rare [rɛə] a. 稀有的，难得的，珍奇的；稀薄的，稀疏的 【9】

名师导学 rare, scarce：rare 指罕见的、稀奇的物品；scarce 指寻常物的短缺。

经典例句 But such acknowledgements of politeness are all too rare today.（2000 年）

译 文 但是像那种礼貌的感谢今天太稀少了。

reluctant [ri'lʌktənt] a. 不愿的，勉强的 【9】

reward [ri'wɔ:d] n. 酬谢，报酬，奖金 vt. 酬谢，报答，报酬 【9】

固定搭配 in reward for 作为回报

经典例句 As you obtain the levels that you have set for yourself, always include a small reward at each point.（2008 年）

译 文 每当你达到自己设立的目标时，你就给自己一个小小的奖赏。

rude [ru:d] a. 粗鲁，不礼貌；粗糙，粗陋 n. 小地毯 【9】

shake [ʃeik] vt. 摇，摇动；震动，颤抖；握手 n. 摇动，震动，抖动 【9】

固定搭配 shake hands with sb. 与某人握手

名师导学 shake, shiver, tremble, quake, quiver：shake 指上下或前后移动；shiver 指因害怕、紧张或寒冷而"抖动、战栗"；tremble 指快速而轻微地抖动，常因焦虑或紧张不安而颤抖；quake 指"震动，摇动"，一般指比较猛烈地震动；quiver 指"颤动，抖动"，多用于物。

经典例句 The "old lady" was clearly shaken by the sudden skid.（2003 年）

译 文 那位"老妇人"显然被急刹车吓住了。

suppose [sə'pəuz] vt. 猜想，料想；假定，以为 【9】

固定搭配 be supposed to 应该

经典例句 We can get foreign genes into mosquitoes and they go where they're supposed to go.（2006 年）

译 文 我们可以把异species基因植入蚊子体内，然后让它们飞到被指定的的地方。

threaten ['θretn] *vt.* 威胁，恐吓 【9】

固定搭配 **threaten sb. with / to do** 威胁某人做……

经典例句 It will threaten their survival. （2005 年）

译　文 它将会威胁到他们的安全。

transportation [ˌtrænspɔːˈteiʃən] *n.* 运输，运输系统 【9】

经典例句 More students take public transportation. （2011 年）

译　文 更多的学生乘坐公共交通。

victim ['viktim] *n.* 牺牲者，受害者 【9】

经典例句 The criminal knifed his victim in a rage. （1997 年）

译　文 罪犯在暴怒之下，刀刺了被害者。

vital ['vaitl] *a.* 极其重要的，致命的；生命的；有生机的【9】

固定搭配 **be vital to** 对……极其重要

名师导学 It's vital that 从句谓语动词用原形表示虚拟形式。

经典例句 Though most are no longer widely planted, the varieties contain vital genetic properties still regularly used in plant breeding. （2008 年）

译　文 尽管其中的多数已经不再广泛种植，但不同种类的植物里包含着至关重要的基因特性，在植物栽培方面仍被普遍使用。

worried ['wʌrid] *a.* 担心的，闷闷不乐的 【9】

固定搭配 **be worried about / over / that** 为……担忧

经典例句 She seemed a little worried about something. （2008 年）

译　文 她似乎在为某事有点担心。

academic [ˌækəˈdemik] *a.* 学院的；学术的 【8】

经典例句 Her academic record was very strong. （2007 年）

译　文 她的学术履历是非常强的。

addition [əˈdiʃən] *n.* 加，加法；附加部分，增加（物）【8】

固定搭配 **in addition** 另外

in addition to, apart / aside from 除……之外

经典例句 In addition to being high achievers, older children also generally have higher IQs（智商）than younger ones. （2007 年）

译　文 除了有更高的成就之外，年长的孩子的智商通常也比那些年幼的孩子的要高。

aid [eid] *vi.* 援助，救援 *n.* 援助，救护；助手，辅助物【8】

名师导学 aid, assist, help：做动词时，aid 指提供帮助、支援或救助；assist 指给……帮助或支持，尤指作为隶属或补充；help 的含义较多，表示给予协助、救助，对……有帮助，（在商店或餐馆中）为……服务，促进，（治疗、药物等）缓解、减轻（疼痛、病症）；help 为普通词，常可代替 aid，

第二周　高频词汇

assist。做名词时，aid 指帮助的行为或结果，也指助人者，辅助设备；assist 指助人行为；help 指帮助的行动或实例，或指补救的办法，也指助手、雇工。

经典例句　Amateur thieves are aided by our carelessness.（2003 年）

译　文　我们的粗心大意帮助了业余的小偷。

ancient ['einʃənt] a. 古代的，古老的　【8】

经典例句　Floods have undermined the foundation of the ancient bridge.（2001 年）

译　文　洪水已经侵蚀了古老桥梁的根基。

appropriate [ə'prəupriət] a. 适当的，恰当的　【8】

固定搭配　be appropriate to 对……适合

名师导学　It's appropriate that... 从句中的谓语用原形或 should+原形结构。

经典例句　It will be an indication that you are starting to get an appropriate amount of sleep at night.（2003 年）

译　文　这将表明你正享受足量的夜间睡眠时间。

arithmetic [ə'riθmətik] n. 算术　【8】

经典例句　Alfred Adler was poor at arithmetic.（1996 年）

译　文　阿尔弗雷德·阿德勒不擅长算术。

arrangement [ə'reindʒmənt] n. 安排，准备工作；整理，布置　【8】

经典例句　They are the lucky beneficiaries of social arrangements.（2009 年）

译　文　他们是社会安排的幸运受益者。

block [blɔk] vt. 阻断，封锁　n. 街区，街段；大块（木料、石料、金属、冰等）；阻塞物，路障　【8】

固定搭配　block one's way 挡住某人的去路

经典例句　He took a block of wood and placed it on top of the lump.（2008 年）

译　文　他把木板放了在小方块上面。

capable ['keipəbl] a. 能干的，有能力的，有才能的　【8】

经典例句　They are capable of learning anything new.（1996 年）

译　文　他们有能力学习任何新的东西。

catch [kætʃ] vt. 捕，捉；赶上；感染，染上病；听清楚【8】

固定搭配　catch up with 追上，赶上

catch on 理解，明白

catch one's eye 引人注目

catch right of（突然）发现

catch up on 在……方面赶上

catch on to 理解；突然了解

名师导学 catch, grasp, grip, seize：catch 意为"捕捉，拿获"，特别是经过追捕以后捕捉或抓住；grasp 指用手或像是用手一样紧紧地抱住或抓住；grip 意为"紧握，抓牢，紧紧拿住"；seize 意为"抓住，捉住，（突然地、有力地）抓住"，也指使自己占有（某物）。

characteristic [ˌkærɪktəˈrɪstɪk] a. 特有的，独特的 n. 特征，特性 【8】

经典例句 We must examine the characteristics of that flower. （2010 年）

译 文 我们必须检查那朵花的特征。

clue [kluː] n. 线索，提示 【8】

经典例句 I have not a clue how to compose a waltz.

译 文 我对创作华尔兹舞曲一窍不通。

commitment [kəˈmɪtmənt] n. 承担义务，许诺 【8】

经典例句 It was felt that he lacked the commitment to pursue a difficult task to the very end. （1996 年）

译 文 人们感觉到他缺少把一项艰巨任务进行到底的责任心。

complex [ˈkɒmpleks] a. 复杂的，复合的 【8】

固定搭配 a complex situation 复杂的情况

a complex sentence 复合句

经典例句 It was very complex in running the space program. （2000 年）

译 文 太空项目的经营非常复杂。

confidence [ˈkɒnfɪdəns] n. 信任，信心 【8】

固定搭配 in confidence 秘密地

with confidence 充满自信地

have confidence in 对……有信心

经典例句 "Since we are exchanging _____, I too have a secret to reveal," said Mary. （2003 年）

A. transferences　　　　B. transactions
C. confidences　　　　　D. promises　[C]

译 文 "既然我们是在说知心话，我也有个秘密要告诉你，"玛丽说。

conscious [ˈkɒnʃəs] a. 意识到的；有知觉的；有觉悟的，自觉的 【8】

固定搭配 be conscious of 意识到

名师导学 该词属于常考词汇。考生要注意常用的相关同义词：aware（知道的，明白的，意识到的）。该词的反义词是在该词的基础上加前缀"un"构成 unconscious（不省人事，未发觉的，无意识的），或者 unaware（不知道的，没觉察到的）。注意固定搭配 be conscious of（知道）和 become conscious（恢复知觉、意识），都是该词的常用搭配。

经典例句 I am conscious of your thoughts, and of your violent purposes against me.（2002 年）

译　文 我知道你的意思，以及诬害我的计谋。

contrast ['kɔntræst] v. / n. 对比，对照　　　　　　【8】

固定搭配 in contrast with / to 和……形成对比（对照）

contrast A with B 把 A 与 B 对照

contribution [ˌkɔntri'bjuːʃən] n. 贡献，捐助，捐助之物【8】

经典例句 Migrant workers made a great contribution to the prosperity of cities.（1996 年）

译　文 外地民工为城市繁荣做出了很大贡献。

corporation [ˌkɔːpə'reiʃən] n. 公司，团体　　　　【8】

经典例句 They are both big American media corporations.（2000 年）

译　文 他们都是大的美国媒体公司。

crisis ['kraisis] n. 危机；决定性时刻　　　　　　【8】

名师导学 复数为 crises，参见 analysis crisis, emergency, urgency：crisis 指关键时刻，决定性时刻，转折点；emergency 指突然发生并要求马上处理的严重情况或事件；urgency 指紧要、紧迫的特征或状态。

经典例句 We don't know for sure yet what will be left behind Japan's nuclear crisis.（2011 年）

译　文 我们不知道日本的核危机背后我们将留下什么。

critical ['kritikəl] a. 批评的，批判的；危急的，紧要的　【8】

固定搭配 be critical of 挑剔，不满

经典例句 Drunk driving remains a critical problem.（2011 年）

译　文 酒后驾车仍然是一个紧要的问题。

decision [di'siʒən] n. 决定，决心；果断　　　　　【8】

经典例句 They should make rational decisions about what to buy.（2009 年）

译　文 他们买什么东西应该要作出理智的决定。

depression [di'preʃən] n. 不景气，萧条；沮丧，消沉　【8】

经典例句 Loneliness has been linked to depression and other health problems.（2010 年）

译　文 孤独与沮丧和其他的健康问题有些联系。

desire [di'zaiə] v. / n. 愿望，欲望；要求　　　　　【8】

固定搭配 desire (sb.) to do 想要（某人）做

desire that / it is desired that + (should) do 要求做到

名师导学 desire, hope, wish：desire "期望，希望"，指期望达到目的，而经过多方努力是能够实现的；hope "希望"，

表示殷切地期待出现一个良好的结果，而这种期望是可能实现的；wish "但愿，希望"，通常表示一种不能实现的愿望，只表示主观的一种期望，其后的宾语从句中的谓语动词常用虚拟语气，也用来表示对人的祝福。

经典例句 It's impossible to satisfy all their desires. （2004 年）

译 文 满足他们所有的欲望是不可能的。

desperate ['despərit] *a.* 绝望的，危急的；不顾一切的，铤而走险的 【8】

经典例句 Thousands of Mexicans arrive each day in this city, desperate for economic opportunities. （2000 年）

译 文 每天都有成千上万的墨西哥人到达这个城市，渴望获得发财的机会。

device [di'vais] *n.* 设备，装置；方法，设计 【8】

经典例句 Her husband is interested in designing electronic devices. （2001 年）

译 文 她的丈夫对电子设备的设计很感兴趣。

disorder [dis'ɔ:də] *n.* 紊乱，混乱；骚动，骚乱；疾病，失调 【8】

经典例句 Some sleeping disorders are genetic. （1999 年）

译 文 一些睡眠障碍是遗传的

disturb [dis'tə:b] *vt.* 扰乱，妨碍；打扰，使不安 【8】

经典例句 It will disturb the students' normal life. （2005 年）

译 文 这将打乱这些学生的正常生活。

earn [ə:n] *vt.* 赚得，赢得，获得 【8】

固定搭配 **earn one's living=make a living** 谋生，挣钱

名师导学 earn, gain, win：earn 指由于某种效果或行动而所得的或应该得的，尤指因某种服务、劳动或工作而获得；gain 指 "获得（需要之物），赢得"，强调通过努力而取得成功、获得成就及获得有价值的东西；win 意为 "获胜，赢，得到成功"，指在竞争、战争、比赛等中获胜，并可能由此得到奖赏，也指通过努力而赢得别人的爱戴、尊敬等，此时与 gain 意思相同。

经典例句 He could earn $10 an hour doing office work. （2006 年）

译 文 他做办公室的工作一小时能挣 10 美元。

employer [im'plɔiə] *n.* 雇主 【8】

经典例句 Health insurance is provided through employer. （2006 年）

译 文 通过雇主提供医疗保险。

end [end] *n.* 端，尾；目标，目的 *vt.* 终止，结束 【8】

第二周 高频词汇

固定搭配	**come to an end** 结束，终止

end in 以……结尾，以……告终

in the end 最后，终于

on end 竖着；连续地

by the end of 到……结束时 [表示将来某个时间，谓语动词用将来完成时；表示过去某个时间，谓语动词用过去完成时]

经典例句	It's estimated that by the end of this month the output of television in the factory will have risen by about 10%.（2001 年）

译　文	据推测，到本月末这个工厂的电视机产量将会增长大约 10%。

equipment [i'kwipmənt] *n.* 装备，设备，器材 【8】

名师导学	单复数同形。

经典例句	The author himself brought the medical equipment. （2002 年）

译　文	作者自己买了医疗设备。

eventually [i'ventjuəli] *ad.* 终于，最后 【8】

名师导学	eventually, at last, finally, lastly：eventually 指"最终"，强调在未来某一不确定时间；at last 指"终于"，强调久等之后；finally 也表示久等之后，但有时表示一系列因素的最后一个；lastly 指次序上的最后，与 firstly, secondly 相对。

经典例句	Eventually they settled in Mississippi.（2002 年）

译　文	最终，他们定居在了密西西比河。

expectation [ˌekspek'teiʃən] *n.* 期待，预料；指望，展望 【8】

经典例句	They shape people's thoughts and expectations. （2008 年）

译　文	他们塑造了人们的思想和展望。

explanation [ˌeksplə'neiʃən] *n.* 解释，说明 【8】

经典例句	A far more reasonable explanation is that fundamental science.（2001 年）

译　文	一个比较合理的解释是最基本的科学要求。

feedback ['fi:dbæk] *n.* 反馈 【8】

经典例句	Video coverage had provided powerful feedback. （1999 年）

译　文	视频覆盖提供了强大的反馈。

flower ['flauə] *n.* 花，花卉 *vi.* 开花 【8】

经典例句	It will promote the cultivation of flowers.（2003 年）

| 译　文 | 它将促进花的种植。 |

formal ['fɔ:məl] *a.* 正式的；礼仪上的；形式的　【8】

| 经典例句 | He summarized his findings in a formal presentation. （2000 年） |

| 译　文 | 他做了一个正式的演讲总结了他的发现。 |

furniture ['fə:nitʃə] *n.* 家具　【8】

| 经典例句 | People had to spend more on transportation and furniture.（1997 年） |

| 译　文 | 人们不得不在交通和家具上花费更多的钱。 |

ground [graund] *n.* 地面，土地；场地，场所；根据，理由　【8】

| 固定搭配 | **gain ground** 获得进展，占优势
get off the ground 进行顺利；开始
on the ground of 以……为理由，根据 |

| 联想记忆 | because of, due to, owing to, thanks to, in consequence of, in view of, on account of 由于 |

| 经典例句 | They construct their houses at least partly beneath the surface of the ground.（1995 年） |

| 译　文 | 他们建造的房屋至少一部分要建在地面之下。 |

guide [gaid] *n.* 向导，导游者；入门书，手册　*vt. / n.* 引导，指导　【8】

| 经典例句 | Continual practice, through guided participation, is needed.（2004 年） |

| 译　文 | 引导和不间断的实践是必需的。 |

harvest ['ha:vist] *n. / v.* 收获，收割　【8】

| 名师导学 | harvest 做名词时，一般与 reap 连用，不与 gain 等连用。 |

| 经典例句 | Just as crops are harvested wildlife too must sometimes be "harvested".（2006 年） |

| 译　文 | 就像收获庄稼一样，野生动物有时候也必须被"收割"。 |

historical [his'tɔrikəl] *a.* 历史的，有关历史的　【8】

| 经典例句 | Those societies have no historical relationship to each other.（1997 年） |

| 译　文 | 这些社团彼此间都没有历史关系。 |

hurt [hə:t] *vt.* 伤害，刺痛；伤……感情；损害，伤害　*vi.* 痛，受痛苦　*n.* 损害，伤害　【8】

| 名师导学 | hurt, injure, wound：hurt 和 injure 都可指人在平时或事故中受伤。injure 大多造成容颜、肌体的损害；hurt 则有强烈的疼痛感，还常指别人的言行给某人的情感造成无 |

意的、较小的伤害；wound 指人在战斗、攻击中受伤，身体出现明显的伤口。

经典例句 I never like to hurt people's feelings. （2009 年）
译　文 我从不愿意伤害别人的感情。

ideal [ai'diəl] *a.* 理想的，称心如意的；唯心论的　*n.* 理想
【8】
经典例句 Lighting levels are carefully controlled to fall within an acceptable level for optimal reading convenience. （1998 年）
　　A. ideal　　　B. required　　　C. optional　　　D. standard [A]
译　文 光的亮度被仔细地控制在最适合阅读的程度。

improvement [im'pru:vmənt] *n.* 改进，改良，增进；改进措施
【8】
经典例句 This procedure describes how suggestions for improvements to the systems are generated. （2003 年）
译　文 这个程序描述的是改进这些体系的建议是如何产生的。

inflation [in'fleiʃən] *n.* 通货膨胀
【8】
经典例句 Inflation will reach its highest in a decade across most of Asia this year. （2008 年）
译　文 今年亚洲大部分地区的通货膨胀率将达到最近十年的最高。

initial [i'niʃəl] *a.* 最初的，开头的　*n.* 首字母
【8】
名师导学 initial, original, primary, primitive: initial 意为"最初的，开始的"，强调处于事物的起始阶段的，开头的，也可指位于开头地方的；original 意为"最早的，最先的"，强调处于事物的起始阶段的，按顺序应是首位的，也可指原始的、原件的，即非仿造的东西；primary 在时间、顺序或发展上领先的（第一的、基本的、主要的）；primitive 指处于人类生命或事物发展的早期阶段的、原始的。
经典例句 The most important part initially is to write them down. （2008 年）
译　文 首先最重要的事是把它们写下来。

intention [in'tenʃən] *n.* 意图，意向，目的
【8】
经典例句 The horse was cleverly picking up on tiny, unintentional bodily and facial signals given out not only by his trainer, but also by the audience. （2011 年）
译　文 这匹马不仅能聪明地注意到训练师发出的微小、无意的身体和面部信号，也会受到观众这些方面的影响。

invent [in'vent] *vt.* 发明，创造；捏造，虚构
【8】
经典例句 I couldn't work out why anyone would invent something

so boring.（2008 年）

| 译 文 | 我弄不明白为什么会有人发明这么无聊的东西。

marry [ˈmæri] *vt.* 结婚，嫁，娶 【8】

native [ˈneitiv] *n.* 土著，当地人 *a.* 本国的，本地的，土生的 【8】

| 固定搭配 | **native land** 祖国

native place 故乡

native language 本国语

go native 入乡随俗

| 经典例句 | People today are not proud of their native language.（2009 年）

| 译 文 | 现在的人都不再为自己的本土语言自豪了。

packet [ˈpækit] *n.* 包，盒 【8】

| 经典例句 | It would mean wasting a good packet of cigarettes.（2008 年）

| 译 文 | 这将意味着浪费了一包好烟。

phenomenon [fiˈnɔminən] *n.* 现象 【8】

| 名师导学 | 复数 phenomena。

| 经典例句 | It is a common phenomenon among women.（2010 年）

| 译 文 | 在女性中，这是一种普遍现象。

physician [fiˈziʃən] *n.* 内科医生 【8】

| 联想记忆 | doctor 医生（一般用语） practitioner *n.*（医生、律师等）开业者 surgeon *n.* 外科医生 dentist *n.* 牙医

| 经典例句 | I go to the physician, and they tell me what to do, and I do it.（2010 年）

| 译 文 | 我去看医生，他们告诉我该怎么办，我按照他们说的那样做了。

promote [prəˈməut] *vt.* 提升，晋升；促进，增进，助长【8】

| 经典例句 | Digitizing medical data has been promoted as one way to help the already burdened system manage the surge in patients.（2010 年）

| 译 文 | 医疗资料数字化已成为一种解决方案，以帮助严重负荷的系统来管理快速增加的病人。

provided [prəˈvaidid] *conj.* 假如，若是 【8】

| 经典例句 | His employer provided health insurance.（2006 年）

| 译 文 | 他的老板提供医疗保险。

rational [ˈræʃənl] *a.* 理性的，合理的 【8】

| 经典例句 | Some psychologists argue thet the traditional idea "spare the rod and spoil the child" is not rational.（2001 年）

　A. helpful　B. kind　　　C. sensible　D. effective [C]

第二周 高频词汇

译　文　一些心理专家认为，"棒下出孝子"的传统观念是不合理的。

reject [ri'dʒekt] *vt.* 拒绝；谢绝，驳回；舍弃，排斥，退掉　【8】

经典例句　It could lead policy makers to finally reject policies built on the assumption that people are coldly rational profit-maximizing individuals.（2009 年）

译　文　可能让决策者最终拒绝采纳那些建立在假设人们都是冷漠、理智、极端利益化的个体之上的政策。

reservation [ˌrezə'veiʃən] *n.* 预定，预订；保留　【8】

固定搭配　make a reservation for 预订

经典例句　You sent me this brochure after we made our reservation.（2005 年）

译　文　你送我的这本小册子之后，我们将作出我们的预订。

responsibility [risˌpɔnsə'biliti] *n.* 责任；职责　【8】

固定搭配　do sth. on one's responsibility 自觉地尽职尽责

accept / assume / take on responsibility for 为……负责

经典例句　The government feels it has to take responsibility for this expanding problem.（2010 年）

译　文　英国政府觉得应当为这一不断扩大的问题负起责任。

scent [sent] *n.* 气味，香气；香水　【8】

固定搭配　scent of 发出……的气味，有……的迹象

be scented with 充满香气

经典例句　Before the searches, the handlers were informed that some of search areas might contain up to three target scents.（2011 年）

译　文　搜索开始前，领犬员被告知些搜寻区域可能包括多达三个气味目标。

sector ['sektə] *n.* 扇形，部门　【8】

经典例句　In the rest of the state-run education sectors, the government still seems to be committed to restricting choices as much as possible.（2000 年）

译　文　在国家其余的教育部门中，政府似乎还是致力于尽可能地限制这些选择。

specific [spi'sifik] *n.* 特效药，细节　*a.* 详细而精确的，明确的，特殊的，特效的，（生物）种的　【8】

经典例句　Whether it is personal, financial, business or spiritual, they are all specific to that person and their circumstances. （2008 年）

| 译　文 | 不管目标是关于个人的、财政的、商业的或是精神方面的，对个人和它们的境况来说，这些目标都是明确的。 |

substitute ['sʌbstitjuːt] *n.* 代用品，代替者　*vt.* 代，代替　【8】

| 固定搭配 | substitute...for 替代；取代，代替 |

succeed [sək'siːd] *vi.* 成功；继承，接替　*vt.* 接替，接……之后　【8】

| 固定搭配 | succeed in doing 成功地做 |

| 经典例句 | If these programs succeed, they could improve the skills of Britain's workforce.（2000 年） |

| 译　文 | 如果这些项目成功的话，它们会提高英国劳动力的技能水平。 |

surrender [sə'rendə] *vi.* 投降；屈服，让步　*vt.* 交出，放弃　【8】

| 固定搭配 | surrender oneself to 向投降，沉迷在……之中 |

| 经典例句 | We will not surrender without a struggle.（2003 年） |

| 译　文 | 我们绝不会不战而降。 |

survival [sə'vaivəl] *n.* 幸存（者），生存　【8】

| 经典例句 | The survival of pandas is an international concern.（1997 年） |

| 译　文 | 大熊猫的生存是一个国际性关注问题。 |

suspect [səs'pekt] *vt.* 猜想，怀疑　*n.* 可疑分子，嫌疑犯　*a.* 可疑的　【8】

| 固定搭配 | suspect sb. of sth. 疑心某人干某事 |

| 经典例句 | Teachers and nurses who deal with children are obliged to report cases of suspected child abuse to authorities.（2011 年） |

| 译　文 | 和孩子们接触的老师和护士被要求如果发现虐童现象要向当局报告。 |

technique [tek'niːk] *n.* 技术，工艺；技巧，手艺　【8】

| 经典例句 | He used in the exam the techniques provided by his father.（1999 年） |

| 译　文 | 他在考试中使用了由他的父亲所提供的技术。 |

term [təːm] *n.* 学期；期，期限；词，措辞，术语；（*pl.*）条件，条款　*vt.* 称为，叫做　【8】

| 固定搭配 | be on good / bad terms with 与……关系好/不好
in terms of 按照，依照；用……措辞
in the long / short term 就长/短期而言 |

经典例句　The meaning of the term is confused. （1999 年）
译　文　这个词的含义是令人困惑的。

tribe [traib] *n.* 部落，宗族　　　　　　　　　　　　【8】
经典例句　Building materials differ from tribe to tribe. （1995 年）
译　文　部落之间的建筑材料是不同的。

understanding [ˌʌndəˈstændiŋ] *n.* 理解，理解力；谅解
a. 能体谅人的，宽容　　　　　　　　　　　　　　　【8】
经典例句　I was still far short of full self-understanding. （2003 年）
译　文　那时我还远远没有充分认识自我。

vehicle [ˈviːikl] *n.* 车辆，交通工具　　　　　　　　【8】
经典例句　A typical example is the driver who waves a child across a crossing into the path of oncoming vehicles that may be unable to stop in time. （2000 年）
译　文　典型的例子就是：司机挥手让孩子穿过十字路口，走向迎面有车辆驶来的车道，而迎面驶来的车辆可能无法及时停下来。

workplace [ˈwəːkpleis] *n.* 工作场所，工厂，车间　【8】
经典例句　Businessmen wore ties only in workplace. （2005 年）
译　文　商人只在工作场所戴领带。

acquisition [ˌækwiˈziʃən] *n.* 获得（物）；取得，获得　【7】
经典例句　This makes acquisitions relatively easy. （2000 年）
译　文　这使得收购相对容易。

adjust [əˈdʒʌst] *v.* 调整，调节；校准　*vt.* （～to）适应于
　　　　　　　　　　　　　　　　　　　　　　　　【7】
固定搭配　adjust ... to 使……适应于
联想记忆　adapt ... to, make ... suitable for 使……适应于
经典例句　It enables employers to adjust their workforce. （2006 年）
译　文　它能使雇主们调整他们的劳动力。

affection [əˈfekʃən] *n.* 爱，感情；作用，影响　　【7】
固定搭配　have an affection for sb. 热爱某人
经典例句　We know the kiss as a form of expressing affection. （1995 年）
译　文　我们知道亲吻是表达感情的一种方式。

agriculture [ˈægrikʌltʃə] *n.* 农业　　　　　　　　【7】
联想记忆　industry 工业　　commerce 商业
经典例句　Agriculture is impossible all along the thousands of miles of the north shore. （1995 年）
译　文　在沿北岸的数千英里发展农业是不可能的。

analysis [əˈnælisis] *n.* 分析，解析　　　　　　　　【7】
固定搭配　in the final (last) analysis 归根结底

on / upon analysis 经分析

联想记忆 basis — bases 基础 crisis — crises 危机 thesis — theses 论题 hypothesis — hypotheses 假设 diagnosis — diagnoses 诊断 emphasis — emphases 强调

经典例句 And in the final analysis, what harm can a few songs and videos cause?（2003 年）

译 文 归根结底，几首歌曲和视频能引起什么样的伤害？

appeal [ə'pi:l] *vi.* (to) 请求，呼吁；吸引；上诉；求助 *n.* 呼吁；吸引力；上诉 【7】

经典例句 Fortunately, science has a natural appeal for youngsters. （2004 年）

译 文 幸运的是，科学对年轻人有一种自然的吸引力。

approach [ə'prəutʃ] *vi.* 接近 *vt.* 处理；对待 *n.* 走进；方法；探讨；观点 【7】

固定搭配 approach to＝access to 接近

经典例句 Thus the most logical approach is to focus our analysis on the trade relations of Spain with other European countries. （2006 年）

译 文 因此，最为合乎逻辑的方法就是把我们分析的焦点集中在西班牙与欧洲其他国家的贸易关系上。

art [ɑ:t] *n.* 艺术，美术；技术，技艺；(pl.) 文科 【7】

经典例句 Pieces of fine art may evoke emotional or spiritual responses in us.（2004 年）

译 文 美术作品唤起我们的情绪或精神反应。

aspect ['æspekt] *n.* 样子，面貌；方面 【7】

联想记忆 respect *v.* 尊敬 inspect *v.* 视察 prospect *n.* 前景 expect *v.* 期望 perspective *n.* 洞察力

经典例句 Most national news has an important financial aspect to it.（2002 年）

译 文 绝大多数的国内新闻都会涉及重要的金融方面的信息。

assign [ə'sain] *vt.* 派给，分配；选定，指定（时间、地点等） 【7】

经典例句 It's hard to assign the roles that the different authors are to play.（2004 年）

译 文 不同的作者所扮演的角色是很难分配的。

atmosphere ['ætməsfiə] *n.* 空气；大气，大气层；气氛 【7】

经典例句 In this highly charged atmosphere, Americans can sometimes seem brusque（无礼的）or impatient.（2001 年）

第二周 高频词汇

译　文　在这种高度紧张的气氛里，美国人似乎看起来很粗暴或不耐烦。

attend [ə'tend] *vt.* 出席，参加；照顾，护理 *vi.* (to) 注意；留意 【7】

固定搭配　**attend to, pay attention to** 倾听，留意
　　　　　attend to, take care of 照顾，处理

经典例句　She'll attend the contest. （2008 年）
译　文　她将参加比赛。

blame [bleim] *vt.* 责备，怪，怨；(on) 把……归咎于 *n.* (过错，事故等的) 责任；责怪，责备 【7】

固定搭配　**blame sb. for sth.** 因某事而责备某人
　　　　　blame sth. on / upon sb. 把某事归咎于某人

名师导学　blame, condemn, scold：blame 归咎于；condemn 谴责，判罪；scold 斥责，责骂。

经典例句　The members of a team should share the credit or the blame. （2004 年）
译　文　一个团队的成员应该分享信用和责备。

broadcast ['brɔ:dkɑ:st] *n. / v.* 广播，播音 【7】

经典例句　Last year, Miss World was broadcast to 142 countries. （2007 年）
译　文　去年，世界小姐活动在 142 个国家播出。

chemical ['kemikəl] *a.* 化学的 *n.* 化学制品/产品/物质/成分 【7】

经典例句　The carbon dioxide would then be extracted and subjected to chemical reactions. （2008 年）
译　文　然后二氧化碳被提取出来，并将产生化学反应。

claim [kleim] *n.* (根据权利提出) 要求，要求权，主张，要求得到的东西 *vt.* (根据权利) 要求，认领，声称，主张，需要 【7】

名师导学　claim, proclaim：claim 声称对某物的拥有权；proclaim 官方正式宣布。

经典例句　He was as clever as people claimed. （2011 年）
译　文　他与人们声称的一样聪明。

connect [kə'nekt] *vt.* 连接，联系 【7】

固定搭配　**connect...with** 把……与……相连

联想记忆　join...to 把……与……相连　link...to 把……与……相联系　associate...with 把……与……联系起来

经典例句　The two towns are connected by a railway. （2003 年）
译　文　这两个城市由铁路相连。

constant ['kɔnstənt] *a.* 不断的，持续的；始终如一的；坚定的，忠实的；恒定的，经常的 【7】

名师导学　constant, continual, continuous：constant 表示连续发生的，在性质、价值或范围上持久不变的，始终如一的；continual 表示有规律地或经常地再发生，强调中间有间断的连续；continuous 表示不间断的连续。

经典例句　The newly-designed machine can help the room maintain a constant and steady temperature. （2004 年）

译　文　这种新设计的机器能够帮助屋子保持在一个不变的稳定的温度上。

criminal ['kriminl] *a.* 犯罪的，刑事的　*n.* 罪犯，刑事犯 【7】

经典例句　Leaving valuables in view is an invitation to the criminal. （2003 年）

译　文　对于罪犯来说，你的贵重物品放在他们的视野范围内的地方就是一种诱惑。

curious ['kjuəriəs] *a.* 好奇的，爱打听的 【7】

经典例句　She was curious about the old lady. （2003 年）

译　文　她对那个妇人感到很好奇。

customer ['kʌstəmə] *n.* 顾客，主顾 【7】

经典例句　The customers should read the brochure carefully. （2005 年）

译　文　顾客们应该认真阅读这个册子的内容。

decrease [di:'kri:s] *v. / n.* 减少，减小 【7】

经典例句　Every additional friend Can decrease loneliness by about 5%. （2010 年）

译　文　每一个额外的朋友能够降低大约 5%的孤独感。

define [di'fain] *vt.* 下定义，解释 【7】

经典例句　They are defined differently by different people. （2005 年）

译　文　不同的人有不同的定义。

discuss [dis'kʌs] *v.* 讨论 【7】

经典例句　Can we discuss it sometime before the weekend? （2007 年）

译　文　在周末之前我们能否讨论它呢？

distribute [dis'tribju(:)t] *vt.* 分发，分送，配给；分布【7】

经典例句　Local government officials skim money off the top as they distribute funds and business owners pay them brides to win contacts and inflate project costs. （2005 年）

译　文　当地政府官员在发放基金的时候就把钱抽走，一

第 二 周　高频词汇

些企业乘机向他们行贿，从而争取到合同，并同时哄抬项目的成本。

elect [i'lekt] *v.* 选举，推选　　　　　　　　　　【7】

固定搭配　**elect sb.** +职位（不带冠词）选某人做
　　　　　elect sb. (to) 把某人选入机构或组织中

经典例句　The government is made up of men and women elected by the people of the country. （2003 年）

译　文　政府是由这个国家的人民选出的人员组成的。

encourage [in'kʌridʒ] *vt.* 鼓励，助长，促进　【7】

固定搭配　**encourage sb. to do sth.** 鼓励某人做某事

经典例句　He will encourage the woman. （2005 年）

译　文　他将鼓励这位女士。

entertainment [entə'teinmənt] *n.* 娱乐，文娱节目，表演会；招待，款待，请客　　　　　　　　　　【7】

经典例句　Many zoos displayed live animals for public entertainment. （2011 年）

译　文　许多动物园展出动物为了供市民娱乐。

expensive [iks'pensiv] *a.* 昂贵的，高价的，花钱多的　【7】

经典例句　It is not expensive. （2009 年）

译　文　它不贵。

fatal ['feitl] *n.* 致命的，毁灭性的　　　　　　　【7】

经典例句　Don't smoke in bed—it causes 1,000 fires a year, many with fatal results. （1995 年）

译　文　不要在床上吸烟，因为它会在一年之内导致 1000 起致命火灾。

feature ['fi:tʃə] *n.* 面貌，容貌；特征，特色；特写　【7】

经典例句　One of the basic and best-known features of civilization and culture is the presence of tools. （2005 年）

译　文　"文化"与"文明"最基本、最为人们所熟知的特征之一就是工具的存在。

finance [fai'næns] *n.* 财政，金融　*vt.* 提供资金，接济　【7】

经典例句　It is financed by California state government. （2011 年）

译　文　它是由加州州政府集资的。

financial [fai'nænʃəl] *a.* 财政的，金融的　　　　【7】

经典例句　Whether it is personal, financial, business or spiritual, they are all specific to that person and their circumstances. （2008 年）

译　文　不管目标是关于个人、财政的、商业的或是精神方面的，对个人和他们的境况来说，这些目标都是明确的。

flexible ['fleksəbl] *a.* 柔软的，易弯曲的；灵活的，可变

通的 【7】

经典例句 Goals should be measurable but flexible.（2006 年）
译文 目标应该可测量并且非常灵活。

former ['fɔ:mə] *a.* 在前的，以前的 *n.* 前者 【7】

固定搭配 the former ... the latter 前者……后者
经典例句 Now lions hold only a small fraction of their former habitat.（2002 年）
译文 现在狮子只拥有他们以前栖息地的一小部分。

foundation [faun'deiʃən] *n.* 成立，建立，创办；基础，地基；根据；基金会 【7】

固定搭配 lay a solid foundation for 为……打下坚实的基础
经典例句 Floods have undermined the foundation of the ancient bridge.（2001 年）
译文 洪水损害了古代桥梁的地基。

guard [gɑ:d] *v. / n.* 守卫，保卫，提防 *n.* 哨兵，警卫，看守 【7】

固定搭配 on (one's) guard against 值（当）班，警戒；谨慎
off (one's) guard 疏忽，大意，不提防；不值班
经典例句 I would be a tube guard.（2003 年）
译文 我将成为一名地铁警卫。

guilty ['gilti] *a.* 有罪的，犯罪的，自觉有罪的；内疚的 【7】

固定搭配 be guilty of 犯有……罪
be guilty for 因……而内疚
经典例句 The main function of criminal courts is to determine who is guilty under the law.（2009 年）
译文 刑事法庭的主要作用就是决定谁在法律规定下是有罪的。

gym [dʒim] = gymnasium 【7】

经典例句 Is going to the gym the answer?（2010 年）
译文 去体育馆是答案吗？

hydrogen ['haidrədʒən] *n.* 氢 【7】

联想记忆 oxygen *n.* 氧 carbon *n.* 碳 dioxide *n.* 二氧化物 nitrogen *n.* 氮
经典例句 There is no cheap source of hydrogen.（2008 年）
译文 没有廉价的氢源。

imagination [i,mædʒi'neiʃən] *n.* 想象，想象力；空想，幻想 【7】

经典例句 It is not because the companies that operate them lack imagination.（2009 年）
译文 这并不是因为经营超市的公司缺乏想象力。

第二周 高频词汇

Friday

imply [im'plai] *vt.* 意指，暗示 【7】

经典例句 What does the woman imply?（2008 年）

译 文 这个女人说的话暗示着什么？

inherit [in'herit] *v.* 继承，遗传而得 【7】

固定搭配 inherit ... from 从……继承，遗传

经典例题 It is amusing that she _____ her father's bad temper as well as her mother's good looks.（2009 年）

A. retained B. inherited
C. preserved D. maintained [B]

译 文 有趣的是，她既继承了她母亲迷人的外表，也继承了父亲的坏脾气。

insert [in'sə:t] *vt.* 插入 【7】

经典例句 To solve this problem, Lanzaro wants to load up a mobile piece of DNA with the malaria-resistant gene, and then insert it into a group of mosquito embryos.（2006 年）

译 文 为解决这一问题，兰扎罗想加载一个移动的脱氧核糖核酸与抗疟疾基因，并将其插入到一群蚊子胚胎中。

insight ['insait] *n.* 洞察力，见识，深刻了解 【7】

经典例句 For the academic side, Voss says, the ASEE program also brings institutions of higher learning more insight into new technology.（2000 年）

译 文 沃斯说，对于学术界来说，ASEE 计划也使高等学府对新技术有了更多的了解。

instance ['instəns] *n.* 例证，实例 【7】

固定搭配 for instance 举例说，比如

经典例句 For instance, one species may serve as food fo another.（2010 年）

译 文 例如：一个物种可能是另一个物种的食物。

intelligent [in'telidʒənt] *a.* 聪明的，理智的 【7】

经典例句 He is working with a car producer on intelligent cars.（2011 年）

译 文 他正在与一位智能汽车生产商一起工作。

isolate ['aisəleit] *vt.* 隔离，孤立 【7】

固定搭配 be isolated from 脱离，被隔离，被孤立

经典例句 After all, the phenomenon is not isolated to humans.（2011 年）

译 文 毕竟，对人类来说，这种现象不是被孤立的。

jazz [dʒæz] *n.* 爵士乐 【7】

经典例句 Jazz is spontaneous and free-form. （1999 年）

译 文 爵士乐是自发和自由的形式

labo(u)r ['leibə] *n.* 劳动，工作；劳力，劳方 *v.* 劳动，苦干 【7】

固定搭配 **physical labor** 体力劳动

mental labor 脑力劳动

名师导学 labor，toil：labor 多指体力劳动，特别是费力气的劳动，也可指脑力劳动；toil 多指长时间让人感到疲乏的劳动。

经典例句 The Labor Party's electoral strategy, based on an alliance with other smaller parties, has proved successful. （2011 年）

译 文 工党基于联合其他小党派的选举政策证明是很成功的。

lock [lɔk] *n.* 锁 *v.* 上锁，锁住 【7】

固定搭配 **lock up** 将……锁藏；把……监禁起来

经典例句 The AA recommends locking up whenever you leave the car —— and for however short a period. （2003 年）

译 文 "汽车协会"忠告司机：无论你什么时候离开车辆，你都应该上锁——不管多短的时间都应该这样。

logical ['lɔdʒikəl] *a.* 逻辑（上）的，符合逻辑的 【7】

经典例句 Thus the most logical approach is to focus our analysis on the trade relations of Spain with other European countries. （2006 年）

译 文 最符合逻辑的方法是把我们的分析集中在西班牙同其他欧洲国家的贸易关系上。

manner ['mænə] *n.* 方式；态度；礼貌 【7】

固定搭配 **all manner of** 各种各样的，形形色色的

in a manner of speaking 不妨说，在某种意义上

名师导学 manner，method，way：manner 指人们说话做事所采取的独特方式；method 指有系统、有条理的办事方法；way 指解决问题的具体办法或途径。

经典例句 Road politeness is not only good manners, but good sense too. （2000 年）

译 文 行路礼节不仅指良好的举止，而且还指良好的意识。

mood [mu:d] *n.* 心情，情绪；语气 【7】

固定搭配 **be (not) in the mood for / to do sth.** 有没有情绪做某事

be in good (bad) mood 情绪好不好

经典例句 Miss Joan was determined to keep her good mood.

（2005 年）

译　文　琼小姐决意保持一个好心情。

mystery ['mɪstəri] *n.* 神秘，神秘的事，神秘小说，侦探小说　【7】

经典例句　The greater longevity of women remains a mystery. （2011 年）

译　文　女性更长寿这件事依然是个谜。

notion ['nəʊʃən] *n.* 概念，意念；想法，见解　【7】

经典例句　When I started temping, I had this notion that a temporary job could turn full-time.（2006 年）

译　文　当我开始做临时工，我就有了一个概念，一份临时工作可以变成全职工作。

offer ['ɔfə] *v.* 提供，提出；愿意做；奉献　*n.* 提供，提议；报价，出价　【7】

固定搭配　offer (sb.) one's hand 伸出手
offer to do 主动做某事
on offer 削价出售

联想记忆　give sb. sth., give sth. to sb. , provide / supply sb. with sth. 向某人提供

经典例句　Digital ones can offer the latest information.（2010 年）
译　文　数码产品可以提供最新的信息。

parental [pə'rentl] *a.* 父母的，父母亲的；（生）亲本的　【7】

经典例句　Some researchers think parental attention is the key to personality birth-order differences.（2007 年）

译　文　有些研究者认为，父母对孩子不同程度的关注是导致出生次序不同的孩子具有不同的个性特点的主要原因。

partial ['pɑːʃəl] *a.* 部分的，局部的；偏爱的，不公平的　【7】

经典例句　The research project was only a partial success. （2011 年）

译　文　那个研究课题只取得了部分成功。

philosopher [fi'lɔsəfə] *n.* 哲学家，哲人　【7】

经典例句　The value of chicken soup has been appreciated only by philosophers.（1996 年）

译　文　鸡汤的价值只得到了哲学家的赞赏。

purchase ['pəːtʃəs] *n.* 购买；购买的东西　*vt.* 购买　【7】

经典例句　It cannot be demanded or purchased.（2007 年）
译　文　它是不能被要求或购买的。

qualification [ˌkwɔlifi'keiʃən] *n.* 资格，条件，限制，限定　【7】

经典例句　She had gained many qualifications and certificates.

（2007 年）

译　　文　她获得了许多资格和证书。

reasonable　['ri:znəbl] *a.* 合理的，讲理的；公道的　【7】

经典例句　We realize this isn't a rigorous scientific study, but we believe it is a reasonable real-world test of good manners around the globe.（2008 年）

译　　文　我们知道这并非是一次严格的科学研究，但我们认为这是世界范围内现实生活中对于礼貌行为的一次合理测试。

reinforce　[,ri:in'fɔ:s] *vt.* 增援，加强　【7】

经典例句　The vault will have metre-thick walls of reinforced concrete and will be protected behind two airlocks and high-security doors.（2008 年）

译　　文　地下库的墙有一米厚，是由钢筋混凝土制成的，有两个高度密封仓和安全性能很高的门来保护地下库。

remark　[ri'ma:k] *n.* 评语，意见　*vt.* 说，评论　*vi.* 议论，评论　【7】

固定搭配　remark on / upon 就某事发表意见

经典例句　Remarkably, Dr. Lit found, they do.（2011 年）

译　　文　显然地，莱特博士发现，这的确会受到影响。

reputation　[,repju(:)'teiʃən] *n.* 名声，声望　【7】

固定搭配　have a reputation for 因……而出名

　　　　　gain / acquire / establish a reputation 博得名望

经典例句　In the 1960s and 1970s, beauty queens did not have a good reputation.（2007 年）

译　　文　在二十世纪六十年代和七十年代，选美冠军们没有好名声。

severe　[si'viə] *a.* 严厉，严格；严重，凛冽；严峻，艰难

　　　　　　　　　　　　　　　　　　　　　　　　　　　　　【7】

名师导学　severe，strict，stern：severe "严厉的，严格的"，指法律、惩罚、言行等方面严格；strict "严格的，严肃的"，指对规则不仅自己严格遵守，而且对别人也毫不放松；stern "严厉的，严格的"，指利用权力使人服从，毫不讲情面，不为哀求和眼泪所动。

sort　[sɔ:t] *n.* 种类；类别　*vt.* 分类，整理　【7】

固定搭配　a sort of 一种……的，像……的

　　　　　sort of [做状语]几分，有点，稍微

　　　　　sort out 分类，拣选，整理

经典例句　People can pick them up in all sorts of ways.（2000 年）

译　　文　人们可以通过各种方法学得它们。

staff　[sta:f] *n.* 工作人员，全体职员；参谋，参谋部　*vt.* 配

备工作人员　　　　　　　　　　　　　　　　【7】

经典例句 We named it Volunteers in Medicine and we opened its doors in 1994, fully staffed by retired physicians, nurses and dentists as well as nearly 150 nonprofessional volunteers. （2002 年）

译　文 我们把诊所命名为"医疗志愿者"，并于 1994 年正式开门，所有工作人员都是退休的医生、护士和牙医，还有将近 150 名非专业的志愿者。

steady ['stedi] *a.* 稳定，不变；稳固，平稳；坚定，扎实 *v.* （使）稳定　　　　　　　　　　　　　　　　【7】

经典例句 Bob never goes steady with a girl. （2009 年）

译　文 鲍勃从不与一个女孩保持稳定关系。

stick [stik] *n.* 棍，棒；手杖 *vt.* 刺，戳，扎；粘贴 *vi.* 黏着，附着　　　　　　　　　　　　　　　　【7】

固定搭配 **stick to** 坚持，忠于，信守
　　　　　 stick one's nose into sth. 管闲事

联想记忆 insist on 坚持（要求）　 hold on 坚持　 carry on, cling to, stick to 坚持　 attach to 附上

经典例句 A monkey may use a stick to knock a banana from a tree, but that stick will never, through a monkey's cleverness, be modified into a hook or a ladder. （2005 年）

译　文 猴子可能会用棍子从树上打香蕉，但是仅凭猴子的智商却永远不可能把那根棍子改良成钩子或梯子。

strengthen ['streŋθən] *n.* 加强，巩固　　　　　【7】

联想记忆 long—lengthen 加长　 strong—strengthen 加固
broad—broaden, wide—widen 加宽　 high—highten 加高
deep—deepen 加深

经典例句 These changes will be strengthened by the nationwide shift to electronic medical records, which has already began. （2010 年）

译　文 由于全国已经开始更替为电子医疗记录，所以巩固了这些转变。

substance ['sʌbstəns] *n.* 物质；实质，本质；要旨，大意　　　　　　　　　　　　　　　　【7】

固定搭配 **in substance** 大体上是，从本质上说

经典例句 Water consists of various chemical substance.（2003 年）

译　文 水由各种不同的化学物质构成。

surroundings [sə'raundiŋz] *n.* （*pl.*）周围的事物，环境 【7】

经典例句 The male sea horse will change his color to blend with his surroundings and avoid being seen by predators who will try to eat him or poke holes in his pouch to get the eggs. (2006 年)

| 译　文 | 雄海马还会改变体色来和他周围的环境融合在一起，这样就能避免被试图吃掉他或刺破他的育儿袋来抢夺幼卵的掠食者发现。 |

technical ['teknikəl] a. 技术的，工艺的；专门性，专业性的　【7】

| 经典例句 | Computers can translate technical language. (2005 年) |
| 译　文 | 计算机能够翻译技术语言。 |

transform [træns'fɔ:m] vt. 转换，变形；变化，变压　【7】

联想记忆	change...into, turn...into 由……变成
名师导学	在词汇题中以词义辨析为主，而只要能辨认前缀 trans-后的词义，就不难辨析词义，而阅读中则以变化的形式出现。
经典例句	The temperature in this area is low enough to allow falling snow to preserve and slowly transform into ice. (2007 年)
译　文	这个地区的气温低的足以让雪变成冰。

trap [træp] n. 陷阱，圈套　vt. 诱捕，使中圈套　【7】

固定搭配	fall into a trap 陷入圈套
经典例句	I just want your boys to have a chance to avoid the trap. (2003 年)
译　文	我只希望孩子们有机会避开陷阱。

variety [və'raiəti] n. 多样化；变化；变种，品种；种类；种种　【7】

固定搭配	a variety of 种种，多种多样的
名师导学	a variety of + 名词做主语时，谓语的数取决于 of 后面的名词；the variety of + 名词做主语时，谓语用单数。
经典例句	The microscope enables scientists to distinguish an incredible number and variety of bacteria. (2007 年)
译　文	显微镜使科学家能够区分难以置信的大量的和不同种类的细菌。

voluntary ['vɔləntəri; US -teri] a. 自愿的　n. 自愿者　【7】

| 经典例句 | There is a voluntary conveyance of property. |
| 译　文 | 这是一桩自愿的财产让与。 |

absorb [əb'sɔ:b] vt. 吸收；吸引，使专心　【6】

固定搭配	be absorbed in 全神贯注于
	distract sb. from doing sth. 使某人做某事分心
联想记忆	concentrate / focus / center on 全神贯注于
经典例句	Plants absorb carbon dioxide as they grow. (2008 年)
译　文	植物的生长需要吸收二氧化碳。

adequate ['ædikwit] a. 足够的，充分的　【6】

第二周　高频词汇

名师导学 adequate, enough, sufficient: adequate 指"足够的"，满足要求或需求的，也指"恰当的，胜任的"；enough 指"充足的"，数量上足以满足需要或愿望的；sufficient 比 enough 正式，尤指程度上能满足或达到某种需要。

经典例句 You are bound to have nights where you don't get an adequate amount of sleep.（2002 年）

译　文　你一定会经历睡眠不足的夜晚。

adopt [ə'dɔpt] *vt.* 收养；采用，采纳；通过　　【6】

固定搭配 the adopted children 养子

联想记忆 step mother / father 继母/继父　half sister 异母/父姐妹　ex-wife / husband 前妻/夫

名师导学 此词（adopt）在历年词汇题中以选项形式出现过多次，而在阅读中则以它的扩展词出现。

经典例句 Digital textbooks will first be adopted by well-equipped schools.（2010 年）

译　文　电子书将首先会被设备好的学校所采用。

associate [ə'səuʃieit] *vt.* 联系；联合　*vi.* 交往　*n.* 合作人，同事　　【6】

固定搭配 associate … with 把……与……联系在一起

联想记忆 associate … with, link … to, relate … with / to, combine / connect … with 把……与……联系在一起　have association with 与……交往

经典例题 Research shows heavy coffee drinking is _____ a small increase in blood pressure, but not enough to increase the risk for high blood pressure.（2009 年）

A．associated with　　　B．compared with
C．attributed to　　　　D．referred to　　　[A]

译　文　研究表明大量饮用咖啡与血压轻微上升有关系，但还不至于增加高血压的风险。

automobile ['ɔ:təməubi:l, ,ɔ:tə'məubil, ,ɔ:təmə'bi:l] *n.* <美>汽车，机动车（=<英>motorcar, car）　　【6】

经典例句 Automobile Association (AA) engineers surveyed one town centre car park last year.（2003 年）

译　文　汽车协会（AA）的工程师去年调查一个镇的中心停车场。

beyond [bi'jɔnd] *prep.* 在……那边，在……以外；超出，超过　*ad.* 在那边，在远处；对某人来说很难理解　　【6】

经典例句 Creativity led them to progress beyond caves to buildings.（2005 年）

译　文　创造力使他们的建造水平从洞穴上升到了建筑。

blind [blaind] *a.* 盲的，瞎的；盲目的 *vt.* 使失明；蒙蔽 【6】

固定搭配 be blind to 对……视而不见
turn a blind eye (to) 故意不看，熟视无睹

联想记忆 dumb *a.* 哑的 deaf *a.* 聋的 lame *a.* 瘸的 disabled *a.* 残疾的

经典例句 Italian people have been blind to troubles of the disabled.（2004 年）

译 文 意大利人对于残疾人的不便视而不见。

boost [bu:st] *n./v.* 提升，增加，提高 【6】

经典例句 Richer people's happiness is boosted by their high income.（2007 年）

译 文 高收入提升了富人们的幸福感。

brand [brænd] *n.* 商品；（商品的）牌子 【6】

经典例句 Is the world dominance of brands like Nike and Coca-cola so bad for us？（2003 年）

译 文 像耐克和可口可乐这类有优势的世界品牌对我们不利吗？

cable ['keibl] *n.* 缆，索；电缆；海底电报 【6】

经典例句 The flat-bottomed boats are anchored by underwater cables.（2003 年）

译 文 平底小船通过水下电缆来固定。

climb [klaim] *n.* 爬，攀登 *vi./vt.* 攀爬，上升 【6】

经典例句 The passenger slowly climbed out to investigate.（2003 年）

译 文 乘客慢慢地爬出来进行调查。

club [klʌb] *n.* 俱乐部，社；棒，球棒 【6】

经典例句 I go to health club most of the time.（2006 年）

译 文 我大多数时间去健康俱乐部。

collapse [kə'læps] *vi./n.* 倒塌；崩溃 【6】

经典例句 Racing the clock every day is such an exhausting effort that when I actually have a few free moments, I tend to collapse.（2007 年）

译 文 每天与时间赛跑是一项令人疲惫不堪的工作，当我确实有些空闲时间时，整个人几乎都要垮了。

commercial [kə'mə:ʃəl] *a.* 商业的，商务的 *n.* 商业广告 【6】

经典例句 All commercial establishments must have their websites.（2009 年）

译 文 所有商业机构必须有自己的网站。

comparison [kəm'pærisn] *n.* 比较；对比 【6】

固定搭配 **in comparison with** 与……比较
　　　　 by comparison 比较起来

经典例句 A metaphor is a poetic device that deals with comparison. （2010 年）

译 文 一个比喻是处理对比比较充满诗意的方法。

competition [kɔmpi'tiʃən] *n.* 比赛，竞争 【6】

固定搭配 **keen / fierce competition for a job** 激烈的求职竞争

经典例句 In Britain, beauty competitions are unfashionable. （2007 年）

译 文 在英国，选美比赛是过时的。

concentrate ['kɔnsentreit] *vt.* 集中；聚集；浓缩 *vi.* 集中，专心 【6】

固定搭配 **concentrate on / upon** 集中在，专心于

联想记忆 **be absorbed in** 集中精力于 **pay attention to** 注意
focus / center on 专心于

经典例句 She couldn't concentrate and nearly had a crash. （2003 年）

译 文 她不能集中精神，差一点就出了车祸。

consequence ['kɔnsikwəns] *n.* 结果，后果；重要性，重大 【6】

名师导学 考生要注意常用的相关同义词 aftermath （结果，后果），outcome （结果，成果），result （结果，成效）。注意词组 in consequence of sth. 表示由于某事物的缘故，因而。

经典例句 This is why the goals need to be detailed and as specific as possible with consequence and benefit. （2008 年）

译 文 这就是这些目标需要细节化，结果和利益尽可能的详细的原因。

consume [kən'sjuːm] *vt.* 消耗，消费 【6】

经典例句 They consume around 40 megawatt hours of electricity in the US every year. （2003 年）

译 文 在美国，他们每年大约消耗 40 兆瓦时的电。

经典例句 People consume more fish than they used to.

译 文 人们现在消费的鱼的数量比以前多。

description [dis'kripʃən] *n.* 描写，形容；说明书 【6】

destroy [dis'trɔi] *vt.* 破坏，摧毁；消灭，扑灭；打破，粉碎 【6】

经典例句 Human activities can harm or destroy local ecosystems. （2010 年）

译 文 人类活动伤害甚至破害了当地的生态系统。

determination [di,tə:mi'nei∫ən] *n.* 决心，决定　【6】

diminish [di'mini∫] *v.* 减少，缩小　【6】

名师导学　该词在历年考题中使用频率较高，可通过重点记忆该词中 mini "小的" 来联系该词的整体含义。

direct [di'rekt, dai'rekt] *a. / ad.* 径直的（地），直接的（地），率直的（地）*vt.* 把……对准；指示；管理，指导　【6】

固定搭配　**direct sb. to do** 指挥某人去做事

direct sth. at / to 把……指向，针对

经典例句　As Commander-in-Chief of the armed forces, I have directed that all measures be taken for our defense.（2008 年）

译　文　作为陆海空三军的总司令，我命令为了我们的防御而采取一切措施。

district ['distrikt] *n.* 区，地区，行政区　【6】

经典例句　Individual school districts will have to decide for themselves.（2010 年）

译　文　各区学校会做出自己的决定。

document ['dɔkjumənt] *n.* 文件，文献　【6】

经典例句　Never leave any documents showing your home address in the car.（2003 年）

译　文　不要留下任何显示您的家庭住址的文件在汽车里。

due [dju:] *a.* 预定的；应付的；到期的；应给的，应得的，应有的，适当的　【6】

固定搭配　**due to** 由于

名师导学　be due to do, be due to doing：be due to do 预定做；be due to doing 由于做。

经典例句　It is really due to the spread of the knowledge and practice of what is becoming known as "Death Control".（2009 年）

译　文　事实上，这是因为知识传播的结果，也是因为将被称为的养生之道的实践结果。

encounter [in'kauntə] *v.* 遭遇，遇到　【6】

经典例句　They encounter many principles of science daily.（2004 年）

译　文　他们每天都能遇到很多科学原理。

enormous [i'nɔ:məs] *a.* 巨大的，庞大的　【6】

名师导学　enormous，huge，immense，massive，vast：enormous 指在大小、范围、数目或程度上很大的；huge 一般指体积，也可指空间、距离、程度、容量等，强调体积之大超过一般标准；immense 强调大而不强调重量，所指体积、数量、程度等大到无法用尺度衡量；massive 既强调大又强调重，有分量；vast 指范围的广大和数量的大，侧重于面积的极

为开阔，但一般不用于体积的大小。

经典例句 It brings us not only the enormous pressure, but also great opportunities.（2007 年）

译　文 这不仅给我们带来了巨大的压力，也带来了极大的机遇。

exchange [iks'tʃeindʒ] *vt.* 交换，交流；调换，兑换　*n.* 交换台，交易所 【6】

固定搭配 exchange A for B＝substitute A for B 用 A 去换 B

经典例句 It is important for the space scientists to exchange information and perspectives.（2000 年）

译　文 太空科学家交流信息和观点是非常重要的。

extremely [iks'tri:mli] *ad.* 极，非常 【6】

经典例句 It was something to be extremely proud of.（2007 年）

译　文 这是一件非常自豪的事。

failure ['feiljə] *n.* 失败，不及格；失败者；没做到；失灵 【6】

经典例句 The failure will strengthen his belief in his incompetence.（1995 年）

译　文 失败会加强他是无能的这个观念。

favo(u)rable ['feivərəbl] *a.* 顺利的，有利的；称赞的，赞成的 【6】

固定搭配 be favo(u)rable for 对某事有利

be favo(u)rable to 赞同；（对某人）有利，有益

联想记忆 be in favo(u)r for 赞同　be beneficial to 有益于 be advantageous to 有利于

经典例句 This is the favorable weather for working outside.（2006 年）

译　文 这是有利于室外工作的天气。

fiction ['fikʃən] *n.* 小说，虚构的故事；虚构，杜撰，捏造 【6】

经典例句 How do you like science fiction movies?（2007 年）

译　文 你喜欢科幻电影吗？

fit [fit] *a.* 适合，恰当，合身；健康，健壮　*vt.* 适合，适应，配合 【6】

固定搭配 fit in (with) 适合，适应；符合

be fit to do 适合于做

be fit for 能胜任，适合于

keep fit 保持健康

名师导学 fit, match, suit: fit 表示合身，指尺寸和形状合适；match 表示相配，和谐；suit 表示适合，适当，指合乎条件、身份、口味、需要等。

经典例句　This passage is mainly about how to keep fit and avoid fatness. （2010 年）

译　文　这篇文章主要是讲怎么样保持健康与防止肥胖的。

flood [flʌd] *n.* 洪水，水灾　*v.* 泛滥，淹没　【6】

经典例句　The country is constantly threatened by floods. （2003 年）

译　文　这个国家经常受到洪水的威胁。

fortune ['fɔ:tʃən] *n.* 命运，运气；财富，财产　【6】

固定搭配　make a fortune 发财，致富

经典例句　They were often showered by good fortunes. （2009 年）

译　文　他们经常是好运当头。

fossil ['fɔsl] *n.* 化石　【6】

经典例句　Several dinosaur fossils were found in Montana. （2003 年）

译　文　在蒙大拿州发现了一些恐龙化石。

garage ['gærɑ:(d)ʒ] *n.* 车库，飞机库；汽车修理站，加油站　【6】

经典例句　It was costly to have the motorcycle fixed in the garage. （2003 年）

译　文　在车库里修理摩托车是比较昂贵的。

gather ['gæðə] *vi.* 聚集，集合；收集，采集；逐渐增加　【6】

固定搭配　gather together 集合；聚集

经典例句　The feminist movement gathered momentum. （2007 年）

译　文　女权运动的势头渐强。

gene [dʒi:n] *n.* 基因　【6】

经典例句　Most of us inherit half our gene from our mothers and half from our fathers. （2006 年）

译　文　我们大多数人继承一半母亲的基因，一半父亲的基因。

globe [gləub] *n.* 地球；地球仪，球体　【6】

经典例句　We believe it is a reasonable real-world test of good manners around the globe. （2008 年）

译　文　我们相信这是一个世界范围的、合理的、现实的关于礼貌的测试。

guarantee [ˌgærən'ti:] *n.* 保证，保证书　*vt.* 保证，担保　【6】

名师导学　guarantee, pledge, warranty: guarantee 意为"担保，保证，抵押品"，指对事物的品质或人的行为提出担保，常暗示双方有法律上或其他方式的默契，保证补偿不履行

第一周　高频词汇

所造成的损失；pledge 意为"保证，誓约，抵押品"，为普通用语，可泛指保证忠实于某种原则、主义或接受并尽忠某一职责的庄严保证或诺言，但这都是以跟人的信誉作保证的承诺；warranty 指"（商品的）保证书，保单，保证"，如修理或退还残缺货物等。

经典例句 Nuclear power, with all its inherent problems, is still the only option to guarantee enough energy in the future. （2006 年）

译　文 虽然核动力还存在它固有的问题，但它仍然是将来有足够能源的唯一保证。

hang [hæŋ] vt. 吊，悬挂；吊死，绞死 vi. 悬挂，吊着
【6】

固定搭配 hang about 闲荡，徘徊，逗留
hang on 紧抓不放；（电话）不挂断
hang on to 紧握住；继续保留
hang up 挂断（电话）

名师导学 吊，悬挂（过去式/过去分词）：hung / hung。吊死，绞死（过去式/过去分词）：hanged / hanged。

经典例句 It is not easy to learn English well, but if you hang on you will succeed in the end. （2001 年）

译　文 学好英语不是一件容易的事，但如果你坚持下去，最终是会取得成功的。

healthy ['helθi] a. 健康的，健壮的；有益健康的，合乎卫生的
【6】

经典例句 The key is to discharge your emotion in a healthy way. （2011 年）

译　文 关键是要以健康的方式发泄你的情绪。

household ['haushəuld] n. 户，家庭 a. 家庭的，家常的
【6】

经典例句 They also did more household work and participated in more of such organized activities as soccer and ballet（芭蕾舞）. （1997 年）

译　文 他们同样做很多家务，且参与许多有组织的活动，像足球和芭蕾舞。

ignore [ig'nɔ:] vt. 不理，不顾，忽视
【6】

名师导学 ignore, neglect, overlook, disregard：ignore 意为"忽视，不顾"，含有置之不理、不肯考虑的意味；neglect 意为"疏忽，不留心，遗漏"，指未给予应有或足够的重视，可以是故意的，也可以是无意的；overlook 意为"忽略，宽恕"，常指由于匆忙或没有注意而忽视；disregard 意为"不

顾"，有漠视的意思。

经典例句 When I saw Jane, I stopped and smiled, but she ignored me and walked on.（2002 年）

译　文 看见简时我停下来对她笑了笑，但她没有理我就走过去了。

learned ['lə:nid] *a.* 有学问的，博学的　　【6】

经典例句 What have you learned from the story?（2004 年）

译　文 你从这个故事中学到了什么？

lose [lu:z] *vt.* 丢，失去，丧失；失败，输；迷（路）【6】

固定搭配 **lose oneself** 迷路

lose oneself in 专心致志于

lose one's heart 泄气

lose no time 不浪费一点儿时间，立即着手

名师导学 lose, miss: lose 指"丢失，失"; miss 指"发现丢失"，"觉得不在"。在本质上，miss 是一种主观感觉，而 lose 是一种客观结果。

经典例句 Don't lose heart, I'll back you up all the time.（2005 年）

译　文 不要灰心，我会永远支持你。

multiple ['mʌltipl] *a.* 多样的，多重的　　【6】

经典例句 Initial reports were that multiple waves of warplanes bombed central Baghdad.（2000 年）

译　文 初步报告，轰战机对巴格达市中心进行了多轮轰炸。

neglect [ni'glekt] *vt.* 忽视，忽略；疏忽　　【6】

经典例句 This expanding problem refers to neglect of the health issue by the government.（2010 年）

译　文 这个扩展问题指的是政府忽视健康问题的事。

possess [pə'zes] *vt.* 占有，拥有　　　【6】

固定搭配 **be possessed of** 拥有

be possessed by / with 被……所迷住，被……所缠住

名师导学 possess, own: possess "占有，拥有"既可指对某物有所有权或支配权，也指拥有才能、特点、品质等; own "拥有，支配"表示合法或天生地拥有某物，不能有抽象意义。

经典例句 Those who possess it seek answers through observing, experimenting, and reasoning, rather than blindly accepting the pronouncements of others.（2004 年）

译　文 那些拥有科学态度的人们是通过观察、实验以及思考来探寻答案，而不是盲目地接受别人的看法。

press [pres] *vt.* 压，挤，按；催促 *n.* 压，挤，按；压榨机，印刷机；报刊，出版界/社　　【6】

固定搭配	**press for** 紧急要求
	be pressed for 缺乏
	press sb. to do sth. 催促某人干某事
	press on 加紧进行
	press conference 记者招待会

联想记忆 compel sb. to do, force sb. into doing, urge sb. to do 迫使某人做

经典例句 Same of these events were given national media coverage in the press and on TV.（1999 年）

译　文 同样的这些事件会被全国报纸和电视等媒体进行报道的。

prestige [pres'ti:ʒ, -'ti:dʒ] *n.* 声誉，威望，威信 【6】

经典例句 Some people desire social prestige.（2000 年）

译　文 一些人们渴望社会声望。

private ['praivit] *a.* 私人的，私有的，私立的；私下的，秘密的 【6】

固定搭配 in private 私下地

经典例句 Bill Gates was lucky to go to a great private school with its own computer at the dawn of the information revolution.（2009 年）

译　文 比尔·盖茨很幸运，他去了一个很好的私立学校，这所学校在计算机信息革命的开端就有了它自己的电脑。

procedure [prə'si:dʒə] *n.* 程序 【6】

经典例句 The entire procedure could take from three to five years to complete.（2000 年）

译　文 整个过程可能需要三至五年完成。

prosperity [prɔs'periti] *n.* 繁荣，兴旺 【6】

经典例句 Future prosperity of the world is dependent on cheap fossil fuels.（1998 年）

译　文 世界的未来繁荣依赖于廉价的化石燃料。

psychological [,saikə'lɔdʒikəl] *a.* 心理（上）的，心理学的 【6】

经典例句 I was sent into another room for a psychological test.（2003 年）

译　文 我被送进另一个房间做心理测试。

punishment ['pʌniʃmənt] *n.* 惩罚 【6】

经典例句 Punishment should be as severe as the injury suffered.（1997 年）

译　文 处罚与所遭受的损害一样严重。

relevant ['relivənt] *a.*（to）相关的，切题的；适当的，

中肯的 【6】

经典例句 As is suggested in Paragraph 2, the two factors relevant to women's longer lifespan are their endurance of work strains and reluctance for adventure. （2011 年）

译　文 如第二段中所建议，与女性长寿相关的两个要素是她们对工作压力的承受能力和不情愿冒险。

remove [ri'mu:v] *vt.* 排除，消除，去掉；搬迁，移动，运走 【6】

固定搭配 remove from 去除，解雇，移动

经典例句 He intended to come back and remove the lump the next day. （2008 年）

译　文 他打算第二天再回来将凸起除掉。

requirement [ri'kwaiəmənt] *n.* 需求，要求 【6】

固定搭配 to meet / satisfy one's requirement 满足某人的要求

经典例题 The so-called intelligent behavior demands memory, remembering being a primary _____ for reasoning. （1996 年）

A. resource　　　　B. requirement
C. resolution　　　D. response　　　[B]

译　文 所谓的智力行为需要记忆，记忆是推理的必要条件。

reveal [ri'vi:l] *vt.* 揭示，揭露，展现；告诉，泄露 【6】

经典例句 The findings reveal that of 144 searches, only 21 were clean (no alerts). （2011 年）

译　文 结果显示，144 处搜索区域中，只有 21 处是干净的，也就是没有警示。

satisfaction [,sætis'fækʃən] *n.* 满意；满足 【6】

固定搭配 with satisfaction 满意地

to one's satisfaction 使某人感到满意的是

take satisfaction in 对……感到满意

经典例句 In fact, very rich people rate substantially higher in satisfaction with life than very poor people do, even within wealthy nations, he says. （2007 年）

译　文 他说，实际上，非常富的人对生活的满意度比常贫困的人满意程度要高很多，甚至在富裕国家也是这样。

scan [skæn] *n. / v.* 浏览；扫描 【6】

经典例句 He scanned Time magazine while waiting at the doctor's office. （2001 年）

译　文 在医生的诊所候诊的时候，他翻阅《时代》杂志。

scheme [ski:m] *n.* 计划，方案；阴谋，诡计　*v.* 计划，图谋 【6】

经典例句 The scheme won UN approval at a meeting of the

第二周　高频词汇

Food and Agriculture Organization.（2008 年）

译　文　该计划赢得了联合国的粮食及农业组织会议批准。

scope [skəup] *n.* 范围，视野；余地，机会　【6】

固定搭配　scope for sth. / to do sth.（做……的）机会

within / outside the scope of 在……范围之内/外

经典例句　But highly sensitive types of translating, such as important diplomatic conversations, are beyond the scope of computer translating programs.（2005 年）

译　文　但是，那些极其敏感的翻译，比如重要的外交辞令，就超出电脑翻译程序的能力范围了。

sensitive ['sensitiv] *a.* 敏感的；灵敏的　【6】

经典例句　But highly sensitive types of translating, such as important diplomatic conversations, are beyond the scope of computer translating programs.（2005 年）

译　文　但是，那些极其敏感的翻译，比如重要的外交辞令，就超出电脑翻译程序的能力范围了。

sharp [ʃɑːp] *a.* 锋利的；强烈的；尖刻的；敏锐的，灵敏的；线条分明的，鲜明的；急转的，突然的；尖声的，刺耳的　*ad.*（时间）整，准时地　【6】

固定搭配　be sharp with 对于……严厉的

make a sharp turn 急转弯

经典例句　Now, however, we see more women smoking and they still tend to live longer although their lung cancer rate is climbing sharply.（2011 年）

译　文　然而，现在我们看到更多的女性吸烟，但是她们仍然确实活得更长久，即使她们得肺癌的几率在急剧上升。

significance [sig'nifikəns] *n.* 意义，含义；重要性　【6】

经典例句　The great significance of Voss's findings lies in strengthening his determination to join in space flights.（2000 年）

译　文　沃斯的发现的重大意义在于强化了他加入宇宙飞行的决心。

software ['sɔftwɛə] *n.* 软件，计算方法　【6】

经典例句　The technology would require some new software.（2008 年）

译　文　这个科技要求一些新的软件。

spiritual ['spiritjuəl] *a.* 精神（上）的，心灵的　【6】

经典例句　Pieces of fine art may evoke emotional or spiritual responses in us.（2004 年）

译　文　美术作品会在我们心中激起情感或精神方面的回馈。

spot [spɔt] *n.* 地点，场所；点，斑点，污点　【6】

固定搭配　**on the spot** 当场，在现场

经典例题　Anyone breaking the rules will be asked to leave _____ .
（2001 年）

    A．at the spot   B．on the spot

    C．for the spot   D．in the spot   [B]

译　　文　任何破坏规则的人将被要求当即离开。

status ['steitəs] *n.* 地位，身份；情形，状况　　　【6】

经典例句　To describe the financial status of today's media is also to talk about acquisitions.（2000 年）

译　　文　要描述如今媒体的经济状况就要谈到兼并。

suitable ['sju:təbl] *a.* 合适的；适宜的　　　【6】

固定搭配　**be suitable for** 适于做

联想记忆　be fit for 适合于……的　be suited to for 适合于　be appropriate to 对……使合适的　be relevant to 与……相关的

经典例句　They are not suitable for long-distance travel.（2008 年）

译　　文　他们不适宜长途旅行。

surround [sə'raund] *vt.* 围绕，包围　　　【6】

经典例句　So the younger ones are surrounded by more children's language on average than the older kids.（2007 年）

译　　文　因此，年幼的孩子平均被儿童语言包围的时间要比年长的孩子多得多。

survive [sə'vaiv] *vi.* 幸免于，幸存　*vt.* 从……逃出【6】

经典例句　To survive, the seeds need freezing temperatures.（2008 年）

译　　文　这些种子需要在极低的温度下才能存活。

switch [switʃ] *n.* 转换，转变；电闸，开关；突然转向　*v.* 改变，交换　　　【6】

固定搭配　**switch off / on** 关上/打开（开关）

联想记忆　turn on / put on 打开（水、煤气）开关　turn off / put off / switch off 关上（电灯、电视、水、煤）开关

经典例句　If it can be made out of carbon dioxide in the air, the Los Alamos concept may mean there is little reason to switch, after all.（2008 年）

译　　文　如果能从空气中的二氧化碳中制造出油料，勒斯阿拉墨斯概念可能意味着根本没必要改变我们现在所用的燃料。

tough [tʌʃ] *a.* 坚韧的，难嚼烂的；结实的，能吃苦耐劳的；艰巨的，困难的，严厉的　　　【6】

固定搭配　**be / get tough with sb.** 对某人强硬

经典例句　If minor disputes are left unsettled, tough ones will

pile up sooner or later. （2005 年）

译　文　如果小争端都不解决，迟早会积聚成棘手的难题。

universal [ˌjuːniˈvəːsəl] *a.* 宇宙的，全世界的；普通的，一般的；通用的，万能的　【6】

经典例句　The Japanese company Panasonic owns MCA Records and Universal Studios and manufactures broadcast production equipment. （2000 年）

译　文　日本松下公司拥有 MCA 唱片公司、环球影城和生产广播设备。

vacation [vəˈkeiʃən, veiˈkeiʃən] *n.* 假期，休假；空出，腾出　【6】

固定搭配　on vacation 在休假
go on vacation 去度假

经典例句　We had the best vacation in years. （2011 年）

译　文　我们度过了多年来最好的假期。

via [ˈvaiə, ˈviːə] *prep.* 经，经由，通过　【6】

经典例题　Telecommunication developments enable the sending of messages _____ television, radio and very shortly, electronic mail to bombard people with many messages. （1996 年）

A. via　　　　B. amid　　　　C. past　　　　D. across　[A]

译　文　电信业的发展能够使人们通过电视、广播以及不久将面世的电子邮件来获得极为丰富的信息。

vulnerable [ˈvʌlnərəb(ə)l] *a.* 易受攻击的，有弱点的；易受伤害的，脆弱的　【6】

经典例句　Some researchers feel that certain people have nervous systems particularly vulnerable to hot, dry winds. They are what we call weather- sensitive people. （2008 年）

译　文　一些研究人员认为有些人的神经系统特别容易受到干燥的热风的影响，这些就是我们称之为对天气敏感的人。

widespread [ˈwaidspred, ˈspred] *a.* 普遍的，分布/散布广的　【6】

经典例句　Until now, wires and cables for power and connectivity have limited the widespread adoption of sensor （传感器） networks by making them difficult and expensive to install and maintain. （2011 年）

译　文　直到现在，连接电线和电缆限制了传感器网络的广泛应用，这使得传感器网络的安装和维修更加困难和昂贵。

accelerate [ækˈseləreit] *v.* （使）加快，（使）增速　【5】

经典例句　And even accelerated global warming would take many decades to penetrate the mountain vault. （2008 年）

译　文　即使是全球变暖加速，热量要渗透到山体地下库也要花上几十年。

accumulate [əˈkjuːmjuleit] *v.* 积累，堆积 【5】

名师导学　cumulate，amass 这两个词都可解释为"积累"。accumulate 强调"经过一段比较长的时间由少积多的积累"，使用范围较广，几乎凡是数量方面的增长都可以表示。amass 强调"大量的聚集"，常用于财富、信息、所有物等的聚集，这种积累可能一下子完成，也可能在比较长的时间内完成，但是总数量是很大的。

经典例题　When snow <u>collects</u> on top of a building during the winter, the weight sometimes weakens the construction and occasionally causes the roof to collapse.　　　　　　　（2000 年）

A. melts　　　　　　　B. accumulates
C. selects　　　　　　 D. scatters　　　　　　[B]

译　文　当冬天的雪堆积在一个建筑物上时，就减弱了它的承受力，有时会造成屋顶的坍塌。

affair [əˈfeə] *n.* 事，事情，事件 【5】

名师导学　affair，case，event，incident，occurrence：affair 是"事务，事情"，作为"事件"讲时常指绯闻、恋爱等；case 强调场合、案件或情况；event 指重大事件、活动等；incident 常指小事件或附带事件；occurrence 指日常发生的事情。

经典例句　It is obvious that the sports games are no longer amateur affairs.（2010 年）

译　文　显而易见，运动不再是业余的事情了。

alliance [əˈlaiəns] *n.* 结盟，联盟，联姻 【5】

经典例句　The second reason for the increase in media alliances is that beginning in 1980.（2000 年）

译　文　媒体联盟增加的第二个原因是在 1980 年开始的。

alternative [ɔːlˈtəːnətiv] *a.* 两者选一的　*n.* 供选择的东西；取舍 【5】

经典例句　Lateral thinking refers to explore the alternatives for what you are saying.（1999 年）

译　文　横向思维是指探索你所说的话的另一层意思。

annoy [əˈnɔi] *vt.* 使烦恼，使生气，打搅 【5】

名师导学　annoy，worry：annoy 强调由于受到干扰而使人烦躁或恼火；worry 常指使人产生焦虑不安或忧愁的情绪。

经典例句　It's so annoying.（2010 年）

译　文　真令人讨厌！

application [ˌæpliˈkeiʃən] *n.* 申请，申请书；运用，应用 【5】

第二周　高频词汇

经典例句 There were more applications to work aboard in the early 1990s.（2001 年）

译　文 在 20 世纪 90 年代，有更多的申请者去国外工作。

appointment [ə'pɔintmənt] *n.* 约会，约见；任命，委派 【5】

固定搭配 keep / make / cancel an appointment 守约/约会/取消约会

经典例句 Do you have an appointment?（2006 年）

译　文 你有预约吗？

assistance [ə'sistəns] *n.* 帮助，援助 【5】

经典例句 Foreign assistance can be highly effective.（2002 年）

译　文 外国援助是非常有效的。

assume [ə'sju:m] *vt.* 假定，设想；假装；承担 【5】

联想记忆 consume v. 消费　presume v. 推测　resume v. 重新开始

固定搭配 assuming that 假使（引导条件状语从句）

经典例句 Researchers conclude that any effect of money on happiness is smaller than most daydreamers assume.（2005 年）

译　文 研究者得出这样的结论，即金钱对幸福的影响程度要比空想家假设的程度小。

atom ['ætəm] *n.* 原子 【5】

固定搭配 be blown / broken / smashed to atoms＝be blown / broken / smashed into pieces 炸（打）得粉碎

an atom of 一点儿……

经典例句 The production of nuclear energy is based on the fission（裂变）of atoms.（2009 年）

译　文 核能源的产生是基于原子的裂变。

attach [ə'tætʃ] *vt.* 贴上，系上，附上；使依附 【5】

固定搭配 be attached to 喜爱，依恋；附属于

attach importance to 重视……

联想记忆 pay attention to, lay stress / emphasis on 重视

经典例句 I've attached my contact information in the recommendation letter.（2004 年）

译　文 我已经把我的联系信息附加在了推荐信中。

attain [ə'tein] *vt.* 达到；取得 【5】

经典例句 A good goal is not high enough yet attainable.（2008 年）

译　文 一个好的目标不会太高，我们努力一下就可以达到的。

background ['bækgraund] *n.* 背景；经历 【5】

经典例句　People of diverse backgrounds now fly to distant places for pleasure, business or education.（1998 年）

译　文　不同背景的人们为了休闲娱乐、商业往来或者求学飞往遥远的地方。

band [bænd] *n*. 条，带；乐队，军乐队；一群，一伙；波段　【5】

联想记忆　violin *n*. 小提琴　piano *n*. 钢琴　trumpet *n*. 小号

名师导学　band 做主语时，若看做整体，则谓语用单数；若看做个体，则谓语用复数。

经典例句　The band played happy music.（1998 年）

译　文　这个乐队演奏令人愉快的音乐。

budget ['bʌdʒit] *n*. 预算　*vi*. 做预算，编入预算　【5】

经典例句　While they tell me to budget my money, they are buying up every doll and dump truck in sight.（2004 年）

译　文　他们告诉我要对我的钱做预算的时候，自己却买了所有看到的洋娃娃和自动卸货卡车。

candidate ['kændidit] *n*. 候选人；报考者；求职者　【5】

经典例句　This time there were only about fifty candidates.（2003 年）

译　文　这次只有大约 50 个候选人。

character ['kæriktə] *n*. 性格，品质；特性，特征；人物，角色；（书写或印刷）符号，（汉）字　【5】

名师导学　character，nature，personality: character 指性格、品性、人格，尤指是非观念、品德等；nature 指性格、天性、气质等的总称，是与生俱来的，也指事物的性质或人类的通性；personality 指个性、个人魅力，强调感情因素。

经典例句　Americans' character is affected by their social and geographical environments.（2001 年）

译　文　美国人的性格受他们社会和地理环境的影响。

chemist ['kemist] *n*. 化学家，药剂师　【3】

经典例句　Chemists, physicists and mathematicians are collectively known as scientists.（2003 年）

译　文　化学家、物理学家和数学家整体被看做是科学家。

circumstance ['sə:kəmstəns] *n*.（*pl*.）情形，环境；条件　【5】

固定搭配　under the circumstances 在这种情况下

under / in no circumstances 在任何情况下都不（放在句首要倒装）

名师导学　circumstances, environment, setting, surroundings: circumstances 指某事或某动作发生时的情况、形势；

第二周　高频词汇

environment 指周围的状况或条件，可以是自然环境，也可以是社会环境，可以是物质上的，也可以是精神上的；setting 指某一情形的背景或环境；surroundings 指围绕物，周围的事物。

经典例句 They are all specific to that person and their circumstances. （2008 年）

译　文 它们是那个人和它们的环境所特有的。

clone [kləun] *n*. 克隆，无性繁殖（的个体）；复制品，翻版　　　　　　　　　　　　　　　　　　　　　　【5】

经典例句 When a Scottish research team startled the world by revealing three months ago that it had cloned an adult sheep, President Clinton moved swiftly. （2004 年）

译　文 三个月前，当一个苏格兰研究小组透露他们克隆了一只成年绵羊使世界为之震惊时，克林顿总统迅速作出反应。

code [kəud] *n*. 代码，代号；密码，编码　　　【5】

经典例句 The letter was written in code and I could not understand it. （2006 年）

译　文 信是用密码写的，我看不懂。

collection [kə'lekʃən] *n*. 收藏，收集；收藏品　　【5】

collective [kə'lektiv] *a*. 集体的；共同的　　*n*. 集体　【5】

经典例句 He does nothing that violates the interests of the collective. （2003 年）

译　文 他不做任何有损集体利益的事。

comfortable ['kʌmfətəbl] *a*. 舒适的，舒服的　　【5】

经典例句 The "lifestyle" of many of the native islanders stood in shocking contrast to my comfortable existence. （2002 年）

译　文 许多原生岛民的这种"生活方式"与我舒适的生活作了令人震惊的对比。

commission [kə'miʃən] *n*. 委员会，调查团；佣金，酬劳金　　　　　　　　　　　　　　　　　　　　　　【5】

经典例题 As a salesman, he works on a(n) _____ basis, taking 10% of everything he sells. （2000 年）
A. income　　B. commission　　C. salary　　D. pension [B]

译　文 作为销售人员，他以收取佣金的形式工作，卖出的任何东西，他都能提成 10%。

communicate [kə'mju:nikeit] *vt*. 传达；交流；通信　*vi*. 传达，传播　　　　　　　　　　　　　　　　　　　【5】

固定搭配 communicate with 和……联系，和……通信
communicate sth. to sb. 把……传达给某人

经典例句 It's easier for them to communicate with you. （2009 年）
译　文 对于他们来说，与你交流起来更容易。

component [kəm'pəunənt] n. 组成部分，成分；部件，元件 **【5】**

经典例句 A presentation has two important components: what you say and how you deliver it.（2008 年）

译　文 演讲有两个重要的组成部分：你要说什么与你怎样去传达。

compose [kəm'pəuz] v. 写作，作曲 **【5】**

固定搭配 be composed of 由……构成

联想记忆 be made up of 由……构成　consist of 由……构成 [不能用于被动语态]

经典例句 The reason for this is that poets compose their poetry to express what they are experiencing emotionally at that moment.（2010 年）

译　文 这样做的原因是，诗人通过做诗表达他们那时的感受。

conclude [kən'klu:d] vt. 结束，完结；下结论，断定 **【5】**

经典例句 Researchers conclude that any effect of money on happiness is smaller than most daydreamers assume.（2007 年）

译　文 研究人员得出结论，金钱对幸福的影响要比大多数空想者想象的要小。

concrete ['kɔnkri:t] n. 混凝土　a. 具体的，实质性的 **【5】**

经典例句 The floating houses will be made of concrete.（2003 年）

译　文 这个移动的房子将由混凝土造成。

horn n. 号角　**guitar** n. 吉他

名师导学 band 做主语时，若看做整体，则谓语用单数；若看做个体，则谓语用复数。

经典例句 The band played happy music.（1998 年）

译　文 这个乐队演奏令人愉快的音乐。

Saturday

consist [kən'sist] vi. 由……组成，由……构成；在于 **【5】**

固定搭配 consist in 在于，存在

consist of 由……构成，由……组成

名师导学 consist 是不及物动词，没有被动态。

经典例句 The typical American family consisted of a husband, a wife, and two or three children.（1996 年）

译　文 典型的美国家庭是由丈夫、妻子和两三个孩子组成的。

content ['kɔntent, kən'tent] n. (pl.) 内容，目录　a. 满足

第二周 高频词汇

的，满意的 【5】

固定搭配 **be content to do sth.** 乐于做某事，满足于做某事

to one's heart's content 心满意足

be content with 满足于

经典例句 These minute organisms usually stay in warm waters with high content of salt.（2003 年）

译文 这些细微的生物通常待在含盐量高的温暖水域中。

convenient [kən'viːnjənt] *a.* (～to) 便利的，方便的 【5】

经典例句 Nuclear energy is an efficient and convenient substitute for conventional forms of energy.（2009 年）

译文 核能是一种高效、便捷的可替代传统能源的形式。

convey [kən'vei] *vt.* 传达，表达；传送，运输 【5】

convince [kən'vins] *vt.* 使信服，使确信 【5】

固定搭配 **convince sb. of** 使某人信服

be convinced of 确信

名师导学 convince 是及物动词，必须跟 sb. 做宾语。convince sb. that / of sth. 说服某人相信某事。He is eager to convince us of his brother's innocence. 他急切地想使我们相信他兄弟是清白的。

经典例句 The objective of any advertisement is to convince people.（2005 年）

译文 任何一个广告的目的都是让人们信服。

coworker [ə,kəu'wəːkə] *n.* 同事 【5】

经典例句 Coworkers who make comments about the fact that you are always fifteen minutes late for work can be taken care of very simply.（1998 年）

译文 同事评论你上班总是迟到十五分钟，这个事实其实可以采取非常简单的方法解决。

cultivate ['kʌltiveit] *vt.* 耕作，栽培，养殖；培养，陶冶，发展 【5】

经典例句 One may cultivate a garden; one may also cultivate one's interests, mind, and abilities.（2005 年）

译文 人们可能会培养一个花园；也可以培养自己的兴趣，信心，和能力。

debate [di'beit] *vt.* 争论，辩论 【5】

经典例句 We debated the advantages and disadvantages of filming famous works.（1999 年）

译文 我们就著名作品拍成电影的优点和缺点进行了辩论。

deliberate [di'libəreit] *a.* 故意的；深思熟虑的 *v.* 仔

细考虑 【5】

经典例题 Betty was offended because she felt that her friends had ignored her <u>purposefully</u> at the party. （2010 年）

A. desperately B. definitely

C. deliberately D. decisively [C]

译　文 贝蒂觉得在聚会上她的朋友有意冷落了她，因此生气了。

delivery [di'livəri] *n.* 递送，交付，分娩，交货，让渡，发送，传输；（法律）财产等的正式移交 【5】

经典例句 You have to pay a premium for express delivery. （1998 年）

译　文 你必须得支付快递的费用。

demonstrate ['demənstreit] *vt.* 表明；论证；演示 *vi.* 示威 【5】

固定搭配 demonstrate against 示威反对

名师导学 demonstrate，prove，testify：demonstrate "证实，说明，示范"，指某人用例证、实验等实物证明某人或某物的真实性；prove "证明，证实"，指某人用可靠的材料或事实来断定事物的真实性；testify "作见证"，指某人用耳闻目睹的事实来为他人提供证据，该词常用于在法庭上作证。

经典例句 History has demonstrated that countries with different social systems can join hands in meeting the common challenges. （1995 年）

译　文 历史表明，不同社会体制的国家能够联手迎接共同的挑战。

descend [di'send] *vi.* 下来，下降 【5】

经典例句 They descend from as few as a dozen individuals. （2002 年）

译　文 它们都是那仅有的十来个个体遗传下来的。

despite [dis'pait] *prep.* 不管，不顾 【5】

名师导学 despite = in spite of 是介词，接名词性结构。although / though 是连词，接从句。

经典例句 Despite these failures, success has come on two fronts. （1997 年）

译　文 尽管有这些失败，成功已经出现在了两边。

detect [di'tekt] *vt.* 察觉，发觉 【5】

经典例句 The sensor will detect fire and make an emergency call. （1999 年）

译　文 感应器会发现火灾并作出紧急呼叫。

diagnosis [,daiəg'nəusis] *n.* 诊断；调查分析 【5】

第一周 高频词汇

经典例句 Remote diagnosis will be based on real physiological data from the actual patient. （2001 年）

译　文 远程诊断是以实际病人的生理数据为依据的。

difficulty ['difikəlti] n. 困难，难事；困境 【5】

固定搭配 in difficulty(-ies) = in trouble 处境困难
have difficulty (in) doing sth. 在做某事方面有困难
have difficulty with sth. 在某事方面有困难

经典例句 The old lady had some difficulty climbing in through the car door. （2003 年）

译　文 那位老妇人爬进那个车门有一些困难。

discipline ['disiplin] n. 纪律，风纪；学科；训练 vt. 训练，训导；惩罚 【5】

经典例句 Students must learn to discipline themselves.

译　文 学生必须学会自律。

doubt [daut] n. 怀疑，疑问，疑虑 v. 怀疑，不相信【5】

固定搭配 no doubt 无疑，必定

名师导学 doubt, suspect：doubt 表示怀疑，不信，对……拿不准，认为……不可能；suspect 表示猜疑，觉得可疑。

经典例句 You have no doubt heard of the term "Birth Control". （2009 年）

译　文 你肯定听说过"计划生育"这个词。

dwell [dwel] vi. 居住 【5】

名师导学 该词在历年考题中多数为词汇选择题。dwell 除了有居住的含义以外，和不同的介词搭配可产生不同的意义，如 dwell on 表示"详细描述，仔细研究"，dwell in 表示"停留，驻足"。

经典例句 It found that when dwell time rose 1% sales rose 1.3%. （2009 年）

译　文 他们发现，顾客在店内的逗留时间每增加 1%，销售额就会增长 1.3%。

ecosystem ['i:kəu,sistəm] n. 生态系统 【5】

经典例句 Ecosystems include physical and chemical components. （2010 年）

译　文 生态系统包括物理和化学成分。

efficiency [i'fiʃənsi] n. 效率，功效 【5】

经典例句 Efficiency was improved. （2007 年）

译　文 效率被提高了。

electrical [i'lektrik(ə)l] a. 电的，电气科学的 【5】

经典例句 They will detect faulty electrical appliances. （1997 年）

译　文 他们将检测有缺陷的电器。

electricity [ˌilek'trisiti] *n.* 电，电学，电流 【5】

经典例句　When did electricity come to the village?（2006 年）

译　文　电什么时候输送到村里的？

employment [im'plɔimənt] *n.* 职业，就业；雇用 【5】

固定搭配　in the employment of 受雇于
be out of employment 失业

经典例句　They took up full-time employment.（2001 年）

译　文　他们从事全职工作。

ensure [in'ʃuə] *vt.* 确保，保证 【5】

固定搭配　ensure (sb.) against sth. 使（某人）安全，避免（某事）

经典例句　He would drive his son to school to ensure safety.
（2008 年）

译　文　他开车送她儿子上学以确保安全。

escape [i'skeip] *vi.* 逃跑；逃避，避免；逸出 【5】

固定搭配　escape from 逃逸

名师导学　后接动名词，不接不定式。

经典例句　You can escape a fire.（1999 年）

译　文　你能从火灾中逃跑。

evaluate [i'væljueit] *vt.* 评价，评估 【5】

经典例句　The proposal could not be evaluated because the
details had not been published.（2008 年）

译　文　还不能评估这个建议，因为细节还没有披露。

execution [ˌeksi'kju:ʃən] *n.* 实行，完成，执行；死刑 【5】

经典例句　The execution rate has fallen.（1997 年）

译　文　死刑率已经下降了。

expansion [ik'spænʃən] *n.* 扩充，开展，膨胀 【5】

经典例句　The world has become smaller because of business
expansion.（2009 年）

译　文　这个世界由于企业扩张而变得更小。

expenditure [ik'spenditʃə, ek-] *n.*（时间、劳力、金钱等）
支出；使用，消耗 【5】

经典例句　Soon afterward, the federal government drastically
cut down its expenditures for this purpose and later abolished
them, causing a sharp drop in the number of nursery schools
in operation.（1997 年）

译　文　很快，联邦政府大幅削减了这方面的支出，后来
完全停止了这些支出，导致营业的托儿所的数量迅速下降。

exploit [ik'splɔit] *vt.* 使用，利用；开采，开发 【5】

经典例句　A new technological process may be employed to
exploit this abundant supply directly.（1999 年）

译　文　一项新的技术工艺可能用来直接开发这个丰富的储备。

explore [ik'splɔ:] *vt.* 探险；探索，探究；勘探 【5】

经典例句　I've only recently explored Shakespeare with profit and pleasure.（1999 年）

译　文　直到最近我才发现研究莎士比亚既有收获又有快乐。

explosion [iks'pləuʒən] *n.* 爆炸，爆发 【5】

经典例句　It is a very common belief that the problems of the population explosion are caused mainly by poor people living in poor countries.（2009 年）

译　文　人们普遍认为，人口爆炸的问题主要是由穷国的穷人引起的。

extend [ik'stend] *vt.* 伸，延伸；扩大；致，给予 【5】

固定搭配　extend ... to 向某人致以

经典例句　I'd like to take this opportunity to extend my heart-felt gratitude to the host.（2002 年）

译　文　我想借此机会向东道主表达我深切的谢意。

extensive [ik'stensiv] *a.* 广博的；广泛的 【5】

经典例题　The Huntington Library has an _____ collection of rare books and manuscripts of British and American history and literature. （2008 年）

A. intensive B. intentional
C. extensive D. extensional [C]

译　文　亨廷顿图书馆收藏了很多英美历史和文学的稀有书籍。

extent [ik'stent] *n.* 广度，宽度，长度；范围，程度 【5】

固定搭配　to a certain extent＝to a certain degree 在一定程度上
to a great / large extent 在很大程度上
to some extent＝to some degree 在某种程度上
to the extent of 到……地步

经典例句　If they are not sincere and do not practice what they preach（说教）, their children may grow confused, and emotionally insecure when they grow old enough to think for themselves, and realize they have been to some extent fooled. （2002 年）

译　文　如果他们不真诚且不按他们的说教来实行，他们的孩子将在迷惑中成长，当他们长大到能自己思考的时候，他们会在情感上感到不安全，还会意识到自己在某种程度上被愚弄了。

facilitate [fə'siliteit] *vt.* 使容易；促进，帮助　【5】

名师导学　考生要注意相关近义词有 assist（*v.* 援助，帮助），ease（*n.* 安逸，安心　*v.* 使安心，减轻）等。

经典例题　The new airport terminal is sure to _____ the development of tourism.（2008 年）
A. imitate　B. fascinate　C. impose　D. facilitate[D]

译文　新的机场候机楼肯定会带动旅游业的发展。

fault [fɔːlt] *n.* 缺点，缺陷；过失，过错　【5】

固定搭配　at fault 出了毛病；感到困惑；应受责备
　　　　　find fault with 挑剔，抱怨

经典例句　His boss is constantly finding fault with him, which makes him very angry.（2007 年）

译文　他的老板总是找他的茬儿，这使得他很生气。

fraction ['frækʃən] *n.* 碎片，小部分，一点儿；分数　【5】

经典例句　The scientific enterprise was a fraction of its present size.（2001 年）

译文　这家科技企业以前的规模只是现在的一小部分。

funeral ['fjuːnərəl] *n.* 葬礼，丧葬　【5】

联想记忆　bury *v.* 埋葬　burial *n.* 埋葬，葬礼　grave *n.* 坟墓，墓穴　tomb *n.* 坟墓

经典例句　In China white is worn for funerals.（1996 年）

译文　在中国，葬礼上穿白色衣服。

furthermore [,fəːðə'mɔː(r)] *ad.* 而且，此外　【5】

经典例句　Furthermore, Americans tend to "compartmentalize" their friendships.（2007 年）

译文　此外，美国人倾向于"划分"他们的友谊。

hammer ['hæmə] *n.* 锤，榔头　*v.* 锤击，敲打　【5】

经典例句　He turned to his toolbox for a large hammer.（2008 年）

译文　他转身拿他的工具箱里的一个大铁锤。

historian [his'tɔːriən] *n.* 历史学家　【5】

经典例句　Until recently most historians spoke very critically of the Industrial Revolution.（2005 年）

译文　直到最近，大多数历史学家对工业革命都持批评态度。

hostile ['hɒstail] *a.* 敌方的，敌意的，敌对的　【5】

固定搭配　hostile to 对……怀有敌意

经典例句　I don't like her manner — she's very hostile.（2006 年）

译文　我不喜欢她的态度——待人如仇敌。

impose [im'pəuz] *vt.* 把……强加于，加重……负担；征收（税款）　【5】

经典例句　Since 1964 the death penalty has been imposed only once.（2006 年）

译　文　自 1964 年以来只执行了一次死刑。

indifferent [in'difərənt] *a.* 不关心的，冷漠的　【5】

initiative [i'niʃiətiv] *n.* 创始，首创精神；决断的能力；主动性　*a.* 起始的，初步的　【5】

经典例题　Two decades ago a woman who shook hands with men on her own _____ was usually views as too forward.（2006 年）

A. endeavor　　　　　　B. initiative

C. motivation　　　　　D. preference　[B]

译　文　20 年前，主动和男性握手的女性通常被认为是冒失的。

instruct [in'strʌkt] *vt.* 教，教授；指示，指令　【5】

固定搭配　**instruct sb. to do sth.** 通知（或吩咐）某人做某事

联想记忆　teach sb. sth. 教某人某事　instruct sb. in sth. 教导某人某事

经典例句　Busing companies instruct drivers to eliminate extra stops from routes and to turn off engine while idling.（2011 年）

译　文　公交公司命令司机们减少线路上额外的停靠，并且在空载时关闭引擎。

insurance [in'ʃuərəns] *n.* 保险，保险费　【5】

经典例句　The cost of healthcare and health insurance remains the most urgent health problem facing the country today.（2006 年）

译　文　医疗保健和健康保险的费用依然是这个国家今天所面临的最紧迫的健康问题。

investigate [in'vestigeit] *v.* 调查，调研　【5】

固定搭配　**investigate (into) sth.** 对某事进行调查

经典例句　The passenger slowly climbed out to investigate.（2003 年）

译　文　那名乘客慢慢地爬出车去检查。

invite [in'vait] *vt.* 邀请，招待　【5】

固定搭配　**invite sb. to sth. / to do sth.** 邀请某人做某事

经典例句　I was invited to be a judge for the Miss America Beauty Contest.（2008 年）

译　文　我被邀请去做美国小姐选美比赛的评委了。

label ['leibl] *n.* 标签，标记　*v.* 贴标签，把……称为　【5】

固定搭配　**acquire the label of** 得了……的绰号

　　　　　be given the label of 被起……的绰号

名师导学　label，mark: label 意为"标签，标记"，通常是另外贴上或加上的；mark 意为"痕迹，记号，标记"，通常是直接写或画在某物上的。

经典例句　some target scents may be labelled with a special mark. (2011 年)

译　文　一些目标气味会被贴上一种特殊的标记。

leading ['li:diŋ] *a.* 指导的，领导的；领先的；第……位的，最主要的　【5】

经典例句　A leading British scholar has proposed translating Shakespeare into contemporary English. (2004 年)

译　文　英国一位著名的学者已提出把莎士比亚的作品翻译成当代英语。

likewise ['laikwaiz] *ad.* 同样地，也，又　【5】

经典例题　All information reported to or <u>likewise</u> obtained by the commission is considered confidential. (2004 年)

A. in a similar way　　　　B. in another way
C. in a direct way　　　　D. in an unauthorized way [A]

译　文　所有汇报给委员会或以类似方式获得的信息都被认为是机密的。

loud [laud] 响亮的，大声的；吵闹的，喧嚣的　*ad.* 响亮地，大声地　【5】

经典例句　For instance, have you ever yelled out loud at a shower driver, sounded the horn long and hard at another car, or sped up to keep another driver from passing? (2011 年)

译　文　例如，你可曾冲那些开车慢的司机吼过？可曾向其他车长时间地使劲鸣笛？或者通过加速行驶来妨碍其他车超车过去？

mission ['miʃən] *n.* 使命，任务　【5】

固定搭配　on a...mission 负有……使命

经典例句　Since then he has participated in three space missions. (2000 年)

译　文　从那之后，他参加了三次航空任务。

opportunity [ˌɔpə'tju:niti] *n.* 机会　【5】

经典例句　I'd like to take this opportunity to extend my heart-felt gratitude to the host. (2002 年)

译　文　我想利用这次机会向主人表达衷心的感谢。

oppose [ə'pəuz] *vt.* 反对，反抗　【5】

固定搭配　be opposed to sth. / doing sth. 反对某事

联想记忆　have an objection to / go against / object to 反对

名师导学　be opposed to 后面接名词或动名词。

经典例句　Romantic novels, as opposed to realistic ones, tend to present idealized versions of life, often with a happy ending. （2010 年）

译　　文　浪漫主义小说不同于现实主义小说，它总是描述理想生活并最终以皆大欢喜结尾。

option ['ɔpʃən] *n.* 选择；供选择的事物　【5】

固定搭配　**at one's option** 随意

经典例题　Nuclear power, with all its inherent problems, is still the only option to guarantee enough energy in the future. （2007 年）

A. solution B. policy
C. choice D. reason [C]

译　　文　核能虽然有其固有的问题，但要保障未来的能源供应，它依然是惟一的选择。

orient ['ɔ:riənt] *vi.* 向东　*vt.* 使适应，确定方向　【5】

固定搭配　**orient to / toward** 以……为方向（目标）

经典例句　Orientation refers to the mental map one has of one's surroundings and to the relationship between self and that environment. （1998 年）

译　　文　定位是指一个人头脑中关于他周围的环境及他和环境相互之间关系的地图。

orientation [ˌɔ(:)rien'teiʃən] *n.* 方向，方位；定位；倾向性　【5】

经典例句　Good orientation skills are necessary to good mobility skills. （1998 年）

译　　文　好的方向技能是拥有好的移动技能所必需的。

overall ['əuvərɔ:l] *a.* 全面的，综合的　【5】

经典例句　The overall carbon footprint can grow. （2011 年）

译　　文　总体的二氧化碳排放量会增加。

overcome [ˌəuvə'kʌm] *vt.* 战胜，克服　【5】

经典例句　How you have overcome stressful situations. （2011 年）

译　　文　你是怎样克服高压情况的。

permanent ['pə:mənənt] *a.* 永久的，持久的　【5】

名师导学　permanent, perpetual, eternal：permanent 指永久不变的，与"暂时的"相对；perpetual 指动作无休止地进行或状态无休止地继续；eternal 表示无始无终的，永恒的。

physics ['fiziks] *n.* 物理学　【5】

经典例句　The proposal does not violate any laws of physics. （2008 年）

译　　文　这个建议不违反任何物理法则。

pioneer [ˌpaiəˈniə] *n.* 先驱，先锋，开拓者 *vt.* 开拓，开创 【5】

经典例句 Successful people are not lone pioneers who created their own success.（2009 年）

译　文 成功的人并不是创建自己的成功的孤独的先驱者。

policy [ˈpɔlisi] *n.* 政策，方针 【5】

经典例句 It could lead policymakers to finally reject policies built on the assumption that people are coldly rational profit-maximizing individuals.（2009 年）

译　文 它可能让决策者最终拒绝采纳那些建立在假设人们都是冷漠、理智、极端利益化的个体之上的政策。

pour [pɔː, pɔə] *v.* 灌，倒，注；泻，流出 【5】

固定搭配 **pour out** 倾诉

经典例句 Large quantities of energy-producing adrenaline（肾上激素）are poured into your bloodstream.（2006 年）

译　文 大量有助产生能量的肾上腺素涌入血液。

powerful [ˈpauəful] *a.* 强大的，有力的，有权的 【5】

经典例句 The upper class is powerful and influential.（1996 年）

译　文 上层阶级是强大的、有影响力的。

pretty [ˈpriti] *a.* 漂亮的，俊俏的 *ad.* 相当地 【5】

经典例句 It's a pretty significant finding historically, because families used to be bigger than they are today.（2007 年）

译　文 这一研究结果具有重大历史意义，因为过去的家庭规模比现在的大。

product [ˈprɔdʌkt] 产品，产物，乘积 【5】

经典例句 It is a product that is based on the very latest methods and technology.（1995 年）

译　文 它是一个基于最新的方法和技术的产品。

prominent [ˈprɔminənt] *a.* 凸起的；显著的，杰出的 【5】

经典例句 A new theory is the most prominent feature of the book.（2009 年）

译　文 书中的一个新的理论是这本书最突出的特点。

promise [ˈprɔmis] *n.* 答应，允诺 *vt.* 承诺，诺言；希望，出息 【5】

经典例句 His promises were fulfilled.（2007 年）

译　文 他实现了承诺。

property [ˈprɔpəti] *n.* 财产，所有物；性质，特性 【5】

固定搭配 **movable / personal property** 动产

real property 不动产

经典例句 American colleges and universities are a special

第二周　高频词汇

property of NASA.（2000 年）

译　文　美国的学院和大学是美国宇航局的特殊财产。

proposal [prə'pəuzəl] *n.* 提议，建议；求婚　【5】

名师导学　在 proposal 后面的同位语从句和表语从句中，谓语用虚拟语气。proposal，suggest：proposal 意为"建议，忠告"，指正式或通过一定程序或途径而提出的建议；suggest 意为"建议"，指所提建议不一定正确，仅供对方参考。

经典例句　The proposal does not violate any laws of physics, and other scientists have independently suggested similar ideas.（2008 年）

译　文　这项提议并不违反任何物理规律，其他科学家也各自提出了类似的想法。

psychology [sai'kɔlədʒi] *n.* 心理学，心理　【5】

经典例句　Anthropology is more important than psychology.（1997 年）

译　文　人类学比心理学更重要。

reaction [ri(:)'ækʃən] *n.* 反应；反作用（力）　【5】

固定搭配　**reaction to** 对……的反应

经典例句　The reaction has been one of complete shock and disbelief.（2001 年）

译　文　反应已经是完全的震惊和不相信了。

recipe ['resipi] *n.* 食谱；方法，窍门　【5】

经典例句　It is a recipe I haven't tried before.（2009 年）

译　文　这个食谱我以前从来没有试过。

release [ri'li:s] *vt.* 释放，放出；发布，发行；放开，松开　【5】

经典例句　Scientists at the University of Ulster have found that unaccustomed exercise releases dangerous free radicals that can adversely affect normal function in unfit people.（2010 年）

译　文　阿尔斯特大学的科学家们发现不平常的运动会释放危险的自由基，对不健康的人群的正常身体机能有不良影响。

replacement [ri'pleismənt] *n.* 取代，替换，交换；替代品，代用品　【5】

经典例句　It is very simple to get replacements for them.（1995 年）

译　文　找到他们的替代品是非常简单的。

rescue ['reskju:] *vt. / n.* 援救，营救　【5】

固定搭配　**come / go to sb.'s rescue** 来/去救某人

名师导学　rescue，save：rescue 指营救，援救，从危险、祸患中迅速有效地把人解救出来，也可指抢救东西，使其不至损坏；save 指挽救，救出，指援救某人，使其脱离危险或灾难，或抢救某物，使其生存或保存下来。

经典例句 Animals in some Sichuan areas have been rescued by local peasants and by even emergency treatment by animal doctors.（1997 年）

译　文 一些四川地区的动物被当地农民甚至动物医生所解救。

resemble [ri'zembl] *vt.* 像，类似　　　　【5】

经典例句 Another way of putting it is to say that organizations without trust would resemble the ambiguous nightmare of Kafka's *The Castle*, where nothing can be certain and nobody can be relied on or be held responsible.（2007 年）

译　文 换句话说，没有信任感的组织就像卡夫卡的《城堡》中模糊的噩梦一样，什么事情都不确定，没有人可以依靠，没有人可以托付。

resident ['rezidənt] *n.* 居民，常住者　*a.* 居住的，住校的，住院的　　　　【5】

经典例句 Many of the local residents left homes to ward off the danger of flooding.（2002 年）

译　文 许多当地居民离开家园，抵御洪水的危险。

rural ['ruər(ə)l] *a.* 农村的　　　　【5】

经典例题 He pointed out that the living standard of urban and _____ people continued to improve. 　（1995 年）

A. remote　　　　　　 B. municipal

C. rural　　　　　　　 D. provincial　　　 [C]

译　文 他指出，城市和农村地区的人们的生活水平持续提高。

scarce [skɛəs] *a.* 稀少的，罕见的；缺乏的，不足的【5】

经典例句 Genuine scientific revolutions have been scarce.（2001 年）

译　文 真正的科学革命已经很少了。

senior ['si:njə] *a.* 年长的；资格老的，地位较高的　【5】

经典例句 John Horgan, is a senior writer for *Scientific American* magazine.（2001 年）

译　文 约翰·霍根是《科学美国人》杂志的资深作家。

shock [ʃɔk] *n.* 冲击，震动，震惊；休克；电击，触电　*v.*（使）震动，（使）震惊　　　　【5】

经典例句 The shock of realizing that science might be over-came to him, he says, when he was talking to Oxford mathematician and physicist Sir Roger Penrose.（2001 年）

译　文　他说，在同牛津大学的数学家、物理学家罗杰·潘罗斯爵士交谈时，他震惊地意识到，科学可能会终结。

smile　[smail] *n.* 微笑　　　　　　　　　　　　【5】

固定搭配　**wear a smile** 面带微笑

force a smile 强颜作笑

经典例句　She smiled as she led her students to the bus that would take them to the Greenly Apple Orchard.（2005 年）

译　文　她微笑着带领学生们搭上驶向格林尼苹果园的汽车。

spouse　[spauz] *n.* 配偶　　　　　　　　　　　　【5】

经典例句　Parents cannot select spouses for their children.（1997 年）

译　文　父母不能为他们的孩子选择配偶。

steel　[sti:l] *n.* 钢　　　　　　　　　　　　　　【5】

联想记忆　metal *n.* 金属　iron *n.* 铁　copper *n.* 铜　bronze *n.* 青铜　tin *n.* 锡　gold *n.* 金　silver *n.* 银

strip　[strip] *n.* 窄条，长带　*vt.* 剥，剥去……衣服　【5】

固定搭配　**strip of** 剥夺，夺取

联想记忆　deprive sb. of sth. 剥夺某人的某物　rob sb. of sth. 抢夺某人的某物

经典例句　Plants absorb carbon dioxide as they grow, but growing crops for fuel takes up wide strips of land.（2008 年）

译　文　植物在生长过程中吸收二氧化碳，但是种植用来提取燃料的庄稼需要占用大片的土地。

sufficient　[səˈfiʃənt] *a.* 足够的，充分的　　　　　【5】

固定搭配　**be sufficient for** 足够

联想记忆　be adequate to 足够　be rich in 在……方面富有　be sufficient in, be abundant in 在……方面充足

经典例句　All this echoed left-wing ideas that traditional teaching methods were not sufficiently adaptable to the needs of individual learners.（2000 年）

译　文　所有这些都与左翼思想产生了共鸣：传统的教学方法没有充分适应个体学习者的要求。

tendency　[ˈtendənsi] *n.* 趋向，趋势　　　　　　　【5】

固定搭配　**have a tendency to do** 有做……的倾向

名师导学　tendency, trend: tendency 指自然因素决定的趋势、倾向；trend 指在外界压力下事物发展的趋势、大的潮流，强调外界压力、人的作用。

经典例句　The tendency of the human body to reject foreign matter is the main obstacle to successful organ transplantation.

（2011 年）

译　文　身体对外来器官的排斥现象是成功进行器官移植的最大障碍。

tense [tens] *a.* 拉紧的，绷紧的；紧张的　【5】

经典例句　Growing up in such a home, Phil naturally learned to become fearful and tense.（2006 年）

译　文　在这样的家庭环境里长大，菲尔自然变得易于恐惧和紧张。

thread [θred] *n.* 线；思路；线索　【5】

经典例句　These strategically placed threads form a bundle, which ties the mussel to its new home in much the same way that ropes hold down a tent.（2004 年）

译　文　这些战略性放置的细线形成了一束线，将贻贝与它的新家牢牢地连接在一起，正像我们用绳子搭建帐篷一样。

tiny ['taini] *a.* 微小的，细小的　【5】

经典例句　It was a seemingly tiny problem.（2000 年）

译　文　它是一个看起来很小的问题。

ultimate ['ʌltimit] *a.* 最后的，最终的 *n.* 终极，顶点【5】

经典例句　Control of attention is the ultimate individual power.（2009 年）

译　文　控制注意力是最基本的个人力量。

undermine [ˌʌndə'main] *v.* 挖掘；侵蚀……的基础；逐渐伤害（健康）　【5】

经典例句　We suspect there is a quite deliberate attempt to sabotage the elections and undermine the electoral commission.（2011 年）

译　文　我们认为有人蓄意策划妨碍选举并且破坏选举委员会。

website ['websait] *n.* 网站，网页　【5】

经典例句　I'm curious about how you discovered my website.（2011 年）

译　文　我很好奇你是怎么发现我的网站的。

witness ['witnis] *n.* 目击者，见证人 *vt.* 目击；证明【5】

固定搭配　**bear witness to** 为……作证，做……的证人

联想记忆　judge *n.* 法官　lawyer *n.* 律师　court *n.* 法院　accuse *n.* 指控

经典例题　You may never experience an earthquake or a volcanic eruption in your life, but you will _____ changes in the land.　（1999 年）

A. adapt　　B. adopt　　C. witness　　D. define [C]

译　文　你可能一生都绝对不会经历地震或是火山爆发，但是你将目睹它们给陆地带来的变化。

abnormal　[æb'nɔ:məl] *a.* 不正常的　【4】

经典例句　We do not think such an abnormal phenomenon will last long. （2005 年）

译　文　我们认为那种不寻常的现象不会持续长久。

absolute　['æbsəlu:t] *a.* 绝对的，完全的　【4】

经典例句　Sometimes we buy a magazine with absolutely no purpose other than to pass time. （2003 年）

译　文　有时我们买杂志是完全没有目的的，仅仅是消遣。

acceptable　[ək'septəbl] *a.* 可接受的，合意的　【4】

经典例句　Lighting levels are carefully controlled to fall within an acceptable level for optimal reading convenience. （1998 年）

译　文　光的亮度被仔细地控制在最适合阅读的程度。

accomplish　[ə'kɔmpliʃ] *v.* 完成，实现，达到　【4】

名师导学　accomplish，achieve，complete，finish: accomplish 一般指成功地完成预期的计划、任务等；achieve 多指完成伟大的功业；complete 指使事物完善、完整；finish 指做完一件事，强调事情的终止、了结。

经典例题　Computers will flourish because they enable us to ＿＿＿ tasks that could never before have been undertaken. （1997 年）

　　A. implement　　　　　　B. render
　　C. assign　　　　　　　　D. accomplish　[D]

译　文　计算机之所以如此盛行，是因为它使我们完成了许多在发明它之前我们所不能完成的任务。

additional　[ə'diʃənl] *a.* 附加的，另加的，额外的　【4】

经典例句　Some 23 million additional U.S. residents are expected to become more regular users of the U.S. health care system in the next several years. （2010 年）

译　文　在今后的几年中又将有 2300 万左右的美国居民有望成为美国医疗系统的正式用户。

adverse　['ædvə:s] *a.* 不利的，有害的　【4】

经典例句　Because of adverse weather conditions, the travelers stopped to camp. （2001 年）

译　文　因为不利的天气情况，旅行者停止了野营。

advertisement　[əd'və:tismənt]＝ad　[æd] *n.* 广告【4】

经典例句　Television advertisements do more than merely reflect dominant ideologies. （2004 年）

译　文　电视广告不仅仅是反映主流意识形态。

advocate　['ædvəkeit] *vt.* 提倡，鼓吹　*n.* 提倡者，鼓吹者

【4】

经典例题 Professor Wu traveled and lectured throughout the country to ____ education and professional skills so that women could enter the public world. (2000 年)

A. prosecute　　B. acquire

C. advocate　　　D. proclaim　　[C]

译 文 吴教授在全国各地巡回演讲，提倡增加对女性的教育及提高其职业技能，以使其走入社会。

afford [ə'fɔ:d] *vt.* 提供，给予；供应得起 【4】

固定搭配 后接不定式，不接动名词。

can afford to do 买得起；花得起时间做

afford sb. sth. 为某人提供某物

afford sth. 负担得起

经典例题 His argument does not suggest that mankind can ____ to be wasteful in the utilization of these resources. (2001 年)

A. resort　　B. grant　　　C. afford　　D. entitle [C]

译 文 他的论点并不认为，人类在利用这些资源上还能负担得起任何的浪费。

anchor ['æŋkə] *n.* 锚 *v.* 抛锚，停泊 【4】

固定搭配 **anchor...to** 把……固定在

经典例句 Anchor line number one is complete. (2004 年)

译 文 1 号锚线是完整的。

anger ['æŋgə] *n.* 怒气，愤怒 *vt.* 使发怒，激怒 【4】

经典例句 Poetry is intended to release anger. (2001 年)

译 文 诗歌的目的是释放愤怒。

arouse [ə'rauz] *vt.* 唤起，激起 【4】

经典例句 I was aroused from (out of) a sound sleep. (2004 年)

译 文 我从沉睡中被惊醒。

attribute ['ætribju:t] *n.* 属性，特征[ə'tribju(:)t] *vt.* (～ to) 把……归因于 【4】

名师导学 attribute, owe: attribute ... to ... 意为 "把……归因于……"; owe ... to ... 意为 "把……归功于……"。

联想记忆 contribute *v.* 贡献　distribute *v.* 分发

经典例句 How large a proportion of the sales of stores in or near resort areas can be attributed to tourist spending? (1998 年)

译 文 在旅游点或者旅游点附近商店的销售额中，有多大比例与旅游者的消费有关？

authority [ɔ:'θɔriti] *n.* 权力，权威；权威人士；(*pl.*) 当局 【4】

经典例句 Trust can help establish authority. (2007 年)

| 译　文 | 信任能够建立权威。 |

bamboo [bæm'bu:] *n.* 竹，竹类　　　　　【4】

经典例句　Pandas depend on fresh bamboo shoots too much and that is one main reason why they may experience the food crisis.（1997 年）

译　文　大熊猫过于依赖新鲜竹笋了，这也是大熊猫会遇到食物危机的主要原因。

ban [bæn] *n. / vt.* 禁止，取缔　　　　　【4】

经典例句　An international treaty signed several years ago bans trade in plants and animal of endangered species.　（1999 年）

译　文　几年前签订的一份国际公约禁止濒危动植物的贸易。

battery ['bætəri] *n.* 电池（组）　　　　　【4】

经典例句　Battery which is not continuously used should be stored in a dry condition.（2011 年）

译　文　长期不用的电池应该放在干燥的地方。

beneath [bi'ni:θ] *prep.* 在……下方，在……之下　*ad.* 在下方　　　　　【4】

经典例句　The water beneath them irrigates the plants and controls the temperature inside.（2003 年）

译　文　它们下面的水用来灌溉植物和控制里面的温度。

blog [blɒg] *n.* 博客（是 weblog 的简称）　　　　　【4】

经典例句　Blog is an on-line diary that one keeps on his frequently updated personal web page.（2009 年）

译　文　博客是一种在个人网页上经常更新的在线日记。

bound [baund] *a.* 必定的，约定的；受约束的；开往……　　　　　【4】

固定搭配　be / feel bound to do sth. 一定；必须

be bound for 准备起程开往……；在赴……途中

经典例句　If he told his wife about their plan, she was bound to agree.（2000 年）

译　文　如果他告诉妻子他们的计划，她一定会同意的。

channel ['tʃænl] *n.* 海峡；水道，沟渠，渠道；频道【4】

经典例句　The Americans recognize that the UN can be the channel for greater diplomatic activity.（2009 年）

译　文　美国人认识到联合国可以成为进行更大规模外交活动的渠道。

chart [tʃɑ:t] *n.* 图，图表　　　　　【4】

经典例句　Study the following chart carefully and base your composition on the information given in the chart.（2002 年）

译　文　仔细研究下面的图表并以图表中给出的信息为基

础写一篇作文。

chocolate [ˈtʃɔkəlit] *n.* 巧克力 【4】

经典例句 They like chocolate very much.（2004 年）

译 文 他们非常喜欢巧克力。

chronic [ˈkrɔnik] *a.* 长期的，慢性的 【4】

经典例句 Many observers believe that country will remain in a state of chaos if it fails to solve its chronic food shortage problem.（1998 年）

译 文 许多观察者都认为如果这个国家不能解决长期的食品短缺问题，它将仍然处于混乱状态。

civilize / -ise [ˈsivilaiz] *vt.* 使开化，使文明，教化 【4】

经典例句 Creativity is a unique feature of civilized beings.（2005 年）

译 文 创造力是文明人类的独特特征。

comic [ˈkɔmik] *a.* 喜剧的；滑稽的 【4】

经典例句 The song provides some comic relief from the intensity of the scene.（2006 年）

译 文 这首歌给紧张的画面提供了喜剧性的调节。

comment [ˈkɔment] *n. / v.* 解说，评论 【4】

固定搭配 **comment on / upon** 评论，谈论，对……提意见

联想记忆 observe on / upon, remark on / upon 评论

经典例句 Internet was originally designed to distribute news and comment.（2003 年）

译 文 最初设计互联网是为了发布新闻和评论。

complicated [ˈkɔmplikeitid] *a.* 错综复杂的，难懂的【4】

名师导学 考生要注意常用的相关同义词：ambivalent（矛盾的）；intricate（复杂的，错综的，难以理解的）；complex（复合的；复杂的，难懂的）。

经典例句 Problems are more complicated.（2004 年）

译 文 问题变得更复杂了。

confident [ˈkɔnfidənt] *a.* 确信的，有自信的 【4】

固定搭配 **be / feel confident in / of** 确信

联想记忆 be / feel sure / certain of, be convinced of, have confidence in 确信

经典例句 He is confident that scientists can block transmission of malaria to humans.（2004 年）

译 文 他确信科学家能够阻止疟疾向人类的传播。

confuse [kənˈfjuːz] *vt.* 使混淆，搞乱 【4】

固定搭配 **confuse A with B** 把 A 与 B 混淆

经典例句 We tried to confuse the enemy.（2004 年）

第二周 高频词汇

| 译 文 | 我们试图迷惑敌人。 |

connection [kəˈnekʃən] *n.* 连接，联系，关系 【4】

固定搭配	in connection with / to 与……有关
经典例句	The connection is complex. （2007 年）
译 文	这个联系是复杂的。

credit [ˈkredit] *n.* 信贷，赊欠；信用，信誉；名誉，名望；光荣，功劳；学分 *vt.* 记入贷方 【4】

固定搭配	to sb.'s credit 某人值得赞扬；对某人有利；属于某人
	credit...to 把……归功于
经典例句	Payment by credit card is now a common practice. （2003 年）
译 文	用信用卡付款现在是一种常见的做法。

criticize / -cise [ˈkritisaiz] *vt.* 批评，评论 【4】

| 经典例句 | Many places have been criticized for their poor security. （2008 年） |
| 译 文 | 许多地方因为安全性差而被批评。 |

curiosity [ˌkjuəriˈɔsiti] *n.* 好奇心 【4】

固定搭配	with curiosity 好奇地
	through curiosity 由于好奇
	from / out of curiosity 出于好奇
经典例句	Curiosity is characteristic of Americans. （2001 年）
译 文	好奇心是美国人的特征。

delay [diˈlei] *n. / v.* 推迟；耽搁，延误 【4】

名师导学	后接动名词，不接不定式：delay doing sth. 推迟做某事。
经典例句	Delay will simply make the problem worse. （1999 年）
译 文	拖延将会使问题更加严重。

depend [diˈpend] *vi.* (on / upon) 依靠，依赖；信任；决定于 【4】

固定搭配	depend on sb. to do sth.=count / rely on sb. to do sth. 依靠某人做某事
名师导学	count，depend，rely：count 指认为某人或某物可靠，完全指望他或它做某事；depend 表示一种客观情况或一种规律，依靠的对象常常是主语存在或成功的原因；rely 指某人根据过去的经验，充分相信他能从他人或他物中得到所需要的东西。这三个词后都要接介词 on 或 upon。
经典例句	We depend on the newspaper for daily news. （2005 年）
译 文	我们靠报纸来获得每天的新闻。

dependent [diˈpendənt] *a.* (～on / upon) 依靠的，依赖的，从属的 【4】

| 固定搭配 | **be dependent on** 依靠 |
| | **be independent of** 独立于 |

经典例句 Americans do not like to be dependent on other people.（2001 年）

译 文 美国人不喜欢依靠别人。

derive [di'raiv] *vi.* 起源 *vt.* 得自 【4】

经典例句 The two words derived from ancient Latin.（2005 年）

译 文 这两个单词起源于古拉丁文。

devote [di'vəut] *vt.* 奉献，献身，致力 【4】

固定搭配 devote...to 把……（时间、力量等）用于[to 是介词]

director [di'rektə, dai'rektə] *n.* 主任，处长，局长；主管，董事；导演 【4】

经典例句 The director of the film didn't want to answer the question.（2003 年）

译 文 这个电影的导演不想回答这个问题。

disappear [.disə'piə] *v.* 消失，消散，失踪 【4】

经典例句 Boxes of chocolate-pie disappear while the whole-wheat bread get hard and stale.（2004 年）

译 文 巧克力派的盒子没有了，全麦面包变得既坚硬又有了霉味。

display [di'splei] *vt.* / *n.* 陈列，展览；显示 【4】

固定搭配 on display 正在展览中

经典例句 Many students today display a disturbing willingness to choose institutions and careers on the basis of earning potential.（2010 年）

译 文 如今，许多学生展示出了一个令人不安的意愿，就是在考虑收入潜力的基础上选择工作单位和事业。

distract [di'strækt] *vt.* 使……分心，使分散注意力 【4】

经典例句 Dog handlers are more likely to be distracted than their dogs.（2011 年）

译 文 警犬训练员比他们的狗更容易被分心。

dominate ['dɔmineit] *vt.* 支配，统治，控制；高出于，居高临下 *vi.* 居支配地位，处于最重要的地位 【4】

经典例题 Tennessee's population is nearly two-fifths rural, and no single city or group of cities _____ the state.（2005 年）

A. dominates B. manages
C. manipulates D. controls [A]

译 文 田纳西州几乎有 2/5 的人口是农村人口，并且没有哪一个城市或城市群在该州占支配地位。

double ['dʌbl] *a.* 两倍的；双的，双重的 *vt.* 使加倍，翻

一倍 【4】

经典例句 If you're looking for happiness in life, try to find the right husband or wife than to try to double your salary. (2007 年)

译文 如果你想要追求幸福的生活，那么你应该去寻找一位真正适合自己的丈夫或妻子，而不是想办法让自己的工资翻倍。

drain [drein] *n.* 耗竭，消耗；排水管，水沟，下水道 *vt.* 排（水），放（水），放干 【4】

drastic ['dræstik] *a.* 激烈的，强有力的，彻底的 【4】

经典例句 The cost of using them has been drastically reduced. (2011 年)

译文 使用它们的成本已大幅降低。

drift [drift] *n. / v.* 漂，漂流 【4】

经典例句 Some drift from job to job. (2000 年)

译文 一些人不断地换工作。

dynamic [dai'næmik] *a.* 有活力的；动力的 【4】

经典例句 Social dynamics unconsciously shape your choices. (2009 年)

译文 社会动态潜移默化地决定了你的选择。

economical [ˌiːkə'nɔmikəl] *a.* 节俭的，节省的，经济的 【4】

经典例题 Chinese farmers are mostly living a simple and <u>thrifty</u> life as it is today. (2002 年)

A. miserable B. economical
C. luxurious D. sensible [B]

译文 现在，大部分中国农民还是过着简朴而节俭的日子。

elementary [ˌeli'mentəri] *a.* 初等的；基本的 【4】

经典例句 He could ride up to his elementary school on his bike. (2009 年)

译文 他可以骑自行车去上小学。

emphasis ['emfəsis] *n.* 强调，重点 【4】

固定搭配 lay / put / place emphasis on / upon 注重，着重于，强调

名师导学 复数为 emphases，参见 analysis。

经典例句 The emphasis moved to the transport. (2005 年)

译文 重点转移到了交通方面。

enclose [in'kləuz] *vt.* 围住，圈起；封入，附上 【4】

经典例句 Most humans know that it means that a writing instrument is in a small enclosed space. (2005 年)

译文 大多数人知道这意味着一个写作的工具在一个封闭的空间的。

equip [i'kwip] *vt.* 装备，配备 【4】

固定搭配 be equipped for 准备好，对……有准备

be equipped with 装（配）备；安装

经典例句 American fire departments are some of the world's fastest and best equipped.（1997 年）

译 文 美国的消防部门是世界上速度最快、设备最好的。

Sunday

excellent ['eksələnt] *a.* 优秀的，杰出的，卓越的 【4】

经典例句 The audience applauded the actors' excellent performance.（2000 年）

译 文 观众为演员们杰出的表演而鼓掌。

excessive [ik'sesiv] *a.* 过度的，过分的，极度的 【4】

经典例句 Excessive consumption of fried foods has serious consequences.（2003 年）

译 文 过度食用油炸食品会有很严重的后果。

exclusive [ik'sklu:siv] *a.* 排外的，排斥的；独占的，专有的，排他的 【4】

经典例句 They generally live in exclusive areas, belong to exclusive social clubs…（1995 年）

译 文 他们一般住在专属地方，属于专有的社交俱乐部……

existence [ig'zistəns] *n.* 存在，生存 【4】

固定搭配 come into existence 出现，产生，成立

in existence 存在的

bring … into existence 使产生

经典例句 The existence of these and other stereotypes can give rise to considerable misunderstanding. （2007 年）

译 文 这些或那些已经存在的思维定式，可能会引起相当大的误解。

expense [ik'spens] *n.* 开销，花费；(*pl.*) 费用 【4】

固定搭配 at the expense of 由……付费，以……为代价

名师导学 表示"费用"时用复数形式。

经典例句 I guess we should watch our expenses.（2011 年）

译 文 我认为我们应该留心我们的花销。

exposure [ik'spəuʒə] *n.* 暴露；揭露；曝光 【4】

经典例题 Long _____ to harmful pollutants is most likely to lead to a decline in health. （2002 年）

A. contact B. touch

C. use   D. exposure   [D]

译文 长时间暴露在有害的污染中最有可能导致健康状况的下降。

favo(u)r ['feivə] *n.* 好感，喜爱；恩惠；帮助，支持 *vt.* 赞成，支持 【4】

固定搭配 in favor of 赞成，支持；有利于

经典例句 We are all in favor of this plan.（2006 年）

译文 我们都赞同这项计划。

feasible ['fi:zəbl] *a.* 可行的，可能的 【4】

经典例句 It is now feasible to transmit a patient's vital signs over telephone.（2001 年）

译文 通过电话传输一个病人的生命体征，现在是可行的。

firm [fə:m] *a.* 坚固的，结实的，稳固的；坚定的，坚决的，坚强的 *n.* 公司，商号 【4】

固定搭配 be firm with sb. 对某人严格

经典例句 The director of the firm didn't want to answer the question.（2003 年）

译文 这个公司的董事不想回答这个问题。

forbid [fə'bid] *vt.* 禁止，不许，不准 【4】

固定搭配 forbid sb. to do sth. 禁止某人做某事

联想记忆 prohibit sb. from doing sth., prevent sb. from doing sth., stop sb. from doing sth. 禁止某人做某事

名师导学 在英文中，常将动词的过去分词转化成名词或形容词，如 forbidden。另外如 drunk 是 drink 的过去分词，做形容词意为"酒醉的"，做名词意为"醉汉"。

名师导学 forbid, prohibit, ban：forbid 指命令不许做（某事）或用（某物），通常为个人行为；prohibit 指由权威禁止，是正式的或法律上的禁止；ban 指由法律或官方命令的强制性禁止。

经典例句 Waterway traffic is forbidden except on weekends.（1999 年）

译文 除了周末，其余时间水上交通工具都是禁行的。

generate ['dʒenəreit] *vt.* 产生，发生；引起，导致 【4】

经典例句 When coal burns, it generates heat.（2007 年）

译文 煤燃烧时产生热量。

genuine ['dʒenjuin] *a.* 真实的，真正的；真心的，真诚的 【4】

经典例句 The questions usually grow out of their genuine interest or curiosity.（2001 年）

译文 问题通常来自他们真正的兴趣或好奇。

handicap ['hændikæp] *n.* 伤残，障碍，不利条件 *vt.* 妨碍 【4】

经典例句 A history of long and effortless success can be a dreadful handicap, but, if properly handled, it may become a driving force.（2004 年）

译文 一段漫长而不费力的成功史有可能成为一道可怕的障碍，但如果处理得当，它也许成为一股推动力。

harsh [hɑːʃ] *a.* 粗糙的；刺耳的，刺目的；严厉的，苛刻的 【4】

经典例句 She had a harsh voice.（2003 年）
译文 她的声音很刺耳。

hazardous ['hæzədəs] *a.* 危险的；冒险的；危害的 【4】

经典例句 The visually impaired person is less able to anticipate hazardous situations or obstacles to avoid.（1998 年）
译文 视障的人不能够预见或者避免危险的情况或障碍。

heading ['hediŋ] *n.* 标题 【4】

经典例句 The workplace uniform is heading that way.（2005 年）
译文 工服正在朝着这个方向发展。

hesitate ['heziteit] *vi.* 犹豫，踌躇；含糊，支吾 【4】

固定搭配 hesitate about / at / in / over 对……犹豫不决
hesitate to do 迟疑于做

经典例句 I hesitate to do so because there are dangers around every corner.（2008 年）
译文 我犹豫去那样做，是因为每一个角落都充满了危险。

highlight ['hailait] *n.* 最重要的部分，最精彩的场面 *vt.* 使显著，使突出 【4】

经典例句 Managers should highlight strengths and weaknesses during the past year.（2006 年）
译文 经理应该突出过去一年中的亮点与不足。

holiday ['hɔlədi, 'hɔlidei] *n.* 假日，假期，休假 【4】

固定搭配 on holiday 在休假中，在度假

经典例句 This is only the beginning of the holidays!（2004 年）
译文 这才只是假期的开端。

hono(u)r ['ɔnə] *n.* 荣誉，光荣，敬意 *v.* 尊敬，给以荣誉 【4】

固定搭配 in honor of 为了向……表示敬意；为纪念

经典例句 The president hosts a banquet in honor of the foreigners.（2008 年）
译文 总统设宴款待了外宾。

illustrate ['iləstreit] *vt.* 举例说明，图解 【4】

经典例题 His essay is _____ with more than 120 full-color photographs that depict the national park in all seasons.（2007 年）

A. contained　　　　　B. illustrated

C. exposed　　　　　　D. strengthened　　[B]

译　文 他的散文用了超过 120 张全色的照片来描绘国家公园各个季节的景色。

implication [.impli'keiʃən] *n.* 暗示，含意 【4】

经典例句 Lateral thinking refers to seeing the implications of what you are saying.（1999 年）

译　文 横向思维是指能明白你所说的话的含义。

increasingly [in'kri:siŋli] *ad.* 日益，越来越多地 【4】

经典例句 The air in cities is becoming increasingly unhealthy.（1998 年）

译　文 城市中的空气变得越来越不健康。

independent [.indi'pendənt] *a.* 独立的，自立的，自主的 【4】

固定搭配 be independent of 独立于……之外，不受

名师导学 depend on, independent of: depend on, rely / count on 依赖；independent of 不依赖。

经典例句 Other scientists have independently suggested similar ideas.（2008 年）

译　文 其他科学家各自提出了类似的想法。

indicate ['indikeit] *vt.* 指示，表示；暗示 【4】

经典例句 Dark blue indicates quietness.（1996 年）

译　文 深蓝色表示宁静。

industrialize/-ise [əin'dʌstriəlaiz] *v.* 使……工业化，工业化 【4】

经典例句 The gap is greatest in industrialized societies.（2011 年）

译　文 工业化社会的差距是最大的。

ingredient [in'gri:diənt] *n.* （混合物的）组成部分，配料；成分，要素 【4】

经典例句 Trust is the basic ingredient of all organizations.（2007 年）

译　文 信任是所有组织的基本要素。

inhabit [in'hæbit] *v.* 居住于，占据，栖息 【4】

经典例句 Others inhabit freshwater streams and lakes.（2004 年）

译　文 其他人居住在淡水河流和湖泊。

initiate [i'niʃieit] *vt.* 开始，创始，发动；启蒙，使入门；引入，正式介绍 【4】

名师导学 be initiated into 正式加入，initiate sb. into sth. 准

许或介绍某人加入某团体，把某事传授给某人。

经典例题 Should either of these situations occur, wrong control actions might be taken and a potential accident sequence <u>initiated.</u> （2001 年）

A. imported
B. installed
C. started
D. interviewed　[B]

译　文 要是这些情况中的任何一种情况发生了，人们就可能会采取错误的操作，并导致潜在事故的发生。

inspect [in'spekt] vt. 检查，调查，视察 【4】

经典例句 It's disturbing to note how many of crimes we do know about were detected by accident, not by systematic inspections or other security procedures.（2006 年）

译　文 注意到如此之多的犯罪行为是偶然发现的，而非通过系统的侦查或其他安全程序才被发觉的，这着实令人不安。

instant ['instənt] n. 瞬间，时刻　a. 立即的，立刻的；紧急的，迫切的；（食品）速溶的，方便的 【4】

固定搭配 on the instant 立即

the instant (that) 一……就（引导时间状语从句）

instruction [in'strʌkʃən] n.（pl.）指令，指示，说明；教学，教导 【4】

insult ['insʌlt] vt. / n. 侮辱，凌辱 【4】

经典例句 The contests are insults to women.（2007 年）

译　文 这种比赛是对妇女们的侮辱。

interaction [,intər'ækʃən] n. 交互作用，交感 【4】

经典例句 Ecosystems also can be thought of as the interactions among all organisms in a given area.（2010 年）

译　文 生态系统也可以被看做是特定区域内所有有机体的互动。

invention [in'venʃən] n. 发明，创造；捏造，虚构 【4】

killer ['kilə] n. 杀手，凶手 【4】

经典例句 Heart disease and cancer are the most common killers of human beings.（1998 年）

译　文 心脏病和癌症是人类最常见的杀手。

Latin ['lætin] a. 拉丁（人/语）的　n. 拉丁语（人）【4】

经典例句 The word "civilization" is based on the Latin *civis*.

译　文 "文明"这个单词是以拉丁文 civis 为基础的。

leadership ['li:dəʃip] n. 领导 【4】

固定搭配 under the leadership of 在……的领导下

经典例句 The accumulation of trust is a measure of the legitimacy of leadership.（2007 年）

第二周 高频词汇

译　文 不断累积信任是衡量领导方式是否正确的标准。

lean [liːn] *vi.* 倾斜，歪斜；屈身，躬身；靠，依 　【4】

经典例句 Whenever you need Tom, he is always there whether it be an ear or a helping hand, so you can always lean on him. (2011 年)

译　文 当你需要时，无论是倾听的耳朵或是援助的手，汤姆总在那里，让你可以随时依靠他。

locate [ləu'keit] *vt.* 找出，查出；设置在，位于 *vi.* 定居下来 　【4】

联想记忆 be situated in, lie in 位于，坐落于

固定搭配 be located in / by / on 坐落于，位于

名师导学 locate, place, situate, spot: locate 意为"确定……的地点或范围"；place 意为"放置，安置"；situate 意为"使位于，使处于"，多用其被动形式；spot 意为"准确地定出……的位置（主要用于军事目标的定位）"，还可表示"认出，弄污"等。

经典例句 Raised on the belief of an endless voyage of discovery, they recoil（畏缩）from the suggestion that most of the best things have already been located. (2001 年)

译　文 被永无止境的发现之旅的信念造就的科学家，在看到大多数最好的东西已经被发现的迹象后，变得畏缩不前。

manufacture [ˌmænju'fæktʃə] *vt.* 制造，加工 *n.* 制造（业）；产品 　【4】

经典例句 Well, some car manufacturers are working on them. (2011 年)

译　文 嗯，一些汽车制造商正在为它们努力。

mechanism ['mekənizəm] *n.* 机械装置；机构，结构 *n.* 奖章，勋章，纪念章 　【4】

经典例句 Some feedback mechanisms may slow down global warming. (1998 年)

译　文 一些反馈机制可能会减慢全球变暖。

military ['militəri] *a.* 军事的，军队的，军用的 　【4】

经典例句 While Ellis served in the Army, he taught at a military school. (2002 年)

译　文 在军队服役时，埃利斯在一个军事学校任教。

misery ['mizəri] *n.* 痛苦，苦恼，悲惨 　【4】

经典例题 I shall never forget the look of intense anguish on the face of his parents when they heard the news. (2005 年)

A. stress　　　　B. dilemma

C. misery　　　　D. surprise　　[C]

译　文　我永远不会忘记他的父母听到这个消息时脸上极度痛苦的表情。

mutual ['mju:tjuəl, 'mju:tʃuəl] a. 相互的；共同的 【4】

名师导学　mutual, common, joint：mutual 指两者之间的相互关系，主要强调兴趣、观点、看法、感情等的共通；common "共同的，共有的"，指三者或三者以上共同所有的东西；joint 主要强调两者真正地拥有某物。

经典例句　He had taken the all-important first steps to establish mutual trust. （2007 年）

译　文　为了建立相互信任关系，他迈出了最重要的第一步。

mysterious [mi'stiəriəs] a. 神秘的，可疑的，难以理解的 【4】

经典例句　It is as mysterious and difficult a concept as leadership—and as important. （2007 年）

译　文　它就像领导能力这个概念一样神秘而又让人难以理解，同时也一样重要。

nation ['neiʃən] n. 民族，国家 【4】

经典例句　Becaule the United states is not surrounded by many other nations, some Amcricans tend to ignore the rest of the world. （2001）

译　文　由于美国周边国家较少，许多美国人往往会忽略世界上的其他国家。

nervous ['nə:vəs] a. 神经的；神经过敏的，紧张不安的 【4】

固定搭配　feel nervous about / at sth. 因某事而感到紧张
　　　　　be nervous of 害怕

联想记忆　be afraid of, be in fear of 害怕

名师导学　nervous, tense, uneasy：nervous 指由于激动、害怕、焦急而表现出紧张或不安的状态，多由某人的心理因素造成；tense 多指气氛、形势等外界的不正常因素；uneasy 通常指由于焦虑、疑惑、不肯定或不安全产生的不安。

经典例句　He got nervous for being late. （2007 年）

译　文　他为迟到而感到紧张。

neutral ['nju:trəl] a. 中立的，中性的 【4】

经典例句　She is neutral in this argument; she does not care who wins. （2009 年）

译　文　在这场辩论中她保持中立，不在乎谁赢谁输。

nutrient ['nju:triənt] a. 营养的，滋养的 n. 营养物【4】

经典例句　These nutrients can contribute to the breeding of the organisms. （2003 年）

译 文　这些营养物质可以促进有机物的繁殖。

obesity [əu'bi:siti] *n.* 过度肥胖；肥大；肥胖症　【4】

经典例句　He says that physical activity is the key for reducing the risks of obesity.（2010 年）

译 文　他说参加体育活动是减少肥胖风险的关键。

observation [,ɔbzə'veiʃən] *n.* 观察，监视；观察力；评论，意见　【4】

固定搭配　**observation on / upon** 关于……的评论
keep…under (close) observation 对……（密切）监视

经典例句　People with a scientific attitude seek truth through observation, experimentation and reasoning.（2004 年）

译 文　具备科学态度的人是通过观察、实践和推理来追求真理的。

observer [əb'zə:ve] *n.* 观察员，观察家　【4】

经典例句　At least many observers from abroad have this impression.（2007 年）

译 文　至少给来自国外的很多观察员留下了这种印象。

occupational [,ɔkju'peiʃənəl] *a.* 职业的；占领的　【4】

经典例句　Each occupational choice has its demands as well as its rewards.（2000 年）

译 文　每个职位都有其要求以及回报。

offspring ['ɔfspriŋ(*US*)'ɔ:f-] *n.* 儿女，子孙，后代　【4】

经典例句　Personality is to a large extent inherent — A-type parents usually bring about A-type offspring.（2005 年）

译 文　性格在很大程度上是先天形成的，A 型性格的父母通常生 A 型性格的子女。

opposite ['ɔpəzit] *a.* 对面的，对立的；相反的　*n.* 对立物，对立面　*prep.* 在……对面　【4】

固定搭配　**be opposite to** 与……相对/相反

经典例句　At a speed dating event you are given three minutes to talk, one on one ,with a member of the opposite sex.（2010 年）

译 文　在快速约会中，你有三分钟与异性一对一交谈的时间。

optimistic [,ɔpti'mistik] *a.* 乐观（主义）的　【4】

联想记忆　pessimism *n.* 悲观（主义）　pessimist *n.* 悲观（主义）者　pessimistically *ad.* 悲观（主义）地

经典例句　We should be optimistic because of the upward trend of the development.

译 文　既然事情的发展呈上升趋势，那我们就应该保持乐观。

optional [ˈɒpʃənəl] *a.* 可以任选的，非强制的　【4】

经典例题　_____ preparations were being made for the Prime Minister's official visit to the four foreign countries. (2001 年)

A. Wise　　　　　　B. Elaborate

C. Optional　　　　D. Neutral　　　　　　[B]

译　文　精心准备首相对这四个国家的正式访问。

ownership [ˈəunəʃip] *n.* 所有（权）；所有制　【4】

经典例句　The issue of media ownership is important. (2000 年)

译　文　媒体所有权的问题是很重要的。

participate [pɑːˈtisipeit] *vi.* 参与，参加　【4】

固定搭配　**participate in** 参加，参与

名师导学　participate in, take part in: participate in 比较正式，用于正式场合；take part in 是日常用语。

经典例句　Since then he has participated in three space missions. (2000 年)

译　文　自从那之后，他参加了在三次航天任务。

passion [ˈpæʃən] *n.* 激情，热情；酷爱　【4】

固定搭配　**have a passion for** 喜爱

　　　　　be passionate for 对……热衷，对……热爱

经典例句　His skill as a player don't quite match his passion for the game. (2005 年)

译　文　他的水平与他对这项游戏的酷爱程度不太相配。

permit [pə(ː)ˈmit] *v.* 允许，许可　*n.* 执照，许可证　【4】

固定搭配　**permit of** 允许，容许

经典例句　It permits one company to own more media businesses at the same time. (2000 年)

译　文　它允许一个公司在同一时间内拥有更多的媒体业务。

philosophy [fiˈlɔsəfi] *n.* 哲学；人生哲学，见解，观点　【4】

经典例句　The philosophy class began with twenty students. (2002 年)

译　文　哲学课开始有 20 个学生上课。

prediction [priˈdikʃən] *n.* 预言，预报　【4】

经典例句　There are often discouraging predictions that have not been verified by actual events. (2003 年)

译　文　经常有一些负面的预言没有被实际的事情所证实。

preference [ˈprefərəns] *n.* 偏爱，优先；喜爱物　【4】

经典例句　I have given my third and fourth preferences to candidates. (2003 年)

译　文　我已经把我第三、第四的优先权给了候选人了。

prejudice [ˈpredʒudis] *n.* 偏见，成见　【4】

经典例句 I found this very profitable in diminishing the intensity of narrow-minded prejudice.（2002 年）

译 文 我发现了这对减少狭隘偏见的强度非常有利。

preserve [pri'zə:v] *vt.* 保护，保存；保藏，腌渍；维持，保持 【4】

固定搭配 preserve...from 保护……免于

经典例题 The temperature in this area is low enough to allow falling snow to _____ and slowly transform into ice.（2007 年真题）

A. preserve   B. accumulate
C. melt   D. spread   [A]

译 文 这个地区的低温足以使落下的雪堆积起来并慢慢转化成冰。

publication [,pʌbli'keiʃən] *n.* 公布；出版；出版物 【4】

经典例句 It was popular at the time of publication.（2002 年）

译 文 它在出版时很受欢迎。

pump [pʌmp] *n.* 泵 *vt.* 打气，泵送 【4】

经典例句 Why was the hydraulic fuel pump seal important for the space shuttle?（2000 年）

译 文 为什么对航天飞机来说液压油泵密封很重要呢？

react [ri'ækt] *vi.* 反应，起作用 【4】

固定搭配 react to 对……作出反应

经典例句 How does the man react to the woman's blame?（2007 年）

译 文 对于女士的责备，男士是怎样反应的呢？

realistic [riə'listik] *a.* 现实的，现实主义的；逼真的 【4】

经典例句 It is not realistic to suppose people can "forget their stereotypes".（2007 年）

译 文 假设人们能忘掉他们的偏见是不现实的。

rebel [ri'bel] *vi.* 反抗，反叛，起义 *n.* 叛逆者，起义者 【4】

经典例句 Younger siblings（兄弟姐妹）tend to become rebels.（2007 年）

译 文 弟弟妹妹容易发展成为叛逆者。

recall [ri'kɔ:l] *vt.* 回想；叫回；收回 【4】

名师导学 recall, recollect, remember, remind：recall 指经过努力才追想起过去的事，特别是心中对某物有所感触而唤起往事；recollect 指某人有意识地尽力把已经忘却了的事重新想起来；remember 指事物在记忆中自然出现，不含努力和意志，是一种无意识的活动；remind 指某事或某物使人回想起过去的事，或提醒某人做某事。

经典例题 I can't recall my answers, except that they were short at first and grew progressively shorter. (2003 年)

译 文 我记不得我都答了些什么，只记得我的回答起初很简短，后来越来越简短。

recognize /-ise ['rekəgnaiz] vt. 认出，识别；承认 【4】

经典例句 Many drivers nowadays don't even seem able to recognize politeness when they see it. (2000 年)

译 文 如今，许多司机即使看到了似乎也不能意识到这种礼貌。

recommendation [,rekəmen'deiʃən] n. 劝告，建议；推荐；最高纪录，最佳成绩；履历，历史 【4】

经典例句 Our pediatrician's (儿科医师的) medical recommendation was simple. (2000 年)

译 文 我们的儿科医师的医疗建议是简单的。

regulate ['regjuleit] vt. 管理，控制；调整，校准，调节【4】

经典例句 Similarly, when employees are not using a meeting room, there is no need to regulate temperature. (2011 年)

译 文 同样地，在会议室没人时，就不要再开空调了。

relief [ri'li:f] n. 缓解，消除；救济，援救 【4】

经典例句 Switzerland is the only country that contributes in the panda relief program in Europe. (1997 年)

译 文 瑞士是欧洲唯一一个为大熊猫救济计划作了贡献的国家。

remote [ri'məut] a. 遥远的，偏僻的；疏远的，远缘的【4】

经典例句 The elementary school in Taiwan have begun teaching English, but it is difficult for those schools in remote, rural areas to hire qualified English teachers. (1999 年)

译 文 台湾的小学已经开始教授英语，但对于偏僻的农村地区来说要找到有水平的教师是很困难的。

resort [ri'zɔ:t] vi. 诉诸，凭借 resort to 诉诸，求助于 n. 度假胜地 【4】

经典例题 The pressure on her from her family caused her to resort to the drastic measures. (2005 年)

A. turn to   B. keep to C. stick to D. lead to [A]

译 文 她的家庭给她带来的压力使她采取极端措施。

retrieve [ri'tri:v] vt. 重新得到，取回；挽回，补救；检索【4】

经典例题 The police are trying to get back the stolen statue. (2001 年)

A. detain   B. retrieve C. track   D. detect [B]

译 文 警察正在竭尽全力找回被盗的雕塑。

reverse [ri'vəːs] v. 颠倒，翻转，后退 n. / a. 反面（的），颠倒（的），相反（的） 【4】

经典例题　Inflation will reach its highest in a decade across most of Asia this year, threatening to _____ recent productivity gains.（2008 年）

    A. reverse　　　　　　B. reserve

    C. retrieve　　　　　　D. revise　　　　[A]

译　文　今年在亚洲大部分地区，通货膨胀达到了十年来历史新高，几近颠覆最近的生产收益。

rhythm ['riðəm, 'riθəm] n. 节奏，韵律；有规律的循环运动 【4】

经典例句　We should be able to predict the rhythms of our biological clocks.（1999 年）

译　文　我们应该能够预测我们生物钟的规律。

satisfied ['sætisfaid] a. 感到满意的 【4】

固定搭配　be satisfied with　对……感到满意

经典例句　All our energy needs are satisfied.（2009 年）

译　文　我们所有的能源需要都得到满足了。

scold [skəuld] v. 训斥，责骂 【4】

经典例句　If I scold one of the grandkids for tearing pages out of my textbook, I am "impatient".（2004 年）

译　文　如果我因为一个孩子撕了我的几页课本而训斥他，就会被认为"没有耐性"。

slight [slait] a. 轻微的，细微的；纤细的，瘦弱的 【4】

固定搭配　not in the slightest　一点也不，毫不

经典例句　Computers can beat chess champion Gary Kasparov at his game, count all the atoms in a nuclear explosion, and calculate complex figures in a fraction of a second, but they still fail at the slight differences in language translation.（2005 年）

译　文　电脑能够在象棋比赛中战胜世界冠军加里·卡斯帕洛夫，能够计算出核爆炸时产生的原子数量，能够在一眨眼的工夫计算出复杂的数据，但是，它们却处理不好语言翻译中的细微差别。

strategy ['strætidʒi] n. 战略；策略 【4】

固定搭配　adopt / apply / pursue a strategy　采取策略

经典例句　He argues that we adapt our personalities as part of our strategy to seek favor from Mom and Dad.（2007 年）

译　文　他认为我们会用调整自己性格的策略来讨得父母的欢心。

stretch [stretʃ] *v. / n.* 拉长，延伸 *n.* 连续的一段时间；一大片 【4】

固定搭配 **at full stretch** 倾注全力
stretch oneself 伸懒腰

联想记忆 on end, in succession, in sequence 连续不断地

经典例句 Aim for something that will stretch you while remaining achievable.（2008 年）

译 文 锁定某个超出你的能力但仍然能做到的目标。

strike [straik] *n.* 罢工，打击，殴打 *vt.* 打，撞击，冲击；罢工，打动，划燃，到达，侵袭；给……深刻印象 *vi.* 打，打击，罢工，抓，敲，搏动，打动，穿透 【4】

固定搭配 **go on strike** 举行罢工

联想记忆 impress…on / upon 将……铭刻在某人心中 impress sb. with 给某人……的印象 be impressed by / at / with 对……印象很深

经典例句 But he soon realized that his conservative clothes were a strike against him before he even shook hands.（2005 年）

译 文 但不久之后他意识到，甚至还没握手，他保守的服装就已让人感到不舒服。

struggle [ˈstrʌgl] *n.* 斗争，奋斗，努力 【4】

固定搭配 **struggle with / against** 与……搏斗，奋斗
struggle for 为……而努力
struggle after 为……而奋斗

联想记忆 fight against / with 同……战斗（斗争） compete with 同……竞争 conflict with 同……冲突 combat with / against 同……搏斗（斗争）

经典例句 Most nations were trying to throw their alien rulers out of their countries in their freedom struggles.（2009 年）

译 文 大多数国家都在为自由而战，千方百计地将外来统治者逐出国门。

subsequent [ˈsʌbsikwənt] *a.* 随后的，后来的 【4】

名师导学 frequent, consequent, subsequent, sequent: frequent 频繁的；consequent 作为结果的；subsequent 后来的；sequent 连续的。

经典例句 The party leader justified his subsequent reelection on the grounds that he had brought political stability and economic development to his country.（2004 年）

译 文 这个政党的领袖以他给国家带来了政治上的安定和经济上的发展证明他参加后来的再选是正确的。

temper [ˈtempə] *n.* 情绪，脾气 【4】

固定搭配 **be in a good / bad temper** 心情好/不好

lose one's temper 发脾气，发怒

经典例题 The violent _____ of his youth reappeared and was directed not only at the army, but at his wife as well. （2009 年）

A．impatience
B．character
C．temper
D．quality
[C]

译　文 他又犯了年轻时候的粗暴脾气，这次不仅针对的是部队，而且还有他的妻子。

tolerate ['tɔləreit] *vt.* 忍受，容忍，容许 【4】

经典例句 We cannot tolerate his mistakes. （2003 年）

译　文 我们不能容忍他的错误。

track [træk] *n.* 跑道，路线，轨道；足迹，踪迹 *vt.* 跟踪，追踪 【4】

固定搭配 **keep track** 通晓事态，注意动向

经典例题 They provide a means of keeping _____ of the thousands of journal papers that are published monthly or quarterly. （2004 年）

A．track
B．contact
C．relation
D．steps
[A]

译　文 他们提出了一种了解数千篇期刊论文的方法，这些论文每月或者每季出版。

transmission [ətrænz'miʃən] *n.* 传输，传送；变速器 【4】

经典例句 Scientists are quickly making progress on genes that block transmission of the disease to humans as well. （2006 年）

译　文 科学家们很快地在研究基因方面取得了进展，以杜绝将疾病传播给人类。

tremendous [tri'mendəs] *a.* 巨大的 【4】

经典例句 Many are aware of the tremendous waste of energy in our environment. （2011 年）

译　文 许多人都意识到了能源在我们环境中的巨大浪费。

unconscious [ʌn'kɔnʃəs] *a.* 失去知觉的，不省人事的；无意识的，不知不觉的 【4】

固定搭配 **be unconscious of** 没有意识到

经典例句 Social dynamics unconsciously shape your choices. （2009 年）

译　文 社会动态潜移默化地决定了你的选择。

undertake [ˌʌndə'teik] *vt.* 接收，承担；约定，保证；着手，从事 【4】

固定搭配 **undertake to do / that** 答应做

undertake an attack 发动进攻

undertake a great effort 作出巨大努力

联想记忆 undertaking *n.* 事业，企业；承诺，保证；殡仪业

经典例句 They should willingly undertake legal commitments about their energy uses.（1998 年）

译　文 他们应该自觉承担关于能源使用的法律义务。

urban [ˈəːbən] *a.* 城市的，市内的 【4】

经典例句 The problem is magnified in urban areas.（2011 年）

译　文 在城市地区这个问题被放大了。

utilize / -ise [juːˈtilaiz] *vt.* 利用，使用 【4】

经典例句 Doing so requires a true battery-free wireless solution, one that can utilize energy harvested directly from the environment.（2011 年）

译　文 要想做到的话就得找到真正的无需电池和电线的解决方法，就是直接应用从环境中获取的能源。

vain [vein] *a.* 无用的；无结果的，徒劳的 【4】

固定搭配 in vain 无结果地，徒劳地

经典例题 Our neighbor Uncle Johnson is a stubborn man. Needless to say, we tried _____ to make him change his mind.（2009 年）

A．in short   B．in secret
C．in danger   D．in vain   [D]

译　文 我们的邻居约翰逊叔叔是个固执的人。不用说，我们想让他改变主意是白费力气了。

vanish [ˈvæniʃ] *vi.* 消失，消散；消逝，灭绝 【4】

常用词组 vanish away 消失（away 表示向相反的方向离开）

经典例句 As a rule, where the broom does not reach the dust will not vanish of itself.（2005 年）

译　文 扫帚不到，灰尘照例不会自己跑掉。

vivid [ˈvivid] *a.* 鲜艳的；生动的，栩栩如生的 【4】

经典例句 Many children turn their attention from printed texts to the less challenging, more vivid moving pictures.（2010 年）

译　文 许多孩子将他们的注意力从绘有彩图的课文转到了难度较小、却更加生动的动画片上了。

waterproof [ˈwɔːtəpruːf] *n.* 防水材料　*a.* 防水的 【4】

经典例句 Auto-body workers would like a really waterproof paint that keeps the rust out.（2004 年）

译　文 车身维护工人也会喜欢用这种防水涂料来防止车身生锈。

Monday

abandon [ə'bændən] *vt.* 放弃，抛弃，离弃 【3】
固定搭配 abandon oneself to 沉溺于
with abandon 放任地，放纵地；纵情地
联想记忆 give up doing sth., / quit doing sth. 放弃做某事
名师导学 abandon 后接动名词，不接不定式，如：abandon doing sth. 放弃做某事。
经典例句 But even if some disaster meant that the vault was abandoned, the permanently frozen soil would keep the seeds alive.（2008 年）
译　文 但是，即使一些灾难使储藏室被遗弃了，永远冰冻的土地将使种子仍具有生命力。

accuracy ['ækjurəsi] *n.* 准确性，精密度 【3】
经典例句 The accuracy rate of machine translation cannot be raised.（2005 年）
译　文 机器翻译的正确率难以提高。

accurate ['ækjurit] *a.* 正确的，精确的 【3】
名师导学 accurate, exact, precise, correct：accurate 指"精确的，正确无误的"，强调准确性，与事实无出入；exact 指"精密的，严密的"，指某人或某事不仅符合事实或标准，而且在细枝末节上也丝毫不差；precise 指"精确的，精密的"，在实行、实施或数量上指很准确的，强调范围、界限的鲜明性或细节的精密，有时略带"吹毛求疵"的贬义；correct 指某人或某事符合事实或公认的标准，没有差错。

accuse [ə'kju:z] *vt.* 谴责；指控，告发 【3】
固定搭配 accuse sb. of 控告某人（做……），为……指责某人
联想记忆 charge（控告）sb. with sth. blame（责怪）sb. for sth. complain（抱怨）to sb. of / about sth.
经典例句 The jury's verdict was that the accused was guilty.（2010 年）
译　文 陪审团的裁决是被告有罪。

admire [əd'maiə] *vt.* 羡慕，赞赏，钦佩 【3】
固定搭配 admire sb. for sth. 因某事敬佩某人
经典例句 Let's sit here so we can admire the view.（2007 年）
译　文 让我们坐在这里，以至于我们能够欣赏美景。

advent [ˈædvent] n. （尤指不寻常的人或事）到来，出现 【3】

adventurous [ədˈventʃərəs] a. 爱冒险的，充满危险的 【3】

经典例句 Woman are encouraged to be less adventurous than men. （2011 年）

译 文 人们鼓励妇女比男性要少冒险。

alongside [əˈlɒŋˈsaid] prep. 在……旁边，沿着……的边；和……在一起；和……相比 ad. 在旁边，并排地 【3】

经典例句 Alongside these technical skills we need to extend and refine our social skills. （2000 年）

译 文 除了这些技术技能，我们需要扩展和完善我们的社会技能。

amateur [ˈæmətə(:), ˈæmətʃuə] a. 业余的 n. 业余爱好者 【3】

经典例句 In the UK, there are amateur car thieves only. （2003 年）

译 文 在英国，偷汽车的小偷全是业余的。

amazing [əˈmeiziŋ] a. 令人惊讶的，令人吃惊的 【3】

经典例句 Some people apparently have an amazing ability to come up with the right answer. （2007 年）

译 文 很明显，一些人有惊人的得出正确答案的能力。

ambiguous [ˌæmˈbigjuəs] a. 模棱两可的，意思含糊的；引起歧义的 【3】

名师导学 obscure, vague 和 ambiguous 都含有"不明确的"的意思。obscure 因某事的意思含糊不清或因知识缺乏而难解；vague 指"模糊的，不明确的"；ambiguous 表示"有两种或两种以上的解释而意义不明确的"。

anticipate [ænˈtisipeit] v. 预料，预期，期望；先于……行动，提前使用。 【3】

名师导学 anticipate, expect, hope 以及 await 都有"期望"之意。anticipate 指事先推测将要发生什么事，并采取适当措施，或者以极高的心情期待所想的事情发生；expect 指某人有一定根据，坚信某种事情必定会发生；hope 指心里想着达到某种目的或出现某种好情况；await 指殷切地盼望着即将到来的人或事。

经典例句 It is anticipated that this contract will substantially increase sales over the next three years. （2003 年）

译 文 预计这份合同会使接下来的三年销售额持续增长。

apart [əˈpɑːt] ad. 分离，隔开；相距，相隔 【3】

固定搭配 apart from=besides 除……之外

联想记忆 except for 除……之外 in addition to 除……之外

第三周 低频词汇

fall apart 土崩瓦解

appliance [ə'plaiəns] n. 用具，设备，器械；装置　【3】

记忆联想　equipment n. 设备（不可数）　instrument n. 仪器　facilities n. 设施

appoint [ə'pɔint] vt. 任命，委派；约定　【3】

固定搭配　appoint sb. 后面接名词（不加冠词）任命某人为……职位

appreciate [ə'priːʃieit] vt. 感激，感谢；评价；欣赏，赏识　【3】

名师导学　后面接动名词，不接不定式，如：appreciate (one's) doing。

经典例句　I'll appreciate your help.（2010 年）

译　文　我非常感谢你的帮助。

arctic ['ɑːktik] a. 北极的　n. (the A-)北极　【3】

artificial [,ɑːti'fiʃəl] a. 人工的，人造的；人为的，做作的　【3】

名师导学　artificial, fake, false: artificial 指由人工制成的而非自然的；fake 指"伪造的，冒充的"；false 是指与真理或事实相反的，故意做假的。

经典例句　The colors in these artificial flowers are guaranteed not to come out.（2000 年）

译　文　这些假花保证不会褪色。

ascertain [,æsə'tein] vt. 查明，弄清，确定　【3】

assumption [ə'sʌmpʃən] n. 假定，设想；担任，承当；假装　【3】

经典例句　A particular area in which assumptions and values differ between cultures is that of friendship.（2007 年）

译　文　友谊，这个特殊领域在不同的文化中有着不同的概念和价值。

authorize ['ɔːθəraiz] vt. 授权，委托；许可，批准　【3】

经典例句　I authorizeed him to act for me while I was away.

译　文　我曾委托他在我不在的时候为我的代理人。

automatic [,ɔːtə'mætik] a. 自动的　【3】

经典例句　The factory is equipped with two fully automatic assembling lines, and the control room is at the center.

译　文　这座工厂安装了两条全自动生产线，而控制室就在正中央。

award [ə'wɔːd] n. 奖，奖品　vt. 授予，给　【3】

记忆联想　reward n. 回报

经典例句　An example of the second type of house won an Award

of Excellence from the American Institute of Architects.（2002 年）

译　文　第二类房子的设计样本赢得了美国建筑学院的优秀奖。

bargain ['bɑ:gin] v. 讨价还价　　n. 便宜货；交易　　【3】

固定搭配　bargain over sth. 为某物讨价还价

bargain away 议价出售；放弃……以求获得另外的某物

经典例句　The old car is a bad bargain at any price.（2001 年）

译　文　这部旧汽车什么价都不值得。

behave [bi'heiv] vi. 举动，举止，表现　　【3】

固定搭配　behave oneself 规规矩矩地

经典例句　She behaves badly at school.（2008 年）

译　文　她在学校表现的不好。

beneficial [beni'fiʃəl] a. 有利的，有益的　　【3】

固定搭配　be beneficial to … 对……有益

经典例句　It will be beneficial to the Tibet Autonomous Region.

译　文　这将对西藏自治区有利。

biology [bai'ɔlədʒi] n. 生物学　　【3】

经典例句　The girl shows a special interest in biology.

译　文　这个女孩对生物学显示出特殊的兴趣。

blend [blend] vi. 流血；渗，漏，冒　　【3】

经典例句　The male sea horse will change his color to blend with his surroundings.（2006 年）

译　文　雄海马还会改变体色来和他周围的环境融合。

brood [bru:d] vi. 沉思；孵蛋　　n.（雏鸡等的）一窝；（一个家庭的）所有孩子　　【3】

经典例句　People do brood over bygone wrongs sometimes.（2006 年）

译　文　人们有时候对于过去的错误是无法忘却的。

burden ['bə:dn] n. 担子，重担，负担；义务，责任　【3】

名师导学　burden, load: burden 一般用于表示烦恼、责任、工作等精神上的“负担”；load 指人、动物、船只、车轮、飞机等负荷运送的东西，借喻精神上的负担。

经典例句　The burden of economic sacrifice rests on the workers of the plant.（2010 年）

译　文　经济上做出牺牲的负担落到了工厂的工人们身上。

calling ['kɔ:liŋ] n. 邀请，召唤；召集　　【3】

经典例句　I'm really getting fed up with the salespersons who keep calling.（2010 年）

译　文　我快烦死了，销售不停地给我打电话。

calorie ['kæləri] *n.* 卡（热量单位） 【3】

经典例句 I am counting my calories at the moment.（2007 年）

译　文 我目前正在控制所摄取的热量。

capacity [kə'pæsiti] *n.* 容量，容积；能力；能量；接受力 【3】

经典例句 The memory capacity of bees means they can distinguish among more than 50 different smells to find the one they want.（2008 年）

译　文 蜜蜂的记忆能力意味着它们能在 50 多种不同的味道中找到它们想要的那种。

captive ['kæptiv] *a.* 被俘房的，被俘获的 *n.* 俘房 【3】

经典例句 Several major zoos conduct captive propagation programs.（2011 年）

译　文 几个主要的动物园进行圈养繁殖计划。

caution ['kɔːʃən] *n.* 谨慎，小心；警告 【3】

固定搭配 do sth. with caution 谨慎小心地做

caution sb. against sth. / caution sb. about sth. 警告某人某事

经典例句 Others viewed the findings with caution, noting that a cause-and-effect relationship between passive smoking and cancer remains to be shown.（2008 年）

译　文 其他人谨慎地看待这些发现，因为他们注意到被动吸烟和癌症之间的因果关系仍然有待观察。

celebrate ['selibreit] *vt.* 庆祝，庆贺 【3】

经典例句 Why didn't you tell me earlier so that we could have celebrated it?（2005 年）

译　文 你为什么不早点告诉我们要庆祝的。

cheat [tʃiːt] *vt.* 哄骗，骗取 *vi.* 作弊，欺诈 *n.* 欺诈，骗子 【3】

固定搭配 cheat sb. (out) of sth. 骗取某人的某物

cheat sb. into the belief that 哄骗某人相信……

名师导学 cheat, deceive: cheat 指用诡计欺骗、骗取；deceive 表示误导，使……相信不真实的情况，做出错误的判断。

经典例句 He is suspected of cheating.（2008 年）

译　文 他被怀疑作弊。

cite [sait] *vt.* 举（例），引证，引用 【3】

civil ['sivl] *a.* 市民的，公民的，国民的；民间的；民事的，根据民法的；文职的 【3】

classic ['klæsik] *n.* 杰作，名著 *a.* 第一流的 【3】

classical ['klæsikəl] *a.* 经典的，古典的 【3】

client ['klaiənt] *n.* 顾客；委托人，当事人 【3】
经典例句 Shaking hands with clients became popular.（2005 年）
译　文 与顾客握手变得很流行。

cling [kliŋ] *vi.* 缠住，粘住；依恋，依靠；坚信，坚持 【3】
名师导学 该词属于常考词汇。考生要注意常用的一组相关同义词 adhere to（黏附，坚持），attach to（依附），stick to（坚持），以及另一组常用的相关同义词 grasp（抓住，抓紧），hold（拿住，抓住，抱住，托住）。该词以固定搭配 cling to 出现居多，并且该搭配后均为名词出现，意为紧抓住或抱住某人（某物），紧靠着某人或物。需要重点注意的是此固定搭配 cling to something 还可以表示舍不得放弃某事物；拒绝放弃某事物。

combat ['kɔmbæt] *v.* 与……战斗，搏斗　*n.* 战斗，斗争，搏斗 【3】

comfort ['kʌmfət] *vt./n.* 慰问，安慰　*n.* 安逸，舒适 【3】

compare [kəm'pɛə] *v.* 比较，相比，对照 【3】
固定搭配 compare...to 把……比做
　　　　　compare with 与……相比
名师导学 compare, contrast: compare 意为"比较"；contrast 指对照，是为了显出或强调差异而进行对比、对照；compare with 强调通过比较以得知相同和不同之处，compare to 强调相似之处，意为"喻为，比做"。
经典例句 He cannot compare with Shakespeare as a writer of tragedies.（2009 年）
译　文 作为一个悲剧作家，他可比不上莎士比亚。

conceal [kən'si:l] *vt.* 隐瞒，隐藏，隐蔽 【3】
固定搭配 conceal sth. from sb. 对某人隐瞒某事物
　　　　　She concealed her divorce from her family and friends. 她对她的家人和朋友隐瞒了她离婚的事实。
经典例句 John's mindless exterior concealed a warm and kindhearted nature.（2002 年）
译　文 约翰漫不经心的外表掩盖了他的热情和善良的心地。

conceive [kən'si:v] *vt.* 设想，构想出（主意、计划等）【3】
名师导学 该词属于常考词汇。考生要注意常用的相关同义词：contrive（设计，想出，谋划，策划）；devise（设计，发明，图谋）；envisage（想象，设想）；imagine（想象）。注意固定搭配"conceive of"（构想出，设想）；后面接名词，是该词的常用搭配。

conception [kən'sepʃən] *n.* 构思，构想；概念，观念【3】

confer [kən'fə:] *vi.* 商谈，商议　*vt.* 授予，赋予 【3】

名师导学 考生要注意常用的相关同义词：award（给予，授予）；bestow（赠予，授予）；consult（商量，商议，请教）；discuss（讨论）。注意固定搭配：confer on（赋予，授予），是该词的常用搭配。

conform [kən'fɔːm] *vi.* 遵守，适应，顺从；相似，一致，符合 【3】

名师导学 该词属于常考词汇。考生要注意常用的相关同义词：abide（遵守，履行）；accord（符合）；adhere（遵守，坚持）；comply（遵从，依从，服从）；follow（遵循，跟随）。该词的固定词组有 conform to 与 comply with，后面均接名词，意为"适应，遵守，符合"。对该词的衍生词应该多加注意。

confusion [kən'fjuːʒən] *n.* 混淆，搞乱 【3】

经典例句 The exacts status of any explanation should be clearly labeled to avoid confusion.（1999 年）

译 文 在需要任何解释的情况，应明确标示，以避免混淆。

conserve [kən'sɜːv] *vt.* 保存，保护；节约，节省 【3】

经典例句 If no one owns the resource concerned, no one has an interest in conserving it or fostering it: fish is the best example of this.（1996 年）

译 文 如果相关的资源没有主人，就不会有人有兴趣去保存它或培养它；鱼就是这方面的最好例证。

contestant [kən'testənt] *n.* 竞争者；竞赛参加者；争论者 【3】

经典例句 Contestants are judged on their physical appearance.（2007 年）

译 文 他们从外貌上判断参赛者。

cooperation [kəu'ɔpəriʃən] *n.* 合作 【3】

经典例句 The cooperation between dogs and their handlers is key to success.（2011 年）

译 文 警犬与训犬师之间的合作是成功的关键。

costly ['kɔstli] *a.* 昂贵的；代价高的 【3】

council ['kaunsil] *n.* 理事会，委员会；议事机构 【3】

经典例句 The State Council will lay down new rules.（2002 年）

译 文 国务院将颁布新规则。

creative [kri(ː)'eitiv] *a.* 有创造力的，创造性的 【3】

经典例句 Senior citizens are advised to go in for some creative activities to keep themselves mentally young.（2003 年）

译 文 长者建议去做一些有创意的活动，使自己保持精神年轻。

第三周 低频词汇

cultivation [ˌkʌltiˈveiʃən] n. 培养，教养；耕作，中耕 【3】

经典例句 It will promote the cultivation of flowers.（2003 年）
译　文 它将促进花的养殖。

curriculum [kəˈrikjuləm] n.（学校、专业的）全部课程；（取得毕业资格的）必修课程 【3】

经典例句 Science should be included in the school curriculum.（2004 年）
译　文 科学课应该包括在学校的必修课程里面。

dawn [dɔ:n] n. 黎明，曙光 vi. 破晓；开始发展 【3】

固定搭配 at dawn 拂晓，天一亮
经典例句 Farmers began primitive genetic engineering at the dawn of agriculture.（2005 年）
译　文 农民在农业刚开始的时候开始了原始基因工程。

deadly [ˈdedli] a. 致命的，致死的；极有害的 【3】

经典例句 It was the worst tragedy in maritime（航海的） history, six times more deadly than the Titanic.
译　文 这是航海史上一次空前的灾难，所造成的致命损失是泰坦尼克号的六倍之多。

deduce [diˈdju:s] vt. 推论，推断，演绎 【3】

名师导学 该词在历年真题中均以词汇题干扰项的形式出现，主要是将其同 induce（v. 导致，促使，引起）等单词作比较。

definition [ˌdefiˈniʃən] n. 定义，解释 【3】

经典例句 Its definition is difficult for many people.（1999 年）
译　文 它的解释对于许多人来说是困难的。

degree [diˈgri:] n. 度，程度；等级；学位 【3】

固定搭配 in some degree 在某种程度上
　　　　 to a certain degree =to a certain extent 在一定程度上
经典例句 Such a commitment would require a degree of shared vision and common responsibilities new to humanity.（2000 年）
译　文 这样的承诺，就需要一个新的共同愿景的程度和新的对人类的共同责任。

delicate [ˈdelikit] a. 纤弱的，娇嫩的，易碎的；优美的，精美的，精致的；微妙的，棘手的；灵敏的，精密的 【3】

dentist [ˈdentist] n. 牙科医生 【3】

经典例句 May I see the dentist now?（2006 年）
译　文 我现在可以看牙医了吗？

deserve [diˈzə:v] vt. 应受，值得 【3】

联想记忆 preserve v. 保藏，保存　reserve v. 保留

名师导学　deserve 后可接动名词和不定式：deserve doing= deserve to be done

经典例句　One good turn deserves another.（2011 年）

译　文　好心有好报。

devise [di'vaiz] *vt.* 设计，想出，发明　【3】

经典例句　The function of teaching is to create the conditions and the climate that will make it possible for children to devise the most efficient system for teaching themselves to read.（2005 年）

译　文　教育的功用是创造条件和气氛，使孩子们能够摸索出对于他们自学阅读最有效率的方法。

differentiate [,difə'renʃieit] *v.* 区别，区分　【3】

经典例句　This company does not differentiate between men and women—they employ both equally.（2005 年）

译　文　这家公司对男女职工一视同仁——男女职工他们都雇用。

diplomatic [,diplə'mætik] *a.* 外交的　【3】

经典例句　The Americans recognize that the UN can be the channel for greater diplomatic activity.（2009 年）

译　文　美国人认识到，联合国可能是更大的外交活动的通道。

disposal [dis'pəuzəl] *n.* 配置，布置，排列；处置，处理【3】

distinct [dis'tiŋkt] *a.* 不同的；清楚的，明显的，显著的　【3】

固定搭配　be distinct from 与……不同的

distinction [dis'tiŋkʃən] *n.* 区别　【3】

经典例句　Many people fail to make a distinction between their company and them.（2004 年）

译　文　许多人没有区分公司与他们之间的区别。

diverse [dai'və:s] *a.* 不同的，多种多样的　【3】

固定搭配　be diverse from=be different from 与……不同

经典例句　People of diverse backgrounds now fly to distant places for pleasure, business or education.（1998 年）

译　文　不同背景的人们为了休闲娱乐，商业往来或者求学飞往遥远的地方。

dramatic [drə'mætik] *a.* 戏剧的，戏剧性的；引人注目的 *n.*（*pl.*）戏剧，戏曲　【3】

drunk [drʌŋk] *a.* 酒醉的　【3】

固定搭配　be drunk with 陶醉于……中

经典例句　Drunk driving remained the No.1 killer on the high

ways.（2011 年）

译　文　酒后驾驶在高速公路上仍然是第一杀手。

dump [dʌmp] *v. / n.* 倾卸，倾倒　　　　　　　　【3】

经典例句　There is a fine for dumping trash on public land.（2004 年）

译　文　在公用土地上倾倒垃圾要受罚款。

eager ['i:gə] *a.* 渴望的，热切的　　　　　　　　【3】

固定搭配　**be eager for / about / after** 渴望，渴求，争取
　　　　　be eager to do 渴望做

经典例句　Americans are usually eager to explain all about their country.（2001 年）

译　文　美国人通常渴望解释他们国家所有的事情。

ecological [,ekə'lɔdʒikəl] *a.* 生态学的，社会生态学的【3】

经典例句　The ecological balance of the river is lost.（1996 年）

译　文　河流的生态系统失去了平衡。

edge [edʒ] *n.* 刃；边缘　*v.* 侧身移动，挤进　　【3】

经典例句　They'd lost their cutting edge.（2007 年）

译　文　他们失去了战斗力。

electron [i'lektrɔn] *n.* 电子　　　　　　　　　【3】

经典例句　The source of this interference remains unconfirmed, but increasingly, experts are pointing the blame at portable electronic devices such as portable computers, radio and cassette players and mobile telephones.

译　文　尽管这种干涉的起源还未经证实，但专家愈加地将指责指向可移动的电子设备，像手提电脑、收音机、磁带播放器和移动电话。

emit [i'mit] *vt.* 发出，发射；散发（光、热、气味等）【3】

经典例句　Hydrogen-powered cars emit no carbon dioxide.（2008 年）

译　文　氢动力车不会排放二氧化碳

emphasize ['emfəsaiz] *vt.* 强调，着重　　　　　【3】

经典例句　What does the man try to emphasize?（2011 年）

译　文　这个人在试着强调什么？

engine ['endʒin] *n.* 发动机，引擎；火车头，机车　【3】

经典例句　Busing companies instruct drivers to eliminate extra stops from routes and to turn off engine while idling.（2011 年）

译　文　公车公司指示司机删去路程中的额外的停靠点，并在空闲时关闭发动机。

entertain [,entə'tein] *vt.* 使欢乐，使娱乐；招待，款待【3】

经典例句　The history professor began to entertain local and

national reporters.（2002 年）

译 文 历史教授开始招待当地和全国的记者们。

enthusiastic [in,θju:zi'æstik] *a.* 热心的，热情的 【3】

名师导学 本词属于常考词汇，近年多次出现在阅读的选项中，用来表明作者的态度，注意与 positive（积极的，肯定的）的区别。固定结构是 be enthusiastic about (doing) something。相关近义词有 ardent（热情的，热心的，热烈的），zealous（热心的，热情的，热诚的），passionate（充满激情的，热切的，强烈的）。

entitle [in'taitl] *vt.* 给……题名；给……权力（资格）【3】

经典例句 Employees in chemical factories are entitled to receive extra pay for doing hazardous work.（2011 年）

译 文 化学工厂的员工有权利为从事危险的工作而要求额外的赔偿。

evolve [i'vɔlv] *v.* （使）进化，（使）演化；（使）发展，（使）演变 【3】

经典例句 The developmental history of the society tells us that man has evolved from the ape.（2005 年）

译 文 社会发展史告诉我们：人是从类人猿进化来的。

exceed [ik'si:d] *vt.* 超过，胜过 【3】

excuse [iks'kju:z] *vt.* 原谅 *n.* 借口，理由 【3】

固定搭配 excuse sb. for doing sth. 原谅某人做某事

名师导学 excuse, pardon, forgive: excuse 指 "原谅"，语气较轻，一般指小的过错；pardon 指 "宽恕、赦免罪犯" 等；forgive 指 "原谅"，强调个人感情色彩。

经典例句 Please excuse his fault.（2008 年）

译 文 请原谅他的错误吧。

execute ['eksikju:t] *vt.* 实行，执行，实施；处死，处决【3】

extraordinary [iks'trɔ:dnri, iks'trɔ:dinəri] *a.* 非常的，特别的 【3】

经典例句 Mary succeeded in living up to her extraordinary reputation.（2001 年）

译 文 Mary 的成功不辜负她卓越的名誉。

fame [feim] *n.* 名声，名望 【3】

经典例句 Her story shows an indifference to honors and fame can lead to great achievements.（2007 年）

译 文 她的故事表明不计较荣誉和名声能够取得巨大的成就。

familiar [fə'miljə] *a.* 熟悉的，通晓的；亲密的，交情好的 【3】

| 固定搭配 | be familiar with 与……亲密；通晓，精通 |
| | be familiar to 为……所熟悉 |

| 经典例句 | Are you familiar with the rules of baseball? （2008 年） |
| 译 文 | 你熟悉棒球规则吗？ |

fascinate ['fæsineit] vt. 使着迷，强烈地吸引 【3】

flatter ['flætə] vt. 向……献媚，奉承；使满意，使高兴，使感到荣幸；使显得（比实际）好看，使（某优点）显得突出 【3】

| 经典例句 | I cannot flatter myself that I am better than him. （2003 年） |
| 译 文 | 我不能自夸比他好。 |

flourish ['flʌriʃ] v. 繁荣，茂盛，兴旺 【3】

frequent ['fri:kwənt] a. 频繁的 【3】

geography [dʒi'ɔgrəfi, 'dʒiɔg-] n. 地理，地理学 【3】

gesture ['dʒestʃə] n. 姿势，手势；姿态 【3】

| 经典例句 | He gestured angrily at me. （2001 年） |
| 译 文 | 他气愤地对我做手势。 |

gossip ['gɔsip] n. 闲话，流言，闲谈之人 vi. 搬弄是非，闲聊 【3】

| 经典例句 | George enjoys talking about other people's private affairs. He is a gossip. （1997 年） |
| 译 文 | 乔治喜欢谈论别人的私事，他是个爱说长道短的人。 |

governor ['gʌvənə] n. 地方长官，总督；州长；主管，理事，董事 【3】

greenhouse ['gri:nhaus] n. 温室 【3】

gross [grəus] a. 总的；毛（重）的；粗鲁的，粗俗的 【3】

hatch [hætʃ] v. 孵，孵化 【3】

| 经典例句 | Don't count the chickens before they are hatched. （2006 年） |
| 译 文 | （谚语）鸡蛋还未孵，别忙数鸡雏。 |

historic [his'tɔrik] a. 有历史意义的 【3】

| 经典例句 | At present, it is not possible to confirm or to refute the suggestion that there is a causal relationship between the amount of fat we eat and the incidence of heart attacks. |
| 译 文 | 目前，我们很难决定应该赞成还是反驳这种观点，即脂肪的摄入量和心脏发病率之间存在着因果关系。 |

illustration [,iləs'treiʃən] n. 插图；例证，说明 【3】

incentive [in'sentiv] n. 激励前进的动力 【3】

| 固定搭配 | price incentive 价格刺激 |
| | tax incentive 税收鼓励 |

第三周 低频词汇

give sb. an incentive to do sth. 激发某人去干某事

incidence [ˈinsidəns] *n.* 发生（率）　　【3】

经典例句　At present, it is not possible to confirm or to refute the suggestion that there is a causal relationship between the amount of fat we eat and the incidence of heart attacks.

译　文　目前，我们很难决定应该赞成还是反驳这种观点，即脂肪的摄入量和心脏发病率之间存在着因果关系。

incredible [inˈkredəbl] *a.* 难以置信的，不能相信的　【3】

induce [inˈdjuːs] *vt.* 引起，感应　　　　　　　　【3】

名师导学　注意相关短语：induce sb. to do sth. 劝导某人做某事。

indulge [inˈdʌldʒ] *v.* 放任，纵容，沉溺；使（自己）纵情享受　　　　　　　　　　　　　　　　　　　　　　【3】

经典例句　If you continue to indulge in computer games like this, your future will be at stake.（2010 年）

译　文　如果你继续像这样沉溺于网络游戏的话，你的未来将会是危险的。

innocent [ˈinəsnt] *a.* 无罪的，清白的；无害的；天真的，单纯的　　　　　　　　　　　　　　　　　　　　　　【3】

固定搭配　be innocent of 无意识的，无……罪的

联想记忆　be guilty of 有……罪

经典例句　That is not only bad for innocent travelers,but might distract the team from cathing the guilty.（2011 年）

译　文　那不仅对无辜的旅客不好，而且会分散抓捕罪犯队伍的注意力。

innovation [ˌinəuˈveiʃən] *n.* 创新，改革　　　　【3】

经典例句　Through a wide variety of technological innovations that include farming methods and the control of deadly diseases, we have found ways to reduce the rate at which we die.（2009 年）

译　文　通过各种技术革新，包括耕作方法和控制致命的疾病，我们已经找到方法减少我们的死亡率。

insect [ˈinsekt] *n.* 昆虫，虫　　　　　　　　　　【3】

insist [inˈsist] *vi.* 坚持，坚持主张，强烈要求　*vt.* 坚持，坚决主张，坚决认为　　　　　　　　　　　　　　【3】

固定搭配　insist on / upon 坚持，坚持认为

联想记忆　hold on, cling to, stick to, persist in 坚持，坚持认为

名师导学　insist, persist: insist 着重坚持某种意见、主张或观点，有"坚决要，一定要"的意思，后接介词 on / upon 或 that 从句，从句中的谓语动词常用虚拟语气，即"（should）+动词原形"；persist 多用于表示行动，也可用于表示意见，

指对某种行动坚持不懈或对某种意见固执不改，后接介词 in，当作"坚持说，反复说"解时，可与 insist 换用。

经典例句 "I'm sure it was a child!" insisted Andrea.（2003 年）
译 文 "我确定是个小孩！"安德鲁坚持道。

instinct ['instiŋkt] *n.* 本能，直觉；天性 【3】
名师导学 instinctive *a.* 本能的，直觉的，冲动的
固定搭配 have an instinct for 生来爱好
by instinct 出于本能

经典例句 She didn't know why, but she felt instinctively that there was something wrong, something odd, and something dangerous.（2003 年）
译 文 她不知道为什么，但是本能地觉得有些不对头、有些奇怪、甚至感觉有些危险。

integrate ['intigreit] *vt.* 使结合，使一体化 *a.* 完整的，综合的 【3】
固定搭配 integrate…with 把……与……相结合
integrate…into 使……并入

经典例句 The malaria-resistant gene would be integrated directly into the mosquitoes' DNA, making it impossible for those mosquitoes to transmit the parasite that causes malaria.（2006 年）
译 文 抗疟疾基因将会直接和蚊子的 DNA 结合在一起，这就阻断了疟疾病菌的传播。

intellectual [inti'lektʃuəl] *n.* 知识分子 *a.* 智力的；显示智力的，能发挥才智的 【3】

intense [in'tens] *a.* 强烈的，激烈的，热烈的 【3】
经典例句 Friendships among Americans tend to be shorter and less intense than those among people from many other cultures.（2007 年）
译 文 与其他国家相比，美国人之间的友谊往往比较短暂、而且情感不是很强烈。

interpret [in'tə:prit] *vt.* 解释；说明；口译；翻译 【3】
名师导学 translate, interpret（另见 explain）：translate 指口头或笔头翻译；interpret 仅指口头翻译。

经典例句 It is difficult to comprehend, but everything you have ever seen, smelt, heard or felt is merely your brain's interpretation of incoming stimuli.（2010 年）
译 文 虽然这很难理解，但是你所看到、闻到、听到、感觉到的东西仅仅是大脑对于（外界）刺激的阐释。

interview ['intəvju:] *n.* 接见；会见，面试 *vt.* 接见，

会见　　　　　　　　　　　　　　　　　　　　　【3】

经典例句　Obviously the long interviews were the more successful ones.（1995 年）

译　文　很明显，持续时间久的面试更有可能成功。

introduction　[ˌintrə'dʌkʃən] n. 介绍，引进，传入；引论，导言，绪论；入门　　　　　　　　　　　　　　　　　【3】

investor　[in'vestə] n. 投资者，出资者　　　　　　　　【3】

经典例句　Internet retailing appealed to investors.（2000 年）

译　文　互联网的零售业吸引投资者。

jealous　['dʒeləs] a. 嫉妒的　　　　　　　　　　　　【3】

固定搭配　be jealous of 嫉妒

名师导学　jealous, envious：jealous 主要指恶意的"妒忌"；envy / envious 主要指"羡慕"。

经典例句　As regards his parents' shopping for the grandchildren, the author feels jealous.（2004 年）

译　文　关于他父母为孙子购物的事情，作者觉得嫉妒。

length　[leŋθ] n. 长，长度　　　　　　　　　　　　　【3】

固定搭配　at length 最后，终于；详细地

go to great lengths 竭尽全力

liable　['laiəbl] a. 有……倾向性，易于；有偿付责任的【3】

固定搭配　be liable to 易于

be liable for 对……有责任

经典例句　Though more liable to illness, women still live longer.（2011 年）

译　文　尽管容易生病，妇女仍然会活得很长。

literary　['litərəri] a. 文学的；精通文学的，从事写作的【3】

经典例句　A literary device specially employed in poetry writing.（2010 年）

译　文　诗歌创作中一种特殊的文学手法。

massive　['mæsiv] a. 巨大的　　　　　　　　　　　　【3】

经典例句　Millions of dying trees would soon lead to massive forest fires.（1999 年）

译　文　数以百万计干燥的树木，很快就导致大规模的森林火灾。

maximum　['mæksiməm] n. 最大量，最高值　a. 最大的，最高的　　　　　　　　　　　　　　　　　　　　　【3】

经典例句　People just pursue maximum profits.（2009 年）

译　文　人们仅仅是追求利益最大化。

medium　['miːdjəm] n. 中间，适中；（pl. media）媒体；媒介，媒介物；传导体　a. 中等的，适中的　　　　　　　【3】

经典例句	He is medium height.
译　文	他是中等身材。
经典例句	We should get to know who are the audience for the selected advertising media. （2004 年）
译　文	我们应该了解对于（我们）选定的广告媒介，哪些人是其真正的听众。

melody ['melədi] *n.* 曲调，旋律　　　　　【3】

| 经典例句 | When the melody is repeated in various forms in a longer composition, this basic tune is said to constitute its theme, or subject. （2005 年） |
| 译　文 | 当旋律在一个较长的作品里以不同形式反复出现时，人们便认为这一基调成了作品的主旋律或主题。 |

microscope ['maikrəskəup] *n.* 显微镜　　　【3】

| 经典例句 | The microscope enables scientists to distinguish an incredible number and variety of bacteria. （2007 年） |
| 译　文 | 这个显微镜使科学家能够区分有着令人难以置信的数量的各种细菌。 |

microwave ['maikrəuweiv] *n.* 微波　　　　【3】

| 经典例句 | The microwave background radiation that went a long way towards proving the Big Bang. （2001 年） |
| 译　文 | 为了证明宇宙大爆炸，微波背景辐射有很长的路要走。 |

minor ['mainə] *a.* 较小的，较少的，较次要的　*n.* 辅修学科　*vi.* 辅修　　　　　　　　　【3】

固定搭配	**minor in** 兼修，辅修
经典例句	If minor disputes are left unsettled, tough ones will pile up sooner or later. （2005 年）
译　文	如果小争端都不解决，迟早会积聚成棘手的难题。

moral ['mɔrəl] *a.* 道德的，道义的，有道德的　*n.* 寓意，教育意义　　　　　　　　　　　　　【3】

| 经典例句 | The decline in moral standards, which has long concerned social analysts, has at last captured the attention of average Americans. （2009 年） |
| 译　文 | 长期为社会分析家所关注的道德标准的降低，最终引起了普通美国民众的注意。 |

motivate ['məutiveit] *vt.* 作为……的动机，促动；激励【3】

| 经典例句 | Students will be better motivated in a classroom （2000 年） |
| 译　文 | 学生在教室里能更好地被激发。 |

motive ['məutiv] *n.* 动机，目的　*a.* 发动的，运动的【3】

nerve [nə:v] *n.* 神经；勇敢，胆量　　　　　　【3】

固定搭配　get on one's nerves 惹得某人心烦

经典例句　The nerve cells were mixed together. （1999 年）

译　文　这些神经细胞混合在一起。

Norwegian [nɔː'wiːdʒən] *a.* 挪威（人）的　*n.* 挪威人/语

【3】

oblige [ə'blaidʒ] *vt.* 强制，使感激　　　　　　【3】

固定搭配　be obliged to do sth. 被迫做

be obliged to sb. for sth. 为某人感激某人

oblige sb. to do sth. 迫使某人做

经典例句　I am obliged to you for your gracious hospitality.
（2006 年）

译　文　我很感谢你的热情好客。

offend [ə'fend] *vt.* 冒犯，触犯，得罪；使不快，使恼火【3】

固定搭配　be offended at / by / with 因……而生气

经典例句　Betty was offended because she felt that her friends
had ignored her purposefully at the party. （2010 年）

译　文　贝蒂很生气，因为她觉得她的朋友在聚会上故意
冷落她。

operate ['ɔpəreit] *vi.* 操作，运转；动手术，开刀　*vt.* 操
作，操纵，进行　　　　　　　　　　　　【3】

固定搭配　operate on 给……动手术

经典例句　It is not because the companies that operate them
lack imagination. （2009 年）

译　文　并不是因为经营它们的公司缺乏想象力。

originate [ə'ridʒineit] *vt.* 引起，发明，发起，创办　*vi.* 起
源，发生　　　　　　　　　　　　　　　【3】

固定搭配　originate from / in / with 产生于

固定搭配　originate in / from / with 起源于，产生

outlook ['autluk] *n.* 展望，远景；眼界，观点　　　【3】

overlook [,əuvə'luk] *vt.* 眺望，俯瞰；忽略，漏掉，未看见；
宽容，放任　　　　　　　　　　　　　　【3】

overwhelm ['əuvə'welm] *vt.* 使不知所措；征服，制服【3】

经典例句　Love is a feast to the senses, but it can overwhelm
us. （2010 年）

译　文　爱是一种感官的盛宴，但它可以压倒我们。

overwhelming [,əuvə'welmiŋ] *a.* 势不可挡的，压倒的【3】

经典例句　There is overwhelming evidence that money buys
happiness. （2007 年）

译　文　这有大量的证据证明金钱能买到幸福。

owing [ˈəuiŋ] *a.* 欠着的，未付的；应给予的 【3】

固定搭配 owing to 由于，因为

记忆联想 because of, on account of, due to, as a result of, thanks to, in view of, by reason of 由于，因为

经典例句 I must decline your invitation owing to a subsequent engagement.（2006 年）

译　文 由于有约在后，我不得不谢绝您的邀请。

ozone [ˈəuzəun, əuˈz-] *n.* 臭氧；（海岸等的）新鲜空气 【3】

经典例句 The destruction of Earth's ozone layer could contribute to the general process of impoverishment by allowing ultra-violet rays to harm plants and animals.（1999 年）

译　文 地球臭氧层的破坏致使紫外线会伤害动植物，可能造成普遍的生态环境恶化。

parasite [ˈpærəsait] *n.* 寄生动物 【3】

经典例句 Don't be a parasite, and earn your own way in life.（2006 年）

译　文 不要当寄生虫，要自食其力。

passive [ˈpæsiv] *a.* 被动的，消极的 【3】

经典例句 If your normally lively pets become passive, they might be ill.（2001 年）

译　文 如果你的宠物平时很活跃，突然变得有些消极，那它们可能是生病了。

patience [ˈpeiʃəns] *n.* 忍耐，耐心 【3】

固定搭配 run out one's patience 失去耐心
with patience 耐心地
out of patience with 对……失去耐心

经典例句 But everyone I come across has answered those questions with patience and honesty.（2003 年）

译　文 但是我碰到的每个人都很耐心诚真地回答了那些问题。

pedestrian [peˈdestriən] *n.* 步行者，行人 【3】

经典例句 More than one third of all pedestrian injuries are children.

译　文 在所有行人伤害事故中，三分之一以上的受伤对象是小孩。

personnel [ˌpəːsəˈnel] *n.* 全体人员，全体职员；人事部门 【3】

经典例句 Many personnel directors form initial impressions from these characteristics.（1995 年）

译　文 许多人事部门的主管从这些特征中形成第一印象。

persuade [pə'sweid] *vt.* 劝说，说服　　【3】

固定搭配　**persuade sb. to do sth.** 劝说某人做某事

persuade sb. into doing sth. 说服某人做某事

persuade sb. out of doing sth. 说服某人不做某事

persuade...of 使……信服，使……同意

联想记忆　convince sb. of / that 说服某人　argue sb. into / out of doing, talk sb. into / out of doing, reason sb. into / out of doing 说服某人做/不做某事

经典例句　If I could persuade them to spend a few hours a week volunteering their services, we could provide free primary health care to those so desperately in need of it.（2002 年）

译　文　如果我能够说服他们每周花几小时自愿提供服务，我们就能够为那些迫切地需要医疗保健的人们提供最基本的免费医疗处理。

pledge [pledʒ] *n.* 誓约，保证　*vt.* 发誓，保证　　【3】

固定搭配　**keep / break a pledge** 信守/违背诺言

pledge to do / that 保证做

记忆联想　commit oneself to do 答应做　engage oneself to do 保证做　undertake to do 承诺做

经典例句　Take this ring as a pledge of our friendship.

译　文　把这个戒指作为我们友谊的信物。

poisonous ['pɔiznəs] *a.* 有毒的；恶毒的　　【3】

potato [pə'teitəu] *n.* 马铃薯　　【3】

precedent [pri'si:dənt] *n.* 先例　　【3】

presence ['prezns] *n.* 出席，在场；存在　　【3】

固定搭配　**in the presence of sb.** 当着某人的面，有某人在场

presence of mind 镇定自若

经典例句　One of the basic and best-known features of civilization and culture is the presence of tools.（2005 年）

译　文　"文明"与"文化"最基本、最为人们所熟知的特征之一就是工具的存在。

prevalent ['prevələnt] *n.* 流行的，普遍的　　【3】

经典例句　Unemployment seems to be the _____ social problem in this area and may undermine social stability.（2009 年）

A. primitive　　　　　　　B. prevalent

C. previous　　　　　　　D. premature　[B]

译　文　失业似乎是这个地区普遍的社会问题，这有可能会破坏社会稳定。

principal ['prinsəp(ə)l, -sip-] *a.* 主要的，最重要的，首要的　*n.* 负责人，校长；资本，本金　　【3】

经典例句 The principal purpose of this passage is to criticize the government. （1999 年）

译　文 这篇文章的主要目的是批判政府。

principle ['prinsəpl] *n.* 原则，原理；主义，信念 【3】

固定搭配 in principle 原则上，大体上

on principle 根据原则

经典例句 They encounter the facts and principles of science daily. （2004 年）

译　文 他们遇到了日常科学中的事实和真理。

priority [praɪˈɔrəter] *n.* 优先权，优先顺序，优先 【3】

prize [praiz] *n.* 奖，奖金，奖品 *vt.* 珍视，珍惜 【3】

经典例句 His book on the Vietnam war has won two important prizes. （2002 年）

译　文 他那关于越南战争的书已经赢得了两个重要奖项。

productive [prəˈdʌktiv] *a.* 多产的，（土地）肥沃的；有收获的，很多成果的 【3】

经典例句 It can free people from poverty, giving them the power to greatly improve their lives and take a productive place in society. （2002 年）

译　文 它可以使人们脱离贫困，赋予人们能力来极大提高生活水平，并在社会中占据高产值的职位。

profound [prəˈfaund] *a.* 深奥的，渊博的；由衷的；深远的，深刻的 【3】

经典例句 The new research has profound implications for the environmental summit in Rio de Janeiro.

译　文 这项新研究对里约热内卢的环境峰会具有深远的意义。

prone [prəun] *a.* 易于……的，有……倾向的；俯卧的 【3】

固定搭配 be prone to sth. / to do sth 易于……的

经典例句 Later-borns are prone to diseases. （2007 年）

译　文 晚出生者很容易得疾病。

protective [prəˈtektiv] *a.* 保护的，防卫的 【3】

protest [prəˈtest] *v. / n.* 抗议，反对 【3】

固定搭配 protest against / at / about sth. 反对，抗议

联想记忆 oppose to / object to / go against / have an objection to 抗议；反对

经典例句 Senator James Meeks has called off a boycott of Chicago Public Schools, organized to protest Illinois' education funding system. （2009 年）

译　文 参议员詹姆士·米克取消了芝加哥公立大学里的

一场联合抵制，这场抵制是为了反对伊利诺斯州的教育基金制度的。

radical ['rædikəl] *a.* 基本的，重要的；激进的，极端的 【3】

经典例句 The new government embarked upon a program of radical economic reform.（2003 年）

译　文 新政府开始着手一系列彻底的经济改革措施。

rank [ræŋk] *n.* 排，行列；等级，地位　*vt.* 评价，分等，归
【3】

经典例句 Among European countries, Italy ranks third from the bottom in accessibility for the disabled, ahead of only Greece and Portugal.（2004 年）

译　文 所有欧洲国家中，意大利在为残疾人提供便利设施方面排名倒数第三，仅仅领先于希腊和葡萄牙。

rarely ['rɛəli] *ad.* 稀少，很少，难得 【3】

经典例句 Their full impact was rarely considered.（2005 年）

译　文 但它们的整体影响却很少被考虑到。

recite [ri'sait] *v.* 背诵，朗诵 【3】

经典例句 He can recite that poem from memory.（1996 年）

译　文 他能凭记忆背诵那首诗。

refine [ri'fain] *vt.* 精炼，精制，提纯；改善，改进 【3】

remedy ['remidi] *n.* 药品；治疗措施，补救办法　*vt.* 纠正，
补救；医疗，治疗 【3】

固定搭配 **beyond remedy** 无法补救的，无可救药的

　　　　 prescribe a remedy 开药方

　　　　 work out a remedy 想出补救办法

经典例句 Her book treats the oldest remedy as if it was brand new.（1995 年）

译　文 她的书把最古老的补救措施当作新的一样。

remind [ri'maind] *vt.* 提醒，使想起 【3】

固定搭配 **remind sb. of** 使某人想起、提起；提醒某人

repeatedly [ri'pi:tidli] *ad.* 重复地；再三地 【3】

经典例句 Over the next nine years he reapplied repeatedly.（2000 年）

译　文 在接下来的 9 年中，他多次重新申请。

revenue ['revinju:] *n.* 收入，税收 【3】

固定搭配 **collect revenue** 收税

　　　　 raise revenue 增加收入

satisfactory [,sætis'fæktəri] *a.* 令人满意的 【3】

名师导学 satisfactory, satisfying, satisfied：satisfactory "令人满意的，符合要求的"，因为可以满足某种愿望或合乎某种

要求而令人满意，常指事物本身所特有的特性，含有主动意味，该词在句子中常做定语和表语；satisfying 表示事物"令人满意的"，具有较强的主动性，通常做定语；satisfied "感到满意的"，指人达到某种希望时感到满足和愉快，含有被动意味。

经典例句 The aim is to keep growing, and moving into a more satisfactory position for your particular circumstances.（2008 年）

译文 对于你个人独特的境况来说，你的目标是保持持续发展，不断达到一个更满意的层次。

satisfy ['sætisfai] *vt.* 使满足；使满意 【3】

固定搭配 be satisfied with 对……感到满意

schedule ['ʃedju:l; 'skedʒjul] *n.* 时间表；进度表，一览表 *vt.* 安排；排定，预定 【3】

固定搭配 on schedule 按预定时间

ahead of schedule 提前

经典例句 Let me check my schedule.（2010 年）

译文 让我看看我的时间表。

scream [skri:m] *v. / n.* 尖叫（声） 【3】

经典例句 Andrea began to scream.（2003 年）

译文 安德妮娅尖叫起来。

sensible ['sensəbl] *a.* 明理的，明智的 【3】

经典例句 In high school I wanted to be an electrical engineer and, of course any sensible student with my aims would have chosen a college with a large engineering department, famous reputation and lots of good labs and research equipment. But that's not what I did.

译文 在高中时，我想成为一名电器工程师，当然任何一个有我这样目标的明智的学生，都应当选择去有大的工程学系、良好的声誉和许多实验室及研究设备的学院，但我却不是这样做的。

shrink [ʃriŋk] *vi.* 起皱，收缩；退缩，畏缩 【3】

经典例句 Consider the Internet, that prime example of our shrinking world.（2003 年）

译文 想一想因特网，它是使我们这个世界变小的绝好例子。

soar [sɔ:, sɔə] *vi.* 高飞，翱翔；高涨，猛增 【3】

span [spæn] *n.* 跨距，跨度；一段时间 【3】

固定搭配 for a long / short span of time 长短时间内

the span of life 寿命

经典例句 Asiatic lions used to span vast sections of the globe.

第三周 低频词汇

（2002 年）

| 译　文 | 亚洲狮过去曾跨越了整个地球中庞大的一部分。 |

sponsor ['spɒnsə] *n.* 发起人，主办者；资助者　*vt.* 发起，主办　【3】

| 经典例句 | He sponsored all sorts of questions.（2007 年） |
| 译　文 | 他提出了各种问题。 |

stain [stein] *n.* 污渍，污点　*vt.* 沾染，污染　【3】

| 经典例句 | The axe and the inside of the bag were covered with the dark red stains of dried blood.（2003 年） |
| 译　文 | 斧子上和袋子里满是凝固的暗红血斑。 |

storage ['stɔːridʒ] *n.* 贮藏，保管；存储器　【3】

stubborn ['stʌbən] *a.* 顽固的，倔强的，固执的；棘手的　【3】

名师导学	该词属于常考词汇，应注意形容某人非常固执时，经常可以用到 stubborn 的固定搭配 "stubborn as a mule" 或 "stubborn as a stone"。同时可以注意一下它的反义词 flexible "灵活的"。
经典例句	Our neighbor Uncle Johnson is a stubborn man.（2009 年）
译　文	我们的邻居约翰逊叔叔是一个固执的人。

summary ['sʌməri] *n.* 摘要，概要　【3】

固定搭配	in summary 概括起来
经典例句	This historic decision was based on a summary of the experiences of 24 years after the founding of the Party.（2002 年）
译　文	这是总结建党二十四年经验所作出的历史性决策。

surge [səːdʒ] *v. / n.* 汹涌，澎湃　【3】

| 经典例句 | His trip has triggered a surge of altruism.（2001 年） |
| 译　文 | 他的旅行引起了利他主义的激增。 |

suspicious [səˈspiʃəs] *a.* 可疑的，多疑的，疑心的　【3】

固定搭配	be suspicious about / of 有疑心的，表示怀疑的
名师导学	该词用时常与 of / about 搭配，表示 "对……有怀疑的"。
经典例句	The police are suspicious of his words because he already has a record.
译　文	警察怀疑他的话，因为他有前科。
经典例句	I never trusted him because I always thought of him as such a _____ character.

A. gracious　　　　　　　　B. suspicious

C. unique　　　　　　　　　D. particular　　[B]

译　文　我从来都不相信他，因为我一直把他看做可疑的人。

symptom ['simptəm] *n.* 症状，征候　【3】

固定搭配　have / show the symptoms of a cold 显出感冒的症状

经典例句　Men show worse symptoms than women when they fall ill.（2011 年）

译　文　当他们生病时，男性展现的症状比女性要糟。

technician [tek'niʃ(ə)n] *n.* 技术员，技师，技工　【3】

经典例句　The clever method was paid attention by very few technicians until the early 1970s.（2004 年）

译　文　直到 20 世纪 70 年代，很少有技师注意到这个聪明的方式。

tension ['tenʃən] *n.* 紧张，张力，拉力　【3】

经典例句　On the other hand, a little politeness goes a long way towards relieving the tensions of motoring.（2000 年）

译　文　另一方面，有点礼貌非常有助于减轻驾驶时的紧张压力。

terminate ['tə:mineit] *v.* 停止，（使）终止　【3】

tone [təun] *n.* 音，音调，声调；腔调，语气；色调；气氛，调　【3】

固定搭配　tone in 与……和谐；与……相配

经典例句　Her voice has a pleasant tone.（2005 年）

译　文　她的声音有一种悦耳的声调。

tourist ['tuərist] *n.* 旅游者，观光者　【3】

trigger ['trigə] *n.* 扳机　*vt.* 引起，激发起　【3】

名师导学　与该词意思相近的同义词还有：provoke, stimulate。

经典例句　His trip has triggered a surge of altruism.（2001 年）

译　文　他的旅行引起了利他主义的激增。

truck [trʌk] *n.* 卡车，载重汽车　【3】

记忆联想　ambulance *n.* 救护车　lorry *n.* 运货卡车　automobile *n.* 汽车　van *n.* 有篷汽车　vehicle *n.* 车辆　fire engine *n.* 消防车　car *n.* 轿车　bus *n.* 公共汽车　minibus *n.* 小公共汽车　coach *n.* 客车，长途汽车　underground, tube, subway *n.* 地铁　taxi *n.* 出租汽车

经典例句　We rode in the back of the truck.（2009 年）

译　文　我们坐在卡车的后部。

union ['ju:njən] *n.* 联合，结合，组合；协会，工会，联盟　【3】

unprecedented [ʌn'presidəntid] *a.* 史无前例的　【3】

经典例句　We are living in an environmental crisis, an air-pollution emergency of unprecedented severity .（2000 年）

| 译　　文 | 我们生活在一个前所未有严重的空气污染环境危机当中。 |

update [ʌp'deit] v. 更新，使最新 n. 最新资料，最新版 【3】

经典例句 I updated the committee on our progress.（2009 年）
译　　文 我向委员会报告了我们的进展情况。

upset [ʌp'set] vt. 弄翻，打翻；扰乱，打乱；使不安 vi. 颠覆 【3】

经典例句 Another driver is visibly upset with you.（2011 年）
译　　文 另一个司机明显对你感到不耐烦了。

verdict ['və:dikt] n.（陪审团的）判/裁决；定论，判断，意见 【3】

经典例句 Concerns were raised that witnesses might be encouraged to exaggerate their stories in court to ensure guilty verdict.（1999 年）
译　　文 证人可能被怂恿在法庭上夸大事实，以确保作出有罪判决一事已引起广泛关注。

veto ['vi:təu] n. 否决权 vt. 使用否决权 vi. 反对，不赞成；否决，禁止 【3】

经典例句 Japan used its veto to block the resolution.（1999 年）
译　　文 日本使用了它的否决权反对该项决议。

viewpoint ['vju:,pɔint] n. 观点 【3】

violate ['vaiəleit] vt. 违犯，违背，违例 【3】
固定搭配 violate the regulation / agreement 违反规定/协约

violent ['vaiələnt] a. 猛烈的，强烈的，剧烈的；强暴的，由暴力引起的 【3】

经典例句 The violent temper of his youth reappeared and was directed not only at the army, but at his wife as well.（2006 年）
译　　文 他年轻时的暴躁脾气再现，他不仅这样对待军队，而且也这样对待他的妻子。

weigh [wei] vt. 称，量；重，重达；考虑，权衡 vi. 重（若干） 【3】
固定搭配 weigh sth. against / with sth. 权衡（考虑）……与
经典例句 They weigh evidence carefully and reach conclusions with caution.
译　　文 他们仔细地考虑事实，并小心谨慎地得出结论。

wipe [waip] v. 擦，抹，揩 【3】
固定搭配 wipe out 消灭，毁灭
经典例句 For generations, scientists have been trying to eliminate malaria by developing new drugs and using pesticides（杀虫剂）to wipe out local mosquito populations.（2006 年）
译　　文 几十年来，科学家们一直试图通过研制新药或使用杀虫剂消灭当地蚊子的方法来根除疟疾。

Tuesday

abolish [ə'bɔliʃ] *vt.* 废除，取消 【2】
经典例句 The first step is to abolish the existing system.
译　文 第一步是要废除现行体制。

absurd [əb'sə:d] *a.* 荒谬的 【2】
经典例句 I dare say you think me eccentric, or supersensitive, or something absurd.
译　文 你当然要说我这是乖张古怪，或者说过于敏感，或者说荒诞不经的了。

abundant [ə'bʌndənt] *a.* 丰富的，充裕的；大量的，充足的 【2】
经典例句 Such an increase presumes an abundant and cheap energy supply.
译　文 这样的增长预示着将有丰富的和廉价的能量供给。

abuse [ə'bju:z] *n.* 滥用；虐待；辱骂；陋习，弊端 *vt.* 滥用；虐待；辱骂 【2】
固定搭配 abuse one's authority 滥用职权
经典例句 The abuse of alcohol and drugs is also a common factor.
译　文 酗酒和吸毒是常见的因素。

accidental [ˌæksi'dentl] *a.* 意外的，偶然（发生）的 【2】

accordingly [ə'kɔ:diŋli] *ad.* 依照；由此，于是；相应地 【2】

accountant [ə'kauntənt] *n.* 会计，出纳 【2】

accustom [ə'kʌstəm] *vt.* 使习惯 【2】
固定搭配 be accustomed to 习惯于

accustomed [ə'kʌstəmd] *a.* 通常的，习惯的，按照风俗习惯的 【2】
固定搭配 be accustomed to 习惯于
记忆联想 be used to (doing) sth. 习惯于

acknowledge [ək'nɔlidʒ] *vt.* 承认；感谢；告知收到（信件等） 【2】

acquaint [ə'kweint] *vt.* 使熟悉，使认识 【2】
名师导学 该词常与介词 with 搭配，acquaint with 意为"使认识，使了解，使熟悉"。该词用于被动语态中，过去分词 acquainted 已经失去动作意义，相当于一个形容词。例如："我是去年认识他的。"不能译做："I acquainted him last year." 或"I was acquainted with him last year." 第一句是语态错误，第二句混淆了"状态"和"动作"，只能译成："I got / became acquainted with him last year." 或 "I made his acquaintance last year."。

acquaintance [əˈkweintəns] n. 认识；熟人 【2】

admission [ədˈmiʃən] n. 允许进入，承认 【2】

adventure [ədˈventʃə] n. 冒险，惊险活动；奇遇 【2】

名师导学 adventure, risk, venture：adventure 指使人心振奋，寻求刺激性的冒险；risk 指不顾个人安危，主动承担风险的事；venture 指冒生命危险或经济风险。

alarm [əˈlɑːm] n. 惊恐；警报；警报器 vt. 惊动，惊吓；向……报警 【2】

alcohol [ˈælkəhɔl] n. 酒精，乙醇 【2】

记忆联想 alcoholic a. 含有乙醇的，含有酒精的 n. 酒鬼，酗酒者

经典例句 Alcohol in excess is still bad for you, but a glass of wine with dinner is probably fine for nonalcoholics.

译 文 过量饮酒对你仍然有害，可是一杯酒佐餐对非嗜酒者恐怕无害。

alien [ˈeiljən] a. 外国的，外国人的；陌生的；性质不同的，不相容的 n. 外国人；外星人 【2】

经典例句 There are more than 1,000 alien species in China.

译 文 中国约有 1 000 多种外来物种。

alike [əˈlaik] a. 相同的，相似的 【2】

allocate [ˈæləukeit] vt. 分配，分派，派给，拨给 【2】

联想记忆 in brief / in a word / in short 总之，简言之 in conclusion / to sum up / all in all / on the whole 总的说来

amaze [əˈmeiz] vt. 使惊愕，使惊叹 【2】

ambition [æmˈbiʃən] n. 雄心；野心 【2】

ambitious [æmˈbiʃəs] a. 有雄心的，有抱负的 【2】

固定搭配 be ambitious to do 有抱负做

amuse [əˈmjuːz] vt. 逗乐，使开心；给……提供娱乐 【2】

ankle [ˈæŋkl] n. 踝，踝关节 【2】

apparent [əˈpærənt] a. 明显的；表面的 【2】

固定搭配 apparent to 对……是显而易见的

名师导学 apparent, evident, clear, obvious：apparent "显露，表面看起来很明显"，表示表面上看来是怎样的，暗含实际情况未必如此之意；evident 表示考虑到各种事实、条件或迹象后而显得很明显；clear "清楚的，明白的"，指不存在使人迷惑或者把问题搞复杂的因素；obvious 意为"显而易

见的",表示被觉察的事物具有显著特点,不需要很敏锐的观察力就能觉察到。

applaud [ə'plɔːd] *vt.* 鼓掌,欢呼或喝彩(以示赞许等) 【2】

approval [ə'pruːvəl] *n.* 赞成,同意;批准 【2】

approximate [ə'prɔksimeit] *a.* 大致的,近似的 【2】

approximately [ə'prɔksimətli] *ad.* 大约,近似地 【2】

arrange [ə'reindʒ] *vt.* 整理,布置;安排,筹备 【2】

固定搭配　arrange for sb. to do sth. 安排某人做某事

arrest [ə'rest] *vt. / n.* 逮捕;扣留 【2】

固定搭配　arrest sb. for 因……而逮捕某人
under arrest 被捕

ashore [ə'ʃɔː] *ad.* 在岸上,上岸 【2】

aspire [əs'paiə] *vi.* 追求,渴求,渴望(to, after) 【2】

assess [ə'ses] *vt.* 估计,估算;评估,评价,评定 【2】

联想记忆　access *n.* 接近　excess *n.* 超额量　asset *n.* 资产

名师导学　assess, estimate, evaluate: assess 指为征税估定(财产)的价值,确定或决定(某项付费,如税或罚款)的金额,评估某事物的价值、意义或程度;estimate 指估计,恰当地推测;evaluate 指确定……的数值或价值,对……评价,仔细地考察和判断。

assure [ə'ʃuə] *vt.* 使确信;向……保证 【2】

名师导学　assure, ensure: 两者皆意为"保证",但用法有些区别,具体用法有 assure sb. that / assure sb. of;ensure that / ensure sb. against / from;assure / ensure sth.。

联想记忆　insure 保险,投保　guarantee 提出担保

astonish [əs'tɔniʃ] *vt.* 使惊讶,使吃惊 【2】

athletic [æθ'letik] *a.* 运动的,体育的,运动员的 【2】

attraction [ə'trækʃən] *n.* 吸引;吸引力 【2】

auction ['ɔːkʃən] *n.* 拍卖,拍卖方式　*vt.* 拍卖 【2】

authoritative [ɔː'θɔrəteɪtɪv] *a.* 有权威的;可信 【2】

availability [ə,veilə'biliti] *n.* 有效性,可利用性(率) 【2】

awful ['ɔːful] *a.* 糟糕的,极坏的,可怕的 【2】

ax(e) [æks] *n.* 斧子 【2】

bacteria [bæk'tiəriə] *n.* (*pl.*) 细菌 【2】

经典例句　The bacteria which make the food go bad prefer to live in the watery regions of the mixture.

译　文　能使食物变坏的细菌更喜欢在有水的混合物区域生存。

bang [bæŋ] *vi.* 猛敲,猛撞,猛地关上　*vt.* 砰地把(门、盖)关上;发出砰的响声　*ad.* 砰地;突然地,蓦然地

【2】

banner ['bænə] *n.* 旗帜，横幅 【2】

basically ['beisikəli] *ad.* 基本地，根本地 【2】

battle ['bætl] *n.* 战斗，战役，斗争　*vi.* 战斗，斗争，搏斗 【2】

固定搭配　battle with / against sb. for sth. 某人为某事物作战

　　　　give / offer battle 挑战

　　　　refuse battle 拒绝应战

名师导学　battle, war：battle 指战争中的一次战役；war 指整个一场战争。

beast [bi:st] *n.* 兽，牲畜；凶残的人 【2】

bend [bend] *n.* 弯曲，曲折处　*vt.* 折弯，使屈曲 【2】

bias ['baiəs] *n.* 偏见，偏心，偏袒　*vt.* 使有偏见 【2】

bite [bait] *v.* 咬，叮 【2】

固定搭配　bite at sth. 用牙去咬某物（以图得到它）

　　　　bite off 咬下来

blade [bleid] *n.* 刀刃，刀片；叶片；翼 【2】

bloom [blu:m] *vi.* 开花；繁荣　*n.* 花，开花期 【2】

固定搭配　bloom into 长成……

　　　　be in full bloom 盛开

　　　　be out of bloom 凋谢

　　　　come into bloom 开花

经典例句　What beautiful blooms!

译　文　多么美丽的花啊！

blow [bləu] *vi.* 吹，吹气，打气；爆炸，爆裂　*n.* 打，殴打，打击 【2】

固定搭配　blow off 吹走；炸掉

　　　　give / deal sb. a blow 给某人以打击

名师导学　过去式是 blew，过去分词是 blown。

boast [bəust] *vi.* (～of, about) 夸耀，说大话　*vt.* 吹嘘；以有……而自豪；夸，自夸　*n.* 自吹自擂 【2】

boom [bu:m] *v.* 隆隆声；繁荣，兴隆起来　*n.* 隆隆声；繁荣，兴隆起来 【2】

border ['bɔ:də] *n.* 边缘；边界，边境　*v.* (～on, upon) 交界，与……毗邻 【2】

bore [bɔ:] *vt.* 钻洞，打眼，钻探；使厌烦　*n.* 令人讨厌的人/物 【2】

bow [bau] *n.* 弓，弓形；点头，鞠躬　*vi.* 鞠躬，点头（以示招呼、同意等） 【2】

固定搭配　bow sb. in / out 鞠躬迎进/送出

exchange bows 相互鞠躬行礼

make a slight bow 微微点头

breathe [bri:ð] *v.* 吸入，呼吸 【2】

broken ['brəukən] *a.* 破碎的，折断的；破裂的 【2】

bud [bʌd] *n.* 芽，花蕾 【2】

经典例句 When the first bud of the willow appears, that indicates the spring has arrived in this city.

译　文 当柳树的初芽出现的时候，这就预示着春天已经来到了这座城市。

bush [buʃ] *n.* 灌木，灌木丛 【2】

固定搭配 beat about the bush 拐弯抹角，旁敲侧击

cage [keidʒ] *n.* 笼，鸟笼 【2】

calm [kɑ:m] *a.* 平静的，镇静的，沉着的 *v.*（使）镇静，（使）镇定 *n.* 平静，风平浪静 【2】

固定搭配 calm down（人）平静下来；（自然现象）平息下来

名师导学 calm, quiet, silent, still: calm 指天气、海洋或人的心情很平静、安宁；quiet 指没有吵闹、骚乱的寂静状态；silent 指不发出声音，寂静的，不说话的；still 指一动不动，或吵闹、激动之后的宁静。

campaign [kæm'pein] *n.* 战役；运动 【2】

cancel ['kænsəl] *vt.* 取消，撤销；删去 【2】

cane [kein] *n.* 手杖，细长的茎，藤条 *vt.* 以杖击，以藤编制 【2】

capital ['kæpitəl] *n.* 首都；资本，资金 *a.* 主要的，基本的 【2】

capture ['kæptʃə] *vt.* 捕获，捉拿；夺得，攻占 【2】

经典例句 The decline in moral standards — which has long concerned social analysts — has at last captured the attention of average Americans.

译　文 社会学家一直关注的道德滑坡问题，最终引起了美国大众的关注。

carriage ['kæridʒ] *n.* 马车；客车；车厢 【2】

cash [kæʃ] *n.* 现金，现款 【2】

castle ['kɑ:sl] *n.* 城堡 【2】

category ['kætigəri] *n.* 种类，类别；[逻]范畴 【2】

cautious ['kɔ:ʃəs] *a.* 谨慎的，小心的 【2】

cease [si:s] *v. / n.* 停止，终止 【2】

central ['sentrəl] *a.* 中心的，中央的，中枢的；主要的 【2】

characterize ['kæriktəraiz] *vt.* 描绘……的特性，刻画……的性格 【2】

经典例句 Our society is characterized with the "knowledge economy".

译 文 我们的社会以"知识经济"为特征。

charge [tʃɑːdʒ] *vt.* 控诉，控告；要价，收费；装（满），充电；袭击，冲锋 *n.* 罪名，指控；收费；主管；看管；充电 【2】

固定搭配 in charge (of)=responsible for 负责，管理

take charge 负责，看管

charge sb. with=accuse sb. of 指控某人有……罪

名师导学 charge, cost, expend, offer, price：charge 表示要价，要（定量的钱）作为收费；cost 花费，付出代价，需要特定的费用、支出、努力或丢失；expend 指（消）费，耗费掉，耗尽；offer 指出价，提出付给的价钱；price 指给……定价或询问（查询）出……的价格。

charitable [ˈtʃærɪtəbl] *a.* 仁爱的，慈善的，厚道的；慷慨的 【2】

charm [tʃɑːm] *vt.* 使着迷，使陶醉 *n.* 招人喜欢之处，魅力 【2】

chase [tʃeis] *v. / n.* 追逐，追赶 【2】

chat [tʃæt] *vi. / n.* 聊天 【2】

chess [tʃes] *n.* 棋 【2】

chew [tʃuː] *v.* 咀嚼 【2】

chip [tʃip] *n.* 薄皮；碎片；集成；电路块 【2】

Christmas [ˈkrisməs] *n.* 圣诞节 【2】

circle [ˈsəːkl] *n.* 圆，圈，圆周；圈子，集团；周期，循环 *v.* 环绕，盘旋；划圈 【2】

circulation [ˌsəːkjuˈleiʃən] *n.* 循环；发行额 【2】

经典例句 The circulation of rumour is common in wartime.

译 文 在战争时期谣言流传是常事。

classify [ˈklæsifai] *vt.* 分类，分级 【2】

经典例句 Stereotypes seem unavoidable, given the way the human mind seeks to categorize and classify information.

译 文 习惯性做法似乎不可避免，这种做法为人类进行信息的归类分类提供了方法。

coach [kəutʃ] *n.* 客车，长途汽车；私人教练，教练 *v.* 训练，辅导，指导 【2】

经典例句 Coaches and parents should also be cautious that youth sport participation does not become work for children.

译 文 教练和家长同样要注意的是，不要将年轻人参与的运动变成孩子的功课。

第三周 低频词汇

coal [kəul] *n.* 煤，煤块 【2】

coastal [ˈkəustl] *a.* 海岸的，沿海的 【2】

coincide [ˌkəuinˈsaid] *vi.* 同时发生；一致，相符 【2】

名师导学 该词属于常考词汇。考生要注意常用的相关同义词：accord（相符合，相一致）；concur（一致，赞同，同时发生）。

collaboration [kəˌlæbəˈreiʃən] *n.* 合作，协作；通敌，勾结 【2】

collar [ˈkɔlə] *n.* 衣袖，领子；（狗的）项圈 【2】

combine [kəmˈbain] *v.* 结合，联合，化合 【2】

comedy [ˈkɔmidi] *n.* 喜剧 【2】

记忆联想 comic *a.* 滑稽的，喜剧的 comedy *n.* 喜剧. 喜剧性的事情 tragic *a.* 悲惨的，悲剧的 tragedy *n.* 悲剧，惨案. 悲惨，灾难

经典例句 A lot of Shakespeare's plays are comedies.

译 文 莎士比亚的许多戏剧是喜剧。

command [kəˈmɑːnd] *vt. / n.* 命令，指挥 *n.* 掌握，运用能力 【2】

固定搭配 command sb. to do sth. 指挥（命令）某人做某事
do sth. at / by sb.'s command 奉某人之命做某事
be at sb.'s command 愿受某人的指挥；听某人的吩咐

commend [kəˈmend] *vt.* 表扬，称赞；推荐 【2】

经典例句 An order was issued to commend them.

译 文 他们被通令嘉奖。

固定搭配 be bored to death 厌烦得要死

committee [kəˈmiti] *n.* 委员会，全体委员 【2】

commonplace [ˈkɔmənpleis] *a.* 普通的，平庸的 *n.* 寻常的东西，平庸的东西 【2】

名师导学 该词属于常考词汇。考生要注意常用的相关同义词：common（平常的，普通的）；customary（习惯上的，惯常的）；routine（例行的，常规的）；stale（不新鲜的，陈腐的，疲倦的，陈旧的）。

compact [ˈkɔmpækt] *a.* 紧密的，结实的；紧凑的，简洁的 【2】

经典例句 As the market develops, the compact family car is becoming more common while the price continues to decrease.

译 文 随着市场的发展，紧凑型家庭轿车日益走向普及化，消费门槛不断降低。

comparable [ˈkɔmpərəbl] *a.* 可比较的，比得上的 【2】

第三周 低频词汇

固定搭配 comparable with 可与……相比的，类似的

comparable to 可与……比拟的，匹敌的

经典例句 Nevertheless, children in both double-income and "male breadwinner" households spent comparable amount of time interacting with their parents.

译 文 然而，在双收入家庭和父亲为收入来源的家庭中，孩子能够花大量的时间和父母进行交谈沟通。

compatible [kəmˈpætəbl] a. 兼容的 【2】

名师导学 该词属于常考词汇。该词及其衍生词在历年考试中出现频率非常高，尤其是在阅读和词汇部分。考生要注意常用的相关词：appropriate（适当的，恰当的）；fitting（适合的，恰当的）；suitable（合适的，适宜的）。该词的反义词是在该词的基础上加前缀"in"构成 incompatible（不调和的，不共戴天的），该词在历年的考试中出现的次数不少于五次。注意固定搭配 be compatible with（与……相兼容），是该词的常用搭配。

经典例句 Don't trust the speaker any more, since the remarks he made in his lectures are never compatible with the facts.

译 文 再也别相信那个演讲者，因为他演讲时说的和事实从来就不一致。

compel [kəmˈpel] vt. 强迫，迫使 【2】

固定搭配 compel sb. / sth. to do sth. 强迫某人或某物做某事

compensate [ˈkɔmpənseit] vt. 补偿，偿还，酬报（for）；给……付工钱；赔偿 【2】

固定搭配 compensate sb. for 因……而赔偿某人

compensate for 弥补

名师导学 该词属于常考词汇。注意固定搭配 compensate for（弥补，补偿），后面接名词，是该词的常用搭配。考生要注意常用的相关同义词：repay（归还，欠款；报答，回报）。常用的相关同义词有：make up for（补偿）；offset（弥补，抵消）。

compete [kəmˈpi:t] vi. 比赛，竞赛 【2】

固定搭配 compete with / against sb. 与某人竞争

联想记忆 rival with sb., contest with / against sb. 与某人竞争

名师导学 compete, rival：compete 竞争、比赛，不直接跟宾语；rival 与……竞争、比得上，可直接跟宾语，名词为"敌手"的意思。

competence [ˈkɔmpətəns] n. 能力，胜利，技能 【2】

经典例句 I assure you of his honesty and competence.

译　文　我向你保证他的诚实和能力。

complaint [kəm'pleint] *n.* 抱怨，怨言；控告　【2】

名师导学　该词属于常考词汇。考生要注意常用的相关同义词 supplement（补充，增补），supply（补给，供给）。

complicate ['kɔmplikeit] *vt.* 使复杂化，使混乱，使难懂　【2】

compress [kəm'pres] *v.* 压缩，紧缩　【2】

compromise ['kɔmprəmaiz] *n.* 妥协，和解。折中方法，谅解 *v.* 以折中方法解决争论、争端、分歧；使某人或某事物陷入危险境地或受到怀疑；修改，更改（事物），减轻，缓和　【2】

名师导学　考生要注意常用的相关同义词 concession（让步），settlement（解决）。注意 compromise 做名词时，后面接介词 between，表示"……与……之间的相互妥协"，或者接 on sth.，表示"就某问题的妥协或和解"。

compulsory [kəm'pʌlsəri] *n.* 强制的，必修的；规定的，义务的　【2】

经典例句　Review the cause of negligence of the development of compulsory education.

译　文　反思忽视发展义务教育的原因。

confront [kən'frʌnt] *vt.* 使面对，使遭遇　【2】

congress ['kɔŋgres] *n.* 代表大会；国会，议会　【2】

considerable [kən'sidərəbl] *a.* 相当的；可观的　【2】

consideration [kən,sidə'reiʃən] *n.* 考虑；要考虑的事；体贴，关心　【2】

固定搭配　take ... into consideration 顾及……，考虑到……

considering [kən'sidəriŋ] *prep.* 就……而论，照……说来；鉴于　【2】

constrain [kən'strein] *vt.* 限制，约束；克制，抑制　【2】

名师导学　该词属于常考词汇。考生要注意常用的相关同义词：curb（控制，约束）；control（控制，抑制）。

construct [kən'strʌkt] *vt.* 建造，建设　【2】

consult [kən'sʌlt] *vt.* 请教，咨询；查阅；就诊 *vi.* 商量，会诊　【2】

固定搭配　consult ... about ... 向……讨教某事
　　　　　consult with ... about ... 跟某人商量某事

名师导学　consult, consult with：consult 指"向……请教或咨询"，或指"参考，查阅"；consult with 指"磋商，交换意见"。

continent ['kɔntinənt] *n.* 大陆，洲　【2】

continual [kən'tinjuəl] *a.* 连续不断的，频繁的　【2】

第三周　低频词汇

经典例句 Continual practice, through guided participation, is needed.

译 文 在指导下，进行不断的实践是必须的。

continuous [kən'tinjuəs] a. 连续的，继续的，持续的 【2】

名师导学 在选择题中会要求与 consistent（强调一致），continuous（强调连续），continual（强调频繁，不停）作比较。

contrary ['kɒntrəri] a. 相反的，矛盾的 n. 反面，相反

固定搭配 on the contrary 相反，反之 contrary to 与……相反

名师导学 on the contrary, on the other hand, in contrast: on the contrary 引出与前述情况完全相反的观点；on the other hand 补充说明事物的另一方面；in contrast 对比同一事物的两个方面。

名师导学 contrary, opposite: contrary 表示相反的意见、计划、目的等抽象意义，有时带有矛盾或敌对的意味；opposite 指相反的位置、方向、性质、结果等静态含义，但不一定有敌对的含义。

controversial [ˌkɒntrə'vɜːʃəl] a. 争论的；引起争论的；被议论的；可疑的 【2】

convenience [kən'viːnjəns] n. 便利，方便 【2】

固定搭配 offer convenience to 为……提供方便
provide convenience for 为……提供方便
at one's convenience 在方便的时候
for convenience 为方便起见
to one's convenience 为了……的方便

convert [kən'vɜːt] vi. 使转变，更改 [kɔnvəːt] n. 改变信仰者 【2】

conviction [kən'vikʃən] n. 坚信；定罪，证明有罪 【2】

coordinate [kəu'ɔːdinit] v.（使）协调，调整；（使）互相配合 【2】

固定搭配 coordinate with each other 互相配合

copy ['kɒpi] n. 抄件，副本；本，册 v. 抄写，复印，临摹 【2】

cosmetic [kɒz'metik] n. 化妆品 a. 化妆用的 【2】

counterpart ['kauntəpɑːt] n. 对等的人；副本 【2】

经典例句 Your right hand is the counterpart of your left hand.

译 文 你的右手是你左手的相对物。

countryside ['kʌntrisaid] n. 乡下，农村 【2】

courageous [kə'reidʒəs] a. 勇敢的；无畏的 【2】

crack [kræk] v.（使）破裂，砸开；发爆裂声 n. 裂纹，

龟裂；爆裂声 【2】

名师导学 crack, break：crack 指"破裂，裂缝"，没有完全分离部分的破裂；break 指"打破，击碎"，使突然或猛烈地分裂成碎片。

crash [kræʃ] v. / n. 摔坏，坠毁 【2】

名师导学 crash, crush, smash：crash 指"坠毁"，碰撞中造成的突然"损毁"；crush 指"压碎"，把（石头或矿石等）挤压、捣碎或碾成小碎块或粉末；smash 指"打碎"，或突然地、大声地、猛力地把某种东西"毁成碎片"。

crew [kru:] n. 全体船员，个体乘务员 【2】

criticism ['kritisiz(ə)m] n. 批评，评论 【2】

crossing ['krɔsiŋ] n. 横越，横渡；交叉点，渡口 【2】

crown [kraun] n. 王冠；荣誉 vt. 为……加冕 【2】

crucial ['kru:ʃiəl, 'kru:ʃel] a. 关键的，决定性的 【2】

currency ['kʌrənsi] n. 货币，通货 【2】

cushion ['kuʃən] n. 垫子，坐垫 【2】

名师导学 cushion, mat, pad：cushion 指用柔软的物质做的坐垫、软垫；mat 指用稻草、纤维等做成的铺在地上的席子、垫子；pad 指用软的东西做成的衬垫。

固定搭配 have a chat with sb. 与某人聊天

damp [dæmp] a. 潮湿的 【2】

database ['deitəbeis] n. 数据库 【2】

经典例句 This information is combined with a map database.

译　文 这一信息同地图数据库有效地结合在一起。

dean [di:n] n. 系主任，教务长 【2】

经典例句 Dean of studies is not available today. He was said to visit a university abroad.

译　文 教务处长今天不在，据说到国外一所大学考察去了。

decisive [di'saisiv] a. 果断的；决定性的 【2】

declare [di'klɛə] v. 断言，宣称；宣布，宣告；声明；申报 【2】

dedicate ['dedikeit] vt. 奉献 【2】

definite ['definit] a. 明确的，确定的，限定的 【2】

delight [di'lait] n. 快乐，高兴 vt. 使高兴，使欣喜 【2】

固定搭配 take delight in 以……为乐

delight to do sth. = delight in doing sth. 高兴做某事

democratic [,deməˈkrætik] a. 民主的，有民主精神（作风）的 【2】

dense [dens] a. 密的，稠密的；浓密的 【2】

经典例句 I had trouble getting through the dense crowd of people.

译 文 我在穿过密集的人群时遇到了很大的麻烦。

depart [di'pɑ:t] v. 出发，离开 【2】

固定搭配 depart for = make for 动身去

deploy [di'plɔi] v. 部署，调动 【2】

depress [di'pres] vt. 压抑；降低 【2】

deprive [di'praiv] vt. 剥夺，夺去，使丧失 【2】

desirable [di'zaiərəbl] a. 合乎需要的，令人满意的 【2】

固定搭配 It is desirable that ... 从句谓语动词用原形表示虚拟

经典例句 It's impossible to satisfy all their desires.（2005 年）

译 文 满足他们所有的欲望是不可能的。

destruction [dis'trʌkʃən] n. 破坏，毁灭 【2】

deteriorate [di'tiəriəreit] v.（使）恶化，变坏，蜕变【2】

经典例句 Some scientists are dubious of the claim that organisms deteriorate with age as an inevitable outcome of living.

译 文 有机组织随着年龄的增长而退化是不可避免的自然生理现象，对这一论断有科学家持怀疑态度。

devotion [di'vəuʃən] n. 献身，忠诚；热爱 【2】

dialect ['daiəlekt] n. 方言 【2】

differ ['difə] vi. 不同，相异 【2】

固定搭配 differ from 不同于，和……意见不一致

dilemma [di'lemə, dai-] n. 困境，进退两难 【2】

经典例句 Parents often faced the dilemma between doing what they felt was good for the development of the child and what they could stand by way of undisciplined noise and destructiveness.

译 文 家长们经常碰到让他们进退两难的事情：是坚持执行对子女发展有帮助的计划，还是顺其自然，能忍则忍，尽管是通过毫无修养可言的怒吼和破坏行为来迫使自己忍受。

diligent ['dilidʒənt] a. 勤奋的，勤勉的 【2】

经典例句 I have nothing but one key to success: be diligent, whenever and wherever.

译 文 我成功的秘诀只有一个：无论何时何地，都要用功。

dim [dim] a. 昏暗的；模糊不清的 【2】

disadvantage [ˌdisəd'vɑ:ntidʒ] n. 不利，不利条件；损失，损害 【2】

disagree [ˌdisə'gri:] vi.不符，不一致；不同意，争执；不适合 【2】

固定搭配 disagree with...on / about 不赞成

disappoint [ˌdisə'pɔint] vt. 令失望，使扫兴 【2】

固定搭配 **be disappointed with / at / about** 对……感到失望

discharge [dis'tʃɑːdʒ] v. / n. 卸（货），解除，排出；释放，允许离开；放电 【2】

经典例句 Lightning is caused by clouds discharging electricity.
译　文 闪电是由云层放电所形成的。

disciplined ['disiplind] a. 受过训练的，遵守纪律的 【2】

discount ['diskaunt] n. 折扣，贴现（率） vt. 打折扣 【2】

dislike [dis'laik] vt. 不喜欢，厌恶 【2】

dismiss [dis'mis] vt. 不再考虑；免职，解雇，开除；解散 【2】

dispose [dis'pəuz] vt. 处置，布置；使倾向于，使有利于 vi.（～of）去掉，丢掉，除掉；处理，解决 【2】

固定搭配 **dispose of** 处理，安排；排列；安放

dispute [dis'pjuːt] v. 争论，辩论，争吵 n. 争论，争端 【2】

distant ['distənt] a. 远的，疏远的，冷漠的 【2】

distinctive [dis'tiŋktiv] a. 明显不同的，特别的，突出的 【2】

divert [di'vəːt] vt. 使转向，使转移 【2】

divide [di'vaid] vt. 分，划分，隔开；分配，分享，分担；除 【2】

固定搭配 **divide into** 分为，分成
divide sth. with sb. 与某人一起承担某事

division [di'viʒən] n. 分割，分裂；除法 【2】

divorce [di'vɔːs] v. / n. 离婚，离异；分离 【2】

dock [dɔk] n. 船坞；码头 【2】

经典例句 The sailors docked their ship and went to the pub.
译　文 水手们把船停在码头后便去了酒吧。

doctrine ['dɔktrin] n. 教条，教义，学说 【2】

dose [dəus] n. 剂量，一服，一剂 【2】

dot [dɔt] n. 点，圆点 【2】

固定搭配 **on the dot** 准时
to a / the dot 丝毫不差地

drawback ['drɔːbæk] n. 困难，缺点，不足之处 【2】

ease [iːz] n. 容易，轻易；安逸，安心 v. 减轻，放松，缓和 【2】

固定搭配 **at ease** 自由自在地，舒服地
with ease=easily 容易地
ease sb. of 减轻某人

echo ['ekəu] n. 回声，反响 v. 发出回声，共鸣 【2】

第三周　低频词汇

经典例句 The valley was filled with the echoes of our voices.
译　文 山谷中充满了我们自己声音的回声。

economics [ˌiːkəˈnɔmiks, ˌekə-] n. 经济学，经济情况 【2】

educate [ˈedju(ː)keit] vt. 教育，培养，训练 【2】

efficient [iˈfiʃənt] a. 效率高的，有能力的 【2】

elastic [iˈlæstik] n. 橡皮圈,松紧带 a. 有弹性的,弹力的, 灵活的, 可伸缩的 【2】

election [iˈlekʃ(ə)n] n. 选举 【2】

enforce [inˈfɔːs] vt. 实行，执行；强制，强迫 【2】
固定搭配 enforce sth. on sb. 迫使某人干某事

enroll [inˈrəul] vt. 登记；编入，招收 【2】

equality [iːˈkwɔliti] n. 平等，相等，等式 【2】

era [ˈiərə] n. 时代，年代，阶段 【2】

establishment [isˈtæbliʃmənt] n. 建立，设立，确立；建立的机构（组织） 【2】

evidently [ˈevidəntli] ad. 明显地，显而易见地 【2】

exaggerate [igˈzædʒəreit] v. 夸张，夸大 【2】

exciting [ikˈsaitiŋ] a. 令人兴奋的，使人激动的 【2】

exhibit [igˈzibit] vt. 显示；陈列，展览 n. 展览，展品 【2】

explosive [iksˈpləusiv] a. 爆炸（性）的 n. 炸药 【2】

export [ˈekspɔːt] v. 输出，出口 n. 出口商品 【2】

expose [iksˈpəuz] vt. 暴露，揭露 【2】
固定搭配 be exposed to 暴露在……之下，受……影响
名师导学 expose, reveal, uncover, disclose: expose 指"暴露，使……被看见"，或"揭露"罪恶或错误的行为；reveal 指"泄露，使（某些隐藏的事或秘密）为人所知"；uncover 指"揭开……的盖子，揭示"；disclose "透露"，指某人把不愿意让人知道的事主动让人知道。

fright [frait] n. 惊骇，吃惊 【2】

inject [inˈdʒekt] vt. 注射，注入；插进（话），引入 【2】
经典例句 Look at your talk and pick out a few words and sentences which you can turn about and inject with humour.
译　文 注意自己的言语，挑出几个你能把握的词句，注入幽默。

install [inˈstɔːl] vt. 安装，设置 【2】

instantaneous [ˌinstənˈteinjəs] a. 即刻的，瞬间的; 【2】

intensify [inˈtensifai] vt. 增强（强化，加剧，加厚，增高银影密度）

intensive [inˈtensiv] a. 加强的，密集的；精工细作的 【2】

irrigation [ˌiri'geiʃən] n. 灌溉，冲洗 【2】

marshal ['mɑːʃəl] n. 元帅，最高指挥官；（某些群众活动的）总指挥，司仪；（美国的）执法官，警察局长，消防队长 vt. 整理，排列，集结 【2】

migrant ['maigrənt] n. 移居者；候鸟 【2】

momentum [məu'mentəm] n. 气势，冲力；动量 【2】

occupation [ˌɔkjuˈpeiʃən] n. 占领，职业 【2】

固定搭配 **by occupation** 职业上

pathetic [pə'θetik] a. 可怜的，悲惨的 【2】

periodical [ˌpiəri'ɔdikəl] a. 周期的，定期的 n. 期刊，杂志 【2】

persuasive [pə'sweisiv] a. 能说服的；善说服的 【2】

pollutant [pə'luːtənt] n. 污染物质 【2】

preservation [ˌprezə(ː)'veiʃən] n. 保存 【2】

经典例句 She had put a good three miles between herself and the awful hitchhiker.

译　文 在她和那个吓人的旅行者之间保持了恰好三英里的距离。

经典例句 Bend nature to our will.

译　文 让大自然屈从我们的意志。

固定搭配 **border on / upon** 交界，与……毗邻；与……近似

名师导学 border, boundary, frontier：border 指政治划分或地理区域的分隔线或边界；boundary 指标识边界或范围的某物，如河流、山脉等；frontier 指边境，沿国界的地区。

progressive [prə'gresiv] a. 进步的，前进的，发展的【2】

prohibit [prə'hibit] vt. 禁止，阻止 【2】

pronounce [prə'nauns] vt. 发……的音；宣布，宣称，断言 vi. 表态 【2】

solemn ['sɔləm] a. 冷峻的；庄严的，隆重的 【2】

specimen ['spesimin, -mən] n. 样本，标本 【2】

固定搭配 **collect specimens** 采集标本

stream [striːm] n. 河；流 vi. 流出 【2】

固定搭配 **in streams** 川流不息

记忆联想 stream n. 小河，溪流　river 河流，江河　spring n. 泉，源泉　fountain n. 喷泉　rapid n. 急流　waterfall n. 瀑布

记忆联想 overflow v. 溢出　spill v. 溢出　discharge v. 流出　shed v. 流出（眼泪，光，热）　stream v. 涌出　drip v. 滴下，滴出　flow v. 流动　pour v. 注，倾泻　run v. 流淌

theoretical [θiə'retikəl] a. 理论上的 【2】

Wednesday

economist [i'kɔnəmist] *n.* 经济学者，经济学家　　　【2】

editor ['editə] *n.* 编辑，编者　　　【2】

elaborate [i'læbərət] *a.* 精的，详尽的　*v.* 详细描述【2】

经典例句　They had created elaborate computer programs to run the system.

译　文　他们创造了非常精细的计算机程序来运行这个系统。

elderly ['eldəli] *a.* 上了年纪的，垂老的　　　【2】

electoral [i'lektərəl] *a.* 选举的；选举人的　　　【2】

endless ['endlis] *a.* 无限的，无穷的　　　【2】

engagement [in'geidʒmənt] *n.* 约会，婚约，诺言，交战，接站，雇佣　　　【2】

enlarge [in'lɑ:dʒ] *vt.* 扩大，放大，增大　　　【2】

enterprise ['entəpraiz] *n.* 企业，事业　　　【2】

enterprise ['entəpraiz] *n.* 企业，事业　　　【2】

entry ['entri] *n.* 进入，入场；入口，河口；登记，登录　　　【2】

经典例句　There is a street with a "No Entry" sign.

译　文　有一条街有着"不准进入"的标志。

经典例句　This music film is Mrs. Wilson's entry in the competition.

译　文　这部音乐片是威尔森夫人的参赛作品。

essay ['esei, 'esi] *n.* 散文，随笔，短论　　　【2】

essay ['esei, 'esi] *n.* 散文，随笔，短论　　　【2】

excitement [ik'saitmənt] *n.* 刺激，兴奋　　　【2】

excitement [ik'saitmənt] *n.* 刺激，兴奋　　　【2】

exhibition [,eksi'biʃən] *n.* 展览会；展览，显示　　　【2】

exotic [ig'zɔtik] *a.* 奇异的，异乎寻常的；异国情调的　【2】

经典例句　These girls are wild, exotic creatures.

译　文　这些女孩性情奔放而又有异国情调。

expertise [,ekspə'ti:z] *n.* 专门知识，专长　　　【2】

经典例句　Additionally we continued to show our expertise in technology and project management.

译　文　此外，我们在技术与项目管理方面也表现出了我们的优势。

external [eks'tə:nl] *a.* 外部的，外面的　　　【2】

经典例句　They also need significant increases in external financing and technical support.

译　文　他们也需要大幅度增加外部资助和技术支持。

fairly [ˈfɛəli] *ad.* 公平地，公正地；相当，完全 【2】

名师导学 fairly, pretty, quite, rather：这四个副词都表示程度，它们的语气按照上面的排列顺序，从 fairly 开始到 rather 为止，是逐渐加强的。fairly 的含义是"相当，尚可"，通常用于可喜之意，表示程度与标准尚有差距，但毕竟令人满意；pretty 表示到了相当的程度；quite 有两个含义，一个是"完全地"，另一个是"相当地，或多或少地"；rather 通常用于不愉快的场合，表示程度超出了标准，有些令人不满。

faith [feiθ] *n.* 信任，信用；信念，信心；信仰 【2】

固定搭配 in faith 真正地；真实地
in good faith 诚意地，诚实地
have faith in 相信，信任
lose faith in 失去对……的信念；不再信任

名师导学 faith, loyalty, trust, truthfulness：faith 指"信义；诚意；信仰；信任"，尤指忠于自己的承诺或忠于上帝；loyalty 意思是"忠诚；忠心"，尤指忠于朋友、国家、原则等；trust 指"信任，委托，信托"；truthfulness 是"诚实，真实"。

fare [fɛə] *n.* 车费，船费 【2】

名师导学 fare, fee, charge：fare 指交通费用；fee 指一种法律或组织机构规定的为某项特权而征收的固定费用，如会费、学费、入场费、报名费、手续费等，也指对职业性的服务所支付的报酬，如医生的诊费、代理人佣金、律师的胜诉金等；charge 指购买货物所付出的价钱，或获得服务所付出的费用。

fatigue [fəˈtiːg] *n.* 疲乏，劳累 【2】

经典例句 This pill will work wonders for fatigue.
译　文 这种药片对（减轻）疲劳有神奇的效果。

faulty [ˈfɔːlti] *a.* 有错误的，有缺点的 【2】

经典例句 Their arguments were based on faulty reasoning.
译　文 他们的争论是基于错误的推理。

fearful [ˈfiəful] *a.* 吓人的，可怕的；害怕的，担心的【2】

feasibility [ˌfiːzəˈbiləti] *n.* 可行性，可能性 【2】

feast [fiːst] *n.* 盛宴，筵席 【2】

federal [ˈfedərəl] *a.* 联邦的，联盟的，联合的 【2】

fertile [ˈfəːtail; ˈfəːtil] *a.* 肥沃的，富饶的；多产的，丰富的 【2】

经典例句 All the flowers are grown in the fertile soil.
译　文 所有的花都生长在肥沃的土壤里。

fitting [ˈfitiŋ] *a.* 适合的，相称的，适宜的　*n.* 试穿，试衣，装配，装置 【2】

flame [fleim] *n.* 火焰，火苗；热情，激情 【2】

folklore [ˈfəʊklɔ:(r)] *n.* 民间传说；民俗学 【2】

footstep [ˈfʊtstep] *n.* 脚步；脚步声；足迹 【2】

forgive [fəˈgiv] *n.* 原谅，饶恕，宽恕 【2】

固定搭配　**forgive sb. for (doing) sth.** 原谅某人（做）某事

名师导学　forgave（过去式），forgiven（过去分词）。

名师导学　forgive, pardon：forgive 指原谅失误或过失，对……放弃生气或怨恨，或指免除（债务）；pardon 指赦免，使（某人/某项犯罪）免受惩罚，也指有礼貌地征求许可，可译为"劳驾，对不起"。

formulate [ˈfɔ:mjuleit] *vt.* 用公式表示；明确地表达；作简洁陈述，阐明 【2】

fortunate [ˈfɔ:tʃənit] *a.* 幸运的，侥幸的 【2】

固定搭配　**be fortunate to do sth.** 幸运（侥幸）地做某事
　　　　　be fortunate in 在……方面很幸运

名师导学　fortunate, lucky：fortunate 指意料到的好机会带来未曾料到的好运；lucky 指由于偶然原因、机会而得到的成功。

fortunately [ˈfɔ:tʃənitli] *ad.* 幸亏 【2】

foster [ˈfɔstə] *vt.* 促进，助长，培养；养育（非亲生子），照顾 【2】

fragile [ˈfrædʒail] *a.* 脆的；虚弱的；易碎的 【2】

经典例句　Dispossessed（被剥夺得一无所有的）peasants slash and burn their way into the rain forests of Latin America, and hungry nomads（游牧民族）turn their herds out onto fragile African grassland, reducing it to desert.

译　文　被剥夺得一无所有的农民披荆斩棘走进了拉丁美洲的热带雨林，而饥饿的游牧民族把他们的家畜赶进了脆弱的非洲草原，使它退化成沙漠。

frantic [ˈfræntik] *a.* 狂乱的，疯狂的 【2】

经典例句　Before the game there was a frantic rush to get the last few remaining tickets.

译　文　比赛之前，人们疯狂抢购最后的剩余票。

frighten [ˈfraitn] *vt.* 使惊恐，吓唬 【2】

固定搭配　**frighten sb. into (out of) doing sth.** 使某人吓得做（不做）某事

fulfil(l) [fulˈfil] *v.* 完成；履行；达到 【2】

furnish [ˈfə:niʃ] *v.* 供应，提供；陈设，布置 【2】

固定搭配　**furnish sb. / sth. with sth. =furnish sth. to sb.** 为某人/某事提供某物

联想记忆　provide sb. with sth.= provide sth. for sb. supply sth. to / for sb.=supply sb. with sth.　arm sb. with sth. offer sb.

sth. 向某人提供某事

名师导学 furnish, equip, supply, arm: furnish 指供生活所必备的或为生活舒适所需的家具；equip 常表示装备工作所需要的东西；supply 可用于在任何环境下供给任何东西；arm 以武器或知识、信息等武装或装备。

gallon ['gælən] *n.* 加仑 【2】

联想记忆 ounce *n.* 盎司 pint *n.* 品脱 quart *n.* 夸脱 liter *n.* 升，公升

经典例句 He bought a gallon oil.
译 文 他买了一加仑的汽油。

generous ['dʒenərəs] *a.* 慷慨的，大方的；丰盛的，丰富的；宽厚的 【2】

固定搭配 be generous to sb. 对某人宽大
be generous with sth. 用某物大方

gentle ['dʒentl] *a.* 和蔼的，文雅的，有礼貌的；轻柔的，和缓的；坡度小的 【2】

glance [glɑ:ns] *n.* 一看，一瞥 *vi.* 看一眼，看一看 【2】

固定搭配 at a glance 一看就，一瞥之下
at first glance 乍一看，一看就
take a glance at 浏览

联想记忆 stare at 盯，凝视 glimpse at 瞥视

gland [glænd] *n.* 腺 【2】

glimpse [glimps] *n.* 一瞥，一看 *v.* 见 【2】

固定搭配 catch / get a glimpse of 瞥见
glimpse at 看一看，瞥见

联想记忆 stare at 盯，凝视 glance at 快速地扫一眼 catch / get / have / take a glimpse of 瞥见 give / cast / take a glance at 瞥一眼 have / get / catch (a) sight of 发现，看出 take notice of 注意到，觉察到

经典例句 A brief glimpse at a daily newspaper vividly shows how much people in the United States think about business.
译 文 只要随便翻翻美国的日报就能生动地看出美国人是如何看待经济的。

gloom [glu:m] *n.* 黑暗；阴沉，朦胧；愁闷，忧郁 【2】

经典例句 He couldn't read in the dim gloom of the warehouse.
译 文 在仓库的昏暗的光线里，他无法读书。

glorious ['glɔ:riəs] *a.* 光荣的 【2】

grab [græb] *n.* / *v.* 强夺，摄取，抓取 【2】

grant [grɑ:nt] *n.* 拨款；准许 *v.* 准予，授予，同意 【2】

固定搭配 take ... for granted 认为……理所当然

第三周 低频词汇

名师导学　此单词在历年的词汇题中都有作为选项出现，请大家注意它的各种含义和搭配。

grasp [grɑːsp] *vt.* 掌握，理解；抓紧，抓住　　　　【2】

gratitude ['grætitjuːd] *n.* 感激，感谢　　　　【2】

grave [greiv] *n.* 坟，坟墓　*a.* 严肃的，庄重的　【2】

gray / grey [grei] *n.* 灰色，暗淡，灰暗　*a.* 灰色的，灰白的　　　　【2】

grocer ['grəusə] *n.* 食品商；杂货商　　　　【2】

guidance ['gaidəns] *n.* 引导，指导　　　　【2】

固定搭配　under the guidance of 在……领导之下

guideline ['gaidlain] *n.* 指南，方针　　　　【2】

habitual [hə'bitjuəl] *a.* 惯常的，习惯的　　　　【2】

hairy ['hɛəri] *a.* 毛的；多毛的；有茸毛的　　　　【2】

halt [hɔːlt] *v. / n.* （使）止步，（使）停住，（使）停　【2】

hasty ['heisti] *a.* 匆匆的，轻率的，急忙的　　　　【2】

hazard ['hæzəd] *n.* 危险，危害，公害　　　　【2】

固定搭配　at hazard = in danger 在危险中
　　　　at all hazards 不顾一切危险
　　　　on the hazard 受到威胁
　　　　take a hazard to do 冒险做
　　　　run the hazard of doing = run the risk of doing 冒险

healthcare ['helθkɛə] *n.* 医疗保健，健康护理　【2】

helicopter ['helikɔptə] *n.* 直升机　　　　【2】

hide [haid] *vt.* 隐藏，躲藏；隐瞒　*vi.* （躲）藏　【2】

hinder ['hində] *vt.* 障碍，妨碍　　　　【2】

名师导学　后缀-er的用法如下："-er"附在名词、形容词、动词和动词词组构成的复合词后，构成名词，表示"……人"，"……者"，"……派"，如：singer 歌手，runner 奔跑者；表示"……地方的人"，如：New Yorker 纽约人，southerner 南方人；表示"……物"、"用于……的机械，器具等"，如：boiler 锅炉，fighter-bomber 战斗轰炸机，gasburner 煤气灯，weekender 周末旅行者；表示"从事……职业的人"，如：docker 码头工人，writer 作者；另外可以附在单音形容词或以-y, -ly, -le, -er, -ow 的双音节形容词及少数副词后构成比较级，表示"更……"，如：greater 更大的，happier 更开心的，harder 更坚硬的，faster 更快的。但是有的词虽然也以-er 结尾，却是动词，例如：hinder, linger 逗留。

hint [hint] *n. / v.* 暗示，示意　　　　【2】

固定搭配　give / drop sb. a hint 给人暗示
　　　　take a hint 会意

名师导学 hint, imply, suggest: hint 所指的暗示往往是由表情、动作或含蓄的话表示出来；imply 强调所行或所言之中包含另一层意思；suggest 指事物的表征使人引起联想。

honesty ['ɔnisti] n. 诚实，忠实 【2】

hopeful ['həupful] a. 有希望的 【2】

horn [hɔːn] n. 角，触角；号，喇叭；角状物，角制品 【2】

horrible ['hɔrəbl] a. 恐怖的，吓人的 【2】

housing ['hauziŋ] n. 住房，住房供给 【2】

hunt [hʌnt] n./v. 打猎，狩猎；寻找，搜索 【2】

固定搭配 **hunt down** 穷追……直至捕获；搜寻……直至发现
hunt for / after 追猎；搜寻

identification [ai,dentifi'keiʃən] n. 辨认，视为同一；证明，鉴定 【2】

固定搭配 **identification card = identity card** 身份证
经典例句 He used a letter of introduction as identification.
译 文 他用一封介绍信作为身份的证明。

identity [ai'dentiti] n. 身份；个性，特征 【2】

imaginary [i'mædʒinəri] a. 想象的，虚构的，假想的 【2】

imitate ['imiteit] vt. 模仿，仿效；仿造，伪造 【2】

immune [i'mjuːn] a. 被豁免的，免除的；免疫（性）的，有免疫力的；不受影响的 【2】

固定搭配 **be immune to / against / from sth.** 免受某事影响，对某事有免疫力

名师导学 此词常与介词 against, from, to 连用，表示免疫的、免受伤害的，如：be immune from taxation 免于纳税，be immune from criminal prosecution 免于刑事诉讼，be immune to persuasion 不能被说服的，be immune from punishment 免受惩罚。

impatient [im'peiʃənt] a. 不耐烦的，急躁的 【2】

固定搭配 **be impatient of** 对……不耐烦，不能忍受
be impatient for / to do 急切

imperative [im'perətiv] a. 必要的，紧急的，极重的；命令的 n. 必要的事，必须完成的事；祈使语气 【2】

经典例句 Military orders are imperative and cannot be disobeyed.
译 文 军令是强制性的，必须遵守。

implement ['impliment] n. (pl.) 工具，器具 vt. 实行，实施，执行 【2】

impractical [im'præktikəl] *a.* 不实用的，不切实际的
【2】

impress [im'pres] *vt.* 给…以深刻印象，使铭记；印，压印
【2】

impressive [im'presiv] *a.* 给人印象深刻的，感人的 【2】

inadequate [in'ædikwit] *a.* 不适当的；不充足的；缺乏的
【2】

incompetence [in'kɔmpitəns] *n.* 不胜任，不够格，不合格，不适合，无能力
【2】

index ['indeks] *n.* 索引；指标，指数
【2】

名师导学 复数为 indexes 或 indices。

indispensable [.indis'pensəbl] *a.* 不可缺少的 【2】

infant ['infənt] *n.* 婴儿，幼儿 【2】

infect [in'fekt] *vt.* 传染，感染 【2】

固定搭配 be infected with 感染上，沾染上

influential [.influ'enʃəl] *a.* 有影响的，有势力的 【2】

inform [in'fɔ:m] *vt.* 通知，告诉，报告；告发，告密 【2】

固定搭配 inform sb. of sth. 把某事告知某人
inform against / on sb. 告发，检举某人

名师导学 inform, notify: inform 意为"告诉，通知"，强调直接把任何种类的事实或知识告诉或传递给某人；notify 意为"通知"，指用官方公告或正式通知书将所应该或需要知道的事告诉某人，含有情况紧急，需要立刻采取行动或及早答复的意思。

inherent [in'hiərənt] *n. (in)* 内在的，固有的，生来就有的
【2】

名师导学 熟记 be inherent in 为……所固有，是……的固有性质，生来的。

injection [in'dʒekʃən] *n.* 注射，注入，喷射 【2】

injure ['indʒə] *vt.* 伤害，损害，损伤 【2】

injury ['indʒəri] *n.* 损伤，伤害，毁坏 【2】

inquire = enquire [in'kwaiə] *v.* 打听，询问；调查，查问

inspire [in'spaiə] *vt.* 使产生灵感；鼓舞，感动 【2】

institute ['institju:t] *n.* 学会，研究所；学院 【2】

interactive [.intər'æktiv] *a.* 相互作用的，相互影响的

interfere [.intə'fiə] *vi.* 干涉，干预；妨碍 【2】

固定搭配 interfere in / with 妨碍，阻碍，干扰，干涉

intervene [.intə'vi:n] *vi.* 干预，干涉；介入 【2】

intuition [ˌintju(ː)ˈiʃ ən] *n.* 直觉 【2】

经典例句 His intuition was telling him that something was wrong.

译　文 直觉告诉他出事了。

invasion [inˈveiʒ ən] *n.* 侵入，侵略 【2】

inventory [ˈinvəntri] *n.* 存货，库存量；财产等的清单 【2】

经典例句 Nike misjudged the strength of the aerobics shoe craze and was forced to unload huge inventories of running shoes through discount stores.

译　文 耐克公司错误地估计了（顾客）对健身鞋的狂热度，于是不得不通过廉价商店来倾销大量的跑鞋存货。

isolation [ˌaisəuˈleiʃ ən] *n.* 隔绝，孤立，绝缘 【2】

jury [ˈdʒuəri] *n.* 陪审团 【2】

keen [kiːn] *a.* 锋利的，尖锐的；敏捷的，敏锐的；热心的，渴望的 【2】

固定搭配 be keen on (doing) sth. 喜爱

be keen about sth. 对……着迷

lag [læg] *vi. / n.* 落后，滞后 【2】

固定搭配 lag behind 落后

leap [liːp] *v.* 跳跃，跳过 【2】

固定搭配 by / in leaps and bounds 极其迅速地

leap to a conclusion 匆忙下结论

leap to the eye 跳入眼眶

经典例句 The dog leapt over the fence.

译　文 狗跳过了围栏。

legislative [ˈledʒisˌleitiv] *a.* 立法的，立法机关的 *n.* 立法机关 【2】

legitimate [liˈdʒitimit] *a.* 合情合理的；合法的，法律认可的 【2】

经典例句 Protect (or safeguard) the legitimate rights and interests of women and children.

译　文 维护妇女、儿童合法权益。

leisure [ˈleʒə; ˈliːʒə] *n.* 空闲，闲暇 【2】

固定搭配 at leisure 有空，有闲暇时；从容不迫地，不慌不忙地

联想记忆 measure *n.* 尺寸；措施　treasure *n.* 财富　pleasure *n.* 愉快，乐趣　exposure *n.* 暴露，揭露

经典例句 Children's leisure time dropped from 40% of the day in 1981 to 25%.

译　文 孩子们的业余时间从 1981 年的占一天的 40%到现在的 25%。

第三周　低频词汇

liability [ˌlaiəˈbiliti] *n.* 责任，义务；(*pl.*) 债务，负债【2】

固定搭配 liability for 对……有责任

liability to do 有责任做

linger [ˈliŋgə] *vi.* (因不愿离开而)继续逗留，留恋徘徊；

(on) 继续存留，缓慢消失 【2】

经典例句 Mother told him not to linger on the way home.

译　文 妈妈告诉他不要在回家的路上逗留。

load [ləud] *v.* 装，装载，装填　*n.* 负荷，负担 【2】

固定搭配 be loaded with 被装上

a load of 大量的

loads of 很多

logic [ˈlɔdʒik] *n.* 逻辑，逻辑学 【2】

manipulate [məˈnipjuleit] *vt.* 操纵，利用，操作，巧妙地

处理 【2】

margin [ˈmɑːdʒin] *n.* 页边空余；边缘 【2】

固定搭配 by a narrow margin 比分相差不大地，以微弱多

数，悬而又悬地

melt [melt] *v.* 融化，溶化，溶解 【2】

名师导学 melt 的过去式/分词有两种：melted, molten。过去

分词用做形容词而修饰金属时应用 molten，如 molten steel

熔化的钢（钢水）；而指融化的冰、黄油等时应用 melted，

如 melted ice 融化的冰。

memorize [ˈmeməraiz] *vt.* 记住，熟记，背熟 【2】

moderate [ˈmɔdərit] *a.* 中等的，适度的；温和的，稳健的

【2】

modify [ˈmɔdifai] *vt.* 修改，变更；缓和，减轻 【2】

motion [ˈməuʃən] *n.* 动，运动；提议，动议 【2】

固定搭配 in motion 在动，运转中

名师导学 motion, movement, move：motion 主要指抽象或科

学上所讲的那种"运动"，与"静止"相对；movement 一

般指具体"动作"或政治"运动"；move 意为"移动"，指

人或物向一个特定的方向活动、位移和行动。

名师导学 在 motion that "提议"中，that 从句的谓语用

"(should) +原形动词"表示虚拟语气。

multitude [ˈmʌltitjuːd] *n.* 众多，大量；大群，大众【2】

名师导学 注意此词的相关常用短语：a multitude / multitudes

of (许多，大量)。

namely [ˈneimli] *ad.* 即，也就是 【2】

navigation [ˌnæviˈgeiʃən] *n.* 航行，航海，航空 【2】

net [net] *n.* 网，网状物　*a.* 净的，纯净的 【2】

第三周 低频词汇

— 279 —

固定搭配　**net weight** 净重

nevertheless [,nevəˈðəˈles] *conj.* 然而，不过　*ad.* 仍然，不过　【2】

nightmare [ˈnaitmeə(r)] *n.* 噩梦；恐怖的经历，可怕的事件　【2】

occupy [ˈɔkjupai] *vt.* 占，占领，占据；使忙碌，使从事【2】

固定搭配　**occupy oneself in doing sth. / with sth.** 忙着（做某事）；忙（于某事）

　　　　　be occupied with / in 忙于

联想记忆　**be engaged in / with, be busy with, be absorbed in, be involved in** 忙于做某事

odd [ɔd] *a.* 奇数的，单的；奇怪的，古怪的；临时的，不固定的；挂零的，剩余的　【2】

固定搭配　**against (all) the odds** 尽管有极大的困难，尽管极为不利

　　　　　at odds (with) 与……不；与……争吵，与……不一致

　　　　　odds and ends 零星杂物，琐碎物品

名师导学　**odd, queer, peculiar, strange**：odd 指一反常态或出乎意料，因而引起人"诧异，稀奇、有趣"的感觉；queer 表示"古怪的，怪僻的，神经不正常的或可笑的"；peculiar 强调与众不同，强调奇异的独特性，不同寻常；strange 所指范围较广泛，凡异乎寻常或较少看到乃至新奇的东西都可称为 strange。

offence [əˈfens] *n.* 犯罪，犯规，过错；冒犯，触怒　【2】

operation [,ɔpəˈreiʃən] *n.* 操作，工作，运转；手术；运算　【2】

固定搭配　**bring / put…into operation** 使实施，使执行

　　　　　come / go into operation 实施，执行

　　　　　in operation 工作中，运转中；起作用，生效，实施

optimism [ˈɔptimizəm] *n.* 乐观主义；乐观　【2】

ordinary [ˈɔːdinəri] *a.* 平常，普通；平凡，平淡　【2】

固定搭配　**out of ordinary** 不寻常的；非凡的

organ [ˈɔːgən] *n.* 器官；机构；风琴　【2】

outbreak [ˈautbreik] *n.* （战争、情感、火山等的）爆发；（疾病、虫害等的）突然发生　【2】

经典例句　During the acute phase of the outbreak, it is necessary to keep suspects at special risk under observation.

译　　文　在爆发的急剧阶段，必须将面临特殊威胁的疑似病例置于监视之下。

outlet [ˈautlet, -lit] *n.* 出口，出路；销路，市场；批发商店；排水口　【2】

第三周　低频词汇

output ['autput] *n.* 产量，产品，输出　【2】

名师导学　output, production, yield: output 和 production 指工业产量；yield 多指农业产量或矿物开采量。

oxygen ['ɔksidʒən] *n.* 氧　【2】

经典例句　Water is made from oxygen and hydrogen.

译　文　水是由氧和氢构成的。

pace [peis] *n.*（一）步，步子；步速，速度　【2】

固定搭配　keep / lead pace with（与……）并驾齐驱，保持一致　set the pace 起带头作用

联想记忆　catch up with 赶上　keep up with 与……看齐；赶上

名师导学　pace, rate, speed, velocity: pace "步速，速度，进度"，也指运动的速率，多指走路的人、跑步的人或小跑的马匹的行速，用于比喻时指各种活动、生产效率等发展的速度；rate "速率，比率"，用与其他事物的关系来衡量速度、价值、成本等，作速度讲时强调单位时间内的速度；speed "速率，速度"，指任何事物持续运动时的速度，尤指车辆等无生命事物的运动速度；velocity "速度"，技术用语，指物体沿着定方向运动时的速率。

pad [pæd] *n.* 垫，衬垫；便笺本，拍纸簿　【2】

panel ['pænl] *n.* 专门小组；面板，控制板，仪表盘　【2】

panic ['pænik] *n.* 惊慌，恐慌　*a.* 恐慌的，惊慌的　【2】

pants [pænts] *n.* 裤子，衬裤　【2】

经典例句　His pants is comfortable.

译　文　他的长裤很舒服。

partner ['pɑ:tnə] *n.* 伙伴，合伙人，舞伴；搭档，配偶　【2】

patriotic [ˌpætri'ɔtik, ˌpeitri-] *a.* 爱国的　【2】

payment ['peimənt] *n.* 支付，付款　【2】

固定搭配　in payment for 以偿付，以回报

penetrate ['penitreit] *v.* 穿透，渗入，看穿　【2】

固定搭配　penetrate through / into 穿过，渗透

peer [piə] *v.* 偷看，窥探　*n.* 同辈；伙伴　【2】

pension ['penʃən] *n.* 抚恤金，养老金　【2】

固定搭配　draw one's pension 领退休金

retire on a pension 领养老金退休

经典例句　Despite losing his job he retains his pension.

译　文　他虽然失去了工作，但仍然享有养老金。

perfect ['pə:fikt] *a.* 完善的，完美的；完全的，十足的　*vt.* 使完美，改进　【2】

perform [pə'fɔːm] *vt.* 做，施行，完成；表演，演出 【2】

persist [pə(ː)'sist] *vi.* 坚持 【2】

固定搭配 **persist in doing sth.** 坚持

联想记忆 **persevere in, insist on** 坚持

perspective [pə'spektiv] *n.* 前景，前途；观点，看法；透视法 【2】

persuasion [pə(ː)'sweiʒən] *n.* 说服，说服力 【2】

petrol ['petrəl] *n.* 汽油 【2】

经典例句 Petrol production was continuing to decline in the former Soviet Union and in the United States and remain low in Iraq, where a United Nations embargo on oil exports was still in effect.

译　文 前苏联和美国的石油产量在继续下降，伊拉克的石油产量也保持一个较低的水平，而联合国对伊拉克的石油出口限制禁令仍然有效。

physicist ['fizisist] *n.* 物理学家 【2】

physiological [ˌfiziə'lɔdʒikəl] *a.* 生理学的，生理学上的 【2】

pill [pil] *n.* 药丸 【2】

pin [pin] *n.* 大头针；别针；销，栓 *vt.* 钉住，别住 【2】

固定搭配 **pin down** 使明确说出，使评述；确定，证实

pinch [pintʃ] *v. / n.* 捏，拧 【2】

固定搭配 **at / in a pinch** 必要时，在紧要关头

　　　　 feel the pinch 感到手头拮据

plantation [plæn'teiʃən] *n.* 种植园，大农场 【2】

poke [pəuk] *vt.* 戳，捅；用……戳（或捅），戳向；伸出，穿出 *vi.* 伸出，突出 *n.* 戳，捅 【2】

固定搭配 **poke one's nose into** 探问，干预

经典例句 Don't go poking your nose into other people's business!

译　文 少管闲事！

pole [pəul] *n.* 杆，柱；地极，磁极 【2】

固定搭配 **pole apart** 大相径庭，完全相反

polish ['pɔliʃ] *v.* 磨光，擦亮；使优美，润色 *n.* 光泽，光滑；优美，品质；擦光剂，上光蜡 【2】

popularity [ˌpɔpju'læriti] *n.* 普及，流行，声望 【2】

populate ['pɔpjuleit] *v.* 使人民居住，移民 【2】

经典例句 You can put some powder into the soil to make the plant grow better.

译　文 你可以在土里施一些粉状肥料，让植物长得更好。

portion ['pɔːʃən] *n.* 部分，份 【2】

名师导学 "a portion of+复数名词"做主语时，句子谓语用单数。

possession [pə'zeʃən] *n.* (*pl.*)所有物；拥有，占有 【2】

固定搭配 in possession of 拥有；占有（主动意义）

in the possession of 为……所有（被动意义）

联想记忆 in charge of 控制，掌管

precede [pri(:)'si:d] *vt.* 先于，在……（之）前；比……更重要 【2】

pregnant ['pregnənt] *a.* 怀孕的 【2】

presentation [,prezen'teiʃən] *n.* 介绍，陈述；表现形式 【2】

prime [praim] *a.* 主要的，基本的；极好的，第一流的 *n.* 全盛时期；青壮年时期 【2】

primitive ['primitiv] *a.* 原始的，早期的；简单的，粗糙的 【2】

经典例句 Farmers began primitive genetic engineering at the dawn of agriculture.

译 文 农民在农业的初期就开始了早期的基因工程。

prior ['praiə] *a.* 在前的；优先的 【2】

固定搭配 prior to 在……之前

名师导学 priority, superiority, seniority 另见 previous：priority "优先权，优先考虑"；superiority"优势，优越性"；seniority "年长，资深"。

privilege ['privilidʒ] *n.* 特权，优惠，特许 *vt.* 给予优惠，给予特权 【2】

经典例句 Parking in this street is the privilege of the residents.

译 文 在这条街上停车是此处居民特有的权利。

procession [prə'seʃən] *n.* 队伍，行列 *v.* 列队行进 【2】

profession [prə'feʃən] *n.* 职业，自由职业 【2】

固定搭配 by profession 在职业上，就职业而言

profitable ['prɔfitəbəl] *a.* 有利可图，有益的 【2】

经典例句 The system was redesigned to embrace the network and eventually steer it in a profitable direction.

译 文 该系统被重新设计，使其与网络兼容，并最终使网络朝赢利的方向发展。

promising ['prɔmisiŋ] *a.* 有希望的，有前途的 【2】

联想记忆 promise *n.* 诺言 *v.* 承诺

名师导学 注意 promise 的现在分词形式的词义之一是形容词。

prospect ['prɔspekt] *n.* 展望，前景 【2】

固定搭配 in prospect 期望中的，展望中的

purse [pə:s] *n.* 钱包 【2】

pursue [pə'sju:] *vt.* 追逐，追击；从事，进行 【2】

puzzle ['pʌzl] *n.* 难题，谜，迷惑 *vt.* 使迷惑 【2】

固定搭配 puzzle sth. out 苦思而找出答案或解决问题
puzzle over sth. 深思某事，为某事大伤脑筋
be puzzled at 对……感到迷惑
be in a puzzle about sth. 对某事深感迷惑不解

quantity ['kwɔntiti] *n.* 量，数量，大量 【2】

固定搭配 a quantity of, quantities of 大量
in quantity 大量地

联想记忆 a great deal of, a lot of, a large number of, a great amount of, sums of, a multitude of, a wealth of 大量的

rape [reip] *n.* 强奸；劫取 *vt.* 强奸；洗劫 【2】

经典例句 Her rape had a profound psychological effect on her.
译 文 她被强奸，这件事给她心理上造成了严重的创伤。

reception [ri'sepʃən] *n.* 接见，接待，招待会；接受，接收，接收效果 【2】

固定搭配 hold a reception 举行招待会

recognition [ˌrekəg'niʃən] *n.* 认出，承认 【2】

固定搭配 grant recognition 给予承认

reduction [ri'dʌkʃən] *n.* 减少，缩小 【2】

固定搭配 give / allow / make a reduction in price 降价

refusal [ri'fju:zəl] *n.* 拒绝，回绝 【2】

refuse [ri'fju:z] *vt.* 拒绝，推辞 【2】

register ['redʒistə] *vt. / n.* 登记，注册，挂号 *n.* 登记，注册；登记簿，注册簿 *vi.* 登记，注册 【2】

relate [ri'leit] *vi.* 联系，关联 *vt.* 叙述，讲述 【2】

固定搭配 be related to 与……有关系

relieve [ri'li:v] *vt.* 缓解，消除，减少 【2】

固定搭配 relieve...of 解除（痛苦、磨难、诱惑等）

religious [ri'lidʒəs] *a.* 宗教的，信教的，虔诚的 【2】

remarkable [ri'mɑ:kəbl] *a.* 值得注意的；显著的，异常的，非凡的 【2】

representative [ˌrepri'zentətiv] *n.* 代表，代理人 *a.* 典型的，有代表性的 【2】

固定搭配 be representative of 有代表性的，典型的

reproduce [ˌri:prə'dju:s] *v.* 繁殖，生殖；复制，仿造 【2】

resign [ri'zain] *vt.* 辞去，辞职，放弃 *vi.* 辞职 【2】

resistance [ri'zistəns] *n.* 抵抗，反抗；抵抗力，阻力；电阻 【2】

固定搭配 resistance to 对……有阻力

resolution [ˌrezəˈljuːʃən] *n.* 决心，坚决；决定，决议（案） 【2】

固定搭配 make / come to a resolution to do 作出决议，下决心做

respectively [riˈspektivli] *ad.* 各自地，独自地，个别地，分别地 【2】

restrain [risˈtrein] *v.* 管制，阻止，约束（自己） 【2】

retail [ˈriːteil] *n.* 零售 *a.* 零售的 *v.* 零售 【2】

经典例句 Qosmio El5, the first model to hit retail, promise to save a very impressive set of features.

译　文 考斯密欧 E15 作为第一个进军零售市场的笔记本型号，声称具有一系列与众不同的特色。

固定搭配 sell by（或 at）retail 零售

retain [riˈtein] *vt.* 保持，保留 【2】

revise [riˈvaiz] *vt.* 修订，修正 【2】

revive [riˈvaiv] *v.*（使）复活；（使）复兴 【2】

经典例句 These flowers will revive in water.

译　文 这些花在水中会复活。

rigorous [ˈrigərəs] *a.* 严格的 【2】

经典例句 They set up a rigorous training schedule for the new comers.

译　文 他们为新手制定了严格的训练计划。

sacrifice [ˈsækrifais] *n.* 牺牲，牺牲品；祭品，供品 *v.* 牺牲，献祭 【2】

固定搭配 at the sacrifice of 牺牲

sacrifice one's life for sth. / to do sth. 为……牺牲生命

sample [ˈsæmpl] *n.* 样品，标本 *vt.* 从……抽样 【2】

名师导学 sample, specimen：sample "样品，标本"，指随便挑选出来作为同类事物或整体代表的样品；specimen "标本，样本"，指选出来的有代表性的样品，或科研、化验、检验用的标本。

scale [skeil] *n.* 标度，刻度（*pl.*）天平，天平盘；标尺，比例尺；音阶 【2】

固定搭配 on a large scale 大规模地

shadow [ˈʃædəu] *n.* 影子，阴影；暗处，阴暗 【2】

固定搭配 cast a shadow on 投下阴影

名师导学 shadow, shade：shadow 指阴影，影子，表示人或物体在阳光下投下的平面的阴影；shade 指没有固定形状，

能挡住炎热、强光的荫凉处。

shot [ʃɒt] *n.* 射击，枪声；射门，投篮；弹丸，炮弹 【2】

skil(l)ful [ˈskilful] *a.* 灵巧的，娴熟的 【2】

固定搭配 **be skillful in / at** 擅长做

名师导学 skilled, skillful: skilled 意为"熟练的，需要技能的"，既可修饰人，也可修饰物；skillful 意为"熟练的"，用以修饰人。

spare [spɛə] *a.* 多余的，备用的 *v.* 让给，抽出（时间）；饶恕 【2】

固定搭配 **enough and to spare** 足够，绰绰有余

specialist [ˈspeʃəlist] *n.* 专家 【2】

固定搭配 **a specialist in / on**……方面的专家

split [split] *v.* 劈开，裂开 *a.* 分裂的 *n.* 裂缝，裂口；分化，分裂 【2】

固定搭配 **split up** （使）分裂，（使）关系破裂

联想记忆 divide into 把……分成 separate…from 把…分开 burst into 爆发出 break into 破门而入 split 劈开 divide 分开 cut 切开 chop 砍开

stabilize / -ise [ˈsteibilaiz] *vt.* 使稳定，使稳固 【2】

Thursday

salesman [ˈseilzmən] *n.* 售货员，推销员 【2】

salute [səˈluːt, -ˈljuːt] *vt. / vi.* 招呼，敬礼 *n.* 招呼，敬礼 【2】

经典例句 He took off his hat to salute her.

译　文 他向她脱帽致敬。

second-hand [ˈsekəndˈhænd] *a.* 旧的；用过的 【2】

selection [siˈlekʃən] *n.* 选择，挑选；被挑选出来的人，精选品 【2】

固定搭配 **make one's own selection** 自己选择 【2】

senator [ˈsenətə] *n.* 参议员 【2】

shelter [ˈʃeltə] *n.* 隐蔽处，掩蔽部 *v. / n.* 掩蔽，庇护 【2】

固定搭配 **under the shelter of** 在……掩蔽下

find / take shelter from 躲避……

shuttle [ˈʃʌtl] *n.* 定期的短程穿梭工具；可重复使用的太空船，航天飞机；梭 【2】

固定搭配 **shuttle bus** 往返公车

shuttle train 往返短程火车

shuttlecraft 航天飞机，宇航渡船

第三周　低频词汇

经典例句　The 1986 Challenger space-shuttle disaster was caused by unusually low temperatures immediately before the launch.

译　文　1986年挑战者号航天飞机的灾难是由临发射前的不寻常的低温引起的。

skilled [skild] *a.* 有技能的，熟练的；需要技能的　【2】
固定搭配　be skilled in / at 擅长做

slam [slæm] *v.* 砰地关上，砰地放下　【2】

slave [sleiv] *n.* 奴隶；苦工　【2】

soap [səup] *n.* 肥皂　【2】

so-called *a.* 所谓的，号称的　【2】

sophisticated [sə'fistikeitid] *a.* 先进的，复杂的；精密的；老于世故的　【2】

经典例句　The British in particular are becoming more sophisticated and creative.

译　文　特别是英国人变得更加的成熟和有创造力。

specialize / -se ['speʃəlaiz] *vi.* 专攻，专门研究　【2】
固定搭配　specialize in 专攻

spectacular [spek'tækjulə] *a.* 壮观的　【2】

经典例句　To keep a conversation flowing smoothly, it is better for the participants not to wear dark spectacles.

译　文　为了保持会话流畅地进行，参与者最好不要戴深色眼镜。

stability [stə'biliti] *n.* 稳定性　【2】

standpoint ['stændpɔint] *n.* 立场，观点　【2】
固定搭配　maintain / alter one's standpoint 坚持/改变立场

statistic [stə'tistik] *n.* 统计数值　【2】

stimulate ['stimjuleit] *vt.* 刺激，激励，使兴奋　【2】
固定搭配　stimulate sb. into / to sth. 鼓励某人做

straightforward [streit'fɔ:wəd] *a.* 正直的，坦率的；简明的，易懂的　【2】

strategic [strə'ti:dʒik] *a.* 战略（上）的；有战略意义的，至关重要的　【2】

stroke [strəuk] *n.* 击，敲，报时的钟声，（网球等）一击，（划船等）一划，（绘画等）一笔，一次努力，打击　*vt.* 抚摸　【2】
固定搭配　at a stroke 一举，一下子

studio ['stju:diəu] *n.* 画室，工作室，播音室　【2】

subjective [sʌb'dʒektiv] *a.* 主观的　【2】

submit [səb'mit] *v.* 屈服，服从；呈送，提交　【2】
固定搭配　submit oneself / sth. to 服从；呈送

submit sb. to 使某人服从

submit sth. to 把……交给

名师导学 submit, yield: submit 强调放弃抗拒，屈服于某一势力、权力或意志；yield 指在压力、武力或恳求下让步。

subordinate [sə'bɔːdinit] a. 次要的，下级的；附属的，从属的 vt. 使服从（或从属）于 【2】

固定搭配 subordinate to 次要的，附属的

subtle ['sʌtl] a. 微妙的，细微的；敏锐的；精巧的，精密的 【2】

经典例句 There is a subtle difference in meaning between the words surroundings and environment.

译　文 surroundings 和 environment 这两个词的词义有细微的区别。

successive [sək'sesiv] a. 连续的，接连的 【2】

名师导学 succeeding, successive, successful: succeeding 后来的；successive 连续的，接连的；successful 成功的。

sugar ['ʃugə] n. 糖 【2】

summit ['sʌmit] n. 顶，最高点；巅峰，高峰；最高级会议 【2】

superficial [sjuːpə'fiʃəl] a. 表面的；肤浅的，浅薄的 【2】

surpass [sə'pɑːs] vt. 超过，优于，多于；超过……的界限，非……所能办到（或理解） 【2】

名师导学 与本词同义的重要词汇还有：exceed, excel, transcend。

susceptible [sə'septəbl] a. 易受影响的，过敏的，能经受的，容许的 【2】

suspend [səs'pend] vt. 悬，挂，吊；暂停，中止 【2】

sustain [səs'tein] vt. 支撑，撑住；经受，忍耐 【2】

sweep [swiːp] vt. 扫，打扫；冲走，席卷；掠过，扫过 vi. 快速移动，扫描 【2】

swell [swel] vi. 膨胀，增大；隆起 【2】

固定搭配 swell with anger 满腔怒火

symbol ['simbəl] n. 象征，符号，标志 【2】

sympathetic [ˌsimpə'θetik] a. 同情的，共鸣的 【2】

固定搭配 be sympathetic to 对……表示同情

联想记忆 sympathize with sb., show sympathy towards sb., feel / express sympathy for / with sb., have sympathy for sb. 同情

syndrome ['sindrəum] n. 综合症；并存特性；常见的共存情况 【2】

经典例句 Unemployment, inflation, and low wages are all part

of the same economic syndrome.

译文 失业、通货膨胀以及低工资等问题都是在同一经济状况下的现象。

systematic(al) [ˌsisti'mætik] *a.* 系统的；有计划的，有步骤的；有秩序的，有规则的 【2】

tail [teil] *n.* 尾巴；尾部，后部 【2】

固定搭配 on a person's tail 紧跟着某人

联想记忆 trademark *n.* 商标 brand *n.* 品牌 mark *n.*（商品的）牌子 lable *n.* 标签

tank [tæŋk] *n.* 坦克；箱，罐，槽 【2】

tedious ['ti:diəs] *a.* 沉闷的，冗长乏味的 【2】

经典例句 In particular, different cases have to be distinguished, or these will make works tedious.

译文 特别应指出，不同的案例必须区分开，否则这会使工作变得乏味。

telecommunication ['telikəmju:ni'keiʃən] *n.* 通信，电信 【2】

temptation [temp'teiʃən] *n.* 引诱，诱惑；迷人之物，诱惑物 【2】

经典例句 It is not easy for us to resist temptation.

译文 对于我们来说，抵制诱惑是不太容易的。

tender ['tendə] *a.* 嫩的，柔软的；温柔的，温厚的；脆弱的，纤细的 【2】

territory ['teritəri] *n.* 领土，地区；领域，范围 【2】

经典例句 Wild animals will not allow other animals to enter their territory.

译文 野生动物不许其他动物进入它们的领地。

theme [θi:m] *n.* 主题，话题 【2】

经典例句 Stamp collecting was the theme of his talk.

译文 集邮是他谈话的主题。

thereby ['ðɛə'bai] *ad.* 借以 【2】

thorn [θɔ:n] *n.* 刺，荆棘 【2】

tissue ['tisju:] *n.* 织物，薄纸；（机体）组织 【2】

经典例句 What he said is a tissue of lies.

译文 她说的是一整套谎话。

tolerance ['tɔlərəns] *n.* 宽容，容忍；公差 【2】

trace [treis] *n.* 痕迹，踪迹 *vt.* 跟踪，查找 【2】

固定搭配 trace back to 追溯到

名师导学 trace, track, trail：trace 指"痕迹，踪迹，遗迹"，指在其他物体上留下的明显痕迹；track 指"（人、动物、车等）踪迹，足迹"，常指由人或动物经常往返而自然踩出的路；trail 指人或动物留下的足迹，还可表示人或动物留下的其他痕迹，如气味，尘土等。

trainer ['treinə] n. 训练者，驯服者，驯马师 【2】

transaction [træn'zækʃ[ə]n] n. 交易，事务，处理事务 【2】

固定搭配 conduct transaction 进行交易

经典例句 As they bought and sold assets, they had trouble remembering that each transaction could impact their monthly cash flow.

译　文 当他们买卖资产时，总是难以记住每笔交易都会对他们的每月现金流量产生影响。

transit ['trænsit] n. 通行，运输 【2】

transition [træn'ziʒən, -'siʃ[ə]n] n. 转变，变迁，过渡（时期） 【2】

经典例句 The transition from childhood to adulthood is always a critical time for everybody.

译　文 从童年到成年的过渡对每个人来说都是一个关键的时期。

tropical ['trɔpikl] a. 热带的 【2】

经典例句 Bananas are tropical fruit.

译　文 香蕉是热带水果。

undergo [ˌʌndə'gəu] vt. 经历，遭受 【2】

固定搭配 undergo hardships / changes 经历苦难/变化

名师导学 在英文中有许多以 under- 这个前缀开头的单词，多指"在……之下"。

undo ['ʌn'du:] v. 解开，松开；取消 【2】

unemployment [ˌʌnim'plɔimənt] n. 失业，失业人数【2】

uniform ['ju:nifɔ:m] a. 一致的，一律的 n. 制服，军服 【2】

urge [ə:dʒ] v. / n. 强烈希望，竭力主张/鼓励，促进 【2】

固定搭配 urge sth. on 竭力推荐/力陈某事

名师导学 urge that...从句中谓语动词用原形表示虚拟。

utility ['ju:tiliti] n. 效用，实用；公用事业 【2】

经典例句 The abstract shall state briefly the main technical points of the invention or utility model.

译　文 摘要应当简要说明发明或者实用新型的技术要点。

utter ['ʌtə] a. 完全的，彻底的，绝对的 vt. 说，发出（声音）；说出，说明，表达 【2】

固定搭配 utter one's thoughts / feelings 说出自己的想法/感觉

经典例句 What he is doing is utter stupidity!

译　文　他正在做的是完全愚蠢的事！

vary ['vɛəri] *vt.* 变化，改变　【2】

固定搭配　vary with 随……变化

　　　　　vary from...to 由……到……情况不同

名师导学　在词汇和阅读题中多是以 vary 的词形变化形式出现。

vegetation [ˌvedʒi'teiʃən] *n.* 植物，草木　【2】

verb [və:b] *n.* 动词　【2】

verbal ['və:bəl] *a.* 言辞的，有关语言的，在语言上的；口头的，口头上的；逐字的，按照字面的　【2】

version ['və:ʃən] *n.* 形式，式样；看法，说法；版本，译本，改写本　*prep.* （诉讼、竞赛等中）……对……；与……相对（比）　【2】

vertical ['və:tikəl] *a.* 垂直的，竖的　【2】

vicious ['viʃəs] *a.* 恶毒的，恶意的；危险的，险恶的　【2】

经典例句　I need experience to get a job but without a job I can't get experience. It's a vicious circle.

译　文　我得有经验才能找到工作，可是没有工作我就无法获得经验。这真是个恶性循环。

vigorous ['vigərəs] *a.* 精力充沛的　【2】

violence ['vaiələns] *n.* 强暴，暴力；暴行；猛烈，激烈　【2】

固定搭配　resort to violence 诉诸暴力

volume ['vɔlju:m;(*US*)-jəm] *n.* （一）卷，（一）册；体积，容积；音量，响度　【2】

联想记忆　thickness *n.* 厚度，浓度　density *n.* 密度　depth *n.* 深度　width *n.* 宽度　breadth *n.* 广度　length *n.* 长度　area *n.* 面积　volume *n.* 体积　weight *n.* 重量　size *n.* 尺码　measure *n.* 度量

vote [vəut] *n.* 选票，选票数　*n. / v.* 选举，表决　【2】

经典例句　The desire for security can be satisfied through verbal reassurance, promise of steady employment.

译　文　通过口头安慰，许诺稳定职业，可以满足对安全感的要求。

waken ['weikən] *vi.* 醒来　*vt.* 唤醒　【2】

well-being ['welbiiŋ] *n.* 幸福；舒适　【2】

well-known ['wel'nəun] *a.* 知名的　【2】

经典例句　Shell, as a well-known multinational group, has always endeavoured to be a welcomed presence wherever it operates.

译　文　壳牌作为国际知名的跨国集团，一直努力成为其投资所在地受欢迎的公民。

wheel [wi:l] *n.* 轮，车轮　【2】

第三周　低频词汇

wooden ['wudn] *a.* 木制的；木头似的，呆笨的 【2】

worthwhile ['wəːð(h)wail] *a.* 值得（做）的 【2】

yield [jiːld] *vt.* 生产，出产；让步，屈服 *vi.* 屈服，服从 *n.* 产量，收获量 【2】

固定搭配 **yield to** 向……让步

increase the yield 增加产量

联想记忆 submit *n.* 屈服　obey *n.* 服从　compromise *n.* 妥协　surrender *n.* 投降

youngster ['jʌŋstə] *n.* 青年，年轻人；少年 【2】

abound [ə'baund] *vi.* 多，大量存在；盛产；富有 【1】

固定搭配 **abound in / with** 富于；充满，多

abrupt [ə'brʌpt] *a.* 突然的，意外的 【1】

经典例句 *The Day After Tomorrow* is particularly interesting for science students because it focuses on a topic that is currently the subject of considerable scientific research: the possibility of abrupt climate change.

译　文 理科学生对《后天》特别感兴趣，原因在于这部电影主要描述了目前许多科学研究所关注的问题：气候突变的可能性。

absence ['æbsəns] *n.* 缺席；缺乏 【1】

固定搭配 **in the absence of** 在（人）不在时；在（物）缺乏或没有时

absence ['æbsəns] *n.* 缺席；缺乏 【1】

固定搭配 **in the absence of** 在（人）不在时；在（物）缺乏或没有时

abstract ['æbstrækt] *n.* 摘要，梗概；抽象派艺术作品

[əb'strækt] *v.* 做…的摘要；提取，抽取　*a.* 抽象的，抽象派的 【1】

名师导学 常用短语有：abstract sth. from 意为"从中…提取某物"；in the abstract 意为"抽象的，理论上"

accommodate [ə'kɔmədeit] *vt.* 为……提供住宿；容纳，接纳；使适应，调节 【1】

名师导学 该词常用短语为 accommodate oneself to, 意思是"使自己适应于……"。contain, involve, hold 以及 accommodate 都有容纳之意。contain 是一般用语，指某物所容纳的东西是其组成的一部分，有时指一大物体容纳着许多小物体；involve 指包含有根据整体的性质决定的成分或结果，一般用于抽象的意思；hold 指在一定固定空间内能接纳人或物的能力，有时用于比喻；accommodate 与 hold 同义，但指某物很舒适地接纳某人住宿或休息。

accommodation [əˌkɔmə'deiʃne] *n.* (*pl.*) 膳宿供应；住处；适应，调节 【1】

accompany [ə'kʌmpəni] *v.* 陪伴，伴随；伴奏 【1】

联想记忆 accompany *vt.* 陪伴 company *n.* 陪伴；公司 companion *n.* 同伴，伙伴

固定搭配 accompany (on / at) 为……伴奏（或伴唱）

acute [ə'kju:t] *a.* （头脑或五官）灵敏的，敏锐的；急性的 【1】

adolescent [ˌædəu'lesnt] *a.* 青春期的，青少年的 *n.* 青少年 【1】

advertise/-ize ['ædvətaiz] *vt.* 做广告 【1】

affirm [ə'fə:m] *vt.* 断言，肯定 【1】

afterwards ['ɑ:ftəwəd] *ad.* 以后，后来 【1】

agenda [ə'dʒendə] *n.* 议事日程，记事册 【1】

固定搭配 put on the agenda 提到议事日程上来

agent ['eidʒənt] *n.* 代理人，经办人 【1】

经典例句 The Hong Kong agent stressed the need to fulfill the order exactly.

译 文 香港的代理人强调要严格按照要求完成订单。

agreeable [ə'griəbl] *a.* 令人愉快的；(to) 与……一致的，符合的 【1】

经典例句 They were all agreeable to our proposal.

译 文 他们都乐于接受我们的建议。

aisle [ail] *n.* 走廊，过道 【1】

allege [ə'ledʒ] *vt.* 断言，声称 【1】

经典例句 It was alleged that the restaurant discriminated against black customers.

译 文 据称那家饭店歧视黑人顾客。

alleviate [ə'li:vieit] *vt.* 减轻（痛苦等），缓和（情绪） 【1】

固定搭配 avail oneself to（正式用语）接受，利用（机会）

名词短语：be of / to no avail 无用

alloy ['ælɔi] *n.* 合金 【1】

经典例句 Brass is an alloy of copper and zinc.

译 文 黄铜是铜和锌的合金。

aluminum [ə'lju:minəm] *n.* 铝 【1】

联想记忆 copper *n.* 铜制品 bronze *n.* 青铜

amid [ə'mid] *prep.* 在……中，在……当中 【1】

amusement [ə'mju:zmənt] *n.* 娱乐，消遣，娱乐活动 【1】

amusing [ə'mju:ziŋ] *a.* 有趣的，逗乐的 【1】

analyse/-yze ['ænəlaiz] *vt.* 分析，分解 【1】

analyst [ˈænəlist] *n.* 分析者，善于分析者，化验员　　【1】

ancestor [ˈænsistə] *n.* 祖宗，祖先　　【1】

announce [əˈnauns] *v.* 宣布，通告　　【1】

经典例句　Mr. Green announced (to his friends) his engagement to Miss White.

译　文　格林先生（向友人）宣布了他与怀特小姐订婚的事。

applicable [ˈæplikəbəl] *a.* 可适用的，可应用的　　【1】

appreciation [əpriːʃiˈeiʃən] *n.* 评定，评价；鉴赏；感激，感谢　　【1】

arbitrary [ˈɑːbitrəri] *a.* 任意的，武断的；专断的，专横的　　【1】

architecture [ˈɑːkitektʃə] *n.* 建筑；建筑学　　【1】

arise [əˈraiz] *vi.* 出现，发生；（from）由……引起，由……产生　　【1】

名师导学　arise, arouse, raise, rise: arise 是不及物动词，意为"出现，产生，发生"，后常跟介词 from，表示"由……引起，由……产生"，其主语常常是 an argument, a problem, a quarrel, a doubt, a question, a storm, a difficulty, a disagreement 等；arouse 只能做及物动词，意为"唤醒，引起"，常用固定搭配有 interest, sympathy, curiosity, excitement, criticism, suspicion 等；raise 是及物动词，意为"举起，增加，提高"，尤指人或人体某部分的抬高，如举杯、举手等；rise 是不及物动词，意为"升起，上升，增高"。

arrival [əˈraivəl] *n.* 到来，到达；到达物　　【1】

arrogant [ˈærəgənt] *a.* 傲慢的，自大的　　【1】

经典例句　Often these children realize that they know more than their teachers, and their teachers often feel that these children are arrogant, inattentive, or unmotivated.

译　文　这些孩子常常觉得他们比老师知道的要多，老师们常常感到这些孩子自大、不用心或者缺乏学习动机。

arrow [ˈærəu] *n.* 箭，箭状物　　【1】

固定搭配　**a traffic arrow** 交通箭头标志

ash [æʃ] *n.* 灰，灰烬　　【1】

aspiration [ˌæspəˈreiʃən] *n.* 强烈的愿望，志向，抱负　【1】

asset [ˈæset] *n.* 资产，财产；有用的资源，宝贵的人/物；优点，益处　　【1】

assimilate [əˈsimileit] *vt.* 吸收，消化；使同化　*vi.* 被吸收，被消化；被同化　　【1】

经典例句　One of the reasons why children resemble their parents is that they assimilate the characteristics of their parents.

译　文　孩子往往长得像父母，其原因之一就是孩子吸取同同化了父母的各种特征。

assist [ə'sist] *vi.* 援助，帮助　　　　　　　　【1】

固定搭配　**assist in doing sth.** 帮助做某事

assist sb. in doing sth. 帮助某人做某事

assist sb. to do sth. 帮助某人做某事

astronomer [ə'strɔnəmə] *n.* 天文学家　　　【1】

athlete ['æθliːt] *n.* 运动员，运动选手　　　【1】

atomic [ə'tɔmik] *a.* 原子的，原子能的　　　【1】

联想记忆　molecule *n.* 分子　particle *n.* 粒子　electron *n.* 电子　nucleus *n.* 原子核

attractive [ə'træktiv] *a.* 有吸引力的；有魅力的，动人的
　　　　　　　　　　　　　　　　　　　　　．　　　　　【1】

automate ['ɔːtəmeit] *vt.* 使自动化，自动操作　【1】

avail [ə'veil] *vi. / vt.* 有益于，有利于，有助于　*n.* 效用，用途　　　　　　　　　　　　　　　　　【1】

await [ə'weit] *vt.* 等待，等候　　　　　　　　【1】

awake [ə'weik] *a.* 醒着的；意识到的　*vt.* 唤醒，唤起　*vi.* 醒来，醒悟，觉悟　　　　　　　　　　【1】

名师导学　awake, awaken, wake, waken：awake 是不及物动词，意思是"醒来"，通常用于"觉醒，醒悟"的比喻义；awaken 是及物动词，意为"使……醒，使……醒悟"，常用于被动语态和比喻当中；wake 是普通用词，多做不及物动词，可以与 up 连用，表示真正的"醒来，唤醒"；waken 是及物动词，一般用在被动语态里，意为"唤醒"。

awkward ['ɔːkwəd] *a.* 粗笨的，笨拙的；尴尬的，棘手的
　　　　　　　　　　　　　　　　　　　　　　　　　　【1】

经典例句　The shy girl felt quite awkward and uncomfortable when she could not answer the interviewer's question.（2007 年）

译　文　这个害羞的女孩在回答不出面试官的问题时感到尴尬和不安。

联想记忆　adolescence：青春期　childhood：童年，幼年时代　adulthood：成年期，成人期

banquet ['bæŋkwit] *n.* 宴会，盛会　*v.* 出席宴会　【1】

barely ['bɛəli] *ad.* 仅仅；几乎不能　　　　　　【1】

bark [bɑːk] *vi.* 吠；叫骂　*n.* 树皮；吠声　　　【1】

barren ['bærən] *a.* 荒芜的，贫瘠的；不孕的　　【1】

bear · [bɛə] *n.* 熊　*vt.* 忍受，容忍；负荷，负担；生育；心怀（爱憎等感情）　　　　　　　　　　　　　　【1】

固定搭配　**bear in mind** 记住

bear out 证明

bear up 支持

名师导学 bear 的过去式为 bore，当它意为"出生"、"出身"时，其过去分词为 born，而其他意思的过去分词均为 borne。

名师导学 bear, endure, stand, tolerate：bear 指容忍，忍耐，强调承受力；endure 指持久、不顾艰难险阻而忍耐下去，强调持久性和意志力；stand 指耐心地、坚决地跟上，强调经受得起；tolerate 指忍受，不作任何禁止和反对地容忍。

behalf [bi'hɑ:f] *n.* 代表，利益 【1】

固定搭配 **on behalf of** 代表

beloved [bi'lʌvd, bi'lʌvid] *a.* 心爱的 【1】

bid [bid] *vt.* 出价，投标 *n.* 出价，投标 【1】

billboard ['bil,bɔ:d] *n.* 告示牌，广告牌 【1】

blast [blɑ:st] *vt.* 炸掉，摧毁 *n.* 爆炸，爆破；一阵（风） 【1】

经典例句 The blasting work still goes on.
译 文 爆炸工作仍然在继续。

blossom ['blɔsəm] *n.* （果树的）花 *vi.* （植物）开花 【1】

bolt [bəult] *n.* 螺栓；插销；霹雳 *vt.* 关窗，拴住，闩（门） 【1】

固定搭配 **a bolt of lightning** 一道闪电

bond [bɔnd] *n.* 契约；公债，债券；联结，联系 【1】

bonus ['bəunəs] *n.* 奖金；津贴；红包 【1】

bored [bɔ:d] *a.* 觉得无聊的，无趣的，烦人的 【1】

固定搭配 **be bored with sth.** 对某人（某事/做某事）不耐烦或感到厌烦

boring ['bɔ:riŋ] *a.* 令人厌烦的 *n.* 钻孔 【1】

名师导学 boring, bored, bore：boring *a.* 令人厌烦的 bored *a.* 被弄得厌倦的 bore *v.* 钻孔；使厌倦 bore（bear 的过去式）*v.* 生育；忍受

boundary ['baundəri] *n.* 界线，边界 【1】

boycott ['bɔikət] *vt.* （联合）抵制，拒绝参与 【1】

经典例句 It can be inferred from the passage that women should boycott the products of the fashion industry.
译 文 从文章中可以推断出女人需要联合抵制时装业的产品。

brake [breik] *v. / n.* 刹车 *n.* 闸，制动器 【1】

经典例句 Amy was too nervous to brake in time when she saw a truck running towards her.
译 文 艾米太紧张了，以至于看见卡车向她开过来，就不能及时刹车了。

breakdown ['breikdaun] *n.* 故障；损坏；衰弱；崩溃　【1】

breeze [bri:z] *n.* 微风，和风　【1】

联想记忆　wind *n.* 风　blast *n.* 一阵风　storm *n.* 风暴

brew [bru:] *vt.* 酿造；调（饮料）；冲（茶或咖啡）　*n.*（尤指某地酿造的）啤酒；混合物　【1】

bribe [braib] *n.* 贿赂；行贿物　*vt.* 贿赂，向……行贿　【1】

brief [bri:f] *a.* 简短的，简洁的；短暂的　*vt.* 简单介绍　【1】

固定搭配　in brief 简单地说

brilliant ['briljənt] *a.* 辉煌的，灿烂的；杰出的，有才华的　【1】

broad [brɔ:d] *a.* 宽的，广的，广阔的；宽宏的　【1】

名师导学　broad, wide: broad 指有很大程度或范围的，强调两边之间面积之大；wide 指从一边到另一边有很长一段距离的。

broadband ['brɔ:d'bænd] *n.* 宽带　【1】

brutal ['bru:tl] *a.* 残忍的，野蛮的　【1】

经典例句　The murder was so brutal that the jury was not allowed to see the police photographs.

译　文　这件谋杀案太凶残了，连陪审团也不允许看警方的照片。

bubble ['bʌbl] *n.* 泡，水泡，气泡　*vi.* 冒泡，起泡，沸腾　【1】

bug [bʌg] *n.* 虫子，臭虫　【1】

经典例句　Was your illness serious, or did you just have a bug or something?

译　文　你得的是重病还是小毛病。

bulb [bʌlb] *n.* 电灯泡；球状物，球茎　【1】

bully ['buli] *n.* 恃强欺弱者　*vt.* 威吓，欺侮　【1】

经典例句　Our survey indicates that one in four children are bullied at school.

译　文　我们的调查表明四分之一的孩子在学校受到欺负。

bump [bʌmp] *n.* 撞击；肿块　*v.* 碰撞；颠簸　【1】

bundle ['bʌndl] *n.* 捆，包，束　【1】

固定搭配　a bundle of 一捆（包，束）

名师导学　bundle, bunch: bundle 指通过包或绑而放在一起的一些东西，这些东西可能相同也可能不同；bunch 指放在一块或聚在一起的一群相似的东西或个体。

bureau [bjuə'rəu, 'bjuərəu] *n.* 局，司，处，部，所，署　【1】

固定搭配　The Political Bureau 政治局

burst [bə:st] *n.* 破裂；爆炸　*vi.*（～into）突然发生，突

然发作 【1】

固定搭配 **burst into tears / laughters=burst out crying / laughing** 突然哭/笑起来

burst forth 进发

burst into=break in / into 闯入

名师导学 过去式和过去分词为 burst。

固定搭配 **bubble over** 达到顶点

butcher [ˈbutʃə] n. 屠夫，卖肉者 【1】

buzz [bʌz] vi. 发出嗡嗡声；忙乱，急行；发出嘈杂的谈话声 n. 嗡嗡声；嘈杂的谈话声 【1】

固定搭配 **buzz around, buzz about** 忙乱，急行 **buzz off** 走掉

经典例句 Robert thinks that the insects may listen for the plants that cry and then they buzz in to kill.

译　文 罗伯特认为昆虫可能寻找哭泣的植物，然后嗡嗡地飞过去杀死它们。

cafe [ˈkæfei; (US) kæˈfei] n. 咖啡馆；酒吧 【1】

calculate [ˈkælkjuleit] vt. 计算，推算；估计，推测；计划，打算 【1】

名师导学 calculate, count, figure: calculate 表示通过计算或运算以解决疑难的题目或问题，还可以表示估计、推算、考虑；count 指一个接一个地说出或列出以得其总数；figure 指用数字来计算。

calculation [ˌkælkjuˈleiʃən] n. 计算，统计，估计，预测 【1】

calculator [ˈkælkjuleitə] n. 计算器 【1】

calendar [ˈkælində] n. 日历，月历 【1】

经典例句 Their five-year-old son is able to use the calendar to count how many days it is until his birthday.

译　文 他们 5 岁的儿子能用日历数出离他的生日还有多少天。

camera [ˈkæmərə] n. 照相机，摄影机 【1】

canal [kəˈnæl] n. 运河，渠 【1】

canvas [ˈkænvəs] n. 帆布 【1】

经典例句 The priceless canvas was stolen from the art gallery.

译　文 那幅珍贵的油画被人从艺术馆偷走了。

caring [ˈkeəriŋ] a. 人的，人道的；有同情心的 【1】

cart [kɑːt] n. 大车，手推车 vt. 用车装载 【1】

carve [kɑːv] vt. 雕刻；切割，切开 【1】

经典例句 She carved up the roast beef and gave us each a proportion.

译　文 她切碎烤牛肉，给我们每人一份。

cashier [kæ'ʃiə] n. 出纳，收款员　　　　　　　【1】

cassette [kɑː'set] n. 盒子；盒式磁带　　　　　　【1】

catalog ['kætələg] n. 目录　vt. 将……编入目录　【1】

经典例句　a catalog of all the books in the library

译　　文　图书馆里所有书籍的目录

catholic ['kæθəlik] n. 天主教徒　a. 天主教的　【1】

经典例句　Is he a Catholic or a Protestant?

译　　文　他是天主教徒还是新教徒？

ceiling ['siːliŋ] n. 天花板　　　　　　　　　　【1】

cell [sel] n. 细胞；电池　　　　　　　　　　　【1】

chain [tʃein] n. 链，链条；一串，连锁　　　　【1】

champion ['tʃæmpjən] n. 冠军，得胜者　　　　【1】

cherish ['tʃeriʃ] vt. 珍惜，珍爱；爱护，抚育；抱有……
希望　　　　　　　　　　　　　　　　　　　　　【1】

名师导学　该词是在考试中出现频率较高的词。词义在不同
语境下有不同的意思。最后一项意思也出现过（怀有……
希望）。常用短语：cherish the memory of... 意为"怀念"。

clarify ['klærifai] vi. 澄清，阐明　vt. 使明晰　【1】

名师导学　clarify, clear, clean: clarify 指使清晰或易懂，详细
阐明，澄清混乱或疑惑；clear 指去除物体或障碍，使明确，
使明朗，去除困惑、疑问或模棱两可，也指天空变晴；clean
指扣除，清除，去除垃圾或杂质。

clumsy ['klʌmzi] a. 笨拙的　　　　　　　　　　【1】

coarse [kɔːs] a. 粗的，粗糙的，粗劣的；粗鲁，粗
俗的　　　　　　　　　　　　　　　　　　　　　【1】

collide [kə'laid] vi. (with) 碰撞，抵触　　　　　【1】

名师导学　该词属于常考词汇。考生要注意常用的相关同义
词：bump（撞击，颠簸）；clash（冲突，不协调）；crash
（碰撞，砸碎，碰撞，坠落，坠毁）；conflict（冲突，抵
触）。注意固定搭配"collide with"（与……相撞），后面接
名词，是该词的常用搭配。

combination [ˌkɔmbi'neiʃən] n. 结合，联合　【1】

固定搭配　combine with 与……联合（化合、结合）

commit [kə'mit] v. 犯（罪）；干（错事）　　　【1】

competent ['kɔmpitənt] a. 有能力的，胜任的　　【1】

complement ['kɔmplimənt] n. 补足；余数；补语　【1】

名师导学　该词属于常考词汇。考生要注意常用的相关同义
词：supplement（补充，增补）；supply（不给，供给）。

compound ['kɔmpaund] n. 混合物，[化] 化合物　a. 复
合的　v. 混合，配合　　　　　　　　　　　　　【1】

comprehend [ˌkɔmpriˈhend] vt. 理解，领会，了解 【1】

comprise [kəmˈpraiz] vt. 包括，包含，由……组成 【1】

confirm [kənˈfəːm] vt. 证实，进一步确定，确认；批准 【1】

conflict [ˈkɔnflikt] n. 争论，抵触，冲突 vi. 抵触，冲突 【1】

固定搭配 in conflict with 与……相冲突

conflict with sb. / sth. 与……相冲突

conquer [ˈkɔŋkə] vt. 征服，战胜 【1】

经典例句 Modern medical science has conquered many diseases.

译文 现代医学征服了许多疾病。

conscience [ˈkɔnʃəns] n. 良心，道德心 【1】

consequent [ˈkɔnsikwənt] a. 作为结果的，随之发生的 【1】

名师导学 考生要注意常用的相关同义词：following（接着的，下面的）；ensuing（随后的，继而发生的）。

constitute [ˈkɔnstitjuːt] vt. 构成；制定 【1】

contemporary [kənˈtempərəri] a. 当代的；同龄的，同时代的 n. 同代人，同龄人 【1】

contend [kənˈtend] vi. 竞争；争夺 vt. 争论；主张；声称 【1】

固定搭配 contend with / against sb. / sth.

与对手竞争，与他人争夺，与困难搏斗

context [ˈkɔntekst] n. 上下文；（事情等的）前后关系，情况 【1】

converse [kənˈvəːs] vi. 谈话，交谈（with, on, upon） n. 相反的事物；倒，逆行 a. 相反的，颠倒的 【1】

corporate [ˈkɔːpərit] a. 公司的；法人组织的；社会团体的；共同的；自治的 【1】

correspond [ˌkɔrisˈpɔnd] vi. 相当，对应；符合；通信 【1】

固定搭配 correspond to sth. 相当的，相似的

correspond closely / exactly / precisely to sth. 完全相一致，相符合

correspond with sb. 通信

联想记忆 agree with, coincide with, match with, conform to 符合；与……一致

count [kaunt] vt. 数，计算；看做，认为 vi. 数；指望 【1】

固定搭配 count in 把……计算在内

count on / upon 依靠，指望

count out 点数，不把……计算在内

count up 把……相加

count up to 共计

| 联想记忆 | rely on, depend on / upon, lie on, count on / upon 依赖 |

counter ['kauntə] *n.* 计算器，计数器，计算者；柜台；筹码　*ad. / a.* 相反地（的）　【1】

court [kɔ:t] *n.* 法院，法庭；宫殿，朝廷；院子；球场　【1】

creation [kri'eiʃən] *n.* 创造，建立，产生；作品；创造物　【1】

critic ['kritik] *n.* 批评家，评论家　【1】

cruel ['kruəl] *a.* 残忍的，残酷的　【1】

cure [kjuə] *n. / v.* 医治，治愈　*n.* 良药，疗法　【1】

| 固定搭配 | cure sb. of 治愈某人的（病）；矫正某人的（坏习惯等） |

| 名师导学 | cure, heal, treat：cure 表示治愈，使恢复健康；heal 表示变得完整和健全，多指伤口、创伤的复原；treat 只表示医治，提供医疗上的救助。 |

cycle ['saikl] *n.* 周期，循环；自行车　【1】

Friday

cellular ['seljulə] *a.* [生]细胞的，细胞质[状]的；多孔的　【1】

centigrade ['sentigreid] *n.* 摄氏温度的　【1】

| 联想记忆 | Fahrenheit *n.* 华氏 |

cereal ['siəriəl] *a.* 谷类的；谷类制成的　*n.* 谷类食品，谷类　【1】

certainty ['sə:tənti] *n.* 确实，确定（性）；必然的事；毫无疑问的事　【1】

chant [tʃɑ:nt] *vt.* 反复有节奏地喊或叫（唱）；咏唱　*n.* 反复有节奏的喊叫；赞美诗，圣歌　【1】

| 经典例句 | They chanted "Equal rights for all". |
| 译　　文 | 他们反复高喊"人人平等"。 |

chaos ['keiɔs] *n.* 混沌，混乱　【1】

| 经典例句 | The desk was a chaos of papers and unopened letters. |
| 译　　文 | 桌上杂乱地堆放着一些纸张和未拆的信。 |

charity ['tʃæriti] *n.* 仁慈，宽厚；慈善机构（团体）　【1】

chest [tʃest] *n.* 柜子，橱；胸脯，胸腔　【1】

childish ['tʃaildiʃ] *a.* 幼稚的；不成熟的；傻气的　【1】

chill [tʃil] *n.* 凉气，寒气；寒战，风寒　*vt.* 使变冷，使冷冻，使感到冷　【1】

Christian ['kristjən] *n.* 基督教徒　*a.* 基督教（徒）的　【1】

circuit ['sə:kit] *n.* 电路，线路　【1】

circulate ['sə:kjuleit] *v.* （使）循环，（使）流通　【1】

clash [klæʃ] v. 发出铿锵声，猛烈地碰撞；（意见）冲突，（色彩等）不一致 n. 铿锵声；冲突，不一致 【1】

clause [klɔ:z] n. 子句，从句；（章程、条约等的）条，项，条款 【1】

climax ['klaimæks] n. 顶点，极点；高潮 v. （使）达到顶点，（使）达到高潮 【1】

经典例句 They believed that this was not the climax of their campaign for equality but merely the beginning.

译　文 他们相信这不是这场争取平等的运动的高潮，相反，它仅仅是一个开头。

clip [klip] vt. 剪短，修剪；夹住 n. 曲别针，夹，钳【1】

经典例句 The letters were held together with a paper clip.

译　文 信是用一枚回形针夹在一起的。

cocaine [kə'kein] n. 可卡因 【1】

经典例句 The phrase "substance abuse" is often used instead of "drug abuse" to make clear that substances such as alcohol and tobacco can be just as harmfully misused as heroin and cocaine.

译　文 他们经常用"物质滥用"这个短语来取代"药物滥用"，为了清楚地说明许多物质，如烟草，酒精，如果滥用就与海洛因和可卡因一样有害。

cognitive ['kɔgnitiv] a. 认知的 【1】

经典例句 Our soul possesses two cognitive powers.

译　文 我们的灵魂具有两种认知力量。

coil [kɔil] vi. 卷，盘绕 n. （一）卷，（一）圈，圈线【1】

经典例句 The lady coiled her hair at the back head for the ball.

译　文 这位女士为参加舞会把头发盘了起来。

coincidence [kəu'insidəns] n. 一致，符合；同时发生（存在），巧合 【1】

colonial [kə'ləunjəl] a. 殖民地的；n. （同类人的）聚居地 【1】

经典例句 The imperialists plunder and exploit the people of the colonial countries.

译　文 帝国主义者掠夺和剥削殖民地国家的人民。

communist ['kɔmjunist] n. 共产党员 a. 共产主义的，共产党的 【1】

commute [kə'mju:t] vi. 乘公交车上班，经常乘车（或船等）往返于两地 vt. 减（刑）；折合，折偿 n. 上下班交通 【1】

经典例句 Urban Japanese have long endured commutes and crowded living conditions, but as the old group and family values weaken, the discomfort is beginning to tell.

译 文 都市里的日本人长期忍受着漫长的上下班、来回交通和拥挤不堪的居住条件，但随着旧的集体和家庭价值观的削弱，令人不舒服的结果开始显现。

concede [kən'si:d] *v.* 承认；给予，割让 【1】

concentration [ˌkɔnsen'treiʃən] *n.* 专注，专心；集中；浓度 【1】

concise [kən'sais] *a.* 简明的，简要的 【1】

经典例句 The new secretary has written a remarkably concise report within a few hundred words but with all the important details included.

译 文 新来的秘书写了一份十分简洁的报告，只用几百个字就概括了所有的重要细节。

condemn [kən'dem] *vt.* 谴责，指责；宣判，判刑 【1】

固定搭配 condemn sb. to sth. 判处某人某个惩罚

confidential [ˌkɔnfi'denʃəl] *a.* 秘密的，机密的；表示信任（或亲密）的 【1】

confrontation [ˌkɔnfrʌn'teiʃən] *n.* 面对；对峙（抗）对质 【1】

constituent [kən'stitjuənt] *n.* 选民，选区居民；成分，组成要素 【1】

经典例句 In the not-for-profit organizations, decision-making effectiveness was defined from the perspective of satisfying constituents.

译 文 在非营利机构，决策的效率是以满足机构中不同成员的需要的观点来界定的。

constitution [ˌkɔnsti'tju:ʃən] *n.* 法规，宪法，章程；组织，构造；体质，素质 【1】

container [kən'teinə] *n.* 容器，集装箱 【1】

contempt [kən'tempt] *n.* 轻视，蔑视；受辱，丢脸 【1】

经典例句 Companies such as Virtual Vineyards are already starting to use similar technologies to push message to customers about special sales, product offerings, or other events. But pushing technology has earned the contempt of many Web users.

译 文 像 Virtual Vineyards 这样的公司业已开始采用类似的技术将有关特价商品、产品推销或其他活动的信息"推"向用户。但"推"销技术遭到许多网上用户的鄙视。

contradiction [ˌkɔntrə'dikʃən] *n.* 反驳，矛盾 【1】

固定搭配 be in contradiction with 与……互相矛盾

conversion [kən'və:ʃən] *n.* 转化，转换，转变 【1】

经典例句 He used to support monetarist economics, but he underwent quite a conversion when he saw how it increased unemployment.

译　文 他一向赞同货币经济理论，然而当他看到这种理论加重了失业现象之后，他彻底改变了看法。

convict ['kɔnvikt] *vt.* 证明……有罪，宣判……有罪，使……知罪 *n.* 罪犯 【1】

correspondent [ˌkɔris'pɔndənt] *n.* 通信员，记者 【1】

cottage ['kɔtidʒ] *n.* 农舍，小屋；小型别墅 【1】

counsel ['kaunsəl] *n. / v.* 劝告，建议 【1】

county ['kaunti] *n.* 郡，县 【1】

craft [krɑ:ft] *n.* 技巧，手艺；飞机，飞船 【1】

creator [kri:'eitə(r)] *n.* 创造者；创作者 【1】

criterion [krai'tiəriən] *n.* 标准，准则 【1】

经典例句 The most important criterion for assessment in this contest is originality of design.

译　文 这次比赛最重要的评判标准就是设计的原创性。

cruise [kru:z] *v. / n.* 巡航，巡游 【1】

crystal ['kristl] *n.* 水晶，晶体 *a.* 水晶的，晶体的；透明的 【1】

curve [kə:v] *v.* 弄弯，使成曲线 *n.* 曲线，弯曲 【1】

deadline ['dedlain] *n.* 最后期限，截止交稿日期 【1】

deaf [def] *a.* 聋的；不愿听的，装聋的 【1】

固定搭配 turn a deaf ear to 充耳不闻，对……根本不听
　　　　 be deaf to 不听

decay [di'kei] *n.* 衰退，腐败 *v.* 衰退，腐败 【1】

decent ['di:snt] *a.* 庄重的，正派的，大方的；（服装等）相称的，体面的 【1】

经典例句 My friend Ling has no education, so it's hard for her to find a decent job and earn enough money for her family.

译　文 我的朋友玲没有受过教育，因此对于她来说找一个体面的工作并赚钱来养家是困难的。

deception [di'sepʃən] *n.* 欺骗；受骗；上当 【1】

decorate ['dekəreit] *v.* 装饰，装潢，布置 【1】

defeat [di'fi:t] *vt.* 战胜，挫败 *n.* 战胜，挫败 【1】

defect [di'fekt] *n.* 缺点；瑕疵 【1】

defend [di'fend] *vt.* 保卫，防守；答辩 【1】

固定搭配 defend…against / from 保护……免遭

defy [di'fai] *vt.* 公然反抗，蔑视；向……挑战；激，惹 【1】

第三周　低频词汇

经典例句   He challenged the tradition, defied the law and was exiled to the north at the end of 18th century.

译 文   他不循规蹈矩，不服从法律，于 18 世纪末被流放到北方。

delete [di'li:t] *vt.* 删除 【1】

固定搭配   **delete...from** 从……除去

demanding [di'mɑ:ndiŋ] *a.* 过分要求的，苛求的 【1】

denounce [di'nauns] *vt.* 指责；告发 【1】

经典例句   Would you rather denounce your stepmother?

译 文   你愿意揭发你继母的阴谋吗？

deny [di'nai] *v.* 否定，否认；拒绝，谢绝 【1】

固定搭配   **deny doing sth.** 否认做某事

  deny oneself 节制，克己，拒绝

  deny sb. sth. 拒绝给予某人某物

名师导学   deny 后接动名词，不接不定式。

名师导学   该词最常见的用法为 be deprived of。

depict [di'pikt] *v.* 描绘，描写，描述 【1】

经典例句   The artist tried to depict realistically the Battle of Waterloo.

译 文   这位画家试图逼真地刻画滑铁卢战役。

deposit [di'pɔzit] *vt.* 存放，寄存；储蓄；使沉淀 *n.* 存款；押金，保证金；沉淀物 【1】

固定搭配   **deposit sth. with sb.** 把某物寄放在某人处

deputy ['depjuti] *n.* 代理人，代表；副职 *a.* 代理的，副的 【1】

descendant [di'send(ə)nt] *n.* 后裔，子孙 【1】

经典例句   Some descendants of Confucius were said to dwell in this small southern village for ages.

译 文   据说在这座南方的小山村里很早就居住着孔老夫子的一些子孙。

destination [ˌdesti'neiʃən] *n.* 目的地，终点；目的，目标 【1】

destructive [dis'trʌktiv] *n.* 破坏（性）的 【1】

经典例句   The electronic economy made possible by information technology allows the haves to increase their control on global markets with destructive impact on the have-nots.

译 文   信息技术所带动的电子经济使得富国增强了对国际市场的掌控能力，也正是电子经济让富国给贫穷国家带去了毁灭性的影响。

detach [di'tætʃ] *v.* 分开，分离，分派，解开 【1】

diameter/-re [dai'æmitə] *n.* 直径 【1】

dictate [dik'teit] *v.* 听写，口授，口述 【1】

digest [di'dʒest; dai'dʒest] *vt.* 消化；吸收，领悟 【1】

dimension 、 [di'menʃən] *n.* 尺寸，长（宽、厚、高）度；维（数）；(*pl.*) 容积，面积，大小 【1】

dine [dain] *v.* 就餐，进餐 【1】

经典例句 It will be my honor if the president of your company could dine with me tonight.

译　文 如果贵公司的董事长今晚能赏光和我一起用餐的话，我将不胜荣幸。

dip [dip] *n.* / *vt.* 浸 【1】

disappointed [ˌdisə'pɔintid] *a.* 失望的 【1】

disappointing [ˌdisə'pɔintiŋ] *a.* 令人失望的 【1】

disastrous [di'za:strəs] *a.* 损失惨重的，悲伤的 【1】

disclose [dis'kləuz] *v.* 透露，泄露 【1】

discourage [dis'kʌridʒ] *vt.* 使泄气，使失去信心 【1】

固定搭配 discourage sb. from doing sth. 劝阻某人做某事
persuade / encourage sb. to do sth. 劝服某人做某事

名师导学 discourage 只能做及物动词，但不能说 discourage (sb.) to do，可以说 discourage doing sth.。

discover [dis'kʌvə] *vt.* 发现；暴露，显示 【1】

discrepancy [dis'krepənsi] *n.* 矛盾，偏差，亏损 【1】

discussion [dis'kʌʃən] *n.* 讨论 【1】

dispatch [dis'pætʃ] *v.* 分派特定任务 *n.* 派遣 【1】

displace [dis'pleis] *vt.* 取代，替代；迫使……离开家园，使离开原位 【1】

disregard [ˌdisri'ga:d] *vt.* 忽视，忽略，漠视，不顾 *n.* 忽视，漠视 【1】

disrupt [dis'rʌpt] *vt.* 使混乱，使崩溃，使分裂，使瓦解 【1】

经典例句 The successive storms seriously disrupted the transportation in Beijing and consequently brought a series of car accidents.

译　文 连续不断的暴风雪严重干扰了北京的交通秩序，并随之导致了一系列的交通事故。

distance ['distəns] *n.* 距离，路程；远方，远处 【1】

固定搭配 at a distance 隔开一段距离
in the distance 在远处
keep distance with 与……保持距离

distribution [ˌdistri'bju: ʃən] *n.* 分配，分发，销售，分布

状态，区分，分类，发送，发行　　　　　　　　　【1】

domain [də'mein] *n.*（活动、思想等）领域，范围；领地，势力范围　　　　　　　　　　　　　　　　　　【1】

名师导学 该词源于拉丁语 dominium，意为"财产"，常见用法有 out of one's domain "不是某人的专长"；the domain of sth. "在某个领域" 等。

dome [dəum] *n.* 圆屋顶　　　　　　　　　　　【1】

domestic [də'mestik] *a.* 家里的，家庭的；国内的，国产的；驯养的　　　　　　　　　　　　　　　　　【1】

dominance ['dɔminəns] *n.* 统治；支配　　　　【1】

donate [dəu'neit] *v.* 捐赠，馈赠　　　　　　【1】

经典例句 President donated thousands of books to the local library and visited the local schools with his wife.

译　文 总统向当地的图书馆捐赠了上千本图书，并和夫人一起参观了当地的几所学校。

donation [dəu'neiʃən] *n.* 捐献，捐款　　　　【1】

doom [du:m] *vt.* 注定，命定　*n.* 厄运，劫数　【1】

经典例句 But last week the New Zealand Life Sciences Network accused Ingham of "presenting inaccurate, careless and exaggerated information" and "generating speculative doomsday scenarios（世界末日的局面）that are not scientifically supportable".

译　文 但上周新西兰生活科学网起诉英格海姆，控告他"提供不甚准确、草率而夸张的信息"以及"制造纯属臆测的缺乏科学依据的世界末日的局面"。

dreamy ['dri:mi] *a.* 心不在焉的，朦胧的　　　【1】

duplicate ['dju:plikeit] *vt.* 复制　*n.* 复制品，副本　【1】

经典例句 The problem, the scientists say, is that AI has been trying to separate the highest, most abstract levels of thought, like language and mathematics, and to duplicate them with logical, step-by-step programs.

译　文 科学家们认为，问题在于人工智能一直试图将最高级、最抽象的思维层次分离开来，如语言和数学思维，并利用逻辑程序逐步将这些思维复制。

durable ['djuərəbl] *a.* 耐久的　　　　　　　　【1】

经典例句 They are often more comfortable and more durable than civilian clothes.

译　文 它们要比平时穿的衣服更舒适耐用。

duration [djuə'reiʃən] *n.* 持续，持续时间　　【1】

earnest ['ə:nist] *a.* 认真的，热心的　　　　　【1】

经典例句　It is my earnest wish that you use this money to continue your study of music.

译　文　我诚挚地希望你用这笔钱继续学习音乐。

Easter [ˈiːstə] *n.* 复活节　【1】

ecology [i(ː)ˈkɔlədʒi] *n.* 生态学　【1】

经典例句　Chemicals in the factory's sewage system have changed the ecology of the whole area.

译　文　这座工厂排出的化学物质改变了整个地区的生态。

edit [ˈedit] *vt.* 编辑　【1】

element [ˈelimənt] *n.* 元素；成分，要素　【1】

eligible [ˈelidʒəbl] *a.* 有资格的；合格的，适宜的　【1】

经典例句　The number of mainland residents eligible for individual travel to Hong Kong has doubled to 150 million.

译　文　获得香港自由行签证的内地人士已翻倍至 1 亿 5000 万人。

embark [imˈbɑːk] *v.* 乘船，上船，搭载　【1】

名师导学　本词属于常考词汇，考生要注意相关短语 embark on（着手，开始做）。作为"上船"、"上飞机"的意思时，既可用做及物动词也可用做不及物动词。

经典例句　The new government embarked upon a program of radical economic reform.（2003 年）

译　文　新政府着手进行一项激进的经济改革计划。

embarrass [imˈbærəs] *vt.* 使窘迫，使困惑，使为难【1】

经典例句　She was embarrassed to see jogging in public.（1999 年）

译　文　在公共场合看慢跑她感到很窘迫。

emperor [ˈempərə] *n.* 皇帝　【1】

empire [ˈempaiə] *n.* 帝国　【1】

enclosure [inˈkləuʒə] *n.* 围住，围栏，四周有篱笆或围墙的场地　【1】

ending [ˈendiŋ] *n.* 终止，终了　【1】

endurance [inˈdjuərəns] *n.* 忍耐（力），持久（力），耐久（性）　【1】

endure [inˈdjuə] *vt.* 忍受，容忍　*vi.* 忍受，忍耐；持久，持续　【1】

energetic [ˌenəˈdʒetik] *a.* 精神饱满的，精力充沛的【1】

engage [inˈgeidʒ] *vt.* 使从事，使忙于；占用（时间等）；雇用，聘用；使订婚　*vi.* 从事于，参加　【1】

固定搭配　be engaged in 正忙于，从事于
　　　　　be engaged to 与……订婚

enhance [inˈhɑːns] *vt.* 提高；增强　【1】

enlighten [in'laitn] *vt.* 启发，开导 【1】

经典例句 I see teaching as an opportunity to enlighten students, not just inform them.

译 文 我认为教育是启迪学生的良机，而不只是传授他们知识。

enrich [in'ritʃ] *vt.* 使富裕，使丰富 【1】

enrollment [in'rəulmənt] *n.* 登记，注册，入伍，入会，入学 【1】

entail [in'teil] *vt.* 使承担，使成为必要，需要 【1】

经典例句 I didn't want to take on a job that would entail a lot of traveling.

译 文 我不想做需要经常出差的工作。

envelope ['enviləup] *n.* 信封，信皮 【1】

envy ['envi] *vt. / n.* 妒忌，羡慕 【1】

固定搭配 feel envy at / for 对……嫉妒

名师导学 envy, jealousy: envy *vt. / n.* 羡慕；jealousy *n.* 嫉妒

epidemic [.epi'demik] *n.* 传染病，流行病 *a.* 流行的，传染性的 【1】

epoch ['i:pɔk] *n.* 新纪元，时代，时期 【1】

erosion [i'rəuʒən] *n.* 腐蚀，侵蚀 【1】

经典例句 The sea has an important earth-shaping power, producing erosion through the action of the waves and tides.

译 文 通过波浪和潮汐的运动而产生侵蚀，海洋便有了造地的力量。

erupt [i'rʌpt] *v.* （火山等）迸发，爆发 【1】

经典例句 Violence erupted after police shot a student during the demonstration.

译 文 警察射杀了一名示威学生后，暴力活动爆发了。

essence ['esns] *n.* 本质，实质；精华，精粹 【1】

estate [i'steit] *n.* 不动产，财产 【1】

euro ['juərəu] *n.* 欧元 【1】

evident ['evidənt] *a.* 明显的，明白的 【1】

evoke [i'vəuk] *vt.* 唤起，引起，使人想起 【1】

经典例句 "Yuppies" usually evokes a negative image.

译 文 雅皮士通常让人想起反面形象。

evolution [.i:və'lu:ʃən, .evə-] *n.* 进化，演化；发展，渐进 【1】

excel [ik'sel] *v.* 优秀，胜过他人 【1】

exceptional [ik'sepʃənl] *a.* 例外的，异常的，特别的 【1】

excess [ik'ses, 'ekses] *n.* 超过；过分，过量 *a.* 过度的，额外的 【1】

第三周 低频词汇

固定搭配 in excess of 超过

to excess 过度，过分

exclude [iks'klu:d] vt. 把……除外，排斥 【1】

exempt [ig'zempt] v. 免除 a. 被免除的 【1】

exert [ig'zə:t] v. 尽（力），发挥，运用 【1】

exhaust [ig'zɔ:st] vt. 用尽，耗尽，竭力；使衰竭，使精疲力竭 n. 排气装置，废气 【1】

exit ['eksit, -zit] n. 出口；太平门 vi. / n. 退出，退场 【1】

extension [iks'tenʃən] n. 延长部分，扩大部分；伸展，扩大，延长；电话分机 【1】

exterior [eks'tiəriə] a. 外部的，外在的；表面的 【1】

经典例句 The exterior structure of the architecture is perfect.

译 文 这幢建筑的外部结构是完美的。

extinguish [iks'tiŋgwiʃ] vt. 熄灭，扑灭 【1】

经典例句 The news extinguished all hope of his return.

译 文 这些消息让他返回的希望破灭了。

extract [iks'trækt] vt. 取出，抽出，拔出；提取，提炼，榨取；获得，索取；摘录，抄录 n. 摘录，选段；提出物，精华，汁 【1】

fable ['feibl] n. 寓言 【1】

fabric ['fæbrik] n. 织物，纺织品；结构，组织 【1】

fabricate ['fæbrikeit] vt. 制造，建造，装配，伪造 【1】

经典例句 The woman said she fabricated her testimony because she thought she was going to get a $10,000 reward.

译 文 这个妇女说她编造了证词，因为她想她会获得一万美元的酬劳。

fabulous ['fæbjuləs] a. 寓言中的，神话般的，难以置信的 【1】

facial ['feiʃəl] a. 面部的 【1】

facility [fə'siliti] n. 便利；(pl.) 设备，工具 【1】

经典例句 In the meeting, the government officer promised an improvement in hospital and other health care facilities.

译 文 在会上，政府官员许诺在医院和其他医疗健康设备上进行改善。

faculty ['fækəlti] n. 才能，本领，能力；全体教师；院，系 【1】

固定搭配 have a faculty for sth. 有做某事的才能

经典例句 The average number of the faculty of law in every city is forty-five.

译 文 在每个城市中平均有 45 所法学院。

fade [feid] *vi.* 褪色；逐渐消失 【1】

faint [feint] *vi.* 发晕，昏过去 *a.* 微弱的，模糊的 【1】

faithful ['feiθful] *a.* 守信的，忠实的，翔实的，可靠的
n. 信徒 【1】

固定搭配 be faithful to=be devoted / loyal to 忠实于

famine ['fæmin] *n.* 饥荒 【1】

fancy ['fænsi] *n.* 想象（力）；爱好，迷恋 *a.* 别致的；异
想天开的 *v.* 想象，幻想；想要，喜欢；相信，猜想 【1】

固定搭配 take a fancy to 爱好，爱上
have a fancy for 热衷于

名师导学 后接动名词，不接不定式 fancy doing.

farewell ['fɛə'wel] *int.* 再会，别了 *n.* 告别 【1】

farther ['fɑːðə] *a. / ad.* 更远，进一步 【1】

fascinating ['fæsineitiŋ] *a.* 迷人的，醉人的 【1】

fasten ['fɑːsn] *v.* 扣紧，结牢，闩上 【1】

固定搭配 fasten … to=tie … to 把……拴在/系在/固定在……上
fasten one's eyes on 盯着

fatality [fə'tæliti] *n.* 命运决定的事物，不幸，灾祸，天命 【1】

favo(u)rite ['feivərit] *a.* 最喜爱的 *n.* 最喜爱的人或物 【1】

fax [fæks] *n.* 传真 *vt.* 发传真，把……传真给 【1】

经典例句 It's now a "global village" where countries are only
seconds away by fax or phone or satellite link.

译　文 当今的世界是一个"地球村"，国家之间如果用传
真或电话或卫星来联系的话，那只需几秒钟。

fellowship ['feləuʃip] *n.* 社团；（常指学术团体的）会员
资格；（大学中的）研究员职位，研究员薪金；伙伴关
系，交情 【1】

经典例句 Regular outings contribute to a sense of fellowship
among co-workers.

译　文 经常户外旅行有助于增强同事之间的友谊。

fiber/-bre ['faibə] *n.* 纤维，纤维质 【1】

fierce [fiəs] *a.* 猛的，凶恶的；猛烈的，强烈的 【1】

名师导学 fierce, violent, savage：fierce 指"有野蛮和残忍
的性质的，或极其可怕的、极为猛烈的"；violent 指"显
示巨大力量的，由巨大力量产生的，或暴力、强力（非
自然力）所致的"；savage 指"野蛮的，未驯服或培养
过的，或残暴的、易怒的"。

filter ['filtə] *n.* 过滤器，滤波器 *vt.* 过滤 【1】

flavo(u)r ['fleivə] *n.* 滋味，风味；情趣 【1】

flexibility [ˌfleksəˈbiliti] *n.* 柔韧性，弹性；（光的）折射性；灵活性 【1】

flip [flip] *n.* 轻抛，轻拍 *vt.* 掷，弹，轻击 *vi.* 用指轻弹，翻动书页（或纸张）*a.* 无礼的，冒失的，轻率的 【1】

flour [ˈflauə] *n.* 面粉，粉状物 【1】

fluid [ˈflu(ː)id] *a.* 流动的，流体的；液体的 *n.* 流体，液体 【1】

foil [fɔil] *n.* 箔，金属薄片，烘托，衬托 *vt.* 阻止，挫败 【1】

fold [fəuld] *v.* / *n.* 折叠；合拢，褶痕 【1】
固定搭配 fold...in one's arms 把……抱住

forecast [ˈfɔːkɑːst] *vt.* / *n.* 预测，预报 【1】

formation [fɔːˈmeiʃən] *n.* 构成；组织，形成物；地岩层 【1】

formidable [ˈfɔːmidəbl] *a.* 强大的，令人敬畏的，可怕的，艰难的 【1】

fragment [ˈfrægmənt] *n.* 碎片，小部分，片断 【1】

frame [freim] *n.* 框架，框子；骨架，体格 *vt.* 装框子 【1】

freeze [friːz] *v.* 结冰，凝固 【1】
联想记忆 liquefy *v.* 液化 vaporize *v.* 汽化 solidify *v.* 凝固 boil *v.* 煮沸 steam *v.* 蒸发

frequency [ˈfriːkwənsi] *n.* 频繁；频率 【1】

fringe [frindʒ] *n.* 边缘；刘海 *v.* 在……加上边饰 *a.* 边缘的，附加的 【1】

frustrate [frʌsˈtreit] *vt.* 破坏，阻挠；使失败，使泄气 【1】
经典例句 After three hours' frustrating delay, the train at last arrived.
译　文 经过 3 个小时令人厌烦的耽搁后，火车终于到达了目的地。

furious [ˈfjuəriəs] *a.* 狂怒的；猛烈的 【1】
经典例句 Although John completed his assignments quickly and successfully, he was furious when he learned that the boss had deliberately assigned him a difficult client.
译　文 虽然约翰迅速并顺利地完成了他的任务，但是当他知道老板是有意给他安排了一个棘手的客人时，他就愤怒了。

fusion [ˈfjuːʒən] *n.* 熔化，熔解，熔合，熔接 【1】

gauge [geidʒ] *v.* 精确计量；估计 *n.* 标准度量；计量器 【1】
经典例句 My car's gas gauge indicated that there was little

第三周 低频词汇

gas left.

译文 我车上的汽油表显示剩下的油不多了。

gigantic [dʒaiˈgæntik] a. 巨人般的，巨大的 【1】

glide [glaid] n. / vi. 溜，滑行 【1】

经典例句 A swan glided across the surface of the lake.

译文 一只天鹅滑翔过湖面。

gloomy [ˈgluːmi] a. 抑沉的，忧闷的 【1】

golf [gɔlf] n. 高尔夫球 【1】

经典例句 His favourite sport is to play golf.

译文 他最喜爱的运动是打高尔夫球。

gorgeous [ˈgɔːdʒəs] a. 华丽的，漂亮的 【1】

经典例句 I love your dress! It's such a gorgeous color!

译文 我喜欢你的衣服！颜色太美了。

govern [ˈgʌvən] v. 统治，治理；支配，影响 【1】

grace [greis] n. 优美，雅致；(pl.) 风度，魅力 【1】

graceful [ˈgreisful] a. 优美的，文雅的 【1】

grade [greid] n. 等级，级别，年级；分数，成绩 vt. 分级，记成绩 【1】

固定搭配 make the grade 达到标准，成功

gradual [ˈgrædjuəl] a. 逐渐的，逐步的 【1】

gram(me) [græm] n. 克 【1】

grammar [ˈgræmə] n. 语法；语法书 【1】

grand [grænd] a. 重大的，主要的；宏大的，盛大的；伟大的，崇高的 【1】

名师导学 grand, magnificent, splendid: grand 指超人的成就或品质使人感到崇高而伟大，也可指规模宏大，使人感到庄严雄伟；magnificent 指风景、宝石、建筑物的壮丽堂皇；splendid 指才能、成就出众的人，雄伟、辉煌的物或事。

granted [grantid] 就算是；但是 【1】

grass [grɑːs] n. 草，牧草 【1】

grateful [ˈgreitful] a. 感激的，感谢的 【1】

固定搭配 be / feel grateful to sb. for sth. 因某事而感激某人

gravity [ˈgræviti] n. 重力，引力；严肃，庄重 【1】

grid [grid] n. 格栅，格子 【1】

grip [grip] vt. 紧握，抓牢 n. 紧握，抓牢；掌握，控制【1】

固定搭配 come / get to grips with 努力对付；认真处理

be at grips with 在与……搏斗；在认真对付/处理

lose one's grip 失去控制

guy [gai] n. 家伙，人 【1】

hamper ['hæmpə] vt. 阻碍，妨碍；牵制，危害 【1】

经典例句 Nobody wants to hamper the efforts of the police to get on top of the terrorists.

译　文　没有人会妨碍警方对付恐怖分子的努力。

handbag ['hændbæg] n.（女用）手提包；（旅行用）手提包 【1】

handful ['hændful] n. 一把，一小撮 【1】

handset ['hændset] n.（电话）听筒，手机 【1】

harden ['ha:dn] vt. 硬化，变硬 【1】

hardy ['ha:di] a. 强壮的，吃苦耐劳的，坚强的,（植物等）耐寒的 【1】

harmonious [ha: 'məunjəs] a. 和谐的，协调的，和睦的，悦耳的 【1】

harmony ['ha:məni] n. 和谐，和睦，融洽 【1】

固定搭配 in harmony with（与……）协调一致；（与……）和睦相处

联想记忆 in accordance with, in agreement with（与……）协调一致,（与……）和睦相处

经典例句 Design criteria include harmony of colour, texture, lighting, scale, and proportion.

译　文　设计的准则包括了色彩、材质、照明、比例的协调。

harness ['ha:nis] vt. 治理，利用 【1】

haste [heist] n. 急忙，急速 【1】

固定搭配 in haste＝in a hurry 急忙，慌忙

经典例句 More haste, less speed.

译　文　欲速则不达。

heal [hi:l] v. 治愈，愈合 【1】

固定搭配 heal sb. of sth. 治愈某人的病

联想记忆 cure sb. of sth. 治愈某人

hollow ['hɔləu] a. 空的，中空的；空洞的，空虚的 【1】

hook [huk] n. 钩，钩状物 vt. 钩住 【1】

horizon [hə'raizn] n. 地平线；眼界，见识 【1】

固定搭配 on the horizon 即将发生的

humble ['hʌmbl] a. 低下的，卑贱的；恭顺的，谦卑的 【1】

名师导学 humble, modest：两词都有谦逊之意。humble 强调对自己的成就不自满的品德，有时也可以指自感卑微；modest 更强调人的谦虚，无自卑、恭顺之意。

humo(u)rous ['hju:mərəs] a. 幽默的 【1】

hungry ['hʌŋgri] a. 饥饿的；渴望的 【1】

固定搭配 be hungry for sth.渴求

Saturday

haunt [hɔ:nt] *n.* 常到之处，出没处 *vt.* 常去，常到，出没 【1】

经典例句 This is one of the cafes I used to haunt.

译 文 这是我以前常去的一家咖啡馆。

heighten ['haitn] *v.* 增高，提高，加强 【1】

heritage ['heritidʒ] *n.* 世袭财产，遗产 【1】

经典例句 They also visit China regularly in order to imbibe its splendors and rich heritage.

译 文 他们也不时走访中国，欣赏壮观的自然风景和认识丰富的文化遗产。

HIV *abbr.* 人体免疫缺损病毒，艾滋病病毒 【1】

horror ['hɔrə] *n.* 恐怖；战栗 【1】

经典例句 He is the stereotyped monster of the horror films.

译 文 他是恐怖电影中老一套的怪物。

humankind ['hju:mənkaind] *n.* 人类 【1】

humidity [hju:'miditi] *n.* 湿度 【1】

经典例句 Store the camera away from humidity and in a dust-free place.

译 文 要把相机置于干燥、无尘的地方。

hurl [hə:l] *vt.* 猛投，用力掷；大声叫骂 【1】

经典例句 He hurled the brick through the window to show his resentment.

译 文 他用力把砖头从窗户投进去以此表示自己的愤怒。

hurricane ['hʌrikən, -kin] *n.* 飓风 【1】

经典例句 The hurricane flung their motor boat upon the rocks.

译 文 飓风把他们的摩托艇抛到岩石上。

ignorant ['ignərənt] *a.* 无知的，愚昧的；不知道的 【1】

固定搭配 be ignorant of / that ... 不知道，不了解

名师导学 ignorant, innocent：两词都有"无知的"意思。ignorant 指对某种情况"不知道的，不了解的"；innocent 指由于缺乏头脑产生的"无知的，幼稚的"。

illegal [i'li:gəl] *a.* 不合法的，非法的 【1】

经典例句 Selling cigar without a license is illegal.

译 文 无执照就销售雪茄烟是违法的。

imaginative [i'mædʒinətiv] *a.* 富有想象力的，爱想象的 【1】

经典例句 She is a very imaginative student. She's always talking about traveling to outer space.

| 译　文 | 她是一个富有想象力的学生，总是谈论关于遨游外太空的事情。 | |

immense [i'mens] *a.* 巨大的，广大的　【1】

immigrant ['imigrənt] *n.* 移民，侨民　*a.* 移民的　【1】

impulse ['impʌls] *n.* 冲动，驱使　*vt.* 推动　【1】

固定搭配　on impulse 一时冲动
give an impulse to sth. 促进

经典例句　In fact as he approached this famous statue, he only barely resisted the impulse to reach into his bag for his camera.

| 译　文 | 实际上，当他走进这座著名雕像时，他差点忍不住冲动从包里拿出照相机来。 | |

inch [intʃ] *n.* 英寸　【1】

固定搭配　every inch 完全，彻底

incompatible [,inkəm'pætəbl] *a.* 不相容的，矛盾的，不能和谐共存的 (with)　【1】

indication [,indi'keiʃən] *n.* 指示，表示；暗示　【1】

inevitable [in'evitəbl] *a.* 不可避免的，必然的　【1】

infection [in'fekʃən] *vt.* 传染，感染；传染病　【1】

infinite ['infinit] *a.* 无限的，无穷的　【1】

installation [,instə'leiʃən] *n.* 安装，设置　【1】

instrument ['instrumənt] *n.* 仪器，工具，乐器　【1】

insure [in'ʃuə] *vi.* 保险，替……保险；保证　【1】

固定搭配　insure sb. / sth. against
给某人或某物保险以防……

联想记忆　assure sb. of sth. / that 使某人确信　convince sb. of sth., ensure sth. 确保某事　make sure that 保证

intellect ['intilekt] *n.* 理智，智力；有才智的人　【1】

经典例句　To show enthusiasm is to risk appearing unscientific, unobjective; it is to appeal to the students' emotions rather than their intellect.

| 译　文 | 表现活跃的课堂气氛就得冒似乎不科学、不客观的险，因为它只会调动学生的情绪，而不能提高他们的智力。 | |

interference [,intə'fiərəns] *n.* 干涉，冲突　【1】

interior [in'tiəriə] *a.* 内部的，里面的；内地的　*n.* 内部，内地　【1】

internal [in'tə:nl] *a.* 内的，内部的；国内的，内政的　【1】

interpretation [in,tə:pri'teiʃən] *n.* 解释，阐明　【1】

interrupt [,intə'rʌpt] *vt.* 打断，打扰，断绝，中断　【1】

名师导学　bankrupt, corrupt, interrupt: bankrupt 意为"破产的"；corrupt 意为"贪污的"；interrupt 意为"中断，打断"。

intersection [,intə(:)'sekʃən] *n.* 横断，交叉，交点，交

第三周　低频词汇

叉线 【1】

interval [ˈintəvəl] *n.* 间隔，间歇 【1】

固定搭配 **at intervals** 有时，不时，时时

at an interval of 间隔/间距（多长时间/多远）

intimate [ˈintimit] *a.* 亲密的，密切的 【1】

invitation [ˌinviˈteiʃən] *n.* 邀请，招待；请柬 【1】

固定搭配 **at the invitation of sb.** 应某人邀请

iron [ˈaiən] *n.* 铁；烙铁，熨斗 *v.* 烫（衣），熨平 【1】

irrigate [ˈirigeit] *vt.* 灌溉，修水利 *vi.* 进行灌溉 【1】

journalism [ˈdʒə:nəlizəm] *n.* 新闻工作，新闻业 【1】

journalist [ˈdʒə:nəlist] *n.* 记者，新闻工作者 【1】

judg(e)ment [ˈdʒʌdʒmənt] *n.* 审判，判决；判断力，识别力；意见，看法，判断 【1】

judicial [dʒu(:)ˈdiʃəl] *a.* 司法的，法庭的，审判的；明断的，公正的 【1】

kidnap [ˈkidnæp] *vt.* 诱拐，绑架 【1】

经典例句 Terrorists kidnapped the minister and demanded $10,000 from the government for his release.

译 文 恐怖分子绑架了部长并向政府要一万美元赎金。

kit [kit] *n.* 用具包，旅行行装 【1】

经典例句 The soldiers packed their kit for the journey.

译 文 士兵们整理他们的装备，准备行军。

knot [not] *n.* 结；节，海里 【1】

固定搭配 **cut the knot** 快刀斩乱麻

经典例句 In the past, people usually tie a knot in a piece of string.

译 文 过去，人们经常在一根绳子上打结。

knowledgeable [ˈnɔlidʒəbl] *a.* 知识渊博的，有见识的

【1】

lamp [læmp] *n.* 灯 【1】

latitude [ˈlætitju:d] *n.* 纬度；(*pl.*) 纬度地区 【1】

经典例句 The test of any democratic society lies not in how well it can control expression but in whether it gives freedom of thought and expression the widest possible latitude.

译 文 任何社会的民主，不在于它对言论的控制，而在于是否给予了人们思考和表达的最广泛的自由。

launch [lɔ:ntʃ, la:ntʃ] *vt.* 发射；下水；开始，发起 *n.* 发射；下水 【1】

固定搭配 **launch an attack on / against** 对……发动进攻

lawful [ˈlɔ:fəl] *a.* 法律许可的，守法的，合法的 【1】

lawn [lɔ:n] *n.* 草地，草坪 【1】

leak [li:k] *vi.* 漏，渗；泄露，走漏 *n.* 漏洞，裂缝；泄露

【1】

经典例句	There's a leak in the roof-the rain's coming in.
译　文	房顶有个漏洞，雨从中漏了进来。
经典例句	He leaked the news to the press.
译　文	他把消息透露给了新闻界。

legend ['ledʒənd] *n.* 传说，传奇；传奇文学；传奇性人物或事件

| 经典例句 | He has been a legend for centuries for his heroic deeds. |
| 译　文 | 几个世纪以来，他由于自己的英勇事迹而成为传奇人物。 |

legislator ['ledʒis,leitə] *n.* 立法者　【1】

liberate ['libəreit] *vt.* 解放；释放　【1】

limitation [,limi'teiʃən] *n.* 缺陷，限额，限制　【1】

名师导学　limit, limitation: limit 常用复数，表示"界限，极限"，指在一定范围内人或物不得或无法超越的限制、界限或极限；limitation 指外来干涉因素（如法律、环境、风俗习惯等）对人或物所实施的限制或约束，用作复数时，指智力、能力等的局限或缺陷。

literacy ['litərəsi] *n.* 识字，有文化，读写能力　【1】

| 经典例句 | Despite almost universal acknowledgement of the vital importance of women's literacy, education remains a dream for far too many women in far too many countries of the world. |
| 译　文 | 尽管几乎全世界都承认妇女识字的重要性，但是在很多的国家，教育仍然是很多妇女的梦想。 |

literally ['litərəli] *ad.* 确实地，毫不夸张地；照字面意，逐字地　【1】

literature ['litəritʃə] *n.* 文学，文学作品；文献　【1】

固定搭配　**contemporary literature** 当代文学

　　　　　light literature 通俗文学

loan [ləun] *n.* 贷款　*v. / n.* 借出　【1】

联想记忆　**on loan** 暂借的（地）

log [lɔg] *n.* 原木，木料　【1】

固定搭配　**log in** 进入计算机系统

　　　　　log out 退出计算机系统

loyalty ['lɔiəlti] *n.* 忠诚，忠心　【1】

magic ['mædʒik] *n.* 魔法，巫术；戏法　【1】

magnetic [mæg'netik] *a.* 磁的，有吸引力的　【1】

magnificent [mæg'nif isnt] *a.* 壮丽的；华丽的　【1】

magnify ['mægnifai] *vt.* 放大，扩大；夸张　【1】

| 经典例句 | He tried to magnify the part he played in the battle. |

译　文　他想夸大他在那场战斗中所起的作用。

magnitude ['mæɡnitju:d] *n.* 巨大，重大；大小，数量　【1】

maintenance ['meintinəns] *n.* 维持，保持；维修　【1】

majesty ['mædʒisti] *n.* [M-] 陛下，（对帝王、王后的尊称）　【1】

manifest ['mænifest] *a.* 明显的，显然的，明了的　*vt.* 明显地表示，表明，证明；使显现，使显露　【1】

名师导学　注意区分此词和几个常用同义词的区别：manifest 指让隐蔽的事物明白地表现出来，常接抽象名词；show 为最普通用词，表示说明的意思；demonstrate 指通过实例、实验来推理证明。

manual ['mænjuəl] *a.* 用手的，手工的；体力的　*n.* 手册　【1】

manuscript ['mænjuskript] *n.* 手稿，原稿　【1】

经典例句　The 215-page manuscript, circulated to publishers last October, sparked an outburst of interest.

译　文　去年10月传到出版商那里的215页手稿激发起他们浓厚的兴趣。

marsh [mɑ:ʃ] *n.* 沼泽，湿地　【1】

mature [mə'tjuə] *a.* 成熟的，考虑周到的　*v.* （使）成熟，长成　【1】

名师导学　mature, ripe: mature 用于人时，指生理和智力发展到了成年，用于物时，指机能发展到可以开花结果，还可指想法、意图等"经过深思熟虑的"；ripe 用于物时，指植物的果实完全成熟，可以食用，也可指时机"成熟的，适宜的"。

maturity [mə'tjuəriti] *n.* 成熟；完成；到期　【1】

mayor [mɛə] *n.* 市长　【1】

messenger ['mesindʒə] *n.* 送行者，使者，传令兵　【1】

midst ['midst] *n.* 中间　*prep.* 在……中间　【1】

mild [maild] *a.* 温暖的，暖和的；温和的，温柔的；（烟、酒）味淡的　【1】

mine [main] *pron.* （所有格）我的　*n.* 矿，矿山，矿井　*vt.* 采掘，开矿　【1】

minimize ['minimaiz] *vt.* 使减少到最少，使降到最低　【1】

minimum ['miniməm] *n.* 最小量，最低限度　*a.* 最小的，最低的　【1】

miracle ['mirəkl] *n.* 奇迹，令人惊奇的人/事　【1】

missing ['misiŋ] *a.* 失去的，失踪的　【1】

modem ['məudəm] n. 调制解调器 【1】

modernization [ˌmɔdənaiˈzeiʃən] n. 现代化 【1】

modest ['mɔdist] a. 端庄的, 朴素的; 谦虚的, 谦逊的 【1】

moist [mɔist] a. 湿润的, 潮湿的 【1】

经典例句 The thick steam in the bathroom had made the walls moist.

译 文 浴室内很浓的水蒸气把墙壁弄潮了。

morality [mɔˈræliti] n. 道德, 美德 【1】

motel [məuˈtel] n. 汽车旅馆 【1】

mount [maunt] vt. 登上, 爬上, 骑上; 装配, 固定, 镶嵌 n. 支架, 底座, 底板 【1】

名师导学 mount, ascend, climb: mount 一步一步向上移动, 可与抽象名词连用; ascend 指不一定很费力气地向上爬或上升, 从不与抽象名词连用; climb 指费劲或曲折地向上爬。

mud [mʌd] n. 泥, 泥浆 【1】

联想记忆 muddy a. 多泥的, 泥状的; 浑浊的, 模糊的

名师导学 见 earth。

multinational [mʌltiˈnæʃn(ə)l] a. 多国的, 跨国公司的, 多民族的 n. 跨国公司, 多国籍公司 【1】

municipal [mju(:)ˈnisipəl] a. 市政的, 市立的, 地方性的, 地方自治的 【1】

经典例句 It was moreover a step away from individual initiative, towards collectivism and municipal and state-owned business.

译 文 而且这也是公司摆脱个人主导, 走向集体化和向市营、国营迈出的一步。

nail [neil] n. 钉; 指甲, 爪 vt. 钉, 使牢固 【1】

固定搭配 nail down 确定

narrative ['nærətiv] n. 叙述, 故事 a. 叙述的, 叙事的, 故事体的 【1】

nasty ['nɑ:sti] a. 极令人不快的; 很脏的; 危险的 【1】

名师导学 和该词意思相反的是 pleasant (愉快的, 可爱的)。

navigate ['nævigeit] v. 航行; 驾驶 【1】

necessity [niˈsesiti] n. 必要性, 必然性; 必需品 【1】

固定搭配 of necessity 无法避免地, 必定

名师导学 necessity 所接的表语从句或同谓语从句的谓语常用 "(should) +动词原形", 表虚拟语气。

negotiate [niˈgəuʃieit] v. 谈判, 交涉, 商议 【1】

固定搭配 negotiate with sb. about / over / on / for sth. 与某人谈判某事

nicely ['naisli] *ad.* 很好地；精确地，细微地 【1】

nitrogen ['naitrədʒən] *n.* 氮 【1】

nonprofit ['nɔn'prɔfit] *a.* 非营利的 【1】

nonsense ['nɔnsəns] *n.* 胡说，废话 【1】

固定搭配 speak / talk nonsense 胡说八道

经典例句 The teacher had to put up with a great deal of nonsense from the new students.

译 文 教师不得不忍受新学生的许多废话。

noticeable ['nəutisəbl] *a.* 显而易见的，显著的，值得注意的 【1】

notify ['nəutifai] *v.* 通知，通告，报告 【1】

nursery ['nə:səri] *n.* 护理，养育，喂奶 【1】

obedient [ə'bi:djənt, -diənt] *a.* 服从的，孝顺的 【1】

obligation [ˌɔbli'geiʃən] *n.* 义务；职责；责任 【1】

固定搭配 be under an / no obligation (to do sth.)

　　　　 （没）有义务（做某事）

occasional [ə'keiʒnəl] *a.* 偶然的，不时的 【1】

occurrence [ə'kʌrəns] *n.* 发生，出现，事件 【1】

offensive [ə'fensiv] *a.* 极讨厌的，令人作呕的；进攻的 【1】

operator ['ɔpəreitə] *n.* 操作人员；（电话）接线员 【1】

oppress [ə'pres] *v.* 使（心情等）沉重，使烦恼，压迫，压制某人 *vt.* 压迫，压制 【1】

optical ['ɔptikəl] *a.* 光学的，光的；视觉的，视力的 【1】

optimum ['ɔptiməm] *n.* 最适合条件，最佳效果，最优化 【1】

经典例句 Provides optimum conditions for greatest possible driving safety.

译 文 提供最佳驾驶条件，保证最高程度的驾驶安全。

经典例句 If you wait for the optimum moment to act, you may never begin your project.

译 文 如果你一味等待最佳行动时机，那你可能永远不会着手你的计划。

oriental [ˌɔ(:)ri'entl] *n.* 东方人 *a.* 东方诸国的，亚洲的，东方的 【1】

original [ə'ridʒənl] *a.* 最初的，原始的，原文的；新颖的，有独创性的 【1】

经典例句 Internet was originally designed to promote education.

译 文 因特网最初是为普及教育而设计的。

originality [əˌridʒi'næliti] *n.* 创意，新奇；原始 【1】

ornament ['ɔ:nəmənt] *n.* 装饰，装饰品　*vt.* 装饰　【1】
经典例句　The Christmas tree was decorated with shining ornaments such as colored lights and glass balls.
译　　文　圣诞树上装饰了诸如彩灯和玻璃球之类的闪亮的装饰品。

outdate [aut'deit] *vt.* 使过时　　　　　　　　【1】
outdoor(s) [aut'dɔ:z] *ad.* 户外，野外　*a.* 户外的，野外的　　　　　　　　　　　　　　　【1】

outstanding [aut'stændiŋ] *a.* 突出的，显著的　【1】
名师导学　许多形容词是由动词加 ing 的或加 ed 构成，加 ing 表示其本身的性质，加 ed 表示使人如何。

overnight ['əuvə'nait] *ad.* 一夜间，一下子　【1】
overstate ['əuvə'steit] *vt.* 夸大的叙述，夸张　【1】
overtime ['əuvətaim] *a.* 超时的，加班的　*ad.* 加班地　　　　　　　　　　　　　　　【1】

overturn [,əuvə'tə:n] *v.* （使）推翻，（使）颠倒　【1】
palm [pɑ:m] *n.* 手掌　　　　　　　　　　【1】
固定搭配　**palm off** 用欺骗手段把……卖掉
　　　　　grease / oil one's palm 贿赂某人
　　　　　have an itching palm 贪财
　　　　　in the palm of one's hand 在某人完全控制之下
　　　　　know sth. like the palm of one's hand 对某事了如指掌

particle ['pɑ:tikl] *n.* 粒子，微粒　　　　　【1】
经典例句　There is not a particle of doubt.
译　　文　一丝怀疑都没有。

patent ['peitənt, 'pætənt] *n.* 专利权，专利品　*a.* 特许的，专利的　*vt.* 取得……的专利权，请准专利　【1】
经典例句　Communications technology is generally exported from the U.S., Europe, or Japan; the patents skills and ability to manufacture remain in the hands of a few industrialized countries.
译　　文　通讯技术一般是由美国、欧洲和日本出口的，专利技术技能和制造能力掌握在一些工业化国家手中。

patriotism ['pætriətizəm, 'pei-] *n.* 爱国精神，爱国心，爱国主义　　　　　　　　　　　　　　　【1】
peasant ['pezənt] *n.* 农民　　　　　　　　【1】
peculiar [pi'kju:ljə] *a.* 特殊的，独特的；古怪的　【1】
固定搭配　be peculiar to 是……所特有的
联想记忆　specific to 特有的　proper to 特有的，固有的
perceive [pə'si:v] *vt.* 察觉，感知；理解，领悟　【1】

perfection [pəˈfekʃən] *n.* 完全，完美；完成，改善 【1】

固定搭配 **to perfection** 完美地，尽善尽美地，完全地

persistent [pəˈsistənt] *a.* 坚持的，百折不挠的；固执的 【1】

petition [piˈtiʃən] *n.* 请愿，祈求，请愿书 *v.* 请愿，祈求 【1】

经典例句 The townspeople sent a petition to the government asking for electric light for the town.

译　文 市民向政府递交请愿书，要求为该镇安装电灯。

petroleum [piˈtrəuliəm] *n.* 石油 【1】

petty [ˈpeti] *a.* 不重要的，次要的；渺小的，偏狭的；地位低下的 【1】

经典例句 The stifling atmosphere of the royal court, with all its petty restrictive rules.

译　文 宫廷里的气氛令人窒息，因为那有各种繁文缛节。

plague [pleig] *n.* 瘟疫；麻烦，苦恼，灾祸 *vt.* 折磨，使苦恼 【1】

platform [ˈplætfɔ:m] *n.* 台，讲台；站台，月台；平台 【1】

plead [pli:d] *v.* 请求，恳求 【1】

经典例句 Your youth and simplicity plead for you in this instance.

译　文 在这种情况下你的年轻和单纯成为有力的辩护。

pleased [pli:zd] *a.* 高兴的，满足的 【1】

plunge [plʌndʒ] *vt.* 跳入，（使）投入，（使）陷入；猛冲 【1】

固定搭配 **plunge into** 冲入，投入

take the plunge（经过踌躇）决定冒险一试，采取决定性步骤

联想记忆 dive into, sink into, throw into 投入

经典例句 He made a headlong plunge into the river.

译　文 他一头栽进河里。

polar [ˈpəulə] *a.* 两极的 【1】

联想记忆 pole 极

经典例句 Love and hatred are polar feelings.

译　文 爱与恨是完全相反的感情。

politician [pɔliˈtiʃən] *n.* 政治家，政客 【1】

politics [ˈpɔlitiks] *n.* 政治；政见，政纲 【1】

portrait [ˈpɔ:trit] *n.* 肖像，画像 【1】

portray [pɔ:ˈtrei] *vt.* 描写，描绘；扮演，饰演 【1】

经典例句 He was sweating through every pore.

译　文 他每个毛孔都在冒汗。

pose [pəuz] *v.* 摆好姿势；提出（问题） *n.* 姿势 【1】

practicable ['præktikəbl] *a.* 能实行的，行得通的，可以实行的 【1】

prayer [prɛə] *n.* 祈祷，祷告，祷文 【1】

precaution [pri'kɔ:ʃən] *n.* 预防，留心，警戒 *vt.* 预告警告 【1】

经典例句 Our first priority is to take every precaution to protect our citizens at home and around the world from further attacks.

译　文 我们首要任务是采取每一个预防措施，以保证我们的市民不论在家还是在世界各处都不再受到袭击。

precise [pri'sais] 精确的，准确的 【1】

precision [pri'siʒən] *n.* 精确，精密度 【1】

preclude [pri'klu:d] *v.* 排除；阻止；妨碍 【1】

predominant [pri'dɔminənt] *a.* 卓越的，支配的，主要的，突出的，有影响的 【1】

premise ['premis] *n.* 前提，根据 【1】

经典例句 Advice to investors was based on the premise that interest rates would continue to fall.

译　文 给予投资者的建议是以利率将继续下降这一点为前提的。

premium ['primjəm] *n.* 奖赏，奖金/品，佣金；（利息，工资等以外的）酬金；额外的费用 【1】

固定搭配 put / place a premium on sth. 高度评价，重视
pay a premium for 付……佣金
at a premium 奇缺的，难得的

经典例句 Among the many shaping factors, I would single out the country's excellent elementary schools; the practice of giving premiums to inventors; and above all the American genius for nonverbal, "spatial" thinking about technological things.

译　文 在诸多形成因素中，我想特别指出国家的优异的初等教育；给发明者以奖励的做法；尤其是美国人在处理技术问题时所具有的非语言的空间思维天赋。

prescribe [pris'kraib] *vt.* 开处方，开药；规定，指示 【1】

经典例句 The doctor prescribed his patient a receipt.

译　文 医生给病人开了一张药方。

preside [pri'zaid] *v.* 主持 【1】

presumably [pri'zju:məbli] *ad.* 推测上，大概 【1】

presumption [pri'zʌmpʃən] *n.* 假定 【1】

pretend [pri'tend] *vt.* 假托，假装 【1】

prevail [pri'veil] *vi.* 取胜，占优势；流行，盛行 【1】

固定搭配 **prevail over / against** 战胜，压倒

prevail in / among 流行，普遍存在

prevail on / upon sb. to do sth. 劝说某人做某事

princess [prin'ses, 'prinses] *n.* 公主，王妃 【1】

probability [,prɔbə'biliti] *n.* 可能性；概率 【1】

固定搭配 **in all probability** 十有八九，很可能

经典例句 A fall in interest rates is a probability in the present economic climate.

译 文 从目前的经济形势看，很有可能降低利率。

probe [prəub] *n.* 探针，探测器 *vt.* 穿刺；探察，查究，调查 【1】

固定搭配 **probe into** 调查，探索

经典例句 The newspaper report probing into the activities of drug has attracted widespread attention.

译 文 报上这篇调查毒品交易活动地报道，引起了广泛关注。

proceed [prə'si:d] *vi.* 继续进行 【1】

固定搭配 **proceed to do sth.** 继续做（另一件事）

proceed with sth. 继续进行

联想记忆 go on to do sth., go on doing sth., continue sth. / to do sth., keep on doing sth., keep on with sth. 继续做

proclaim [prə'kleim] *vt.* 宣布，声明；表明 【1】

经典例句 Early in the age of affluence that followed World War II, an American retailing analyst named Victor Lebow proclaimed, "Our enormously productive economy demands that we make consumption our way of life."

译 文 二战后的富裕时代早期，一位叫 Victor Lebow 的零售业分析家宣称，"我们巨大的生产力，要求我们把消费作为生活方式。"

productivity [,prɔdʌk'tiviti] *n.* 生产力，生产能力 【1】

经典例句 Raise labor productivity, land productivity and utilization rate of the resources.

译 文 提高劳动生产率、土地生产力和资源利用率。

profile ['prəufail] *n.* （面部或头部的）侧面（像）；传略，人物简介；轮廓，形象；姿态，引人注目的状态 *vt.* 为……描绘（轮廓等），写……的传略（或概括） 【1】

prolong [prə'lɔŋ] *vt.* 延长，拉长，拖延 【1】

经典例句 On another level, many in the medical community acknowledge that the assisted-suicide debate has been fueled in part by the despair of patients for whom modern medicine has prolonged the physical agony of dying.

译　文　另一方面，医学界许多人承认，致使医助自杀这场争论升温的部分原因是由于病人们的绝望情绪，对于这些病人来说，现代医学延长了临终前肉体上的痛苦。

prompt [prɔmpt] *a.* 敏捷的，迅速的，即刻的　*vt.* 促使，推动　【1】

固定搭配　be prompt in sth. / doing sth. 在……方面敏捷的/在做……方面敏捷的

pronunciation [prəˌnʌnsiˈeiʃən] *n.* 发音，发音方法　【1】

propel [prəˈpel] *vt.* 推进，驱使　【1】

经典例句　Under the guidance of their teacher, the pupils are building a model boat propelled by steam.

译　文　在老师的指导下，学生们正在造一艘由蒸汽推动的模型船。

prophet [ˈprɔfit] *n.* 先知；预言者；预言书　【1】

经典例句　I'm afraid I'm no weather prophet.

译　文　我可不会预测天气。

prosecute [ˈprɔsikjuːt] *vt.* 实行，从事；告发，起诉　*vi.* 告发，起诉，做检察官　【1】

固定搭配　prosecute sb. (for sth./ doing sth.) 因某事检举，告发某人

经典例句　He was prosecuted for exceeding the speed limit.

译　文　他因超速行驶而被起诉。

prosecution [ˌprɔsiˈkjuːʃən] *n.* 实行；经营；起诉　【1】

prospective [prəˈspektiv] *a.* 预期的　【1】

province [ˈprɔvins] *n.* 省　【1】

provision [prəˈviʒən] *n.* 供应，提供，供给；准备，防备　【1】

provoke [prəˈvəuk] *vt.* 挑动，激发，招惹　【1】

固定搭配　provoke sb. to do, provoke sb. into doing 激起某人做某事

publicity [pʌbˈlisiti] *n.* 众所周知，闻名；宣传，广告　【1】

名师导学　publicity, publication: publicity 公开，周知；publication 发表，公布，出版。

publicize [ˈpʌblisaiz] *v.* 宣扬；引人注意；广为宣传；推销　【1】

pudding [ˈpudiŋ] *n.* 布丁　【1】

经典例句　This is a mixture with a soft pudding like consistency.

译　文　这是一种柔软且像布丁一样黏稠的混合物。

第三周　低频词汇

punctual [ˈpʌŋktjuəl] *a.* 准时的，正点的 【1】

quart [ˈkwɔːt, ˈkwɔːrt] *n.* 夸脱（容量单位）【1】

quarterly [ˈkwɔːtəli] *a. / ad.* 季度的/地 *n.* 季刊 【1】

联想记忆 quarter 四分之一

经典例句 I receive quarterly bank statements.

译 文 我每个季度收到一份银行结单。

quote [kwəut] *vt.* 引用，援引 【1】

经典例句 He quotes the Bible.

译 文 他引用《圣经》的话。

rainbow [ˈreinbəu] *n.* 虹，彩虹 【1】

rally [ˈræli] *v.* 集合，重整；恢复（元气），振作（精神）
n. 群众集会；汽车拉力赛 【1】

ratio [ˈreiʃiəu] *n.* 比率，比 【1】

realization [ˌriəlaiˈzeiʃən] *n.* 实现；认识到，深刻理解 【1】

固定搭配 have a full realization of sth. 充分认识某事

recession [riˈseʃən] *n.* 退回，后退；（经济）衰退，不景气
【1】

经典例句 I used to make a small profit on my travel allowances, but since the recession I haven't been able to.

译 文 我以前会在旅行津贴上赚点小利润，但是自从经济衰退以后就不能了。

reciprocal [riˈsiprəkəl] *a.* 相互的，互惠的 【1】

reclaim [riˈkleim] *vt.* 要求归还，收回，开垦 【1】

recorder [riˈkɔːdə] *n.* 记录机；录音机 【1】

recover [riˈkʌvə] *vt.* 收回，挽回；重新获得，重新找到
vi. 恢复，痊愈 【1】

固定搭配 recover from 从……中恢复
recover one's health 恢复健康

名师导学 recover，restore：recover 强调用自己的力量来恢复原状；restore 强调用外力来恢复原状。

recreation [rekriˈeiʃ(ə)n] *n.* 娱乐，消遣 【1】

recycle [ˈriːˈsaikl] *vt.* 使再循环，反复利用 【1】

经典例句 The environment on our planet is a closed system. Nature recycles its resources. Water, for example, evaporates and rises as visible drops to form clouds.

译 文 我们星球的环境是个封闭的系统。大自然循环使用它的资源。例如，水蒸发，上升成为可见的水滴而形成云。

reflection [riˈflekʃən] *n.* 映像，倒影，反射；沉思，熟虑
【1】

refrigerator / fridge [ri'fridʒəreitə] *n.* 电冰箱，冷藏库
【1】

regime [rei'ʒi:m] *n.* 政府，政权；政治制度 【1】

经典例句 People hoped that things would change for the better under the new regime.

译　文 人们希望在新政权下，一切会变得更好。

reliable [ri'laiəbl] *a.* 可靠的 【1】

reluctance [ri'lʌktəns] *n.* 不愿，勉强 【1】

removal [ri'mu:vəl] *n.* 移动；迁移；除掉 【1】

render ['rendə] *vt.* 致使，使成为；给予，提供；翻译；提出，呈递 【1】

renewable [ri'nju(:)əbl] *a.* 可更新的，可恢复的 【1】

representation [,reprizen'teiʃən] *n.* 代表；表现 【1】

repression [ri'preʃən] *n.* 镇压，压制，克制 【1】

residential [,rezi'denʃəl] *a.* 住宅的，与居住有关的 【1】

resolve [ri'zɔlv] *vt.* 解决（问题等）；决定，下决心；决议；分解　*n.* 决心，决议 【1】

固定搭配 **be resolved to** 决心做

restraint [ris'treint] *n.* 约束力；管理措施；控制 【1】

resume [ri'zju:m] *vt.* 恢复；重新开始　*n.* 简历 【1】

经典例句 Resume his teaching post at City University.

译　文 恢复其城市大学的教职。

revolutionary ['revə'lu:ʃənəri] *a.* 革命的，革新的　*n.* 革命者 【1】

revolve [ri'vɔlv] *v.* 旋转，转动 【1】

固定搭配 **revolve around** 以……为中心

revolve round / about 围绕……而旋转，环绕

经典例句 In the first year or so of web business, most of the action has revolved around efforts to tap the consumer market.

译　文 大约在网上交易的第一年中，大部分业务活动都是围绕着努力开发消费者市场来进行的。

ridiculous [ri'dikjuləs] *a.* 荒谬，可笑 【1】

经典例句 I think it ridiculous to lend them so much money.

译　文 我认为借这么多钱给他们是荒唐可笑的。

riot ['raiət] *n. / v.* 骚乱，闹事 【1】

固定搭配 **raise a riot** 引起暴动

risky ['riski] *a.* 危险的 【1】

rival ['raivəl] *vt.* 竞争，与……抗衡　*a.* 竞争的　*n.* 竞争对手 【1】

roar [rɔ:] *vi.* 吼，咆哮，轰鸣 【1】

rough [rʌf] *a.* 粗糙的；粗野的，粗鲁的；大致的，粗略的 【1】

rub [rʌb] *v.* 摩擦，擦 *n.* 摩，擦；障碍 【1】

固定搭配 rub out 擦掉，拭去

Sunday

abound [ə'baund] *vi.* 多，大量存在；盛产；富有 【1】

固定搭配 abound in / with 富于；充满，多

altitude ['æltitju:d] *n.* 高，高度 【1】

appalling [ə'pɔ:liŋ] *a.* 骇人听闻的，令人震惊的，可怕的 【1】

ascend [ə'send] *v.* 上升，升高；登上 【1】

经典例句 The path started to ascend more steeply at this point.

译 文 这条路从这里向上就更陡了。

beforehand [bi'fɔ:hænd] *ad.* 预先，事先 【1】

经典例句 Please let me know beforehand.

译 文 请预先通知我。

blaze [bleiz] *vi.* 熊熊燃烧，着火；发（强）光，放火焰 *n.* 火焰，烈火；迸发，爆发；灿烂，炫耀 【1】

经典例句 The fire blazed away and destroyed the whole hotel.

译 文 大火继续燃烧，最终把整个旅馆烧毁。

cater ['keitə] *v.* 满足，迎合，投合 【1】

名师导学 catering 公共饮食业；酒席承办。cater for / to sb. / sth. 满足需要，迎合某人/某事

contradict [kɔntrə'dikt] *vt.* 反驳，反对，否认；与……矛盾，与……抵触，与……相 【1】

defensive [di'fensiv] *a.* 防卫的，防御的；自卫的；辩护的 【1】

dental ['dentl] *a.* 牙齿的 【1】

detain [di'tein] *v.* 拘留，扣押 【1】

经典例句 Some teachers began on time, ended on time, and left the room without saying a word more to their students, very seldom being detained by questioners.

译 文 一些教师按时上课，准点下课，离开教室时和自己的学生一句多余的话都没有，很少留下来解答学生的问题。

entity ['entiti] *n.* 实体，独立存在体，实际存在 【1】

经典例句 Fish resources are diminishing because they are not owned by any particular entity.

译 文 鱼类资源逐渐枯竭是由于这种资源不属于任何企业和个人。

fashionable ['fæʃənəbl] *a.* 流行的，时髦的 【1】

gardener ['gɑːdnə(r)] *n.* 花匠，园艺工 【1】

globalize ['gləubəlaiz] *v.* 使……全球化 【1】

humanitarian [hju(ː)ˌmæni'tɛəriən] *a.* 人道主义的，人道主义者 【1】

illuminate [i'ljuːmineit] *vt.* 照明；阐明；说明 *vi.* 照亮；用灯装饰 【1】

经典例句 Researchers have begun to piece together an illuminating picture of the powerful geological and astronomical forces that have combined to change the planet's environment over a period stretching back hundreds of millions of years.

译 文 研究人员已开始拼凑一幅画卷，用以阐明在几百万年的时间里，巨大的地理和天文力量一起改变了地球的环境。

imprison [im'prizn] *vt.* 关押，监禁，坐牢 【1】

institutional [ˌinsti'tjuːʃənəl] *a.* 设立的，规定的，制度上的 【1】

irrational [i'ræʃənəl] *a.* 无理性的；不合理的 【1】

irregular [i'reɡjulə] *a.* 不规则的，无规律的，大小不一的；不规范的 【1】

jealousy ['dʒeləsi] *n.* 妒忌，羡慕 【1】

jeopardize ['dʒepədaiz] *vt.* 危及，损害 【1】

经典例句 Isn't it possible that something could happen there that would jeopardize the fundamental interests of Hong Kong itself?

译 文 难道香港就不会出现损害香港根本利益的事情？

jungle ['dʒʌnɡl] *n.* 丛林；激烈的竞争场合 *a.* 丛林的，蛮荒的，野性的 【1】

固定搭配 the law of the jungle 弱肉强食的原则

经典例句 They cut a path through the jungle to let people pass.

译 文 他们在丛林中开辟一条路，以便人们通过。

kilowatt ['kiləuwɔt] *n.* [物] 千瓦（功率单位） 【1】

laundry ['lɔːndri] *n.* 洗衣房，洗衣店；要洗的衣服 【1】

literal ['litərəl] *a.* 文字的，照字面上的，无夸张的 【1】

medieval [ˌmedi'iːvəl] *a.* 中世纪的，中古（时代）的 【1】

miserable ['mizərəbl] *a.* 痛苦的，悲惨的 【1】

名师导学 miserable，unfortunate，unlucky：miserable 指某人由于某种情况（如贫穷、屈辱等）所引起的内心的痛苦或不幸；unfortunate 指某人因命运不佳而遭到意外；unlucky 指某人由于运气不好，办事不顺心，处处失意。

patriot ['peitriət, 'pæt-] *n.* 爱国者 【1】

pessimistic [ˌpesi'mistik] *a.* 悲观的，悲观主义的，厌世的

【1】

postman ['pəustmən] *n.* 邮递员 **【1】**

premature [.premə'tjuə] *a.* 未成熟的，早熟的 **【1】**

proportional [prə'pɔ:ʃnel] *a.* 成比例的，相称的 *n.* [数] 比例项 **【1】**

prototype ['prəutətaip] *n.* 原型 **【1】**

经典例句 The organization shall have a prototype control plan if required by the customer.

译 文 在顾客要求时，供方应有样件控制计划。

provincial [prə'vinʃel] *a.* 省的；偏狭的，乡下的 **【1】**

reservoir ['rezəvwa:] *n.* 水库；蓄水池 **【1】**

respectful [ris'pektful] *a.* 尊敬的，尊重的，恭敬的 **【1】**

respective [ris'pektiv] *a.* 各自的，各个的 **【1】**

robot ['rəubɔt, 'rɔbət] *n.* 机器人，遥控设备，自动机械，机械般工作的人 **【1】**

rock [rɔk] *n.* 岩，岩石 *v.* 摇 **【1】**

经典例句 He sat rocking in his chair.

译 文 他坐在椅子上摇动。

rocket ['rɔkit] *n.* 火箭 **【1】**

romance [rə'mæns, rəu-] *n.* 恋情，浪漫史；传奇性，浪漫情调；爱情故事，冒险故事 **【1】**

经典例句 There is an air of romance traveling in the Inner Mongolia grassland.

译 文 在内蒙古大草原旅游，颇有浪漫气氛。

romantic [rə'mæntik] *a.* 浪漫的，传奇的；不切实际的，好幻想的 **【1】**

royalty ['rɔielti] *n.* 皇家，皇族；版税 **【1】**

经典例句 Researchers have begun to piece together an illuminating picture of the powerful geological and astronomical forces that have combined to change the planet's environment over a period stretching back hundreds of millions of years.

译 文 研究人员已开始拼凑一幅画卷，用以阐明在几百万年的时间里，巨大的地理和天文力量一起改变了地球的环境。

sabotage ['sæbəta:ʒ, -tidʒ] *n.* 阴谋破坏，破坏活动 *vt.* 对……采取破坏行动，妨害，破坏 **【1】**

sacred ['seikrid] *a.* 神圣的，宗教的；严肃的，郑重的 **【1】**

固定搭配 be sacred from 免除，不受

经典例句 It is the sacred duty of every citizen to safeguard their motherland.

译 文 保卫祖国是每个公民的神圣义务。

safeguard ['seif,gɑ:d] *v.* 保护，保障，捍卫 *n.* 安全设施，保护措施 【1】

固定搭配 **safeguard sb. / sth. from / against sth.** 保护……以免……

sailing ['seiliŋ] *n.* 航行；航海术；滑翔 【1】

salvation [sæl'veiʃən] *n.* 拯救，救助 【1】

固定搭配 **attain salvation** 得到救助

work out one's own salvation 自寻出路

经典例句 In some religious groups, wealth was a symbol of salvation and high morals, and fatness a sign of wealth and well-being.

译 文 在一些宗教团体中，财富是济世行善和崇高道德的象征，而肥胖则是财富与幸福的标志。

scarcely ['skɛəsli] *ad.* 几乎不；勉强 【1】

固定搭配 **scarcely... when** 一……就

scatter ['skætə] *vi.* 撒，驱散，散开；散布，散播 *vt.* 分散，消散 【1】

名师导学 scatter, disperse, spread: scatter "分散，驱散"，指由于外力使人或物杂乱地向不同的方向散开或散播；disperse "散开，驱散"，指有目的地、安全地解散或彻底散开，范围较前者广；spread 指在表层分散，也可指疾病、谣言的传播。

schooling ['sku:liŋ] *n.* 学校教育；上学，就学 【1】

seashell ['si:ʃel] *n.* 海贝，贝壳 【1】

secretary ['sekrətri] *n.* 秘书；书记；部长；大臣 【1】

secular ['sekjulə] *a.* 不受宗教约束的，非宗教的；现世的，世俗的 【1】

semester [si'mestə] *n.* 学期 【1】

经典例句 There are two semesters in a year, a fall and a spring semester.

译 文 一年中有两个学期，春季的和秋季的。

sensation [sen'seiʃən] *n.* 感觉，知觉；激动，轰动一时的东西 【1】

固定搭配 **make a slip of tongue** 失言

sensitivity [,sensi'tiviti] *n.* 敏感，灵敏（度），灵敏性 【1】

经典例句 The dentist gave her an injection to reduce the sensitivity of the nerves.

译 文 牙医给她打了一针以减少神经的敏感性。

sentiment ['sentimənt] *n.* 伤感；感情，情绪 【1】

经典例句 There is strong sentiment on the question of unemployment.

译 文 公众对于失业问题的情感反应非常强烈。

第三周 低频词汇

serial ['siəriəl] *n.* 连续剧，连载故事 *a.* 连续的，顺序排列的 【1】

经典例句 His masterpiece at first appeared as a serial novel on the newspaper.

译 文 他的杰作最初是以连载小说的形式出现在报纸上。

servant ['sə:vənt] *n.* 仆人 【1】

setback ['setbæk] *n.* 退步；挫折，挫败 【1】

经典例句 Since that time there has never been any setback in production.

译 文 从那时候起，生产就一直没有任何阻碍。

sew [sju:] *v.* 缝，缝纫 【1】

shame [ʃeim] *n.* 羞耻，耻辱；可耻的人/物 *vt.* 使羞愧，玷污 【1】

shark [ʃɑ:k] *n.* 鲨鱼 【1】

固定搭配 shark up 敲诈

经典例句 Sharks feed on plants, small sea animals, and sometimes they eat people as well.

译 文 鲨鱼捕食植物和小的海洋动物，有时它们也吃人。

shelf [ʃelf] *n.* 架子 【1】

shell [ʃel] *n.* 壳，贝壳；炮弹 【1】

shortly ['ʃɔ:tli] *ad.* 立刻，马上 【1】

shrug [ʃrʌg] *v. / n.* 耸肩（表示冷淡、怀疑、无奈、不满等）【1】

经典例句 She shrugged and said "I don't know".

译 文 她耸耸肩说："我不知道。"

silicon ['silikən] *n.* 硅 【1】

经典例句 In the 1990s, when the sixth generation appears, the reasoning power of an intelligence built out of silicon will begin to match that of a brain.

译 文 在 20 世纪 90 年代，当第六代计算机出现时，由硅制成的计算机智力推理能力将开始和人类不相上下。

simplify ['simplifai] *v.* 简化，使单纯 【1】

simultaneous [,siməl'teinjəs] *a.* 同步的，同时发生（或进行）的 【1】

simultaneously [siməl'teiniəsli; (*US*) saim̄] *ad.* 同时发生地，同时做出地，同时地 【1】

skim [skim] *vt.* 略读，快读；撇，撇去 【1】

固定搭配 skim over 掠过

skim through 翻阅

skip [skip] *v.* 轻快地跳，蹦蹦跳跳，跳过，错过 【1】

经典例句 If I were you, I'd skip it. We both have to get up

early tomorrow. And anyway, I've heard it isn't that exciting.

译　文　如果我是你，我将不参加它。我们俩明天要早起。而且，我听说它并不那么动人。

sleeve [sli:v] *n.* 袖子 【1】

slice [slais] *n.* 片，薄片　*v.* 切片 【1】

slim [slim] *a.* 苗条的；微小的，不充实的 【1】

slip [slip] *vi.* 滑，滑倒；溜走；犯错误　*n.* 疏忽，笔误，口误 【1】

snap [snæp] *v.* 突然折断；拍快照；猛咬，厉声说 【1】

经典例句　The rope snapped and the boy fell off.

译　文　绳子突然断了，男孩子摔了下来。

固定搭配　**snap out of** 使迅速从……中恢复过来

　　　　snap up 抢购；争相拿取

sociologist [səusiə'lɔdʒist] *n.* 社会学者，社会学家 【1】

solar ['səulə] *a.* 太阳的，日光的 【1】

固定搭配　**solar system** 太阳系

sole [səul] *a.* 单独的，惟一的 【1】

solitary ['sɔlitəri] *a.* 独自的，喜欢独处的，孤单的　*n.* 隐士，独居者 【1】

spaceship ['speisʃip] *n.* 宇宙飞船 【1】

spark [spɑ:k] *n.* 火花，火星　*vi.* 发火花，发电花 【1】

specialty ['speʃəlti] *n.* 特性，性质；专门研究，专业，专长；特产，特有的产品 【1】

经典例句　Reebok shoes, which are priced from $27 to $85, will continue to be sold only in better specialty, sporting goods, and department stores, in accordance with the company's view that consumers judge the quality of the brand by the quality of its distribution.

译　文　Reebok 鞋，定价从 27 美元到 85 美元，将继续只在高档的专卖店、运动品商店和百货商店出售，以符合该公司以下观点：顾客总是通过销售商的档次来评判某商标商品的质量。

specification [ˌspesifi'keiʃən] *n.* （用复数）规格，规范；明确说明；（产品等的）说明书 【1】

经典例句　The specifications for the new classroom to be built next year are now ready.

译　文　明年将建的新教室的规格标准现在准备好了。

spectrum ['spektrəm] *n.* 光谱，频谱；领域，范围 【1】

经典例句　There is discrimination in a wide spectrum of fields of employment.

译　文	很多行业聘请雇员时都有歧视情况。	
sperm	[spə:m] *n.* 精液，精子	【1】
spill	[spil] *v.* （使）溢出来	【1】
spin	[spin] *v. / n.* 旋转，自转　*vi.* 纺，纺纱；结网，吐丝	
		【1】
spit	[spit] *vi.* 吐；唾，吐痰　*n.* 唾液	【1】

固定搭配　spit in one's face 侮辱某人

splendid	['splendid] *a.* 辉煌的，壮丽的；极好的	【1】
spontaneous	[spɔn'teinjəs, -niəs] *a.* 自发的，自然产生的	
		【1】

经典例句　Hearing the joke, we burst into spontaneous laughter.
译　文　听到笑话，我们不由自主地大笑起来。

spoon	[spu:n] *n.* 匙，调羹	【1】
sprinkle	['spriŋkl] *v.* 撒；洒；把……撒（或洒）在……上	
	n. 少量；少数	【1】
spur	[spə:] *n.* 刺激，刺激物	【1】

固定搭配　on the spur of the moment 一时冲动之下，当即，当场

经典例句　A business tax cut is needed to spur industrial investment.
译　文　需要用减少商业税的办法刺激工业投资。

spy	[spai] *n.* 间谍	【1】

固定搭配　spy into 侦查
spy on 侦查，暗中监视
spy out 秘密地监视，侦察出，辨认出

经典例句　The spy reported to the government the development of a new weapon in another enemy country.
译　文　间谍向政府报告另一个敌对国家的新武器的进展。

squeeze	[skwi:z] *vt.* 压榨，挤	【1】
stable	['steibl] *a.* 稳定的，沉稳的；牢固的　*n.* 马厩，养马场；赛马　*v.* 使（马）入厩	【1】
stake	[steik] *n.* 桩，标桩；赌注	【1】

固定搭配　at stake 在危险中，利害攸关
联想记忆　be in danger 在危险中　be in trouble, be in difficulty 在困境中

经典例句　The stake had been sharpened to a vicious-looking point.
译　文　木桩被削得尖得吓人。

stale	[steil] *a.* 陈腐的，不新鲜的	【1】

经典例句　There are pieces of stale bread on the ground which she threw away.
译　文　地上到处都是她扔的坏面包。

statesman ['steitsmən] *n.* 政治家，国务活动家 【1】

经典例句 Abraham Lincoln was a famous American statesman.

译　文 亚伯拉罕·林肯是位著名的美国政治家。

statistics [stə'tistiks] *n.* 统计学；统计数字 【1】

statue ['stætju:] *n.* 塑像，雕像 【1】

联想记忆 portrait 肖像　photo 照片　picture 画片，图片 illustration 插图　sketch 素描　portrait 肖像　perspective 透视画法，透视图　figure 画像、肖像、塑像　image 肖像、影像　landscape 风景（画）(oil) painting 油画，绘画 drawing 图画

steam [sti:m] *n.* （蒸）汽　*vi.* 发出蒸气；行驶　*vt.* 蒸煮 【1】

固定搭配 at all steam 开足马力地

联想记忆 cook *n.* 烹调　smoke *n.* 熏制　boil *n.* 煮　roast *n.* 火烤　bake *n.* 炉烤　stew *n.* 炖，煨，焖　fry *n.* 油炸

stereo ['stiəriəu] *a.* 立体声的 【1】

经典例句 It seems that the progress of man includes a rising volume of noise. In every home a stereo or television will fill the rooms with sound.

译　文 似乎人类的进步总是伴随着噪声音量的扩大。在每个家庭，立体音响或电视将用声音把每间屋子填满。

stiff [stif] *a.* 硬，僵直；生硬，死板 【1】

stimulus ['stimjuləs] *n.* 刺激物 【1】

经典例句 During the first two months of a baby's life, the stimulus that produces a smile is a pair of eyes.

译　文 婴儿生命的前两个月当中产生微笑的刺激是一双眼睛。

stockholder ['stɔkhəuldə(r)] *n.* 股东 【1】

striking ['straikiŋ] *a.* 显著的，惊人的 【1】

strive [straiv] *vi.* 努力，奋斗，力求 【1】

经典例句 Conflict, defined as opposition among social entities directed against one another, is distinguished from competition, defined as opposition among social entities independently striving for something which is in inadequate supply.

译　文 斗争定义为社会实体之间相互对立的冲突，与竞争有明显的不同。竞争定义为社会实体之间独立地寻求某种不足资源而产生的对立。

stuff [stʌf] *n.* 物品，物质；个人所有物；材料，原料；东西　*vt.* 填满，塞满 【1】

固定搭配 be stuffed with 被……填满

联想记忆 be filled / crowded / packed with 被填满

第三周　低频词汇

stumble ['stʌmbl] *vi.* 蹒跚（而行）；结结巴巴地说　【1】
经典例句　It is where prices and markets do not operate properly that this benign trend begins to stumble, and the genuine problem arises.
译　文　在那些价格和市场不能正常运转的地方，这种良好的趋势就失灵了，于是真正的问题就产生了。

submerge [səb'mə:dʒ] *vt.* 使浸水，使陷入　*vi.* 潜入水中
【1】

经典例句　The flood submerged the town.
译　文　洪水淹没了整个城市。

subscribe [səb'skraib] *vi.* 订阅，订购（书籍等），同意，赞成　*vt.* 捐助，赞助　【1】
固定搭配　subscribe to (sth.) 订阅，订购（杂志等）

substantial [səb'stænʃəl] *n.* 重要部分，本质　【1】

succession [sək'seʃən] *n.* 连续，系列；继任，继承　【1】
固定搭配　in succession 一连，一个接一个

sue [sjuː, suː] *vi.* 控告，起诉；要求，请求　*vt.* 控告，起诉
【1】

经典例句　If you don't complete the work, I will sue you, for money to compensate for my loss.
译　文　你不把工作做完，我就控告你，要你付损害赔偿金。

suffering ['sʌfəriŋ] *n.* 苦楚，受难　【1】

suffice [sə'fais] *vi.* 足够（for）　【1】

summarize ['sʌməraiz] *vt.* 概括，总结　【1】

summon ['sʌmən] *vt.* 传唤；召集　【1】
经典例句　They had to summon a second conference and change the previous decision.
译　文　他们不得不召集第二次会议，改变以前的决定。

supportive [sə'pɔːtiv] *a.* 支持的　【1】

suppress [sə'pres] *vt.* 镇压，压制；抑制，查禁　【1】
经典例句　In book promotions, the "unauthorized" characterization usually suggests the prospect of juicy gossip that the subjective had hoped to suppress.
译　文　在书的促销中，"未经授权认可的"的特色常常暗示着有声有色的小道消息，这正是传记人物希望隐瞒之处。

surf [sə:f] *n.* 浪花　*vi.* 冲浪，网上浏览　【1】

surgeon ['sə:dʒən] *n.* 外科医生　【1】

suspension [səs'penʃən] *n.* 悬吊，悬浮；暂停，中止
【1】

经典例句　She appealed against her suspension.

译　文　她对被停职一事已进行上诉。

swear [sweə] *vi.* 宣誓，发誓；咒骂，骂人　【1】
固定搭配　**swear at** 骂（某人）
　　　　　swear in（常用被动语态）使宣誓就职

swift [swift] *a.* 快的，迅速的　【1】

symmetrical [si'metrikəl] *a.* 对称的，均匀的　【1】

symphony ['simfəni] *n.* 交响乐，交响曲；（色彩等的）和谐，协调　【1】

经典例句　Through the study of instruments, as well as paintings, written documents, and so on, we can outline the spread of Near Eastern influence to Europe that resulted in the development of the instruments in the symphony orchestra.

译　文　通过对乐器、油画、书面材料等的研究，我们能够勾画出近东音乐的传播对欧洲的影响，这种影响导致了交响乐团中大部分乐器的诞生。

symposium [sim'pəuziəm, -'pɔ-] *n.* 讨论会，专题报告会；专题论文集　【1】

经典例句　Symposium talks will cover a wide range of subjects from over-fishing to physical and environmental factors that affect the populations of different species.

译　文　专业研究会将包括广泛的主题，从滥捕鱼类到影响不同物种数量的物质和环境因素。

synthetic [sin'θetic] *a.* 合成的，人工的；综合的　*n.* 人工制品（尤指化学合成物）　【1】

经典例句　The store now offers 531 varieties of synthetic fabrics, all Chinese-made.

译　文　这个店现在出售 531 种合成纤维，全部都是国产的。

tailor ['teilə] *n.* 裁缝　*vt.* 裁制，剪裁　【1】
固定搭配　**be tailored for / to** 迎合，适合

takeoff ['teik'ɔ:f] *n.*（飞机）起飞，移去　【1】

teenager ['ti:n,eidʒə] *n.*（13～19 岁的）青少年　【1】

tenant ['tenənt] *n.* 承租人，房客，占用者　【1】

terminal ['tə:minl] *a.* 末端的，终点的；学期的，期末的；晚期的，致死的　*n.* 末端；总站；计算机终端　【1】
固定搭配　**terminal cancer** 癌症晚期
　　　　　terminal heart disease 心脏病晚期

经典例句　His mom has a terminal illness.

译　文　他的母亲得了晚期病症。

testimony ['testiməni] *n.* 证言，证明　【1】

thrill [θril] *n.* 令人激动的事　*v.* 使激动，使兴奋；使毛骨

第三周　低频词汇

悚然　　　　　　　　　　　　　　　　　　　　　【1】

经典例句　Why has inflation proved so mild? The most thrilling explanation is unfortunately, a little defective.

译　文　为何通货膨胀如此轻微？不幸的是，最令人鼓舞的解释也有缺陷。

thunder　['θʌndə] n. 雷，轰隆响　vi. 打雷，轰隆响　【1】

timely　['taɪmli] a. 及时的，适时的　　　　　　　　【1】

tiresome　['taɪəsəm] a. 令人厌倦的，讨厌的　　　　【1】

tobacco　[tə'bækəu] n. 烟草，烟叶　　　　　　　　【1】

toll　[təul] n. 通行费；牺牲，损失；死伤人数　　【1】

固定搭配　take a heavy toll 造成重大损失

经典例句　Cars account for half the oil consumed in the U.S. They take a similar toll of resource in other industrial nations and in the cities of the developing world.

译　文　轿车消耗了美国的一半石油。他们在其他工业国和发展中国家城市也消耗了差不多份额的石油资源。

torture　['tɔ:tʃə] n. / vt. 拷问，拷打；折磨，痛苦　【1】

固定搭配　put sb to torture 拷问某人

经典例句　He would rather die than surrender under the enemy's cruel torture.

译　文　在敌人的酷刑之下，他宁死不屈。

tourism　['tuəriz(ə)m] n. 旅行；旅游；观光；旅游业
　　　　　　　　　　　　　　　　　　　　　　　　【1】

tower　['tauə] n. 塔，高楼　　　　　　　　　　　　　【1】

tract　[trækt] n. 一片；一片土地；传单，小册子　【1】

tragedy　['trædʒidi] n. 悲剧；惨事，灾难　　　　　【1】

tragic　['trædʒik] a. 悲剧的，悲惨的　　　　　　　【1】

transient　['trænziənt] a. 短暂的，转瞬即逝的，临时的，暂住的　　　　　　　　　　　　　　　　　　　【1】

transplant　[træns'plɑ:nt] vt. 移栽，移种（植物等）；移植（器官）；使迁移，使移居　n.（器官的）移植　【1】

经典例句　When any non-human organ is transplanted into a person, the body immediately recognizes it as foreign.

译　文　当任何非人类的器官移植到人体内，身体很快便能识别出它是异物。

treaty　['tri:ti] n. 条约；协定　　　　　　　　　　　【1】

经典例句　Under the treaty, inspection are required to see if any country is secretly developing nuclear weapons.

译　文　基于此书条约，如果任何一个国家在秘密地发展核武器，那么就需要对其进行调查。

trim [trim] *vt. / n.* 整理，修剪，装饰 【1】
固定搭配 **trim down** 削减
trim off 减掉
triumph ['traiəmf] *n.* 胜利，成功 *vi.* 得胜，战胜 【1】
固定搭配 **triumph over** 获胜
联想记忆 **win sb. over** 把某人争取过来
经典例句 This year has seen one signal triumph for them in the election.
译　文 今年是他们在选举中取得重大胜利的一年。
trivial ['triviəl] *a.* 琐碎的，不重要的 【1】
truly ['tru:li] *ad.* 正确地，事实上；真诚地 【1】
truthful ['tru:θful] *a.* 真实的；说实话的，诚实的 【1】
tune [tju:n] *n.* 调子，曲调；和谐，协调 *vt.* 为……调音；调整，调节 【1】
固定搭配 **in tune with** 与……和谐/协调
tune in (to sth.) 调谐，收听
tunnel ['tʌnl] *n.* 隧道，地道 *vt.* 挖隧道/地道 【1】
twist [twist] *v. / n.* 搓，捻；拧，扭 *n.* 扭曲，扭转 *v.* 歪曲，曲解 【1】
固定搭配 **twist sb.'s arm** 扭某人的胳膊；强迫做某事
uncertain [ʌnˈsə:tn] *a.* 不确定的，不能断定的，不确信的，未定的，含糊的 【1】
固定搭配 **be uncertain of sth.** 对……不确定
underestimate ['ʌndərˈestimeit] *vt.* 对……估计不足，低估 *n.* 估计不足，低估 【1】
undergraduate [ˌʌndəˈɡrædjuit] *n.* 大学生，大学肄业生 【1】
联想记忆 **undergraduate** *n.* 本科生 **postgraduate** *n.* 研究生 **Ph. student** *n.* 博士生
经典例句 He is an undergraduate.
译　文 他是一名大学生。
undoubtedly [ʌnˈdautidli] *ad.* 毋庸置疑地，的确地 【1】
unexpected ['ʌniksˈpektid] *a.* 想不到的，意外的 【1】
unfold [ʌnˈfəuld] *v.* 展开，打开，显露，展现 【1】
unity ['ju:niti] *n.* 统一，整体；一致，团结，协调 【1】
universe ['ju:nivə:s] *n.* 宇宙，万物 【1】
unload ['ʌnˈləud] *vt.* 卸货；卸下；解除……的负担 【1】
unsettle [ʌnˈsetl] *vt.* 使不安定；使不能稳定 【1】
upcoming ['ʌpˌkʌmiŋ] *a.* 即将发生的；即将到来的 【1】
upwards ['ʌpwədz] *ad.* 向上 【1】

urgent [ˈəːdʒənt] *a.* 紧迫的；催促的　　　　　　【1】

usher [ˈʌʃə] *n.* （电影院，戏院等公共场所的）招待员，引座员；门房，传达员　　　　　　　　　　　　　　【1】

vacuum [ˈvækjuəm] *n.* 真空；真空吸尘器　　　　　【1】

> 经典例句　Her death left a vacuum in his life.
>
> 译　文　她的去世给他的生活留下一片真空。

valid [ˈvælid] *a.* 有根据的，正确的；有效的　　　【1】

validity [vəˈliditi] *n.* 正确性；有效（性）；合法性　【1】

> 经典例句　Another important factor that may affect the validity of a contract is illegality.
>
> 译　文　影响合同有效性的另一个重要因素是其不合法性。

valley [ˈvæli] *n.* 山谷，谷　　　　　　　　　　　【1】

> 联想记忆　peak *n.* 山峰　mountain *n.* 山脉　slope *n.* 山坡　cliff *n.* 山崖　hill *n.* 山包

variation [ˌvɛəriˈeiʃən] *n.* 变化，变动；变种，变异【1】

venture [ˈventʃə] *n./ vi.* 冒险，拼，闯　*v.* 敢于，大胆表示　*n.* 冒险（事业）　　　　　　　　　　　　　【1】

> 固定搭配　at a venture 胡乱地，随便地

verge [vəːdʒ] *n.* 边，边缘　*vi.* 接近，濒临　　　【1】

verify [ˈverifai] *vt.* 证实，证明；查清，核实　　　【1】

versatile [ˈvəːsətail] *a.* 多才多艺的，有多种技能的，有多种用途的，多功能的，万用的　　　　　　　　　【1】

vessel [ˈvesl] *n.* 容器，器皿；船舶；管，导管，血管【1】

> 联想记忆　steamship *n.* 蒸汽船　liner *n.* 客轮　ferry *n.* 摆渡　tanker *n.* 油轮

vice [vais] *n.* 罪恶；恶习；缺点，毛病　　　　　　【1】

> 固定搭配　vice versa 反之亦然

viewer [ˈvjuːə] *n.* 电视观众，观众　　　　　　　　【1】

virtue [ˈvəːtjuː] *n.* 美德；优点　　　　　　　　　　【1】

> 固定搭配　by / in virtue of 借助，经由
>
> 联想记忆　by means of 借助　by way of 借助，经由　as a result of; by reason of 经由
>
> 经典例句　Females have the edge among virtually all mammalian species, in that they generally live longer.（2011 年）
>
> 译　文　几乎所有哺乳动物中的雌性都有这个优势，这使它们通常活的更久。

visible [ˈvizəbl] *a.* 可见的，有形的　　　　　　　【1】

voyage [ˈvɔiidʒ] *n.* 航海，航程　　　　　　　　　【1】

> 固定搭配　go on / make / take a voyage round the world 环球航行

waist [weist] *n.* 腰，腰部　　　　　　　　　　　　【1】

联想记忆 kidney n. 肾，肾脏　liver n. 肝脏　lung n. 肺　stomach n. 胃　limb n. 四肢　chest n. 胸　rib n. 肋骨　lap n. 坐着时大腿的前面部分　waist n. 腰部　knee n. 膝盖　ankle n. 踝，踝关节　wrist n. 腕，腕关节　elbow n. 手肘　heel n. 脚后跟　paw n. 爪　claw n. 脚爪

wasteful ['weistful] a. 浪费的；挥霍的　【1】

weary ['wiəri] a. 疲倦的；令人厌烦的　vt. 使疲倦，使厌烦　【1】

经典例句 Today there are many charitable organizations which specialize in helping the weary travelers.

译　文 如今成立了许多专门从事救助疲惫旅行者的慈善组织。

weep [wi:p] vi. 哭泣，流泪　vt. 悲叹，哀悼，为……伤心　n. 一阵哭泣　【1】

固定搭配 weep for / over 为……而悲伤
　　　　　weep away 在哭泣中度过

welfare ['welfɛə] n. 福利　【1】

well-off [welɔːf] a. 顺利的，走运的，手头宽裕的，繁荣昌盛的　【1】

westerner ['westənə] n. 西方人，欧美人　【1】

whatsoever [wɔtsəu'evə (r)] pron. 无论什么　【1】

whisper ['(h)wispə] v. / n. 耳语，私语　【1】

固定搭配 in a whisper 悄声地，低声地

联想记忆 chat n. 聊天　speak 说　state n. 郑重其事地说

whistle [(h)wisl] v. 吹口哨，鸣笛　n. 口哨声，汽笛声；哨子，汽笛　【1】

white-collar [(h)waitkɔlə] a. 白领的，白领阶层的　【1】

wholly ['həuli] ad. 完全，一概　【1】

widen ['waidn] v. （使某物）变宽；加宽；放宽　【1】

withstand [wið'stænd] vt. 抵抗，经受住　【1】

经典例句 The new beach house on Sullivan's Island should be able to withstand a Category 3 hurricane with peak winds of 179 to 209 kilometers per hour.

译　文 在苏离岛的海边房屋应该能够抵挡第三类的飓风，这种飓风的最高风力为每小时 179 到 209 公里。

wool [wul] n. 羊毛；毛线，毛织品　【1】

联想记忆 textile n. 纺织品　fabric n. 织物，纺织品　tissue n. 织物，薄绢　fiber n. 纤维　nylon n. 尼龙　wool n. 毛织品　cashmere n. 开司米

worthless ['wɜːθlis] a. 无价值的，无用的　【1】

worthy ['wə:ði] a. 有价值的，可尊敬的；值……的，足

以……的

固定搭配　**be worthy of** 值得……的

　　　　　be worthy to do 值得去做…… 【1】

联想记忆　it is worthwhile to do sth., sth. is worth doing 值得做某事

sth. is worthy to be done（接不定式）

sth. is worthy of（接 of 短语）

it is worthwhile to do sth.（接不定式做主语）

sth. is deserving of（接 of 短语）

wreck [rek] *n.* 失事，遇难；沉船，残骸　*vt.*（船等）失事，遇难 【1】

经典例句　He escaped from the train wreck without injury.

译　　文　他在这次火车事故中没有受伤。

X-ray ['eks'rei] *n.* X 射线，X 光 【1】

yacht [jɔt] *n.* 游艇，快艇 【1】

经典例句　I go yachting most weekends in the summer.

译　　文　在夏天，我大多数周末都乘快艇玩。

yard [jɑːd] *n.* 院子，场地；码 【1】

zoological [ˌzəuə'lɔdʒikəl] *a.* 动物学的，动物的 【1】

第三周　低频词汇

第四周 预测词汇

Monday

abortion [ə'bɔːʃən] *n.* 流产，夭折 【0】

absent ['æbsənt] *a.* 缺席的；缺乏的；漫不经心的 【0】

固定搭配 be absent from 缺席

联想记忆 be present at 出席

abundance [ə'bʌndəns] *n.* 丰富，充足，富裕 【0】

academy [æ'kædemi] *n.* 专科学校；研究院，学会 【0】

accent ['æksent] *n.* 口腔，腔调；重音，重音符号 *vt.* 重读 【0】

acceptance [ək'septəns] *n.* 接受，接纳；承认 【0】

accession [æk'seʃen] *n.* 就职，就任，添加，增加 【0】

accessory [æk'sesəri] *n.* 附件，配件 *a.* 辅助的 【0】

accordance [ə'kɔːdəns] *n.* 一致，相符 【0】

固定搭配 in accordance with 依照，依据，与……一致

accountable [ə'kauntəbl] *a.* 有责任的；应负责的，应对 【0】
自己的行为做出说明的

accounting [ə'kauntiŋ] *n.* 会计学；记账；清算账目 【0】

ache [eik] *n.* / *vi.* 疼痛，酸痛 【0】

联想记忆 backache *n.* 背痛，腰痛 earache *n.* 耳朵痛
headache *n.* 头痛 stomachache *n.* 胃痛 toothache *n.*
牙痛

acid ['æsid] *n.* 酸 *a.* 酸的 【0】

activate ['æktiveit] *vt.* 使活动起来，使开始起来 【0】

actuality [ˌæktju'æliti] *n.* 真实；事实 【0】

acupuncture ['ækjupʌŋktʃə(r)] *n.* 针灸，针刺法 【0】

addict [ə'dikt] *vt.* 使成瘾，热衷于 【0】

addicted [ə'diktid] *a.* 对……上瘾的，入迷的 【0】

固定搭配 be addicted to 对……上瘾，入迷

addictive [ə'diktiv] *a.* 使上瘾的；使入迷的 【0】

联想记忆 addicted 对……上瘾，入迷，用来形容人
addictive 使上瘾的，使入迷的，用来形容物。

adhere [əd'hiə] *vi.* 依附，附着；坚持 【0】

adherence [əd'hiərəns] *n.* 黏着；依附，坚持，遵循 【0】

adherence [əd'hiərəns] *n.* 黏着；依附，坚持，遵循 【0】

adjacent [ə'dʒeisənt] *a.* 接近的，附近的，毗连的，相

邻的　【0】

adjective ['ædʒiktiv] *n.* 形容词　【0】

adjoin [ə'dʒɔin] *vt.* 邻接，毗连　【0】

administer [əd'ministə] *vt.* 管理；行政机关　【0】

administrate [əd'ministreit] *vt.* 管理，支配　【0】

administration [ədminis'treiʃən] *n.* 管理；行政，行政机关，政府　【0】

联想记忆　minister 部长　ministry 部委

administrative [əd'ministrətiv] *a.* 行政的；管理的　【0】

adolescence [ædəu'lesəns] *n.* 青春期，青少年　【0】

adore [ə'dɔ:] *vt.* 崇拜，爱慕，喜爱　【0】

advancement [əd'vɑ:nsmənt] *n.* 前进，进步　【0】

adventurer [əd'ventʃərə (r)] *n.* 冒险家，投机者　【0】

adverb ['ædvə:b] *n.* 副词　【0】

advisable [əd'vaizəbl] *a.* 明智的，可取的　【0】

advisory [əd'vaizəri] *a.* 劝告的；忠告的，咨询的；顾问的　【0】

aerial ['ɛəriəl] *a.* 空中的，航空的，空气的　*n.* 天线　【0】

aerospace ['ɛərəuspeis] *a.* 航天的；太空的　*n.* 航空宇宙

aesthetic [i:s'θetik] *a.* 美学的，审美的；悦目的，雅致的　【0】

aesthetics [i:s'θetiks] *n.* 美学；审美学　【0】

affiliate [ə'filieit] *vt.* 接纳……为分支机构，使隶属于　【0】

固定搭配　be affiliated with 与……有关系

affirmative [ə'fə:mətiv] *a.* 肯定的，赞成的　【0】

affix [ə'fiks] *vt.* 附加上，添加；贴上，使固定，结牢；加接(to)　*n.* 附加物；附件；词缀　【0】

afflict [ə'flikt] *vt.* 使苦恼，折磨　【0】

affordable [ə'fɔ:dəbl] *a.* 能买得起的，不太昂贵的　【0】

aggravate ['ægrəveit] *vt.* 加重；加剧；[口]使恼火，激怒；使……恶化　【0】

aggregate ['ægrigeit] *vt.* 结合；集结；（使）聚集　*n.* 集合体；总数，总计　*a.* 合计的，总计的，聚合的　【0】

agony ['ægəni] *n.* （极度的）痛苦，创痛　【0】

air-conditioning *n.* 空调设备，空调系统　【0】

airplane ['ɛə,plein] *n.* 飞机　【0】

airway ['ɛəwei] *n.* 航路；航空公司　【0】

album ['ælbəm] *n.* 相片册，邮票簿　【0】

alienate ['eiljəneit] *vt.* 离间，使疏远，挑拨，让渡（财产等）

【0】

allergic [ə'lə:dʒik] *a.* 对……过敏的，极反感的 【0】

固定搭配 be allergic to……对……过敏

allowance [ə'lauəns] *n.* 津贴；零用钱 【0】

ally [ə'lai, 'ælai] *n.* 同盟者；伙伴；同类 【0】

aloft [ə'lɔft] *ad.* 在高处，在上 【0】

alphabet ['ælfəbet] *n.* 字母表 【0】

alternate [ɔː'lə:nit] *v.* 交替，轮流 *a.* 交替的，轮流的
【0】

amass [ə'mæs] *vt.* 积累，积聚；收集 【0】

ambassador [æm'bæsədə] *n.* 大使，专使 【0】

ambiguity [ˌæmbi'gju:iti] *n.* 模棱两可，含义模糊，不
确定 【0】

ambulance ['æmbjuləns] *n.* 救护车 【0】

联想记忆 automobile *n.* 汽车，机动车 vehicle *n.* 工具，车辆

amend [ə'mend] *vt.* 修改，改良 *vi.* 改过自新 【0】

ammunition [ˌæmju'niʃən] *n.* 弹药，军火；武器，军事装备
【0】

ample ['æmpl] *a.* 足够的；宽敞的，面积大的 【0】

amplify ['æmplifai] *vt.* 放大，增大，扩大 【0】

analogy [ə'nælədʒi] *n.* 类似，相似；类比，类推 【0】

名师导学 该词常用短语是 by analogy，意为"用类比的方法"。

固定搭配 in the final / last analysis 归根结底

analytical [ˌænə'litikl] *a.* 分析的，解析的 【0】

animate ['æni,meit] *vt.* 使有生气，赋予生命 【0】

anniversary [æni'və:səri] *n.* 周年纪念 【0】

annoyance [ə'nɔiəns] *n.* 烦恼，打扰，可厌之事 【0】

anonymous [ə'nɔniməs] *a.* 匿名的；无名的 【0】

antibiotic [ˌæntibai'ɔtik] *a.* 抗生的；抗菌的 *n.* 抗生素
【0】

antique [æn'ti:k] *a.* 古代的，古式的；旧式的 *n.* 古董，
古物 【0】

apology [ə'pɔlədʒi] *n.* 道歉，歉意 【0】

固定搭配 make an apology to sb. for (doing) sth. 为某事向
某人道歉

apparatus [ˌæpə'reitəs] *n.* 器械；装置；仪器 【0】

appetite ['æpitait] *n.* 食欲，胃口；欲望 【0】

固定搭配 **have no appetite for work** 不想工作

联想记忆 have a desire for, have inclination for, long for, be
hungry / thirsty for 渴望

第四周 预测词汇

applause [ə'plɔ:z] n. 鼓掌，喝彩，赞许 【0】
固定搭配 give sb. applause for 因……而夸奖某人
appraise [ə'preiz] vt. 评价，估价；鉴定，评定 【0】
apt [æpt] a. 易于，有……倾向；恰当的；适宜的；聪明的，反应敏捷的 【0】
archives ['ɑ:kaivz] n. 档案，案卷；档案室 【0】
arena [ə'ri:nə] n. 竞技场；角斗场，舞台，场地 【0】
armor ['ɑ:mə] n. 盔甲，潜水服，装甲 【0】
array [ə'rei] n. 一系列，大量；排列，数组；穿着 【0】
arrogance ['ærəgəns] n. 傲慢态度，自大 【0】
artery ['ɑ:təri] n. 动脉；干线，要道 【0】
artwork ['ɑ:twə:k] n. 艺术品，美术品 【0】
ascribe [ə'skraib] vt. （常与 to 连用）归于，归因于 【0】
ashamed [ə'ʃeimd] a. 惭愧的；害臊的 【0】
固定搭配 be ashamed of sth. 为……而羞耻
be ashamed to do sth. 羞于做某事
assassinate [ə'sæsineit] vt. 暗杀，行刺 【0】
assassination [ə,sæsi'neiʃən] n. 暗杀，刺杀 【0】
assault [ə'sɔ:lt] n. （武力或口头上的）攻击，袭击 【0】
assemble [ə'sembl] vt. 集合，集会；装配，组装 vi. 集会，聚集 【0】
assembly [ə'sembli] n. 集会，会议；装配，组装 【0】
assert [ə'sə:t] vt. 宣称，断言；维护，坚持（权利等） 【0】
assertive [ə'sə:tiv] a. 断言的；武断的；过分自信的 【0】
assignment [ə'sainmənt] n. （分派的）任务，（指定的）作业；分配，指派 【0】
assistant [ə'sistənt] a. 助手的；辅助的 n. 助手，助理，助教 【0】
assurance [ə'ʃuərəns] n. 确信，信心，把握；担保，保险 【0】
astronomy [ə'strɔnəmi] n. 天文学 【0】
atlas ['ætləs] n. 地图，地图集 【0】
atmospheric [,ætməs'ferik] a. 大气的，空气的 【0】
attendance [ə'tendəns] n. 出席；出席的人数；伺候，照料 【0】
attendant [ə'tendənt] n. 侍者，服务员；出席者；随从 a. 出席的；随行的，伴随的 【0】
attorney [ə'tə:ni] n. 律师，（业务或法律事务上的）代理人 【0】
attributable [ə'tribjutəbl] a. 可归于……的 【0】

audio [ˈɔːdiəu] *n. / a.* 声音（的），听觉（的）；音频（的）；音响（的）　【0】

authentic [ɔːˈθentik] *a.* 真的，真正的；可靠的，可信的　【0】

automation [ˌɔːtəˈmeiʃən] *n.* 自动化，自动操作　【0】

autonomous [ɔːˈtɔnəməs] *a.* 自治的；有自治权的　【0】

autonomy [ɔːˈtɔnəmi] *n.* 自治，自治权；自主权　【0】

auxiliary [ɔːgˈziljəri] *a.* 辅助的，备用的　【0】

avenue [ˈævinjuː] *n.* 林荫路，大街　【0】

avert [əˈvəːt] *vt.* 防止，避免；转移（目光、思想等）　【0】

aviation [ˌeiviˈeiʃən] *n.* 航空，航空学　【0】

awesome [ˈɔːsəm] *a.* 可怕的；使人敬畏的　【0】

axis [ˈæksis] *n.* 轴　【0】

bachelor [ˈbætʃələ] *n.* 学士；单身汉　【0】

backup [ˈbækʌp] *n.* 倒车；支持　*vt.* 做备份　【0】

bacon [ˈbeikən] *n.* 咸肉，熏肉　【0】

badge [bædʒ] *n.* 徽章，象征　【0】

baffle [ˈbæfl] *vt.* 困惑，为难，使挫折　【0】

baggage [ˈbægidʒ] *n.* 行李　【0】

bakery [ˈbeikəri] *n.* 面包房；面包店　【0】

balcony [ˈbælkəni] *n.* 露台，阳台，包厢　【0】

bald [bɔːld] *a.* 光秃的，秃的；不加掩饰的，明显的　【0】

balloon [bəˈluːn] *n.* 气球　【0】

ballot [ˈbælət] *n.*（无记名投票）选举，选票　【0】

bandage [ˈbændidʒ] *n.* 绷带　【0】

bankrupt [ˈbæŋkrʌpt] *a.* 破产的　*vt.* 使破产　*n.* 破产者　【0】

bankruptcy [ˈbæŋkrʌptsi] *n.* 破产，倒闭，无偿付能力　【0】

barn [bɑːn] *n.* 谷仓，饲料仓，牲口棚　【0】

barrel [ˈbærəl] *n.* 枪管，炮管，桶　【0】

basement [ˈbeismənt] *n.* 地下室，地窖；底座，（建筑物的）底部　*vt.* 以……为根据　【0】

basin [ˈbeisn] *n.* 盆；盆地　【0】

batch [bætʃ] *n.*（面包等）一炉，一批，大量　【0】

bathroom [ˈbɑːθruːm] *n.* 浴室，厕所　【0】

bathroom [ˈbɑːθruːm] *n.* 浴室，厕所　【0】

bay [bei] *n.* 海湾　【0】

beam [biːm] *n.* 一束；一道横梁　*vi.* 发光，发热　【0】

联想记忆 flame v. 燃烧　spark v. 发火花，发电花

bean [biːn] n. 豆，菜豆 【0】

beard [biəd] n. 胡须，络腮胡子 【0】

bearing ['bɛəriŋ] n. 轴承；意义，举止 【0】

beggar ['begə] n. 乞丐 【0】

belly ['beli] n. 肚子，腹部；（像肚子一样）鼓起来的部分，膛

belongings [bi'lɔːŋiŋz] n. 所有物；财产 【0】

bench [bentʃ] n. 长凳，条凳；工作台；台，座 【0】

beneficiary [ˌbeni'fiʃəri] n. 受惠者；受益人　a. （封建制度下）受封的；采邑的；臣服的

betray [bi'trei] vt. 出卖，背叛；暴露，泄密 【0】

beverage ['bevəridʒ] n. 饮料 【0】

bewilder [bi'wildə] vt. 使迷惑，使难住 【0】

Bible ['baibl] n. 圣经 【0】

bibliography [ˌbibli'ɔgrəfi] n. 参考书目 【0】

billionaire [biljə'nɛə] n. 亿万富翁 【0】

binder ['baində] n. 包扎者，绑缚者；装订工 【0】

biochemistry [ˌbaiəu'kemistri] n. 生物化学 【0】

biography [bai'ɔgrəfi] n. 传记 【0】

biomedical [ˌbaiəu'medikl] a. 生物（学和）医学的 【0】

birthright ['bəːθrait] n. 与生俱来的权利；长子继承权 【0】

biscuit ['biskit] n. 饼干 【0】

bishop ['biʃəp] n. 主教，（国际象棋中的）象，热果子酒
【0】

bizarre [bi'zɑː] a. 奇异的，古怪的，异乎寻常的 【0】

blackboard ['blækbɔːd] n. 黑板 【0】

blanket ['blæŋkit] n. 毛毯，毯子 【0】

bleed [bliːd] vi. 出血，流血 【0】

联想记忆 blood n. 血　bleed vi. 流血　bled（bleed 的过去式和分词）　food n. 食物　feed v. 喂养　fed（feed 的过去式和分词）　speed v. 加速　sped（speed 的过去式和分词）　breed v. 繁殖　bred（breed 的过去式和分词）

bless [bles] vt. 保佑，赐福 【0】

blink [bliŋk] n. 眨眼，瞬间　v. 闪亮，闪烁；微微闪光；惊愕地看(at)；无视；假装不见 【0】

固定搭配 in a blink 一瞬间

　　　　blink at 惊愕地看，睁一只眼闭一只眼

bloodshed ['blʌdʃed] n. 流血 【0】

blouse [blauz] *n.* 女衬衫 【0】

blueprint ['blu:,print] *n.* 蓝图，设计图，计划 *vt.* 制成蓝图，计划 【0】

blunder ['blʌndə] *n.* （因无知、粗心造成的）错误 *vt.* 跌跌撞撞地走，慌忙地走；犯错误 【0】

blur [blə:] *n.* 模糊，模糊的东西 *v.* （使）变模糊 【0】

blush [blʌʃ] *vi.* 脸红；羞愧；害臊 *n.* 脸红，红色，红光 【0】

board [bɔ:d] *n.* 板，木板，纸板；董事会，理事会 【0】

固定搭配 **on board** 在船（飞机）上
board and lodging 膳宿

boiler ['bɔilə] *n.* 煮器（锅、壶的统称）；汽锅；锅炉 【0】

bold [bəuld] *a.* 勇敢的；冒失的；醒目的，（线、字等）粗的 【0】

固定搭配 **It is bold of sb. to do sth.** 某人做某事很大胆
make bold to do sth. 大胆做某事；擅自做某事

booklet ['buklit] *n.* 小册子 【0】

bookmark ['bukmɑ:k] *n.* 书签 【0】

boot [bu:t] *n.* 靴子 【0】

booth [bu:θ] *n.* （集市上的）货摊；小间，亭子 【0】

botany ['bɔtəni] *n.* 植物学 【0】

bounce [bauns] *vi.* 弹起来，跳起 *vt.* 使弹起，使弹回 *n.* 弹，反弹 【0】

bowel ['bauəl] *n.* （常用 *pl.*）肠 【0】

bowl [bəul] *n.* 碗，钵 【0】

联想记忆 pot *n.* 壶，罐，盆 dish *n.* 碟子，盘子 kettle *n.* 水壶 basin *n.* 盆 pan *n.* 平底锅 plate *n.* 盘子，板

boyhood ['bɔihud] *n.* 少年时代 【0】

brace [breis] *n.* 支架，托架 *vt.* 使稳固 【0】

brass [brɑ:s] *n.* 黄铜；（*pl.*）黄铜制品 【0】

breach [bri:tʃ] *v.* 破坏，违反，不履行 *n.* 违犯（法纪），毁约 【0】

breadth [bredθ] *n.* 宽度，（布的）幅宽，（船）幅 【0】

breakage ['breikidʒ] *n.* 破坏，裂口，破损处 【0】

breakthrough ['breik'θru:] *n.* 重大发现，突破 【0】

brewery ['bru:əri] *n.* 啤酒厂，酿酒厂 【0】

bribery ['braibəri] *n.* 行贿，贿赂；受贿，被收买 【0】

brick [brik] *n.* 砖，砖状物 【0】

bride ['braid] *n.* 新娘 【0】

briefcase [ˈbriːfkeis] *n.* 公文包 【0】

briefing [ˈbriːfiŋ] *n.* 简要介绍[汇报]简报 【0】

brighten [ˈbraitn] *v.* 发光，发亮 【0】

brink [briŋk] *n.* （河，海，峭壁等的）边，界，岸 【0】

brisk [brisk] *a.* 活泼的，敏捷的；轻快的 【0】

broaden [ˈbrɔːdn] *vt.* 加宽，使扩大，扩展 【0】

broker [ˈbrəukə] *n.* 经纪人，掮客，中间人 【0】

bronze [brɔnz] *n.* 青铜（铜与锡的合金）；铜像 *a.* 青铜色的 【0】

broom [bruːm] *n.* 扫帚 *vt.* 帚，用扫帚扫 【0】

browse [brauz] *v. / n.* 浏览 【0】

browser [bruːzə] *n.* 浏览器，吃嫩叶的动物，浏览书本的人 【0】

bruise [bruːz] *n.* 青肿，挫伤，擦痕 *v.* 使受伤，研碎 【0】

brunch [brʌntʃ] *n.* [俚]（早点与午餐合二为一的）早午餐 【0】

brush [brʌʃ] *vt. / n.* 刷，毛刷；画笔 【0】

固定搭配 **brush sth. away / off** 用刷子刷掉某物

brush sth. aside / away（喻）不理；不顾（困难、反对等）

brutality [bruːˈtæləti] *n.* 兽性；残忍；蛮横；粗野 【0】

bucket [ˈbʌkit] *n.* 吊桶，水桶 【0】

bulk [bʌlk] *n.* 体积，容积；大块，大批；大部分，主体 【0】

bullet [ˈbulit] *n.* 枪弹，子弹 【0】

bulletin [ˈbulitin] *n.* 公告，电子布告栏 【0】

bunch [bʌntʃ] *n.* 一束，一串 【0】

固定搭配 **a bunch of** 一束，一串

burdensome [ˈbəːdnsəm] *a.* 沉重的；麻烦的；难于负担的 【0】

bureaucracy [bjuəˈrɔkrəsi] *n.* 官僚，官僚主义，官僚机构 【0】

bureaucrat [ˈbjuərəukræt] *n.* 官僚主义者；官僚，官吏 【0】

burial [ˈberiəl] *n.* 埋葬，葬礼，埋藏 【0】

bury [ˈberi] *vt.* 埋，安葬 【0】

bust [bʌst] *v.* 使爆裂，击破 【0】

butter [ˈbʌtə] *n.* 黄油；奶油 【0】

butterfly [ˈbʌtəflai] *n.* 蝴蝶 【0】

bypass [ˈbaɪˌpɑːs] *n.* 旁路；小道 *vt.* 绕过，忽视，回避 【0】

bystander [ˈbaɪˌstændə] *n.* 旁观者；局外人 【0】

cape [keɪp] *n.* 斗篷，披肩；海角，岬 【0】

经典例句　Steer the ship around the cape and into the harbor.

译　文　驾驶船舶绕过海角，驶进港口。

cement [sɪˈment] *n.* 水泥 【0】

chin [tʃɪn] *n.* 下巴 【0】

circular [ˈsəːkjulə] *a.* 圆形的；循环的 【0】

coherent [kəuˈhɪərənt] *a.* 一致的，连贯的 【0】

commence [kəˈmens] *vt.* 开始；着手 【0】

commerce [ˈkɔmə(ː)s] *n.* 商业，贸易 【0】

commodity [kəˈmɔditi] *n. (pl.)* 日用品；商品，货物，有用的东西；农矿产品 【0】

名师导学　该词属于常考词汇。考生要注意常用的相关同义词：article（物品，商品）；commerce（商业，贸易）；merchandise（商品，货物）；stock（现货，库存；股份，公债）。

comply [kəmˈplai] *vi.* 遵守，照办 【0】

名师导学　考生要注意常用相关同义词：abide by（坚持，遵守）；adhere to（遵守，坚持）；conform to（符合，遵照）；obey（服从，顺从）；observe（遵守）。常用相关反义词有：disobey（违反，不服从）；resist（抵抗，反抗）。注意固定搭配 comply with（遵从，服从），后面接名词。注意 comply with = conform to = abide by，注意介词的不同。

comprehensive [kɔmpriˈhensiv] *a.* 广泛的，综合的，理解的 *n.* 综合学校 【0】

名师导学　考生要注意常用的相关同义词 extensive（广阔的，广泛的），overall（全部的，全面的）。注意词组 comprehensive shool（综合中学），有时出现在阅读中。

confess [kənˈfes] *vt.* 坦白，供认，承认 【0】

confine [ˈkɔnfain] *vt.* 限制，限于；监禁 【0】

congratulate [kənˈgrætjuleit] *vt.* 祝贺，向……贺喜 【0】

固定搭配　congratulate sb. on sth. 因某事祝贺某人

联想记忆　celebrate *v.* 庆祝　cheer *v.* 欢呼　toast *v.* 祝酒（辞）

consent [kənˈsent] *n.* 同意，赞成，许可 *vi.* 同意，允许 【0】

名师导学　考生要注意常用的相关同义词 agree（同意，赞成……的意见，与……一致），approve（赞成，满意）。常用的相关反义词有 decline（拒绝），oppose（反对，使对立），

第四周　预测词汇

refuse（拒绝，谢谢）。注意固定搭配 consent to（准许，同意，赞成），是该词的常用搭配。

considerate [kən'sidərit] *a.* 考虑周到，体谅的，体贴的 【0】

contemplate ['kɔntempleit] *v.* 沉思，仔细考虑 【0】

名师导学 考生要注意常用的相关同义词：consider（考虑，细想）；ponder（思索，考虑，沉思），reflect（反省，细想），think（想，思索），survey（调查，全面审视）。该词的衍生词应该多加注意。

converge [kən'və:dʒ] *vi.*（在一点上）会合，互相靠拢；会聚，集中；（思想、观点）趋近 【0】

cooperate [kəu'ɔpəreit] *vi.* 合作，协作，相配合 【0】

固定搭配 cooperate with sb. in doing sth. 与某人合作做某事

cop [kɔp] *n.* 警察 【0】

cord [kɔ:d] *n.* 细绳，弦 【0】

correspondence [ˌkɔris'pɔndəns] *n.* 相当（应，称）；符合，一致；通信，信件 【0】

corrode [kə'rəud] *vt.* 腐蚀，侵蚀；损害，损伤 【0】

corrupt [kə'rʌpt] *a.* 腐败的，贪污的，被破坏的，混浊的，（语法）误用的 *vt.* 使腐烂，腐蚀，使恶化 *vi.* 腐烂，堕落 【0】

corruption [kə'rʌpʃən] *n.* 腐败，堕落，恶化；贪污，贿赂 【0】

cosy ['kəuzi] *a.* 暖和舒服的；（感觉）舒适的 【0】

credible ['kredəbl, -ibl] *a.* 可信的，可靠的 【0】

经典例句 He will be a credible witness when needed.

译 文 如果需要的话，他会是一位可信的证人。

creep [kri:p] *n.* 爬，徐行，蠕动 *vi.* 爬，蔓延，潜行 【0】

cripple ['kripl] *n.* 残废的人，跛子 *vt.* 使残废 【0】

cruelty ['kru:əlti] *n.* 残忍，残酷；残忍的行为，尖刻的语言 【0】

crush [krʌʃ] *n. / v.* 压碎，榨；压服，压垮 【0】

cue [kju:] *n.* 提示，暗示 【0】

cultural ['kʌltʃər(ə)l] *a.* 文化的，文化上的 【0】

curb [kə:b] *vt.* 控制，约束 *n.* 控制，约束；（街边和人行道的）路缘 【0】

名师导学 该词的动词意义"控制"源自名词"马勒"。

curl [kə:l] *n.* 卷曲，鬈 *vt.* 弄卷 *vi.* 卷曲，弯曲 【0】

curse [kə:s] *n. / v.* 诅咒，咒骂 【0】

cute [kju:t] *a.* 可爱的，漂亮的 【0】

Tuesday

cabbage ['kæbidʒ] *n.* 卷心菜，甘蓝 【0】

cabin ['kæbin] *n.* 小木屋；船舱，机舱 【0】

cabinet ['kæbinit] *n.* 橱柜；内阁 【0】

cafeteria [ˌkæfi'tiəriə] *n.* 自助餐厅 【0】

calcium ['kælsiəm] *n.* 钙 【0】

camel ['kæməl] *n.* 骆驼 【0】

candle ['kændl] *n.* 蜡烛 【0】

cannon ['kænən] *n.* 大炮 【0】

canteen [kæn'ti:n] *n.* 小卖部，食堂；水壶 【0】

capsule ['kæpsju:l] *n.* 胶囊；航天舱 【0】

captain ['kæptin] *n.* 首领，队长；船长，舰长；陆军上尉，
海军上校 【0】

caption ['kæpʃən] *n.* 标题，（图片）说明，解说词【0】

cardinal ['ka:dinəl] *a.* 极其重要的，主要的，基本的【0】

carefree ['kɛəfri:] *a.* 快乐的，无忧无虑的 【0】

cargo ['ka:gəu] *n.* 船货，货物 【0】

carpenter ['ka:pintə] *n.* 木匠 【0】

carrier ['kæriə] *n.* 搬运人；携带者；运载工具 【0】

carrot ['kærət] *n.* 胡萝卜 【0】

cartoon [ka:'tu:n] *n.* 卡通画，漫画；卡通片，动画片【0】

casino [kə'si:nəu] *n.* 夜总会，俱乐部，娱乐场 【0】

casualty ['kæʒjuəlti] *n.* 伤亡人数，死伤者；受害人，损失
的东 【0】

catastrophe [kə'tæstrəfi] *n.* 大灾难，大祸 【0】

cathedral [kə'θi:drəl] *n.* 大教堂 【0】

cavity ['kæviti] *n.* 洞，空穴，凹处，槽；[解剖]腔 【0】

CD-ROM *n.* 只读光盘 【0】

celebrity [si'lebriti] *n.* 著名人士，名人 【0】

cellar ['selə] *n.* 地下室，地（酒）窖 【0】

censorship ['sensəʃip] *n.* 审查机构,审查制度；审察员（检
查员）的职权 【0】

census ['sensəs] *n.* 人口普查，统计 【0】

centimeter / -tre ['sentimi:tər(r)] *n.* 厘米 【0】

certification [ˌsə:tifi'keiʃən] *n.* 证明，证明书；合格证【0】

certify ['sə:tifai] *vt.* 证明；证实；宣称 【0】

chalk　[tʃɔːk] n. 白垩，粉笔，石灰石　【0】

chamber　['tʃeimbə] n. 室；议院　【0】

champagne　[ʃæm'pein] n. 香槟酒，香槟色　【0】

chaotic　[kei'ɔtik] a. 混乱的；无秩序的　【0】

charter　['tʃɑːtə] n. 宪章，特许状　vt. 特许，发执照给……；租，包（船，车等）　【0】

checkpoint　['tʃekpɔint] n. 检查站；关卡，公路检查站，检查点　【0】

cheese　[tʃiːz] n. 干酪，奶酪（不可数）　【0】

childlike　['tʃaildlaik] a. 孩子似的，天真烂漫的　【0】

chimney　['tʃimni] n. 烟囱，烟筒　【0】

choke　[tʃəuk] v. 窒息，阻塞，抑制　【0】

cholesterol　[kə'lestərəul, -rɔl] n. 胆固醇　【0】

chopsticks　['tʃɔpstiks] n. 筷子　【0】

chorus　['kɔːrəs] n. 合唱；齐声，异口同声地说　【0】

固定搭配　a chorus of sth. 齐声，异口同声

　　　　　in chorus 一起，一齐，同时

　　　　　chorus girl 合唱团女成员

chronicle　['krɔnikl] n. 年代记，编年史；记录；　【0】

chunk　[tʃʌŋk] n. 大块，矮胖的人或物　【0】

circus　['səːkəs] n. 杂技场，马戏场；马戏团　【0】

citizenship　['sitiznʃip] n. 公民的身份，公民的职责和权力　【0】

civic　['sivik] a. 城市的；市民的，公民的　【0】

civilian　[si'viljən] a. 平民的，民用的，民众的　【0】

clamp　[klæmp] vt. （用夹具等）夹紧，夹住，固定　n. 夹头，夹具，夹钳　【0】

固定搭配　clamp A and B (together) 把 A 和 B 夹紧，固定

　　　　　clamp down (on sb. / sth.) 严厉打击（犯罪等）

clan　[klæn] n. 克兰（苏格兰高地人的氏族，部落）部落，氏族，宗族，党派　【0】

clap　[klæp] n. 鼓掌，拍手声　v. 鼓掌　【0】

clarification　[klærifi'keiʃən] n. 澄清（作用）；澄清法；净化　说明，解释　【0】

clarity　['klærəti] n. 清楚；明晰　【0】

clasp　[klɑːsp] vt. 扣住，扣紧；抱紧，拥抱；紧握　n. 扣子，钩，紧握，抱住　【0】

classification　[ˌklæsifi'keiʃən] n. 分类，分级　【0】

clay　[klei] n. 泥土，黏土　【0】

clearance ['kliərəns] n. 清理，清除，空隙；许可证，批准；（银行）票据交换 【0】

clearing ['kliəriŋ] n. 除去，排除，净化；清算，票据交换 【0】

click [klik] n. 一击 【0】

cliff [klif] n. 崖，悬崖 【0】

clinical ['klinikəl] a. 门诊的，临床的 【0】

clockwise ['klɔkwaiz] a. / ad. 顺时针方向转动的（地），正转的（地） 【0】

closet ['klɔzit] n. 橱，壁橱 a. 私下的，隐蔽的 vt. 把……引进密室会谈 【0】

cluster ['klʌstə] n. （果实、花等的）串，簇；（人、物等的）群，组 vi. 群集，丛生 vt. 使集群，集中 【0】

clutch [klʌtʃ] v. 抓住，攫取 n. 抓紧，紧握；离合器 【0】

coalition [,kəuə'liʃən] n. 联合，盟军 【0】

cocktail ['kɔkteil] n. 鸡尾酒 【0】

cohesion [kəu'hi:ʒən] n. 粘着，附着；粘合（力）；结合，连结；内聚性；凝聚性（力），聚合力 【0】

collision [kə'liʒən] n. 碰撞，冲突，抵触 【0】

固定搭配 come into collision with 和……相撞（冲突，抵触）
in collision with 和……相撞（冲突）

colony ['kɔləni] n. 殖民地；聚居地 【0】

column ['kɔləm] n. 柱，柱状物；栏，专栏（文章） 【0】

comet ['kɔmit] n. 彗星 【0】

commander [kə'mɑːndə] n. 司令官，指挥官 【0】

commemorate [kə'meməreit] vt. 纪念，庆祝 【0】

commentary ['kɔmentəri] n. 评论，评注；实况广播报道，现场口头评述 【0】

commentator ['kɔmenteitə] n. 评论员；实况广播员 【0】

commonwealth ['kɔmənwelθ] n. 联邦，英联邦 【0】

communism ['kɔmjunizəm] n. 共产主义 【0】

companion [kəm'pænjən] n. 同伴，伴侣 【0】

comparative [kəm'pærətiv] a. 比较的，相当的 【0】

compass ['kʌmpəs] n. 指南针 【0】

compassionate [kəm'pæʃənit] a. 有同情心的，深表同情的 【0】

compensation [kɔmpen'seiʃən] n. 补偿，赔偿 【0】

competitive [kəm'petitiv] a. 竞争的，竞赛的；（指人）求胜心切的，急于取胜的；（价格等）有竞争力的 【0】

competitor [kəm'petitə] *n.* 竞争对手 【0】

complementary [kɔmpli'mentəri] *a.* 互补的；互相补足的 【0】

complexion [kəm'plekʃən] *n.* 肤色；情况，局面 【0】

complexity [kəm'pleksiti] *n.* 复杂（性），复杂的事物 【0】

complication [ˌkɔmpli'keiʃ(ə)n] *n.* 错杂；新增的困难；新出现的问题；并发症 【0】

compliment ['kɔmplimənt] 赞美（话），恭维（话）；（复）致意，问候 *vt.* 赞美，恭维 【0】

composer [kəm'pəuzə] *n.* 作曲家，创作者 【0】

composite ['kɔmpəzit, -zait] *a.* 复合的，合成的，集成的 *n.* 混合物 【0】

computerize [kəm'pju:təraiz] *vt.* 用计算机处理，使计算机化 【0】

comrade ['kɔmrid] *n.* 同志，伙伴 【0】

conceited [kən'si:tid] *a.* 骄傲的，自高自大的，自负的 【0】

concession [kən'seʃən] *n.* 让步，妥协 【0】

condemnation [ˌkɔndem'neiʃən] *n.* 定罪，判罪，宣告有罪；谴责，非难，指责 【0】

condense [kən'dens] *vt.* 压缩，浓缩，精简 【0】

condolence [kən'dəuləns] *n.* 吊唁，吊慰；哀悼，悼词；追悼 【0】

condom ['kɔndəm] *n.* 避孕套 【0】

conductor [kən'dʌktə] *n.* 领导者，经理，指挥管弦乐队、合唱队的，（市内有轨电车或公共汽车）售票员，<美>列车长 【0】

confederation [kənˌfedə'reiʃən] *n.* 结盟，联合；同盟，联盟，联邦 【0】

configuration [kənˌfigju'reiʃən] *n.* 外形；外貌；轮廓，形状 【0】

confirmation [ˌkɔnfə'meiʃən] *n.* 确定，确立，证实；确认，批准 【0】

conformity [kən'fɔ:miti] *n.* 相似；一致；遵从；顺从 【0】

Confucian [kən'fju:ʃən] *a.* 孔子的；儒家的 【0】

Confucianism [kən'fju:ʃənizm] *n.* 孔子学说，儒教 【0】

congratulation(s) [kənˌgrætju'leiʃən] *n.* 祝贺，恭喜（常用复数） 【0】

conjunction [kən'dʒʌŋkʃən] *n.* 联合，连接，结合；连接词 【0】

conqueror [ˈkɔŋkərə] n. 征服者，占领者 【0】

conquest [ˈkɔŋkwest] n. 攻占；占领；征服；战利品【0】

conscientious [ˌkɔnʃiˈenʃəs] a. 认真（负责）的，真心诚意的，小心谨慎的 【0】

consecutive [kənˈsekjutiv] a. 连续的，依顺序的；连贯的 【0】

consensus [kənˈsensəs] n.（意见等）一致，一致同意【0】

consistency [kənˈsistənsi] n. 一致性，连贯性；坚持【0】

console [kənˈsəul] vt. 安慰，慰问 n. 控制台，操作台 【0】

consolidate [kənˈsɔlideit] v. 加固，巩固 【0】

conspicuous [kənˈspikjuəs] a. 显著的，显眼的 【0】

constrict [kənˈstrikt] vt. 压缩，使收缩；妨害，阻碍【0】

consultancy [kənˈsʌltənsi] n. 顾问（工作），顾问职业【0】

consultant [kənˈsʌltənt] n. 顾问 【0】

consultative [kənˈsʌltətiv] a. 咨询的，顾问的，磋商的 【0】

contaminate [kənˈtæmineit] vt. 弄脏，污染 【0】

contented [kənˈtentid] a.（与 with 连用）满足的，满意的 【0】

联想记忆 contented 和 content 都有"满意的，知足的"意思，用法有别：前者既可以做表语又可以做定语，而后者只能做表语不能做定语。

contention [kənˈtenʃən] n. 斗争，竞争；争论，辩论 【0】

continuance [kənˈtinjuəns] n. 保持；停留，逗留；继续，延续 【0】

continuity [ˌkɔntiˈnju(:)iti] n. 连续性；继续性 【0】

contrive [kənˈtraiv] vi. 计划，发明，设计；设法，图谋【0】

convene [kənˈviːn] vt. 召集，集合；召唤，叫出 【0】

converge [kənˈvəːdʒ] vi. 会合，相互靠拢；会聚，集中；（思想、观点等）趋势 【0】

convertible [kənˈvəːtəbl] a. 可转换的；可转变的；可改装的；可兑换的 【0】

cooperative [kəuˈɔpərətiv] a. 合作的，协作的，共同的 【0】

copper [ˈkɔpə] n. 铜，钢币，铜制品 【0】

联想记忆 aluminum n. 铝 bronze n. 青铜

copyright [ˈkɔpirait] n. 版权，著作权 【0】

cordial [ˈkɔːdiəl; ˈkɔːdʒəl] a. 热情友好的，热诚的 【0】

cordless ['kɔ:dlis] *a.* 无绳的，不用电线的　【0】

cornerstone ['kɔ:nəstəun] *n.* 奠基石；基石　【0】

corps [kɔ:] *n.* （医务、通信等兵种的）队，部队；（从事同等专业工作的）一组　【0】

corpse [kɔ:ps] *n.* 尸体，死尸　【0】

correlate ['kɔrileit] *vt.* 使相互有关　*vi.*（to, with）相关，关联　【0】

correlation [ˌkɔri'leiʃən] *n.* 关联，（相互）关系，相关，相应，交互作用　【0】

corridor ['kɔridɔ:] *n.* 走廊　【0】

costume ['kɔstju:m, -'tju:m] *n.* 服装；剧装　【0】

cotton ['kɔtn] *n.* 棉花，棉　【0】

couch [kautʃ] *n.* 睡椅，长沙发椅　*vt.* 表达，隐含　【0】

council(l)or ['kaunsilə] *n.*〈美〉政务会委员；议员　【0】

countdown ['kaunt,daun] *n.* 倒数计秒　【0】

counterclockwise [ˌkauntə'klɔkwaiz] *a. / ad.* 逆时针方向的（地）；左旋的（地）　【0】

coupon ['ku:pɔn] *n.* 息票；赠券　【0】

courtesy ['kə:tisi, 'kɔ:-] *n.* 礼貌，客气　【0】

courtroom ['kɔ:tru:m] *n.* 法庭，审判室　【0】

courtyard ['kɔ:tjɑ:d] *n.* 庭院，院子　【0】

coward ['kauəd] *n.* 胆小鬼，懦夫　【0】

cowboy ['kaubɔi] *n.* 牛仔，牧童　【0】

cozy ['kəuzi] *a.*（暖和）舒适的；亲切友好的　【0】

crackdown [kræk'daun] *n.* 压迫，镇压，打击　【0】

cradle ['kreidl] *n.* 摇篮，发源地　【0】

crane [krein] *n.* 鹤；起重机　【0】

crisp [krisp] *a.* 脆的，易碎的；新鲜的；爽快的，明快的　【0】

crossroad ['krɔsrəud] *n.* 交叉路；十字路口；歧途　【0】

crowning ['krauniŋ] *a.* 至高无上的；登峰造极的　【0】

crude [kru:d] *a.* 天然的，未加工的；简陋的；粗鲁的　【0】

crumble ['krʌmbl] *vt.* 弄碎，粉碎　【0】

crust [krʌst] *n.* 面包皮，干面包片；外壳，硬壳　【0】

cube [kju:b] *n.* 立方体；立方形；正六面体　【0】

cubic ['kju:bik] *a.* 立体的，立方的；三次的　【0】

cucumber ['kju:kʌmbə] *n.* 黄瓜；胡瓜　【0】

culminate ['kʌlmineit] *vi.* 达到极点，达到最高潮　【0】

固定搭配 **culminate in…**以……而终结，以……而达到顶峰

cumulative ['kju:mjulətiv] *a.* 累积的，渐增的；附加的 【0】

cupboard ['kʌbəd] *n.* 柜橱 【0】

curfew ['kə:fju:] *n.* 宵禁时间；戒严时间；宵禁令 【0】

customary ['kʌstəməri] *a.* 通常的，（合乎）习惯的，（根据）惯例的 【0】

cyclist ['saiklist] *n.* 骑自行车/摩托车的人 【0】

cylinder ['silində] *n.* 圆柱体，圆筒；汽缸 【0】

cynical ['sinikəl] *a.* 愤世嫉俗的，（对人性或动机）怀疑的 【0】

dairy ['dɛəri] *n.* 牛奶场；奶店；乳制品 【0】
联想记忆 **milk** *n.* 牛奶 **cream** *n.* 奶油 **cheese** *n.* 乳酪
powdered milk *n.* 奶粉 **butter** *n.* 黄油

dam [dæm] *n.* 坝，堤 【0】

damn [dæm] *vt.* 下地狱；谴责，指责；诅咒 【0】

daring ['dɛəriŋ] *a.* 胆大的，勇敢的 【0】

darling ['dɑ:liŋ] *n.* 爱人，情人 【0】

dart [dɑ:t] *n.* 标枪；镖；飞奔 *v.* 投掷；急驶；突发 【0】

dash [dæʃ] *vt.* 猛冲，撞破 *vi.* 猛冲 *n.* 猛冲，短跑，破折号 【0】

daylight ['deilait] *n.* 白昼，日光 【0】

dazzle ['dæzl] *vt.* 使目眩，耀眼；使赞叹不已，使倾倒 *n.* 耀眼的光，令人赞叹的东西 【0】

debris ['debri:, deibri:] *n.* 碎片，残骸 【0】

deceit [di'si:t] *n.* 欺骗，欺诈 【0】

deceive [di'si:v] *v.* 欺骗，蒙蔽 【0】
固定搭配 **deceive sb. into doing sth.** 骗某人做某事

decimal ['desiməl] *a.* 小数的，十进制的 【0】

deck [dek] *n.* 甲板；层面 【0】

declaration [,deklə'reiʃən] *n.* 宣布，宣告；声明；申报 【0】

decree [di'kri:] *n.* 法令，命令，政令 *v.* 颁布 【0】

deduct [di'dʌkt] *vt.* 扣除，减除；演绎 【0】

deduction [di'dʌkʃən] *n.* 缩小，减小；演绎 【0】

deductive [di'dʌktiv] *a.* 推论的，推断的；演绎的 【0】

deed [di:d] *n.* 行为，行动；功绩，事迹 【0】

deem [di:m] *vt.* 认为，视为 【0】

名师导学 表示"认为，想"的意义时单词较多，不一定总是使用 I think...，除了上述真题中的 deem 以外，还包括 consider，assume，believe，suppose 等。

defection [di'fekʃən] *n.* 缺点；背信，背叛，变节 【0】

defective [di'fektiv] *a.* 有缺陷（缺点）的，不完美的，故障的(in) 【0】

defence [di'fens] *n.* 防御，保卫；答辩 【0】

固定搭配 **in defence of** 保卫

defendant [di'fendənt] *n.* 被告 【0】

defiance [di'faiəns] *n.* 挑战，挑衅；蔑视 【0】

deficiency [di'fiʃənsi] *n.* 缺乏，不足；缺点，缺陷 【0】

deficient [di'fiʃənt] *a.* 缺乏的，欠缺的；不足的，不完善的 【0】

deficit ['defisit] *n.* 不足，缺陷；亏损，亏空（额）；赤字，逆差，欠缺 【0】

definitive [di'finitiv] *a.* 限定的；明确的 【0】

degenerate [di'dʒenə,reit] *v.* 退化，衰败 【0】

degrade [di'greid] *v.* 分解，降级，使受屈辱 【0】

delegate ['deligeit] *n.* 委员，代表 *vt.* 派……为代表；委任 【0】

delegation [,deli'geiʃən] *n.* 代表团；派遣 【0】

delicacy ['delikəsi] *n.* 娇嫩，优美；精致 【0】

delightful [di'laitful] *a.* 令人非常高兴的；讨人喜欢的 【0】

democracy [di'mɔkrəsi] *n.* 民主，民主制；民主国家 【0】

denial [di'naiəl] *n.* 否认 【0】

denote [di'nəut] *vt.* 意思是；表示，是……的标志 【0】

density ['densiti] *n.* 稠密；密度 【0】

dependence [di'pendəns] *n.* 依靠，依赖，信任，信赖 【0】

deplore [di'plɔ:] *vt.* 悲悼，痛惜 【0】

deport [di'pɔ:t] *vt.* 把……驱逐出境 【0】

depth [depθ] *n.* 深度；深厚，深切 【0】

固定搭配 **in depth** 广泛地；彻底地，深入地

名师导学 deep-depth-deepen 深的 long-length-lengthen 长的 wide-width-widen 宽的 broad-breadth-broaden 宽阔的 strong-strength-strengthen 强壮的

descent [di'sent] *n.* 降下；血统，出身 【0】

desert [di'zə:t, 'dezət] *n.* 沙漠；应得的赏罚，功过 *a.* 沙

漠的，不毛的，荒凉的 *vt.* 放弃，遗弃，逃跑 *vi.* 逃掉，
逃亡，开小差 【0】

designate ['dezigneit] *v.* 指明，标明，指出；指派，指定 【0】

desirability [di,zaiərə'biləti] *n.* 愿望，可取，合意 【0】

desirous [di'zaiərəs] *a.* 渴望的，希望的 【0】

despair [dis'pɛə] *vi. / n.* 失望，绝望 【0】

固定搭配　in despair 绝望地

despair of 对……丧失信心

despise [dis'paiz] *vt.* 鄙视，看不起 【0】

dessert [di'zə:t] *n.* （作为正餐最后一道的）甜食，甜点心 【0】

destined ['destind] *a.* 注定的，预定的 【0】

destiny ['destini] *n.* 命运，定数 【0】

detective [di'tektiv] *n.* 侦探 *a.* 侦探的 【0】

detention [di'tenʃən] *n.* 拘留，扣押；监禁 【0】

deterioration [di,tiəriə'reiʃən] *n.* 变坏，退化，堕落 【0】

deviate ['di:vieit] *vi.* 背离，偏离 【0】

devil ['devl] *n.* 魔鬼 【0】

diffuse [di'fju:z] *n.* 扩散，使弥漫；散布 【0】

discard [dis'ka:d] *vt.* 丢弃，舍弃，抛弃 【0】

disco ['diskəu] *n.* 迪斯科舞厅 【0】

discriminate [dis'krimineit] *vt.* （between）区分，辨别；
（~against）歧视 【0】

名师导学　使用该词时多搭配介词 from "将……同……区分
来"，between "区分，辨别" 以及 against "歧视，排斥"。

disgust [dis'gʌst] *n.* 厌恶，反感 【0】

disgusting [dis'gʌstiŋ] *a.* 令人厌恶的，令人厌烦的 【0】

disillusion [,disi'lu:ʒən] *n.* 觉醒，幻灭 【0】

distort [dis'tɔ:t] *v.* 曲解，歪曲 【0】

名师导学　该词出现在阅读和词汇选择题中，动词后加 ed 变
成形容词词形，意为 "被扭曲的，被误解的"。

dive [daiv] *n. / vi.* 跳水，潜水；俯冲，扑 【0】

download ['daunləud] *n. / v.* 下载 【0】

drag [dræg] *v.* 拖拉，拖拽 【0】

drown [draun] *v.* 淹死，淹没 【0】

固定搭配　drown oneself in 埋头于

dual ['dju(:)əl] *a.* 双的；二重的；二元的 【0】

duty ['dju:ti] *n.* 职责；义务，责任；税，关税 【0】

固定搭配　off duty 下班

on duty 值班，当班

名师导学　duty, tariff, tax: duty（通常作复数）指对各种具体物品所征收的税款；tariff 指政府对进出口货物所征收的关税；tax 泛指普通百姓和营业单位向国家交纳的各种税金。

dwarf　[dwɔːf] n. 个头矮小的人　vt. 使矮小，阻碍发育
【0】

Wednesday

diagram　['daiəgræm] n. 图解，图表，简图　　　　　【0】

diamond　['daiəmənd] n. 金刚石，钻石　　　　　【0】

dictation　[dik'teiʃən] n. 听写，口述　　　　　【0】

dictator　[dik'teitə] n. 独裁者；口述者　　　　　【0】

dietary　['daiətəri] a. 饮食的；规定食物的　n. 规定食物
【0】

digestive　[di'dʒestiv] a. 消化的，有助消化的　　　　【0】

dignity　['digniti] n. 威严，尊严　　　　　【0】

dilute　[dai'ljuːt, di'l-] v. 稀释，冲淡；a. 稀释的，冲淡的
【0】

dinosaur　['dainəsɔː] n. 恐龙　　　　　【0】

directory　[di'rektəri] n.（规则、指令等）指南；通讯录；
电话簿；目录　　　　　【0】

disapprove　[,disə'pruːv] v.(of) 不答应，不赞成　　【0】

disarm　[dis'ɑːm] vt. 解除武装，裁军　　　　　【0】

disclosure　[dis'kləuʒə] n. 揭发，败露，透漏　　　【0】

discontent　[,diskən'tent] n. 不满　　　　　【0】

discreet　[dis'kriːt] a. 小心的，慎重的　　　　　【0】

discrete　[dis'kriːt] a. 不连续的，离散的　　　　【0】

disgraceful　[dis'greisful] a. 可耻的，不名誉的　　【0】

disguise　[dis'gaiz] n. 假装；伪装物 vt. 假装，扮作；隐瞒
【0】

dismay　[dis'mei] n. 失望，气馁，惊愕　vt. 使失望，使
惊愕　　　　　【0】

dispense　[dis'pens] vt. 分发，分配　　　　　【0】

disperse　[dis'pəːs] vi. 散开，分散　vt. 使消散，驱散　【0】

disposition　[dispə'ziʃən] n. 性情，性格；意向，倾向；处
置，布置，部署　　　　　【0】

dissolve　[di'zɔlv] v. 溶解，融化；解除，解散，取消　【0】

distill [di'stil] *vt.* 蒸馏，提取，精练 【0】

distress [dis'tres] *n.* 苦恼，悲痛；危难，不幸 *vt.* 使苦恼，
使痛苦 【0】

disturbance [dis'tə:bəns] *n.* 动乱；骚扰，干扰；（身心）
失调 【0】

ditch [ditʃ] *n.* 沟，渠道 【0】

diversion [dai'və:ʃən] *n.* 偏离，转向；注意力分散 【0】

dividend ['dividend] *n.* 红利 【0】

divine [di'vain] *a.* 神的，神圣的，神授的 【0】

dizzy ['dizi] *a.* 头昏眼花的 【0】

dodge [dɔdʒ] *v.* 躲闪，躲避，搪塞 *n.* 躲闪 【0】

dogged ['dɔgid] *a.* 顽固的，顽强的 【0】

dogma ['dɔgmə] *n.* 教条 【0】

domination [ˌdɔmi'neiʃən] *n.* 控制，统治，支配 【0】

donor ['dəunə] *n.* 捐献者，馈赠者 【0】

dormitory ['dɔ:mitri] *n.* （集体）宿舍 【0】

doubtful ['dautful] *a.* 怀疑的，不相信的；可疑的；难
料的 【0】

固定搭配 be / feel doubtful of / about sth. 对某事有怀疑

downtown ['dauntaun] *a.* 市区的 *ad.* 在市区，往市区
【0】

downward(s) ['daunwədz] *a.* / *ad.* 向下的（地），下行的
（地） 【0】

draft [drɑ:ft] *n.* 草稿，草案，草图 *vt.* 起草，草拟 【0】

drainage ['dreinidʒ] *n.* 排水；排泄设备 【0】

drawer ['drɔ:ə] *n.* 抽屉 【0】

dread [dred] *n.* 恐惧，恐怖，可怕的人（或物）*v.* 惧怕，
担心 【0】

dreadful ['dredful] *a.* 可怕的 【0】

drill [dril] *v.* / *n.* 练习，操练，训练；钻孔，打孔 【0】

drip [drip] *vi.* 滴下；漏水 *n.* 滴，水滴，点滴 【0】

driveway ['draivwei] *n.* 车道 【0】

driving-licence / se [draiviŋ'laisəns] *n.* 驾照 【0】

dropout ['drɔpaut] *n.* 退学学生，中途退学 【0】

drum [drʌm] *n.* 鼓；鼓状物 【0】

dryer ['draiə] *n.* 干衣机，干燥剂 【0】

dubious ['dju:biəs] *n.* 怀疑的，犹豫不决的，无把握的；
有问题的，靠不住的 【0】

dumb [dʌm] *a.* 哑的，无声的 【0】

联想记忆　deaf *a.* 聋的

dusk [dʌsk] *n.* 黄昏 【0】

dustbin ['dʌstbin] *n.* 垃圾箱 【0】

dusty ['dʌsti] *a.* 满是灰尘的，积满灰尘的 【0】

dweller ['dwelə] *n.* 居住者，居民 【0】

dye [dai] *n.* 颜料，染料　*vt.* 染，染色 【0】

dynamite ['dainəmait] *n.* 黄色炸药；引起轰动的人（或事物） 【0】

easy–going [i:zi'aəuiŋ] *a.* 随和的 【0】

eccentric [ik'sentrik] *a.*（人、行为、举止等）古怪的，怪癖的，异乎寻常的　*n.* 古怪的人，有怪癖的人 【0】

eclipse [i'klips] *n.*（日、月）食，遮掩（天体的）光　*vt.* 使暗淡，使失色，使相形见绌 【0】

eggplant ['egplɑ:nt] *n.* 茄子 【0】

ego ['i:gəu] *n.* 自我，自己，自尊 【0】

eject [i'dʒekt] *vt.* 驱逐，逐出；喷射，排出 【0】

elapse [i'læps] *vi.* 时间消逝 【0】

elasticity [ilæs'tisiti] *n.* 弹力，弹性 【0】

elbow ['elbəu] *n.* 肘，弯头，弯管　*v.* 用肘推，挤进 【0】

联想记忆　ankle *n.* 脚踝　knee *n.* 膝　wrist *n.* 腕

固定搭配　elbow one's way（用肘推着）从人群中挤过去

　　　　　at one's elbow 在附近，在手头

　　　　　elbow through the crowd 从人群中挤过去

electrician [ilek'triʃ(ə)n] *n.* 电学家，电工 【0】

elegant ['eligənt] *a.* 优雅的，高雅的，漂亮的 【0】

elevate ['eliveit] *vt.* 提升……的职位，提高，改善；使情绪高昂，使兴高采烈；举起，使上升 【0】

elicit [i'lisit] *vt.* 诱出，引出，探出 【0】

elite [ei'li:t] *n.* 精华，名流 【0】

eloquent ['eləkwənt] *a.* 雄辩的，有口才的，动人的，意味深长的 【0】

emancipate [i'mænsipeit] *vt.* 解除（束缚），解放(from)；解脱，摆脱（思想上疑虑、偏见等） 【0】

embassy ['embəsi] *n.* 大使馆 【0】

embed [im'bed] *vt.* 把……嵌入；使深留脑中 【0】

embody [im'bɔdi] *vt.* 使具体化，具体表现，体现；包括，包含，收入 【0】

embrace [im'breis] *vt.* 抱，拥抱；包括，包含；包围，环绕 【0】

联想记忆 fabric *n.* 织物　wool *n.* 羊毛　leather *n.* 皮革　cotton *n.* 棉布　feather *n.* 羽毛

emigrant ['emigrənt] *a.* 移居的；移民的，侨居的　【0】

emigrate ['emigreit] *vi.* 移居外国，移民　【0】

empirical [em'pirikəl] *a.* 经验主义的　【0】

emulate ['emjuleit] *vt.* 同……竞赛（竞争）；努力赶上（超过）　【0】

encouragement [in'kʌridʒmənt] *n.* 鼓励，激励　【0】

endeavour [in'devə] *vi.* 努力，尽力，尝试　【0】

endorse [in'dɔːs] *v.* 在（票据）背面签名，签注（文件），认可，签署　【0】

endow [in'dau] *v.* 捐赠，赋予　【0】

enforcement [in'fɔːsmənt] *n.* 执行，强制　【0】

enlist [in'list] *v.* 征募，征召，参军　【0】

ensue [in'sjuː] *vi.* 跟着发生，继起　【0】

enthusiasm [in'θjuːziæzəm] *n.* 热情，热心，积极性　【0】

entrepreneur [,ɔntrəprə'nəː] *n.* 企业家　【0】

entrust [in'trʌst] *vt.* 委托，托付　【0】

envious ['enviəs] *a.* 忌妒的；羡慕的　【0】

episode ['episəud] *n.* 插曲，片段　【0】

equation [i'kweiʃən] *n.* 方程式，等式　【0】

equator [i'kweitə] *n.* 赤道　【0】

equivalent [i'kwivələnt] *a.* 相等的；等价的，等量的　*n.* 同等物，等价物，对等　【0】

eradicate [i'rædikeit] *v.* 根除　【0】

erase [i'reiz] *vt.* 抹去，擦掉　【0】

erect [i'rekt] *a.* 直立的，竖立的，笔直的　*vt.* 使竖立，使直立，树立，建立　【0】

erode [i'rəud] *vt.* 侵蚀，腐蚀，使变化　【0】

erroneous [i'rəunjəs] *a.* 错误的，不正确的　【0】

escort ['eskɔːt] *n.* 护卫（队），陪同（人员）　*v.* 护卫，护送，陪同　【0】

esteem [is'tiːm] *n./vt.* 尊重，珍重　【0】

esthetic [iːs'θetik] *a.* 美学的，审美的；悦目的，雅致的　【0】

eternal [i(ː)'təːnl] *a.* 永久的，不朽的　【0】

euro ['juərəu] *n.* 欧元　【0】

evacuate [i'vækjueit] *vt.* 转移，撤离，疏散　【0】

evade [i'veid] *v.* 规避，逃避，躲避　【0】

evaporate [i'væpəreit] v. 蒸发，气化　　　　【0】

eve [i:v] n. 前夜，前夕　　　　　　　　　　【0】

exceedingly [ik'si:diŋli] ad. 非常地，极度地　【0】

excellence ['eksələns] n. 优秀，卓越，优点　【0】

excerpt ['eksə:pt] n. 摘录　　　　　　　　　　【0】

exclaim [iks'kleim] v. 大叫，呼喊，大声叫　【0】

excursion [iks'kə:ʃən] n. 远足，短途旅行　　【0】

exemplify [ig'zemplifai] vt. 例证，例示，作为……例子【0】

exhaustion [ig'zɔ:stʃən] n. 耗尽枯竭，疲惫，筋疲力尽，
竭尽　　　　　　　　　　　　　　　　　　【0】

exile ['eksail, 'egz-] n. 流放，放逐，充军；被流放者　vt. 流
放，放逐，把……充军　　　　　　　　　　【0】

expectancy [ik'spektənsi] n.（常与 of 连用）期望，期待
　　　　　　　　　　　　　　　　　　　　【0】

expedition [,ekspi'diʃən] n. 远征（队），探险（队），考察
（队）　　　　　　　　　　　　　　　　　　【0】

expel [iks'pel] vt. 把……除名，把……开除；驱除，赶走，
放逐　　　　　　　　　　　　　　　　　　【0】

expend [iks'pend] vt. 花费，消耗，支出　　【0】

experimental [iks,peri'mentl] a. 试验（上）的　【0】

expire [iks'paiə, eks-] v. 期满，失效；去世　【0】

explanatory [iks'plænətəri] a. 说明的，解释性　【0】

explicit [iks'plisit] a. 详述的，明确的；直言的，毫不隐瞒
的，露骨的　　　　　　　　　　　　　　　【0】

名师导学　本词属于常考词汇，考生要注意相关近义词有
definite（a. 明确的，一定的），direct（a. 径直的，直接的，
直率的），distinct（a. 清楚的，明显的，截然不同的），express
（a. 急速的，特殊的，明确的）。相关反义词有 ambiguous
（a. 暧昧的，不明确的），implicit（a. 暗示的，含蓄的），
vague（a. 含糊不清的，茫然的，暧昧的）。

explode [iks'pləud] v.（使）爆炸，爆发，破裂　【0】

固定搭配　**explode with anger** 勃然大怒，大发脾气
　　　　　　explode with laughter 哄堂大笑

exposition [,ekspə'ziʃən] n. 解释；讲解；说明（文）；展
览，陈列；暴（显）露；曝光　　　　　　　【0】

expressway [ik'spreswei] n. 高速道路　　　【0】

exquisite ['ekskwizit] a. 精美的，精致的；敏锐的，有高
度鉴赏力的；剧烈的，感觉剧烈的　　　　　【0】

extravagant [iks'trævəgənt] a. 奢侈的，浪费的，过分的，

放纵的 【0】

facet ['fæsit] *n.* (多面体的)面，方面 【0】

fair [fɛə] *a.* 公平的，合理的；相当的，尚好的；晴朗的；美丽的，金发的 *n.* 定期集市，交易会，博览会 【0】

名师导学 fair，market：fair 指定期的"集市"，一般在乡镇举行，引申为"国际性的博览会"；market 指经常出售货品的市场，经济学上指的市场。

fake [feik] *n.* 假货，赝品；骗子，冒充者 *a.* 假的，伪造的，冒充的 *vt.* 伪造，捏造；伪装，假装 【0】

falsehood ['fɔ:lshud] *n.* 谬误，不真实，谎言，虚假 【0】

fantastic [fæn'tæstik] *a.* 空想的；奇异的，古怪的 【0】

fantasy ['fæntəsi, 'fæntəzi] *n.* 幻想 【0】

fascist ['fæʃist] *n.* 法西斯主义者 *a.* 法西斯主义的 【0】

fatty ['fæti] *a.* 脂肪的，含脂肪的，脂肪状的 【0】

feat [fi:t] *n.* 技艺，功绩，武艺，壮举，技艺表演 【0】

feather ['feðə] *n.* 羽毛 【0】

federation [,fedə'reiʃən] *n.* 联合会；联邦 【0】

feeble ['fi:bl] *a.* 虚弱的，衰弱无力的；无效的，无益的 【0】

feminine ['feminin] *a.* 女性的；娇柔的 【0】

fence [fens] *n.* 篱笆，围栏，栅栏 【0】

ferry ['feri] *n.* 渡轮，摆渡船 【0】

fertilizer ['fə:ti,laizə] *n.* 化肥，肥料 【0】

fetch [fetʃ] *vt.* (去)拿来；请来，带来 【0】

fifteenth ['fif'ti:nθ] *num.* 第十五 【0】

filling ['filiŋ] *n.* 填补物，饼馅，填充 【0】

finite ['fainait] *a.* 有限的，有限制的；限定的 【0】

firewall ['faiəwɔ:l] *n.* 防火墙 【0】

firewood ['faiəwud] *n.* 木柴，柴火 【0】

fisherman ['fiʃəmən] *n.* 渔夫 【0】

fist [fist] *n.* 拳头 *vt.* 拳打，握成拳 【0】

fixture ['fikstʃə] *n.* 固定设备，装置器；定期比赛 【0】

flag [flæg] *n.* 旗 【0】

flank [flæŋk] *n.* 侧面，腰窝 *vt.* 在……的侧面， 【0】

flap [flæp] *n.* 飘动，摆动；(翅膀的)拍打；激动 *v.* (使)拍打，鼓翼而飞，飘动 【0】

flare [flɛə] *vi.* (火焰)闪耀，(短暂地)烧旺；突发，突然发怒(或激动) *n.* 闪光信号，照明弹 【0】

flaw [flɔ:] *n.* 缺点，裂纹，瑕疵 【0】

flee [fli:] *v.* 逃走，逃出；消失，（时间）飞逝 【0】

fleet [fli:t] *n.* 舰队，船队，机群 【0】

fling [fliŋ] *vt.* （用力地）扔，掷 【0】

flock [flɔk] *n.* 兽群，鸟群 【0】

flow [fləu] *vi.* 流，流动；漂浮，飘扬 *n.* 流动，流量，流速 【0】

fluctuate ['flʌktjueit] *vi.* 变动，波动，涨落，动摇 *vt.* 使波动，使起伏，使动摇 【0】

名师导学 本词属于常考词汇。辨析：vibrate（使）震动；flutter 拍翅膀，飘动；swing 摇摆。

fluent ['flu(:)ənt] *a.* 流利的，流畅的

flush [flʌʃ] *n.* 红晕，冲刷（便桶） *v.* （脸）发红，冲洗，冲掉 *a.* 丰足的，齐平的 【0】

flutter ['flʌtə] *n.* 紧张，激动；鼓翼 *v.* （鸟等）鼓翼；飘动；（心脏等）乱跳

foam [fəum] *v. / n.* 起泡沫，泡沫 【0】

foggy ['fɔgi] *a.* 有雾的，模糊的 【0】

folk [fəuk] *n.* 人们 *a.* 民间的 【0】

fond [fɔnd] *a.* 喜爱的，爱好的；宠爱的，溺爱的 【0】

固定搭配 be fond of 喜爱，喜好

foolish ['fu:liʃ] *a.* 愚笨的，愚蠢的 【0】

foremost ['fɔ:məust] *a.* 最好的，最著名的，最重要的 【0】

forerunner ['fɔ:,rʌnə] *n.* 先驱（者），预兆 【0】

foresee [fɔ:'si:] *vt.* 预见，预料到 【0】

名师导学 本词属于常考词汇，考生要注意相关近义词有 anticipate（*v.* 预期，期望），forecast（*n.* 先见；预报 *vt.* 预想，预报），foretell（*v.* 预言，预示，预测），predict（*v.* 预知，预言，预报），prophesy（*v.* 预言，预报）。

foresight ['fɔ:sait] *n.* 先见，预见；深谋远虑 【0】

forestry ['fɔristri] *n.* 森林地，林学 【0】

foretell [fɔ:'tel] *v.* 预言，预示，预测 【0】

forge [fɔ:dʒ] *n.* 锻工车间，锻炉 *v.* 锻造；伪造 【0】

fork [fɔ:k] *n.* 叉，叉子；分叉，岔口 【0】

formality [fɔ:'mæliti] *n.* 拘谨，礼节，仪式，拘泥形式 【0】

format ['fɔ:mæt, -mɑ:t] *n.* 版式，（计算机的）格式；编排 *vt.* 设计，（计算机上）将……格式化

formula ['fɔ:mjulə] *n.* 公式，程式 【0】

固定搭配 formula for……的配方

fort [fɔːt] *n.* 要塞；堡垒 【0】

forthcoming [fɔːˈθʌmiŋ] *a.* 即将来临的；可得到的，乐于提供消息的 【0】

fortnight [ˈfɔːtnait] *n.* 两星期 【0】

联想记忆 decade *n.* 10 年　score *n.* 20 年　century *n.* 100 年

forum [ˈfɔːrəm] *n.* 论坛，讨论会 【0】

foul [faul] *n.* （比赛中的）犯规　*v.* 弄脏，弄污；对……犯规　*a.* 难闻的，发臭的；令人不愉快的，糟透了的；污秽的，肮脏的；邪恶的，罪恶的；（天气）恶劣的，有暴风雨的 【0】

fountain [ˈfauntin] *n.* 喷泉 【0】

fox [fɔːks] *n.* 狐狸 【0】

fracture [ˈfræktʃə] *n.* 破裂，骨折　*v.* （使）破碎，（使）破裂 【0】

fragrance [ˈfreigrəns] *n.* 香味，芳香；香气 【0】

fragrant [ˈfreigrənt] *a.* 芬芳的，香味的 【0】

framework [ˈfreimwəːk] *n.* 框架，构架；基本结构 【0】

franc [fræŋk] *n.* 法郎 【0】

fraud [frɔːd] *n.* 欺骗；假货 【0】

freeway [ˈfriːwei] *n.* 高速公路 【0】

frontier [ˈfrʌntjə] *n.* 边界，国境；边疆；尖端新领域 【0】

frown [fraun] *vi.* 皱眉头 【0】

固定搭配　on the fence 抱观望态度，保持中立

fruitful [ˈfruːtful] *a.* 结果实的，产量多的 【0】

functional [ˈfʌŋkʃənl] *a.* 功能的 【0】

fur [fəː] *n.* 软毛；毛皮，裘皮，皮衣 【0】

furnace [ˈfəːnis] *n.* 火炉，熔炉 【0】

fury [ˈfjuəri] *n.* 愤怒，怒气；激烈，猛烈 【0】

fuse [fjuːz] *n.* 保险丝；导火线，引线　*v.* 熔化，熔合 【0】

fuss [fʌs] *n.* 大惊小怪，小题大做，忙乱 【0】

固定搭配　make a fuss 大惊小怪，小题大做，无事自扰
　　　　　make a fuss of / over 对……过分关心

gadget [ˈgædʒit] *n.* 小器具，小配件，小玩意 【0】

galaxy [ˈgæləksi] *n.* 星系，银河系 【0】

gallery [ˈgæləri] *n.* 长廊；画廊，美术馆 【0】

gamble [ˈgæmbl] *n. / v.* 赌博，投机 【0】

固定搭配　gamble at cards 打牌赌博
　　　　　gamble in 投机买卖

第四周　预测词汇

gamble on 把赌注压在……上，做……投机生意

名师导学　本词属于常考词汇，考生要注意相关短语：gamble away（赌掉，输光）；take a gamble（冒风险）；gamble on（赌博，打赌）；gamble on / in（投机，冒险）。

gang [gæŋ] n. 一（群），一（帮）　　　　　　【0】

固定搭配　a gang of 一伙/群

garbage ['gɑ:bidʒ] n. 垃圾　　　　　　　　　【0】

garlic ['gɑ:lik] n. 大蒜　　　　　　　　　　【0】

garment ['gɑ:mənt] n. 衣服，（pl.）服装　　　【0】

gasp [gɑ:sp] vi. 喘气，喘息，倒抽气　vt. 喘着气说出（或发出喘气声）　n. 喘气，喘息，倒抽气　　【0】

gay [gei] a. 快活的，愉快的，色彩鲜艳的　　【0】

gaze [geiz] vi. / n. 凝视，盯　　　　　　　　【0】

固定搭配　gaze at / on / upon / into 凝视，注视

联想记忆　stare at 盯，凝视　glance at 快速地扫一眼　glimpse at 瞥视

gear [giə] n. 齿轮，传动装置；用具，装备　v. 开动，连接　　　　　　　　　　　　　　　　　　　【0】

固定搭配　gear up（使）准备好，（使）做好安排

　　　　　gear ... to 使……适合

gender ['dʒendə] n. 性别，性　　　　　　　　【0】

generalize ['dʒenərəlaiz] n. 概况，归纳，推断　【0】

generator ['dʒenəreitə] n. 发电机，发生器　　【0】

generosity [,dʒenə'rɔsiti] n. 慷慨，宽大　　　【0】

genius ['dʒi:njəs] n. 天才　　　　　　　　　　【0】

联想记忆　have a faculty for, have a gift for, have a talent for, have a capacity for 具有……的才能/天赋

gentleman ['dʒentlmən] n. 绅士，先生　　　　【0】

geology [dʒi'ɔlədʒi] n. 地质学　　　　　　　　【0】

geometry [dʒi'ɔmitri] n. 几何（学）　　　　　【0】

固定搭配　solid geometry 固体几何学

germ [dʒə:m] n. 微生物，细菌　　　　　　　　【0】

固定搭配　germ weapon 细菌武器

ghost [gəust] n. 鬼魂，幽灵　　　　　　　　　【0】

giant ['dʒaiənt] n. 巨人　a. 大的，巨大的

giggle ['gigl] n. / v. 哈哈地笑，傻笑　　　　　【0】

giraffe [dʒi'rɑ:f] n. 长颈鹿　　　　　　　　　【0】

glamour ['glæmə] n. 魅力，诱惑力　　　　　　【0】

glare [glɛə] vi. (at) 怒目而视；发射强光，发出刺眼的光

n. 强光；怒视，瞪眼；炫耀，张扬 【0】

gleam [gli:m] *vi.* 闪亮，闪烁；(with) 闪现，流露 *n.* 闪光，闪亮；闪现，流露 【0】

glitter ['glitə] *vi.* 一闪一闪地发光 *n.* 闪光，光辉，灿烂 【0】

glossary ['glɔsəri] *n.* 词汇表 【0】

glove [glʌv] *n.* 手套 【0】

glow [gləu] *vi.* 发热，发光，发红的热光 【0】

goodby(e) [.gud'bai] *int.* 再见 【0】

gorge [gɔ:dʒ] *n.* 峡谷，山谷 【0】

gown [gaun] *n.* 女礼服，女裙服；(法官等穿的) 长袍；(外科医生手术时穿的) 罩衣 【0】

gracious ['greiʃəs] *a.* 亲切的，谦和的；慈祥的；优雅的 【0】

grain [grein] *n.* 谷物，谷粒；颗粒，细粒 【0】
联想记忆 corn *n.* 谷物，玉米 rice *n.* 大米 wheat *n.* 小麦

grape [greip] *n.* 葡萄 【0】

graph [grɑ:f] *n.* (曲线) 图，图解 【0】
联想记忆 graph *n.* 坐标曲线图 chart *n.* 各种图形，图表 diagram *n.* 简单的线条示意图 table *n.* 表格，一览表

graze [greiz] *v.* 喂草，吃草，放牧 【0】

grease [gri:s] *n.* 动物脂，油脂，润滑脂 【0】

grieve [gri:v] *vt.* 使悲哀，使伤心 【0】

grill [gril] *n.* (烤肉用的) 烤架，铁笼子 【0】

grim [grim] *a.* 冷酷无情的，严厉的，讨厌的，野蛮的 【0】

grin [grin] *vi. / n.* 露齿笑 【0】

groan [grəun] *n.* 呻吟，叹息 【0】

grocery ['grəusəri] *n.* 杂货业；(*pl.*) 食品(店)，杂货商(店) 【0】

groove [gru:v] *n.* 槽，沟；常规，老一套 *v.* 开槽于 【0】

grope [grəup] *n.* 摸索，探索 *v.* (暗中) 摸索，探索 【0】

guardian ['gɑ:djən] *n.* 监护人，保护人 【0】

guilt [gilt] *n.* 有罪，内疚 【0】

guitar [gi'tɑ:] *n.* 吉他 【0】

guitarist [gi'tʌ:rist] *n.* 吉他弹奏者 【0】

gulf [gʌlf] *n.* 海湾 【0】

gum [gʌm] *n.* 香糖；树胶 【0】

gun [gʌn] *n.* 枪，炮 【0】

gunfire ['gʌnfaiə (r)] *n.* 炮火；炮轰 【0】

第四周
预测词汇

Thursday

glory ['glɔːri] *n.* 光荣，荣誉 【0】

固定搭配 be a glory to 是……的光荣

联想记忆 be a credit to 是……的荣耀 be a disgrace / dishonor / shame to 是……的耻辱

grease [griːs] *n.* 动物脂，油脂，润滑脂 【0】

名师导学 注意相关的短语，例如 fry in one's own grease 自作自受，melt one's grease 使完了劲。

greed ['griːd] *n.* 贪欲；贪婪 【0】

greedy ['griːdi] *a.* 贪吃的，嘴馋的；贪婪的；渴望的 【0】

习惯用法 be greedy for / of / after 渴望得到

联想记忆 be envious 嫉妒的，羡慕的 be jealous of 嫉妒的

grief [griːf] *n.* 悲哀，悲伤的事，悲痛的理由，不幸 【0】

grind [graind] *v.* 碎，磨，碾 【0】

固定搭配 grind out 机械地做出，用功地做出

grind / crush ... into 把……碾压成

联想记忆 bind 捆，包扎—bound 注定，受约束 find 找到—found 成立 grind 研，磨—ground 地面，根据 wind 弯曲—wound 伤害 lie 躺—lay 平放 shoot 射击—shot 发射 think 想—thought 思想

hacker ['hækə] *n.* 砍伐工，电脑黑客 【0】

hail [heil] *n.* 雹；一阵 *v.* 下冰雹；高呼，喝彩 【0】

haircut ['heəkʌt] *n.* 理发 【0】

ham [hæm] *n.* 火腿 【0】

handbook ['hænd,buk] *n.* 手册 【0】

handicraft [ə'hændikrɑːft] *n.* 手工艺；手工 【0】

handkerchief ['hæŋkətʃiːf] *n.* 手帕 【0】

handmade [hænd'meid] *a.* 手工制的 【0】

handwriting ['hænd,raitiŋ] *n.* 笔迹，手迹 【0】

handy ['hændi] *a.* 手边的，近处的；方便的 【0】

harassment ['hærəsmənt] *n.* 骚扰，侵袭；烦恼 【0】

harbo(u)r ['hɑːbə] *n.* 港口，海港；避难所，藏身处 *vt.* 隐匿，窝藏 【0】

hardship ['hɑːd,ʃip] *n.* 艰难，困苦 【0】

hatred ['heitrid] *n.* 憎恶，憎恨，怨恨 【0】

haul [hɔːl] *v. / n.* 拖，拉 【0】

hawk [hɔːk] *n.* 鹰，隼 【0】

hay [hei] *n.* 干草 【0】

联想记忆　straw *n.* 稻草　grass *n.* 牧草　weed *n.* 杂草

headline ['hedlain] *n.* 大标题　【0】

headmistress [ə'hed'mistris] *n.*（中小学）女校长　【0】

headquarters ['hed,kwɔːtəz] *n.* 总部，司令部，指挥部　【0】

head-teacher [hed 'tiːtʃə] *n.* 校长　【0】

heap [hiːp] *n.*（一）堆；大量，许多　*v.* 堆积　【0】

固定搭配　**a heap / heaps of** 许多，大量

　　　　　　heap praises / insults on（upon） 大肆赞扬/污蔑

heave [hiːv] *n.* 举起，升降　*v.* 举起，抛，投掷；有规律
地起伏，喘息，发出叹息，呻吟

hedge [hedʒ] *n.* 树篱，障碍物　*v.* 用树篱围住　【0】

heel [hiːl] *n.* 脚后跟　*v.* 倾侧　【0】

heir [ɛə] *n.* 继承人　【0】

hell [hel] *n.* 地狱，阴间；苦境，极大的痛苦

固定搭配　**like hell** 拼命地，极猛地

　　　　　　to hell with 让……见鬼去

hemisphere ['hemisfiə] *n.* 半球　【0】

hen [hen] *n.* 母鸡，雌禽　【0】

hence [hens] *ad.* 因此；今后　【0】

名师导学　hence, therefore：两词均为连接副词，表示因果关
系；两词后均可接句子，但 hence 后可直接跟名词，therefore
通常不能。

henceforth [hens'fɔːθ] *a.* 从此以后，从今以后　【0】

herb [həːb] *n.* 草药，草本植物　【0】

herd [həːd] *n.* 群，兽群，牛群　【0】

heroic [hi'rəuik] *a.* 英雄的，英勇的；（措施等）冒险的；（药
物）剂量大的；猛烈的　【0】

heroism ['herəuizəm] *n.* 英雄气概，英雄主义；英勇　【0】

hesitant ['hezitənt] *a.* 踌躇的，犹豫的　【0】

hey [hei] *int.*（表示惊讶、兴趣、招呼人注意）嗨，喂　【0】

hi [hai] / **hey** [hei] *int.* 嗨　【0】

hibernate ['haibəneit] *vi.* 过冬，冬眠，避寒　【0】

hierarchical [haiə'rɑːkikəl] *a.* 分等级的　【0】

hierarchy ['haiərɑːki] *n.* 等级制度；统治集团，领导层　【0】

high-speed ['haispiːd] *a.* 高速的　【0】

hike [haik] *vi.* 徒步旅行，步行　【0】

hinge [hindʒ] *n.* 合页，折叶，铰链　*v.* 以……而转移；取
决于，依……而定　【0】

联想记忆　depend *v.*（与 on 或 upon 连用）依靠，依赖
rely *v.*（与 on 或 upon 连用）依赖，依靠，信赖，信任　lie

v.（与 with 连用）由……决定，取决于，视……而定　rest
v.（与 on 连用）使依赖，建立在……之上，以……为基础
或根据 hinge on 取决于，随……而定，以……为转移

hip [hip] *n.* 臀部　【0】

hire ['haiə] *v. / n.* 雇用，租用　【0】

固定搭配　**for / on hire** 供出租；供雇用

hitherto [,hiðə'tu:] *ad.* 到目前为止，迄今　【0】

hive [haiv] *n.* 蜂箱，蜂房　*v.*（使）入蜂箱，群居　【0】

hoist [hɔist] *n.* 升起，举起，吊起，起重机械　*v.* 升起，举
起，吊起　【0】

holly [hɔist] *n.* 冬青树　【0】

holy ['həuli] *a.* 神圣的；圣洁的　【0】

homosexual [,həuməu'seksjuəl] *a.* 同性恋的　【0】

honeymoon ['hʌnimu:n] *n.* 蜜月，蜜月假　*v.* 度蜜月
【0】

hono(u)rable ['ɔnərəbl] *a.* 诚实的，正直的；光荣的，荣
誉的；可尊敬的　【0】

honorary ['ɔnərəri] *a.* 荣誉的，名誉的　【0】

hop [hɔp] *vi.*（人）单足跳跃，单足跳行；（鸟、昆虫等）齐
足跳跃，齐足跳行　*vt.* 跳上（汽车、火车、飞机等）　【0】

hopeless ['həuplis] *a.* 没有希望的，绝望的　【0】

horizontal [,hɔri'zɔntəl] *a.* 水平的，与地平线平行的　【0】

联想记忆　cock *n.* 公鸡　chick *n.* 小鸡　chicken *n.* 鸡肉，
小鸡

hormone ['hɔ:məun] *n.* 激素，荷尔蒙　【0】

horsepower ['hɔ:s,pauə] *n.* 马力　【0】

hose [həuz] *n.* 长筒袜，软管，水龙带　*v.* 用软管浇水（与
down 连用）　【0】

hospitality [,hɔspi'tæliti] *n.*（对客人的）友好款待，好客
【0】

hostage ['hɔstidʒ] *n.* 人质　【0】

hotdog ['hɔtdɔg] *n.* 热狗　【0】

hotly ['hɔtli] *ad.* 暑热地，激烈地，热心地　【0】

hourly ['auəli] *a. / ad.* 每小时的（地）；每小时一次的（地）
【0】

housework ['hauswə:k] *n.* 家事，家务　【0】

hover ['hɔvə] *vi.*（鸟等）翱翔，盘旋；逗留在近旁，徘徊
【0】

howl [haul] *n.* 嚎叫，哀号，咆哮　*v.* 吠，嚎叫，咆哮
【0】

huddle ['hʌdl] n. 杂乱的一堆，拥挤 v. 拥挤，蜷缩，聚集在一起；草率从事 【0】

hug [hʌg] vt.（热烈地）拥抱；紧抱，怀抱 vi. 紧紧抱在一起，互相拥抱 n. 紧抱，热烈拥抱 【0】

hum [hʌm] n. 嗡嗡声，嘈杂声 v. 哼曲，发嗡嗡声；忙碌，活跃起来 【0】

humane [hju:'mein] a. 仁慈[爱]的；慈悲的；人道的 【0】

humanism ['hju:mənizəm] n. 人道主义；人文主义 【0】

humanist ['hju:mənist] n. 人道主义者，人文主义者 【0】

hysterical [his'terikəl] a. 情绪异常激动的，歇斯底里般的 【0】

iceberg ['aisbəg] n. 冰山 【0】

ice-cream [,ais'kri:m] n. 冰淇淋 【0】

ideological [,aidiə'lɔdʒikəl] a. 意识形态的 【0】

ideology [,aidi'ɔlədʒi, id-] n. 思想（体系），思想意识 【0】

idiom ['idiəm] n. 惯用语，成语，习语 【0】

idiot ['idiət] n. 白痴，傻子，笨蛋 【0】

固定搭配 **beg sb. for an idiot** 把某人当做傻瓜
of all the idiots 糊涂透顶

idle ['aidl] a. 闲散的，闲置的；无用的，无效的 v. 使空闲，虚度 【0】

固定搭配 **idle away (one's time)** 消磨时光

ignite [ig'nait] vt. 引燃，点火机，着火 【0】

ignorance ['ignərəns] n. 无知，愚昧 【0】

illicit [i'lisit] a. 违法的，违禁的，不正当的 【0】

illiterate [i'litərit] a. / n. 无文化的（人），文盲 【0】

illusion [i'lu:ʒən, i'lju:-] n. 幻觉，错觉，错误的信仰（或观念） 【0】

名师导学 考生要注意相关短语 be under no illusion about sth. 对某事不存幻想，cherish the illusion that 错误地认为，have no illusion about 对……不存幻想。

immerse [i'mə:s] vt. 使浸没；（in）使沉浸在，使专心于 【0】

immunize ['imju(:)naiz] vt. 使免疫；使免除 (against) 【0】

impart [im'pɑ:t] v. 给予，传授；告知，透露 【0】

impede [im'pi:d] vt. 妨碍；阻碍；阻抗，阻止 【0】

imperial [im'piəriəl] a. 帝国的，帝王的；（度量衡）英制的 【0】

imperialism [im'piəriəlizəm] n. 帝国主义；帝制 【0】

imperialist [im'piəriəlist] n. 帝国主义者；领土扩张主义者 【0】

impetus ['impitəs] *n.* 促进，刺激，推动力 【0】

implicit [im'plisit] *a.* 含蓄的，不言明的；内含的；固有的；无疑的；无保留的 【0】

import [im'pɔːt] *vt.* 输入，进口 *n. (pl.)* 进口商品，进口物质 【0】

impromptu [im'promptjuː] *ad. / a.* 即席地（的），临时地（的），事先无准备地（的） 【0】

inaugurate [i'nɔːgjureit] *vt.* 开始，开展；为……举行就职典礼，使正式就任；为……举行开幕式，为……举行落成仪式 【0】

inborn ['in'bɔːn] *a.* 天赋的，天生的，遗传的 【0】

incidentally [insi'dentəli] *ad.* 附带提及地，顺便地 【0】

incomprehensive [in,kɔmpri'hensiv] *a.* 理解不深的，没有理解力的，懂得很少的 【0】

inconsistency [,inkən'sistənsi] *n.* 前后矛盾，不一致 【0】

incorporate [in'kɔːpəreit] *vt.* 结合，合并，使加入，收编 *vi.* 合并，混合 【0】

incur [in'kəː] *v.* 招致，遭受，引起 【0】

indefinite [in'definit] *a.* 不确定的；不定的；含糊的 【0】

independence [,indi'pendəns] *n.* 独立，自主，自立 【0】

indicative [in'dikətiv] *a.* 指示的；表示的；象征的；预示的 【0】

indignant [in'dignənt] *a.* 愤慨的，义愤的 【0】

indignation [,indig'neiʃən] *n.* 愤怒，义愤 【0】

induction [in'dʌkʃən] *n.* （电、磁）感应，感应现象；（逻辑）归纳法，推论 【0】

inductive [in'dʌktiv] *a.* 引入的；诱导的；归纳的

inertia [i'nəːʃiə] *n.* 惯性，惯量 【0】

inference ['infərəns] *n.* 推论，推断 【0】

inferior [in'fiəriə] *a.* 次的，低劣的；下级的，低等的 【0】

固定搭配 be inferior to 比……差，比……地位低
联想记忆 superior to 优于 prior to 优先于，先于
junior to 比……年少 senior to 比……年长 preferable to 比……更好

infinity [in'finiti] *n.* 无限；永恒 【0】

inflict [in'flikt] *v.* 把……强加给，使遭受，使承担 【0】

infringe [in'frindʒ] *vt.* 破坏；侵犯；违犯，违反 【0】

ingenious [in'dʒiːnjəs] *a.* 机灵的，聪明的；精巧制成的，别致的，有独创性的 【0】

inhabitant [in'hæbitənt] *n.* 居民，住户　　【0】

inhibit [in'hibit] *vt.* 阻止，妨碍，抑制　　【0】

inland ['inlənd] *a.* 内地的，内陆的，国内的　*ad.* 在内地，向内地　　【0】

inlet ['inlet] *n.* 进口，入口；水湾，小湾　*v.* 引进　【0】

inn [in] *n.* 旅店，客栈　　【0】

innocence ['inəsns] *n.* 无罪；天真；无害　　【0】

innumerable [i'nju:mərəbl] *a.* 无数的，数不清的　【0】

insane [in'sein] *a.* 蠢极的，荒唐的；（患）精神病的，精神失常的，疯狂的　　【0】

insider [in'saidə(r)] *n.* 知情人，了解内幕者　【0】

installment [in'stɔ:lmənt] *n.* 分期付款；(连载的)一部分，一期　　【0】

instrumental [ˌinstru'mentl] *a.* 有帮助的，起作用的；仪器的，器械的，乐器的　　【0】

insulate ['insjuleit] *vt.* 绝缘　　【0】

insurgency [in'sə:dʒənsi] *n.* 叛乱，暴动　　【0】

insurgent [in'sə:dʒənt] *a.* 起义的，造反的，暴动的，叛乱的　　【0】

intact [in'tækt] *a.* 未经触动的，原封不动的，完整无损的　　【0】

integral ['intigrəl] *a.* 组成的，完整的，构成整体所需要的　　【0】

integrity [in'tegriti] *n.* 诚实，正直，完整　　【0】

intelligible [in'telidʒəbl] *a.* 可以理解的，易领悟的，清晰的　　【0】

intent [in'tent] *n.* 意图，目的，意向　*a.* 专心的，专注的，急切的　　【0】

固定搭配　**intent on** 专心的，急切的

intercourse ['intə(:)kɔ:s] *n.* 交际，交往，交流　【0】

interim ['intərim] *n.* 过渡时期，间歇，暂时　*a.* 暂时的，临时的；间歇的　　【0】

intermediary [ˌintə'mi:diəri] *a.* 中间的；中途的；媒介的　【0】

intermediate [ˌintə'mi:djət] *a.* 中间的，居中的　*n.* 中间体，媒介物　　【0】

intermittent [ˌintə(:)'mitənt] *n.* 间歇的，断断续续的　【0】

interrogation [inˌterə'geiʃən] *n.* 询（讯，审）问　【0】

intimidate [in'timideit] *v.* 恐吓，威胁（该词常用在被动语态里）　　【0】

固定搭配　**be intimidated by** 被吓倒　　【0】

intolerance [in'tɔlərəns] *n.* 不能忍受；不宽容；不容异说（意见、信仰） 【0】

intolerant [in'tɔlərənt] *a.* 不宽容的，偏狭的，不容异己的 【0】

intricate ['intrikit] *a.* 错综复杂的，复杂精细的 【0】

intrinsic [in'trinsik] *a.* 固有的，内在的，本质的 【0】

invade [in'veid] *vt.* 侵入，侵略，侵害 【0】

invalid [in'vælid] *a.* （指法律上）无效的，作废的；无可靠根据的，站不住脚的 *n.* (the) 病弱者，残疾者 【0】

invaluable [in'væljuəbl] *a.* 非常宝贵的，价值无法衡量的 【0】

联想记忆 valuable *a.* 贵重的，有价值的 precious *a.* 宝贵的，贵重的 valueless *a.* 没有价值的，毫无用处的，不足道的

invert [in'və:t] *v.* 颠倒，翻转 【0】

investigator [in'vestigeitə (r)] *n.* 调查人 【0】

invisible [in'vizəbl] *a.* 看不见的，无形的 【0】

inward(s) ['inwəd] *a.* 内心的，向内的 【0】

名师导学 见 inner。inner / outer 里/外面的；inside / outside 内/外；interior / exterior 内/外部的 inward(s) / outward(s) 向内/外的；internal / external 内/外部的；indoors / outdoors 户内/外的。

irony ['aiərəni] *n.* 反话，讽刺 【0】

irrespective [,iris'pektiv] *a.* 不考虑的，不顾及的 【0】

联想记忆 respective *a.* 分别的，各自的

irritate ['iriteit] *v.* 激怒，使恼怒 【0】

isle [ail] *n.* 岛 【0】

italic [i'tælik] *a.* 〈印〉斜体的，斜体字的 【0】

ivory ['aivəri] *n.* 象牙；象牙色，乳白色 【0】

jail [dʒeil] *n.* 监狱 【0】

固定搭配 **break jail** 越狱
go to jail 入狱
serve time in jail 在监狱服刑

jam [dʒæm] *n.* 果酱 *n.* / *v.* 堵塞，拥挤 【0】

固定搭配 **get into a jam** 陷入困境 **traffic jam** 交通堵塞

jaw [dʒɔ:] *n.* 颌，颚 【0】

固定搭配 **the lower (upper) jaw** 下（上）颚

jean [dʒein] *n.* 斜纹布；(*pl.*) 斜纹布，工装裤，牛仔裤 【0】

jelly ['dʒeli] *n.* 果子冻，肉冻 【0】

jerk [dʒə:k] *n.* 急推，急拉，急扭 *v.* 使猝然一动，猛拉，猛扯 【0】

jet [dʒet] *n.* 喷气发动机，喷气式飞机；喷口，喷嘴 【0】

jetlag ['dʒetlæg] *n.* 时差，滞后 【0】

journey ['dʒə:ni] *n.* 旅行，旅程 *vi.* 旅行 【0】

juicy ['dʒu:si] *a.* 多汁的，多汁液的，多水分的 【0】

junction ['dʒʌŋkʃən] *n.* 连接；会合处，交叉点

junior ['dʒu:njə] *a.* 年少的，年幼的；后进的，下级的
 n. 年少者，晚辈，下级 【0】

联想记忆 freshman 一年级学生 sophomore 二年级学生
 junior 三年级学生 senior 四年级学生

固定搭配 be junior to 比……小（级别低）

junk [dʒʌŋk] *n.* 废旧物品，破烂 *v.* 丢弃，废弃 【0】

justice ['dʒʌstis] *n.* 公道，公平；审判，司法 【0】

固定搭配 bring to justice 把……交付审判，使归案受审
 do justice to 公平地对待、审判

justification [dʒʌstifi'keiʃ(ə)n] *n.* （做某事的）正当理
 由，借口；齐行，整版 【0】

justify ['dʒʌstifai] *vt.* 认为有理，证明……正当 【0】

固定搭配 be justified in doing sth. 有理由做某事
 justify oneself 为自己辩护

juvenile ['dʒu:vinail] *n.* 未成年人，少年 *a.* 少年的，少
 年特有的；幼稚的，不成熟的 【0】

kettle ['ketl] *n.* 水壶 【0】

keyboard ['ki:bɔ:d] *n.* 键盘 【0】

kidney ['kidni] *n.* 肾脏，腰子 【0】

kilo / kilogram(me) ['kiləugræm] *n.* 千克，公斤 【0】

kindergarten ['kində,gɑ:tn] *n.* 幼儿园 【0】

kindness ['kaindnis] *n.* 亲切，仁慈，好意；友好的行为
 【0】

kneel [ni:l] *vi.* 跪，下跪 【0】

固定搭配 kneel down 跪下

名师导学 过去式/过去分词均为 knelt。

knit [nit] *vt.* 编结，编织；使紧密地结合，使紧凑；皱紧，
 皱眉 *vi.* 编结，编织；（骨折）愈合 【0】

knob [nɔb] *n.* （门、抽屉的）球形把手，球形柄；（收音机
 等的）旋钮；小块 【0】

lace [leis] *n.* 网眼花边，透孔织品，花边；鞋带，系带
 【0】

lad [læd] *n.* 少年，青年男子 【0】

lamb [læm] *n.* 羔羊，小羊；羔肉 【0】

联想记忆 mutton *n.* 羊肉　beef *n.* 牛肉

steak *n.* 牛排　chicken *n.* 鸡肉

turkey *n.* 火鸡　meat *n.* （食用）肉，肉类

flesh *n.* 肉，（供食用的）兽肉；果肉；蔬菜的嫩部

lame [leim] *a.* 跛的，瘸的；站不住脚的，差劲的，蹩脚的

　　　　　　　　　　　　　　　　　　　　　　　　　　【0】

landlord ['lændlɔ:d] *n.* 地主，房东 【0】

联想记忆 landscape *n.* 风景，景色 【0】

landmine ['lændmain] *n.* 地雷，投伞水雷 【0】

lane [lein] *n.* 小路，小巷；行车道 【0】

lap [læp] *n.* 膝部，舐声　*v.* 舔食 【0】

固定搭配 lap up 欣然接受（赞美等）

laptop ['læp.tɔ:p] *n.* 便携式电脑 【0】

laser ['leizə] *n.* 激光 【0】

lash [læʃ] *v.* （用绳索等）将（物品）系牢；鞭打，抽打，
　　（风、雨等）猛烈打击；猛烈打击，严厉斥责　*n.* 鞭打；
　　眼睫毛；鞭梢 【0】

laughable ['lʌ:fəbl] *a.* 可笑的，有趣的 【0】

laughter ['lɑ:ftə] *n.* 笑，笑声 【0】

laughter 是不可数名词，具有抽象或概括作用，意为"笑，笑
　　声"。

lavatory ['lævə.təri] *n.* 厕所，盥洗室

lawsuit ['lɔ:sju:t] *n.* 诉讼 【0】

layman ['leimən] *n.* 门外汉，外行 【0】

layoff ['lei.ɔ:f] *n.* （尤指临时）解雇 【0】

layout ['lei.aut] *n.* 布局，安排，设计 【0】

leaflet ['li:flit] *n.* 传单 【0】

lease [li:s] *n.* 租约，契约 【0】

leather ['leðə] *n.* 皮革，皮革制品 【0】

left-handed ['left'hændid] *a.* 惯用左手的，用左手的 【0】

leftist ['leftist] *n.* 左翼的人，左派；左撇子 【0】

legalization [.li:gəlai'zeiʃən] *n.* 合法化，得到法律认可 【0】

legislation [.ledʒis'leiʃən] *n.* 立法，法律的制定/通过 【0】

lemon ['lemən] *n.* 柠檬 【0】

lengthy ['leŋθi] *a.* （演说、文章等）冗长的，过分的 【0】

lens [lenz] *n.* 透镜，镜头 【0】

lesbian ['lezbiən] *n.* 女性同性恋者 【0】

lest [lest] *conj.* 唯恐，免得 【0】

lever ['li:və, 'levə] *n.* 杠杆；控制杆，推杆 【0】

levy ['levi] *n.* / *v.* 税款，征税 【0】

liaison [li(:)'eizʌn] *n.* 联络，（语音）连音 【0】

liar ['laiə] *n.* 说谎的人 【0】

liberal ['libərəl] *a.* 慷慨的，大方的；丰富的，充足的；自由的，思想开明的 【0】

固定搭配 be liberal in sth. 对事宽大
　　　　　be liberal to sb. 对人宽容

librarian [lai'brɛəriən] *n.* 图书馆员（长） 【0】

licence / -se ['laisəns] *n.* 执照，许可证；特许 *vt.* 准许，许可，认可 【0】

lick [lik] *n. / vt.* 舔 【0】

lid [lid] *n.* 盖 【0】

lieutenant [lef'tenənt] *n.* 陆军中尉，海军上尉，副职官员 【0】

lightning ['laitniŋ] *n.* 闪电 *a.* 闪电般的，快速的 【0】

lightweight ['laitweit] *n.* 轻量级选手，不能胜任者 【0】

limb [lim] *n.* 肢，手足；大树枝 【0】

limp [limp] *vi.* 蹒跚，一瘸一拐地走 *a.* 软弱的，柔软的，无力的 【0】

linear ['liniə] *a.* 线的，直线的，线性的 【0】

linen ['linin] *n.* 亚麻布，亚麻制品 【0】

liner ['lainə] *n.* 班船，班机 【0】

linguistic [liŋ'gwistik] *a.* 语言上的，语言学上的 【0】

lipstick ['lipstik] *n.* 口红，唇膏 【0】

liquor ['likə] *n.* 酒 【0】

liter / -tre ['li:tə] *n.* 公升 【0】

livelihood ['laivlihud] *n.* 生计，谋生之道 【0】

livelihood ['laivlihud] *n.* 生计，谋生之道 【0】

living-room ['liviŋ'ru:m] *n.* 客厅，起居室 【0】

loaf [ləuf] *n.* 一条（面包） 【0】

lobby ['lɔbi] *n.* 门厅，（饭店等）接待厅门廊 【0】

locality [ləu'kæliti] *n.* 位置，地点 【0】

locomotive [ˌləukə'məutiv] *n.* 机车，火车头 *a.* 运动的，移动的；运载的 【0】

locust ['ləukəst] *n.* 蝗虫，蚱蜢 【0】

lodge [lɔdʒ] *vt.* 供临时住宿 *vi.* 暂住，借宿 【0】

固定搭配 **board and lodging** 膳宿

loom [lu:m] *n.* 织布机 *vi.* 阴森地逼近，隐现；即将来临 【0】

loyal ['lɔiəl] *a.* 忠诚的，忠贞的 【0】

联想记忆 **feather** *n.* 羽毛 **fur** *n.* 毛皮

Friday

lofty ['lɔ(:)fti] *a.* 高高的，崇高的，高傲的 【0】

logo ['lɔgəu] *n.* 标识语；商标，徽标 【0】

longitude ['lɔndʒitju:d] *n.* 经度 【0】

loop [lu:p] *n.* 圈，环，环状物；回路，循环 【0】

loosen ['lu:sn] *vt.* 解开；松开 【0】

lorry ['lɔri] *n.* 运货汽车，卡车 【0】

lounge [laundʒ] *n.* 休息厅，休息室 *vi.*（懒洋洋地）倚，（懒散地）躺；闲逛，闲荡 【0】

lubricate ['lu:brikeit] *vt.* 润滑，加润滑油 【0】

luminous ['lju:minəs] *a.* 发光的，发亮的，光明的 【0】

lunar ['lju:nə] *n.* 月亮的 【0】

luncheon ['lʌntʃən] *n.* 午宴，正式的午餐 【0】

lure [ljuə] *n.* 吸引人的东西，诱惑物 *vt.* 引诱，吸引 【0】

luxury ['lʌkʃəri] *n.* 奢侈，奢侈品 【0】

machinery [mə'ʃi:nəri] *n.* 机器，机关，结构 【0】

magistrate ['mædʒistrit, -treit] *n.* 行政长官；治安法官 【0】

magnet ['mægnit] *n.* 磁铁，磁石，磁体 【0】

mailbox ['meilbɔks] *n.* 邮筒，邮箱 【0】

mainstream ['meinstri:m] *n.* 主流 【0】

malicious [mə'liʃəs] *a.* 怀恶意的，恶毒的 【0】

mall [mɔ:l] *n.*（由许多商店组成的）购物中心 【0】

malpractice ['mæl'præktis] *n.* 玩忽职守 【0】

managerial [.mænə'dʒiəriəl] *a.* 管理的 【0】

maneuver [mə'nu:və] *n.* 谨慎而熟练的动作；策略，花招；（*pl.*）演习 *vt.* 设法使变动位置；（敏捷或巧妙地）操纵，控制 *vi.* 设法使变动位置；用策略，耍花招 【0】

manly ['mænli] *a.* 有男子气概的，果断的 *ad.* 男子般地，果断地 【0】

man-made ['mænmeid] *a.* 人工制造的，人造的 【0】

mansion ['mænʃən] *n.* 大厦，官邸 【0】

marble ['ma:bl] *n.* 大理石 【0】

固定搭配 **lose one's marbles** 失去理智；气疯了。

marginal ['mɑ:dʒinəl] *a.* 边缘的，边际的 【0】

martyr ['mɑ:tə] *n.* 烈士，殉教者 【0】

marvellous ['mɑ:viləs] *a.* 奇迹般的，惊人的，了不起的 【0】

Marxist ['mɑ:ksist] *a.* 马克思主义的 *n.* 马克思主义者 【0】

mask [mɑ:sk] *n.* 面具；口罩 【0】

massacre ['mæsəkə] n. 大屠杀 v. 大屠杀 【0】

masterful ['mʌːstəful] a. 专横的 【0】

mastermind ['mʌːstəmaind] v. 策划 【0】

masterpiece ['mɑːstəpiːs] n. 杰作，名著 【0】

mat [mæt] n. 垫，丛，衬边 a. 粗糙的 v. 纠缠在一起，铺席于…上，使…无光泽 【0】

mate [meit] n. 伙伴，配偶 v. 使交配 【0】

联想记忆 classmate n. 同班同学 workmate n. 同事 schoolmate n. 同学 playmate n. 游伴 roommate n. 同房间的人

maternity [mə'təːniti] n. 母性，母道；产科医院 a. 孕妇的，产妇的，产科的 【0】

mathematical [ˌmæθi'mætikəl] a. 数学的 【0】

meadow ['medəu] n. 草地，牧场 【0】

mechanics [mi'kæniks] n. 力学，机械学 【0】

medal ['medl] n. 奖章，勋章，纪念章 【0】

mediate ['miːdiit, -djət] v. 仲裁，调停 【0】

mediator ['miːdieitə] n. 调停者，仲裁人 【0】

Medicare ['medikɛə] n. 医疗保险，医疗保险制度 【0】

membership ['membəʃip] n. 成员资格，会员资格 【0】

memorandum [ˌmeməˈrændəm] n. 备忘录（缩略为 memo） 【0】

memorial [mi'mɔːriəl] a. 纪念的，记忆的 n. 纪念物，纪念碑，纪念馆 【0】

menace ['menəs] n. 具有危险性的人；威胁，威吓 vt. 威胁，威吓 【0】

mend [mend] vt. 修理，修补，缝补 【0】

固定搭配 mend one's ways 改过，改正错误

名师导学 mend, patch, repair: mend 是把坏了的简单物品如衣服、鞋袜等修好，使其能再用；patch 表示"补"，即把一块材料放于破洞或裂缝等处进行修补；repair 指把损坏或有故障的复杂大件物品如机器、车辆、建筑物等恢复其原来性能、形状、质量等。

merchant ['məːtʃənt] n. 商人 【0】

mercury ['məːkjuri] n. 水银（柱），汞；(the M-) 水星 【0】

mercy ['məːsi] n. 怜悯，宽恕，仁慈 【0】

固定搭配 at the mercy of 在……支配下

merge [məːdʒ] v. 合并，结合，融合 【0】

merger ['məːdʒə] n.（企业等的）合并 【0】

merit ['merit] *n.* 优点，价值 【0】

mess [mes] *n.* 混乱，混杂，脏乱 【0】

固定搭配 in a mess 乱七八糟

make a mess of 把……弄糟

mess about / around 瞎忙；浪费时间，闲荡；轻率地对待

mess up 把……弄糟，把……弄乱

mess with 干预，介入

methodology [meθə'dɔlədʒi] *n.* 方法学，方法论

metric ['metrik] *a.* / *n.* 公制的，米制的 【0】

metropolitan [metrə'pɔlit(ə)n] *n.* / *a.* 大城市（的） 【0】

microcomputer ['maikrəukəm,pju:tə(r)] *n.* 微型电子计算 【0】

microphone ['maikrəfəun] *n.* 麦克风，扩音器 【0】

midnight ['mid,nait] *n.* 午夜，子夜 【0】

固定搭配 at midnight 在午夜

midnight ['mid,nait] *n.* 午夜，子夜 【0】

固定搭配 at midnight 在午夜

midwest [,mid'west] *n.* 中西部 【0】

midwife ['midwaif] *n.* 助产士，接生员，产婆 【0】

milestone ['mailstəun] *n.* 里程碑 【0】

militant ['militənt] *a.* 好战的；好用暴力的；富于战斗性的 【0】

militia [mi'liʃə] *n.* 民兵 【0】

milky ['milki] *a.* 牛奶的，多奶的；乳白色的 【0】

mill [mil] *n.* 磨坊，磨粉机；制造厂，工厂 【0】

millimeter / -tre ['milimi:tə(r)] *n.* 毫米 【0】

mingle ['miŋgl] *vt.* 使混合，使相混 *vi.* 混合起来，相混合；相交往，相往来 【0】

miniature ['minjətʃə] *n.* 缩图，缩影 *a.* 微型的，缩小的 【0】

minibus ['mini,bʌs] *n.* 中客车，小型公共汽车 【0】

minimal ['miniməl] *a.* 最小的，最小限度的 【0】

ministry ['ministri] *n.* 部门 【0】

mint [mint] *n.* 薄荷，薄荷糖 【0】

minus ['mainəs] *a.* 负的，减的 *prep.* 减去 *n.* 减号，负号 【0】

misguide ['mis'gaid] *vt.* 误导 【0】

missile ['misail, -səl] *n.* 发射物；导弹 【0】

missionary ['miʃənəri] *n.* 传教士 【0】

mist [mist] *n.* 薄雾 【0】

mister ['mistə] *n.* 先生 【0】

moan [məun] *vi.* 呻吟，呜咽；(about) 抱怨，发牢骚 *vt.* 抱怨 *n.* 呻吟声，呜咽声；怨声，牢骚 【0】

固定搭配 **moan about** 抱怨，发牢骚

mob [mɔb] *n.* 暴民，乌合之众 *vt.* 成群围住，聚众袭击 【0】

mock [mɔk] *v.* 嘲弄，嘲笑 【0】

mode [məud] *n.* 方式，样式 【0】

固定搭配 **be in mode** 流行

be out of mode 不流行

follow the mode 追随时尚

moderator ['mɔdəreitə] *n.* 仲裁者，调停者；缓和剂 【0】

modesty ['mɔdisti] *n.* 谦虚，虚心 【0】

module ['mɔdju:l] *n.* 模数，[计]模块；太空舱 【0】

moisture ['mɔistʃə] *n.* 潮湿，湿气，温度 【0】

molecule ['mɔlikju:l, '-məu-] *n.* 分子 【0】

momentary ['məuməntəri] *a.* 瞬间的，刹那间的 【0】

monarchy ['mɔnəki] *n.* 君主立宪制，君主政体；君主国 【0】

monetary ['mʌnitəri] *a.* 货币的，钱的；通货的；金融的；财政的 【0】

monopoly [mə'nɔpəli] *n.* 垄断，垄断专利权 【0】

monster ['mɔnstə] *n.* 怪物，妖怪 【0】

monument ['mɔnjumənt] *n.* 纪念碑，纪念馆 【0】

moon-cake ['mu:nkeik] *n.* 月饼 【0】

mortal ['mɔ:tl] *a.* 致死的；终有一死的；人世间的 【0】

mortgage ['mɔ:gidʒ] *n.* 抵押；抵押单据，抵押所借的款项 【0】

motorbike ['məítəbaik] *n.* 摩托车 【0】

motorway ['məutəwei] *n.* 高速公路，快车道 【0】

mountainous ['mauntinəs] *a.* 山多的，山似的；巨大的 【0】

mourn [mɔ:n] *v.* 哀悼，悲哀 【0】

moustache [məs'tʌːʃ, mus-] *n.* 小胡子，（哺乳动物的）触须 【0】

muddy ['mʌdi] *a.* 泥泞的，污的，肮脏的 *v.* 使……污浊，使……泥污 【0】

mug [mʌg] *n.*（有柄的）大杯 【0】

multicultural [,mʌlti'kʌltʃərəl] *a.* 多种文化的；融有多种

文化的 【0】

multilateral [ˌmʌltiˈlætərəl] *a.* 多边的 【0】

multiply [ˈmʌltiplai] *vt.* 乘；增加；繁殖 【0】

murmur [ˈməːmə] *n.* （树叶等的）沙沙声，潺潺声；怨言，低语 *v.* 以低柔的声音说

muscular [ˈmʌskjulə] *a.* 肌（肉）的；肌肉发达的；壮健的 【0】

mushroom [ˈmʌʃrum] *n.* 蘑菇 【0】

musical [ˈmjuːzikəl] *a.* 音乐的，悦耳的；喜欢音乐的，有音乐才能的 *n.* 音乐剧（以音乐为主的电影等）【0】

musician [mjuːˈziʃən] *n.* 音乐家，乐师 【0】

mute [mjuːt] *a.* 哑；缄默 *n.* 哑巴；弱音器 【0】

mutter [ˈmʌtə] *v.* 嘟囔说出（不满、怨言等），低声嘀咕 *n.* 嘟哝，嘟哝之言 【0】

naive [nɑːˈiːv] *a.* 幼稚的，轻信的；天真的 【0】

naked [ˈneikid] *a.* 裸体的；毫无遮掩的 【0】

napkin [ˈnæpkin] *n.* 餐巾 【0】

nationalism [ˈnæʃənəlizəm] *n.* 民族性，民族特征；民族主义；国家主义 【0】

nationalist [ˈnæʃənəlist] *n. / a.* 民族主义者（的）；国家主义（的）【0】

nationality [ˌnæʃəˈnæliti] *n.* 国籍；民族 【0】

naval [ˈneivəl] *a.* 海军的，军舰的 【0】

联想记忆 navy *n.* 海军 navigation *n.* 航行

navy [ˈneivi] *n.* 海军 【0】

necessitate [niˈsesiteit] *vt.* 使成为必需；使需要 【0】

needle [ˈniːdl] *n.* 针，指针，针状物 【0】

neglectful [niˈglektful] *a.* 忽略的；不留心的 【0】

negligible [ˈneglidʒəbl] *a.* 可以忽略的，不予重视的 【0】

negotiable [niˈgəuʃjəbl] *a.* 可谈判的，可协商的，可通行的 【0】

negotiation [niˌgəuʃiˈeiʃən] *n.* 谈判，协商 【0】

neighbo(u)rhood [ˈneibəhud] *n.* 邻近，附近，周围；街坊，四邻 【0】

固定搭配 in the neighborhood of 在……附近，大约

neutralize [ˈnjuːtrəlaiz; (us) nuː-] *v.* 压制 【0】

nickel [ˈnikl] *n.* 镍，镍币 *vt.* 镀镍于 【0】

nickname [ˈnikneim] *n.* 绰号，昵称 *vt.* 给……取绰号

night-club [ˈnaitklʌb] *n.* 夜总会 【0】

nil [nil] *n.* 无，零 【0】

ninth [nainθ] *num.* 第九（的）；九分之一（的） 【0】

nominal ['nɔminl] *n.* 名义上的，有名无实的；（费用等）很少的，象征性；名词性的 【0】

nominate ['nɔmineit] *vt.* 提名，任命

名师导学　注意此词加前缀 in-，即 innominate（未名的，无名的，匿名的）。

nominee [nɔmi'ni:] *n.* 被提名（任命、推荐）者 【0】

nonetheless [,nʌnðə'les] *ad.* 虽然如此，但是 【0】

noodle ['nu:dl] *n.* 面条（常用 *pl.*）；笨蛋，傻瓜 【0】

norm [nɔːm] *n.* 标准，规范；平均数 【0】

normalize ['nɔːməlaiz] *vt.* 使正常化，使标准化，使规格化 【0】

notable ['nəutəbl] *a.* 值得注意的，显著的，著名的 【0】

notation [nəu'teiʃən] *n.* 符号 【0】

noteworthy ['nəutwə:ði] *a.* 值得注意的，显著的 【0】

notorious [nəu'tɔːriəs] *a.* 臭名昭彰的，众所周知的 【0】

notwithstanding [,nɔtwið'stændiŋ] *prep.* 虽然，尽管 *ad.* 尽管，还是 *conj.* 虽然，尽管 【0】

noun [naun] *n.* 名词 【0】

nourish ['nʌriʃ] *vt.* 提供养分，养育 【0】

novelist ['nɔvəlist] *n.* 小说家 【0】

联想记忆　writer *n.* 作家　author *n.* 作者　dramatist *n.* 剧作家　playwright *n.* 剧作家　scriptwriter *n.* 电影剧本作家

novelty ['nɔvəlti] *n.* 新颖，新奇，新鲜，新奇的事物【0】

nucleus ['nju:kliəs] *n.* 核，核心；原子核 【0】

nuisance ['nju:sns] *n.* 麻烦事，讨厌的人/事 【0】

numerical [nju(:)'merikəl] *a.* 数字的，用数表示的 【0】

nurture ['nə:tʃə] *n.* 营养物；养育，培育，教养　*vt.* 给……营养；养育，培育，教养 【0】

nut [nʌt] *n.* 坚果；螺母，螺帽；（俗）疯子 【0】

nylon ['nailən] *n.* 尼龙 【0】

oak [əuk] *n.* 栎树，橡树，橡木　*a.* 橡木制的 【0】

oath ['əuθ] *n.* 誓言，誓约；咒骂，诅咒语 【0】

固定搭配　on / under oath 在法庭上宣过誓
　　　　　be on oath 宣誓不作伪证
　　　　　swear / take an oath 宣誓

obedience [ə'bi:djəns, -diəns] *n.* 服众，顺从 【0】

obese [əu'bi:s] *a.* 肥胖的；肥大的 【0】

objection [əb'dʒekʃən] *n.* 反对，异议 【0】

固定搭配　have / make / raise take an objection to sth. 反对某事

联想记忆　express disapproval of, have / make / offer opposition to, express dissatisfaction with 提出异议

obscene [ɔb'si:n] a. 淫秽的，猥亵的 【0】

obscure [əb'skjuə] n. 不著名的，不重要的；费解的，模糊不清的 vt. 使变模糊，掩盖 【0】

obsession [əb'seʃən] n. 迷住，困扰 【0】

odds [ɔdz] n. 可能的机会，成败的可能性 【0】

odo(u)r ['əudə] n. 气味，名声 【0】

offset ['ɔ:fset] n. 抵消，弥补 vt. 弥补，抵消 【0】

oily ['ɔili] a. 油的，油滑的 【0】

olive ['ɔliv] n. 橄榄树，橄榄叶，橄榄色 【0】

omission [əu'miʃən] n. 省略；删除；遗漏；疏忽；失职 【0】

omit [əu'mit] vt. 省略，省去；遗漏，忽略 【0】

固定搭配　omit...from 从……漏掉

ongoing ['ɔngəuiŋ] a. 进行中的 【0】

onion ['ʌnjən] n. 洋葱 【0】

onset ['ɔnset] n. 攻击，进攻，有力的开始 【0】

onward(s) ['ɔnwə:dz] ad. / a. 向前（的） 【0】

opener ['əupənə] n. 开……的人，开局人；开启用的工具 【0】

opera ['ɔpərə] n. 歌剧 【0】

operational [,ɔpə'reiʃnəl] a. 操作的，运作的 【0】

opinionated [ə'pinjəneitid] a. 固执己见的，武断的 【0】

opium ['əupjəm] n. 鸦片 【0】

opponent [ə'pəunənt] n. 对手，敌手 【0】

名师导学　opponent, match, rival：opponent 对手，指比赛、争论的对手；match 指在水平等方面与自己相当的对手、敌手；rival 指同一目标、目的的竞争者，有时可能怀有恶意或不可告人、不友好的动机。

opposition [ɔpə'ziʃən] n. 反对，敌对，相反，反对派 【0】

optic ['ɔptik] a. 眼的，视觉的；光学上的 【0】

oracle ['ɔrəkl] n. 神谕，预言 【0】

oral ['ɔ:rəl] a. 口头的，口的 【0】

orange ['ɔrindʒ] n. 橙，橘 【0】

orbit ['ɔ:bit] n. 轨道 v. 做轨道运行 【0】

orchestra ['ɔ:kistrə, -kes-] n. 交响/管弦乐队 【0】

orderly ['ɔ:dəli] *a.* 整齐的，有条理的 【0】

ore [ɔ:(r)] *n.* 矿石，矿砂 【0】

organic [ɔ:'gænik] *a.* 有机体的，器官的 【0】

orthodox ['ɔ:θədɔks] *a.* 传统的；正统的，正宗的 【0】

ouch [autʃ] *int.* 哎哟 【0】

ounce [auns] *n.* 盎司，少量 【0】

oust [aust] *vt.* 剥夺，取代，驱逐 【0】

outfit ['autfit] *n.* （为特殊用途的）全套装备，全套工具，用品；全套服装，一套特别的服装 *v.* 配备 【0】

outflow ['autfləu] *n.* 流出，流出物 【0】

outgoing ['autgəuiŋ] *a.* 对人友好的，性格随和的 【0】

outpost ['autpəust] *n.* 前哨，边区村落 【0】

outrage ['autreidʒ] *n.* 暴行，粗暴；失礼，震怒，愤慨 *v.* 使（某人）震怒；使愤慨；违背，破坏（法律、道德）【0】

outreach [aut'ri:tʃ] *v.* 到达顶端，超越 【0】

outset ['autset] *n.* 开端，开始 【0】

outsider ['aut'saidə] *n.* 局外人，外人；第三者，生人 【0】

oval ['əuvəl] *a.* 卵形的，椭圆的 *n.* 卵形，椭圆形 【0】

oven ['ʌvən] *n.* 炉，灶，烘箱 【0】

overflow ['əuvə'fləu] *v.* （使）溢出，（使）泛滥；涌出 *n.* 泛滥；过剩；超出额，溢出物 【0】

overhead ['əuvəhed] *a.* 在头顶上，在空中，在高处 【0】

overhear [,əuvə'hiə] *vt.* 无意中听到，偷听 【0】

overlap ['əuvə'læp] *v.* （与……）部分重合；（与……）部分相同 *n.* 重叠，重叠的部分 【0】

overpass [,əuvə'pʌ:s] *vt.* 胜过，通过，忽视 *n.* 天桥，立交桥 【0】

oversee ['əuvə'si:] *v.* 俯瞰，监视，检查，视察 【0】

oversight ['əuvəsait] *n.* 疏忽，忽略；监督，监视；看管 【0】

overt ['əuvə:t] *a.* 公开的，不隐蔽的 【0】

overtake ['əuvə'teik] *vt.* 追上，赶上，超过；突然袭击 【0】

名师导学 过去式/分词：overtook, overtaken。

overthrow [,əuvə'θrəu] *vt.* 推翻，颠覆 【0】

owe [əu] *vt.* 欠，应向……付出；得感谢，应归功于 【0】

固定搭配 owe...to 把……归功于

owl [aul] *n.* 猫头鹰 【0】

ox [ɔks] *n.* 牛，公牛 【0】

oxide ['ɔksaid] *n.* 氧化物 【0】

pact [pækt] *n.* 协定，条约；契约 【0】

painter ['peintə] *n.* 油漆工；画家 【0】

palace ['pælis] *n.* 宫殿 【0】

pamphlet ['pæmflit] *n.* 小册子 【0】

pan [pæn] *n.* 平底锅 【0】

paperback ['peipəbæk] *n.* 平装书；平装本 【0】

paperwork ['peipə,wə:k] *n.* 文书工作 【0】

parachute ['pærəʃu:t] *n.* 降落伞 【0】

parade [pə'reid] *n.* 游行，检阅 *v.* 游行 【0】

paradise ['pærədaiz] *n.* 天堂 【0】

paradox ['pærədɔks] *n.* 似乎矛盾而（可能）正确的说法；
自相矛盾的人（或事情）

parallel ['pærəlel] *a.* 与……平行的；并列的；类似的
n. 平行线；纬线；可相比拟的事物；相似处 【0】

固定搭配 **draw a parallel between** 对照，比较

be parallel to / with 与……平行

without (a) parallel 无与伦比的

联想记忆 **be identical to / with** 完全相同的 **be similar to** 类
似的

paralyze ['pærəlaiz] *vt.* 使瘫痪，使麻痹；使丧失作用；
使惊愕，使呆若木鸡 【0】

parameter [pə'ræmitə] *n.* 参数，参量；（常 *pl.*）因素 【0】

parcel ['pɑ:sl] *n.* 包裹，邮包 *vt.* 打包 【0】

parliament ['pɑ:ləmənt] *n.* 议会，国会 【0】

parliamentary [,pɑ:lə'mentəri] *a.* 议会的 【0】

paste [peist] *n.* 糨糊 *v.* 贴，粘 【0】

pause [pɔ:z] *n. / v.* 中止，暂停 【0】

名师导学 cease, pause, stop: cease 主要指某种状态或活动逐
渐缓慢地结束；pause 指暂时停止某一动作，但有再进行或
继续这一动作的含义；stop 指运动、行为、活动进程等突
然停止。

pendulum ['pendjuləm] *n.* 钟摆 【0】

permission [pə(:)'miʃən] *n.* 允许，许可 【0】

固定搭配 **with your permission** 如果你允许的话

personally ['pə:sənəli] *ad.* 亲自地，由本人 【0】

phase [feiz] *n.* 阶段，时期；相位 【0】

固定搭配 **phase in** 逐步采用

phase out 逐步停止

out of phase with 与……不协调

in phase with 与……协调

ponder ['pɔndə] *v.* 沉思，考虑

pool [pu:l] n. 水塘，池子，水潭 vt. 合伙经营；共享，共有；集中（钱、力量等）　【0】

postpone [pəust'pəun] vt. 推迟，延期　【0】

preach [pri:tʃ] v. 传教，布道；劝诫，宣扬　【0】

precious ['preʃəs] a. 珍贵的，贵重的　【0】

preliminary [pri'liminəri] a. 预备的，初步的　【0】

preoccupy [pri(:)'ɔkjupai] v. 使全神贯注，迷住　【0】

pulse [pʌls] n. 脉搏，脉冲　【0】

Saturday

partition [pɑ:'tiʃən] n. 分割，划分，瓜分，分开　【0】

passerby ['pɑ:sə'bai] n. 过路人，经过者，路过者　【0】

passport ['pɑ:spɔ:t] n. 护照　【0】

password ['pɑ:swə:d] n. 口令　【0】

pastime ['pɑ:staim] n. 消遣，娱乐　【0】

pastry ['peistri] n. 面粉糕饼，馅饼皮　【0】

pasture ['pɑ:stʃə] n. 牧草地，牧场 vt. 放牧　【0】

pat [pæt] n. / v. 轻拍　【0】

固定搭配　pat on the back 赞扬，鼓励

patch [pætʃ] n. 小片，小块，补丁 vt. 补，修补　【0】

固定搭配　patch up 解决（争吵、麻烦）等；修补，草草修理

patrol [pə'trəul] n. 巡逻，巡逻队 v. 巡逻，巡查　【0】

patron ['peitrən, 'pæ-] n. 保护人，赞助人　【0】

pave [peiv] vt. 铺砌，铺（路）　【0】

固定搭配　pave the way for / to 为……铺平道路，使……容易进行

名师导学　易考的词组：pave the way（for）为……铺平道路，（为……）作准备。

paw [pɔ:] n. 爪　【0】

pea [pi:] n. 豌豆　【0】

peach [pi:tʃ] n. 桃，桃树　【0】

peak [pi:k] n. 峰，山峰；尖端，突出物　【0】

pear [pɛə] n. 梨，梨树　【0】

pearl [pə:l] n. 珍珠　【0】

peculiarity [pi,kju:li'æriti] n. 特性，怪癖　【0】

pedal ['pedl] n. 踏板，踏脚 vi. 踩踏板，骑车　【0】

peel [pi:l] v. 削皮，剥皮 n. 果皮　【0】

penguin ['peŋgwin] n. 企鹅　【0】

peninsula [pi'ninsjulə] n. 半岛　【0】

perfume ['pə:fju:m] *n.* 香水，香料，香气 *vt.* 使充满芳香；洒香水于 【0】

periodic [piəri'ɔdik] *a.* 周期的，定期的 【0】

perish ['periʃ] *vi.* 丧失，毁灭，消亡；（橡胶、皮革等）失去弹性，老化 【0】

perpetual [pə'petjuəl] *a.* 永久的 【0】

persecution [ˌpə:si'kju:ʃən] *n.* 迫害，烦扰 【0】

pervasive [pə'veisiv] *a.* 弥漫的；遍布的；普遍的 【0】

pest [pest] *n.* 有害的生物，害虫；讨厌的人 【0】

petrochemical [ˌpetrəu'kemikəl] *a.* 石油化学的；岩石化学的 【0】

phoenix ['fi:niks] *n.* 凤凰，长生（不死）鸟，引申为重生 【0】

picnic ['piknik] *n.* 郊游，野餐 *vi.* （去）野餐 【0】

pierce [piəs] *v.* 刺穿；看穿，洞察 【0】

pilgrim ['pilgrim] *n.* 圣地朝拜者，朝圣 【0】

pillar ['pilə] *n.* 柱子，栋梁 【0】

pillow ['piləu] *n.* 枕头 【0】

固定搭配 **consult one's pillow** 彻夜思考

pine [pain] *n.* 松树 【0】

pink [piŋk] *n.* 粉红色 【0】

pint [paint] *n.* 品脱 【0】

piracy ['paiərəsi] *n.* 海盗行为，侵犯版权，盗版 【0】

pirate ['paiərit] *n.* 海盗 *v.* 侵犯版权，盗版 【0】

pistol ['pistl] *n.* 手枪 【0】

pit [pit] *n.* 坑，窖 【0】

pitch [pitʃ] *n.* 投，掷 【0】

固定搭配 **pitch in** 协力，做出贡献

pizza ['pi:tsə] *n.* 比萨饼 【0】

planetary ['plænitri] *a.* 行星的 【0】

plank [plæŋk] *n.* 板条 【0】

plaster ['plɑ:stə] *n.* 灰浆，灰泥；石膏 【0】

plateau ['plætəu, plæ'təu] *n.* 高地，高原 【0】

plausible ['plɔ:zəbl] *a.* 似乎合理的；似乎可能的，似是而非 【0】

plaza ['plɑ:zə] *n.* 广场，购物中心 【0】

plea [pli:] *n.* 恳求，请求；辩解，借口，托词 【0】

plight [plait] *n.* 情况，状态，困境 【0】

plough [plau] *n.* 犁 *v.* 犁耕 【0】

plug [plʌg] *n.* 塞子，插头 *v.* 堵，插 【0】

固定搭配 **plug in** 给……接通电源，连接

plural ['pluərəl] *a.* 复数的 【0】

Pluto ['plu:təu] *n.* 冥王星 【0】

poise [pɔiz] *v.* 使均衡，保持平衡；使……保持某种姿态 *n.* 平衡，均衡；举止，态度 【0】

poison ['pɔizn] *n.* 毒物，毒药 *v.* 放毒，毒害 【0】

poll [pəul] *n.* 投票，投票数，民意测验 *v.* 投票，进行民意测验 【0】

polytechnic [ˌpɔli'teknik] *a.* 工艺的 *n.* 工艺学校 【0】

pond [pɔnd] *n.* 池塘 【0】

pope [pəup] *n.* （P-）天主教教皇 【0】

porch [pɔ:tʃ] *n.* 门廊，走廊 【0】

pore [pɔ:, pɔə] *n.* 毛孔 *vi.* 钻研；注视；细心思索 【0】

固定搭配 **pore over** 仔细阅读

pork [pɔ:k] *n.* 猪肉 【0】

porridge ['pɔridʒ] *n.* 粥，麦片粥 【0】

portable ['pɔ:təbl] *a.* 轻便的，手提（式） 【0】

porter ['pɔ:tə] *n.* 搬运工人 【0】

postage ['pəustidʒ] *n.* 邮费，邮资 【0】

postcard ['pəustkɑ:d] *n.* 明信片 【0】

postcode ['pəustˌkəud] *n.* 邮递区号 【0】

poster ['pəustə] *n.* 海报，招贴，（布告，标语，海报等的）张贴者 【0】

posture ['pɔstʃə] *n.* 姿态，态度；看法，态度 *vi.* 摆出（不自然的）姿势，装模作样 【0】

pot [pɔt] *n.* 壶，罐，盆 【0】

preceding [pri(:)'si:diŋ] *a.* 在前的，在先的 【0】

predecessor ['pri:disesə] *n.* 前辈，前任 【0】

preface ['prefis] *n.* 序言，引言，前言 【0】

premier ['premjə, -miə] *n.* 首相，总理 【0】

preposition [ˌprepə'ziʃən] *n.* 介词 【0】

prescription [pri'skripʃən] *n.* 药方，处方 【0】

presidential [ˌprezi'denʃəl] *a.* 总统的 【0】

pretext ['pri:tekst] *n.* 借口，托词 *v.* 借口 【0】

preview ['pri:'vju:] *n.* 事先查看，[计]预览 *vt.* 事先查看，预展，预演 【0】

prey [prei] *n.* 被捕食的动物，捕获物；受害者 *v.* (on) 捕食；折磨，使烦恼 【0】

priest [pri:st] *n.* 教士，教父 【0】

prince [prins] *n.* 王子，亲王 【0】

printer ['printə] *n.* 打印机　　【O】

printing ['printiŋ] *n.* 印刷，印刷术，[纺]印花　【O】

privacy ['praivəsi] *n.* 隐私，隐居；秘密　【O】

privileged ['privilidʒd] *a.* 享有特权的　　【O】

problematic [prɔblə'mætik] *a.* 问题的，有疑问的　【O】

proceeding [prə'si:diŋ] *n.* 进行，行动；诉讼程序　【O】

proficiency [prə'fiʃənsi] *n.* 精通，熟练，精练　【O】

固定搭配　**proficiency in (doing sth.)** 精通

pronoun ['prəunaun] *n.* 代词　　【O】

propaganda [,prɔpə'gændə] *n.* 宣传　　【O】

propagate ['prɔpəgeit] *vt.* 繁殖，传播，传送　【O】

propeller [prə'pelə] *n.* 推进器，螺旋桨　【O】

proposition [,prɔpə'ziʃən] *n.* 提议，建议；主张，观点；命题　　【O】

联想记忆　**propose** v. 建议，打算

prose [prəuz] *n.* 散文　　【O】

prosperous ['prɔspərəs] *a.* 繁荣的，兴旺的　【O】

provocative [prə'vɔkətiv] *a.* 煽动的 *n.* 刺激物　【O】

proximity [prɔk'simiti] *n.* 接近，亲近，近似，接近度，亲近（to）　　【O】

psychiatrist [sai'kaiətrist; (u5) si-] *n.* 精神病医师，精神病学家　　

pub [pʌb] *n.* 酒吧，酒馆　　【O】

pumpkin ['pʌmpkin] *n.* 南瓜　　【O】

punch [pʌntʃ] *vt.* 冲压，穿孔 *n.* 冲压机，穿孔机　【O】

punctuality [,pʌŋktju'æliti] *n.* 准时　【O】

punctuate ['pʌŋktjueit] *v.* 加标点（于）；强调，加强；不时打断　　【O】

purple ['pə:pl] *a.* 紫色的 *n.* 紫色　【O】

quake [kweik] *n.* 地震　　【O】

qualitative ['kwɔlitətiv] *a.* 性质上的，定性的　【O】

quantify ['kwɔntifai] *vt.* 确定数量，量化　【O】

quantitative ['kwɔntitətiv] *a.* 数量的，定量的　【O】

quartz [kwɔ:ts] *n.* 石英　　【O】

queer [kwiə] *n.* 同性恋者 *a.* 奇怪的，不舒服的；可疑的　　【O】

quench [kwentʃ] *vt.* 止（渴），扑灭（火焰）　【O】

quest [kwest] *v. / n.* 探索，寻找，追求　【O】

question(n)aire [,kwestiə'nɛə, -tʃə-] *n.* 问卷，调查表【O】

联想记忆　question *n.* 问题

queue　[kju:] *n.* 行列，长队　*vi.* 排长队　【0】

固定搭配　jump the / a queue 插队

quiver　['kwivə] *n. / vi.* 颤抖，发抖，抖动　【0】

quiz　[kwiz] *n.* 小型考试，测验，问答比赛　【0】

quota　['kwəutə] *n.* 定额，限额，配额　【0】

quotation　[kwəu'teiʃən] *n.* 引语，语录　【0】

racial　['reiʃəl] *a.* 人种的，种族的　【0】

rack　[ræk] *n.* 架，行李架　【0】

racket　['rækit] *n.* 球拍；敲诈　【0】

radar　['reidə] *n.* 雷达　【0】

radiant　['reidjənt] *a.* 发光的，辐射的，容光焕发的 【0】

联想记忆　radiate *v.* 发出（光和热），显露（某种神情）
radiation *n.* 放射，放射物

radiate　['reidieit] *vt.* 闪光，发光，辐射　*vi.* 发光，辐射；
流露　【0】

radioactive　['reidiəu'æktiv] *a.* 放射性的　【0】

radium　['reidjəm] *n.* [化]镭　【0】

radius　['reidjəs] *n.* 半径　【0】

rag　[ræg] *n.* 破布，碎布　【0】

固定搭配　be in rags 衣衫褴褛

rage　[reidʒ] *n.* 愤怒　【0】

固定搭配　be in a rage / fall into a rage 勃然大怒

raid　[reid] *n. / v.* 袭击，突击；搜查，搜捕；抢劫　【0】

rail　[reil] *n.* 栏杆，围栏；(*pl.*)铁路　【0】

固定搭配　by rail 乘火车

railroad　['reilrəud] *n.* 铁路　*vt.* 由铁道运输　【0】

random　['rændəm] *a.* 随机的；任意的，随便的　*n.* 偶然
的（或随便的）行动（或过程）　【0】

名师导学　词组：at random（随便的，任意的）

rap　[ræp] *n.* 轻敲，拍击；责骂　*v.* 轻敲，厉声说出，叱责
　【0】

rash　[ræʃ] *a.* 轻率的，鲁莽的

联想记忆　rush *v.* 冲

rating　['reitiŋ] *n.* 评价，估计，评分；等级，规格　【0】

ray　[rei] *n.* 线，光线，射线　【0】

reactionary　[ri(:)'ækʃənəri] *a.* 反动的　*n.* 反动分子，反
动派　【0】

realism　['riəlizəm,'ri:-] *n.* 现实主义　【0】

realm　[relm] *n.* 王国，国度；领域，范围　【0】

reap [ri:p] v. 收割，收获 【0】

rear [riə] n. 后部，尾部 a. 后方的，背后的 vt. 饲养；抚养 【0】

固定搭配 at the rear of 在……的后部

reassure [ri:ə'ʃuə] vt. 使安心 【0】

rebellion [ri'beljən] n. 谋反，叛乱，反抗，不服从 【0】

rebound [ri'baund] n. 回弹 v. 回弹 【0】

recede [ri'si:d] vi. 退，退去；向后倾斜，缩进 【0】

receipt [ri'si:t] n. 收据，收条；收到，接到 【0】

固定搭配 on receipt of 收到……后

receiver [ri'si:və] n. 话筒，受话器；接待者，接受者，收信人 【0】

receptionist [ri'sepʃənist] n. 招待员，传达员 【0】

receptor [ri'septə] n. 接收器，感受器，受体 【0】

recipient [ri'sipiənt] n. 接受者，接收者 【0】

reckless ['reklis] a. 粗心大意的，鲁莽的 【0】

reckon ['rekən] v. 数，计算；想，料想 【0】

固定搭配 reckon...as 把……看作
reckon on 指望，依靠

reconcile ['rekənsail] vt. 使协调；使和谐；（to）使顺从（于），使甘心（于） 【0】

名师导学 注意与 compromise, harmonize, assort 等词的区别运用：compromise with sb. on sth. 妥协；harmonize with 协调；assort with 相称，协调。常用短语：reconcile to / with sb. 与某人和解，reconcile oneself to sth. / doing sth. 安于，听从。其中 to 为介词，后接动名词。

recount [ri'kaunt] v. 叙述 【0】

recovery [ri'kʌvəri] n. 复原，痊愈；收回，复得 【0】

rectangular [rek'tæŋgjulə] n. 长方形的，矩形的 【0】

联想记忆 triangular a. 三角形的，三人间的 quinquangular a. 五角形的

rectify ['rektifai] vt. 纠正，修复 【0】

recur [ri'kə:] v. 再发生，重现，反复出现 【0】

recyclable ['ri: 'saikl] a. 能再循环的，可回收的 【0】

redundant [ri'dʌndənt] a. 被裁减的；多余的；不需要的 【0】

reel [ri:l] n. 卷筒，线轴 v. 卷，绕 【0】

referee [,refə'ri:] n. 裁判，公断人 【0】

refinery [ri'fainəri] n. 精炼厂 【0】

refrain [ri'frein] vi. 抑制，克制 n. （诗歌的）叠句，副歌 【0】

名师导学 熟记

固定搭配 **refrain from doing sth.。**

refresh [ri'freʃ] *vt.* 提神，振作，（使）清新 【0】

名师导学 refresh, renew, restore: refresh 指提供某种必要的条件以恢复活力、生机、雄心或权力；renew 表示使已旧或已丧失力气、活力等物变新；restore 指某人借助他人的力量使某物回到原来的状态或使某物失而复得。

refreshment [ri'freʃmənt] *n.* 点心，提神之事物；精神爽快 【0】

refuge ['refju:dʒ] *n.* 避难（处），藏身（处） 【0】

固定搭配 **take refuge in** 躲避在……；靠……逃避

名师导学 refuge, shelter: refuge 指躲避危险或灾难的地方；shelter 指暂时的保护，以避免暴露在自然环境中。

refugee [ˌrefju(:)'dʒi:] *n.* 难民，逃亡者 【0】

refund [ri:'fʌnd] *v.* 归还，偿还 *n.* 归还（额），偿还（额） 【0】

refute [ri'fju:t] *v.* 驳斥，驳倒 【0】

regain [ri'gein] *vt.* 重新获得，收复，恢复 【0】

regardless [ri'gɑ:dlis] *a.* 不管，不注意，不顾 【0】

regiment ['redʒimənt] *n.*（军队）团 *vt.* 把……编组成团，把……组织化；统一制定，把……规格化 【0】

固定搭配 **review a regiment** 检阅兵团

serve with regiment 服役于兵团

registration [ˌredʒis'treiʃən] *n.* 登记，注册 【0】

rehearsal [ri'hə:səl] *n.* 预演，排练 【0】

rehearse [ri'hə:s] *v.* 排练，练习，演习，背诵 【0】

reign [rein] *n.* 君主统治时期，任期 *v.* 当政，统治 【0】

rein [rein] *n.* 缰绳 *v.* 严格控制，加强管理，用缰绳勒马 【0】

固定搭配 **hold / take over the reins** 掌握、支配……权利

rejoice [ri'dʒɔis] *vi.* 欣喜，高兴；庆祝，欢乐 *vt.* 使欣喜，使高兴 【0】

名师导学 rejoice 一般与介词 at / over 搭配，意思是"对……感到欣喜"。

relativity [ˌrelə'tiviti] *n.* 相对论 【0】

relay ['ri:lei] *vt.* 中继，转播；接力 【0】

reliance [ri'laiəns] *n.* 依靠，信赖；依靠的人/物 【0】

relish ['reliʃ] *n.* 美味；味道；风味 *vt.* 爱好；喜欢 【0】

remainder [ri'meində] *n.* 剩下的人、事物或时间；剩余部分

【0】

reminiscence [ˌremiˈnisns] n. 回忆，怀旧；缅怀往事；记忆力，回想力 【0】

remnant [ˈremnənt] n. 残余部分，剩余部分，零料 【0】

renaissance [rəˈneisəns] n.（欧洲14～16世纪的）文艺复兴（时期）；（文学艺术等的）复兴，再生 【0】

renew [riˈnjuː] v. 重新开始，继续；使更新，更换 【0】

固定搭配 **renew a contract** 续约

renowned [riˈnaund] a. 著名的，有声望的 【0】

repay [ri(ː)ˈpei] v. 付还，偿还；报答 【0】

repel [riˈpel] vt. 使厌恶；击退，驱逐；排斥 【0】

repertoire [ˈrepətwɑː] n.（剧团、演员等的）可表演节目，（某人的）全部才能 【0】

repetition [ˌrepiˈtiʃən] n. 重复，反复；背诵 【0】

repressive [riˈpresiv] a. 压抑的，压制的 【0】

reproach [riˈprəutʃ] n. / vt. 责备，批评 【0】

republic [riˈpʌblik] n. 共和国，共和政体 【0】

republican [riˈpʌblikən] a. 共和政体的 n. 共和党人 【0】

rescuer [ˈreskjuə] n. 救助者 【0】

resemblance [riˈzembləns] n. 相似，相像 【0】

resentment [riˈzentmənt] n. 愤慨，怀恨 【0】

reshuffle [ˈriːˈʃʌfl] v. 改组；重新洗牌 n. 改组 【0】

reside [riˈzaid] vi. 居住（in） 【0】

固定搭配 **reside in** 除了有"居住"的意思外，还有"属于，在于，取决于"的意思；

reside with sb. 与某人在一起居住

residence [ˈrezidəns] n. 住宅，住处 【0】

resignation [ˌrezigˈneiʃən] n. 辞职，辞职书 【0】

respectable [risˈpektəbl] n. 品格高尚的人 a. 值得尊重的，人格高尚的；不少的 【0】

respondent [risˈpɔndənt] n. 回答问题的人 【0】

responsive [risˈpɔnsiv] a.（常与 to 连用）反应的；表示回答的；易反应的 【0】

restoration [ˈrestəˈreiʃən] n. 恢复，归还，复位 【0】

restore [risˈtɔː] vt. 归还，放回；修复，恢复 【0】

restructure [riˈstrʌktʃə] vt. 更改结构，重建构造，调整，改组 【0】

retort [riˈtɔːt] n. /v. 反驳，反击 【0】

固定搭配 **retort against sb.** 反驳某人

retreat [riˈtriːt] vi. 撤退，退却 【0】

retrieval [ri'tri:vəl] n. 取回，寻回 【0】

retrospect ['retrəuspekt] n. 回顾 v. 回顾，反思（过去）
【0】

retrospective [,retrəu'spektiv] a. 回顾的，回想的；追溯
既往的 【0】

reunification [,ri:ju:nifi'keiʃən,ri:,ju:-] n. 再统一，重新
团结 【0】

reunion [ri:'ju:njən] n. 团圆，重逢，聚会 【0】

reunite [,ri:ju:'nait] v.（使）再结合 【0】

revelation [,revi'leiʃən] n. 揭示，透露，启示；被揭示的
真相，新发现 【0】

reversible [ri'və:səbl] a. 可翻转的，可逆的 【0】

revert [ri'və:t] v. 回复；恢复；（财产、权力等）归还，归
属(to) 【0】

revolt [ri'vəult] v./n. 反抗，起义 【0】

固定搭配 revolt against 反叛

rib [rib] n. 肋骨，肋状物 【0】

ribbon ['ribən] n. 带，缎带，丝带 【0】

ridge [ridʒ] n. 岭，山脉；屋脊；鼻梁 【0】

rifle ['raifl] n. 步枪 【0】

rightist ['raitist] n. 右派，右派分子 【0】

right-wing ['raitwiŋ] a. 右翼的，右派的 【0】

rigid ['ridʒid] a. 坚硬的，刚性的，严格的 【0】

rip [rip] v. 撕裂，扯开 【0】

ripe [raip] a. 成熟的 【0】

固定搭配 ripe for doing 干……时机成熟

ritual ['ritjuəl] a. 宗教仪式的，典礼的 n. 仪式，典礼；
例行公事，习惯 【0】

rivalry ['raivəlri] n. 竞争，竞赛；敌对，对立 【0】

roast [rəust] v. 烤，炙，烘 【0】

robbery ['rɔbəri] n. 抢劫 【0】

robust [rə'bʌst] a. 强健的，耐用的，富有活力的 【0】

rod [rɔd] n. 杆，竿，棒 【0】

roller ['rəulə] n. 滚筒，卷轴；压路机 【0】

rooster ['ru:stə] n. 雄鸡，公鸡 【0】

rot [rɔt] v./n. 腐烂，腐朽 【0】

固定搭配 rot away 烂掉，变虚弱

rotary ['rəutəri] a. 旋转的 【0】

rotate [rəu'teit] v.（使）旋转 【0】

rotten ['rɔtn] a. 腐烂的，腐朽的 【0】

rouse [rauz] *vt.* 激起，使振奋；唤起，唤醒 【0】

rubber ['rʌbə] *n.* 橡皮；橡胶；橡胶制品，胶鞋 *a.* 橡胶的 【0】

rubbish ['rʌbiʃ] *n.* 垃圾，废物；废话 【0】

rug [rʌg] *n.* 小地毯；毛毯

rumo(u)r ['ruːmə] *n.* 谣言，谣传，传闻 【0】

固定搭配 circulate / spread a rumor 散布谣言

rupture ['rìptʃə(r)] *n.* (体内组织等的)破裂，断裂，绝交 *v.* (体内组织等的)破裂，断裂，绝交 【0】

rust [rʌst] *v.* 生锈 【0】

Sunday

bull [bul] *n. / a.* 公牛(似的)，雄性(的)；大型(的)，庞大物体(的)；(证券等的)买方 【0】

compartment [kəm'pɑːtmənt] *n.* 间隔间；卧车包房 【0】

diplomat ['dipləmæt] *n.* 外交官；善交际者 【0】

distracted [dis'træktid] *a.* 分神的，心烦意乱的 【0】

drama ['drɑːmə] *n.* 戏剧，剧本 【0】

edible ['edibl] *a.* 可以吃的，可食用的 【0】

sack [sæk] *n.* 袋，麻袋 【0】

固定搭配 get the sack 被解雇
        give sb. the sack 解雇某人

sack [sæk] *n.* 袋子 *v.* 解雇 【0】

saddle ['sædl] *n.* 鞍，马鞍，车座，鞍状物 【0】

saint [seint, sənt] *n.* 圣人，圣徒 【0】

sanction ['sæŋkʃən] *n.* 认可，许可，批准；支持，赞成；制裁，处罚 【0】

sandstorm ['sændstɔːm] *n.* [气]沙暴，沙漠地带的暴风沙 【0】

sarcasm ['sɑːkæzəm] *n.* 讥讽；嘲笑；挖苦 【0】

SARS abbr. Severe Acute Respiratory Syndrome, 俗称非典型肺 【0】

saturate ['sætʃəreit] *vt.* 使湿透，浸透；使充满，使饱和 【0】

sauce [sɔːs] *n.* 酱油，调味汁 【0】

saucer ['sɔːsə] *n.* 茶托，浅碟 【0】

sausage ['sɔsidʒ] *n.* 香肠，腊肠 【0】

savage ['sævidʒ] *a.* 残暴的，凶猛的，粗鲁的；未开化的，野蛮的 *n.* 野蛮人，粗鲁的人 *vt.* (狗等)乱咬；

　　猛烈抨击　　　　　　　　　　　　　　　　　　　　【0】

saw [sɔ:] *vt.* 锯，锯开　*n.* 锯子　　　　　　　　　　【0】

scandal ['skændl] *n.* 丑闻　　　　　　　　　　　　　【0】

scanner ['skænə] *n.* 扫描仪　　　　　　　　　　　　【0】

scar [skɑ:] *n.* 伤疤，（精神上的）创伤；煞风景之处　*v.* 在……
　　上结疤，给……留下精神创伤；损害……的外观　　　【0】

scarcity ['skɛəsiti] *n.* 缺乏，不足　　　　　　　　　【0】

scare [skɛə] *vt.* 惊吓，受惊　*vi.* 惊慌，惊恐　　　　【0】

scenery ['si:nəri] *n.* 舞台布景；风景，景色　　　　　【0】

scholarship ['skɔləʃip] *n.* 奖学金；学问，学识　　　【0】

固定搭配　award / grant a scholarship 授予奖学金
　　　　　　get / receive / win a scholarship 获得奖学金

scissors ['sizəz] *n.* 剪刀　　　　　　　　　　　　　【0】

scorn [skɔ:n] *n.* 轻蔑，鄙视　*vt.* 轻蔑，鄙视；拒绝，不
　　屑（做）　　　　　　　　　　　　　　　　　　　　【0】

名师导学　将 scorn 和其同义词一起记：scoff, despise,
contempt, disdain 等。

scout [skaut] *n.* 侦察员；童子军　*v.* 搜查，侦查　　【0】

固定搭配　on the scout 在侦查中

scramble ['skræmbl] *vi. / n.* 攀登，爬行；争夺，抢夺　*vt.*
　　扰乱，搞乱　　　　　　　　　　　　　　　　　　　【0】

固定搭配　scramble for 争夺，勉强拼凑

scrap [skræp] *n.* 小片，碎片　*vt.* 废弃　　　　　　　【0】

名师导学　scrap 作为动词时其过去式和过去分词为 scrapped。

scratch [skrætʃ] *v.* 搔，抓，扒；勾销，删除　*n.* 搔，抓，
　　抓痕　　　　　　　　　　　　　　　　　　　　　　【0】

固定搭配　scratch a living 勉强维持生活

screw [skru:] *n.* 螺钉，螺　*vt.* 拧，拧紧；用螺丝固定　【0】

script [skript] *n.* 手稿，打字原稿；笔迹　　　　　　【0】

scrub [skrʌb] *vt.* 用力擦洗　*vi.* 用力擦洗，把……擦净；
　　取消（计划等）　*n.* 矮树丛，灌木丛　　　　　　　【0】

scrutiny ['skru:tini] *n.* 细看，仔细检查；仔细研究；　【0】

sculpture ['skʌlptʃə] *n.* 雕刻，雕塑　　　　　　　　【0】

seagull ['si:gʌl] *n.* 海鸥　　　　　　　　　　　　　【0】

seam [si:m] *n.* 缝，接缝　　　　　　　　　　　　　　【0】

sect [sekt] *n.* 派别，宗派，学派，派系　　　　　　　【0】

segment ['segmənt] *n.* 片，部分，断片，段　　　　　【0】

segregate ['segrigeit] *v.* 隔离并区别对待（不同种族、宗
教或性别的人）；（使）隔离　　　　　　　　　　　　　【0】

segregation [ˌsegri'geiʃən] *n.* 种族隔离；隔离　　　　【0】

seize [siːz] *vt.* 抓住，捉住；夺取，占领 【0】

固定搭配 **seize on** 利用

semiconductor ['semikən'dʌktə] *n.* 半导体 【0】

seminar ['seminɑː] *n.* (专家)研讨会；(大学)研究班 【0】

senate ['senit] *n.* 参议院 【0】

sensational [sen'seiʃənəl] *a.* 轰动性的；耸人听闻的；极好的 【0】

sensual ['sensjuəl] *a.* 肉体(上)的；感官的；肉欲的 【0】

sergeant ['sɑːdʒənt] *n.* 警官；中士 【0】

settlement ['setlmənt] *n.* 调停，解决；居留地，住宅区；清偿，结算 【0】

固定搭配 **come to / make / reach a settlement** 达成和解

seventh ['sevənθ] *num.* 第七 【0】

sexy ['seksi] *a.* 性感的 【0】

shabby ['ʃæbi] *a.* 破烂的；衣衫褴褛的；卑鄙的，不公正的 【0】

shaky ['ʃeiki] *a.* 摇晃的；摇摆的；不稳的；不牢固的 【0】

shallow ['ʃæləu] *a.* 浅；浅薄，肤浅的 *n.* (*pl.*) 浅滩，浅处 【0】

shareholder ['ʃɛəhəuldə] *n.* 股东 【0】

sharpen ['ʃɑːpən] *v.* 使…尖锐，变为锐利 【0】

shatter ['ʃætə] *vt.* 使粉碎，砸碎；使破灭，使震惊 *vi.* 碎裂 【0】

shave [ʃeiv] *vt.* 剃，刮，削 *vi.* 修面，刮脸 *n.* 刮脸 【0】

shaver ['ʃeivə] *n.* 剃须刀 【0】

shed [ʃed] *vt.* 脱落，脱去；流出，流下；发出，散发 【0】

sheer [ʃiə] *a.* 纯粹的，绝对的，全然的 【0】

shield [ʃiːld] *n.* 盾，屏障 *vt.* 防护，保护 【0】

shiny ['ʃaini] *a.* 擦亮的，发光的（光滑的表面） 【0】

shipment ['ʃipmənt] *n.* 装货，运输；装载的货物，装载量 【0】

shiver ['ʃivə] *vi. / n.* 颤抖，哆嗦 【0】

shorts [ʃɔːts] *n.* 短裤 【0】

short-wave [ʃɔːtweiv] *n.* 短波 【0】

shove [ʃʌv] *vt.* 乱推，挤；乱塞，随意放 *vi.* 用力推，挤 *n.* 猛推 【0】

固定搭配 **shove around** 推来推去
shove in 推进
shove off 开船，离开

shove sth. under the carpet 掩盖某事等

shrewd [ʃru:d] *a.* 精明的；有眼光的；判断得准的 【0】

shrub [ʃrʌb] *n.* 灌木 【0】

shutter [ʃʌtə] *n.* 遮蔽物；百叶窗；窗板；照相机快门 【0】

sideway(s) [ˈsaidweiz] *ad. / a.* 斜向一边（的），侧身（的）

siege [si:dʒ] *n.* 包围，围攻 【0】

sieve [siv] *n.* 滤器；筛子 *v.* 滤；筛 【0】

sigh [sai] *vi.* 叹气，叹息 *n.* 叹息声 【0】

sightseeing [ˈsaitsi:iŋ] *n.* 观光，游览 【0】

固定搭配 go sightseeing 观光

signature [ˈsignitʃə] *n.* 签字，签名 【0】

signify [ˈsignifai] *vt.* 表示……的意思，意味，预示 【0】

signpost [ˈsainpəust] *n.* 路标，路牌 【0】

silver [ˈsilvə] *n.* 银，银币，银器 【0】

simplification [ˌsimplifiˈkeiʃən] *n.* 简化，单一化，单纯化

simulate [ˈsimjuleit] *vt.* 模仿，模拟；假装，冒充 【0】

sin [sin] *n.* 罪孽 *vi.* 犯罪 【0】

sincere [sinˈsiə] *a.* 真诚的；诚挚的 【0】

singal [ˈsignəl] *n.* 信号，暗号；*v.* 发信号，打暗号 【0】

singular [ˈsiŋgjulə] *a.* 单数的；突出的 【0】

sip [sip] *v.* 小口喝，抿 *n.* 一小口（饮料） 【0】

situate [ˈsitjueit] *v.* 位于；使坐落于；使联系 【0】

sixteenth [ˈsiksˈti:nθ] *num.* 第十六 【0】

sizable [ˈsaizəbl] *a.* 相当大的，大的 【0】

skeleton [ˈskelitən] *n.* 骨骼，骨架 【0】

skeptical [ˈskeptikəl] *a.* 表示怀疑的 【0】

sketch [sketʃ] *n.* 素描，速写；略图；梗概，大意 *vt.* 速写；写生；概述，简述 【0】

固定搭配 sketch out 画出轮廓；概述

skirt [skə:t] *n.* 裙子；(*pl.*) 边缘；郊区 【0】

skull [skʌl] *n.* 头骨，颅骨 【0】

固定搭配 get it into your thick skull 理解，明白

skull protector 安全帽

skyline [ˈskailain] *n.* 地平线，以天空为背景映出轮廓【0】

slack [slæk] *a.* 淡季的，不景气的；萧条 *n.* (*pl.*) 便装裤，运动裤 【0】

slap [slæp] *vt. / n.* 拍，掌击 【0】

固定搭配 **slap sb. in the face** 打某人耳光

slash [slæʃ] *v.* 猛砍，挥斩，切开，打过去；贬斥，严厉批评；（雨）猛烈拍打 *n.* 猛砍，砍击；（衣服的）开叉 【0】

固定搭配 **slash at** 猛击 **slash with** 用……砍削

slaughter ['slɔːtə] *n.* 屠杀，杀戮；屠宰 【0】

slavery ['sleivəri] *n.* 奴隶制，奴役 【0】

slender ['slendə] *a.* 细长的，苗条的；微小的，微薄的 【0】

联想记忆 **slenderly** *ad.* 细长地，苗条地 **slenderness** *n.* 苗条

slide [slaid] *vi. / n.* 滑，滑动 *n.* 幻灯片 【0】

固定搭配 **slide into** 陷入

名师导学 slide, slip, glide: slide 指物体在与其他物体的接触面上滑行或滑落；slip 指由于失误而不自主地滑动；glide 指在空中或水中无声地、较长时间地滑动、滑翔。

slipper ['slipə] *n.* 拖鞋 【0】

slippery ['slipəri] *a.* 滑的，滑溜的；狡猾的 【0】

slogan ['sləugən] *n.* 口号，标语 【0】

slope [sləup] *n.* 坡，斜坡；倾斜；斜度 【0】

固定搭配 **slope off** （为了逃避或躲避工作）偷偷溜走

slot [slɔt] *n.* 窄缝；（列表或名单中的）位置；投币机 *v.* 投放；塞进；插入 【0】

slum [slʌm] *n.* 贫民窟 【0】

slump [slʌmp] *v.* 突然倒下，跌落；（物价、景气、名气等）暴跌，萧条，骤然低落 *n.* 暴跌，萧条；消沉，萎靡【0】

smash [smæʃ] *vt. / n.* 打碎，粉碎 【0】

固定搭配 **smash up** 撞毁，毁坏

smelly ['smeli] *a.* 有臭味的，难闻的 【0】

smooth [smuːð] *a.* 光滑的，平滑的；平稳的，顺利的 【0】

固定搭配 **smooth away** 弄平（皱纹、折痕）；克服困难

smuggle ['smʌgl] *v. / n.* 走私 【0】

名师导学 本词属于常考词汇，考生要注意相关短语：smuggle in 偷运进来；smuggle out 私运出去；smuggle through 走私运出。

snack [snæk] *n.* 快餐，小吃 【0】

snapshot ['snæpʃɔt] *n.* 快照，快相 【0】

snatch [snætʃ] *vt. / n.* 攫取，抢夺 【0】

sneak [sniːk] *v.* 偷偷地走；偷拿；偷偷地做 *n.* 打小报告者 *a.* 突然的，出其不意的 【0】

sneaker ['sniːkə(r)] *n.* 鬼鬼祟祟的人，卑鄙者，（常用 *pl.*）帆布胶底运动鞋 【0】

sniff [snif] v. （嗅嗅地）以鼻吸气，用力吸入；嗅，闻 n. 吸气（声）；嗅，闻 【0】

固定搭配   sniff at 嗅，闻；不喜欢，（傲慢地）拒绝
           sniff out 发现，寻找

snowball ['snəubɔ:l] n. 雪球 【0】

snowman ['snəumæn] n. 雪人 【0】

soak [səuk] v. 浸湿，浸透 【0】

sober ['səubə] a. 未醉的；冷静的；素净的 v. （使）变得冷静 【0】

soccer ['sɔkə] n. 足球 【0】

socialism ['səuʃəlizəm] n. 社会主义 【0】

socialist ['səuʃəlist] n. 社会主义者，社会党人 a. 社会主义的 【0】

socialize ['səuʃəlaiz] vt. 使社会（主义）化 【0】

sociology [.səusi'ɔlədʒi] n. 社会学 【0】

sock [sɔk] n. (pl.) 短袜 【0】

soda ['səudə] n. 苏打水；汽水 【0】

sofa ['səufə] n. 长沙发 【0】

softball ['sɔftbɔ:l] n. 垒球运动，垒球 【0】

soft-drink [sɔftdriŋk] n. 饮料 【0】

solicitor [sə'lisitə] n. 法官；律师 【0】

solidarity [.sɔli'dæriti] n. 团结 【0】

solo ['səuləu] n. 独唱，独奏 【0】

soluble ['sɔljubl] a. 可溶的；可以解决的 【0】

名师导学   soluble 的反义词是 insoluble。

sonar ['səunɑ:] n. 声纳，声波定位仪

sore [sɔ:, sɔə] a. 疼痛的，痛心的 n. 疮口，痛处 【0】

sovereign ['sɔvrin] n. 君主，元首 a. 有主权的；完全独立的；掌握全部权利的 【0】

sovereignty ['sɔvrinti] n. 主权，统治权；独立国，主权国家 【0】

sow [sau] v. 播种 【0】

spacecraft ['speiskrɑ:ft] n. 宇宙飞船 【0】

spacious ['speiʃəs] a. 宽广的；宽敞的 【0】

spade [speid] n. 铲子，铁锹 【0】

sparkle ['spɑ:kl] v. 发火花，闪耀 【0】

sparrow ['spærəu] n. 麻雀 【0】

specialization [.speʃəlai'zeiʃən] n. 特殊化，专门化 【0】

specify ['spesifai] vt. 指定，详细说明 【0】

spectacle ['spektəkl] n. (pl.) 眼镜 n. 场面，景象；奇观，

壮观 【0】

spectator [spek'teitə; 'spekteitə] *n.* 观众，旁观者 【0】

speculate ['spekju‚leit] *vi.* 思索，推测；投机 【0】

固定搭配　**speculate about / on / over** 推测

speculate in 投机

speculation [‚spekju'leiʃən] *n.* 沉思，推测；投机 【0】

speculative ['spekjulətiv, -leit-] *a.* 推测的；投机性的；揣摩的 【0】

sphere [sfiə] *n.* 球，球体；范围，领域

固定搭配　**enlarge / widen one's sphere of knowledge** 扩大知识范围

联想记忆　globe *n.* 球体　地球，地球仪　bulb *n.* 灯泡　ball *n.* 球状物　cylinder *n.* 圆柱体　sphere *n.* 球体　triangle *n.* 三角形　square *n.* 正方形　diamond *n.* 菱形　circle *n.* 圆形　column *n.* 圆柱形　cube *n.* 立方体　disc *n.* 圆盘

spice [spais] *n.* 香料，调味品；趣味，情趣，风味　*vt.* 使增添趣味；加香料于 【0】

spider ['spaidə] *n.* 蜘蛛，设圈套者，三脚架 【0】

spinal ['spainl] *a.* 脊柱的，有关脊柱的 【0】

spine [spain] *n.* 脊椎 【0】

spiral ['spaiərəl] *a.* 螺旋的　*n.* 螺旋（线），螺旋式的上升（或下降）　*vi.* 盘旋上升（或下降）；（物价等）不断急剧地上升（或下降） 【0】

splash [splæʃ] *v.* 溅，泼　*n.* 溅泼声；溅出的水；（光色等的）斑点 【0】

固定搭配　**splash down** 溅落，（宇宙飞船等）着陆

splash into 溅入，滴入

make a splash 引起关注

spokesperson ['spəukspə:sn] *n.* 发言人，代言人 【0】

sponge [spʌndʒ] *n.* 海绵　*v.* 用海绵等洗涤、清除、吸收 【0】

固定搭配　**sponge from** 找……要钱用，白吃……（的饭）

sponge on 依赖

sponge out 忘记

sponge up 用海绵吸

sportsman ['spɔ:tsmən] *n.* 运动员 【0】

spray [sprei] *vt.* 喷，喷射，喷雾　*n.* 浪花，水沫；喷雾 【0】

stab [stæb] *v.* 刺，戳 【0】

固定搭配　**stab in the back** 出卖，攻击（朋友）

stack [stæk] *n.* 一叠，一堆；许多　*v.* （使）放成整齐的

一叠，使成叠地放在…… 【0】

stadium ['steidiəm] *n.* 体育场 【0】

stagger ['stægə] *vi.* 摇晃，蹒跚 *vt.* 使吃惊；使错开，使交错 【0】

stainless ['steinlis] *a.* 纯洁的，无瑕疵的，不生锈的 【0】

staircase ['steəkeis] *n.* 楼梯 【0】

stalk [stɔ:k] *n.*（植物的）茎、杆 *v.* 偷偷接近（猎物或人）；（非法）跟踪；趾高气扬地走 【0】

stall [stɔ:l] *n.* 货摊；畜舍 【0】

standby ['stændbai] *n.* 备用设备，备用品 【0】

固定搭配 **on standby** 待命，随时准备

standoff ['stændɔf, -ɔ:f] *n.* 僵持 【0】

staple ['steipl] *n.* 钉书钉，U 形钉；主食；主要产品 *vt.* 分级；钉住 【0】

startle ['stɑ:tl] *v.* 使惊吓，使吓一跳，使大吃一惊 【0】

static ['stætik] 静力的，静态的 【0】

stationary ['steiʃ(ə)nəri] *a.* 不动的（稳定的） *n.* 固定物（驻军） 【0】

steak [steik] *n.* 肉片，牛排 【0】

联想记忆 **ham** *n.* 火腿 **hamburger** *n.* 三明治 **hot dog** *n.* 热狗 **pizza** *n.* 比萨饼

steamer ['sti:mə] *n.* 轮船，汽船 【0】

联想记忆 **row** *n.* 划船 **hatch** *n.* 舱口 **cabin** *n.* 船舱，机舱 **anchor** *n.* 锚 **captain** *n.* 船长 **crew** *n.* 全体船员 **seaport** *n.* 港口 **bay** *n.* 海湾 **beach** *n.* 海滩，海滨 **bed** *n.* 海底

steep [sti:p] *a.* 险峻的，陡峭的 *vt.* 浸，泡 【0】

steer [stiə] *vt.* 驾驶，掌舵 【0】

stern [stə:n] *a.* 严厉，苛刻 【0】

固定搭配 **be stern to** 对……严厉

be strict with sb. 对某人严格要求

be hard on sb. 对某人过分严厉

sticky ['stiki] *a.* 有黏性的；粘的 【0】

sting [stiŋ] *n.* 叮，刺痛，刺激 【0】

stipulate ['stipjuleit] *v.* 规定，保证 【0】

stir [stə:] *vt.* 动，移动；搅拌，搅动；激动，轰动 *vi.* 微动，活动 *n.* 微动，动静；搅动；轰动 【0】

固定搭配 **stir up** 惹起，煽动

stitch [stitʃ] *n.* 针脚，（编织的）一针，针法 *v.* 缝补，缝合；做成 【0】

stocking ['stɔkiŋ] *n.* 长袜 【0】

联想记忆 sock *n.* 短袜 boot *n.* 靴 shoes *n.* 鞋 slippers *n.* 拖鞋

stomachache ['stʌməkeik] *n.* 胃痛；腹痛 【0】

stoop [stu:p] *vi. / vt.* 屈身，弯腰；俯首 【0】

storey ['stɔ:ri] *n.* 楼层 【0】

stove [stəuv] *n.* 炉子，火炉 【0】

联想记忆 fireplace *n.* 壁炉 microwave oven *n.* 微波炉 roaster *n.* 烤箱

strain [strein] *n.* 紧张，过劳；张力 *vt.* 拉紧，伸张；拉伤，扭伤 【0】

固定搭配 ease / relieve the strain 缓和紧张
impose / lay/ place / put (a) strain on 使紧张

联想记忆 twist *n.* 扭伤 strain *n.* 拉伤 hurt（肉体、感情上的）受伤 injure *n.*（因偶然事故、名誉）受伤/伤害 wound *n.* 受（刀枪）伤 harm *n.* 损伤，伤害

strand [strænd] *vt.* 使（船等）触礁，搁浅；使处于困境；扔下，抛开（某人） 【0】

strap [stræp] *n.* 皮带；皮条 *vt.* 用带缚住，用带捆扎 【0】

straw [strɔ:] *n.* 稻草，麦秆；吸管

固定搭配 catch / clutch / grasp at a straw 捞救命稻草，依靠完全靠不住的东西 【0】

stray [strei] *vi.* 走失迷路；分心；离题 *a.* 迷路的，走失的；孤立的，零星的 *n.* 走失的家畜 【0】

streak [stri:k] *n.* 条纹，条痕，个性特征，一阵子，一连 *vi.* 飞跑，疾驶 *vt.* 在……上加条纹 【0】

streamline ['stri:mlain] *vt.* 使成流线型；使简化，使有效率；使现代化 【0】

stricken ['strikən] *a.* 被打中的，遭殃的，患病的 【0】

stride [straid] *vi.* 大踏步走 *n.* 大步，步法，步态，进步，进展 【0】

striker ['straikə] *n.* 参加罢工者；打击者 【0】

string [striŋ] *n.* 一串，一行，一列；弦，线，绳 【0】

固定搭配 a string of 一串

联想记忆 a sequence of 一系列 a train of 一连串 a string of 一串儿 a group of 一群 a bunch of 一束 a cluster of 一串 bulk of 大批，大群 a dose of 一副（药）a stream of 一股 a stretch of 一段（时间/路程）a share of 一份 a flight of 一段（楼梯）a grain of 一粒 a heap of 一堆 a set of 一套 a blast of 一阵（风），一股（气流）

stripe [straip] *n.*（与底色不同的）条纹 【0】

stroll [strəul] *vi. / n.* 散步，闲逛 【0】

stump [stʌmp] *n.* 树桩，残root，残余部分 *vt.* 把……难住，使为难，在……做巡回演说 *vi.* 蹒跚而走 【0】

stun [stʌn] *vt.* 打昏，使昏迷；使震惊，使惊叹 【0】

sturdy ['stə:di] *a.* 强壮的，结实的；坚固的；坚定的，坚强的 【0】

subdivide ['sʌbdi'vaid] *vt. / vi.* 再分；细分 【0】

submarine ['sʌbməri:n, sʌbmə'ri:n] *a.* 水底的，海底的 *n.* 潜水艇；海底生物 【0】

submission [səb'miʃən] *n.* 服从，柔和 【0】

subscriber [sʌbs'kraibə] *n.* 捐助者；订购者；订户；用户 【0】

subscription [səb'skripʃən] *n.* 订阅，订购；捐赠；署名 【0】

subsidiary [səb'sidjəri] *a.* 辅助的，次要的，附属的 【0】

subsidy ['sʌbsidi] *n.* 津贴，补贴 【0】

名师导学　注意与该词同义的重要词还有：allowance，sponsorship。

subsistence [sʌb'sistəns] *n.* 生存（计），生活；存在 【0】

substantive ['sʌbstəntiv] *a.* 独立的，独立存在的；真实存在的 【0】

subtract [səb'trækt] *vt.* 减，减去 【0】

suburb ['sʌbə:b] *n. (pl.)* 郊外，近郊 【0】

successor [sək'sesə] *n.* 继承人 【0】

suck [sʌk] *v.* 吸，吮 【0】

suicide ['sjuisaid] *n.* 自杀 【0】

固定搭配　commit suicide 自杀

suitcase ['sju:tkeis] *n.* 手提箱，衣箱 【0】

联想记忆　briefcase *n.* 公文包　trunk *n.* 大衣箱，皮箱；（汽车）后备箱　compartment *n.*（汽车）后备箱（美）　suitcase *n.* 衣箱，皮箱　locker *n.* 更衣箱寄物柜　chest *n.* 箱，柜　safe *n.* 保险箱　box *n.* 盒子　case *n.* 手提箱匣子

suite [swi:t] *n.* 一套（家具）；套房；随从人员 【0】

sulfur / sulphur ['sʌlfə] *n.* 硫磺 【0】

sum [sʌm] *n.* 总数，总和；金额 *v.* 总结，概括；估量，估计 【0】

固定搭配　sum up 总结，概括

sunglasses ['sʌnglɑ:siz] *n.* 太阳镜；墨镜 【0】

superintendent [.sju:pərin'tendənt] *n.* 主管人，监督人，负责人

superior [sju:'piəriə] *n.* 长者，高手，上级 *a.* 较高的，上级的，上好的，出众的，高傲的 【0】

固定搭配 be superior to 优越于，地位高于

superiority [sju(:)piəri'oriti] *n.* 优越（性），优势 【0】

superman ['sju:pəmən] *n.* 超人 【0】

supersonic [sju:pə'sonik] *a.* 超声波的，超音速的 【0】

supervise ['sju:pəvaiz] *v.* 管理，监督，指导，监视 【0】

supervisor ['sju:pəvaizə] *n.* 监督人，管理人，检查员，督学，主管人 【0】

supplement ['sʌplimənt] *n.* 补充（物）；增刊，副刊，附录 *vt.* 增补，补充 【0】

supplementary [sʌpli'mentəri] *a.* 增补的，补充的 【0】

supreme [sju:'pri:m] *a.* 最高的；极度的，重要的 【0】

surgery ['sə:dʒəri] *n.* 外科，外科手术 【0】

surgical ['sə:dʒikəl] *a.* 外科（医术）的；外科用的，外科手术的 【0】

surplus ['sə:pləs] *n.* 过剩，剩余物，盈余，顺差 *a.* 多余的，过剩的 【0】

survivor [sə'vaivə] *n.* 生存者，残存者 【0】

sustainable [sə'steinəbl] *a.* 可以忍受的，足可支撑的，养得起的 【0】

swallow ['swɔləu] *v.* 吞，咽；轻信；忍受，抑制，食言 *n.* 燕子 【0】

swamp [swɔmp] *n.* 沼泽 *vt.* 淹没，浸没；难倒，压倒 【0】

swap [swɔp] *v.* 交换 *n.* 交换 【0】

联想记忆 swap 强调的是"互换"，而 change 多指"变换，换"的意思。exchange *vt.* 交换，调换，兑换，交流，交易。

sway [swei] *n.* 摇摆，影响力，支配 *vt.* 摇动 【0】

sweater ['swetə] *n.* 毛衣，绒衣 【0】

联想记忆 garment *n.* 衣服，服装 costume *n.* 特定场合的服装 uniform *n.* 制服 jacket *n.* 夹克 coat *n.* 上衣 pants / slacks *n.* 休闲裤子 shorts *n.* 短裤 overcoat *n.* 大衣，外衣 trousers *n.* 裤子 underwear *n.* 内衣 veil *n.* 面纱

sword [sɔ:d] *n.* 剑，刀 【0】

联想记忆 scissors *n.* 剪刀 sword *n.* 剑；刀 saw *n.* 锯 file *n.* 锉 axe *n.* 斧 hammer *n.* 锤子

symbolic [sim'bolik] *a.* 象征的，象征性的；符号的，记号的；象征主义的 【0】

symmetry ['simitri] *n.* 对称（性）；匀称，整齐 【0】

sympathize ['sImpəθaIz] vi. 同情，怜悯；同感，共鸣 【0】

sympathy ['sImpəθi] n. 同情，同情心；赞同，同感 【0】

固定搭配 feel / have sympathy for 同情某人

synthesis ['sInθIsIs] n. 综合，合成

tablet ['tæblIt] n. 片，药片；匾额，门牌 【0】

taboo [tə'bu:] n. 禁忌；忌讳，戒律 【0】

tack [tæk] n. 平头钉，大头针，行动方向，方针 vt. 用平
头钉钉，附加，增补

tackle ['tækl] vt. 解决，处理 【0】

tactful ['tæktful] a. 机智的；老练的，圆滑的 【0】

tag [tæg] n. 标签，货签 【0】

tame [teIm] n. 驯养 a. 驯服的，易驾驭的 【0】

联想记忆 train n. 培训；训练 cultivate n. 培养 discipline
n. 训导，训练 domesticate n. 驯养 harness n. 治理

tan [tæn] vt. 使晒成棕褐色，硝制（皮革） vi. 晒成棕褐
色 n. 棕褐色，棕黄色，晒成棕褐色，晒黑

tangle ['tæŋgl] v. （使）纠缠，（使）乱作一团 n. 乱糟糟
的一堆，混乱；复杂的问题（或形势），困惑

tanker ['tæŋkə] n. 油轮 【0】

tariff ['tærIf] n. 关税，关税表 【0】

tasty ['teIsti] a. 美味的，好吃的 【0】

tax-free [tæksfri:] a. 免税的，无税的 【0】

teamwork ['ti:mwə:k] n. （集体的）配合，合作，协调 【0】

第四周 预测词汇

tease [ti:z] vt. 戏弄，取笑，挑逗，撩拨 n. （爱）戏弄他
人者 【0】

telecom ['teləkɔm] n. 电信 【0】

telegram ['teligræm] n. 电报 【0】

固定搭配 send a telegram to sb. 给某人拍电报
have / receive a telegram from sb. 收到某人的电报

telegraph ['teligrɑ:f] n. 电报机 v. 打电报 【0】

temperament ['tempərəmənt] n. 气质，性格 【0】

temple ['templ] n. 庙，寺 【0】

temporal ['tempərəl] a. 暂时的，短暂的；世俗的，现世的
【0】

tent [tent] n. 帐篷 【0】

tentative ['tentətIv] a. 试探（性）的，实验（性）的 【0】

tenth [tenθ] num. 第十 n. 十分之一 【0】

termination [,tə:mi'neiʃən] n. 结局，结束；终止 【0】

terrace ['terəs] n. 梯田；平台，阳台 【0】

terrain ['terein] n. 地形，地势 【0】

terrify ['terifai] v. 使恐怖，使惊吓 【0】

testify ['testifai] v. 证实，作证；证明，表明 【0】

textile ['tekstail] a. / n. 纺织品（的） 【0】

texture ['tekstʃə] n. 质地；（材料等的）结构 【0】

thanksgiving [θæŋks'giviŋ] n. 感谢（恩）；谢恩祈祷 【0】
Thanksgiving Day 感恩节

theirs [ðɛəz] pron. [名词性物主代词]他们的（所属物）
【0】

therapy ['θerəpi] n. 治疗，疗法 【0】

thereafter [ðɛər'ɑ:ftə] ad. 之后，以后 【0】

thermal ['θə:məl] a. 热的，热量的；温泉的 【0】

thermometer / -tre [θə'mɔmitə(r)] n. 温度计 【0】

thermos ['θə:məs] n. 热水瓶，暖瓶 【0】

thesis ['θi:sis] n. 论题，论文 【0】

thigh [θai] n. 大腿 【0】

thorough ['θʌrə] a. 彻底的，完全的；精心的 【0】

thoughtful ['θɔ:tful] a. 体贴人的，亲切的，考虑周到的 (of)
【0】

threshold ['θreʃhəuld] n. 门槛，门口；入门，开端，起
始点 【0】

thriller ['θrilə] n. 惊险小说 【0】

thrive [θraiv] vi. 兴旺，繁荣 【0】
联想记忆 flourish n. / v. 繁茂 prosper v. 繁荣 boom
n. / v. 兴旺

throne [θrəun] n. 宝座，王位，王权 【0】

thrust [θrʌst] n. 插，戳，刺，猛推 vt. 插入，猛推 【0】

thumb [θʌm] n. 拇指 【0】
联想记忆 palm n. 手掌 forefinger n. 食指 ring finger n.
无名指 nail n. 指甲 fist n. 拳头 toe n. 脚趾 sole n.
脚掌 heel n. 脚跟；蹄 wrist n. 手腕 ankle n. 脚踝

tick [tik] n. 滴答声，勾号 v. 滴答响，打勾号 【0】

tickle ['tikl] n. 胳肢 v. 胳肢，发痒；使快乐 【0】

tile [tail] n. 瓦，瓷砖 vt. 铺瓦于，贴瓷砖于 【0】

tilt [tilt] v. （使）倾斜，（使）倾倒 n. 倾斜，倾倒 【0】

timber ['timbə] n. 木材，木料；森林；梁 【0】
联想记忆 lumber n. 木材，木料 log n. 原木，圆木 board
n. 木板

timid ['timid] a. 羞怯的，胆小的 【0】

tin [tin] *n.* 锡；罐头 【0】

toast [təust] *n.* 烤面包，吐司；祝酒词 *v.* 烤（面包片等）；提议为……祝酒

toe [təu] *n.* 脚趾，足尖 【0】

token ['təukən] *n.* （用作某种特殊用途的，替代货币的）筹码；信物，标志，纪念品；代价券，礼券 *a.* 象征性的，装样子的

tolerant ['tɔlərənt] *a.* 宽容的，容忍的

ton [tʌn] *n.* 吨 【0】

torch [tɔ:tʃ] *n.* 火把 【0】

toss [tɔs] *vt.* 向上扔，向上掷；摇摆，颠簸 *n.* 扔，投，抛；摇动 【0】

固定搭配 **toss oneself in bed** 辗转反侧

tow [təu] *v. / n.* 拖引，牵引 【0】

towel ['tauəl, taul] *n.* 毛巾 【0】

联想记忆 mirror *n.* 镜子 soap *n.* 肥皂 basin *n.* 脸盆 comb *n.* 梳子 washing powder *n.* 洗衣粉

toxic ['tɔksik] *a.* 有毒的，因中毒引起的 【0】

tractor ['træktə] *n.* 拖拉机，牵引车 【0】

trademark ['treidmɑ:k] *n.* 商标 【0】

trail [treil] *n.* 痕迹，足迹 *vt.* 跟踪，追踪 【0】

trainee [trei'ni:] *n.* 受训者 【0】

trait [treit] *n.* 特征，特点，特性 【0】

transcend [træn'send] *vt.* 超出，超越（经验、理性、信念等的）范围 【0】

transcontinental ['trænzkɔnti'nentəl] *a.* 横贯大陆的 【0】

transcribe [træns'kraib] *vt.* 抄写，誊写 【0】

transistor [træn'zistə] *n.* 晶体管（收音机） 【0】

transparent [træns'pɛərənt] *a.* 透明的 【0】

trash [træʃ] *n.* 垃圾，废物 【0】

traverse ['trævə(:)s] *vt.* 横渡，横越 【0】

tray [trei] *n.* 碟，盘 【0】

tremble ['trembl] *vi.* 颤抖，颤动 【0】

trial ['traiəl] *n.* 试验；审判 【0】

固定搭配 **be on trial** 实验性地；在受审

triangle ['traiæŋgl] *n.* 三角，三角形 【0】

tribunal [tri'bju:nl, trai-] *n.* 法官席，审判员席，（特等）法庭 【0】

tribute ['tribju:t] *n.* 颂词，称赞，（表示敬意的）礼物，贡品 【0】

trifle ['traifl] *n.* 少量，少许；小事，琐事；无价值的东西
【0】

trillion ['triljən] *n.* 兆，万亿 【0】

triple ['tripl] *a.* 三部分的，三方的，三倍的，三重的
v. (使)增至三倍 【0】

troop [tru:p] *n.* (一)队，(一)群；(*pl.*) 部队，军队
【0】

trumpet ['trʌmpit] *n.* 喇叭，小号 【0】

trunk [trʌŋk] *n.* 树干，躯干；大衣箱，(汽车后部)行
李箱 【0】

T-shirt ['ti:ʃə:t] *n.* 运动衫，T 恤 【0】

tub [tʌb] *n.* 桶，塑料杯，纸杯，盆，洗澡盆，浴缸 【0】

tube [tju:b] *n.* 管，软管；电子管，显像管；地铁
【0】

tuberculosis [tju,bə:kju'ləusis] *n.* 结核病；肺结核 【0】

tuck [tʌk] *vt.* 折起，卷起，把……塞进 【0】

tug [tʌg] *v.* 用力拖 (或拉) *n.* 拖船，猛拉，牵引 【0】

tuition [tju:'iʃən] *n.* 学费 【0】

tumble ['tʌmbl] *vi.* 摔倒，跌倒，滚落；翻筋斗 *vt.* 使摔
倒，弄乱 *n.* 翻滚，混乱 【0】

turbulence ['tə:bjuləns] *n.* 骚动；动乱，暴乱 【0】

turbulent ['tə:bjulənt] *a.* 狂暴的；混乱的，动乱的 【0】

turnout ['tə:naut] *n.* 结果；产量；生产；出动；到会人数
【0】

turnover ['tə:n,əuvə] *n.* 营业额，成交量；人员调整，人
员更替率 【0】

twelfth [twelfθ] *num.* 第十二，十二分之一 【0】

typewriter ['taipraitə] *n.* 打字机 【0】

typist ['taipist] *n.* 打字员 【0】

tyre ['taiə] *n.* 轮胎 【0】

ulcer ['ʌlsə] *n.* 溃疡，腐烂物 【0】

ultraviolet ['ʌltrə'vaiəlit] *a.* 紫外线的 *n.* 紫外线辐射
【0】

unanimous [ju(:)'næniməs] *a.* 全体一致的，一致同意的
【0】

unbutton ['ʌn'bʌtn] *vt.* 解开……的纽扣；打开，松开
【0】

unconditional ['ʌnkən'diʃənəl] *a.* 无条件的；无限制的，
绝对的 【0】

uncover [ʌn'kʌvə] *vt.* 揭开覆盖物，打开……的包装，
使……露出 【0】

underdeveloped [ˌʌndədiˈveləpt] *a.* 经济发展（开发）不充分的，不发达的；发育不全的 【0】

underlie [ˌʌndəˈlai] *vt.* 位于……之下，成为……的基础 【0】

underlying [ˈʌndəˈlaiiŋ] *a.* 含蓄的，潜在的 【0】

underneath [ˌʌndəˈni:θ] *prep.* 在……下面 *ad.* 在下面，在底层；在里面 【0】

underscore [ˌʌndəˈskɔ:] *vt.* 在……下划线；强调 【0】

underway [ˈʌndəˈwei] *a.* 在航的；在旅途中的；正在进行（使用，工作）中的 【0】

undutiful [ˈʌnˈdju:tiful] *a.* 不忠的；不顺从的；不尽责的 【0】

uneasy [ʌnˈi:zi] *a.* 不舒适的；不自在的；焦虑的，担心的 【0】

名师导学 见 nervous。

unfair [ˈʌnˈfeə] *a.* 不公平的，不正当的 【0】

unification [ˌju:nifiˈkeiʃən] *n.* 统一，单一化 【0】

unify [ˈju:nifai] *vt.* 统一，使一致 【0】

名师导学 后缀 "-fy" 构成的动词多是及物动词，为 "使成为；使……划一" 的意思。注意 "-fy" 与辅音结尾的词基之间，往往添加连接字母 "i" 或 "e"。例如：beautify（美化），classify（把……分等级，把……分类），solidify（使坚固化）等。

unilateral [ˈju:niˈlætərəl] *a.* 单方面的；单边的 【0】

unlawful [ˈʌnˈlɔ:ful] *a.* 非法的，不正当的；私生的 【0】

unveil [ʌnˈveil] *v.* 除去……的覆盖，取下面纱；举行……的揭幕典礼；揭露，吐露；新发售（产品） 【0】

upfront [ʌpˈfrʌnt] *ad.* 在前面，在最前面 【0】

upgrade [ˈʌpgreid] *vt.* 提升，使升级 *n.* 向上的斜坡 【0】

名师导学 注意该词的反义词 downgrade 表示与 upgrade 意义相反的意思 "降级"。

uphold [ʌpˈhəuld] *vt.* 支撑，赞成，鼓励，坚持 【0】

upright [ˈʌpˈrait] *a.* 直立的，竖立的；正直的，诚实的 【0】

upside [ˈʌpsaid] *n.* 上侧，上段，上部 【0】

upstairs [ˈʌpˈstɛəz] *ad.* 在楼上，往楼上 【0】

固定搭配 go upstairs 上楼

urgency [ˈə:dʒənsi] *n.* 紧急（的事） 【0】

utilization [ˌju:tilaiˈzeiʃən] *n.* 利用，使用，应用 【0】

utmost [ˈʌtməust] *a.* 最远的 *n.* 极限 【0】

第四周 预测词汇

utopia [juː'təupjə, -piə] *n.* 乌托邦，理想的完美境界，空想的社会改良计划 【0】

vacancy ['veikənsi] *n.* 空，空白，空缺，空闲，清闲，空虚 【0】

vacant ['veikənt] *a.* 空的；（职位）空缺的；茫然的 【0】

vaccinate ['væksineit] *vt. / vi.* （给……）接种（疫苗）；（给……）打预防针 【0】

固定搭配 **vaccinate sb. against** 给某人接种疫苗以防止

vaccine ['væksiːn] *a.* 疫苗的，牛痘的 *n.* 疫苗

vague [veig] *a.* 不明确的，含糊的 【0】

validate ['vælideit] *vt.* 使有效，使生效，确认，证实，验证 【0】

van [væn] *n.* 大篷车，运货车

vanilla [və'nilə] *n.* [植]香草，香子兰

vapour ['veipə] *n.* 蒸气，雾气 【0】

variable ['vεəriəbl] *n.* 变量 *a.* 易变的；可变的，可调节的 【0】

veil [veil] *n.* 面纱，纱帐，幕 【0】

vein [vein] *n.* 静脉，矿脉

vent [vent] *n.* 通风口，排放口，（衣服底部的）开衩 *vt.* 表达，发泄（情感等） 【0】

ventilate ['ventileit] *vt.* （使）通风；把……公开，公开讨论 【0】

venue ['venjuː] *n.* 犯罪地点，审判地，集合地点，会议地点，比赛地点，管辖地 【0】

verse [vəːs] *n.* 诗句，诗 【0】

versus ['vəːsəs] *a.* 对抗，相对比 【0】

veteran ['vetərən] *n.* 熟手，老手；富有经验的人；退役军人 【0】

vibrate [vai'breit] *v.* （使）振动，（使）摇摆 【0】

vicinity [vi'siniti] *n.* 周围地区，临近地区 【0】

victorious [vik'tɔːriəs] *a.* 胜利的，获胜的 【0】

vinegar ['vinigə] *n.* 醋 【0】

violet ['vaiəlit] *n.* 紫罗兰 *a.* 紫罗兰色的 【0】

名师导学 **violet, violate**: violet 紫罗兰；violate 违背。
联想记忆 purple 紫色的 brown 棕色的 pink 粉红色的

violinist ['vaiəlinist] *n.* 小提琴手 【0】

virgin ['vəːdʒin] *n.* 处女 *a.* 贞洁的，纯洁的；未开发的 【0】

virtuous ['və:tjuəs] *n.* 善良的，有道德的，贞洁的，有效力的 【0】

virus ['vaiərəs] *n.* 病毒 【0】

visa ['vi:zə] *n.* 签证 【0】

固定搭配 **apply for a visa** 申请签证
extend a visa 延长签证
issue a visa 发给签证
deny sb. a visa 拒绝给某人签证

visibility [,vizi'biliti] *n.* 能见度 【0】

visionary ['viʒənəri] *a.* 幻影的，幻想的，梦想的 *n.* 空想家，梦想者 【0】

visualize ['vizjuəlaiz, 'viʒ-] *vt.* 想象，设想 【0】

名师导学 注意该词主要考察 "visualize sb. doing sth."（想象某人能做某事）中动词要加-ing。

固定搭配 **vote for / against** 投票支持/反对

vitamin ['vaitəmin, 'vi-] *n.* 维生素 【0】

vocal ['vəukl] *a.* 喜欢畅所欲言的，直言不讳的；嗓音的，发声的 *n.*（常用复数）声乐节目 【0】

void [vɔic] *a.* 无效的，没有的，缺乏的 *n.* 空虚感，寂寞感，真空，空白 *vt.* 使无效 【0】

volcano [vɔl'keinəu] *n.* 火山 【0】

联想记忆 famine *n.* 饥荒 plague *n.* 瘟疫，灾害 earthquake *n.* 地震 landslide *n.* 山崩，山体滑坡 slide *n.* 雪崩，山崩 draught *n.* 干旱

固定搭配 **a dormant volcano** 休眠火山
an extinct volcano 死火山

volleyball ['vɔlibɔ:l] *n.* 排球 【0】

volt [vəult, vɔlt] *n.* 伏特 【0】

联想记忆 transformer *n.* 变压器 voltage *n.* 电压 volt *n.* 伏特 watt *n.* 瓦，瓦特 current *n.* 电流

voltage ['vəultidʒ] *n.* 电压 【0】

vow [vau] *n. / v.* 郑重宣告（或声明） 【0】

vulgar ['vʌlgə(r)] *a.* 粗野的，下流的；庸俗的，粗俗的 【0】

wag(g)on ['wægən] *n.* 运货马车，运货车 【0】

wander ['wɔndə] *vi.* 徘徊，漫步；走神，恍惚，迷路，迷失；离开正道，离题 【0】

固定搭配 **wander off the subject** 离题

ward [wɔ:d] *n.* 守卫，监护；病房 *v.* 守护，躲开 【0】

wardrobe ['wɔ:drəub] *n.* 大衣柜，立柜 【0】

warehouse ['wɛəhaus] *n.* 仓库 【0】

warfare ['wɔ:fɛə] *n.* 战争 【0】

warrant ['wɔrənt] *n.* 证明，保证；授权，许可证；付（收）款凭单 【0】

固定搭配 warrant for sth. / doing sth. 正当理由，根据

wasteland ['weistlənd] *n.* 荒地，不毛之地 【0】

watchdog ['wɔtʃdɔg] *n.* 监督者；监控设备；监视器 【0】

watermelon ['wɔ:təmelən] *n.* 西瓜 【0】

watertight ['wɔ:tətait] *a.* 不透水的，不漏水的；无懈可击的 【0】

watt [wɔt] *n.* 瓦，瓦特 【0】

wax [wæks] *n.* 蜡，蜂蜡 *vt.* 打蜡 【0】

wayside ['weisaid] *n.* 路边 【0】

weave [wi:v] *v.* 编织 【0】

webcast [webkɑ:st] *n.* 网络广播 【0】

weed [wi:d] *n.* 杂草，野草 *vi.* 除草 【0】

固定搭配 weed out 除去……的杂草，清理

weightlifting ['weitliftiŋ] *n.* 举重 【0】

weird [wiəd] *a.* 怪诞的，离奇的 【0】

weld [weld] *vt.* 焊接，锻接；熔接，焊缝 【0】

whale [weil] *n.* 鲸鱼 【0】

whereby [(h)wɛə'bai] *ad.* 靠那个，借以 【0】

whip [(h)wip] *n.* 鞭子 *vt.* 鞭打，抽打；搅拌（奶油、蛋等） 【0】

whirl [(h)wə:l] *vi.* 旋转，急转；发晕，（感觉等）变混乱 *n.* 旋转，急转；混乱，接连不断的活动 【0】

wholeness ['həulnis] *n.* 全体，一切，完全 【0】

wholesale ['həulseil] *a.* 批发的；大批的，大规模的 *n.* 批发 【0】

固定搭配 by wholesale 以批发方式；整批地 大规模地；全部地
其反义词为：retail ['ri:teil] *a.* 零售的 *n.* 零售

wicked ['wikid] *a.* 邪恶的，恶劣的；淘气的，顽皮的 【0】

widow ['widəu] *n.* 寡妇 【0】

width [widθ] *n.* 宽度，幅；宽阔，广阔 【0】

联想记忆 wide—width deep—depth high—height broad—breadth long—length

wing [wiŋ] *n.* 翼，翅膀 【0】

固定搭配 in the wings 已准备就绪的，就在眼前的
on the wing 在飞行中，在奔波忙碌着

spread one's wings 充分发挥自己的才能

under one's wings 在（某人）庇护下

wit [wit] *n.* 机智；(*pl.*) 智力，才智；(*pl.*) 健全的头脑 【O】

withdraw [wið'drɔ:] *vt.* 收回；撤回，提取 *vi.* 撤退，退出 【O】

固定搭配　withdraw...from 将……从……撤回

withdraw from 退出

withhold [wið'həuld] *vt.* 拒绝，不给，抑制，制止 【O】

woolen ['wulin] *a.* 羊毛的，羊毛制的 【O】

联想记忆　golden *a.* 金的　cotton *a.* 棉的　wooden *a.* 木制的

wording ['wə:diŋ] *n.* 措辞；用语 【O】

workman ['wə:kmən] *n.* 工人，工匠，男工 【O】

workmate ['wə:kmeit] *n.* 同事，工作伙伴 【O】

worm [wə:m] *n.* 虫，蠕虫 【O】

worship ['wə:ʃip] *n.* 礼拜；礼拜仪式 *v.* 崇拜，敬仰 【O】

联想记忆　church *n.* 教堂　pray *n.* 祈祷　god *n.* 神，(God) 上帝　Christianity *n.* 基督教　heaven *n.* 天堂

wrap [ræp] *vt.* 卷，包，缠绕 *n.* 披肩 【O】

固定搭配　wrap sth. in 用……将某物包起来

be wrapped in 用……包裹好；穿着……

wrap up 包好，把……包起来

wreckage ['rekidʒ] *n.* (船只等的）失事；遇难，破坏；毁坏；(被毁物的）残骸，残余 【O】

wrench [rentʃ] *vt.* 猛拧，猛扭，挣脱，使扭伤 *n.* (离别等的）痛苦，难受，猛拉，扳手 【O】

wrinkle ['riŋkl] *n.* 皱纹 *v.* (使）起皱纹 【O】

wrist [rist] *n.* 腕，腕关节 【O】

联想记忆　ankle *n.* 踝，踝关节　pulse *n.* 脉搏　palm *n.* 手掌　finger *n.* 手指　toe *n.* 脚趾

X-ray ['eks'rei] *n.* X 射线，X 光 【O】

Yankee ['jæŋki] *n.* 美国佬；(美国人中的）北方佬 【O】

yawn [jɔ:n] *vi.* 打呵欠 *n.* 呵欠 【O】

固定搭配　yawn out 打着哈欠说出

yell [jel] *n. / vi.* 叫喊，尖叫 【O】

yoga ['jəugə] *n.* 瑜珈 【O】

yoghurt ['jɔgət, 'jəu-] *n.* 酸乳，酸奶 【O】

yummy ['jʌmi] *a.* 美味的，可口的 【O】

zigzag ['zigzæg] *n.* 之字形　*a. / ad.* 之字形的（地) *v.* 曲折地进行 【O】

zinc [ziŋk] *n.* 锌 【O】

第四周　预测词汇

附　录

附录 A　常 用 词 组

abandon oneself to	沉溺于
with abandon	放任地，放纵地，纵情地
to the best of one's ability	尽自己最大努力
be about to do	刚要，即将
in the abstract	抽象地，在理论上
by accident	偶然
of one's own accord	出于自愿，主动地
in accord with	与……一致，与……相符
with one accord	一致地，一致同意地
in accordance with	与……一致，依照，根据
according to	据……所说，按……所载；根据，按照
of no account	不重要的
on account of	为了……的缘故，因为，由于
on no account	决不，绝对不
take account of	考虑到，顾及，体谅
take … into account	考虑到，顾及，体谅
act on	遵照……的行动，奉行；作用于，影响
act up	出毛病，运转不正常；耍脾气，捣蛋
in the act of	正做……的过程中
out of action	不再起作用，不再运转
add up	加起来；说得通
add up to	合计达，总括起来意味着
in addition	另外，加之
in addition to	除……之外（还）
in advance	在前面；预先，事先
take advantage of	利用，占……的便宜
to advantage	有利地，使优点突出地
again and again	再三地，反复不止地
ahead of	比……提前，比……更早
clear the air	消除误会（或猜疑等）
in the air	流传中
off the air	停播
on the air	广播
up in the air	悬而未决的

附

录

on the alert	警戒着，随时准备着，密切注意着
above all	首先，尤其是
after all	毕竟，终究，究竟
all but	几乎，差不多；除了……都
all in all	从各方面说，总的说来
all over	到处，遍及
at all	[用于否定句]丝毫，一点
for all	尽管，虽然
in all	总共，合计
allow for	考虑到，顾及，为……留出余地
allow of	容许，容许有……的可能
make allowance(s) for	考虑到，顾及；体谅，原谅
leave alone	不打扰，不惊动
let alone	不打扰，不惊动；更别提
all along	始终，一直
along with	和……一道，和……一起
angle for	谋取，猎取
one after another	一个接一个，相继
one another	互相
answer for	对……负责任，保证，符合
in answer to	作为对……的回答
anything but	绝对不
anything like	[否定、疑问、条件句中]完全像
for anything	[否定句中]无论如何
apart from	除……之外
to all appearances	就外表看来，根据观察推断
on approval	（商品）供试用的，包退包换的
arm in arm	臂挽臂
as for / to	至于，关于
as it is	实际上
as it were	可以说，在某种程度上；宛如，好像
aside from	除……之外
on (the / an) average	按平均值，通常
back and forth	来回地，反复地
back down / off	放弃，后退
(in) back of	在……的后面/背后
back out	退出，撒手
back up	（使）倒退；支持
behind sb.'s back	背着某人，暗中
turn one's back on	轻视，不理睬

know…backwards	对……极其熟悉
go from bad to worse	每况愈下
badly off	贫困的，境况不好的
in the balance	（生命等）在危机状态下，（命运等）未定
off balance	不平衡
behind bars	在狱中
bargain for / on	企图廉价获取；预料，指望
drive a hard bargain	杀价，迫使对方接受苛刻条件
keep / hold sth. at bay	使无法近身
bear down	竭尽全力
bear down on	压倒，击败
bear on / upon	对……有影响，和……有关
bear out	证实
bear up	撑持下去，振作起来
bear with	忍受，容忍
have a bearing on	对……有影响，与……有关
beat down	（太阳等）强烈地照射下来；打倒，平息
beat it	跑掉，走开，溜走
beat up	痛打，打（蛋），抬（价），搅拌
become of	使遭遇，发生于
beg off	恳求免除（某种义务）
on / in behalf of	代表，为了
bring into being	使出现，使存在
come into being	出现，形成
beyond belief	难以置信
bend over backwards	竭尽全力
beside oneself	极度兴奋，对自己的感情失去控制
at best	充其量，至多
get / have the best of	战胜
had best	应当，最好
make the best of	充分利用
better off	境况好起来，生活优越起来
for the better	好转，向好的方向发展
get / have the better of	战胜，在……中占上风
in between	在中间，介乎两者之间
fill the bill	符合要求，适合需要
a bird in (the) hand	已到手的东西，已定局的事情
kill two birds with one stone	一箭双雕，一举两得
do one's bit	做自己分内的事
every bit	从头到尾，完全

in black and white	白纸黑字地
be to blame	该受责备的，应承担责任的
(at) full blast	大力地，全速地
turn a blind eye (to)	（对……）视而不见
block off	封锁，封闭
block up	堵塞，挡住
in cold blood	残忍地
blow up	爆炸；大怒；充气
come to blows	动手打起来，开始互殴
out of the blue	出乎意外地，突然
across the board	包括一切地，全面地
above board	光明正大的，公开的
board up	用木板封闭（或覆盖）
on board	在船（车或飞机）上
in the same boat	处境相同，面临同样的危险
boil down to	意味着，归结为
boil over	沸溢；激动，发怒
a bolt from / out of the blue	晴天霹雳，意外事件
have a bone to pick with	与……争辩
make no bones about	对……毫不犹豫，对……直言不讳
book in	预订，办理登记手续
by the book	按规则，依照惯例
be bound up in	热衷于，忙于
be bound up with	与……有密切关系
know no bounds	不知限量，无限
bow out	退出，辞职
pick sb.'s brains	向……请教
rack sb.'s brains	绞尽脑汁，苦苦地动脑筋
branch out	扩充，扩大活动范围
break away	突然离开，强行逃脱
break down	损坏；（健康等）垮掉，崩溃
break in	非法闯入；打断，插嘴
break into	非法闯入，强行进入
break off	中断，突然停止
break out	爆发，突然出现；逃脱，逃走
break through	突围，冲破；取得突破性成就
break up	打碎，粉碎；散开，驱散；终止
make a clean breast of	彻底坦白，把……和盘托出
catch one's breath	喘息，喘气；呼吸；屏息
hold one's breath	屏息

out of breath	喘不过气来
take sb.'s breath away	使惊羡不已
under one's breath	压着嗓子，低声地
in brief	简言之，简单地说
bring about	导致，引起
bring around / round	说服；使恢复知觉（或健康）
bring down	使落下，打倒；降低，减少
bring forth	产生，提出
bring forward	提前；提出，提议
bring off	使实现，做成
bring on	引起，助长，促进
bring out	出版；使显出；激起，引起
bring through	使（病人）脱险，使安全度过
bring to	使恢复知觉
bring up	养育，教养；提出
brush aside	不理，不顾
brush off	不愿见（或听），打发掉
brush up	重温，再练
build in	使成为固定物，使成为组成部分
build into	使固定于，使成为组成部分
build on / upon	建立于，指望
build up	逐步建立；增强；集结
in bulk	大量，大批
bump into	偶然遇见，碰见
bundle up	把……捆扎（或包）起来；使穿得暖和
burn down	烧毁；火势减弱
burn out	烧光，烧毁……的内部；熄灭
burn up	烧掉，烧毁；烧起来
burst in on	突然出现（或到来）
burst into	闯入；突然……起来
burst out	大声喊叫，突然……起来
beat around / about the bush	转弯抹角，旁敲侧击
get down to business	认真着手办事
go out of business	歇业
have no business	无权，没有理由
in business	经商，经营
mind your own business	管好你自己的事，少管闲事
on business	因公，因事
mean business	是认真的
but for	要不是，倘没有

can not but	不得不；不禁要
on the button	准确地，准时地
buy off	出钱摆脱；向……行贿
buy out	买下……的全部股份
by and by	不久，迟早
by and large	大体上，总的说来
by the way	顺便提一句
a piece of cake	容易的事
call back	回电话
call for	叫（某人）来；要求，需要
call in	叫……进来，召来
call off	取消
call on / upon	访问，拜访；号召，要求
call up	打电话；召集；使人想起
be capable of	有……能力的；有……可能的
care for	照顾，照料；喜欢
take care	当心，注意
carry forward	推进
carry off	拿走，夺走
carry on	继续进行，坚持
carry out	实行，执行；完成，实现
carry over	（使）继续下去，将延后
carry through	实现，完成；使渡过难关
a case in point	有关的事例，例证
in any case	无论如何，不管怎样
in case	假使，以防万一
in case of	假如；防备
in no case	无论如何不，决不
cash down	用现金支付
cash in on	靠……赚钱，从……中捞到好处
cast about / around for	到处寻找，试图找到
cast aside	把……丢一边，去掉
cast off	抛弃，丢弃
cast out	赶出，驱逐
catch at	试图抓住，拼命抓
catch on	流行起来；懂得，理解
catch out	发觉……有错误（或做坏事）
catch up with	赶上，对产生恶果
for certain	肯定地，确切地
by chance	偶然，碰巧

by any chance	万一，也许
chance on / upon	偶然找到，偶然遇到
stand a chance of	有……的希望（可能）
take a chance	冒险，投机
chance of a lifetime	千载难逢的良机，一生中唯一的机会
in character	（与自身特性）相符
out of character	（与自身特性）不相符
in charge (of)	管理，负责
take charge	开始管理，接管
check in	（在旅馆、机场等）登记，报到
check out	结账离去，办妥手续离去
check up (on)	检查，核实
in check	受抑制的，受控制的
cheer on	为……鼓气，为……喝彩
cheer up	（使）高兴起来，（使）振作起来
chew over	深思，玩味
choke back	忍住，抑制
choke up	（因激动等）说不出话来
under no circumstances	无论如何不，决不
in the circumstances	在这种情况下，既然如此
under the circumstances	在这种情况下，既然如此
lay claim to	声称对……有权利
clean out	把……打扫干净
clean up	把……收拾干净；清理，清除（犯罪现场等）
clear away	把……清除掉，收拾
clear off	离开，溜掉
clear out	清除，把……腾空；走开，赶出
clear up	清理；澄清，解决；（天）放晴
round the clock	日夜不停地
close by	在近旁，在旁边
close down	关闭，歇业
close in (on)	包围，围住
close up	堵住，关闭
come / draw to a close	渐近结束
come about	发生，产生
come across	偶然碰见，碰上
come along	出现，发生；进步，进展
come apart	破碎，崩溃
come around / round	苏醒，复原；顺便来访
come at	攻击，冲向；达到，了解

come between	分开，离间；妨碍（某人做某事）
come by	得到，获得；访问，看望
come down	（物价等）下跌，落魄，潦倒
come down to	可归结为
come in for	受到，遭到
come off	脱落，分开；结果，表现
come on	（表示鼓励、催促等）快，走吧；进步；发生
come out	出现；显露；出版，发表；结果是
come through	经历……仍活着，安然度过
come to	苏醒；总数为，结果是；涉及，谈到
come up	出现，发生；走上前来
come up against	突然（或意外）碰到（困难、反对等）
come up to	比得上，达到（标准等）
come up with	提出，想出，提供
in common	共用的，共有的
keep company with	和……常来往
keep to one's own company	独自一人
part company with	与……分离，与……断绝关系
beyond / without compare	无与伦比
by / in comparison	相比之下
in comparison with	与……比较
be composed of	由……组成
as / so far as … be concerned	就……而言
in concert	一齐，一致
on condition that	如果
out of condition	健康状况不佳
in confidence	私下地，秘密地
take into one's confidence	把……作为知己
in conjunction with	与……共同，连同
in connection with	关于，与……有关
in (all / good) conscience	凭良心，公平地
on one's conscience	引起某人悔恨（或内疚）
by common consent	经一致同意
in consequence	因此，结果
in consequence of	由于，因为……的缘故
in consideration of	考虑到，由于；作为对……的酬报
take into consideration	考虑到，顾及
on the contrary	正相反
to the contrary	相反地
by / in contrast	对比之下

附录

in contrast to / with	与……对比起来
in control (of)	掌握着，控制着
out of control	失去控制
under control	处于控制之中
cook up	捏造，编制
cool down / off	冷却，使冷静下来
to the core	彻底地，彻头彻尾地
around / round the corner	临近，在附近
cut corners	走捷径，省钱（或人力、时间等）
turn the corner	出现转机
at all costs	不惜任何代价，无论如何
at the cost of	以……为代价
keep one's own counsel	将意见（或计划）保密
count against	（被）认为对……不利
count down	（发射火箭等）倒数数，倒计时
count in	把……算入
count on / upon	依靠，指望
count out	逐一数出，不把……算入
count up	算出……总数，共计
in the course of	在……期间，在……过程中
in due course	到时候，在今后适当时候
of course	当然，自然
cover for	代替；为……打掩护
cover up	掩盖，掩饰；盖住，裹住
take cover	隐蔽
under cover	秘密的，暗地里
crack down	对……采取严厉措施，镇压
crack up	（精神）崩溃
crawl with	爬满，布满
like crazy	疯狂地，拼命地
to sb.'s credit	在（某人）名下，（某人）值得赞扬
crop up	突然发生，突然出现
cross off / out	划掉，勾掉
a far cry from	与……相差甚远
cry out for	迫切需要
on cue	恰好在这个时候
take one's cue from	学……的样，听……的劝告
curl up	卷起，撅起（嘴唇等）；使卷曲
cut across	抄近路穿过
cut back	急忙返回；削减，缩减

cut down	削减；砍倒，杀死
cut in	插嘴，打断；超车
cut off	切断；使分离
cut out	切去，删去；戒除
dash off	迅速离去；迅速写（或画）
dawn (up) on	被理解，被想到
call it a day	今天到此为止
day and night	夜以继日
day in, day out	日复一日
to a / the day	恰好，一天不差
turn a deaf ear to	不愿听，充耳不闻
deal in	经营
deal with	处理，对付；论述，涉及
put to death	杀死，处死
to death	极，非常
in debt	欠债，负债
in sb.'s debt	欠某人的人情
decide on / upon	决定，选定
deep down	实际上，在心底
by degrees	渐渐地，逐渐地
to some degree	有点，稍微
take a delight in	以……为乐
in demand	非常需要的，受欢迎的
on demand	一经要求
in depth	深入地，彻底地
out of one's depth	非……所能理解，为……所不及
go into detail(s)	详细叙述，逐一说明
in detail	详细地
leave to one's own devices	听任……的自便，让……自行发展
die away	变弱，渐渐停止
die down	变弱，逐渐消失
die out	逐渐消失，灭绝
on a diet	节食
make a difference	有影响，起重要作用
dig up	挖掘出，找出
dine out	外出进餐（尤指在餐馆）
dip into	随便翻阅，浏览；稍加研究
in disguise	伪装，假扮
dish out	给予，分发
at sb.'s disposal	任某人处理，供某人使用

in dispute	在争论中，出于争议中
in the distance	在远处
keep at a distance	对……冷淡，同……疏远
do away with	废除，去掉
do for	毁坏，使完蛋
do up	系；修缮；打扮
do with	想要；对待；与……有关；以……对付过去
do without	没有……也行，用不着，将就
out of doors	在户外
double up	弯着身子
beyond (a) doubt	无疑地，缺失地
in doubt	能肯定的，可怀疑的
no doubt	很可能，无疑是
down with	打倒，不要
drag on / out	（使）拖延
draw in	（天）渐黑，（白昼）渐短；到站
draw on	吸；抽（烟）；利用；接近
draw up	起草，拟订；（使）停住
dream up	凭空想象
dress up	穿上盛装；装饰，修饰
drink in	吸入，吸收；倾听，陶醉于
drive at	想说，打算
drop by / in	顺便（或偶然）拜访
drop off	睡着；（让……）下车；下降
drop out	退出，退学
drum up	竭力争取（支持），招揽（生意等）
dry out	（使）干透
dry up	（使）干透，（使）枯竭
due to	因为，由于
in due course	到时候，在适当时候
off duty	下了班的，不在值班的
on duty	在上班的，在值班的
dwell on / upon	老是想着，详述
early on	在初期，早先
in earnest	认真地（的），坚定地（的）
on earth	究竟，到底
at ease	安适，不拘束
ease off / up	减轻，减缓
take it easy	不慌不忙；别紧张
on edge	紧张不安，烦躁

bring / carry / put into effect	实行，实现，使生效
come / go into effect	实施，生效
in effect	实际上，实质上
take effect	生效，起作用
to the effect that	大意是，以便
or else	否则，要不然
end in	以……为结果
end up	结束，告终
no end	非常，极其
on end	连续地
enter into	参加，成为……的一个因素
enter on / upon	着手做，开始，占有
break even	不赔不赚
even as	正当，恰恰在……的时候
get even (with)	（向……）报复
at all events	不管怎样，无论如何
in any event	不管怎样，无论如何
in the event	结果，到头来
in the event that	万一，倘若
in the event of	万一，倘若
every now and then	时常，间或
every other	每隔……
in evidence	明显地，显眼地
make an example of	惩罚……以警戒他人
except for	除去；要不是
take exception to	反对，表示异议
in excess of	超过
to excess	过度，过分，过量
exert oneself	努力，尽力
make an exhibition of oneself	出洋相，当众出丑
at the expense of	由……付费；以……为代价
explain away	为……辩解
to a certain extent	在一定程度上
go to extreme	走极端
in the extreme	非常，极其
catch one's eye	被某人看到，引起某人注意
keep an eye on	照看，密切注意
see eye to eye	看法完全一致
face to face	面对面地
face up to	勇敢地对付（或接受）

in the face of	在……面前；尽管，不顾
as a matter of fact	事实上，其实
without fail	必定，一定，无疑，务必
in good faith	真诚地，善意地，老实地
fall back	后退，退却
fall back on	借助于，依靠
fall behind	落后
fall for	受……的骗；对……倾心
fall in with	同意，符合；与……交往
fall on / upon	袭击，攻击；由……承担
fall out	吵架，失和；脱落
fall through	落空，成为泡影
fall to	开始，着手
take a fancy to	喜欢上，爱上
by far	到目前为止，……得多
far and wide	到处，广泛地
far from	远远不，完全不
in so far as	到……程度，就……
so far	迄今为止；到某个程度
hold fast to	坚持（思想、原则等）
at fault	有责任，出毛病
find fault with	抱怨，找碴
in favor of	支持，赞同
for fear that	生怕，以免
feel like	想要，心想
on the fence	抱骑墙态度，保持中立
few and far between	稀疏的，稀少的
figure out	想出，理解，明白
on file	存档
fill in	填满，填写
fill in for	替代
fill out	填写；长胖，变丰满
find out	找出，查明，发现
keep one's fingers crossed	祈求成功
catch (on) fire	着火，开始燃烧
on fire	起火，着火
play with fire	玩火，轻举妄动
set fire to	使燃烧，点燃
under fire	遭到攻击，受到严厉批评
first of all	首先

fish for	摸找，搜寻
fit in (with)	符合，适应
fix on	决定，确定
fix up	安排，安顿，照应
in the flesh	本人
as follows	如下
follow through	把……进行到底，完成
follow up	追究，追查；采取进一步的行动
fool about / around	虚度光阴，闲荡
make a fool of	愚弄，使出丑
in force	生效，在实施中；大量
and so forth	等等
for free	免费
set free	释放
be friends with	与……友好
make friends with	与……交朋友
in full	全部地，不省略地
for / in fun	取乐，闹着玩
make fun of	拿……开玩笑，取笑
make a fuss of / over	关怀备至，过分注意，大惊小怪
in future	今后，从今以后
in the future	在将来
gain on	赶上，逼近
give the game away	不慎泄露秘密，露出马脚
gear up	使准备好，使做好安排
in general	一般说来，大体上
get about	走动，（消息等）传开
get across	使被了解，将……讲清楚
get ahead	获得成功，取得进展
get along	前进，进展；过活，生活
get along with	与……相处融洽
get around / round	走动；克服，设法回避（问题等）
get around / round to	抽出时间来做（或考虑）
get at	够得着；意指；查明；指责
get away	离开，逃脱，走开
get away with	做了坏事而逃避责罚
get back	回到；取回，恢复
get back at	对……报复
get by	通过；过得去，（勉强）过活
get down	从……下来，写下；使沮丧

附录

get down to	开始认真处理，着手做
get in	进入，抵达；收获
get in with	对……亲近
get into	对……发生兴趣；卷入；使进入
get off	从……下来；动身；结束工作；逃脱惩罚
get on	登上，骑上；进展，过活
get on to	转入某一话题
get on with	与……相处融洽；继续
get out	使离开，退出，泄漏；生产，出版
get over	从……恢复过来；克服；讲清楚
get through	
完成，度过；使通过考试，使获得通过；讲清楚；打通电话	
get together	相聚，聚集
get up	起立；起床
give away	赠送，泄漏
give back	归还
give in	认输，交上，呈上
give off	发出（光、声音等）；散发出（气味）
give out	分发；用完；发出（光、声音等）
give over to	留作，把……留作待定用途
give up	停止，放弃
give up oneself	自首
at a glance	一看就
at first glance	乍一看，一看就
be glued to	粘到……上，胶着在……上，盯住不放
go about	着手做，处理，忙于
go about with	常与……交往
go after	追赶，追求
go against	反对，违背；对……不利
go ahead	进行；开始
go along	进行，进展
go along with	赞同
go around / round	四处走动；流传；足够分配
go around / round with	常与……交往
go at	攻击，着手做，努力做
go back on	违背（诺言等）
go by	（时间）过去；遵守，依据
go down	下降；沉没，日落
go down with	生……病
go for	想要获得；袭击；喜爱；适用于

go in for	从事，爱好；参加
go into	进入，参加；开始从事；调查
go off	爆炸，开火；（电等）中断；不再喜欢
go on	继续；进行，发生；（时间）过去；灯亮
go out	外出；过时；潮退，灯熄；送出，公布
go over	仔细检查，查看；复习
go through	仔细检查，详细讨论；经历；获得通过
go through with	将……干到底
go under	失败，破产；沉没
go up	上升；正在建设中；烧毁，炸毁
go with	跟……匹配；与……相伴；附属于
go without	没有
on the go	很忙
to go	剩下的，未完成的
as good as	和……几乎一样
do sb. good	对……有好处
for good	永久地
good and	非常，完全
with good grace	欣然地
make the grade	达到规定目标，成功
take for granted	认为……是理所当然；因视为理所当然而对……不予重视
grind out	生拼硬凑地写出
come / get to grips	吸引……的注意力（或想象力）
gain ground	进展，占优势
get off the ground	开始，（使）取得进展
on (the) grounds of	根据……，以……为理由
grow on	越来越被……喜爱
grow out of 产生于；长大得……与不相称，因长大而不再做
grow up	长大，成熟；形成，发展
off (one's) guard	没有提防地
on (one's) guard	站岗，值班；警惕，提防
hate sb.'s guts	对……恨之入骨
in the habit of	有……的习惯
get in sb.'s hair	惹恼某人
make sb.'s hair stand on end	使某人毛骨悚然
in half	成两半
go halves	均摊费用
at hand	近在手边，在附近
by hand	用手，用体力

change hands	转手，转换所有者
hand in hand	同时并进地，密切关联地
hand on	把……传下去
hand out	分发，散发
hand over	交出，移交
have one's hand full	忙得腾不出手来
in hand	在进行中，待办理；在控制中
in sb.'s hand	在某人掌握中，在某人控制中
join hands	联手，携手
lend sb. a hand	帮助某人，协助某人
on hand	在手边，在近处
out of hand	无法控制，脱手，告终，立即
take / have a hand in	参与，插手，干预
wash one's hand of	对……不再负责，洗手不干
hang about / around	闲荡，闲待着
hang on	坚持，抓紧；等待片刻，不挂断电话；有赖于
hang on to	保留（某物）；紧紧抓住
hang together	同心协力；一致，相符
hang up	挂断（电话）；悬挂，挂起
come to no harm	未受到伤害
in harmony (with)	与……协调一致，与……和睦相处
talk through one's hat	胡说八道，吹牛
have had it	受够了，累极了；完了，没有了
have it in for	想伺机惩罚（或伤害），厌恶
have on	穿着，戴着
above / over one's head	难以理解
come to a head	达到危机的关头
head over heels	头朝下；完全地，深深地
keep sb.'s head	保持镇静
lose sb.'s head	慌乱，仓皇失措
put one's head together	集思广益，共同策划
at heart	内心里，本质上
break sb.'s heart	使某人伤心
by heart	凭记性
from (the bottom of) one's heart	从心底
in one's heart of hearts	在内心深处
lose heart	失去勇气，丧失信心
set one's heart on	下决心做
take heart	鼓起勇气，振作起来
take...to heart	对……想不开，为……伤心

to one's heart's content	尽情地
the hell	到底，究竟
like hell	拼命地，极猛地
to hell with	让……见鬼去吧
can / could not help	禁不住，忍不住
help out	帮助解决难题（或摆脱困境）
here and now	此时此地
here and there	各处
neither here nor there	离题的，不重要的
over the hill	在走下坡路，在衰退
make history	做出值得载入史册的事情
hit on / upon	忽然想起；无意中发现
catch / get / take hold of	抓住，得到
hold back	阻挡，抑制；踌躇，退缩；保守秘密等
hold down	阻止（物价等）上涨；压制；保持住
hold forth	滔滔不绝地讲，提供
hold off	推迟，拖延；阻止，抵挡住
hold on	等一会，（打电话时）不挂断；坚持住
hold on to	仅仅抓住，坚持
hold out	伸出；维持；坚持，不屈服
hold over	延缓，推迟
hold up	支持，支撑；延迟；展示；抢劫
hold with	赞成，赞同
at home	在国内；舒适；精通，熟悉
bring home to sb.	使某人认识（相信）
do the honors	尽地主之谊
in honor of	为了向……表示敬意，为纪念
on / upon one's honor	以名誉保证
hook up	将……接上电源
hook up to	将（或与）……连接起来
off the hook	脱离困境
hope against hope	抱一线希望
on the horizon	即将发生的
on the hour	在整点时刻
bring the house down	赢得观（听）众的欢呼声（或掌声）
keep house	管理家务
on the house	由店家出钱，免费
how come…?	怎么会……的？
break the ice	打破僵局
on thin ice	如履薄冰，处境极其危险

if only	要是……多好
improve on / upon	改进，胜过
be in for	一定会遇到（麻烦等）；参加（竞争等）
in that	因为，原因在于
every inch	完全，彻底
on the increase	正在增加，不断增长
inquire after	问起，问候
inquire into	调查，探究
inside out	里面朝外，彻底地
for instance	例如，比如
in the first instance	首先，起初
in the interest(s) of	为了……的利益
at intervals	每隔一段时间（或距离），不时
iron out	消除（困难等）
by itself	自动地，独自地
in itself	本质上，就其本身而言
on the job	在工作，上班
out of joint	脱臼，出了问题，处于混乱状态
get the jump on	抢在……前面行动，较……占优势
just about	差不多，几乎
bring to justice	把……交付审判，使归案受审
do justice to	公平地对待，公正地审判
keep at	继续做
keep back	阻止，抑制；隐瞒，保留
keep down	压制，镇压；使处于低水平，控制
keep from	阻止，抑制
keep off	使让开，使不会接近
keep on	继续进行，继续下去
keep to	遵守，信守；坚持
keep up	使继续下去，信守；坚持
keep up with	跟上
kick about / around	被闲置于；到处游荡；非正式讨论
kick off	开始，开球
kick up	引起，激起
in kind	以实物偿付，以同样的办法
kind of	有点儿，有几分
of a kind	同类的；徒有虚名的
bring to one's knees	使屈服
knock about / around	到处游荡，粗暴地对待
knock down	击倒，撞昏；杀价，降价；拆除

knock off	下班；迅速而不费力气地完成；减价
knock out	（拳击中）击倒，打昏
knock over	弄翻，打倒；使不知所措；完成，干完
know better than	很懂得，明事理而不至于……
to one's knowledge	据……所知
lap up	欣然接受
at large	逍遥法外地；普遍的；详尽的
by and large	大体上，总的说来
at (long) last	终于
at the latest	最迟
of late	近来，最近
later on	以后，后来
laugh at	因……而笑，嘲笑
laugh off	用笑摆脱，对……一笑了之
lay aside	把搁置一边；留存，储存
lay down	放下，交出；规定，制定
lay off	暂时解雇；停止做
lay out	摆出，铺开；布置，设计
lay over	作短暂停留
lay up	使卧床不起
leaf through	匆匆翻阅，浏览
turn over a new leaf	翻开新的一页，改过自新
in league (with)	与……密谋，与……联合
by / in leaps and bounds	极其迅速地；跳跃式地
at least	至少
least of all	最不，尤其不
not in the least	丝毫不，一点不
to say the least	最起码
leave alone	让……独自待着；不打扰
leave behind	忘了带；把……撇在后面；遗留
leave off	停止，中断
leave out	遗漏，省略；把……排除在外
take (one's) leave of	向……告辞
not have a leg to stand on	（论点等）站不住脚
at leisure	有空，闲暇时；从容不迫地
lend itself to	适合于，有助于
at length	详尽地；最终，终于
go to great lengths	竭尽全力
let alone	更别提；不打扰；不惊动
let down	使失望；放下，降低

let go (of)	松手，放开
let off	放过，宽恕；开枪，放炮或焰火等；排放
let out	放走，释放；发出，泄漏，放出
let up	减弱，放松，停止
to the letter	严格地
level off / out	作水平运动；呈平稳状态
at liberty	自由，有空
take lying down	甘受（挫败等）
bring to life	使复活，给……以活力
come to life	苏醒过来，开始有生气
for life	一生，终生
bring to light	揭露，将……曝光
come to light	显露，暴露
in (the) light of	鉴于，由于
light up	照亮，点染；容光焕发
throw / cast light on / upon	使人了解，阐明
in line	成一直线，成一排
in line with	与……一致，与……符合
line up	使排成行，使排队
on line	以计算机连接的，联机的
out of line	不成一直线；不一致，出格
listen in	收听，监听，偷听
live off	依赖……生活
live on	靠……生活，以……为食物
live out	活过（某一段时间）；实践
live through	度过，经受住
live up to	遵守，实践；符合，不辜负
live with	与……在一起生活；忍受，忍耐
on loan	借贷
lock up	锁上，把……监禁起来
log in	进入计算机系统
log out	退出计算机系统
before long	不久以后
no longer	不再，已不
so long	再见
look after	照料，照顾；注意，关心
look ahead	向前看，考虑未来
look at	朝……看；看待
look back	回头看
look back on	回顾，回忆

look down on / upon	看不起，轻视
look for	寻找，寻求；惹来，招来
look forward to	盼望，期待
look in	顺便访问，顺便看望
look into	调查，观察
look on	观看，旁观
look out (for)	注意，留神
look over	把……看一遍；查看，参观
look through	浏览，详尽核查
look to	照管，留心；指望，依靠
look up	好转；查找；看望，拜访
look up to	尊敬
lose oneself in	专心致志于
at a loss	困惑，不知所措
cast / draw lots	抽签，抓阄
fall in love (with sb.)	爱上（某人）
in luck	运气好
out of luck	运气不好
like mad	疯狂地，拼命地
in the main	大体上，基本上
(be) made up of	由……组成，由……构成
make believe	假装，假扮
make for	走向；促成，有助于
make it	办成，做到；赶上；及时到达
make of	理解，推断
make off	匆忙离开；偷走，携……而逃；
make out	辨认出；理解，了解；写出
make up	虚构；构成；化妆；补充；和解
make up for	补偿，弥补
all manner of	各种各样的，形形色色的
in a manner of speaking	不妨说，在某种意义上
many a	许多的
map out	详细制定；筹划
mark down	记下；降低……的价格/分数
mark off	划出；画线分离
mark up	提高……的价格/分数
wide of the mark	远离目标；毫不相干
as matter of fact	事实上，其实
for that matter	就此而言，而且
by all means	当然可以

by means of	用，依靠
by no means	决不，并没有
beyond measure	无可估量，极度，过分
for good measure	作为外加（或意外）的东西；另外
measure up	合格，符合标准
meet with	会晤；偶然遇到；经历，遭遇
in memory of	纪念
mend one's ways	改过，改正错误
not to mention	更不必说，不必提及
at the mercy of	任凭……摆布，完全受……支配
mess about / around	瞎忙；闲荡；轻率地对待
mess up	把……弄乱/弄糟/弄脏
mess with	干预，介入
in the middle of	正忙于
bear / keep in mind	记住
change one's mind	改变主意
have in mind	想到，考虑到
in one's mind's eye	在想象中
make up one's mind	下定决心，打定主意
never mind	不用担心；不要紧
to my mind	以我看，我认为
in miniature	小规模，小型
up to the minute	最新的，最新式的
miss out	不包括；错过（机会）
by mistake	错误地
mix up	混淆，弄混，弄乱
at the moment	此刻，目前
for the moment	暂时，目前
the moment that	一……就
what is more	更重要的，更有甚者，而且
at most	至多，不超过
make the most of	充分利用，尽量利用
get a move on	赶快，加紧
move in on	移近，向……逼近
move on	继续前进；走开，不要停留
move on to	更换工作（或话题）
move up	（使）升级，提升
on the move	在活动，在行进
much as	虽然，即使
nail down	确定

附

录

in the name of	以……的名义
of necessity	无法避免地，必定
in the neighborhood of	在……附近，大约
neither here nor there	不相干的，无关紧要的
get on one's nerve	惹得某人心烦
next to	紧靠……的旁边；几乎，近于
night and day	夜以继日
none but	除……之外，只有
none too	一点也不
follow one's nose	笔直前进；凭直觉/本能行事
nose about / around	搜索，探问
stick one's nose into	探问，探看，干预
compare notes	交换意见
of note	显要的，有名望的
take note of	注意，留神
for nothing	不花钱地；徒劳地
nothing but	只有，只不过
at short / a moment's notice	提前很短时间通知
now and then / again	时而，偶尔
every now and then	时常，不时
just now	现在；刚才，才不久
now (that)	既然，由于
get nowhere	使无进展，使不能成功
nowhere near	远远不，远不及
on occasion(s)	有时，间或
against all (the) odds	尽管有极大困难
at odds with	与……不和；与……不一致
adds and ends	零星杂物，琐碎物品
off and on	断断续续地，有时
as often as not	往往，多半
every so often	有时，偶尔
more often than not	往往，多半
on and on	继续不断地，不停地
all at once	突然，忽然；同时，一起
at once	马上，立刻；同时，一起
once (and) for all	一劳永逸地，永远地
once in a while	偶尔，间或
once more / again	再一次
once upon a time	从前
at one (with)	（与……）一致

one by one	一个一个地，一次地
only too	极，非常
in the open	在户外，在野外；公开地
open up	打开，开放；开发，开辟
bring / put into operation	实施，使生效，使运行
come / go into operation	施行，实行，生效
in operation	工作中；起作用，生效
in order	按顺序；整齐，处于良好状态
in short order	立即
on order	定购中，定制中
out of order	出故障的；不按次序；违反会议规程的
out of the ordinary	不寻常的，非凡的
every other	每隔一个的
none other than	不是别人，正是
other than	不同于，非；除了
out of	由于；离开；缺乏；从……中
at / from the outset	开端，开始
at the outside	最多，充其量
outside of	在……外面；除……之外
all over again	再一次，重新
over and over (again)	一再地，再三地
over and above	除……之外（还），超过
owing to	由于，因为
come into one's own	显示自身的特点（或价值）
hold one's own	坚守住；保持力量，不衰退
on one's own	独自；独立地
own up	坦白地承认，供认
keep pace (with)	（与……）并驾齐驱
set the pace	起带头作用
pack away	把……收起来放好
pack in	停止，放弃
pack off	把……打发走
pack up	把……收起来放好
take pains	努力，尽力，下苦功
palm off	用欺骗手段把……卖掉
on paper	以书面形式；在理论上
for one's part	就个人来说，至于本人
in part	部分地
on the part of	在……方面，就……而言
part with	放弃，出让

in particular	特别，尤其
pass away	去世
pass by	经过，从……旁边过
pass off (as)	充作，被看做，被当做
pass on	传授，传递
pass out	昏倒，失去知觉
pass over	对……不加考虑
pass up	放过（机会），放弃
pat on the back	赞扬，鼓励
patch up	解决；修补，草草修理
pay back	偿还；回报，向……报复
pay off	还清；偿清工资解雇（某人）；向……行贿；取得成功
pay out	付钱，出钱
pay up	全部付清
at peace	处于和睦（或平静）状态
make peace	言和，和解
in person	亲自，本人
phase in	逐步引入（或采用）
phase out	逐步停止使用
pick at	吃一点点，无食欲地吃
pick on	找……岔子；挑选，选中
pick out	挑出；辨认出
pick up	拣起；用车接；获得；好转；继续
pie in the sky	不能保证实现的允诺
go to pieces	崩溃，垮掉
pick / pull to pieces	严厉批评
pin down	使明确说明；确定，证实
at / in a pinch	必要时，在紧急关头
feel the pinch	感到手头拮据
pitch in	协力做出贡献
in place	在合适的位置
out of place	不在合适的位置；不适当的
take the place of	代替，取代
bring into play	使运转，启动
come into play	开始活动，投入使用
play at	玩，做游戏，假扮……玩
play back	放，播放
play down	降低……的重要性，贬低
play off against	使相斗

play on	利用
play up	强调，突出
plug in	给……接通电源，连接
take the plunge	决定冒一次险，采取决定性步骤
in sb.'s pocket	在某人掌握之中，受制于某人
out of pocket	缺钱的，赔钱的
beside the point	离题的，不相关的
make a point of	特别注意，重视
on the point of	正要……之际/之时
point out	指出
to the point	切中要害，切题
poles apart	大相径庭，完全相反
polish off	（飞快地）完成
pour out	倾诉，倾吐
in practice	在实践中，实际上
out of practice	生疏的，荒废的
put in practice	实施，实行
without prejudice (to)	（对……）没有不利，无损于
in sb.'s presence	当着某人的面，有某人在场
presence of mind	镇定自若
for the present	目前，暂时
press on	加紧进行
at any price	不惜任何代价，无论如何
in print	以印刷的形式；已出版的，仍可买到的
out of print	已售完的，已绝版的
prior to	优先的，在前的
in private	在私下，秘密地
in proportion to	与……成比例
in public	公开地，当众
pull apart	把……拉开或拆开，被拉开或拆开
pull away	开走，（使）离开
pull down	拆毁
pull in	（车）停下/到站，（船）靠岸
pull off	（成功地）完成；扯下，脱去
pull out	拔出，抽出；驶出；（使）摆脱困境
pull over	驶到或驶向路边
pull through	度过危机，恢复健康
pull together	齐心协力，团结起来
pull up	（使）停下
push around	摆布，欺负

push on	匆忙向前，继续前进
put across / over	解释清楚，使被理解
put aside	储存，保留；暂不考虑
put away	放好，收好
put in	花费，付出；正式提出，申请
put off	推迟，拖延；阻止，劝阻
put on	穿上；上演；增加体重
put out	熄灭，关（灯）；出版；伸出；生产
put through	接通电话
put up	搭起；张贴；提高（价格等）
put up with	忍受，容忍
puzzle out	苦苦思索而弄清楚（或解决）
in quantity	大量
beyond (all) question	毫无疑问
call in / into question	对……提出疑问/异议
in question	正在谈论的
out of the question	毫不可能的
without question	毫无疑问，好无异议
jump the / a queue	不按次序排队，插队
on the quiet	秘密地，私下地
the rank and file	普通士兵，普通成员
at any rate	无论如何，至少
at this rate	找这种情形，既然这样
had / would rather than	宁愿……而不愿……
rather than	与其……倒不如……，不是……而是……
in the raw	处在自然状态的；裸体的
at the ready	准备立即行动
for real	严肃的，认真的；真正的，确实的
in reality	实际上，事实上
bring up the rear	处在最后的位置，殿后
by reasons of	由于
within reason	理智的，合理的
reckon with	估计到；处理
for the record	供记录在案，为准确起见
off the record	不供引用的，不供发表的
on record	正式记录的，公开发表的
in the red	负债，亏欠
see red	大怒
refer to…as…	把……称做/看做
with reference to	关于，就……而言

as regards	关于，至于
with / in regard to	关于，就……而论
regardless of	不顾，不惜
in the region of	在……左右，接近
in relation to	有关，关于，涉及
relative to	有关，关于，涉及
with respect to	关于，至于
in response to	作为对……的回应
as a result	作为结果，因此
as a result of	作为……的结果，由于
in return (for)	作为报答（或回报、交换）
get rid of	摆脱，除去，处理掉
ride out	安然度过，经受得住
by rights	按理说
in one's own right	凭本身的权利（或能力、资格等）
in the right	正确，有理
ring off	挂断电话
ring up	打电话给
run riot	胡作非为，撒野
give rise to	引起，导致，为……的原因
rise above	克服，不受……的影响
rise to	起而应付，证明能够应付
at risk	处境危险
at the risk of	冒着……的危险
on the road (to)	在去……的旅途中；在向……的转变中
roll in	滚滚而来，大量涌来
roll up	到达，来到
take root	建立，确立；生根，扎根
root out	根除，杜绝
rope in	用绳围圈起来，说服
go the round(s) (of)	传播，流行
round up	把……聚起来
in a row	一个接一个地，接连不断地
rub it in	反复提及令人不快的事
in ruins	成废墟，毁坏，毁灭
as a rule	通常，一般说来
rule out	把……排除在外，排除……的可能性
in the long run	从长远看，终究
in the short run	在不久的将来
on the run	忙碌，奔波；奔跑，逃跑

run across	撞见，碰见
run away with	战胜；偷走；与……私奔；轻易地赢得
run down	贬低；耗尽；减少，撞倒；查找出
run into	遭遇；撞在……上；偶然碰见；共计
run off	跑掉，逃跑；很快写出
run out	到期，期满
run out of	用完，耗尽
run over	在……上驶过；把……很快过一遍
run through	贯穿；匆匆阅读；排练
run to	跑向，达到，发展到，趋向
run up	积欠（账款、债务等）
run up against	遭遇，遇到
in the saddle	在职，掌权
play (it) safe	谨慎行事，不冒险
safe and sound	安然无恙
to be on the safe side	为了保险起见
sail through	顺利通过
set sail	起航
for the sake of	为了……起见
for sale	待售，供出售
on sale	出售；廉价销售
take …with a grain	对……有保留，对……半信半疑
take … a pinch of salt	对……有保留，对……半信半疑
worth one's salt	胜任的，称职的，名副其实的
all the same	都一样；尽管如此，仍然
the same as	与……一致，与……相同的
save for	除……之外，除去
go without saying	不用说，不言而喻
I dare say	（我想）可能，（我想）是这样
to say nothing of	更不用说，何况
to say the least	至少可以说
on a …scale	在……规模上
scale down	缩减
make oneself scarce	溜走，躲开
scarcely… when	一……就……
behind the scenes	在幕后，不公开的
ahead of schedule	提前
on schedule	按时间表，及时，准时
on that score	在那一点上，就那一点来说
scrape by / through	勉强通过

scrape together / up	费力地凑集
from scratch	从零开始，从头做起
up to scratch	合格，处于良好状态
put the screw(s) on	对……施加压力，强迫
screw up	拧紧；扭歪，把……弄糟
a sea of	大量；茫然一片
at sea	在海上；茫然，不知所措
seal off	封闭，封锁
in search of	寻找，寻求
in season	应时的，当令的，在旺季；及时的，适宜的
out of season	不当令的，不在旺季的
second to none	最好的
in secret	暗地里，秘密地
see about	办理，安排
see off	为……送行
see out	做到底，完成
see through	看透，识破
see to	注意，照料
see (to it) that	一定注意到，务必使
seeing (that)	鉴于，由于
go / run to seed	花开结籽；衰老，走下坡路
seize on / upon	利用
seize up	（机器等）卡住，停顿
sell off	廉价出售（存货）
sell out	售完，脱销
sell up	卖掉（全部家产等）
send away	把……打发走
send for	派人去请，召唤；函购，函索
send in	递送，呈报，提交
send off	邮寄，发送
send out	发送；发出
send up	使上升
come to one's sense	恢复理智，醒悟过来；苏醒过来
in a sense	从某种意义上说
make sense	讲得通，有意义，言之有理
talk sense	说话有理
serve out	分发；做（或学）到期满
serve … right	给……应得的惩罚
serve up	端上
set about	开始，着手

set against	使敌视；使抵消
set apart	使与众不同；留出，拨出
set aside	留出，拨出；把……置于一旁，不理会
set back	推迟，阻碍；使花费
set down	写下，记下
set forth	阐明，陈述
set in	开始（并将继续下去）
set off	出发，启程；激起，引起
set on	袭击；唆使
set out	动身；开始；摆放；阐明，陈述
set up	创立，建立；竖立；开业
settle down	定居；平静下来；定下心来
settle for	勉强认可
settle in / into	在新居安顿下来；适应
settle on / upon	选定，决定
settle up	付清，结清
sew up	缝合；确保……的成功
shade in / into	逐渐变成
shake down	敲诈，勒索；彻底搜查
shake off	抖落；摆脱
shake up	使改组，使重组；使震惊
in (good) shape	处于（良好）状态
shape up	发展顺利，表现良好
take shape	成形，形成
on the shelf	被搁置
in sb.'s shoes	处于……的地位（或境地）
shoot down	击落，击毙；驳倒
shoot up	迅速上升，猛增
cut short	中断，打断
fall short of	达不到，不符合
for short	缩写，简称
in short	简而言之，总之
like a shot	立即，飞快地
shoulder to shoulder	肩并肩地，齐心协力地
shout down	用叫喊声淹没(或压倒)
show off	炫耀，卖弄
show up	暴露，显露；来到，露面
shrug off	对……满不在乎,对……不屑一顾
shut away	把……藏起来，隔离
shut down	（使）关闭，（使）停工

shut in	把……关在里面，禁闭
shut off	切断，关掉，使停止运转
shut out	把……排斥在外
shut up	住口；监禁
shy away from	（由于羞怯或恐惧）躲开，退缩
on the side	作为兼职或副业；暗地里
side by side	肩并肩地，一起
at first sight	乍一看，初看起来
at / on sight	一见（就）
catch sight of	发现，突然看见
in sight	看得见；在望，在即
lose sight of	忘记，忽略
out of sight	看不见，在视野之外
sign away / over	签字放弃
sigh for	签收
sign in	签到，登记
sign off	停止播送，结束
sign on / up	签约雇佣/受雇
sign out	签名登记离开；登记携出（某物）
sink in	被理解，被理会
sit around	坐着没事干
sit back	在一旁闲着，袖手旁观
sit in on	列席会议，旁听
sit out / through	耐着性子看完（或听完），坐着挨到……结束
sit up	坐直；不睡，熬夜
size up	估计，判断
sketch out	简要地叙述
sleep off	以睡眠消除（疲劳等）
sleep through	未被吵醒
let slide	放任自流，听其自然
give … the slip	避开，甩掉
let slip	偶然泄漏（秘密等）
slip up	失误，出差错
slow down / up	放慢，使减速
smooth over	缓和，减轻
snap out of	迅速从……中恢复过来
snap up	抢购；抢先弄到手
to be snowed under	忙得不可开交
and so on / forth	等等
ever so	非常，极其

soak up	吸收，摄取
or something	诸如此类的什么
something of	在某种程度上，有点儿
would sooner	宁愿，宁可
of sorts / of a sort	马马虎虎的，较差的
out of sorts	身体不适，心情欠佳
sort of	有几分，有那么点儿
sort out	整理；弄清楚，解决
sound … out	试探，探询
space out	把……间隔开
to spare	过剩，有余
so to speak	可以说
speak for	代表……讲话，为……辩护；证明，表明
speak out / up	大声地说，大胆地说
speed up	加快速度
spell out	详细地说明
spin out	拖长……时间；使（钱）尽可能多维持一些日子
spit out	厉声地说
split up	断绝关系，离婚；划分
on the spot	在场，到场；立即，当场
spread out	（人群等）散开；伸展，延伸
on the spur of the moment	一时冲动之下，当即
square off	把……做成方形；摆好（架势）
square up	付清，结账
at stake	在危急关头，在危险中
stamp out	踩灭，消灭
stand by	袖手旁观；坚持，遵守；支持，帮助；做好准备
stand down	退出，（从某职位上）退下
stand for	是……的缩写，代表；主张，支持；容忍，接受
stand in	代替，代表，做替身
stand out	清晰地显出，引人入胜；杰出，出色
stand up	站起来；（论点、论据等）站得住脚
stand up for	支持，维护，保卫
stand up to	勇敢地面对，抵抗；经得起，顶得住
start off	出发，动身；（使）开始从事
start on	开始进行，着手处理
start out	出发，动身；本来想要
start up	创办；开动，发动
to start with	首先，一开始
stay put	留在原地

steam up	使蒙上水汽
steer clear of	绕开，避开
in step	齐步，合拍，协调
out of step	不合拍，不协调
step aside / down	让位，辞职
step by step	逐步地
step in	介入，开始参与
step up	加快，加速；增加，逐步提高
stick around	等在旁边，留下等待
stick at	继续努力做，坚持干
stick by	忠于，对……真心；坚持，维护
stick out	坚持到底；突出，显眼
stick out for	坚持要求
stick to	粘贴；紧跟，紧随；坚持，忠于，信守
stick together	团结一致，互相支持
stick up for	支持，为……辩护
stick with	紧随；继续从事
stir up	激起，挑起
in stock	有现货的，有库存的
out of stock	无现货的，脱销的
take stock of	对……估价，判断
stop by	顺便过访，串门
stop off / over	中途停留
in store	储藏着，准备着；必将到来，快要发生
set store by	重视，尊重
straight away / off	立即，马上
in strength	大量地
on the strength of	基于，根据
at a stretch	不停地，连续地
strike off	删去，除名
strike out	独立闯新路，开辟
strike up	开始（谈话、相识等）
string along	欺骗，愚弄
string along with	跟随
string out	使成行地展开
as such	就其本身而论
suck up	奉承，拍马屁
all of a sudden	突然，冷不防
in sum	总而言之
sum up	总结，概括

in summary	总的说来，概括起来
for sure	确切地，肯定
make sure	查明，弄清楚；务必
sure enough	果然，毫无疑问
take ... by surprise	使吃惊，使感到意外；使措手不及
swear by	极其信赖
swear in	使宣誓就职
swear off	保证戒掉；放弃
in full swing	正在全力进行中
switch off	（用开关）关掉
switch on	（用开关）开启
on the table	提交讨论；留待日后讨论
turn the tables	扭转形势
tag along	尾随，跟随
tail off	变得越来越少（或小、弱）
take aback	使吃惊；使困惑
take after	与……相像
take apart	拆除，拆开
take ... as	把……当做，认为
take away	减去
take back	收回（说错的话）；使回忆起
take down	拆，拆卸；记下；写下
take ... for	把……认为是，把……看成为
take in	接受，吸收；包括；领会，理解；欺骗
take off	脱下；起飞；匆匆离去
take on	开始雇用；呈现，具有；同……较量；承担，从事
take out	带……出去；除掉，毁掉；取得，办理
take out on	对……发泄
take over	接收，接管；承袭，借用
take to	开始喜欢；开始从事
take up	开始从事；把……继续下去；着手处理；占去
take up on	接受邀请
take up with	与……成朋友
talk back	回嘴，顶嘴
talk down to	以居高临下的口气说话
talk into	说服某人做某事
talk out of	说服某人放弃做某事
talk over	商议，商量，讨论
take ... to task	指责，批评
in tears	流着泪，含着泪

附

录

tear at	撕，扯
tear away	使勉强离去
tear down	拆掉，拆除
tear into	攻击，抨击
tear up	撕毁
all told	总共，合计
tell apart	区分，辨别
tell off	责备；分派，指派，向……透露
lose one's temper	发脾气，发怒
in terms of	用……的话；按照
come to terms	妥协，和解
thanks to	由于，多亏
but then	但另一方面，然而
then and there / there and then	当场，当即
through thick and thin	不顾艰难险阻，在任何条件下
all things considered	从各方面考虑起来
for one thing	首先，一则
have a thing about	对……有偏见
make a thing of / out of	对……小题大做
think back to	回想，回忆
think better of	经过考虑对……改变主意（或看法）
think of	想出，提出；想起；考虑，关心
think of as	把……看做是，以为……是
think over	仔细考虑
think through	彻底地全面考虑
think up	想出，设计出
through and through	完全，彻底
throw away	扔掉，抛弃；错过，浪费
throw in	外加，额外奉送
throw off	摆脱掉；轻易做出
throw out	扔掉；撵走
throw up	呕吐；产生（想法）
all thumbs	笨手笨脚
tide over	使度过（困难时期）
tidy away	收起（某物），放好
tie down	限制，牵制
tie in with	与……一致，配合
tie up	拴住，捆牢；使（钱等）难以动用，阻碍
ahead of time	提前
all the time	一直，始终

at a time	每次，一次
at all times	随时，总是
at no time	从不，决不
at one time	曾经，一度
at the same time	同时；然而，不过
at times	有时，间或
behind the times	过时的，落后的
for the time being	眼下，暂时
from time to time	有时，不时
in no time	立即，马上
once upon a time	从前
take one's time	不着急，不慌忙
time after time / time and again	屡次，一再
tip off	事先给警告（或暗示），告密
tire sb. out	使某人疲劳不堪
toe the line	服从，听从
together with	同……一起，连同
tone down	使缓和
on top	处于优势
on top of	除……之外
top up	装满，加满
in total	总共
in touch (with)	联系，接触
out of touch (with)	不联系，不接触
touch down	降落，着陆，底线得分
touch off	使爆炸，触发
touch on / upon	谈到，论及
touch up	润色，改进
keep track of	与……保持联系
lose track of	失去与……的联系，不能跟上……的进展
track down	跟踪找到，追查到
trade in	以（旧物）贴换同类新物
trade on / upon	（为达到利己目的而）利用
trail along	没精打采地（跟在后面）走
trail away / off	逐渐减弱，缩小
treat of	探讨，论述
by trial and error	反复试验，不断探索
trip up	把……绊倒；使犯错误
in trouble	陷入困境，倒霉
come true	实现，成为现实

in truth	的确，事实上
try on	试穿
try out	试验
in tune with	与……协调，与……一致
out of tune with	与……不协调，与……不一致
in the tune of	达……之多，共计
tune in to	收听，收看
by turns	轮流地，交替地
in turn	依次地，轮流地；转而，反过来
take turns	依次，轮流
turn around / round	转变，使转好
turn away	回绝，把……打发走
turn back	使折回，使往回走
turn down	关小，调低；拒绝
turn in	交还，上交；上床睡觉
turn out	结果是；关掉；制造；驱逐
turn over	翻过来；仔细考虑；交，移交
turn to	求助于，查阅
turn up	开大；出现，来到
up against	面临（问题、困难等）
up to	胜任……的；密谋……的；是……义不容辞的责任；取决于……的
upwards of	……以上，多于
in use	在使用着的，在用的
make use of	利用
out of use	不被使用，废弃
put to use	使用
use up	用完，用光
as usual	像平常一样，照例
do one's utmost	竭力，尽全力
in vain	徒然，白费力
a variety of	种种，多种多样的
in view of	鉴于，考虑到
with a view of	为了，为的是
by virtue of	借助，由于
in the wake of	紧紧跟随；随着……而来，作为……的结果
wake (up) to	认识到，意识到
walk away / off with	轻易获胜；顺手带走，偷走
walk out	（为表示抗议而）突然离去；罢工

walk out on	抛弃，舍弃，不履行
warm to	对……产生好感；对……变得感兴趣
warm up	使暖起来；使活跃起来；使热身
wash up	洗餐具；洗手洗脸；（浪头）将……冲上岸
waste away	日趋消瘦，日益衰弱
watch out (for)	密切注意，提防，留神
wave aside	对……置之不理
all the way	一直，完全
by the way	顺便地，附带地说说
give way	让路；让步，屈服；塌陷，倒塌
go out of one's way	特地，不怕麻烦地
in a way	在某种程度上，从某一点上
in no way	决不
in the / sb.'s way	挡某人的道，妨碍某人
make one's way	去，前往，行进
make way	让路，腾出地方或位置
no way	无论如何不，不可能
one way or another	以某种形式
out of the way	被处理好，得到解决；偏远的
under way	在进行中
wear away	磨损，磨去；消磨，流逝
wear off	渐渐减少，逐渐消失
wear out	穿破，磨损，用坏；使疲乏
under the weather	不舒服，有病
carry weight	有分量，有影响
pull one's weight	干好本职工作
throw one's weight about / around	滥用权势，耀武扬威
just as well	没关系，无妨，不妨
may as well	还不如，不妨
all the while	始终
once in a while	偶尔
as a whole	作为一个整体，整个看来
on the whole	总的说来，大体上
go wild	狂怒，狂热
at will	任意，随意
win out / through	获胜，赢
win over	说服，把……争取过来
in the wind	即将发生
wind up	上发条；结束，停止
in the wings	已准备就绪的，就在眼前的

wipe out	擦掉，擦净；彻底摧毁，消灭
at one's wits' end	智穷计尽
put in a (good) word for	为……说好话
word for word	逐字地
work off	消除，去除
work at / on	从事于，致力于
work out	算出；理解；想出；解决；产生结果
work up	激发，激起；制订出，精心制作
in the world	究竟，到底
what is worse	更糟的是
write down	记下
write off	取消，注销，勾销
go wrong	出错，犯错误；发生故障
in the wrong	有错，负有责任
year after / by year	年年
as yet	迄今

附录 B　常用写作词汇

一、英语作文常用功能性词汇

1. 提出议题

a debatable issue	一个有争议的问题
a debatable claim	一个有争议的主张
as a proverb goes	正如一句谚语所说
as regards	至于，关于
regarding	至于，关于
with regard to	至于，关于
as far as… be concerned	就……而言
as concerns	至于，关于
concerning	至于，关于
in point of	至于，关于
when it comes to	说到
in reference to	至于，关于
with reference to	至于，关于
with relation to	至于，关于
be concerned with	至于，关于
as to	至于，关于
with respect to	至于，关于
in respect to	至于，关于
be the subject of much debate	成为很多争议的主题

can be defined as	可定义为
exaggerating	夸大的
express the wishes of	表达……的愿望
form a low opinion of	对……很反感
have an ill opinion of	对……很反感
it is debatable whether... would actually work	……是否可行是有争议的
just as an old saying goes	有句老话说得好
one of the most hotly debated issues	人们讨论得最激烈的问题之一
optimistic	乐观的
refer to	指的是
stand for	代表，表示
there has been an intense debate over	在……问题上出现了激烈的争论
voice the desire of	表达……的愿望

2. 表示赞同或赞赏某种观点或某事

heartily approve of sth.	完全赞同某事
thoroughly approve of the decision that	衷心拥护……的决定
advocate the doctrine of	倡导……的信条
agree entirely with sb. that	完全同意某人的观点，即……
agree fully with sb. that	完全同意某人的观点，即……
agree to do sth.	同意做某事
appreciate	赞赏
assent to	赞成，同意
be a firm supporter of	完全支持
be all for	赞成
be worthy of praise	值得表扬
commend	称赞
deserve commendation	值得称赞
be commendable	值得表扬
consent	同意，赞成
endorse	认可
express agreement with sb.	表示对某人的赞同
express agreement with the view that	表示对某观点的赞同
favor	赞同
be in favor of	赞同
gain public favor of	得到广泛拥护
gain wide favor of	得到广泛拥护
give hearty support to	坚决赞同

have a favorable opinion of	赞成
have good reason to believe	完全有理由相信
have the general consent of sb.	受到某人的一致赞扬
it is widely agreed that	人们广泛赞成
it is universally agreed that	人们广泛赞成
it stands to reason that	（某事）有道理
regard…as reasonable	认为……合理
repeatedly emphasize	反复强调
speak highly of	高度赞扬
form a high opinion of	作出很高评价
strongly support the view of	坚决赞成某个观点
support	支持
there is no denying that	不可否认
win the approval of	得到……的赞同
with this point of view I agree with sb.	
	在这一点上我同意某人的观点

3. 表达反对意见

hold a negative attitude to	对……持相反意见
hold a conservative view to	对……持保守的态度
at first glance it looks as if… , but…	
	乍看起来好像……，但是……
it may seem that…, however…	看起来……，然而……
but actually	[引出不同意见]然而，实际上
however, in truth	[引出不同意见]然而，实际上
in reality, however	[引出不同意见]然而，实际上
can't stand the idea that	不同意……的观点
differ with sb. in the respect that	
	在……方面与某人意见不一致
disagree with	不同意
I can hardly approve of	我几乎无法同意
I can't see any advantage in	我看不出……有什么好处
it is doubtful that	是值得怀疑的
object to	反对
on the surface	表面看来
it appears as if	表面看来
one drawback is	一个缺点/弊病就是
the truth of the matter is	事实上
seem forced	显得牵强
be offensive to	有悖于
what I can't stand is	我不能容忍的是

4. 表示列举的词汇

at first	首先
first	首先，第一
first of all	首先
firstly	首先
in the beginning	起初
in the first place	首先，第一
to begin with	首先，第一
on the one hand	一方面
for one thing	首先
for another	其次
after	此后
next	然后
then	然后
second	第二，第二点
secondly	第二，第二点
in the second place	第二
on the other hand	另一方面
besides	此外
also	而且
meanwhile	与此同时
third	第三点，第三
thirdly	第三
finally	最后
lastly	最后
last but not least	最后的但同样重要的
what is more	而且，此外
what is worse	更糟的是
more importantly	更重要的是
in addition	此外
moreover	而且，此外
furthermore	而且，此外

5. 表示举例

according to statistics	根据统计数字
according to statistical evidence	根据统计数字为证
for example	例如
for instance	例如
let me cite… as proof	让我以……为证
illustrate one's point with facts	用事实来说明某人的观点

by way of examples	通过举例
in illustration of	例证
such as	比如
like	比如
and so on	等等
and so forth	等等
a good example of	一个很好的例子
a case of	一个实例
a case in point	一个实例
take… for example	以……为例
take… as an example	以……为例
take example to do	举一个例子来做
provide an example of	举一个例子
illustrate examples from	从……举几个例子
draw examples in	从……举出几个例子
find examples among	从……举出几个例子

6. 表示原因和结果

now that	既然，由于
thus	所以
consequently	因此
therefore	因此
hence	因此
accordingly	因此，所以
due to	由于
owing to	由于
thanks to	由于
as a result of	由于
for the reason of	由于
on account of	由于
out of	由于
result from	由……导致
arise from	由……导致
contribute to	导致
attribute to	归因于
by reason of	由于
as a result	结果
as a consequence	结果，因此
consequently	结果
logically	所以，因此
bring about	导致

give rise to	导致
lead to	导致
result in	导致
for this or that reason	出于某种理由
have an effect on	对……有影响
have an impact on	对……冲击；对……有影响
in order that	为了
so as to	以便
seeing that	因为
in that	因为，既然

7. 表示比较和类比

be different from	与……不同
not so much as	与……不同
be dissimilar to	与……不同
differ greatly from	与……大不相同
at the same rate as	与……步调一致
be alike in	在……方面相像
bear a strong resemblance to	与……极为相像
bear the similarity to	与……相像
be similar to	与……相像
have a great deal in common	与……有着许多共同之处
be the same as	与……相同
perform the same function as	和……起着相同的作用
compared with	与……相比较
in comparison with	与……相比较
in contrast with	与……相比
in opposition to	与……相反
in the same manner	同样地
in the same way	同样地
on the contrary	相反
by contrast	相反
on the opposite side	相反
resemble	像
look like	像
similarly	同样地
likewise	同样地
there are striking resemblances between A and B	
	A 和 B 之间有惊人的相似之处
unlike	不像
while	而（引导对比的从句）

whereas	而（引导对比的从句）
nevertheless	但是
A is second to B	A 仅次于 B

8. 表示分类

constitute	构成
comprise	构成
be made up of	由……构成
be composed of	由……构成
consist of	由……构成
divide	分成
classify	分类
be graded as	被分成（几级）
belong to	属于
be defined as	被定义为
be regarded as	被认为是
refer to	指的是
stand for	代表，表示
take up 10%	占 10%
account for 10%	占 10%
occupy 10%	占 10%
be responsible for 10%	占 10%

9. 增加和减少的表达

an increasing number of	有越来越多的
an growing number of	有越来越多的
an increasing proportion of	有越来越多的
increase dramatically	急剧增长
rise remarkably	急剧增长
increase by (20%)	增加了（20%）
on the increase	日益增长
be increasing steadily	稳步增加
go up	增长
rise to record levels	上升到创纪录的水平
soar	剧增，飙升
rocket	剧增，飙升
skyrocket	剧增，飙升
there in a boom in the number of	……的数量有了急剧的上升
double	翻倍，增长到原来的两倍
treble	增长到原来的三倍
decrease to	减少到

附

录

on the decline	日益减少
decline rapidly	急剧下降
fall by 20%	下降 20%
drop	下降
steadily	稳定地
gradually	逐渐地
obviously	明显地
evidently	明显地
apparently	显然地
substantially	充分地
sharply	急剧地
steeply	突然地
remain steady	保持稳定
remain stable	保持稳定
remain level	保持稳定
remain constant	保持稳定
level off	平稳下来
stay the same	没有变化
reach a peak	达到顶点
reach a high at	达到最高点，为……
peak at	达到最高点，为……
hit a trough at	达到最低点，为……
bottom out	达到最低点

10. 图表类词汇

illustrate one's point with diagram	用图表来说明某人的观点
as is shown in the diagram that	从图表可以看出
as we can see from the graph that	从图表可以看出
it can be seen from the chart that	从图表可以看出
it can be seen from the table that	从图表可以看出
it is apparent from the diagram that	图表描述了
the table describes	图表描述了
the chart illustrates	图表描述了
the figure in the table reflects that	从统计数字可以看出
from results provided, it can be estimated that	
	从结果可以估计出
from the statistics provided, it can be concluded that	
	从统计数字可以看出
from evidence provided, it can be inferred that	
	从证据可以推断出

11. 表示总结

all in all	总之
by and large	一般来说
generally speaking	总体上说
in general	一般来说，总之
honestly speaking	老实说
frankly speaking	坦率地说
to speak honestly	老实说，坦率地说
to be frank	老实说，坦率地说
to speak frankly	老实说，坦率地说
to be honest	老实说，坦率地说
in effect	实际上
in other words	换句话说
in short	总之，一言以蔽之
in brief	总之，一言以蔽之
in a / one word	总之，一言以蔽之
to make a long story short	长话短说
to cut a long story short	简言之
summarize	总之
to sum up	总而言之
in summary	总之
in conclusion	总而言之
conclude	总之
in the end	最后

12. 表示进一步分析问题

weigh the pros and cons	权衡利弊
weigh the merits and demerits	权衡利弊
weigh advantages and disadvantages	权衡利弊
weigh strong points and weak points	权衡利弊
all things considered	考虑所有情况后
allowing for the fact that	考虑到……的情况
considering	照……情形而言
keeping... in mind	考虑……，记住……
on second thought	进一步考虑之后
taking... into consideration	考虑到……
taking... into account	考虑到……

二、英语作文热门话题词汇

1. 学习教育类

enroll	登记，使入学

enter for	报名参加
apply for	申请参加
top student	优秀生
admission line	分数线
academic credit	学分
required subject	必修课
obligatory course	必修课
selective subject	选修课
optional course	选修课
elective subject	选修课
liberal arts	文科
science	理科
educational background	学历
academic records	学历
elementary education	初等教育
secondary education	中等教育
high education	高等教育
primary school	小学
elementary school	小学
junior middle school	初中
junior high school	初中
senior middle school	高中
high school	高中
public school	公立中小学（美），私立中学（英）
undergraduate	本科生
graduate	研究生
doctoral student	博士生
freshman	大一学生
sophomore	大二学生
junior student	大三学生
senior student	大四学生
non-resident student	走读生
boarding school student	寄宿生
resident student	寄宿生
preparatory courses	预科（班）
polytechnic school	中专
junior college	大专院校
university	（综合）大学
graduate school	研究生院
vocational school	职业学院

correspondence university	函授大学
business school	商学院
law school	法学院
medical school	医学院
major	专业
bachelor of arts	文科学士
master of science	理科硕士
master of business administration (MBA)	工商管理硕士
master of public administration (MPA)	公共管理硕士
Doctor of Philosophy (PhD)	博士学位；获得博士学位者
term paper	学期论文
thesis	本科/硕士毕业论文
dissertation	博士论文
graduation thesis	毕业论文
hold the oral defense of one's thesis	举行论文答辩
Public English Testing System (PETS)	全国英语等级考试
College English Test Band 4 / 6 (CET-4 / 6)	大学英语四/六级考试
Test for English Major Band 4 / 8 (TEM-4 / 8)	英语专业四/八级考试
Test of English as a Foreign Language (TOEFL)	托福考试
Graduate Records Examination (GRE)	GRE 考试（国外研究生入学考试）
International English Language Testing System (IELTS)	雅思考试
Business English Certificate (BBC)	商务英语证书考试
Hanyu Proficiency Test	汉语水平考试
higher education examinations for self-study students	高等自学考试
excellent	优
good	良
pass	及格
failure	不及格
make-up examination	补考
Chinese students studying abroad	中国留学生
overseas students studying in China	外国留学生
Chinese	语文
math	数学
English	英语
physics	物理

附 录

chemistry	化学
P. E. (physical education)	体育
bioengineering	生物工程学
geology	地质学
ecology	生态学
architecture	建筑学
linguistics	语言学
sociology	社会学
anthropology	人类学
horticulture	园艺学
macroeconomics	宏观经济学
microeconomics	微观经济学
humanities	人文学科
best selling courses	最热门课程
the core curriculum	核心课程
dropout	辍学者
college entrance examination	高考
entrance exams for graduate school	考研
register	报到注册
roll book	点名册
check on attendance	点名
study abroad	留学
referee	推荐人
extracurricular activities	课外活动
military training	军训
exercise between classes	课间操
on holiday	放假
intensive training course	强化班
a generation of people who span the two centuries	跨世纪的一代
a lack of sufficient qualified teachers	师资力量不足

alleviate burdens on the students of elementary and secondary schools

减轻中小学生的负担

reduce burdens on the students of elementary schools

减轻小学生的负担

lighten burdens on the students of secondary schools

减轻中学生的负担

triple-A student	三好学生
students good in study, attitude and health	三好学生

an all-round development in moral, intellectual, physical,

aesthetics and labor education	德智体美劳全面发展
arouse attention from all sectors of society	引起全社会的注意
as living tempo quickens	随着生活节奏加快
as society advances	随着社会的发展
assignment system for graduates	毕业生分配制度
be eager for instant success and quick profits	急功近利
be granted an official certificate from	被授予由……颁发的正式证书
diploma and certificate	文凭
gain graduate certificate	获得毕业证书
receive a diploma	获得毕业证书
win the diploma of a university	获得某大学毕业文凭
obtain the undergraduate diploma through self-taught study	通过自学获得本科文凭
diploma obtained by using unfair or unlawful means	假文凭
be influenced by the fact that	受到……事实的影响
be too permissive with their children	对孩子有求必应
compete with... on an equal footing	与……公平竞争
complete undergraduate study	完成本科学业
conceive graduation project / design	做毕业设计
craze for going abroad	出国热
craze for graduate school	考研热
crisis of belief	信仰危机
develop negativistic mentality	产生逆反心理
expect too much of one's children	对子女期望过高
do not live up to one's parents' expectation	辜负父母的期望
narrow the generation gap	缩小代沟
bridge the generation gap	消除代沟
engage in social activities	参加社会活动
entrance into college means employment security	上大学意味着工作有保障
compulsory education	义务教育
train students with high scores but low abilities	培养高分低能学生
the reformation of examination system	考试制度的改革
further reform the college entrance examination system	进一步改革高考制度
examination-oriented education system	应试教育
quality-oriented education system	素质教育
interdisciplinary talent	复合型人才

villager-funded teachers	民办教师
difficult to keep the schools in operation	使得学校办不下去
face grave financial difficulties	面临严重的经费困难
forge stamina and strong will	锻炼耐力和意志力
goad sb. into working hard	激励某人努力工作
have a perfect mastery of	具有扎实的……，……过硬
have independent mind	具有独立思考的能力
improve the health and psychological quality of students	
	提高学生身体素质和心理素质
heart-to-heart chats	谈心
enrolment rate for children of school age	适龄儿童入学率
help dropouts return to school	帮助失学儿童复学
Hope Project	希望工程
donate money for school	捐资助学
tuition fee	学费
educational costs and expenses	教育费用
the school's tuition, fees and living expenses	
	学校的学杂费和生活费
scholarship	奖学金
fellowship	助学金
loan program	贷款
part-time work	业余工作
income earned through the work-study program	
	勤工俭学所得的收入
set up part-time work and study program and student loan system	
	建立半工半读和贷学金制度
work part time to earn part of the expenses	
	打工来支付部分开销
financially strapped students	贫困生
need financial aid	需要资助
reform school enrollment system	改革学校招生制度
increase enrollment	扩招
expand college enrollment	扩大高校招生
meet the challenge	迎接挑战
obtain a good result in an open-book exam	
	在开卷考试中获得好成绩
offer both general and vocational courses	
	开办综合课程和职业课程
offer psychological consulting	提供心理咨询

offer tempting salaries	提供诱人的工资
possess both political integrity and professional ability	
	德才兼备
put high value on one's success	看重自己的成功
rely on one's own skills and capabilities for one's success	
	依赖自己的技术和能力获得成功
run counter to	与……背道而驰
sacrifice their own interests for the happiness of their children	
	为孩子的幸福牺牲自己的利益
spur sb. up to his study	鞭策某人学习
start one's career	开始职业生涯
pursue graduate study	读研究生
go to study abroad at one's own expense	自费留学
study abroad at public expense	公费留学
study abroad on state scholarship	公费留学
subsidies from the government to cover the start-up cost of their businesses	政府提供的用于创业资本的津贴
take up the main task	挑大梁
turn to the elders for guidance	向老年人请教
value their independence and privacy	看重他们的独立和独处
work late into the night	开夜车
burn the midnight oil	开夜车
theoretical knowledge	理论知识
practical experience	实践经验
put theories into practice	将理论用于实践
relate book knowledge to practice	将书本知识与实践结合起来
draw a lesson	吸取教训
draw experience from others' efforts	吸取他人的经验

2. 自然环保类

environmental pollution	环境污染
water pollution	水污染
air pollution	空气污染
noise pollution	噪声污染
resources exhaustion	资源枯竭
wildlife extinction	野生动物灭绝
endangered species	濒危物种
natural disaster	自然灾害
clear cutting	滥砍滥伐
severe deforestation	滥砍滥伐
over-lumbering	滥砍滥伐

soil erosion	土壤侵蚀
water and soil conservation	水土保持
desertification	沙漠化
sand storms	沙尘暴
dust storms	沙尘暴
over-fishing	过度捕捞
overgrazing	过度放牧
flood threat	洪涝威胁
fire hazard	火灾隐患
storm	暴风雨
tempest	暴风雨
blizzard	暴风雪
drought	旱灾
famine	饥荒
eruption of volcanoes	火山爆发
earthquake	地震
avalanche	雪崩
landslide	滑坡，泥石流
hurricane	飓风
shortage of water resources	水资源缺乏
abuse water supply	滥用水资源
greenhouse effect	温室效应
global warming	全球变暖
smog	烟雾
marine pollution	海洋污染
radioactive pollution	放射性污染
indoor air pollution	室内空气污染
energy crisis	能源危机
oil leakage	原油泄漏
depletion of ozone layer	臭氧层的破坏
acid rain	酸雨
pest rampancy	害虫猖獗
harmful chemicals	有害化合物
poisonous gases	有毒气体
toxic gases	有毒气体
carbon monoxide	一氧化碳
urban smog	城市烟雾
industrial waste	工业废料
industrial effluent and solid waste	工业废水废物
dump untreated sewage and other wastes into	

	把未经处理的污水和废水排入
hazardous nuclear waste	有害核废料
radioactive pollutants	放射性污染物
waste gas sent off from automobiles	汽车排放废气
non-biodegradable material	不可生物降解材料
plastics bag	塑料袋
throw-away (disposable) lunchbox	一次性饭盒
devastate	毁坏
ruin	毁坏
destroy	毁坏
landfill	垃圾掩埋
tropical rain forests	热带雨林
natural habitat	自然栖息地
reserve areas	野生动物保护区
natural reserve	自然保护区
nature preserve zone	自然保护区
fresh water	淡水
artificial precipitation	人工降雨
Arbor Day	植树节
environmental awareness	环保意识
ecosystem	生态系统
ecological balance	生态平衡
disruption of ecological balance	生态失衡
ecological deterioration	生态环境的恶化
at the cost of ecological balance	以生态平衡为代价
at the expense of nature	以自然为代价
litter the wastes and rubbish	到处扔废弃物和垃圾
pursue short-term profits	追求短期效益
urban sprawl	城市扩展
raise clouds of dust	扬起沙尘
fumes from autos and smoke from factories	
	汽车的废气和工厂的烟雾
car exhaust	汽车尾气
car emission standard	汽车排放标准
zero-emission	零排放
recyclable product	可循环产品
renewable resources	可更新资源
conserve natural resources	保护自然资源
rescue and relief work	抢险救灾工作
garbage disposal	垃圾处理

附

录

survival of the fittest	适者生存
food chain	食物链
abate the city noises	减少城市噪声
absorb carbon dioxide and flying dust and release oxygen	
	吸收二氧化碳和浮尘，放出氧气
afforestation drive	绿化运动
implement the afforestation project	实施绿化
air pollution index	空气污染指数
take effective measures to curb various kinds of pollution	
	采取有效措施控制污染
be indispensable to	对……是必不可少的
be plagued with soil erosion	遭受水土流失的困扰
conserve water and prevent soil erosion	保持水土不流失
unevenly distributed surface water and underground water	
	分布不均的地表水和地下水
build reservoirs to store water	修水库蓄水
recycling use of water	水的循环使用
exploit water properly	合理利用水
restrict the use of water	限制用水
sewage treatment	污水处理
sewage disposal	污水处理
water purification	水的净化
water treatment	水处理
classify the rubbish	把垃圾分类
construct urban open green land	建设城市绿地
convert the land into forestry and pasture	退耕还林还牧
desertification of land	土地沙化
develop highly-sophisticated products	开发尖端产品
non-renewable sources	不可再生资源
develop natural resources	开发自然资源
tap natural resources	开发自然资源
exploit natural resources	开发自然资源
save natural resources	节省自然资源
treasure natural resources	珍惜自然资源
over-consume natural resources	过度消耗自然资源
exhaust natural resources	耗尽自然资源
enhance people's awareness of environmental protection	
	提高人们的环保意识
environmental greening	环境绿化
environment-friendly	对环境有利的，保护环境的

wildlife-friendly	保护野生动物的
expand areas under cultivation	扩大耕地面积
exploitation of water resources	充分利用水资源
high-grade, high-precision, advanced technology	高精尖技术
high-tech business incubator	高科技创业园
launch a campaign against	发起一场反对某事的运动
launch a campaign for	发起一场支持某事的运动
launch a nationwide campaign to do sth.	
	发起一场全国性的做某事的运动
percentage of forest cover	森林覆盖率
the forest coverage rate	森林覆盖率
prevent and cure sound pollution	防治噪声污染
protect forest resources against exhaustion	
	保护森林资源不会枯竭
recycle wastes	回收废弃物
retrieve and reuse the rubbish	回收并再利用垃圾
technological innovation	技术创新
technological upgrading	技术升级
technological transformation	技术改造
turn a blind eye to	对……视而不见
turn laboratory achievement into commercial production	
	推广科研成果
economic sanction	经济制裁
legal penalties	法律制裁

3. 时事政经类

economic crisis	经济危机
financial crisis	金融危机
demand exceeds supply	供不应求
supply falls short of demand	供不应求
shortage of supply	供不应求
be in short supply	供不应求
supply exceeds demand	供过于求
excess of supply over demand	供过于求
overstock	供过于求
oversupply	供过于求
overstock of finished products	产品积压
purchasing power	购买力
share-holding system	股份制
shareholder	股东
stock	股票

band	债券
stock exchange	股票交易市场
interest rate	利率
fixed assets investment	固定资产投资
gross national product (GNP)	国民生产总值
gross domestic product (GDP)	国内生产总值
drain of state-owned assets	国有资产流失
state-owned enterprise	国有企业
private enterprise	私有企业
debts	债务
liabilities	债务，负债
commission	佣金，回扣
monopolize the market	垄断市场
tax evasion	偷税漏税
tax fraud	漏税
refuse to pay taxes	逃税
income tax of the individuals	个人所得税
means of circulation	流通手段
accountant	会计师
capital investment	资本投资
capital reorganization	资本重组
declare bankruptcy	宣布破产
go bankrupt	破产
boycott foreign products	抵制外国产品
anti-dumping policy	反倾销政策
revenue	财政收入，税收
expenditure	财务支出
deficit	赤字，亏损
net profit	净利润
make profit	赢利
boom	繁荣
prosperity	繁荣
thriving	兴旺，繁荣
decline	萎缩，衰落
recession	不景气，衰退
depression	萧条，不景气
inflation	通货膨胀
sluggish market	市场疲软，市面萧条
budget	预算
director of the board	董事长

附录

CEO (chief executive officer)	总裁，首席执行官
franchise	特许经营权
franchised store	专卖店
chain store	连锁店
import	进口
export	出口
labor-intensive	劳动密集型
mass production	大规模生产
multinational corporation	跨国公司
executive	管理人员，行政人员
manufacturer	制造商
quality control	质量管理
after-sale service	售后服务
trade sanction	贸易制裁
trade barrier	贸易壁垒
shortage of funds	资金短缺
surplus	过剩，剩余，顺差
merger	兼并
open an account	开户头
deposit money	存款
current account	活期账户
checking account	活期存款户头
regular bank account	普通银行存款户
overdraft account	透支账户，往来存款透支账
overdue account	逾期账款，过期未付账款
number account	不列户名、仅以数字编号的(存款)账户
numbered account	账号
savings account	定期账户
traveler's check	旅行支票
exchange rate	汇率
withdraw	取款
ATM (automatic teller machine)	自动取款机
self-help bank	自助银行
cashier	出纳员
clearance sale	清仓甩卖
pay off debts	清偿债务
foundation	基金会
China's access to WTO	中国加入 WTO
China's entry into WTO	中国加入 WTO
membership	成员资格

most-favored-nation treatment	最惠国待遇
bring hard-won opportunities	带来难得的机会
enjoy the benefits brought by tariff cuts	
	享受关税削减所带来的优惠
reap the benefits	获得利益
suffer the losses	承担损失
win the bid	中标
registered trademark	注册商标
supplement a budget	追加预算
a better-off society	小康社会
abide by the law and social discipline	遵纪守法
abuse one's power	滥用职权
misuse one's authority	滥用职权
bend the law for personal gain	徇私枉法
achieve the goal of ensuring Chinese people a relatively comfortable life	实现小康目标
adhere to ideological guideline of emancipating the mind and seeking truth from facts	坚持解放思想、实事求是的思想路线
be in conformity with fundamental realities of the country and the will of the people	符合基本国情和人民意愿
bring China's economy in line with international practice	
	使中国经济与国际接轨力求建立多极化世界秩序
reforms of the political and economic system	
	政治、经济体制改革
build a socialist country under the rule of law	
	建设社会主义的法治国家
build socialism with Chinese characteristics	
	建设有中国特色的社会主义
one country, two systems	一国两制
emancipate the productive forces	解放生产力
place equal emphasis on material and ethical progress	
	两个文明一起抓
be clean and devoted	廉政建设
pool their wisdom	集思广益
adhere to the ideological guideline of emancipating the mind and seeking truth from facts	坚持解放思想、实事求是的思想路线
carry forward and cultivate the national spirit	弘扬民族精神
root of all evils	万恶之本
combat international crimes	打击国际犯罪
crack down upon the criminal acts	严厉打击犯罪活动

附录

eliminate pornography and illegal publications	扫黄打非
eliminate unhealthy practices and evil phenomena	消除歪风邪气
deceive one's superiors and subordinates	欺上瞒下
deceive lower authority and conceal from higher authority	欺上瞒下
defy the law and social discipline	目无法纪
disturb public order	扰乱治安
factors leading to social instability	社会不安定因素
bad construction projects	豆腐渣工程
jerry-built projects and corruption projects	豆腐渣工程和腐败工程
suspend a project	工程下马
discontinue a project	工程下马
bubble economy	泡沫经济
corruption phenomenon	腐败现象
offer and take bribes	行贿受贿
embezzle public funds	挪用公款
enjoy banquets using public funds	公款吃喝
tendency towards boasting and exaggeration	浮夸风
fight corruption and build a clean government	反腐倡廉
cool down the overheated economy	消除经济过热
free oneself from the impact of Asian financial crisis	摆脱亚洲金融危机的影响
sustainable development	可持续发展
economic and technological development zone	经济技术开发区
enhance national cohesion	提高民族凝聚力
enhance sb.'s awareness to abide by the law	提高某人的遵纪守法意识
establish a system of incentives and disincentives	建立激励和制约机制
encourage people to spend their money	鼓励人们消费
extend domestic consuming	扩大内需
expand domestic demand and consumption	扩大内需，刺激消费
forward the economic development	促进经济发展
fuel economic growth	拉动经济增长
foster integration with the global economy	促进全球经济一体化

give full play to the initiative and creativity	
	充分调动主观能动性和创造性
have a great sense of urgency	有紧迫感
implement lawful supervision	实施法律监督
maintain a fair distribution of wealth	
	维护社会财富的公平分配
open up and enliven the economy	开放搞活经济
oppose corruption and degeneration	反对腐化堕落
penalty for breach of contracts	违约处罚
popularize knowledge of the law	普及法律知识
push forward the multi-polarization process of the world	
	推进世界多极化进程
put an end to unhealthy practice	制止不良现象
reach a consensus	达成共识
lower tariffs	降低关税
seek common development	寻求共同发展
seek common ground on major questions while reserving differences on minor ones	求大同存小异
European Union (EU)	欧盟
Organization of Petroleum Exporting Countries (OPEC)	欧佩克
Euro	欧元
Euro-currency	欧元货币
multinational peace-making force	多国维和部队
terrorist incident	恐怖事件
terror attack	恐怖袭击
Star War Program	星球大战
trigger a new global arms race	引发新的全球军备竞赛
switch from planning economy to market economy	
	从计划经济转向市场经济
social security system	社会保障制度
socialization, marketization and modernization of the economy	
	经济的社会化、市场化和现代化
special economic zone	经济特区
strengthen macro-regulation	加强宏观调控
strict enforcement of law	严格执法
strive for a clean government	加强廉政建设
sustained, rapid and sound development of the economy	
	经济的持续快速健康发展
the holiday economy	假日经济

附

录

transient population	流动人口
outlying poverty-stricken area	边远贫困地区
remote and mountain area	边远山区
poverty-stricken area	贫困地区
basic policy	基本国策
provide disaster relief and help the poor	救灾扶贫
help those in distress and aid those in peril	扶危济困
shake off poverty and set out on a road to prosperity	脱贫致富
shake off poverty and set out a road of prosperity	
	脱贫致富奔小康
lift oneself from poverty and set out a road of prosperity	
	脱贫致富奔小康
lighten farmer's burden	减轻农民负担
problems facing agriculture, rural areas and farmers	
	"三农"问题
surplus rural laborers	农村剩余劳力
migrant worker	外来务工人员
carry out the western development strategy	实施西部开发战略
public work construction	市政工程建设
create more employment opportunities	广开就业门路
earn one's living by manual labor	靠体力劳动谋生
work on construction sites	当建筑工人
have a restaurant career	从事餐饮业
present social problems	带来社会问题
enhance their cultural, mental and moral quality	
	提高某人的文化、思想和品质素养
underpaid worker	低收入工人
hourly worker	小时工
take up a job through competition	竞争上岗
the government is placing a high priority on	政府高度重视
give sth. top priority	把……放在首位，当做头等大事来抓
deeply-rooted idea	根深蒂固的思想

4. 社会生活问题

population explosion	人口爆炸

baby boom	人口爆炸
population census	人口普查
birth rate	出生率
death rate	死亡率
family planning	计划生育
high blood pressure	高血压
heart attack	心脏病
cancer	癌症
AIDS	艾滋病
anthrax	炭疽病
epidemic disease	传染病
euthanasia	安乐死
legalize euthanasia	使安乐死合法化
medical services at state expense	公费医疗
burglar	夜贼
pickpocket	扒手
shoplifter	超市小偷
sexual harassment	性骚扰
counterfeit certificates	伪造证书
counterfeit currency	伪造货币
counterfeit ID card	伪造身份证
credit-card fraud	信用卡欺诈
fake commodities	假冒伪劣商品
search warrant	搜查令
arrest warrant	逮捕令
bring sb. to justice	缉拿归案
appeal / apply to higher court	向高等法院上诉
habitual offender	惯犯
old hand	惯犯，老手
old lag	惯犯
criminal	罪犯
judge	法官
jury	陪审团
suspect	嫌疑人
lawyer	律师
attorney	律师（美）
solicitor	初级律师
barrister	律师
accuser	原告
prosecutor	原告

附

录

the accused	被告
defendant	被告
witness	证人
testify	作证
trial	审判
guilty	有罪的
innocent	无罪的
bail	保释
parole	假释
sentence	判刑
death penalty	死刑
capital punishment	死刑
law enforcement officer	执法人员
money laundering	洗钱
drug addiction	吸毒
drug trafficking	贩毒
drug smuggler	毒贩
drug dealer	毒贩
illegal drug	违禁药品
cocaine	可卡因
heroin	海洛因，吗啡
Ecstasy	摇头丸
take to drugs	开始吸毒
get hooked on	对……上瘾
put a stop to	制止，终止
root out	根除
campus violence	校园暴力
family violence	家庭暴力
sexual discrimination	性别歧视
racial discrimination	种族歧视
male Chauvinist	大男子主义
hen-pecked husband	妻管严
child abuse	虐待儿童
kidnap	绑架
blackmail	敲诈
hijack	劫机
hold up	拦路抢劫
gun robbery	持枪抢劫
armed robbery	武装抢劫
suicide bombing	自杀性爆炸事件

附 录

juvenile delinquency	青少年犯罪
smuggled goods	黑货，走私货
vending machine	自动售货机
generation gap	代沟
DINK (double income, no kid)	丁克家庭
couch potato	长时间看电视的人
keep a concubine	包二奶
keep a mistress	包二奶
gambling	赌博
welfare-oriented public housing distribution	福利分房
high-rise apartment building	高层住宅楼
residential tower	塔楼
one-storey apartment	平房
tube-shaped apartment building	筒子楼
dangerous and old house	危改房
houses around a courtyard	四合院
economically affordable housing	经济适用房
commercial residential building	商品房
burglary-proof door	防盗门
down payment	首期按揭（首付）
get a mortgage loan	获得贷款
buy a house on an mortgage	分期付款
pay for the house by monthly installment	按月分期付款
public accumulation funds	公积金
public reserve funds	公积金
carry out the Comfortable Housing Project	实施安居工程
office block	办公大楼
skyscraper	摩天大楼
social stability	社会安定
community services	社区服务
laid-off worker	下岗工人
displaced worker	下岗工人
out of job	失业
out of employment	失业
the surplus labor force	剩余劳动力
export labor	输出劳动力
brain drain	人才流失
job-oriented training	职业培训
professional training	岗位培训
reemployment project	再就业工程

trial period	试用期
change from temporary to regular worker	转正
rush hour	高峰时间
peak hour	高峰时间
traffic jam	交通堵塞
road congestion	交通堵塞
unlicensed vehicle	黑车
drunk driving	酒后开车
violation of traffic regulation	触犯交通法规
hit-and-run accident	肇事逃逸事件
speeding	超速行驶
speed limit	速度限制
exceed the speed limit	超过规定的速度
hinder traffic	妨碍交通
drive without a license	无照驾驶
driving license	驾驶执照
apply for a license plate	申请牌照
fare meter	计价器
airport construction fee	机场建设费
flyover	立交桥
overpass	过街天桥
underpass	地下通道
zebra crossing	人行横道
cross walk	人行横道
pavement	人行道
sidewalk	人行道
traffic light	交通信号灯
jump a stop light	闯红灯
bus	公共汽车
tram	有轨电车
trolley bus	无轨电车
underground	地铁（英）
tube	地铁（英）
subway	地铁（美）
metro	地铁
cab	出租车
taxicab	出租车
taxi	出租车
refuse to take passengers	拒载
informants' hot-line telephone	举报电话

one-way road	单行道
light-rail train	轻轨火车
high-speed train	高速火车
bullet train	高速火车
electric train	电气火车
air cushion vehicle	气垫车
hovercraft	气垫船
magnetic suspension / levitated train	磁悬浮列车
express train	快车
slow train	慢车
sleeping car	卧铺车厢
hard sleeper	硬卧
platform	月台
information desk	问询处
booking a ticket	订票
booking office	订票处
one-way ticket	单程车票
return ticket	往返车票
refund	退票
self-service ticketing	无人售票
bus stop	汽车站
railway station	火车站
highways and byways	干道和支线
main line	主路
minor road	辅路
service road	辅路
parking lot	停车场
ticket	交通罚款单
road toll	养路费
airline	航线，航空公司
air hostess	空中小姐
boarding a plane	登记
boarding card	登记牌
check-in	登机处
flight	班机
non-stop flight	直达班机
economy class	经济舱
first class	头等舱
safety belt	安全带
ocean liner	远洋定期客轮

spaceship	宇宙飞船
security personnel	保安人员
globalization	全球化
intellectual property right	知识产权
infringement on the patent right	侵犯专利权
bid for the Olympic Games	申办奥运会
preservation of cultural relics	文物保护
infrastructure construction	基础设施
permanent residence certificate	户口本
cut the ribbon at an opening ceremony	在开幕式上剪彩
lottery ticket	彩票
social welfare lottery	社会福利彩票
sports lottery	体育彩票
the soccer lottery	足球彩票
win awards	获奖
run lotteries	发行彩票
get rich quick	快速致富
for fun	为了娱乐
windfall gain	意外之财
welfare programs	福利事业
mass media	大众传媒
spokesman for news release	新闻发言人
press conference	记者招待会
public-interest ads	公益广告
false advertisement	虚假广告
fake advertisement	虚假广告
shop directory	购物指南

5. 科技与新事物

office automation	办公自动化
SOHO (small office, home office)	居家办公
e-business	电子商务
high-tech product	高科技产品
digital communication	数字通讯
web addiction	沉溺于上网
pirated product	盗版产品
computer virus	电脑病毒
firewall software	防火墙
computer hacker	电脑黑客
computer crime	计算机犯罪
swipe information from a computer	窃取电脑信息

附

录

computer game	电子游戏
backup copy	文件备份
bug	运行故障
operation malfunction	运行故障
floppy disk	软盘
hard disk	硬盘
cursor	光标
mouse	鼠标
double-click	双击
monitor	显示器
keyboard	键盘
modem	调制解调器
CPU (central process unit)	主机（中央处理器）
data base	数据库
desktop computer	台式电脑
notebook computer	笔记本电脑
portable computer	便携式电脑
laptop	便携式电脑
palm computer	掌上电脑
go on the Internet	上网
surf on-line	网上冲浪
net citizen (netizen)	网民
cyber citizen	网民
Internet geek	网虫
Internet netter	网虫
net friend	网友
chat on the Internet	上网聊天
go offline	掉线
website	网站
webpage	网页
install the broadband	装宽带网
on-line shopping	网上购物
forward an e-mail	发电子邮件
e-mail address	电子邮箱地址
computer chip	电脑芯片
touch screen	触摸屏
input	输入
output	输出
data processing	数据处理
pirated software	盗版软件

附

录

multiple windows software	多视窗软件
word processing	文字处理
computer illiterate	电脑盲
global system for mobile communication (GSM)	全球通
mobile communication	移动通讯
China Unicom	中国联通
fax machine	传真机
color printer	彩色印片机
ink-jet printer	喷墨打印机
laser beam printer	激光打印机
artificial intelligence	人工智能
clone technology	克隆技术
fully automatic camera	全自动相机，傻瓜相机
test-tube baby	试管婴儿
Silicon Valley	硅谷
Orbital Station	空间站
Plasma TV	等离子电视
liquid crystal display (LCD)	液晶显示屏
tsunami (tidal ware)	海啸
SARS (Severe Acute Respiratory Syndrome)	非典型性肺炎
bird flu	禽流感
epizootic	口蹄疫
organ transplantation	器官移植
health-care food	保健食品
elixir	不老长寿药，万能药
placebo	安慰剂
tonic (medicine)	滋补药
nourishing food	滋补食品
frozen food	速冻食品
organic food	无公害食品，天然食品
genetically modified food (GM food)	转基因食品
food free of additives	不含添加剂的食品
pesticide-free food	无农药污染的食品
chemical fertilizer	化肥
pesticide	杀虫剂
agricultural chemicals residue	农药残留
detergent pollution	洗涤剂污染
pollution by chemical fertilizer	化学污染
food contamination	食品污染
farm in a scientific way	科学种田

附
录

go on a diet	节食，减肥
well-balanced meals	营养均衡的食物
Dutch treatment	AA 制
go Dutch	AA 制
cell phone	手机
mobile phone	手机
third generation mobile (3G mobile)	第三代移动手机（3G 手机）
short message service	短信服务
caller ID	来电显示
energy-saving lamp	节能灯
wind energy	风能
solar energy	太阳能
nuclear energy	核能
nuclear power plant	核电厂
nuclear power station	核电站
nuclear reactor	核反应堆
nuclear catastrophe	核灾难
head-hunting company	猎头公司
retain the job but suspend the salary	停薪留职
buy one get one free	买一送一

6. 休闲娱乐类

beauty spots	名胜
historic sites	古迹
star grade hotel	星级宾馆
standard room	标准间
a sightseeing car	游览车
package tour	有旅行社包办的旅行
independent travel	自助旅游
group travel	随团旅游
mascot	吉祥物
host the Olympic Games	举办奥运会
the sacred fire	圣火
fair play	公平竞争
black whistle	黑哨
cheer team	拉拉队
cheer squad	拉拉队
live broadcast	现场直播
talk show	脱口秀
quiz show	智力竞赛节目

附录

science education film	科教片
horror film	恐怖片
chain opera	连续剧
television series	电视连续剧
soap opera	肥皂剧
viewing rate	收视率
remote control	遥控器
spot coverage	现场采访
body-building exercises	健身操
aerobics	有氧运动法
bungee jumping	蹦极跳
go disco dancing	蹦迪
break dancing	霹雳舞
jazz	爵士乐
drawing	绘画，素描
painting	绘画，油画
graphic art	书法
guitar	吉他
piano	钢琴
violin	小提琴
stamp collecting	集邮
collection of antiques	收藏古董
handcrafting	手工艺
knitting	编织
mountain-climbing	爬山
swimming	游泳
skating	溜冰
skiing	滑雪运动
surfing	冲浪运动
kite flying	放风筝
hiking	徒步旅行
expedition	探险旅行
day trip	当日往返的短途旅行
outing	远足
hitchhike	沿途免费搭便车旅行
keep fit	保持健康
hobby	业余爱好
play cards for a pastime	打牌消遣
enthusiastic fan	发烧友
solo concert	个人演唱会

hold a beauty contest	举行选美活动
kill time in an Internet bar and a wine bar	泡网吧和酒吧
be well received by	受某人欢迎
be most welcome by	受某人欢迎
be popular with	受某人欢迎
idolize sb.	把某人当偶像崇拜
entertaining activities	娱乐活动
big shot	大腕
top notch	大腕
icon	偶像
cultivate one's tastes and relax	陶冶情操和休闲放松
enrich one's knowledge	丰富知识
widen one's eyesight	开阔眼界
extend one's vision	开阔眼界
cultivate a cheerful and sociable temper	培养活泼开朗的性格
broaden one's mind	使心胸开阔
experience a feeling of release	体验身心放松的感觉
free a man from prejudices	消除偏见
benefit one's health	有益健康

附

录